Jonathan Lethem est né à New York en 1964. D'abord considéré comme l'enfant prodige de la nouvelle science-fiction grâce à des romans tels que *Alice est montée sur la table*, il s'est imposé avec *Les Orphelins de Brooklyn* qui a remporté de nombreux prix dont le National Book Critics Circle Award.

DU MÊME AUTEUR

Flingue sur fond musical
« J'ai lu », n° 4199, 1996

Un homme nommé Chaos
« J'ai lu », n° 4563, 1997

Alice est montée sur la table
Éditions de l'Olivier, 2000
et « Petite Bibliothèque de l'Olivier », n° 53

Les Orphelins de Brooklyn
Éditions de l'Olivier, 2003

Jonathan Lethem

FORTERESSE DE SOLITUDE

Traduit de l'anglais (États-Unis)
par Adèle Carasso et Stéphane Roques

Éditions de l'Olivier

TEXTE INTÉGRAL

TITRE ORIGINAL
The Fortress of Solitude
ÉDITEUR ORIGINAL
Doubleday, 2003

ISBN 978-2-7578-2166-4
(ISBN 2-87929-462-2, 1re publication)

Pour Mara Faye

PREMIÈRE PARTIE

UNDERBERG

1

Comme une allumette qu'on craque dans le noir :

Deux petites blanches en chemise de nuit de pilou et patins à roulettes de vinyle rouge aux lacets blancs, qui décrivent des cercles hésitants sur l'asphalte fissuré du trottoir bleu ardoise, à sept heures, un soir de juillet.

Les filles murmuraient des comptines, étaient un murmure de comptines, la mousseline de leur chevelure, rose sous le ciel, cascadant comme si elle n'avait jamais connu les ciseaux. Les parents leur avaient permis de retourner dans la rue après dîner – mais d'abord qu'elles se mettent en chemise de nuit et se brossent les dents – pour profiter du crépuscule d'été rose orangé, de l'air et de la lumière posés sur la rue, posés sur tout Gowanus comme une main ou l'intérieur nacré d'un coquillage. Les Portoricains assis sur des caisses vides devant l'épicerie du coin saluèrent d'un grognement l'apparition, ne sachant s'il fallait en croire leurs yeux. Ils retroussèrent leurs lèvres, se montrant les dents, et affichèrent la moue résignée de qui souffre en silence. La rue était jonchée de capsules de bouteille à moitié enfoncées dans l'asphalte ramolli, Yoo-Hoo, Rheingold, Manhattan Special.

Les filles, Thea et Ana Solver, brillaient comme la flamme neuve d'une allumette.

Une vieille blanche était arrivée dans la rue avant les Solver pour ressusciter l'un de ces bâtiments malmenés, bâtiment divisé en meublés, délogeant quinze hommes pour s'y installer seule avec les caisses de son déménagement. Elle, elle avait été la première. Mais Isabel Vendle ne faisait que planer comme une rumeur, comme une apostrophe dans son petit immeuble de pierre brune où en ce moment même elle se traînait, aidée d'une canne, de l'appartement du sous-sol à sa chambre dans l'ancien salon du rez-de-chaussée, cette pièce où elle lisait et dormait sous les plâtres effrités du plafond jamais rénové. Isabel Vendle n'était plus qu'une phalange noueuse, recroquevillée autour de vieilles plaies cartilagineuses. Isabel Vendle se souvenait d'un jour à bord d'un bateau postal sur le lac George, elle écrivait des lettres en grattant le papier de sa plume trempée dans l'encre, humectait les timbres sur une éponge placée dans une soucoupe. Le dessus de son bureau était recouvert de liège. Isabel Vendle avait de l'argent mais son sous-sol puait le graillon et le papier journal moisi.

Les filles à roulettes étaient la nouvelle attraction, sous le feu des projecteurs en ouverture du spectacle : le retour des blancs dans Dean Street. De quelques blancs.

Sous l'ailante de l'arrière-cour, Dylan Ebdus, à cinq ans, tua accidentellement un chaton. Les locataires des Ebdus, dans l'appartement du sous-sol, en avaient toute une portée, cinq, six, sept. Ils se tortillaient par terre, là, dans cette cage de hauts murs de brique, parmi les gravats, le lierre fraîchement planté et les feuilles à l'odeur musquée tombées de l'ailante, où Dylan jouait et explorait seul pendant que sa mère retournait la terre avec une petite bêche à trois dents, s'asseyait pour fumer tandis que le couple d'en bas chantait en chœur, l'un des deux grattant une guitare désaccordée ornée d'un autocollant pacifiste. Dylan dansait avec les chats minuscules, vifs comme l'éclair, aux yeux globuleux, les coursait jusque dans les tas de briques infestés de limaces, et le deuxième jour, reculant pour éviter un chaton, en écrasa un autre sous sa basket.

Les locataires du sous-sol emportèrent le chaton brisé mais vivant alors que Dylan, en larmes, était escamoté par ses parents. Mais Dylan comprit qu'on avait abrégé les souffrances du chaton d'une manière ou d'une autre, en l'étouffant ou en le noyant. D'une manière ou d'une autre. Il posa la question mais le sujet fut étouffé lui aussi. Les adultes s'étaient découverts sur le coup, avaient laissé Dylan entrapercevoir leur colère embarrassée, avant de la taire. Dylan était trop jeune pour comprendre ce qu'il avait fait, sauf qu'il ne l'était pas ; ils espéraient qu'il oublierait, sauf qu'il n'oublia pas. Plus tard il ferait semblant d'avoir oublié, protégeant les adultes de ce dont il était sûr qu'ils ne pourraient le supporter : il se souvenait de tout.

Peut-être le chaton mort était-il l'insoluble pilule de culpabilité qu'il avait avalée.

Ou peut-être était-ce autre chose : sa mère annonçant que quelqu'un voulait jouer avec lui sur le trottoir d'en face. Dehors. Ce serait la première fois qu'il sortirait dans la rue, pour jouer dehors et pas dans l'arrière-cour de briques pourries.

« Qui ?

– Une petite fille, dit sa mère. Va voir, Dylan. »

C'étaient peut-être les blanches, Ana et Thea avec leurs chemises de nuit et leurs patins. Il les avait vues par la fenêtre, et maintenant elles le réclamaient.

En fait, c'était une petite noire, Marilla, qui attendait sur le trottoir. À six ans Dylan savait reconnaître un traquenard au premier coup d'œil, il sentait l'ingéniosité citadine de sa mère, son savoir d'autochtone. Rachel

Ebdus faisait du repérage dans la rue, jouait les entremetteuses pour lui.

Marilla était plus âgée. Marilla avait un cerceau et de la craie. La parcelle de trottoir devant chez Marilla – sa portion d'asphalte irrégulier – était son territoire, elle l'avait marqué. Ce fut le premier aperçu que Dylan eut du système qui régissait l'espace de la rue. Il ne mettrait jamais les pieds chez Marilla, bien qu'il ne le sût pas encore. Sa parcelle faisait office de salon. Il avait lui aussi son territoire, bien qu'il ne l'eût pas encore marqué.

« T'as emménagé ici ? » demanda Marilla, s'étant bien assurée que la mère de Dylan était rentrée.

Dylan acquiesça.

« T'as toute la maison pour toi ?

– Y a des locataires en bas.

– C'est un appartement ? »

Dylan acquiesça de nouveau, perdu.

« T'as un frère ou une sœur ?

– Non.

– Il fait quoi ton père ?

– Il est artiste, répondit Dylan. Il fait un film », déclara-t-il avec la plus grande gravité. Cela ne fit pas grosse impression sur Marilla.

« T'as une Spaldeen ? dit-elle. C'est une balle, au cas où tu saurais pas.

– Non.

– T'as des sous ?

– Non.

– Je veux acheter des bonbons. Je pourrais t'acheter une Spaldeen. Tu peux demander des sous à ta mère ?

– Je sais pas.

– Tu connais la chique ? »

Dylan fit non de la tête. La chique était-elle une personne, un autre genre de balle ou de bonbon ? Il n'en savait rien. Il sentit que Marilla risquait de le prendre en pitié.

« On pourrait faire des capsules à chique. Tu pourrais les faire avec du chewing-gum ou de la cire. T'as une bougie chez toi ?

– Je sais pas.

– On pourrait en acheter une, mais t'as pas de sous. »

Dylan haussa les épaules, sur la défensive.

« Ta mère m'a demandé de traverser la rue avec toi. Tu peux pas le faire tout seul. » Le ton était sentencieux.

« J'ai six ans.

– T'es qu'un bébé. C'est quoi comme nom, Dylan ?

– Comme Bob Dylan.

– Qui ?

– Un chanteur. Mes parents l'aiment bien.

– T'aimes les Jackson Five ? Tu sais danser ? » Marilla passa son cerceau autour d'elle, fléchit les genoux et les coudes en même temps, ferma les poings, grinça des dents et sortit les fesses. Le cerceau se mit à tournoyer. Elle sourit jusqu'aux oreilles, donnant des coups de menton vers Dylan, en rythme avec ses hanches, à croire qu'elle aurait pu faire tourner un second cerceau autour de son cou.

Quand ce fut au tour de Dylan, le cerceau dégringola et claqua sur le bitume. Il était encore potelé, le genre potimarron, Tweedledee. Le cerceau ne trouvait nulle part où s'accrocher sur ses formes arrondies. Bras écartés, il en atteignait à peine les bords. Il n'arrivait pas à onduler des genoux, faisait de petits pas sur le côté, piétinait. Il ne savait pas danser.

C'est comme ça qu'ils jouaient, Dylan faisant tomber le cerceau en plastique un millier de fois. Marilla chantait pour l'encourager, *Oh, baby, give me one more chance, I want you back*[1]. Elle frappait l'air de ses

1. « Oh, chéri, donne-moi encore une chance, je veux que tu reviennes. » (Titre : « I Want You Back. »). *(Toutes les notes sont des traducteurs.)*

poings. Et Dylan de se demander, coupable, pourquoi ce n'étaient pas plutôt les deux blanches sur leurs patins qui l'avaient réclamé. La conscience de ce vœu hérétique fut sa seconde blessure. Ce n'était pas comme le chaton mort : cette fois-ci personne ne se demanderait s'il avait d'abord compris, pour oublier après. Il n'y avait que lui. C'était à Dylan tout seul de se demander à jamais s'il s'avouerait qu'il avait déjà à l'époque éprouvé une préférence instinctive, qu'il avait déjà, avant les années qui s'organiseraient peu à peu en saisons et en heures sans fin dans la rue, avant Mick Damer ou Mingus Rude, avant « Fais sonner le funk, petit blanc », avant le collège 293 et tout le reste, souhaité, contre la vision de sa mère, que les Solver l'emportent dans une extase de blondeur et de tenues assorties, de lacets serrés, leurs roulettes effleurant l'asphalte ou y laissant des marques pointées vers un ailleurs, traînées blanches déposées dans leur fuite.

Marilla tourbillonnait sur place, chantant *When I had you to myself I didn't want you around, those pretty faces always seemed to stand out in a crowd*[1]...

Isabel Vendle avait trouvé le nom dans un volume en lambeaux relié de cuir, à la Brooklyn Historical Society : Boerum. Comme dans la guerre des Boers. Une famille hollandaise, des cultivateurs, propriétaires terriens. Les Boerum avaient leurs biens à Bedford-Stuyvesant, n'avaient en fait jamais approché Gowanus, aucun d'eux à l'exception d'un fils dévoyé et probablement ivrogne nommé Simon Boerum, qui avait bâti dans Schermerhorn Street la maison où il était mort.

1. « Quand je t'avais auprès de moi, je ne voulais pas de toi, tous ces jolis minois semblaient sans cesse se détacher dans la foule. » (*Ibid.*)

Il avait été exilé ici, peut-être, fils prodigue, brebis galeuse se remettant d'une longue dérive. Quoi qu'il en soit, il avait donné son nom – comment aurait-il refusé ! – à la bande de rues entrelacées entre Park Slope et Cobble Hill parce que Gowanus, ça n'allait pas. Gowanus était un canal et une cité. Isabel Vendle avait besoin de distinguer son campement de Gowanus Houses, de Wyckoff Gardens, l'autre cité HLM qui cernait son nouveau paradis, le distinguer du canal, de Red Hook, de Flatbush, du sud de Brooklyn où se dressait la prison, le monolithe d'Atlantic Avenue ceinturé de barbelés. Elle le reliait de manière explicite aux Heights et à Slope. Donc, *Boerum Hill*, bien qu'il n'y ait jamais eu la moindre colline. Isabel Vendle l'écrivit et c'est ainsi que cela fut fait, et c'est ainsi qu'ils viendraient vivre dans ce nouvel endroit inscrit de sa main dans la réalité, de sa main têtue qui détalait comme un crabe du passé vers le futur, Simon Boerum et Gowanus, parents dissipés donnant naissance à Boerum Hill, leur respectable rejeton.

Les maisons, ici, étaient malades. Les constructions contiguës de style hollandais avaient été découpées en morceaux et abusivement converties en meublés pour hommes, avec plaques chauffantes, cendriers et journaux du turf, ou en appartements couvrant tout un étage dans lesquels des familles tentaculaires – une multitude de cousins – s'entassaient à chaque niveau, leurs cours et leurs perrons grouillant d'innombrables enfants. Les maisons avaient été tapissées de plaques de lino et de tôle, lino et tôle qui avaient ensuite été couverts d'une couche de peinture, elle-même recouverte d'une autre couche. C'était comme la pellicule qui se dépose sur la langue, les dents et le palais d'une bouche pâteuse. Le volume des pièces, les belles moulures, avaient été cassés par des murs érigés à la va-vite pour constituer des couloirs, dans les salles de bains on avait encastré des cabines de douches de chez Sears Roebuck, les placards avaient été convertis en cuisines. On avait compissé les couloirs. Ces petits immeubles de pierre brune, ces raides maisons hollandaises, étaient des corps, des corps violentés, mais Isabel les soignerait, elle les remplirait de couples rénovateurs qui referaient les moulures des plafonds, remettraient à neuf les âtres de marbre. Elle en avait déjà attiré quelques-uns. Les premiers d'entre eux formaient un ensemble disparate, à vrai dire. Elle les trouvait décevants, les beatniks qui étaient venus, les hippies qui créaient des communautés à peine préférables aux meublés. Mais il fallait bien commencer par quelqu'un. Ils étaient les premières recrues déguenillées d'Isabel, pas ce qui se faisait de mieux, mais mieux que rien quand même.

Par exemple Abraham et Rachel Ebdus. Se heurter à la réalité d'un ménage était toujours agaçant pour Isabel. Elle, Rachel, avait le regard fou, fumait comme un pompier, trop jeune, trop *Brooklyn*, en fait. Isabel l'avait aperçue parlant espagnol aux types assis sur les caisses au coin de la rue. Cela n'était pas pour arranger les choses. Et lui, Abraham, était peintre, magnifique – mais fallait-il couvrir de haut en bas les murs de la maison avec des nus de sa femme ? Fallait-il que les tableaux du salon donnant sur la rue soient parfois visibles au coin de Dean et Nevins, toutes les nuances de la chair resplendissant derrière des rideaux à moitié tirés ?

La femme entretenait le mari, travaillait à mi-temps au service des cartes grises dans Schermerhorn Street. Parlait espagnol aux tricots de corps qui briquaient des voitures devant les meublés.

Pendant que le mari restait à la maison, à peindre.

Ils avaient un petit garçon.

Isabel détacha une lichette de dinde fumée au bord de son sandwich et en drapa le museau imperturbable du chat roux, jusqu'à ce que le bel indifférent finisse par comprendre ce qu'on lui offrait, pour s'y attaquer dans un claquement de dents mécanique.

Il y avait deux mondes. Dans l'un, son père allait et venait à l'étage, faisait grincer les chaises, peignant à l'aide de sa petite visionneuse en une progression imperceptible, sa mère au rez-de-chaussée écoutait des disques, passait les assiettes sous l'eau, riait au téléphone, sa voix grimpant le long de la courbe du grand escalier, l'ailante de l'arrière-cour effleurait les fenêtres de sa chambre, pommelant le soleil en taches de lumière liquides et tropicales sur le papier peint qui représentait lui-même une forêt pleine de singes, de tigres et de girafes, pendant que Dylan lisait et relisait *Scrambled Eggs Super*, *Oobleck* et *If I Ran the Zoo*[1] ou poussait d'un doigt et l'air rêveur sa dinky toy, la numéro 11, sur son seul segment de circuit orange, ou démontrait une fois de plus l'inefficacité de l'ardoise magique et du Spirographe, la rigidité des boutons, l'indocilité des ingrédients argentés sous la plaque tachée de l'ardoise, le manque de fiabilité des pointes du Spirographe, leur façon de plier invariablement au périhélie lorsque la pression exercée par le crayon se faisait trop forte, si bien que toutes les orbites délicieusement scientifiques foiraient et déviaient au moment crucial en une absurde effilochure, une tête avec un nez, un cornichon affublé d'une verrue. Si l'ardoise magique et le Spirographe avaient vraiment fonctionné, ce serait probablement des machines, pas des jouets, ils participeraient du mode de fonctionnement

1. Livres du Dr Seuss et de Cari Sneider ayant chez les enfants américains le même genre de prégnance que *Babar*, *Astérix* et *Tintin* chez les petits Français.

de l'univers adulte, et seraient intégrés au tableau de bord des voitures ou accrochés à la ceinture des policiers. Dylan le comprenait et l'acceptait. Ces choses étaient cassées parce qu'elles étaient des jouets et *vice versa*. Elles réclamaient son indulgence et sa patience, comme des enfants attardés qu'on aurait confiés à sa charge.

Dans ce monde de la maison, Dylan avait le choix entre deux directions. La première était là-haut, agrippé à la rampe branlante et bruyante, laissant courir sa petite main sur la surface lisse et luisante, puis faisant sautiller ses doigts par-dessus les joints évidés, pour aller frapper à la porte de l'atelier, être autorisé à se tenir à côté de son père et s'efforcer de voir ce qui ne pouvait être vu, l'imperceptible progression d'un film d'animation peint à petits coups de pinceau à même le celluloïd. Car Abraham Ebdus avait renoncé à la peinture sur toile. Les tableaux qui remplissaient les couloirs, ces nus artistiques profus, étaient la production de son apprentissage, les vestiges sentimentaux de sa progression vers ce qui était devenu l'œuvre d'une vie, peinture abstraite s'épanouissant dans le temps, sous la forme de photogrammes peints. Abraham Ebdus avait tout au plus achevé deux minutes de ce film. Il n'y avait rien à montrer si ce n'est les esquisses et notes épinglées aux murs où se trouvaient les toiles, avant. Les grands pinceaux avaient tous raidi et séché dans des boîtes de conserve. Ils avaient été remplacés par des pinceaux pareils à ceux qu'utilise un orfèvre pour dépoussiérer les diamants, et dans cet atelier du deuxième étage où bourdonnaient les ventilateurs accolés aux fenêtres, pulsant le ciel jaune d'août à l'intérieur pour y faire sécher la peinture, Abraham Ebdus se tenait voûté comme un orfèvre, ou un moine copiste, léchant de ses minuscules pinceaux les photogrammes de celluloïd, son travail devenu révérencieux et infinitésimal. Dylan restait à ses côtés et respirait l'odeur de peinture, l'âcreté de la volute ténue de pigment fraîchement mélangé. Il était aussi haut que la table lumineuse sur laquelle son père peignait, ses yeux à niveau et tout près, et il se demandait si ses petites mains n'auraient pas mieux convenu à cette tâche que celles de son père. Quand l'ennui finissait par le gagner, il s'asseyait par terre en tailleur et dessinait avec les pastels gras délaissés par son père, les sortant délicatement de leur boîte en fer-blanc ornée d'une étiquette en français. Ou poussait sa dinky toy, la numéro 11, le long des lames du plancher peint. Ou ouvrait à grand-peine un énorme volume de reproductions, en planches détachables, de Bruegel, Goya, Manet ou De Chirico, et se rêvait brièvement à une fenêtre de la tour de Babel, ou au centre d'un cercle de sorcières assis avec une chèvre, la nuit autour d'un feu de camp, ou encore parmi une bande de mômes armés de rameaux bourgeonnants occupés à faire traverser un ruisseau à des cochons. Chez Bruegel et De Chirico, il trouva des enfants qui jouaient avec des cerceaux semblables à celui de Marilla et se demanda si elle lui permettrait de descendre Dean Street en faisant rouler le sien à l'aide d'un bâton. Mais la fillette au cerceau et au bâton dans la rue déserte du De Chirico avait une cascade de cheveux comme celle des Solver, alors autant laisser tomber.

« On dirait la même, fit remarquer Dylan, en observant son père finir une image et passer à la suivante.

– Ça change très légèrement.

– Je vois pas.

– Ça viendra, avec le temps. »

Le temps, lui avait-on dit, s'accélérerait. Les jours s'envoleraient. Ils ne s'envolaient pas, ici, par terre dans l'atelier de son père, mais cela viendrait. Ils s'envoleraient, le film s'accélérerait et défilerait à si grande vitesse qu'il donnerait l'impression du mouvement, l'été prendrait fin, il irait à l'école, il « grandissait si vite », tout le monde était d'accord là-dessus sauf lui, enlisé qu'il était, tout à fait noyé dans le temps, là, par terre dans l'atelier, parcourant Bruegel des yeux à la recherche d'autres enfants parmi les chiens sous la table du banquet, au pied des meuniers et de leurs femmes. En redescendant de l'atelier de son père, il comptait les marches grinçantes de l'escalier.

En bas, c'était une tout autre histoire. Les coins de sa mère – le salon rempli de ses livres et de ses disques, la cuisine où elle préparait à manger, riait et discutait au téléphone, sa table encombrée de journaux, de cigarettes et de verres à vin – ne cessaient de surprendre Dylan et de le déconcerter, comme sa mère elle-même. Le matin elle partait pour Schermerhorn Street où elle travaillait. Alors Dylan prenait possession du rez-de-chaussée tel un fantôme, pelotonné pour lire ses livres à lui ou faire une sieste assommée de soleil sur le canapé, se nourrissant des restes trouvés dans le frigo, ou de grosses cuillerées de chocolat en poudre pioché à même la boîte et qui lui faisait dans la bouche une épaisse pâte de cacao, examinant les mots croisés laissés inachevés sur la table, poussant sa dinky toy, la numéro 11, entre les cendriers ou sur les bords du pot de l'immense plante de verre qui ressemblait à un arbre, avec ses branches épaisses et caoutchouteuses, et constituait un autre monde où la miette d'être de Dylan pouvait s'aventurer et se perdre. Et puis, systématiquement, avant qu'il ait le temps de se composer un visage ou de décider ce qu'il voulait d'elle, Rachel Ebdus était de retour, et Dylan découvrait qu'il n'avait aucun pouvoir sur sa mère. La solitude de Dylan, que son père laissait inviolée, sa mère la faisait éclater comme un grain de raisin. Elle pouvait lui faire un câlin et, lui massant le crâne en passant les doigts dans ses cheveux, dire, « Que tu es beau, si beau, tu es un si beau petit garçon », ou aussi bien s'asseoir à distance de lui en fumant une cigarette et dire : « D'où viens-tu ? Pourquoi es-tu là ? Pourquoi suis-je ici ? », ou : « Tu sais, mon trésor, que ton père est fou ». Fréquemment, elle lui montrait un magazine contenant une photo dont la légende disait SAURAIS-TU DESSINER SPARKY ? et déclarait : « Ce serait facile pour toi, si tu le voulais tu pourrais remporter ce concours. » Quand Rachel préparait un œuf sur le plat, elle demandait à Dylan de se tenir près d'elle, puis lui cassait l'œuf sur la tête et se dépêchait de le mettre dans la poêle avant qu'il coule. Il se frottait la tête, mi-vexé, mi-amoureux. Elle lui passait des disques des Beatles, *Sgt Pepper*, *Let It Be*, avant de lui demander quel était son Beatle préféré.

« Ringo.

– Ringo plaît aux enfants, lui avait-elle répondu. Aux garçons. Paul plaît aux filles. Il est sexy. Tu comprendras plus tard. »

Elle pouvait pleurer ou rire ou ramasser les morceaux d'une assiette cassée ou couper les griffes des chats qui vivaient dans l'arrière-cour, les deux qui restaient de la portée du sous-sol, avaient grandi et à présent tuaient régulièrement les oiseaux au milieu des briques et du lierre. « Tu vois, disait-elle en exerçant une pression sur la patte du chat afin de faire saillir ses griffes, il ne faut pas les couper trop court, il y a un vaisseau sanguin ici, ils saigneraient à mort. » Elle débordait d'informations dont il n'avait pas encore l'usage : Nixon était un criminel, les Dodgers avaient déménagé en Californie, la cuisine chinoise donnait la migraine, Muhammad Ali était réfractaire à la guerre et avait été jeté en prison, les films anglais de Hitchcock étaient meilleurs que ses films américains, la circoncision n'avait rien d'obligatoire mais c'est ce que les femmes préféraient. Elle était trop pleine pour la maison, avait constamment besoin de se répandre au téléphone, et trop pleine pour Dylan qui entreprenait plutôt Rachel à la marge, esquivant son courant dominant pour naviguer au près dans ce qu'il était capable de déchiffrer. Il lui arrivait de se glisser au rez-de-chaussée pour s'approcher en douce de ses étagères, dans l'obscurité, sous les nus. Là, il pouvait faire semblant de s'intéresser à ses livres – *Tropique du Cancer*, *L'Expédition du Kon-Tiki*, *Laisser courir*, *Des jeux et des hommes* –, sa vision se troublant tandis qu'il écoutait d'une oreille indiscrète ses coups de fil, toujours ses coups de fil, « … il est là-haut… la Californie n'a jamais compté… je paie toutes les factures… dit que la texture des champignons me rappelait quelque chose et il a piqué un fard… écouté l'album de Clapton à quatre heures du mat… totalement oublié mon français… » Ou alors Dylan s'avançait sur la pointe des pieds, couvert par le monologue de Rachel, pensant qu'elle était de nouveau au téléphone pour en fait trouver quelqu'un assis à sa table, buvant du thé glacé, partageant son cendrier, riant, écoutant, décelant le bruit des pas de Dylan quand Rachel ne s'apercevait de rien.

« Le voilà justement », disaient-ils, comme si Dylan était chaque fois le sujet de conversation qu'ils venaient d'abandonner.

Alors, on lui faisait signe d'approcher de la table pour être présenté. Dylan ne se souvenait des visiteurs que lorsque Rachel les décrivait plus tard à Abraham, pendant le dîner : le chanteur folk pas franchement génial qui avait joué une fois en première partie de Bob Dylan et ne manquait jamais une occasion de le rappeler, le hippie libidineux poursuivi en justice pour avoir bourré les tourniquets du métro de faux jetons, le riche homosexuel qui collectionnait les objets d'art mais n'achetait aucun des nus d'Abraham parce que c'étaient des femmes, le pasteur noir radical d'Atlantic Avenue qui se croyait obligé de passer au crible tous les nouveaux arrivants du quartier, l'ancien petit ami qui travaillait à présent comme accordeur de pianos au Carnegie Hall mais pensait intégrer les Peace Corps pour couper au Viêt-nam, le couple d'Anglais amateur de citations de Gurdjieff et qui préparait la traversée du Mexique à vélo, la femme du groupe de conscientisation de Brooklyn Heights qui n'en revenait pas qu'ils aient acheté dans Dean Street. Il y en avait tellement, qui tous tendaient la main vers la tête de Dylan pour l'ébouriffer en demandant pourquoi Rachel lui laissait pousser les cheveux si longs qu'ils lui tombaient dans les yeux et jusqu'aux épaules. Dylan avait l'air d'une fille – à peu près tout le monde était d'accord là-dessus.

Alors – et c'était finalement chaque fois l'inconvénient majeur qu'il y avait à déambuler au rez-de-chaussée – Rachel s'extirpait de sa chaise, cigarette à la main, et conduisait Dylan devant la porte d'entrée, lui désignait les mômes qui jouaient sur le trottoir, insistait pour qu'il se joigne à eux. Rachel avait un programme, un plan. Elle avait grandi comme une enfant des rues à Brooklyn et Dylan en ferait autant. Et elle l'éjectait donc du premier de ses deux mondes, la maison, dans le second. La rue, le pâté de maisons. Dean Street.

Le second monde était un agencement de territoires d'asphalte, et les façades à la peinture écaillée des constructions contiguës – roses, blanches, vert pâle, différentes nuances de rouge et de bleu, laissant toujours transparaître la brique en dessous – étaient les bannières de royaumes inconnus qui s'étendaient derrière et déterminaient probablement le système de parcellement des territoires. Dylan n'avait jamais vu aucun môme mettre les pieds dans la maison d'un autre. Ils ne parlaient pas non plus de leurs parents. Dylan n'ayant pas d'autre sujet de conversation, il s'insinua en silence à l'intérieur du groupe d'enfants, qui semblèrent comprendre et éclaircirent vaguement leurs rangs pour lui faire une place. Peut-être les mômes s'y étaient-ils tous insinués de cette façon.

Nevins et Bond Street, qui flanquaient la rue à chaque extrémité, étaient des passages vers l'inconnu, voies menant à la cité de Wyckoff Street. De toute façon, les Portoricains devant l'épicerie, dans Nevins, régnaient sur le coin. Un autre groupe, des noirs pour la plupart, traînassait devant un meublé situé entre chez les Ebdus et Isabel Vendle et chassait les garçons qui jouaient à la balle, leur gueulant de faire gaffe au pare-brise de la voiture définitivement garée devant le meublé, une Stingray, qu'un Portoricain à la moustache cirée astiquait fréquemment et conduisait rarement. Pour finir, un noir acariâtre qui lançait des regards furieux sans jamais prononcer un mot passait un coup de balai sur le trottoir et coupait les mauvaises herbes devant deux bâtiments, près de Bond Street. Les enfants de Dean Street se regroupèrent donc instinctivement au milieu de la rue.

Henry était un petit noir qui avait un frère cadet, Earl, et une avant-cour pavée et plane au lieu de ces jardins à parterre en friche ou mal entretenu. Le petit mur de clôture séparant la cour pavée du trottoir était lui aussi construit en dur, en mortier. Henry avait trois ans de plus que Dylan. Son perron et sa cour constituaient le point de ralliement, la base d'opérations. Les grands arrivaient de plus loin en bas de la rue et choisissaient leur camp. En particulier Davey et Alberto qui venaient d'en face, près du coin, de la maison qui débordait de cousins et dont le perron servait de fumoir aux ados. Ils arrivaient en balançant les bras et en faisant rebondir une Spaldeen neuve. Ils achetaient un Yoo-Hoo à la fraise et se le partageaient, puis donnaient à Henry ou à son copain Lonnie la capsule pour la chique. Dylan s'asseyait avec Earl sur le perron de Henry et observait. Le fief de petites noires régi par Marilla était situé de l'autre côté de la rue. Dylan n'y était jamais retourné depuis la première fois, mais les mots traversaient Dean Street depuis la cour de Marilla jusqu'à celle de Henry, et parfois les filles aussi. La cour de Henry était le centre et Henry était le centre. Henry choisissait toujours le jeu.

À deux bâtiments de chez Henry se trouvait la maison abandonnée. Des bandages d'aggloméré en recouvraient les fenêtres et la porte d'entrée comme une momie aux orbites vides et à la bouche béante, figée dans un hurlement, et sa cour était dévastée, sans clôture ni portail. Le perron était nu lui aussi, sans balustrade. On avait certainement retiré la ferronnerie pour la vendre à la casse. La maison momie était une surface plane sans fenêtres, et constituait donc un haut fronton pour la balle au mur, un jeu où le lanceur faisait rebondir une Spaldeen contre le mur, avant que le receveur s'en saisisse sur le terrain de la chaussée, se faufilant entre les voitures pour réussir sa prise.

Une Spaldeen se logeait à la perfection au creux de la main et y était souvent comme aimantée. Henry et Davey en particulier, semblaient n'avoir qu'à s'élancer d'un pas ou deux et à lever la main pour qu'y apparaisse une balle. Une balle qui atteignait le second étage de la maison abandonnée rebondissait le plus loin, et celle qui franchissait le portail de l'autre côté de la rue était un home-run. Henry semblait capable d'en réussir à volonté et le fait qu'il n'y arrive pas tout le temps restait un mystère. Parfois aussi, Henry manquait son lancer et la Spaldeen atterrissait sur le toit, suscitant un grognement de protestation pour qu'on en achète une autre, et l'argent de poche était collecté. « Ça en fait combien là-haut, maintenant ? dit un jour Alberto, l'air songeur. Si je pouvais monter, ça me prendrait la journée pour les relancer en bas. »

Dylan et Earl étaient envoyés en mission à l'épicerie pour y prononcer la formule magique, Spaldeen, et le vieux Ramirez leur en tendait une autre avec méfiance, agacé par leur manège. Dylan cajolait la Spaldeen rose nouveau-née mais la remettait aussitôt à Henry, pour ne plus guère la toucher qu'une fois élimée et mollasse, après qu'on l'avait lancée et fait rebondir un millier de fois sous tous les angles possibles. Et encore lui arrivait-il de ne plus la toucher du tout. L'occasion se présentait entre les parties, pendant ces interruptions synonymes de flottement, lorsque les bras retombaient inexplicablement, qu'un des joueurs demandait à un autre une lampée de son Yoo-Hoo et qu'un troisième retournait son tee-shirt et l'étirait avec les coudes, s'exposant à la risée des filles. La balle roulait inerte dans le caniveau, où Dylan pouvait la récupérer et s'ébahir du spectacle de sa désintégration. Dès lors, elle était bonne pour le toit. Peut-être Henry avait-il un système, comme les arbitres de base-ball, pour retirer les balles usées de la circulation.

Le perron de la maison abandonnée servait aussi d'avant-scène clandestine, dissimulée au vu et au su de tous en plein milieu de la rue. La parcelle de trottoir fissuré devant la maison abandonnée était un no man's land de dix mètres de long. Les arbres de Dean Street étaient rassemblés, comme les gamins, au centre du pâté de maisons. Ils semblaient penchés de façon à couvrir la maison abandonnée de taches d'ombre, pommelant le soleil comme le faisait l'ailante de l'arrière-cour dans la chambre de Dylan, et à assourdir la voix des parents quand ils appelaient les enfants pour le dîner, la transformant en un phénomène lointain, pareil au cri des oiseaux. Dylan remontait tête baissée son côté de Dean Street pour mémoriser les parcelles du trottoir ; il savait s'il était devant chez Henry ou devant la maison abandonnée sans avoir à lever les yeux, s'aidant seulement des formes à ses pieds, les longues dalles inclinées ou celle qui émergeait ronde comme la lune ou encore la plaque de béton ou le nid-de-poule invariablement rempli par les orages d'été soudains qui fragmentaient les après-midi humides en mille morceaux sombres et électriques.

Balle au mur, stickball, stoopball, touchball[1]. Henry et Lonnie affrontaient Alberto et Davey la plupart des après-midi, touchball dans la rue, Portoricains contre noirs, football à deux contre deux, réclamant à grands cris une longue passe durant les instants volés entre le passage des voitures et de l'autobus de Dean Street. C'est l'autobus qui interrompait la partie le plus longtemps, les joueurs trépignant d'impatience, serrés contre les portières des voitures garées pour faire de la place, signalant au bus d'avancer, allez, allez, bouge. N'aie pas peur de nous toucher, faisaient-ils signe au chauffeur. Avance, merde, t'occupe pas de nous, on est des grands garçons.

Un jour Henry assena une grande tape des deux mains sur le flanc du bus, puis se laissa tomber sur la chaussée comme s'il venait d'être percuté. Le gros autobus pila en grinçant des freins et stationna tout vibrant au milieu de la rue, les passagers allongeant le cou pour scruter

1. Le stickball et le stoopball sont des variantes du baseball ; le premier se joue avec une balle en mousse et un bâton. Le second consiste, pour le lanceur, à faire ricocher la balle sur les marches d'un perron et à rejoindre une base à la course avant que le receveur se saisisse de la balle. Le touchball est une variante du football américain où les défenseurs neutralisent le porteur du ballon en le touchant plutôt qu'en le plaquant.

bouche bée par la fenêtre tandis que le chauffeur descendait voir. Alors, Henry se leva, éclata de rire et partit en courant, prenant ses jambes à son cou, les talons lui martelant les fesses comme dans un dessin animé, puis disparut au coin de la rue. Lonnie et Alberto se moquèrent du chauffeur avant de désigner le bout du pâté de maisons. « C'était pas moi, m'sieur, dit Lonnie, toujours hilare, écartant les mains en signe d'innocence. J'y peux rien, moi, putain ! Je le connais même pas, ce mec, c'est un taré de la cité. » Ce mensonge était proféré dans la rue, devant la cour de Henry, chez lui. Mais « la cité » suffisait à expliquer à peu près n'importe quoi, si bien que le chauffeur secoua la tête et remonta dans le bus. Dylan observait.

Il arrivait aux filles de jouer à chat. Il y avait quelque chose de vaguement regrettable, un côté chochotte, dans le jeu du chat, mais quand les filles y jouaient Henry et Lonnie y jouaient aussi, après quoi Dylan et Earl étaient introduits dans le cercle où l'on battait des pieds – Am stram gram, pic et pic et colégram, bourre et bourre et ratatam, am stram gram. On risquait d'être celui qui s'y colle. Lorsqu'il s'y collait, Dylan se démenait comme un beau diable et se surprenait parfois à gueuler. S'y coller le rendait un peu braillard ; pourquoi, il l'ignorait. On s'en fichait, ça peut arriver à tout le monde de gueuler, tel était le verdict. Les parties se dissolvaient inexplicablement, des groupes se formaient, le chat se dédoublait, un garçon courait aux trousses d'une fille jusqu'au coin de la rue et abandonnait la partie. L'objet de leur attention changeait aussi souvent que l'inclinaison des rayons du soleil. Tel môme s'amenait tel jour avec un paquet de cartes de base-ball, sans aucune explication. On ramassait les capsules qui pouvaient servir à la chique, on évaluait la quantité de cire nécessaire, et puis on ne jouait jamais à la chique. Peut-être que personne ne savait y jouer. Isabel Vendle regardait par la fenêtre. Les types du coin de la rue faisaient claquer leurs dominos, la poissonnerie de Nevins Street était jonchée de sciure, un môme venu de la cité faisait irruption dans le petit monde des enfants de Dean Street, une dissonance mystérieuse envahissait tout. Des journées entières pouvaient être ainsi mystérieuses, et puis le soleil se couchait.

Dylan ne se rappelait pas avoir prononcé son nom, pourtant tout le monde le savait et se fichait de ce qu'il voulait dire. On se fendait parfois d'une allusion au fait qu'il avait l'air d'une fille mais ce n'était apparemment pas sa faute. Il n'était ni bon lanceur ni bon receveur mais tant pis. De l'avis général, ce n'était pas donné à tout le monde. Dylan communiait donc avec la Spaldeen dans les moments qui tombaient en quenouille, lorsqu'elle roulait lentement dans le caniveau ou qu'elle valdinguait au bout de la rue après avoir tapé contre l'aile d'une voiture en marche. Il était alors prié d'aller la chercher pour les plus grands qui attendaient contrariés, secouant la tête. La balle filait parfois jusqu'à Nevins Street, l'épicerie, où l'un des joueurs de dominos grisonnants assis sur les caisses la bloquait pour l'examiner brièvement avant de la renvoyer. La Spaldeen revenait toujours esquintée par l'impact. « Expédie-la sur le toit, Henry », murmurait Dylan en courant la rapporter, il le murmurait pour lui-même, mais aussi pour la balle, c'était une incantation. Et parfois Henry la lançait aussitôt sur le toit. Alors, plutôt que de réclamer une Spaldeen neuve, les plus grands prenaient soudain la tangente, pour aller zoner devant le portail d'Alberto à l'autre bout de la rue et s'y délecter des sous-entendus cochons des ados parmi les mégots qu'ils balançaient d'une chiquenaude du haut du perron. Les ados attendaient la nuit. Dylan, le petit blanc, restait près du muret en béton de Henry. De là, il pouvait entendre Rachel l'appeler, plus loin, il n'en était pas trop sûr. Entre chez Henry, la maison abandonnée et chez lui, Dylan connaissait le trottoir avec précision.

Le gamin s'attardait dans le bureau pour feuilleter les albums photos d'Isabel pendant que sa mère fumait, assise sur la terrasse de derrière. Isabel vit un écureuil descendre en tournoyant autour d'un poteau téléphonique, avant de détaler par-dessus la clôture. Le déplacement de l'écureuil n'était qu'une suite oscillante de bosses, queue et échine arrondies à contretemps. Il y a donc des créatures bossues qui sont élégantes, songea Isabel, pensant à sa propre forme.

À l'intérieur, un plâtrier italien remodelait une rosace au plafond du salon, transpirant en haut d'une échelle, près de la grande fenêtre donnant sur la rue. Le gamin à la table d'Isabel rabattait les pages surchargées, absorbé comme dans une lecture.

Lui aussi était bossu, penché sur l'album. Plutôt hérisson qu'écureuil, résolut Isabel.

« Vous lui trouvez le moindre goût ? demanda Isabel à la jeune mère, en fronçant les sourcils.

– Bien sûr », répondit Rachel. Elle n'avait pas pris la peine d'éteindre sa cigarette en acceptant le verre de soda glacé sur lequel perlaient des gouttelettes. La fumée dérivait tranquillement dans l'air du mois d'août.

« De tout ce qui meurt en moi, le goût meurt le premier.

– Essayez d'y mettre du citron, suggéra Rachel.

– Je mets déjà du citron dans le potage. Je ne vais pas en mettre aussi dans le soda. Emportez la bouteille quand vous partirez. Je ferais mieux de boire du formol. »

Rachel Ebdus ne releva pas l'allusion. Rien ne la choquait, c'était mauvais signe, si Isabel prenait la peine d'y réfléchir. La jeune mère se balançait dangereusement sur sa chaise, la cigarette entre deux doigts d'une main appuyée sur son épaule. Sa chevelure noire hirsute disait la folie. Isabel l'imagina en proie aux flammes dans son patio, au beau milieu de l'après-midi cotonneux.

L'homme sur l'échelle recueillit l'excédent de plâtre avec sa spatule et le laissa se répandre lourdement sur le papier boucherie dont était recouvert le plancher du salon, qui craqua sous le poids.

La concentration du gamin, son regard fixe, allaient finir par gommer le glacé du papier de ses vieilles photos. Cela faisait une bonne minute qu'il n'avait pas tourné de page. Il demeurait recroquevillé sur l'album tout comme Isabel était, à son corps défendant, recroquevillée sur elle-même.

Elle remarqua que Rachel Ebdus observait le plâtrier. « Il est habité par son art, dit-elle à la jeune femme. Il boit de la bière pendant ses pauses et parle comme John Garfield, mais regardez-moi ce plafond.

– C'est magnifique.

– Il dit que c'est son père qui lui a tout appris. Il ne fait que révéler la beauté cachée des choses. Il est l'instrument du plafond. Il n'a pas besoin de comprendre. »

Isabel éprouvait de l'irritation contre elle-même ou Rachel Ebdus, elle ne savait pas au juste. Elle n'avait pas poussé la métaphore assez loin : à savoir que dans son mutisme, la maison évoquait un langage qui lui était propre, comme le plâtrier perpétuait le métier de son père.

« Il a un beau cul », dit Rachel.

Dehors, l'écureuil émit un couinement.

Isabel poussa un soupir. De fait, elle mourait d'envie de fumer l'une des cigarettes de la femme. Pouvait-on se mettre à fumer à soixante-treize ans ? Isabel se dit qu'elle aimerait bien. Ou peut-être s'agaçait-elle seulement de sa propre impuissance à comprendre quoi que ce soit de Rachel Ebdus en dehors de son insatiabilité. Et les cigarettes étaient posées sur la table de jardin en fer forgé du patio d'Isabel, à portée de main, alors que le cul du plâtrier était dans tous les sens du terme moins accessible.

« Si c'est une question d'argent..., commença Isabel, se surprenant à entrer dans le vif du sujet.

– Pas du tout, répondit Rachel Ebdus en souriant.

– Je ne voudrais pas vous mettre dans l'embarras. Packer School et l'école des quakers offrent des possibilités de bourse. J'ignore ce qu'il en est de Saint Ann. Mais je serais ravie de pouvoir vous venir en aide.

– Il ne s'agit pas d'argent. Je crois en l'école publique. Je suis moi-même une élève de l'enseignement public.

– Vous êtes très idéaliste. Vous vous apercevrez vite que tous ses petits camarades sont inscrits dans l'une de ces écoles privées.

– Les amis de Dylan habitent la rue. Je doute qu'ils aillent chez les quakers ou à Packer. »

Les journées n'étaient pas toutes comme celle-là. Il y en avait qui ressemblaient à des pages blanches, nul couinement d'écureuil dans les arbres, pas de gamin pour feuilleter ses albums, ni de plâtrier pour suer sous son plafond, pas de voisine gauchiste et mal mariée écrasant ses cigarettes dans les tasses à thé de porcelaine, sirotant le soda qu'Isabel ne goûtait plus, sans hésiter pour saboter la conversation à la traiter implicitement de raciste, des journées où la seule note discordante dans la haute maison hollandaise était le chat roux qui se faisait les griffes sur les paquets de journaux au sous-sol, les réduisant en monceaux d'effilochures puant la pisse, des journées où Isabel restait assise devant sa table, à l'étage, traçant d'une plume grinçante sa signature au bas d'un chèque destiné à telle cause plus ou moins valable, ou à sa préférée qui ne valait rien du tout, son neveu Croft planqué au sein d'une communauté à Bloomington, dans l'Indiana, après avoir engrossé la cuisinière noire de la maison de Silver Bay et qui, lui avait-on assuré, partageait scrupuleusement en deux la donation mensuelle d'Isabel, en expédiait une partie à la lointaine cuisinière et à son enfant, et versait l'autre moitié à la communauté pour participer à ses achats de nourriture et de marijuana. Au diable Rachel Ebdus. Puisque Isabel subventionnait des hippies sauvages et le rejeton mulâtre de sa parentèle dévoyée, Rachel Ebdus pouvait bien envoyer Dylan, pauvre petit, à l'école publique 38 exhiber son visage blanc au milieu d'un océan brun, ébrouer sa cascade de cheveux de fille parmi les coupes afro, si cela pouvait satisfaire ses principes. Désormais, Isabel se contenterait d'une journée entièrement dépourvue d'écureuil, qu'elle ne passerait même pas devant son bureau mais plutôt dans son lit, sourde aux cris du chat roux, à relire Maugham ou Maupassant.

Elle se demanda si Rachel Ebdus aurait aussi admiré le cul de Croft. C'était à craindre.

Le gamin posa le gros album de photos sur la table de fer forgé et montra quelque chose du doigt. « C'est votre nom », s'enquit-il. Isabel tourna la tête, surprise.

Le photographe du temps jadis avait gravé, dans la chambre noire, un alignement de lettres blanches miniatures au coin inférieur de chacun des clichés en noir et blanc, bateaux, port, garden-parties : DOMAINE VENDLE, SILVER BAY, LAC GEORGE, NY. Le garçon appuya le bout potelé de son doigt sur le nom de famille d'Isabel, et attendit qu'on lui réponde.

Domaine Vendle. Canneberges macérées dans le cognac. Cadavres de bouteilles roulant dans le ventre d'un canot. Le fameux aviron, pris dans un entortillement de plantes aquatiques, qui lui avait broyé et transpercé le flanc, lui perforant le poumon quasiment jusqu'à la colonne vertébrale. La vieille blessure autour de laquelle elle était si rigidement recroquevillée.

« Il sait lire, dit Isabel, consentant à se laisser vaguement impressionner.

– Mmm hmm, fit Rachel Ebdus tirant sur la nouvelle cigarette qu'elle allumait. Absolument. Il lit le *New York Times* d'Abraham.

– Il sera avec des enfants qui n'apprendront jamais », dit Isabel, consciente que sa remarque impulsive était plutôt cruelle. Le fait était indéniable. À Rachel de s'en débrouiller, maintenant.

« Peut-être qu'il leur apprendra, répondit la mère de Dylan désinvolte, et elle se mit à rire. C'est à lui de résoudre ce problème, l'école. Si j'y suis arrivée, il doit pouvoir. » Cigarette entre les doigts pointée vers le ciel et distillant sa fumée, elle passa la main dans les cheveux de Dylan.

2

La chique existait bel et bien. C'était une science plus proche du Spirographe et de l'ardoise magique que de la Spaldeen et Dylan tomba dessus avec gratitude. À vrai dire, quand on y jouait, il perdait la partie plus souvent qu'il ne la gagnait mais la chique était un art qui comportait la transmission d'un corps de connaissances, comme les procédés d'une confrérie, et lorsque arriva son deuxième été dans Dean Street, Dylan s'était déjà rendu maître de toutes ses notions annexes et était largement reconnu pour cette maîtrise. Par exemple, tracer la chique. La première étape consistait à trouver le parfait carré d'asphalte et le rapport d'intimité que Dylan entretenait depuis longtemps avec le trottoir de sa rue fut donc récompensé. Il ne fallait pas que la parcelle soit endommagée par une fissure ou une nervure, ni qu'elle soit inclinée ou en creux. Dylan avait un faible pour un carré situé devant la maison à façade bleue, entre la demeure de la femme que sa mère nommait parfois, en riant, Vendlemachine[1] et que Henry appelait la vioque, et la maison de Henry lui-même. Dylan savait secrètement que d'autres carrés de trottoir plus bas dans la rue étaient aussi bons voire meilleurs mais il préférait celui-là parce qu'il était plus près de chez lui et aussi de chez Henry, là où les gamins

1. *Vending machine* : distributeur automatique.

se réunissaient, à l'ombre d'un arbre – la dynamique de l'espace et du son, la qualité de la tranquillité et la facilité d'accès, tout un ensemble de subtils critères esthétiques et aussi le fait qu'il pouvait toujours entendre sa mère si elle l'appelait depuis leur perron – il lui aurait été impossible d'exprimer tout ce qui expliquait son choix, il se contenta donc de proclamer que c'était le meilleur carré pour la chique, dans l'ensemble. Et on le crut. Il arrivait bien que les mômes griffonnent une chique dans un autre carré, comme ça, pour voir, mais après la proclamation de Dylan le principe fut établi.

Ensuite, le tracé à la craie de la chique sur la parcelle. Dylan savait dessiner, encore qu'il n'en ait eu la révélation qu'à travers l'incapacité des autres à l'égaler. Ils lâchaient leurs craies à la vue de ses chiques, et il était réquisitionné par Marilla pour tracer les marelles des filles qui, le reste du temps, le chambraient pour ses grosses grolles et ses bermudas – qu'elles appelaient des mille-pattes et des culottes courtes. Ses chiques étaient des lignes droites sans bavures, les quatre coins élégamment numérotés, un, deux, trois, quatre, l'aire gagnante, au centre, était agrémentée d'un double anneau, innovation de son cru. Tout cela, de même que son choix de parcelle, devint une institution, au point qu'un jour Lonnie et Marilla soutinrent avec mépris qu'il en avait toujours été ainsi, et l'on oublia à jamais que Dylan était l'inventeur du double anneau.

D'autres innovations furent carrément rejetées. Dylan conçut un jour une chique en forme d'étoile, où les joueurs étaient censés envoyer leurs capsules depuis l'extrémité des branches triangulaires jusque dans la partie centrale, comme aux dames chinoises, jeu que Dylan avait appris à la maternelle. Personne ne comprit, personne ne joua – ce n'était plus la chique. Dylan l'effaça mais les six pointes de l'étoile laissèrent suffisamment de traces de craie pour le narguer jusqu'à l'averse suivante.

Ensuite il y avait la confection des capsules à chique. Les capsules métalliques des canettes de soda ou de bière étaient la norme, et celles un poil plus lourdes garnies de liège étaient les meilleures, encore qu'il arrivât de temps à autre qu'un môme expérimente une capsule en plastique, ou une plus large en métal issue d'on ne savait trop quel bocal, pot ou bouteille, de ketchup, de cornichons, voire de compote de pommes. L'idée d'une capsule colossale, capable d'éjecter l'adversaire du terrain d'un taquet cinglant, hantait cette institution qu'était la chique. Mais en pratique les capsules plus grosses étaient d'un maniement difficile, tendaient à sortir des limites de l'aire de jeu, et faisaient mal aux doigts lorsqu'on leur donnait une forte chiquenaude pour les projeter à travers le terrain. On pouvait s'amuser avec une grosse capsule avant de la remplir de cire mais elle ripait et glissait hors limites trop facilement, et de toute façon, une capsule sans cire, ce n'était pas vraiment la chique. Il fallait de la cire. Les bougies pouvaient être achetées ou « repassées » – volées à la tire – à l'épicerie de M. Ramirez, ou gracieusement fournies par Dylan qui puisait dans la réserve de chevet de sa mère. Il devint expert dans l'art de les faire fondre, opération invariablement effectuée sur le perron de la maison abandonnée, afin d'éviter que parents ou « petits » ne flippent – encore que Dylan et Earl fussent toujours les plus petits du quartier, en dehors d'une paire de gamines muettes coiffées d'austères tresses plaquées – à la vue des allumettes. Ensuite, déverser la cire dans la capsule de façon à ce qu'elle durcisse en une masse lisse dénuée d'aspérités ou de renflements, qui ne se fasse pas éjecter lorsqu'elle était télescopée par la capsule d'un adversaire. Comme une usine miniature, Dylan produisait à la chaîne des capsules parfaites et les alignait le long du perron : Yoo-Hoo à la vanille avec de la cire rose, Coca et cire verte, Coco Rico, le liège de la capsule empestant encore le sucre, et cire blanche.

Curieusement, après la rapide ascension de Dylan aux rangs de philosophe et alchimiste en chef de la chique, personne ne sembla plus vouloir y jouer. Dylan régnait sur une parcelle idéale qui fut obstinément dédaignée, désertée en faveur d'à peu près n'importe quoi, y compris rester planté aux abords de la cour de Henry les mains dans les poches, à se flanquer des coups de latte sur les chevilles en disant : « Je t'emmerde, connard ». Peut-être les mômes de Dean Street n'avaient-ils jamais été vraiment capables de concentrer durablement leur attention sur la chique, mais seulement sur le savoir-faire qu'elle supposait, histoire d'en comprendre le folklore. C'était tellement plus facile de dire à un minot qu'il était nul à la chique que de le défier pour rafler toutes ses capsules, et d'ailleurs qu'est-ce qu'on en avait à fiche, des capsules ? Tout le monde les perdait voire les jetait, non sans perfidie, sur les autobus pour entendre le tintement inoffensif qu'elles émettaient avant de rouler dans le caniveau. Finalement, c'était peut-être craignos, la chique. Perfectionner quelque chose, c'était peut-être le détruire.

Les filles Solver déménagèrent. Ce fut la première surprise. Un beau jour, elles avaient disparu. Isabel Vendle était postée à sa fenêtre et avait vu le fourgon, les déménageurs descendant lourdement le perron avec des cartons pleins de livres et de verrerie, les filles sur le trottoir chaussées des patins qui semblaient des prolongements de leurs chevilles, tourbillonnant, plus insaisissables que jamais, en une ultime pirouette moqueuse. Les parents des petites n'avaient pas eu la courtoisie de dire un mot à Isabel, n'avaient apparemment jamais su qu'ils faisaient partie de son plan, membres fondateurs de son Boerum Hill. Et donc, dès le début, le cercle rétrécit.

Mais Dylan s'en fichait un peu. Les filles Solver étaient allées à Saint Ann pendant cette première année, disparaissant dans Brooklyn Heights. Elles n'habitaient pas Dean Street, elles planaient au-dessus. Dylan était entré au CP à l'école publique 38 à une rue de là, la vraie école, selon Rachel, l'école publique. « C'est l'un des trois élèves blancs de l'établissement, l'avait-il surprise à fanfaronner au téléphone. Pas de sa classe, pas de son année – de tout l'établissement. »

Ça semblait important dans sa bouche. Dylan ne voulait pas lui faire perdre ses illusions, mais en réalité chaque journée passée dans la salle de classe de l'école publique 38 n'était qu'un prélude aux activités de la rue. À l'école, les mômes ne se regardaient pas, ils regardaient le maître. Aucun de ceux que Dylan connaissait de la rue n'était dans sa classe sauf Earl et une des filles mutiques de la cour de Marilla. Henry, Alberto et les autres étaient plus grands et bien qu'ils fussent, jusqu'à preuve du contraire, inscrits dans la même école, auraient aussi bien pu se trouver dans une autre galaxie pendant les heures que Dylan passait à écouter Mlle Lupnick enseigner l'alphabet, montrer comment lire l'heure au cadran d'une pendule et dresser la liste des principaux jours fériés ; à lire et relire la maigre collection de livres d'images disponibles dans la salle au point de les connaître par cœur ; à rêvasser, à gribouiller, à dessiner des chiques utopiques dotées de dix, vingt, cinquante coins, des rectangles semblables aux photogrammes du film peint par son père qu'il remplissait jusqu'à les rendre entièrement noirs. L'alphabet qu'enseignait Mlle Lupnick était représenté sur le mur au-dessus de sa tête par une série de lettres personnifiées au profil caricatural – Monsieur A, mangeait de l'Ananas ; Madame B, Buvait une Boisson Brûlante ; et ainsi de suite – et quelque chose d'insipide dans la parade de ces lettres ricanantes démoralisait totalement Dylan. Il sentait qu'aucun récit ne pouvait voir le jour qui permette à M. A et Mme B de faire quoi que ce soit d'autre que manger de l'Ananas ou Boire une Boisson Brûlante et il lui était intolérable de promener son regard le long de la rangée de lettres en haut du tableau noir pour y découvrir à quel sort peu enviable M. L ou Mme T avaient été condamnés. Mlle Lupnick lisait des histoires, si lentement que c'était une torture. Mlle Lupnick passait des disques, des chansons sur l'art de traverser la rue et sur les métiers divers qu'exercent les hommes. Cherchait-on à le divertir ? Jamais de sa vie Dylan n'avait moins appris. Il jetait des coups d'œil autour de lui mais les autres mômes étaient assis le regard vide à l'intérieur de cages invisibles à sa gauche comme à sa droite, jambes croisées sous le pupitre, doigt dans le nez. Si certains d'entre eux apprenaient l'alphabet, ils cachaient bien leur jeu. Quelques-uns venaient de la cité. Il y avait une Chinoise, chose bizarre quand on y réfléchissait. En tout cas, ils étaient incapables de s'entraider ou de communiquer entre eux. Les plus grands passaient prendre les CP après les cours et les raccompagnaient comme s'ils étaient des demeurés, en secouant la tête. Qu'est-ce que les CP avaient fabriqué toute la journée en classe ? Personne n'aurait pu le dire. La maîtresse leur parlait invariablement comme à un chien, et à trois heures de l'après-midi, on ramenait le chien à la maison.

On pouvait retrouver un gamin de sa classe de CP dans sa classe de CE1 ou ne plus jamais le revoir. Ça revenait au même. Même ceux qu'on connaissait de la rue étaient des inconnus à l'école. Dylan essayait de se toucher le bout du nez avec la langue jusqu'à ce qu'on lui dise d'arrêter. Un ou deux mômes ne levaient pas le doigt pour aller aux toilettes, jusqu'à ce qu'il soit trop tard et qu'ils pissent sur place. Un autre se grattait l'oreille jusqu'au sang. Parfois, Dylan oubliait presque l'existence du CP quelques secondes après être sorti en trombe pour rallier Dean Street.

Tout compte fait, l'étrange et infortuné Abraham Ebdus avait peut-être mis le doigt sur quelque chose, admit-elle en son for intérieur. Le temps était bien une suite de jours, et le film des transformations de la rue était aussi statique qu'une suite de photogrammes peints à la main, pris séparément. Le *New York Times* avait publié le nom dont elle avait baptisé le quartier, *Boerum Hill* – ce n'était pas rien. Mais Isabel Vendle souhaitait à présent que le film soit projeté, que les photogrammes se mettent en mouvement, les arbres pliant sous le vent au lieu de mourir dans l'immobilité moite, la maison abandonnée débarrassée des briques qui la muraient et sauvée. Croissance, progrès, rénovation. La seule chose qui bougeait dans la rue, c'était les enfants au milieu de la circulation, pareils aux insectes qui glissent sur les eaux inertes d'un étang, l'unique blanc surnageant parmi les noirs. L'incinérateur de la cité de Wyckoff Houses flambait un jour sur deux, du moins en apparence, une colonne de fumée s'élevait que l'air rechignait à dissiper. Un célibataire s'était porté acquéreur du bâtiment couvert d'horribles plaques bleues, et semblait décidé à retaper si lentement qu'autant dire jamais. Il vivait dans une pièce du fond et rénovait de l'intérieur vers l'extérieur de sorte que personne ne pouvait se douter que la maison n'était pas une ruine. C'en était une, d'ailleurs, la rue était un cas désespéré, et même Pacific Street progressait plus vite. Isabel aurait voulu arracher les plaques de revêtement bleu de ses propres mains, idée idiote, mais n'empêche : elle aurait voulu tapisser de billets de banque la façade bleue qui lui irritait les yeux comme une embrocation, étaler une bave de billets de banque sur tout Dean Street, soudoyer le propriétaire de la voiture à la carrosserie ornée de flammes pour qu'il aille plutôt l'astiquer dans Pacific ou Nevins ou carrément la précipiter dans le canal de Gowanus. Mais elle n'avait pas tant d'argent que ça. Elle avait des enveloppes et du papier blanc, des timbres et des journées qui refusaient de finir – un orage avait beau chasser la chaleur, une heure plus tard l'humidité retombait sur la rue comme un couvercle, à croire que le tonnerre n'avait pas roulé. Elle écrivit à Croft, qui avait engrossé une autre femme dans la communauté, *Il ne me reste plus beaucoup de temps, Croft, ou peut-être pas. Je n'arrive pas à savoir si je suis plus vieille que je l'étais il y a quarante-sept ans quand, jeune fille, l'aviron m'a transpercé le flanc* et *Croft, tu n'es qu'un idiot.* Croft, à ses yeux, devenait un personnage de Graham Greene dans *Le Fond du problème* ou *Les Comédiens*, Croft méritait de suffoquer dans la chaleur d'une des îles de l'Empire britannique, d'être traîné en justice par des autorités locales scandalisées.

Il est difficile de dire à quel moment Mick Damer se mit à traîner dans le coin. Il venait de quelque part en bas de Nevins Street, peut-être de la cité, peut-être pas. Un jour il fut là, sur le perron de la maison abandonnée, un autre, assis sur le muret de Henry, il zieutait les filles. Ensuite, il participa à une ou deux parties, même si ce n'était pas vraiment son truc. Mick Damer était plus grand que Henry et parvenait à lancer la balle aussi loin que lui mais sa présence avait un effet perturbateur qui interrompait les parties, il avait une drôle de dégaine, dodelinant de la tête, et des mouvements de bras qui n'étaient capables d'effectuer que des passes mal ajustées ou d'envoyer la Spaldeen sur le toit. Une fois, il était à un mètre ou deux de l'impitoyable façade de la maison abandonnée, tandis qu'un receveur attendait sur la chaussée, et il se débrouilla pour catapulter une Spaldeen si bizarrement qu'elle jaillit de biais pour aller briser la fenêtre du salon de la maison d'à côté. Damer courait vite, tout le monde en convint après ça. Il tournait déjà le coin de Nevins, comme Henry quand il avait fait semblant d'être heurté par l'autobus, apparemment avant même que la pluie de verre ne tombe du châssis dans le jardin en contrebas, et que la balle traverse la fenêtre pour aller se perdre à l'intérieur de la maison, prouesse renversante. Les autres restèrent plantés là à jeter des regards mêlés de stupeur et de défi. Ce n'étaient pas eux qui l'avaient lancée, au fond. Après le miracle de ce lancer aberrant, Mick Damer ne se montra plus pendant quinze jours au cours desquels le propriétaire voisin de la maison abandonnée remplaça la vitre par une plaque de carton, puis se posta chaque jour sur son perron une semaine durant, fusillant du regard les joueurs de l'après-midi, qui se dispersaient d'un air penaud pour jouer au football, à chat ou simplement à se faire tomber du muret en béton de Henry, retournant ses regards au propriétaire en marmonnant à voix basse, assez basse pour qu'il n'entende pas : « Mais merde, qu'est-ce que t'as à nous mater ? » jusqu'à ce que, lassé de sa protestation symbolique, il charge un vitrier de remplacer le carton par un carreau. Une fois que les gamins de Dean Street se sentirent à nouveau libres de tâter de la Spaldeen, ils s'employèrent l'espace d'un après-midi ou deux à reproduire quelque chose approchant le diabolique et mémorable lancer mais y échouèrent, l'angle étant tout bonnement impossible. Quand Mick Damer revint lorgner au coin de la rue, ils tentèrent de l'impliquer dans l'expérience mais il refusa pendant des jours, se contentant de bouder en marge des parties. Lorsque, sa curiosité finalement excitée par leur insistance, il consentit à toucher de nouveau une Spaldeen, cela refroidit abruptement les ardeurs. Les gamins se dispersèrent avant même qu'il s'avance vers le mur, traumatisés à l'idée qu'il darde une nouvelle fois son bras dans son style convulsif, et Mick Damer put tranquillement empocher leur Spaldeen neuve et rentrer chez lui, allez savoir où.

Apparemment, nul ne connaissait l'adresse de Mick Damer.

Il se pouvait que Mick Damer habite la cité et qu'il ne le dise pas, voilà tout.

Il habitait probablement la cité.

« Il a un nom à la con, déclara un jour Henry, à la cantonade.

– Qui ça ?

– Nick Tamer.

– Ta race ! » ajouta Alberto, filant la métaphore, en quelque sorte. Personne d'autre ne parla.

Ce fut tout. Les mots se perdirent, du moins aurait-on pu le croire. Mais deux jours plus tard, Mick Damer était à l'affût sur le perron de Henry et tout le monde sentit la charge délétère de sa faction. Elle était lisible dans les paroles qu'échangeaient d'un air détaché les mômes éparpillés plus ou moins loin, personne ne jouant à rien de précis dans l'immuable marécage de l'après-midi. Planté au milieu de sa cour, particulièrement hautain et désinvolte, Henry lançait en oblique une balle au pied de son muret, sans un regard pour Mick Damer.

« Si tu venais par là une minute ? » dit Mick. Il était vautré, un genou fléchi, l'autre jambe tendue pied tourné en dedans, les coudes appuyés sur une marche du perron, la tête enfoncée dans les épaules jusqu'aux oreilles, les mains ballant avec une dangereuse décontraction. On aurait dit une marionnette au regard habité, abandonnée l'espace d'un instant par son manipulateur.

« Je suis là, dit Henry.

– Répète un peu mon nom pour voir ? »

Une question se posait : quel allié invisible avait tourné le coin de Nevins Street, quelle voix était parvenue aux oreilles de Mick Damer, où et quand. Chaque môme se le demandait et devait envisager la possibilité d'être le seul à l'ignorer, les lignes de force étant visibles à tous les autres. Alors, les mômes de Dean Street en furent comme écarquillés, au même instant le poumon de l'été prit une profonde inspiration avant d'exhaler un soupir. La tête leur tournait dans cette atmosphère renouvelée.

« J'ai jamais dit ton nom.

– Alors dis-le maintenant.

– Rentre chez toi. »

Quand Mick Damer s'arracha des marches pour sauter sur Henry, ce fut comme son mémorable lancer de Spaldeen. On n'aurait jamais pu prévoir que son bras osseux s'enroulerait autour de la taille de Henry de manière à ce qu'ils s'écroulent, pliant les genoux pour s'emboîter comme des amants, Mick au-dessus, sur le dallage de la cour. Mick ne cogna pas avant d'être par terre, puis il décocha furieusement coups de genou et de poing, les yeux, la bouche et tout le visage fermés, crispés ; on aurait dit qu'il était sous l'eau, boxant un requin. Henry se mit en boule. Pendant un moment, on observa les combattants de loin, à travers les ondulations d'une brume aqueuse. Puis le duel remontant des profondeurs océaniques creva la surface du silence et la ruée des mômes s'approcha pour mieux voir. Autrement, ils n'auraient pas entendu les drôles de gémissements, la mélopée quasi animale qui s'échappait des deux corps dans la cour de Henry. On s'instruisait. Que des mômes se bagarrent, on le savait, mais les occasions d'en être témoin étaient encore rares. Les mêmes sons s'échapperaient peut-être de votre propre corps, un de ces quatre. Il fallait voir ça, il fallait reculer le moment d'interrompre le combat, faire taire ses sympathies, qui de toute façon étaient plutôt indécises. Après, on arrêterait le massacre en braillant : « Arrêtez ! Arrêtez ! » – à l'unisson, poussés par l'instinct, même si on n'avait encore jamais assisté à un truc pareil. En l'occurrence, Alberto fonça dans la cour pour tirer Mick en arrière par les épaules.

« Tu vois, tu vois, tu vois », répétait Mick Damer en respirant comme un soufflet de forge, l'index pointé. Prisonnier d'Alberto qui lui avait enserré les bras, il continuait d'éructer en direction de Henry, et ses jambes et celles d'Alberto tremblaient comme les pattes d'un animal qui rue dans son box. Il s'était écorché le dos de la main jusqu'au sang sur le dallage, peut-être sur les dents de Henry. « Tu vois ce qui arrive quand on me cherche ? Tu vois ce qui arrive quand on me cherche ? » Mick Damer se dégagea à coups de coude de l'étreinte d'Alberto et rejoignit le coin de Nevins en roulant des mécaniques. Il ne se retourna qu'une fois là-bas, pour beugler : « Tu vois ! » un peu comme il aurait lancé un nom. Puis il disparut.

Nevins Street était un fleuve de malheur traversant Dean Street.

Qui nettoierait les vêtements de Mick Damer, par exemple ?

Il ne reviendrait probablement pas avant quelque temps. Il reviendrait probablement dans quelque temps.

Peut-être avait-il un frère ou une sœur.

Personne n'aurait pu dire.

Cela ne servait à rien d'y penser. Nul n'était responsable. Les voitures et l'autobus roulaient en vrombissant sous les arbres de Dean Street, passant alternativement de l'ombre à la lumière. Les conducteurs étaient aveuglés par cette alternance. Les types à l'entrée des meublés affichaient leur je-m'en-foutisme en portant leur petit feutre malgré la chaleur. Ils buvaient discrètement au goulot de bouteilles dissimulées dans des sacs en papier. Ce qui leur venait à l'esprit, ils le disaient en espagnol ou le gardaient pour eux. Toutes les mères – de ceux qui en avaient une – étaient probablement à la cuisine pour préparer le dîner. Personne ne regardait les mômes dans la cour de Henry. Même la vieille blanche n'était pas souvent à sa fenêtre, ces derniers temps.

Parfois même les mômes ne se regardaient pas entre eux. On pouvait débattre pendant des heures : qui avait dit quoi, qui était vraiment là quand quelque chose d'important était arrivé. Assez souvent, on finissait par comprendre que tel ou tel témoin de bonne foi n'avait assisté à rien du tout – « T'étais même pas là, d'abord. » Les filles ne confirmaient jamais les dires de personne, quand tout portait à croire qu'elles étaient bien là, à regarder. Marilla connaissait la sœur de tel ou tel môme et on n'en entendait jamais parler. Des pans entiers manquaient à toutes les journées, sans doute parce qu'elles se ressemblaient trop. Et quand un événement s'était produit, il était impossible de le tirer au clair. Les lacunes envahissaient tout.

Henry, pour sa part, se reprit aussitôt et traita ses plaies par le mépris, malgré la traînée de sang qui brillait sous son nez. Il l'aspira d'un reniflement, s'essuya, déglutit. Il se passa la langue sur les dents et redressa ses membres, qui étaient bien moins tordus que ceux de Mick Damer. Les insultes qu'il proféra relevaient plus de la pose que d'autre chose, acrimonie bien gagnée.

« Pauvre con de sale enfoiré de merde.

– Ouais.

– Je parie qu'il reviendra pas.

– Ouais. »

Il devenait soudainement concevable que ce soit Henry qui ait mis une raclée à Mick Damer et non l'inverse – à la façon dont il dédaigna la bagarre d'un haussement d'épaules et réussit plusieurs home-runs en liftant ses balles au stoopball tout de suite après, on était contraint de se demander si on n'avait pas eu tort de juger sur les apparences. Le vainqueur n'est pas toujours celui qui est dessus. On avait bien vu Mick Damer filer quand Alberto avait séparé les combattants, ou en tout cas marcher d'un pas rapide dans son style chaloupé – et seul.

Le problème avec cette bagarre entre Henry et Mick Damer était le suivant : Dylan Ebdus ne fut jamais en mesure de démêler s'il avait été présent pour y assister en personne ou s'il l'avait seulement entendue rapportée en détail, peu à peu forgée en légende par les autres mômes. Il ne parvenait tout simplement pas à trancher, et au bout d'un moment finit par y renoncer.

Le film évoluait. Dans les premiers photogrammes, disons les quatre mille premiers, des silhouettes abstraites et caricaturales gambadaient sur le fond d'une espèce de paysage lacustre, un rivage et un ciel qui auraient aussi bien pu figurer un désert hérissé çà et là de quelques pousses. Les silhouettes qu'il peignait de ses pinceaux fins comme une épingle auraient pu être des cactus, des champignons, des pompes à essence, des cow-boys, des auriges ou des récifs déchiquetés – parfois, dans sa tête, il leur donnait un nom emprunté aux personnages de la mythologie, tout en sachant que ces allusions mythologiques étaient un vestige, pulsion littéraire qu'il aurait déjà dû expurger de son œuvre. Pourtant, sans se l'avouer tout à fait, il avait hachuré une minuscule toison d'or sur l'épaule d'une des silhouettes qui virevoltait et se tortillait au fil de deux ou trois cents photogrammes. Il voyait les silhouettes virevolter et se tortiller, par l'esprit, évidemment, comme si la pellicule défilait sur les pignons d'un projecteur. En réalité, l'interminable longueur de film peint était immobile, n'avait jamais été visionnée. Il ne voulait pas le projeter avant d'avoir terminé, quand, il l'ignorait. On lui avait offert une petite visionneuse à manivelle qui permettait de passer de courtes séquences et il l'avait refusée. L'immobilité du film faisait partie intégrante du projet. Chaque photogramme s'accroissait du poids discrètement accumulé de l'ensemble des autres images. Additionnés, les photogrammes constituaient les fragments d'un journal du peintre qui n'accéderait à la vie qu'une fois terminé.

À présent les silhouettes, les danseurs aériens, avaient disparu des photogrammes. Ils s'étaient dissous en taches de lumière. Il avait remisé les pinceaux les plus fins, les outils d'orfèvre, les avait laissés se raidir. Les formes aux couleurs vives qu'il peignait désormais, les taches et les rectangles de couleur plus simples et plus lumineux flottaient sur un horizon qui, de grève broussailleuse et envahie de roseaux des premiers photogrammes, s'était mué en un lointain brouillé, crépuscule ou orage couvrant une vaste plaine légèrement réfléchissante. Les formes nuancées du premier plan, qu'il peignait et repeignait jusqu'à les connaître comme une langue, jusqu'à ce que, semblables à des mots, elles passent du sens au non-sens pour retrouver un sens épuré – ces formes avaient commencé à se fondre dans l'horizon, à affluer et refluer des profondeurs des minuscules photogrammes de celluloïd. Il y consentait. Avec le temps, après bien des jours, les formes deviendraient ce qu'elles souhaitaient. En les peignant et les repeignant avec d'infimes variations, il les purifierait et l'histoire de leur purification serait l'intrigue du film qu'il peignait.

Il avait commencé en regardant par la fenêtre. Un jour, il avait chargé un grand pinceau de peinture et tracé les contours de la Williamsburg Savings Bank à même la vitre, puis l'avait remplie de manière que la tour peinte masque la vraie qui se dressait dans le lointain.

Comme dans les plus récents photogrammes de son film, le verre peint abolissait la distance.

Chaque fois que le petit allait dans l'atelier, il avait changé.

Sa femme disait en plaisantant qu'elle devrait demander à la compagnie du téléphone d'installer une nouvelle ligne dans son atelier pour qu'elle puisse l'appeler depuis la cuisine, au rez-de-chaussée. Désormais, quand ils se disputaient, il en était au point où il oubliait au beau milieu de la dispute ce qui en était la cause. Il savait qu'elle repérait aussitôt l'instant de sa reddition, quand l'absence envahissait ses yeux, lui faisant perdre l'usage de la parole. Dans sa tête il était en train de peindre un photogramme. Ses doigts tressaillaient à la recherche du pinceau.

Son ancien professeur lui avait passé un coup de fil de la Art Students League, pour lui demander pourquoi il ne peignait plus. Il avait répondu : « Je peins tous les jours. »

Le CE1, c'était le CP avec des maths. Le CE2, c'était le CE1 avec une heure de kickball dans la cour, une variante du base-ball qui se jouait avec une énorme balle gélatineuse, d'un rouge terne, grenue comme un tapis de bain en caoutchouc, que l'on faisait rouler par terre vers la base centrale et qu'un coup de pied de premier choix pouvait faire décoller. Une balle volante était quasiment impossible à intercepter, les mômes n'étaient pas de taille quand elle fendait les airs. Se mettre en position sous une balle volante était absurde, et quand on réfléchissait à ce qui se passait après que le joueur de champ se fut invariablement écarté, à peu près tout ce qui s'envolait était un home-run. Il ne restait plus qu'à courir, sans chercher à savoir si la balle était remise en jeu. Mais la plupart du temps, on ne parvenait pas à la faire décoller. Un coup de pied mal calculé la renvoyait illico de la façon la plus idiote au lanceur et l'on se retrouvait éliminé d'entrée.

N'empêche, un home-run... Quand on envoyait ce gros machin en l'air, une fois sur deux tous ceux qui se trouvaient sur le terrain tombaient à la renverse. On croisait un môme sur le cul à chaque base.

Au CE2, tout ce qu'on peignait, jusqu'au plus bâclé, se retrouvait accroché au mur. Il faut dire que les pinceaux de l'école étaient tels que cela revenait à peindre avec les coudes, pour faire une comparaison. En séchant, la peinture de l'école prenait des allures de maladie de peau.

Personne ne se pissait plus dessus.

Un compte rendu de lecture consistait à raconter tout ce qui se passait dans un livre.

Au CE1, il y avait deux petits Chinois, et au CE2 il y en avait trois, présence reposante puisqu'ils levaient toujours le doigt. Où ils se rendaient après la classe, c'était un mystère. Sans être blancs, ils n'étaient pas non plus pas blancs, ce qui était un plus. Cela évitait un peu que tout se ramène à noir, blanc, et Portoricain. À ce train-là, il n'y aurait que des Chinois au lycée, au fond, ça résoudrait peut-être pas mal de problèmes.

C'était pas leur faute s'ils étaient chinois, et quand on leur posait la question, ils haussaient les épaules – ils le savaient bien que c'était pas leur faute. Tout le monde le savait. Au CE2 on commençait tout juste à s'installer dans sa peau et on n'était pas censé en répondre. Plus tard, on verrait bien.

3

Vendlemachine était couchée sur son grand lit au salon. La lumière gris-jaune d'octobre filtrée par les hauts rideaux fourmillait d'atomes de poussière, de particules frémissantes qui conféraient à ses rayons obliques autant de consistance qu'aux balustres de chêne poli du cadre du lit, autant qu'aux verres remplis au tiers d'eau et de cognac sur la table de chevet, qu'à la canne appuyée contre la table, et plus de consistance qu'aux membres frémissants du petit bout de femme recroquevillée sur le lit, qui tâtonnait à présent à la recherche de la canne, sans encore détourner sa tête nimbée de lumière de l'oreiller dans lequel elle l'avait enfouie.

« Je m'étais endormie », dit-elle d'une voix lointaine.

Dylan Ebdus ne dit rien et demeura au seuil de la pièce qui baignait dans les nébuleux et âcres effluves entourant la vieille femme.

« Tu en as mis du temps. »

Dylan retrouva sa langue. « Y avait la queue. » Il avait porté une autre de ses liasses de lettres griffonnées à la main sur papier crème au bureau de poste d'Atlantic Avenue et attendu son tour devant la vitre de Plexiglas, à scruter des offres d'emploi et des affiches promouvant la philatélie et l'alphabétisation, à froisser du bout de ses baskets les vieux papiers, les reçus jaunes et les enveloppes de l'administration qui jonchaient le sol.

Dylan travaillait pour Isabel Vendle à un dollar de l'heure tous les samedis matin l'année de son dixième anniversaire, l'année du CM1. *Vendlemachine*, *Vendlemachine*, chantait Dylan dans sa tête, mais il ne l'avait pas une fois prononcé à haute voix, en dehors de sa propre maison, ni même fredonné pour lui seul chez Isabel Vendle ces jours où elle s'absentait pour visiter la famille au lac George, où il utilisait sa clé et entrait par la porte du sous-sol afin de ramasser son courrier et verser des croquettes dans l'assiette du chat roux.

Vendlemachine était un mot de Rachel. Rachel Ebdus décernait des surnoms secrets à ses visiteurs et aux habitants de Dean Street, et Dylan comprenait qu'il ne fallait pas qu'ils sortent de la maison, de la cuisine de Rachel. Sa mère avait instillé ce double jeu : il y avait ce que Rachel et Dylan pouvaient se dire et puis il y avait le langage officiel du monde qui, tout réducteur et artificiel qu'il fût, demandait à être maîtrisé aux fins de manipulation du monde. Rachel faisait savoir à Dylan qu'il ne fallait pas que le monde ait connaissance de tout ce qu'il en pensait. Et il ne fallait assurément pas qu'il ait connaissance de ses mots à elle – trouduc, camé, homo, prétentieux, sexy, herbe – comme il ne fallait pas que les porteurs de surnom aient connaissance de leur surnom : « Mr. Memory », « Pépé le putois », « La mère dodue », « Capitaine Vague », « Vendlemachine ».

Le surnom de son père était « L'obsédé ».

Vendlemachine passait tous ses samedis matin à l'étage pendant que Dylan sortait les poubelles dégoulinantes et nauséabondes de la cuisine du sous-sol et disposait un nouveau sac. Isabel n'était pas capable de soulever un sac d'ordures toute seule, et la puanteur s'amoncelait donc sept jours durant, en attendant que

Dylan la libère. Après quoi, le gros chat roux silencieux se glissait au sous-sol pour observer. Il avait une tête de monstre de Gila. Dylan n'arrivait pas à décider si le chat roux le haïssait ou haïssait Isabel, ou s'il était indifférent, à décider ce qu'il comprenait de la situation, c'était donc un témoin inutile. Si ça se trouve, il ne savait même pas qu'Isabel était contrefaite, la considérait au contraire comme l'étalon de la forme humaine, et trouvait par conséquent à redire à celle de Dylan. N'empêche, le chat roux était le seul témoin. Il semblait vivre chaque semaine dans l'attente de ce moment où les ordures étaient transportées, quand la puanteur du marc de café, des pelures d'orange et du lait tourné envahissait la pièce.

« Je veux plus travailler pour vous », déclara Dylan Ebdus à Isabel Vendle tandis qu'elle se débattait au milieu de ses draps de lit, dans l'odeur de moisi et la pénombre. Le chat roux était assis au milieu d'une flaque solitaire de lumière immaculée près des fenêtres du salon, passant rythmiquement la patte sur sa tête reptilienne.

Isabel gémit doucement dans le silence.

Dylan attendait.

Dehors, le bus de Dean Street s'amena en soufflant, franchit avec un bruit sourd le nid-de-poule qui servait de plaque de but et poursuivit son chemin cahotant.

« Il faudrait que tu ailles au magasin pour moi, finit par dire Isabel. Pas chez Ramirez. Va chez Mme Bugge dans Bergen. » Isabel Vendle prononçait le nom de cette immigrée norvégienne « Buje ». En dehors d'elle, toute la rue appelait la boutique du coin de Bergen et Bond, cette épicerie qui n'était pas une bodega puisqu'au lieu d'être tenue par des Portoricains elle l'était par une blanche obèse aux yeux minuscules, chez Buggy.

Ah ben merde – t'as chouré des gâteaux chez Buggy ? Il paraît que son berger allemand a mordu un gamin au cul, un jour.

Isabel souleva le bras et laissa tomber le bout de ses doigts sur la table de nuit. Ses ongles émirent un léger cliquetis. Dylan s'approcha, franchissant la limite invisible pour pénétrer dans la lumière d'aquarium du salon-chambre à coucher d'Isabel, et prit les billets qu'elle avait ainsi indiqués.

« Fromage Kraft en tranches, Muffins Thomas, et un litre de lait. » On aurait dit que la vieille décrivait un rêve récurrent. « Cinq dollars devraient suffire. »

Dylan fourra l'argent d'Isabel dans sa poche, se demandant à présent s'il avait bien parlé à haute voix. « Je, veux, pas, travailler… », recommença-t-il, doucement, soigneusement, en détachant les mots.

« Écrémé, le lait, dit Isabel.

– Jeveuxpastravaillerpourvous », débita Dylan d'un trait.

Le chat roux leva la tête, les yeux plissés.

« Il a goût d'eau, dit Isabel, songeuse. D'eau blanche. »

La rue était déserte à l'exception de deux adolescents sur le perron d'Alberto, près du coin. Dylan ignorait où les mômes étaient passés. On était en octobre, le temps se refroidissait, tout le monde portait un blouson et zonait loin du quartier. Henry allait jouer au football dans la cour de l'école près de Smith Street et Earl ne sortait plus. Quelqu'un avait laissé une bouteille dans un sac en papier sur le perron de la maison abandonnée. Quelques jours plus tôt, un type avait dormi sur le perron, un de ces pochards qui ne perchaient là que pour un temps. Ces taches qui mouillaient les sacs en papier étaient semblables aux taches de pisse sur les pantalons. D'où l'expression : « Bah, laisse pisser. »

Dylan tourna au coin de Bond Street, sentant tout ce qu'avait d'irrationnel un pâté de maisons, visage si familier, les façades et le bout de trottoir telle la partie émergée d'un iceberg sur lequel Dylan avait planté son drapeau, ses chiques tracées à la craie, les traces fantomatiques de ses courses pour attraper une balle ou jouer à chat. Tout le reste était sous l'eau. Depuis des années, Dylan se cramponnait à la partie émergée, penché sur le trottoir comme sur les feuilles de papier qu'il étalait par terre dans sa chambre pour dessiner au Spirographe, ne s'apercevant que trop tard que l'asphalte faisait partie d'un édifice global qui basculait, après Bond et Nevins Street, dans l'inconnu. Il aurait préféré emporter les lettres d'Isabel jusqu'à la poste d'Atlantic Avenue plutôt que d'aller au coin chez Buggy. Il se méfiait de Bergen Street. Il y sentait le trottoir vaciller.

Mick Damer était affalé sur le perron voisin de chez Buggy, vautré exactement comme il l'avait été sur celui de Henry le jour de la bagarre, ses genoux paraissant plus hauts que ses épaules alors qu'ils reposaient deux marches plus bas. Dylan s'arrêta là, avant la boutique, interdit. Le soleil ce jour-là formait un désert de lumière autour d'eux, et la circulation était silencieuse et lointaine. Dylan apercevait l'autobus tout au bout, près de Smith Street, où il semblait stationner penché sur le côté, comme fatigué. Dylan entendait les cloches de l'église.

« Tu bosses pour l'autre vieille ? »

Dylan essaya de secouer la tête pour un millier de raisons. Il pensa à Isabel se débattant dans son lit, autorité la plus proche à des kilomètres à la ronde. Il y avait aussi Buggy et son chien, à une vitrine de là, mais ils étaient ensevelis au fond d'une caverne de marchandises, riz, bicarbonate de soude, Nesquik. Il régnait une telle obscurité dans cette boutique – Dylan s'imaginait que Buggy fanerait si elle s'aventurait au soleil.

« T'as son fric dans la poche ? »

Dylan était sûr de n'avoir rien dit.

« Combien t'as ?

– Faut que j'achète du lait, fit-il bêtement.

– Combien elle te donne pour faire ses commissions, un dollar ? Tu l'as sur toi, là ?

– Elle le donne à ma mère », mentit spontanément Dylan, se surprenant lui-même.

Mick se contenta de tourner la tête d'un air interrogateur, alangui, et remua sa main qui pendait au bord d'une marche comme s'il venait de découvrir que son poignet était doué de mouvement. Il resta avachi de tout son poids sur le perron.

C'était une répétition pour eux deux, avant la pièce proprement dite, Dylan le sentit. L'importance de la pièce, et s'il s'agissait d'une affaire personnelle entre Mick et lui ou de quelque chose de plus important, il l'ignorait encore.

Il demeura donc figé pendant que Mick continuait de le jauger.

« Va acheter ton lait », lâcha-t-il finalement.

Dylan se dirigea vers l'entrée de chez Buggy.

« Mais si tu te radines dans le coin avec le fric de cette vieille, la prochaine fois faudra peut-être que je te le prenne. »

Dylan y reconnut une espèce de rêverie philosophique. Cela impliquait un partage d'informations dont il fut reconnaissant. À partir de là, Mick et lui pourraient aller de l'avant ensemble et faire ce qui s'imposerait.

« Dis à Henry d'aller se faire foutre », ajouta Mick en une manière d'enjolivure dépourvue de signification.

Dylan passa la tête à l'intérieur de la boutique obscure où flottait une âcre odeur de fromage. Le berger allemand de Buggy bondit de derrière le comptoir aussi loin que sa chaîne le lui permettait, avec un gémissement qui se termina par un bref aboiement et l'épicière sortit lentement de l'arrière-boutique en dérivant comme un gros cornichon blême dans un bocal, pour venir se poster à la caisse. Quand Dylan ressortit avec ses emplettes dans un sac en papier, Mick avait disparu.

La semaine entière s'écoula puis, de nouveau, la matinée du dimanche, avant que Dylan retrouve sa voix. Abraham était dans sa pièce du haut, Rachel dans son jardin, Dylan marinait seul dans sa chambre où à l'heure rituelle, midi, il s'habilla. En bas, il s'accorda un instant à la cuisine, évaluant les conséquences de sa défection, puis descendit l'escalier de l'arrière-cour. Il rejoignit sa mère qui était agenouillée sur le sol froid sous l'ailante dénudé, occupée à tailler avec une bêche à trois dents un réseau de racines indésirables, une cigarette fumante entre les lèvres. Le bout de la cigarette était maculé de terre. Rachel portait un jean, un blouson de toile orange et une casquette des Dodgers. Des fleurs arrachées formaient un tas vert et brun qui blanchissait et se ratatinait. Dylan observa la scène.

Quand il ouvrit la bouche, Mick Damer ne fut pas mentionné dans son récit.

« Pauvre vieille Vendlemachine. Alors ne travaille plus pour elle, ma puce.

– Mais j'ai essayé de lui dire.

– Comment ça, essayé ?

– Je lui ai dit deux fois.

– Tu me fais marcher.

– Elle a fait semblant de pas entendre.

– Elle t'a ignoré, comme ça ? »

Dylan acquiesça de la tête.

« Viens », dit-elle. Elle se releva en frottant son jean pour le débarrasser de la terre. « On va y aller ensemble. »

Dylan se pénétra de l'indignation de Rachel, il frémit, sa respiration s'accéléra. « Peut-être que tu devrais juste l'appeler », dit-il pendant qu'ils retournaient à la cuisine.

Rachel se cura les ongles devant l'évier, et aspira bruyamment une gorgée de son café qui avait un peu refroidi.

« Voyons ce qu'elle a à dire », répondit-elle, et Dylan garda le silence, comprenant que son destin était de franchir le seuil d'Isabel au moins une fois encore.

Dans la cour de la maison abandonnée, les mômes qui ne seraient jamais invités à travailler pour Isabel Vendle jouaient à la course aux bases : deux joueurs se lançant une Spaldeen depuis deux carrés figurant des bases, et quatre ou cinq voleurs de base – Earl, Alberto, Lonnie, et un Portoricain. Les coureurs étaient massés entre les deux bases, sautillant et se tamponnant telles des souris de dessin animé, tandis que Henry empoignait la balle et feignait le lancer une, deux, trois fois, agitant la Spaldeen, l'exhibant comme on tire la langue, et menaçait de leur courir après en faisant un appel du pied dans leur direction, jusqu'à ce que son bluff devienne irrésistible et que, tout jubilants et épuisés, les coureurs agglutinés s'élancent, bondissant vers sa base comme s'il avait les mains vides, et se fassent éliminer l'un après l'autre à toute vitesse. Les coureurs renversaient la tête en arrière, ivres de s'être laissé piéger, ivres de la maîtrise de Henry.

Mick Damer n'était pas parmi eux.

Peut-être personne n'avait-il vu que Dylan regardait. Souvent, un gamin était invisible lorsqu'il descendait avec sa mère jusqu'au milieu du pâté de maisons. On ne regardait pas, on ne voulait pas s'immiscer entre un môme et ses parents.

Puis Earl fit un signe de la main, mais il se pouvait qu'il ait montré du doigt un oiseau ou un nuage dans le ciel. Plutôt que de lui retourner son salut, Dylan leva lui-même les yeux au ciel, feignant d'y avoir vu quelque chose bouger, un corps lancé entre deux corniches, ou sautant d'un côté à l'autre de Dean Street.

« Je m'appelle Croft, dit l'homme qui ouvrit la porte d'Isabel, en riant déjà de lui-même. Tu es le garçon qui travaille pour Isabel, j'imagine. » Il serra comiquement la main de Dylan avant de lever les yeux sur Rachel. Ses cheveux noirs coupés ras, et jusqu'à ses sourcils, étaient tous de la même taille, c'était étonnant. « Tu es venu avec une copine, hein ? Entrez, Isabel est là-haut. Elle et moi sirotons du Coca-Cola, et il y en a en rab. »

On aurait dit que Vendlemachine avait anticipé l'affront à venir et enrôlé ce visiteur pour sa défense. Elle était censée être seule le dimanche matin, à la dérive dans son lit ou courbée sur son bureau, geignant et tremblant pour humecter un timbre avec la langue. Elle avait toujours attendu Dylan seule, et voilà qu'elle l'avait trompé, lui refusait le droit de montrer à sa mère la maison mortuaire où il avait été contraint d'entrer. La pièce de devant, au rez-de-chaussée, d'ordinaire plongée dans l'obscurité était à présent ouverte, les coins que seuls Dylan et le chat roux connaissaient, exposés à la lumière, les fauteuils poussiéreux disposés de manière à faire de la place au sac de couchage en écossais vert, à un sac de randonnée débordant de vêtements, tee-shirts roulés en boule comme des kleenex usagés, ainsi qu'à une pile de livres de poche : *R comme Rosewater*, *Sucre de pastèque*, *Sexus*. Même l'odeur des ordures ménagères avait mystérieusement disparu.

Vendlemachine était assise à sa table de patio, l'air renfrogné, ses doigts crochus refermés dans un froissement sur les pages « Immobilier » du *Sunday Times*. La table était jonchée d'autres pages du journal, du Coca-Cola promis et d'un assortiment de comics aux couleurs criardes. « On a volé le journal du dimanche d'Isabel ce matin », commença Croft, comme s'il se sentait destiné à tout expliquer et acceptait son sort de bonne grâce. Peut-être allait-il ensuite entreprendre d'expliquer qu'il était jeune et qu'Isabel Vendle était vieille, ou qu'ils étaient assis dans une arrière-cour à Brooklyn.

« Encore une fois, dit Isabel Vendle.

– Il a fallu que je remonte jusqu'au carrefour de Flatbush et d'Atlantic Avenue pour en acheter un autre, ajouta Croft. J'ai trouvé ce kiosque à journaux sur le refuge, au milieu de la chaussée. Il y avait tous ces comics géniaux, on ne sait jamais à quel endroit on va tomber dessus. *Les Quatre Fantastiques*, *Docteur Fatalis*, *Docteur Strange*, vous voyez, quoi. »

Dylan n'aurait pu dire à qui Croft s'adressait au juste jusqu'à ce que Rachel Ebdus se saisisse de l'un des comics pour en examiner la couverture. « Jack Kirby est un dieu, dit-elle.

– Oh, ça oui ! Vous êtes connaisseuse ? Vous connaissez le Surfeur d'argent ?

– Tout le monde a des affiches de Peter Max mais à mon avis, Jack Kirby est au moins dix fois plus psychédélique. »

Un mot de Rachel.

« Oui, c'est sûr, dit Croft. Mais vous aimez qui ? Le Surfeur d'argent ? Thor ? Comment vous trouvez ce que fait Kirby chez DC Comics ? Vous savez, *Kamandi, le dernier garçon de la terre* ? »

Le regard de Dylan parcourait les couvertures de comics. Un homme de pierre, un homme de feu, un homme caoutchouc, un homme de fer, un chien marron de la taille d'un hippopotame, affublé d'un masque. C'est tout ce que Dylan vit avant que sa vue se trouble dans le soleil et l'ombre, et que les personnages se dissolvent en mouchetures semblables aux abstractions d'Abraham.

« Flèche Noire, dit Rachel en tapotant la couverture d'un des comics pour désigner un personnage. Vous savez, les Inhumains. Le chef des Inhumains. » Rachel semblait s'embrouiller, désarçonnée comme Dylan de se trouver mêlée à cette conversation. La virulence de l'arrivée de Dylan et de sa mère chez Isabel Vendle, la flèche des intentions de Rachel qui avait volé jusqu'en bas de la rue, avaient été canalisées et aiguillées par Croft vers ses comics.

« Bien sûr, le genre costaud taciturne, répondit Croft avec un sourire béat. Je vois.

– Croft, tu es un irresponsable, lança Isabel Vendle avec une affection résignée.

– Douce tante Pétunia, dit Croft, sibyllin.

– Parfaitement, continua Isabel. Et voilà qu'un enfant irresponsable a conduit sa mère jusqu'ici pour m'annoncer qu'il ne veut plus venir me voir le samedi. Nous le savons parce que l'enfant ne s'intéresse pas à tes bandes dessinées, Croft. Il me dévisage, n'est-ce pas ? » D'une petite secousse elle replia le journal en deux et braqua un regard furibond au-dessus de la petite tente de papier. « Tu me trouves méchante, Dylan ? Ou ennuyeuse ? »

Je te trouve psychédélique, aurait voulu répondre Dylan.

« Tu sais, ça revient probablement au même, tante Isabel. Pour le petit en tout cas.

– Vous saviez qu'il voulait arrêter, Isabel, dit Rachel, qui se rappela vaguement l'objet de sa visite. Il a essayé de vous en parler. » Elle se tenait à moitié debout sur sa chaise afin d'extirper ses cigarettes de sa poche de devant, puis en offrit une à Croft, qui fit non de la tête.

« Oh, j'ai bien senti qu'il préparait le terrain, dit Isabel. J'imaginais que je pourrais lui soutirer quelques semaines de plus.

– C'est ce qui arrive quand on atteint à la maturité, dit Croft. On fuit les vieilles sorcières. Moi aussi, je suis passé par là.

– La ferme, Croft. »

Ce fut la fin de la discussion et la fin du labeur de Dylan pour Vendlemachine. Croft alla dans la cuisine et en rapporta des verres supplémentaires, puis ils s'assirent dans la lumière pommelée du soleil et pressèrent du citron dans le Coca-Cola en feuilletant ses comics, Dylan, Rachel et Croft, pendant qu'Isabel Vendle se noircissait presque entièrement le bout des doigts avec l'encre du *Times*. La Torche était le frère cadet de la Femme Invisible, et la Femme Invisible était mariée à Mister Fantastic, et Ben Grimm était la Chose, et Alicia sa petite amie aveugle, une sculptrice qui appréciait réellement son corps hideux mais colossal, et le Surfeur d'argent était l'émissaire de Galactus, et Galactus se nourrissait de planètes mais le Surfeur d'argent avait aidé les Quatre Fantastiques à protéger la Terre, et Flèche Noire ne pouvait pas ouvrir la bouche parce que la moindre de ses syllabes recelait une puissance telle qu'elle risquait de fendre le monde en deux – Croft et sa mère expliquèrent tout à Dylan, les bulles de mots dans les vignettes aux couleurs vives sur fond de papier jaune pâle, pendant que Vendlemachine remuait les lèvres en silence pour finir par somnoler dans son fauteuil, et la fin d'après-midi de ce dimanche d'octobre s'abîma dans le crépuscule, Abraham dans son atelier, fonçant des carrés de celluloïd à coups de pinceau, les nus du salon d'en bas privés de la lumière qui les faisait resplendir, les jardinières de l'arrière-cour et l'escalier de secours noirs sur fond de ciel zébré rougeoyant, la rue trop sombre pour juger convenablement d'un lancer et du coup un môme prend la Spaldeen en pleine figure, et de toute façon c'est l'heure d'aller dîner. Dylan s'endormit sur sa chaise une minute, et pendant cette minute, Isabel et lui firent exactement le même rêve, mais en se réveillant ni l'un ni l'autre n'en avait le souvenir.

« Fais-moi voir une minute. »

Fais-moi voir : on « voyait » un ballon de basket, un paquet de cartes de base-ball ou un pistolet à eau en plastique en le prenant dans ses mains, et ce qui arrivait ensuite était incertain. La propriété procédait surtout du refus de laisser quiconque voir quoi que ce soit. Quand on faisait voir une minute une canette de Yoo-Hoo à un môme, il buvait ce qui restait de son contenu.

« Fais-moi voir, laisse-moi l'essayer. Je veux juste faire un tour avec. »

Dylan était agrippé au guidon. Abraham avait retiré les stabilisateurs la veille, et Dylan vacillait encore, faisait encore traîner ses baskets, tâtonnant loin des pédales pour garder l'équilibre et freiner contre le trottoir. « À condition que tu t'éloignes pas de la rue, répondit piteusement Dylan.

– T'as peur que je te le pique ? Je veux juste faire un tour. Je te le rends après, tu l'as eu toute la journée. Laisse-moi juste faire le tour du pâté de maisons. »

C'était un piège ou une énigme, Mick Damer savait déjà tirer parti du sentiment de culpabilité de Dylan. Et la rue déserte conspirait à laisser Dylan s'en débrouiller seul. Mick Damer se trimballait avec un vide autour de lui, ou plutôt révélait par sa présence le vide de Dean Street, une espèce de bulle, une série de moments au cours desquels nul ne voyait ni ne savait ce qui se passait au vu et au su de tous, quand ce bout de rue était enseveli sous la lumière du jour comme la maison abandonnée sous l'ombre du feuillage.

Debout devant sa boutique, le vieux Ramirez sirotait un Manhattan Special et les observait du coin de l'œil par-dessous son galure de pêcheur. Impossible de compter sur lui, il les regardait comme on regarde la télévision.

Mick Damer ajouta ses mains à celles de Dylan sur le guidon et tira doucement le vélo à lui.

« T'éloigne pas de la rue.

– Je fais le tour une fois, c'est tout.

– Non, je veux dire, reste devant la maison.

– Quoi, tu crois que je vais pas revenir ? Le tour du pâté de maisons, c'est tout. »

Ce qui sortait de la bouche de Mick Damer était une supplique et une incantation, irrésistible dans son illogisme. Son regard, cependant, était dur, vaguement ennuyé.

« Rien qu'un tour. »

Mick Damer avait les jambes trop longues pour les déplier entre la selle et les pédales. Il roula donc genoux fléchis, tricotant juste en dessous du guidon comme un clown sur un tricycle. Puis il changea de méthode et se soulevant de la selle se mit en danseuse, debout sur les pédales, les coudes écartés. Le vélo tanguait, solidaire des membres de Mick Damer. Ce fut ainsi, dans une grande envolée de coudes, qu'il tourna le coin de Nevins sur le vélo.

Quand Dylan avait dit « la rue », il n'entendait pas Bergen Street, de l'autre côté.

Combien de temps fallait-il pour faire le tour du pâté de maisons ?

Combien de temps représentait le double de cette durée ?

Le loquet en forme de langue du portail de fer forgé noir cliqueta sous l'effet des vibrations de l'autobus qui passait non loin de là. Il n'y avait pas d'arbres au bout de Dean Street du côté de Nevins, pourtant des feuilles mortes roussies, soufflées par le vent, emplissaient le caniveau venues d'on ne sait où. Les bidons de lait devant l'épicerie avertissaient de l'amende voire de la peine d'emprisonnement qu'on encourait si on ne les retournait pas à May Creek Farm Incorporated, destination plutôt invraisemblable, quand on y réfléchissait.

L'après-midi se dégonfla comme une baudruche autour de Dylan sur son perron, où il attendait le retour de Mick Damer. Le vieux Ramirez ne regardait pas, il n'y avait rien à voir. Dylan resta planté nu comme un ver au milieu des minutes qui s'accumulaient, s'empilaient indifférentes, là-bas, au cadran de l'horloge de la Williamsburg Savings Bank. La journée était pareille à un coup de téléphone sans réponse, le trottoir muet sonnait sans discontinuer. Dylan attendait, les bras ballants, et son appel ne reçut jamais de réponse.

Nevins Street aurait aussi bien pu être un canyon dans lequel Mick Damer s'était volatilisé tel le coyote du dessin animé, sans un mot, soulevant un nuage de poussière. Quand Lonnie passa en faisant rebondir une Super Ball et lui demanda ce qu'il faisait, Dylan répondit qu'il ne faisait rien. C'était à peu près comme s'il n'y avait jamais eu de vélo.

Abraham Ebdus perdit une journée à la recherche de la bicyclette du petit. Il parcourut Wyckoff, Bergen et Nevins, ne pouvant s'empêcher de penser que Rachel l'aurait retrouvée, elle, en moins d'une demi-heure. Elle connaissait Brooklyn autrement mieux que lui. Il fit tout le tour de Wyckoff Gardens sans y entrer, n'osant pas s'aventurer dans le labyrinthe des allées, des grillages bas, parce qu'il n'aurait pas su par où commencer. La lumière commença à tourner à l'ombre des murs blancs couverts de graffitis de la cité. Elle semblait prédestinée à devenir une ruine. Il passa la tête à l'intérieur d'un club portoricain dans Bond Street, un petit hangar plein de joueurs de cartes. Avant de s'esquiver, il enregistra la présence d'un billard miniature, de murs moquettés de bleu, la senteur amère des bouchons de liège imprégnés de malt éventé. Personne ne lui adressa la parole.

Mais vers la fin de l'après-midi, la nouvelle s'était répandue, mystérieusement. Une femme portant un nourrisson sortit sur son perron, apparemment exaspérée de le voir errer dans le quartier. La famille d'Abraham était célèbre – des blancs, stupides. Elle passa le bambin à quelqu'un qui le rentra et mena Abraham jusqu'à un terrain vague de Baltic Street, étendue close jonchée de débris entremêlés de surgeons d'ailante, ces arbres bâtards qui poussaient aussi vite que s'étend la craquelure d'un pare-brise sous la pression du doigt. Le tas de landaus brisés, de lattes pourries où pendaient des restes de plâtras et de plaques de tôle arrachées à des toits, composait un motif par lequel Abraham Ebdus interdit à son regard de se laisser captiver. La bicyclette tenait au sommet de la pile, au-dessus de sa tête, balancée là Dieu sait comment, son garde-boue bleu tordu comme une aile fendue. Un jour de plus et l'ailante poussait à travers les rayons. Il fut contraint d'escalader la clôture et finit par jeter le vélo par terre pour se libérer les mains. Personne n'était disposé à l'aider, bien qu'il y eût des spectateurs. Il doutait de l'intérêt du sauvetage de la bicyclette. À l'usage d'un autre môme, à la rigueur. Mais ça, ce vandalisme gratuit, n'était que l'incompréhension de la rue, sa résistance. Que des ombres restent plantées à picoler dans des sacs en papier tandis qu'il se démenait pour rejoindre la bicyclette sur le trottoir, semblait somme toute approprié, en accord avec son humeur. La bicyclette était vaincue, et Abraham Ebdus se demandait pourquoi il avait enseigné à son fils cette compétence inutile. Il savait que Rachel tenait à ce qu'il rapporte le vélo à la maison pour le réparer, mais soupçonnait que le petit choisirait de ne plus en faire ailleurs que sur la terre de leur arrière-cour.

Marilla et une autre fille attendaient, en jouant aux osselets, en bas du perron de Dylan Ebdus.

Marilla chantait sur un ton de fausset hystérique *The pro-blem is you ain't been loved like you sho-huh-hood, what I got will sure-nuff do you good*[1]...

L'autre fille – Dylan se souvenait que Marilla l'appelait La-La, et se demandait s'il était possible que ce soit son vrai nom – rattrapait les osselets entre chaque rebond de la balle, comptant avec une imperceptible accélération du souffle « Les quat', les cinq, les siff, les sept ». Le jeu s'étalait sous la dernière marche et lui bloquait donc le passage. Il s'assit sur la troisième marche en partant du bas et regarda.

« Mick Damer dit que c'est pas lui qui a piqué ton vélo et que si tu dis que c'est lui, il va te mettre une raclée, annonça tout soudain Marilla.

– Quoi ?

– Mick a dit t'en va pas raconter qu'il a piqué ton vélo vu que d'abord c'est même pas lui.

– Il a dit qu'il te mettrait une branlée », clarifia La-La. Elle lança la main dans un moment d'inattention et s'emmêla les pinceaux sur les huit, dispersant les osselets.

« J'ai pas dit... », commença-t-il, se faisant la réflexion qu'il n'avait pas, n'avait jamais dit le moindre mot.

La bicyclette se trouvait dans l'atelier d'Abraham Ebdus, son garde-boue redressé et orné à présent du prénom de Dylan tracé au pinceau par son père. Bientôt,

1. « Le problème c'est qu'on t'a jamais aimé comme il faut, avec ce que j'ai pour toi, à coup sûr ça ira mieux. » (Titre : « Tell Me Something Good ».)

elle serait de nouveau en bas, couchée dans le couloir, pareille à un animal empaillé, un élan de chrome aveugle, porteur des espérances de ses parents et de l'appréhension de Dylan.

Marilla haussa les épaules. « Je te le dis, c'est tout. » Accroupie comme si elle faisait pipi, les fesses à un centimètre du trottoir, elle empoigna la petite balle rouge et ramassa prestement les osselets, puis entonna *You refuse to put anything before your pri-hi-hide – what I got will knock all that – uh – pride aside*[1] *!*

« C'est Mick qui t'a dit de le dire ?

– Personne m'a rien dit, je répète juste ce que j'ai entendu. T'as un dollar pour des bonbecs, Dylan ? »

Qui était dans la rue ? Henry était-il dans sa cour ? Mick Damer était-il là ?

Dylan Ebdus tressaillit, s'efforça de ne pas regarder. Ses doigts agrippèrent les deux pièces de vingt-cinq cents dans sa poche. Il comptait acheter une Spaldeen, nouveau billet d'entrée en caoutchouc rose. Peut-être s'entraîner à effectuer des lancers contre la façade de la maison abandonnée jusqu'à ce qu'une partie prenne corps autour de lui. Dylan avait le don de réussir des prises uniquement quand personne ne le regardait, lorsqu'il s'exerçait seul, mais d'un jour à l'autre désormais ce don pourrait égaler le génie de Henry. Au fait, à quand remontait la dernière fois qu'il avait vu quelqu'un jouer à la balle au mur ? Encore un art perdu, probablement. Les jeux oubliés s'accumulaient comme les revendications des vaincus après la guerre, ils n'étaient pas répertoriés dans l'histoire de la rue.

On ne se demandait pas qui avait de l'argent ni d'où il venait. Tous les gamins gardaient la monnaie quand leur mère les envoyait acheter du lait. Alberto lui, ache-

1. « Tu fais passer ta fierté avant tout, avec ce que j'ai pour toi, elle va en prendre un coup. » (*Ibid.*)

tait de la Schlitz pour son cousin. Le vieux Ramirez savait à qui elle était destinée, il permettait donc aux mômes d'acheter de la bière, et aussi des cigarettes.

Le bruit courait que pour Halloween les gamins de la cité lançaient des œufs, ou plutôt les catapultaient avec une force renversante. C'était un jour de fête mais il fallait quand même aller à l'école, mauvaise opération, mauvaise situation, chacun pour soi, on se dispersait à la sonnerie de trois heures, courant plus de risques de se faire canarder si on faisait équipe avec un autre gamin, et plus encore si on essayait de le protéger. Il n'y avait pas moyen de protéger quelqu'un contre un jet d'œuf ni d'ailleurs contre quoi que ce soit d'autre.

Et si tout changeait ? Ç'avait probablement changé. Ça s'était déjà vu.

Toi ? Mais avec quelle armée ?

Toi ? Avec tes soi-disant potes ?

Avec « ta mère » ?

En provenance de sa chambre, Dylan Ebdus entendit, comme un chien entend un sifflet d'ultrasons, l'appel solitaire du Spirographe : les pointes, les dents du pignon, les stylos rouges sauteurs. « Non, dit-il terrifié à Marilla. J'ai pas de sous.

– T'as la trouille de Mick ? » Marilla jeta les osselets d'un geste inconsidéré qui les éparpilla, et fronça les sourcils au vu du résultat.

« J'en sais rien.

– Il a un rasoir.

– *Tell me something good*[1] *!* » s'égosilla La-La, puis Marilla lâcha la balle rouge qui rebondit sous le forsythia de Rachel, et les fillettes s'éloignant des osselets répandus dont la peinture s'écaillait, se mirent à danser genoux fléchis, les yeux réduits à des fentes, les joues

1. « Dis-moi quelque chose de gentil ! » (*Ibid.*)

gonflées, en scandant *Ooh ah, ooh-ooh ah, ooh ah, oo-ooh ah…*

La grille rectangulaire et étirée de ces rues, ces rangées de maisons étroites, vues d'en haut, dans le crépuscule de la fin octobre : qu'on imagine le point de vue d'un homme volant. Quel sens donnerait-il aux silhouettes en dessous, une blanche aux cheveux noirs en coup de vent qui frappe du plat de la main les épaules et le dos d'un jeune noir au coin de Nevins et Bergen ? Une agression ? Devrait-il descendre en piqué, intervenir ?

Et d'abord pour qui se prend-il cet homme volant – Batman ? *Black*-man ?

Ces rues laissent toujours de la place à deux ou trois silhouettes isolées qui s'affrontent, comme au cœur d'une forêt, hors de portée d'ouïe. Les maisons alignées se muent en un canyon de silence, les perrons semblent s'éloigner de la rue. Notre silhouette solitaire, là-haut, poursuit son vol, il lui faut boire un coup, ça passe avant tout. La femme continue à dérouiller le môme.

Le lendemain de Halloween, le trottoir devant l'école était maculé de bombes qui avaient raté leurs cibles, d'un jaune brunissant piqueté de fragments de coquilles, tellement étalées par la vitesse qu'elles semblaient illustrer la rotation de la Terre sur son axe, comme si la force centrifuge et non la pesanteur les avait répandues longitudinalement en travers de la planète. Ceux qui rentraient à la maison avec de l'omelette séchée dans leur pantalon de velours étaient marqués d'un ovale rougeâtre et cuisant là où l'œuf avait frappé leur cuisse mais ils niaient en bloc jusqu'au moment où les larmes s'amassaient au coin de leurs yeux. Tout môme honnête avec lui-même devait reconnaître qu'il avait été contraint de se calmer après avoir entrevu la fureur inexplicable qui habitait les caïds déchaînés du collège 293, ces excités. Les lanceurs d'œufs portaient des masques achetés dans le commerce – Casper, Frankenstein, Spider-Man – ce qui les faisait ressembler aux braqueurs de banque de l'Armée de Libération Symbionèse ou aux tueurs de *Massacre à la tronçonneuse*, figures de cauchemar aperçues au journal télévisé ou dans un des films d'horreur de minuit.

Chacun se déplaçait prudemment vers des destinations indiscutables.

Personne n'arrivait à se sortir tout à fait de la tête l'idée d'une lame de rasoir ou d'une seringue remplie d'héroïne, plantées dans une pomme.

Il y avait des jours où aucun gamin ne sortait de chez lui sans surveiller les parages. La semaine qui suivait Halloween était comme un lendemain de cuite lourd de menaces, la lumière tombait, le ciel s'écrasait sur les toits.

No Vembre.

« Allez au fond », ordonna Henry. Cette fois il brandissait un ballon de football américain, la nouvelle attraction. Quatre gamins faisaient office de yo-yo reliés à sa main par un fil, galopant pour sauter en grappe quand il finit par envoyer le ballon en vrille à mi-longueur de la rue. Quoi qu'il arrive, quelles que soient les mains dans lesquelles le ballon retombait ou auxquelles il échappait, l'expression de Henry était hargneuse. Il y avait quelque chose d'inélégant et de risqué dans la descente du ballon à travers les airs jusque-là où il l'avait expédié.

Dylan Ebdus attendait sur le perron de Henry dans une bulle de silence, constatant qu'il était le sixième, se demandant s'ils allaient l'appeler sur la chaussée pour équilibrer les équipes et faire une partie. Il décelait en lui-même une espèce de translucidité, ce jour-là, une aptitude à être ignoré. Rachel l'avait chassé d'une planque de quatre jours dans sa chambre, d'un retranchement au cœur du pouvoir secret de ses livres et de ses crayons, au cœur des mystères qu'il épiait dans le bruit des pas d'Abraham ou les éclats de voix de Rachel au téléphone, au cœur des énigmes lassantes de l'ardoise magique et du Spirographe, et quelque chose de sa solitude ensorcelée l'avait suivi dans la rue, puis s'était retourné pour l'envelopper tout entier, partout où il s'asseyait immobile et en silence.

Braque les yeux le temps qu'il faut sur Dean Street et Dean Street braquera les yeux sur toi.

Mains dans les poches, Dylan alla sur la chaussée et s'appuya contre une voiture. Puis, comme ballotté sur une plage par la marée, il se mit à osciller avec les autres vers l'endroit où la balle retombait, sans manifester l'intention de l'attraper, simplement drainé vers l'emplacement, respirant par la bouche, mimant la partie en silence.

« T'as vu Mick Damer ? » demanda Alberto d'un air détaché.

Dylan ne fut pas surpris. Il sentait l'irrésistible à-propos du nom de Mick. Il fit non de la tête.

Ils interrompirent la partie. Henry tenta de faire rebondir le ballon ovale. Deux ou trois fois, il lui revint d'ailleurs au lieu de passer en vrille au-dessus de leurs chaussures. Le ballon était éraflé et maculé de cambouis. Il s'était logé sous une voiture qui l'avait traîné le long de la rue.

« Il s'est fait tabasser », dit Alberto avec respect.

Lonnie hocha du chef, Alberto hocha du chef, Earl et Carlton hochèrent du chef. Ils se réunirent les yeux écarquillés comme pour se réchauffer au feu de camp de leur propre crainte révérencieuse. Dylan attendit.

Henry fit rebondir le ballon d'une grande tape et Alberto et les autres regardèrent avec insistance comme si c'était à Dylan de leur fournir une explication de la raclée reçue par Mick Damer. Alors Henry se débarrassa d'eux, aussi facilement que d'une goutte d'eau sur sa main, en marmonnant « en-but », et en se reculant, le ballon dissimulé derrière son genou, les yeux au ciel. Les quatre détalèrent à l'endroit où le coup d'œil de Henry promettait que le ballon serait expédié, chacun piaffant d'impatience d'être l'élu purifié par un arrêt de volée parfait. Henry se détourna à la seconde où la balle était dans les airs, indifférent. Il fit un geste à Dylan et tous deux traversèrent jusqu'à la maison abandonnée. L'autobus passa à grand fracas, les dissimulant.

« Ta mère lui a cassé la gueule, là, dans Bergen Street, dit Henry. Même qu'il chialait et tout. »

Dylan restait silencieux.

« Personne a dû te le dire », conclut Henry.

Existait-il une île lointaine ou une chambre secrète où votre vie se déroulait à votre insu ? Dylan se représenta l'incident de Bergen Street, l'aberrante collision entre Rachel Ebdus et Mick Damer, mais le projecteur de sa curiosité se déplaça vers la chambre invisible flottant dans l'obscurité de la maison, la nuit, quand derrière les murs, allongé au lit, éveillé, il entendait les gémissements cadencés de sa mère ou le chuchotement pressant et courroucé de son père. *Personne a dû te le dire*, avait dit Henry, et Dylan commença à se noyer dans ce qu'il endiguait par le silence, à l'orée du sommeil.

Est-ce qu'Abraham battait Rachel, pour susciter ces râles ?

Qui cassait la gueule de qui ?

Évidemment, cette fureur avait fini par sortir pour frapper de plein fouet un môme dans la rue. Au moins, c'était Mick Damer qui avait pris.

Il sembla soudain que Henry et tous les mômes de la rue savaient quel bruit faisaient Abraham et Rachel quand ils baisaient et s'engueulaient la nuit. Que seul Dylan était protégé et aveugle.

« Ta mère est dingue », dit Henry. Il ne le dit pas comme on débite une vanne, dans le genre *Ta mère est tellement moche que le yeti la prend en photo*, mais plutôt d'une voix teintée d'admiration et d'horreur incrédule.

Dylan voyait à présent que ce n'était pas une stricte invisibilité qui avait éclipsé sa présence dans la rue, l'avait laissé titubant comme une momie sur la touche, mais plutôt l'acte caché de sa mère qui planait au-dessus de lui, un champ de force, une blême nuée de honte. Qui avait parlé de Mick Damer à Rachel ? S'était-il trahi tout seul, en pleurnichant et murmurant dans son sommeil à propos d'un rasoir ?

Dylan voulut dire à Henry qu'il était au courant, mais ne put formuler ce mensonge. Alberto réapparut avec le ballon, galopant en avant des autres, et l'expédia en l'air. Le ballon s'éleva au-dessus de la voûte de rameaux effeuillés, dans l'encadrement des corniches, et se superposa à un arrière-plan de nuages bas, sur lesquels il se détachait comme une bombe lumineuse. Henry se tendit à la renverse pour s'en emparer du bout des doigts, puis en retombant le plaqua contre Dylan, passe furtive. Dylan le serra contre son épaule comme pour prêter serment. Le froid avait rendu le ballon tout crissant, son cuir était prodigieusement tendu.

4

Nixon démissionna, et NIXON DÉMISSIONNE s'étala en première page du *Daily News*, plaisir coupable punaisé au mur de son bureau. Les gros caractères lui seyaient cet été-là, son soixante-dix-huitième, le cinquante-deuxième depuis l'aviron, et elle imagina sa propre manchette : VENDLE DÉMISSIONNE. Elle sentait sa démission imminente comme le noyau d'une prune aigre dans sa bouche, logée juste derrière ses dents, mais n'arrivait pas à savoir s'il fallait le recracher ou l'avaler : démissionne, démissionne, démissionne. Avaler lui faisait mal. Sa main lui faisait mal sur la canne, elle lâchait prise, le poignet douloureux. Ses yeux lui faisaient mal quand elle lisait. Les mots lui faisaient mal. Un jour, elle fut transportée, presque jusqu'à l'ivresse, de griffonner au stylo-bille sur les pages de *Casanova's Chinese Restaurant*, d'Anthony Powell, brisant un tabou vieux de soixante-dix-huit ans : elle entendit alors la voix de son père, bribe remontée à la mémoire, lui enjoignant de respecter les livres reliés de cuir qui tapissaient sa bibliothèque. Dégrader un livre pouvait bien être la pire des choses, elle n'en éprouvait pas moins désormais l'envie irrépressible de les laisser choir, à moitié lus, du haut de sa terrasse dans son jardin envahi par la végétation. Il lui suffirait de faire pivoter son poignet, de lâcher prise une fois encore. Elle savait qu'elle allait démissionner, d'une façon ou d'une autre, laisser choir le livre ou mourir tout simplement, avant d'avoir fini les douze volumes du roman de Powell, sa *Ronde de la musique du temps*. Powell avait trop écrit, n'avait déjà que trop pris de son temps, et elle le châtiait en gribouillant dans ses livres une suite de lignes tremblées, montée d'une espèce de marée hiéroglyphique. Était-ce au lac George qu'elle souhaitait retourner ? Étaient-ce les vagues qui allaient lui manquer, à la fin ? Le balancement et le choc sourd des vagues contre les planches gorgées, un baiser sur un canot quelques minutes avant que l'aviron la transperce ?

On lâchait prise. Elle, elle avait lâché prise sur toutes les surfaces. Elle n'avait rien modelé, en fin de compte, avait seulement été broyée puis remodelée. Pas étonnant qu'elle fût sensible aux petits immeubles de pierre brune, ces éclopés, qui à présent se remplissaient chaotiquement sans égard pour son plan. Prenez par exemple le chanteur noir qui avait élu domicile dans la maison située entre la sienne et celle des Ebdus. Était-ce un progrès ? Il était riche mais avait l'air défoncé. Son fils, un mulâtre, venait chaque après-midi de ce mois d'août se planter au milieu de l'arrière-cour voisine couverte de mauvaises herbes, vêtu de l'uniforme complet des boy-scouts, dévisageant hardiment Isabel sur sa terrasse, la saluant comme si elle était sa cheftaine. Dean Street avait produit ses propres spores biscornues, et il lui était impossible de suivre la trace ou de juger de ce qu'à présent on voyait éclore. Les homosexuels avaient colonisé Pacific Street ; un collectif de communistes naïfs surgissait de l'une des maisons toutes semblables qui s'alignaient dans Hoyt Street, pour placarder sur les réverbères des écriteaux annonçant une projection de diapositives sur la Chine rouge ou une collecte de fonds pour des squatters de Loisada. Elle avait fondé un verger de la bohème. *Ils n'auront plus d'Isabel Vendle à persécuter.* Mais ils ne savaient même pas que c'était elle qui les avait rassemblés là.

Ils marchèrent ensemble jusque chez Pintchik, dans Flatbush Avenue, à la hauteur de Bergen, un complexe de boutiques communicantes, vendant peinture, mobilier et quincaillerie. Ce commerce qui n'avait probablement occupé jadis qu'une seule devanture contaminait à présent l'ensemble des façades d'un pâté de maisons, toutes peintes du même jaune que les cars de ramassage scolaire, avec PINTCHIK blasonné en rouge, les petits immeubles devenus une enseigne de la longueur d'une rue, leur pierre brune affublée d'un maquillage de clown. Pintchik affichait son âge et sa spécificité avec une indifférence qui faisait mal à Dylan. Ainsi, Brooklyn ne se sentait pas toujours contraint de tendre à toute force vers autre chose, vers une conscience angoissée à la poursuite de Manhattan, comme il le faisait à Dean Street, Bergen et Pacific. Brooklyn pouvait aussi se satisfaire, comme ici, à Flatbush Avenue, de demeurer lui-même dans toute sa crasseuse obstination. Pintchik n'avait que Pintchik pour modèle et pour origine. C'était une tanière, une garenne, et les barbus qui vendaient des rideaux de douche et des boutons de porte ovoïdes en verre poussiéreux, des accessoires tangibles de la rénovation plutôt que l'idée de la rénovation, derrière des caisses enregistreuses constellées de coupures de presse, étaient des lapins de la trempe de Bugs Bunny ou du Lièvre-de-mars, douillettement installés au fond de leur terrier et simplement amusés ou impatients qu'on puisse y faire irruption. Pintchik était un Brooklyn blanc qu'Isabel Vendle n'avait pas imaginé.

En chemin, Rachel lui avait appris le mot « embourgeoisement ». C'était un mot de l'ère Nixon, ringard. « Si on te le demande, dis que tu habites à Gowanus, dit-elle. N'aie pas honte. Boerum Hill, c'est qu'une connerie prétentieuse. » Aujourd'hui Rachel parlait et Dylan écoutait, écoutait. Le langage jaillissait d'elle comme l'eau de la bouche d'incendie du coin de Nevins, que les petits Portoricains ouvraient les jours de canicule, cette année-là. C'était irrépressible, une trombe, un geyser. Avec une vieille boîte de conserve dont on avait fait sauter le fond, on pouvait diriger le jet quelques instants vers la fenêtre ouverte d'une voiture qui passait, mais sa puissance finissait toujours par l'emporter. Quand Dylan s'y était essayé, la colonne d'eau lui avait arraché la boîte des mains et l'avait envoyée valdinguer à grand fracas sous une voiture de l'autre côté de la rue. Quant au flot qui jaillissait de sa mère, il ne se serait pas risqué à le diriger. « Que je ne t'entende jamais dire nègre, poursuivit-elle, baissant théâtralement la voix sur ce mot scandaleux. C'est le seul mot que tu ne dois jamais prononcer, même dans ta tête. À Brooklyn Heights, on les traite d'animaux, et la cité, on l'appelle le zoo. Ces culs – serrés sont des réacs qui méritent qu'on les cambriole. Si on leur pique leur chaîne en quadriphonie, c'est bien fait pour leur gueule. On est ici pour vivre. Le canal de Gowanus, les maisons de Gowanus, les habitants de Gowanus. Le monstre du lagon de Gowanus ! » Elle gonflait les joues, serrait les poings et continuait sa diatribe à l'entrée de chez Pintchik.

Qu'est-ce que Dylan aurait trouvé s'il avait traversé Flatbush, passé ses boutiques où l'on vend des boubous, des tee-shirts proclamant FIER DE MON HÉRITAGE AFRICAIN, passé Triangle Sports, passé la friterie d'Arthur

Treacher, passé Pintchik même ? Qui sait. Son univers atteignait sa limite à cet endroit, sous les épaules étroites de la Williamsburg Savings Bank. Dylan connaissait Manhattan, connaissait le Londres de David Copperfield, connaissait même Narnia mieux qu'il ne connaîtrait jamais Brooklyn au nord de Flatbush Avenue.

« On vit pas dans une boîte, on vit pas dans un petit cube, je me fous de ce que les gens disent, on vit pas dans un photogramme de seize millimètres ! » Elle volait, telle la Reine Rouge dans *De l'autre côté du miroir*, à travers Pintchik, murmurant vers lui comme une folle. « Il peut pas nous y enfermer, on s'évadera, on se fera la malle du photogramme. Il peut pas nous peindre dans un petit cadre de celluloïd. On détalera dans la rue ! On le collera comme du papier peint au mur de son atelier ! »

À l'intérieur, Rachel le conduisit dans une salle remplie de rouleaux de papier peint. Il était censé en choisir un en remplacement des animaux de la jungle cachés derrière les feuilles de palmier, cette esthétique de livres pour enfants, trop naïfs pour lui, à présent. Les échantillons à disposition dans la salle étaient chamarrés de velours, ornés de symboles de paix fluorescents, de couchers de soleil signés Peter Max, de bandelettes de papier d'argent, mouchetés de vert et de jaune – Pintchik avait beau être incontournable et intemporel, il accueillait entre ses murs du papier peint qui ressemblait aux emballages des tout derniers bonbecs, Wacky Wafers ou Big Buddy. Dylan avait honte pour le papier peint. Il avait le mauvais goût d'aller trop loin sans même s'en apercevoir. Dylan préférait le magasin lui-même, sa mosaïque de briques peintes en rouge et jaune, ses murs havane luisants.

« Je vais l'éjecter de son atelier, je te fiche bien dehors pour que tu ailles jouer, qu'il se dégote un boulot au lieu de vivre en haut de sa montagne comme Meher Baba… »

C'est alors que Dylan fut ébahi de trouver un rouleau de sa jungle parmi les échantillons de Pintchik. Ici, ça ne valait pas mieux que les mouchetures ou le fluo. Cette jungle qu'il contemplait en s'endormant n'avait ici aucune patine, était plate et vide, aussi corrompue que la pub. Jamais Abraham n'aurait mis de papier peint dans son atelier.

Dylan voulait du papier peint aussi vieux que le trottoir, profond et trouble comme les photogrammes peints de son père. Il voulait tracer une chique sur son mur, habiter la maison abandonnée. Ou Pintchik.

Brooklyn était simple comparé à sa mère.

« Une bande de Gowanus Houses a chopé un CM2 après la classe et l'a emmené dans le parc, ils avaient un couteau et ils se mettaient au défi, et ils lui ont coupé les couilles. Il ne s'est pas débattu, n'a pas crié ni rien. Il n'est pas trop tôt pour que tu saches, mon cher enfant, que le monde est encore plus givré qu'on le croit. Cours si tu ne sais pas te battre, cours et crie au feu ou au viol, sois plus fou qu'eux, mets le feu à tes cheveux, voilà mon conseil. »

Ils rentrèrent à la maison depuis Pintchik en longeant Bergen, Rachel faisant le plein de sons. Sa mère n'avait jamais fait mention de Mick Damer, pas une seule fois, mais lorsqu'ils passèrent au coin de Nevins et Bergen, l'endroit où elle avait *cassé la gueule de Mick, là, dans la rue,* Dylan sentit un nouveau frisson de honte en y repensant, le perçut en elle autant qu'en lui-même. Rachel n'était pas responsable de ce qu'elle disait, il le savait. Elle avait peur aussi. Le rôle de Dylan était de démêler le discours de Rachel et d'en ignorer quatre-vingt-dix pour cent, afin de résoudre l'énigme qu'elle était.

« Ce magnifique noir qui vient d'emménager à côté de chez Isabel Vendle est Barrett Rude Junior, c'est un chanteur, il faisait partie des Distinctions, il a une voix incroyable, exactement celle de Sam Cooke. En fait, je les ai vus, une fois, en première partie des Stones. Son fils a le même âge que toi. Il va devenir ton meilleur ami, j'en fais la prédiction. »

Ce fut le dernier plan de Rachel.

« Tu n'as pas besoin de prendre le premier papier peint venu, on l'arrachera et on passera un coup de peinture, ce que tu voudras. C'est ta chambre. Je t'aime, Dylan, ça tu le sais. Allez, on fait la course jusqu'à la maison. »

Dylan mit toute sa perplexité dans sa course, s'efforça de laisser sa mère quelque part en arrière.

« D'accord, pouce ! Ta mère est à bout de souffle. Tu cours trop vite. »

Le claquement de ses baskets s'interrompit au coin de Nevins et Dean où il attendit, la tête renversée pour gober l'air, que Rachel refasse son retard. À cet instant, il en était sûr, Dylan l'avait revue : la silhouette loqueteuse bondissant entre le toit de l'école publique 38 et ceux des boutiques délabrées de Nevins, avant de disparaître sous le ciel. L'improbable acrobate sauteur. Il avait l'air d'un clodo.

Dylan ne demanda pas à sa mère si elle l'avait vu. Elle alluma une cigarette.

« Non seulement tu es beau et génial, mais en plus tu as de bonnes jambes. Je ne le dirais pas si ce n'était pas vrai. Tu grandis, petit. »

Les badges étaient des cryptogrammes, des signaux invraisemblables venus d'une autre planète enfantine, et Mingus Rude, qui était pourtant censé frimer, semblait les considérer avec un détachement d'anthropologue assez proche de celui de Dylan. « Natation, feu de camp, nœud, boussole », susurra-t-il entre ses lèvres en les effleurant successivement du pouce, traces fétiches d'une banlieue résidentielle de Philadelphie, épaves d'un monde disparu.

Mingus Rude avait fait poireauter Dylan dans l'arrière-cour déserte et couverte de mauvaises herbes pendant qu'il revêtait tout seul l'uniforme complet des scouts puis s'était posté devant lui, et tous deux avaient considéré son incongruité, manches et jambes déjà trop courtes, foulard jaune avec une tache de morve en traînée d'escargot. Il rentra et ressortit en tenue de hockey vert et blanc portant son nom dans le dos en lettres scintillantes collées au fer à repasser légèrement de traviole. Il brandissait une crosse fendue, à la poignée emmaillotée de chatterton. Dylan enregistrait en silence. Puis Mingus disparut de nouveau, pour réapparaître en tenue de football écarlate, coiffé d'un casque où on lisait MANAYUNK MOHAWKS. Ensemble, ils décollèrent le maillot de nylon aéré pour examiner les épaulettes en caoutchouc mousse qui donnaient à Mingus une silhouette de super-héros. Les coussinets sentaient la sueur et le moisi, les après-midi enivrants et inaccessibles. Mais est-ce que tu sais bloquer une Spaldeen ? En envoyer une sur le toit ? se demandait rageusement Dylan. Mingus Rude découvrirait bientôt que Dylan Ebdus en était incapable.

Dylan était tiraillé entre l'envie d'affirmer qu'il avait gagné ses propres badges – chique, ardoise magique, descentes furtives de l'escalier grinçant, reproductions de Skippy – et le désir de protéger Mingus Rude des moqueries, des vols, de l'incompréhension. Il entendait déjà : « Allez, fais-moi voir, je veux seulement le regarder, quoi, t'as pas confiance ? » Il souhaitait les protéger tous deux en adjurant le nouveau de ne jamais apporter aucune de ces possessions aussi follement profuses que déplacées dans la rue où un môme pourrait les voir.

Dylan s'enveloppait de silence. Là, dans le sanctuaire de l'arrière-cour, à l'abri de sa haute clôture, il avait envie d'entasser toutes ses tenues pour en faire un feu de joie, pareil à celui que Henry et Alberto avaient un jour allumé sur le perron de la maison abandonnée avec du papier journal fumant, des crottes de chien desséchées et les branches vertes et puantes qui tombaient des ailantes à la fin de l'été et jonchaient la rue. Il avait envie que Mingus Rude et lui fassent un feu qui engloutirait les tenues dans une épaisse fumée jusqu'à ce que le plastique noircisse et fonde, jusqu'à ce que les numéros et le nom, la pièce à conviction, soient détruits. Un feu de Dean Street, rien à voir avec un badge. Au lieu de quoi il regarda Mingus Rude ranger d'un air morne les tenues au fond de sa penderie.

« T'aimes les comics ? demanda Mingus.

– Bien sûr », répondit Dylan, pas sûr du tout. Ma mère aime bien ça, faillit-il ajouter.

Mingus Rude exhuma quatre comics du bas de la penderie : le numéro 77 de *Daredevil*, le numéro 4 de *Black Panther*, le numéro 12 de *Docteur Strange*, le numéro 115 de *L'Incroyable Hulk*. Ils avaient été amoureusement manipulés jusqu'à la dislocation, écornés, le papier jauni par le souffle chaud d'une respiration attentive, les pages dévorées des yeux. MINGUS RUDE était écrit au stylo-bille en majuscules penchées sur chaque page de garde. Mingus lut certaines vignettes à haute voix, lecture incantatoire qui modela l'attention de Dylan, et modela la sienne. Dylan se sentit envahi d'une attention rayonnante, ému au point d'éprouver une étrange sensation de chaleur dans le côté de sa poitrine tourné vers Mingus. Il eut envie de passer la main dans les cheveux crêpelés de Mingus.

« Tu sais ce qu'on raconte ? Docteur Strange pourrait se faire l'incroyable Hulk en fabriquant une espèce de cage mystique mais ne pourrait jamais se faire Thor parce que lui c'est comme un dieu, tant qu'il perd pas son marteau. S'il perd son marteau, le gonze est qu'un éclopé.

– C'est qui, Thor ?

– Tu verras. Tu sais où on peut acheter des comics ?

– Euh, ouais. » Dylan pensa à Croft, l'autre après-midi dans le patio d'Isabel Vendle, le kiosque sur le refuge, au carrefour de Flatbush et d'Atlantic Avenue. *Les Quatre Fantastiques*.

Est-ce que Docteur Strange pouvait « se faire » les Quatre Fantastiques ? se demandait-il.

« T'as déjà piqué des comics ?

– Non.

– C'est fastoche. Tu vas en colo, cette année ?

– Non. » Non, jamais, faillit dire Dylan. Il avait trouvé un machin sur le bureau de Mingus, une espèce de diapason.

« C'est un pic, dit Mingus.

– Ah.

– Comme un peigne, pour les cheveux des noirs. C'est que dalle. Tu veux voir un disque d'or ? »

Dylan acquiesça sans un mot, lâcha le pic. Mingus Rude était un monde, explosant de possibilités comme une bombe.

Dylan se demandait combien de temps il pourrait le garder pour lui tout seul.

Ils montèrent l'escalier à pas de loup. Le père de Mingus Rude lui avait fait le cadeau spectaculaire du sous-sol entier : deux pièces pour son usage exclusif et la jouissance de l'arrière-cour merveilleusement vide. Son père, lui, vivait à l'étage où se trouvait le salon. Comme Isabel Vendle, Barrett Rude Junior dormait dans un lit disposé face à la cheminée de marbre pesamment ornementale, sous les hautes fenêtres dont les stores diffusaient une lumière tamisée, ces fenêtres d'apparat, conçues pour de vastes salons pleins de pianos à queue et de tapisseries, de bibles XVIIIe ouvertes sur des lutrins, et Dieu sait quoi encore. Mais différent en cela de celui d'Isabel Vendle, le lit de Barrett Rude Junior, posé à même le sol, sous les moulures hollandaises du plafond, était un grand sac plat, rempli – ainsi que Mingus en fit la démonstration au passage en appuyant dessus des deux mains –, purement et simplement d'eau, mer ondulante prisonnière d'une enveloppe lisse. Les deux disques d'or étaient, curieusement, ce que leur nom promettait, des disques d'or, deux 45 tours, collés à une sparterie blanche et encadrés d'aluminium mat. Ils n'étaient pas accrochés au mur nu mais posés sur le dessus de cheminée encombré d'un fouillis de billets de banque roulés en boule, de verres à moitié pleins et de paquets de Kool vides. « (NO WAY TO HELP YOU) EASE YOUR MIND » (B. RUDE, A. DEEHORN, M. BROWN), THE SUBTLE DISTINCTIONS, ATCO, CERTIFIÉ DISQUE D'OR LE 28 MAI 1970, disait la légende du premier, et « BOTHERED BLUE » (B. RUDE), THE SUBTLE DISTINCTIONS, ATCO, CERTIFIÉ DISQUE D'OR LE 19 FÉVRIER 1972, celle de l'autre.

« On redescend », dit Mingus Rude. Ils abandonnèrent les disques d'or. Dylan passa devant dans l'escalier, et se sentit étrangement guindé, la main refermée sur la rampe, imaginant le regard de Mingus Rude braqué sur son dos.

Dans l'arrière-cour, ils lancèrent des cailloux en l'air, pour qu'ils retombent dans le jardin des Portoricains. Surtout Mingus, Dylan se contentant d'observer. C'était le 29 août 1974. L'air sentait comme un bras levé tout près de soi. On entendait à intervalles réguliers la ritournelle de la fourgonnette du glacier dans

Bergen Street, probablement assaillie par l'habituelle volée de mômes.

« Mon papi est pasteur, dit Mingus Rude.

– C'est vrai ?

– Barrett Rude Senior. C'est là que mon papa a commencé à chanter, dans son église. Mais maintenant il a plus d'église.

– Pourquoi ?

– Il est en taule.

– Ah.

– Tu dois savoir que ma mère est blanche.

– Oui.

– Les noirs plaisent aux blanches, t'es au courant, hein ?

– Euh, oui.

– Mon père parle plus à cette salope de menteuse. » Il partit d'un rire aigu d'autoétonnement.

Dylan ne dit rien.

« Il m'a payé un million de dollars. C'est ce qu'il a dû payer pour me récupérer, un million comptant. T'as qu'à lui demander si tu me crois pas.

– Je te crois.

– Je m'en fiche que tu me croies, c'est vrai. »

Dylan regarda les lèvres et les yeux de Mingus Rude, la netteté de son teint noir, s'en imprégna. Il avait envie de déchiffrer Mingus Rude comme un langage, de savoir si le nouveau venu avait transformé Dean Street ou seulement lui-même en débarquant ici. Mingus Rude respirait par la bouche et pointait sa langue à la commissure des lèvres dans l'effort d'un lancer. Mingus était un noir au teint clair, c'était un mélange. La paume de ses mains était aussi blanche que celle de Dylan. Il portait un pantalon de velours côtelé. Tout était possible, vraiment.

Un môme qui valait un million de dollars n'avait pas sa place dans Dean Street. Rien que le mot million, même.

Mingus Rude était peut-être fou, Dylan s'en fichait.

Deux jours plus tard il jouait déjà, posté dans la rue, receveur au stoopball, se plaquait contre une voiture en stationnement pour laisser passer le bus. Comme s'il avait toujours été là. Ses prises étaient sobres, parfaites. Il avait peut-être été le Henry de sa propre rue, à présent transporté ici – il était peut-être un Henry conceptuel, reconnaissable partout. Dylan grimpa en douce sur le mur de Henry pour observer, avec Earl et deux filles, des mômes plus jeunes. Mingus Rude était viable, apparemment. Il avait été happé par la partie en cours pendant que Dylan avait le dos tourné.

Mick Damer n'était pas dans les parages. Pour le reste, cette dernière journée radieuse avait précipité tous les mômes de Dean Street dans la rue. Deux fillettes faisaient tourner une corde au-dessus de laquelle trois autres sautaient, les genoux luisant comme des grappes de raisins. Déserts, les bâtiments de mosaïque bleue de l'école publique 38 bourdonnaient au bout de la rue. Personne ne la regardait, personne n'y prêtait la moindre attention.

« D-D ! John Dillinger ! Diluant ! D le solitaire ! »

Dylan ne comprenait pas pourquoi Mingus Rude poussait ces braillements, ne se reconnaissait pas dans ces surnoms.

« Oh, Dylan, t'es sourd ? »

Le rôle de capitaine revenait par essence à Henry, plus qu'à tout autre. Mais au capitaine il fallait un vis-à-vis, même inférieur, un faire-valoir. Il fallait que quelqu'un sorte du rang. Dylan avait vu Alberto assumer ce rôle, et aussi Lonnie, et même Mick Damer, une fois, pour disputer une partie de punchball à la manque, vite dissoute avec force mines renfrognées et boitillement fictif. À présent, au sortir éclatant et alangui de l'été, Henry et Mingus Rude étaient capitaines de stickball, sans aucune discussion.

Mingus avait choisi Dylan en premier, avant Alberto, Lonnie, Earl, avant tout le monde.

« Il sait pas batter », dit Henry. C'était un diagnostic raisonnablement charitable. Dylan était un casse-tête pour tout capitaine, un boulet universel.

« Je prends Dillinger », dit Mingus Rude, imperturbable. Il ne cessait de resserrer le fermoir au poignet de son gant de batteur des Phillies de Philadelphie, rappel titillant du trésor de tenues enfouies dans sa penderie. « Choisis ton homme. »

Le dernier après-midi d'août avant la rentrée avait quelque chose de ces déchirants et merveilleux fragments du générique de *Star Trek* ou *Mission impossible*, entraperçu avant d'être obligé d'éteindre la télé pour aller se coucher : ils allaient vous hanter, défiler sous vos paupières, une fois la porte fermée, la lumière éteinte, les battements de votre cœur calmés. Un été demeurait inachevé, cassé net à son extrémité, raccord de fortune. À présent, l'arrivée de Mingus Rude promettait la possibilité d'un deuxième été, articulé au précédent comme une porte au-delà de laquelle on ne pouvait regarder.

Le manche à balai couvert de la sueur de ses mains moites était entortillé de chatterton noir tout neuf, comme la poignée de la crosse de hockey.

« Ouvre le bal, Dill. »

Les sobriquets, Dylan commençait à le comprendre, indiquaient que Mingus et lui entretiendraient deux types de rapports totalement différents : chez eux, loin de la rue, et dehors. Dans la rue.

Dedans, dehors, un distinguo que Dylan comprenait. Il pouvait faire avec.

Henry lança. Dylan balança les bras en direction de quelque chose qu'il vit à peine passer, comme une abeille au-dessus de sa tête. « Première balle, dit Mingus Rude, capitaine, arbitre, annonceur.

– Première balle ? railla Henry. Il l'a jouée.

– Ça compte pas », répondit Mingus. « Trop haute. » À Dylan il dit : « Te fatigue pas à jouer des merdes pareilles. » À Henry : « Zone de strike. » Puis de nouveau à Dylan, dans un souffle : « Ferme pas les yeux. »

On évoluait à la fois au grand jour et en secret, on grandissait, commençait à avoir des poils, on extirpait une dent de lait en crachant du sang, on continuait à jouer, on faisait mine de connaître certains mots la première fois qu'on les entendait. Le jour venait où le coup partait, où on la fouettait sans faire faute, contournant la première base avant même que la batte ne claque et s'immobilise sur le bitume. C'était pas grand-chose, on n'en attendait pas de félicitations. Dylan, sautillant sur la plaque d'égout, deuxième base, défiait le lanceur, règle suivante du protocole. Récompensé pour avoir mollement fait rouler la balle entre les jambes d'Alberto. Ouvrant le bal, avec une réussite de 100 % à la batte.

La moindre manifestation de contentement équivalait à pisser dans son froc. Dylan savait masquer tout soulagement honteux.

Il marqua un point sur le propre home-run de Mingus Rude. Hors jeu et hors d'haleine en attendant de repartir pour un tour. Seulement voilà. Cinq gamins à la batte et aucune défense digne de ce nom, on repartait cent fois pour un tour, par un soir pareil. Pour se faire éliminer quatre-vingt-dix fois. Quand on atteignait un lampadaire, on criait au triple, aucune importance

– dans l'obscurité, on pouvait faire un triple en laissant venir la balle à la batte. La fin de cette journée, on y résiste comme au sommeil, comme à la maladie. La mère d'un gamin s'époumona pendant une demi-heure et aucun môme ne s'en soucia, personne n'obtempéra.

Rachel Ebdus n'appela pas depuis le perron. Dylan Ebdus se demanda si Rachel et Abraham en profitaient pour se bagarrer d'une manière ou d'une autre.

Du moment qu'il était dehors à cet instant, Dylan s'en fichait.

S'en foutait.

T'y connais quoi de toute façon, putain ?

Et si. Mingus Rude avait à peine quatre mois de plus que Dylan Ebdus, mais ces quatre mois tombaient dans le calendrier de telle manière que Mingus était dans la classe supérieure, avait terminé son année de CM2 à Manayunk, en Pennsylvanie. Comme Henry et Alberto, Mingus Rude entrait en sixième cette année, dans l'annexe du collège 293, dans Butler Street entre Smith et Hoyt, le secteur de Gowanus Houses. Au milieu de nulle part.

Mingus l'appela même « Dill-igent », une fois où lui-même était sur la plaque d'égout.

Le collège 293 était un soleil invisible qui arrachait les mômes à l'orbite de Dean Street l'un après l'autre. Et si Mingus Rude avait eu quatre mois de moins, et si Mingus Rude et Dylan Ebdus s'étaient retrouvés ensemble au CM2, et si. Alors Dylan aurait pu veiller sur lui, peut-être. Ouvrir l'œil.

Une année scolaire était un pont noyé dans la brume. Aucun moyen d'imaginer l'endroit où il rejoignait la rive, ni de savoir ce que l'on serait devenu quand on l'atteindrait.

Une partie de stickball était toute ta carrière, toute ta vie, jusque-là.

Ces coups de batte n'en étaient pas, c'étaient des coups de batte rêvés. On ne se rappelait pas qui était le dernier éliminé, tout juste l'ordre de passage des batteurs jusqu'à ce qu'il n'en reste que deux, Mingus et Dylan. Gus et D-Man. Un autre môme abandonna la partie et Henry en fut réduit à lancer depuis le champ extérieur. Il y avait tellement de possibilités, bloquer une balle qui roulait au sol comme une grenade avec son corps, la pêcher derrière un pneu et la darder en direction de la plaque de but, une chance de la balancer dans le cul de celui qui avait marqué. La Spaldeen rose virait au noir, tel un petit bout de nuit. Un Portoricain vint déplacer sa bagnole, sur la troisième base, furax à cause des traces de doigts. Le temps qui s'écoulait entre deux éliminations était un été à lui tout seul.

L'école publique 38 flambait. Mais non, pas du tout.

Et si Mingus Rude pouvait rester là, rester d'une façon ou d'une autre dans la poche de Dylan, dans ses mains sales et cuisantes, alors l'été ne céderait jamais la place à ce qui pouvait bien suivre, quoi que ce fût. Et si. Et si. Tu parles. L'été, dans Dean Sreet, n'aurait duré qu'une journée et cette journée était finie, la nuit était tombée, tombée depuis des heures. L'horloge de la Williamsburg Savings Bank affichait neuf heures et demie au néon rouge et bleu. Score final, un million à zéro. Le gamin qui valait un million.

Ce n'était pas ton école qui était en feu, c'était toi.

… *et à présent le major Amberson était engagé dans la plus profonde méditation de son existence*, se surprit-elle à citer sur son lit du centre hospitalier universitaire de Long Island, dans Henry Street, où la télévision suspendue au plafond qui diffusait *Ryan's Hope* et *Le crochet télévisé* faisait office de cheminée, avec des infirmières jamaïcaines bestialement irascibles et bestialement obèses pour lui tenir compagnie, veiller sur elle. Elle mourrait à Brooklyn Heights plutôt qu'à Boerum Hill parce que Boerum Hill avait une prison plutôt qu'un hôpital – *et le major Amberson comprit que tout ce qui l'avait tourmenté ou rempli d'aise de son vivant, toutes ces acquisitions et ces édifications* – et pas dans son lit sous le plafond du salon parce que l'aviron l'avait entaillée, broyée, pliée comme une lettre dans l'enveloppe de son être, jamais lue depuis cinquante-deux ans. Médicalement illisible à présent, à la fin : elle observait les internes déconcertés par ses radios – comment ceci a-t-il bien pu venir se nicher à proximité de cela ? Comment la vieille Vendle faisait-elle pour tenir en elle-même, comment s'y était-elle prise, tout au long des années ? Son corps était Boerum Hill, tout comme le corps du roi Arthur avait été l'Angleterre. Elle était toutes les contradictions de Boerum Hill broyées ensemble : elle était la boîte de Schlitz dans le sac en papier brun posé sur l'encoignure de plâtre et de marbre où pivotaient les cercueils, dans la courbe de la cage d'escalier, à l'intérieur de l'hôtel de ville XIXe. Elle était une prison à l'ombre de laquelle des garçons batifolaient. *Tout ce qui l'avait rempli d'aise, toutes ces acquisitions et ces édifications, que tout cela était insignifiant et dissipé, car le major savait…*

Deux visiteurs étaient venus. Croft, bien sûr, qui logeait depuis une semaine dans son sous-sol et se rendait chaque jour à l'hôpital, la harcelant avec ses petits colis de nourriture immangeable aux vertus curatives, lui apportant *Rois d'un jour* et *À l'écoute des harmonies secrètes*, les ultimes volumes de la saga de Powell, s'attirant les regards foudroyants des Jamaïcaines furibardes parce qu'il rinçait son bassin dans la salle de bains et à cause du sérieux, de l'inutilité de ses questions concernant les soins qu'elle recevait. Puis, à la demande d'Isabel, il avait emmené le chat roux avec lui dans l'Indiana. Elle souhaitait le bonheur du chat. Il ferait peut-être figure de conscience pour la communauté rurale, la cheville morale qui lui faisait défaut. Croft s'était rasé ou laissé pousser la barbe – Isabel était incapable d'être attentive à autre chose qu'à sa propre irritation, concentrée quelque part autour de la bouche de Croft. Il récupérerait la maison. Il la vendrait, elle ne tenait pas à conjecturer sur l'identité de l'acheteur. Isabel s'aperçut qu'elle ne pouvait plus lire le Powell, qu'elle ne pouvait plus s'en dépêtrer, ne pouvait plus manœuvrer les phrases. Au lieu de quoi elle regardait *Le crochet télévisé*. Il y eut un sketch, un comique avec un sac en papier sur la tête, qui lui plut assez : prends ça, Anthony Powell !

Le second visiteur d'Isabel, Rachel Ebdus, avait aussi apporté un livre, qu'Isabel considéra avec étonnement : *Woman on the Edge of Time*. Vraiment, imaginez quelqu'un portant un nom pareil : Marge Piercy ! Isabel sourit et fit pivoter son poignet comme elle avait appris à le faire – ce léger relâchement, cet abandon, en préparation de la grande affaire –, fit pivoter son poignet et laissa choir le livre par terre, avant de murmurer plus faiblement que nécessaire à Rachel qu'elle serait gentille de le poser sur la table de nuit. Elle prenait plaisir à jouer les mourantes, toute mourante qu'elle était. Pauvre idiote, avait-elle envie de dire, je ne lis pas les femmes écrivains.

Rachel Ebdus avait pleuré. Elle et son reclus de cinéaste se querellaient sans doute encore. Cette femme avait quelque chose sur le cœur mais Isabel Vendle résolut d'invoquer la mesquine majesté de la mourante pour l'empêcher de le formuler. C'est assez que tu hérites de ma Dean Street, petite beatnik. Ne viens pas ici épancher ta douleur dans mon cœur moribond.

Rachel Ebdus parlait mais c'était aussi lointain pour Isabel que des empreintes de pas sur la lune.

« Je vais peut-être partir, entendit-elle dire la jeune femme.

– Oui, répondit Isabel. Ça vaut mieux. Allez-y. » Si Rachel Ebdus avait chanté sa triste sérénade à la télé, Isabel aurait depuis belle lurette réclamé le crochet *– le major savait qu'à présent il lui fallait préparer sa venue dans une contrée inexplorée, de celles où il n'était même pas certain d'être reconnu pour un Amberson…*

Puis elle fut seule, ayant découragé Rachel Ebdus et expédié Croft dans l'Indiana. Boerum Hill était ce qu'il était – injuste, récalcitrant, dépravé – et quoi qu'il devienne à l'avenir, il se débrouillerait sans l'aide d'Isabel Vendle. Qu'on le mette en pièces, qu'on l'oublie, qu'on le pardonne. *Nous devons émaner du soleil*, pensa-t-elle, s'énervant toute seule de continuer à citer, si avant dans le jeu, *il n'y avait rien ici au commencement que le soleil, la Terre est née du soleil, nous sommes nés de la Terre* – dans son ultime rêve, Simon Boerum, le vieil ivrogne, vint à elle et la conduisit en canot jusqu'au rivage du domaine Vendle, les deux avirons bien en main, *alors quoi que nous soyons, nous devons descendre du soleil…*

Crochet !

Le CM2, c'était le CM1 avec quelque chose qui clochait. Rien n'avait changé pour de bon. Ça flottait, plutôt. On poussait la futilité si loin à l'école publique 38, qu'on s'attendait à voir le bâtiment lui-même en être gêné et présenter sa démission. Ceux qui ne savaient pas lire ne savaient toujours pas, les enseignants enseignaient la même chose pour la cinquième fois maintenant, se refusant à croiser votre regard, certains gamins avaient redoublé deux fois et étaient aussi grands que les appariteurs. L'endroit était une cage où on grandissait, rien de plus. La cantine se révéla être un vrai plan quinquennal, un souci constant. Il n'y avait pas de redoublants pour les bâtonnets de poisson et les hamburgers. On emmagasinait au bas mot deux mille cartons de vingt-cinq centilitres de lait chocolaté enrichi en vitamine D.

Deux noirs de la cité, des jumeaux, s'appelaient vraiment Ronald et Donald Mc Donald. Les jumeaux eux-mêmes se contentaient de hausser les épaules, refusant de reconnaître que c'était incroyable.

Les Chinois n'allaient pas aux toilettes de toute la journée, c'est dire combien ils vivaient dans leur monde à eux.

À la maison, le téléphone de Rachel Ebdus sonnait dans le vide.

On trouvait des territoires partout. La cour de l'école se découpait en secteurs : celui des noirs, des noires, des Portoricains, du basket, du hand, des laissés-pour-compte. À travers le grillage, quelqu'un avait peint le mot FLAMBOYAN en blanc sur le mur de pierre, en l'accompagnant d'un carré qui figurait une zone de strike.

Bruce Lee était célèbre maintenant qu'il était mort.

On s'amusait à marquer des paniers en suspension du bout des doigts, de temps à autre. Entre les sauts on ne jouait pas. On restait inerte, un peu poseur.

Les noires avaient un langage fait de fragments de mots, de mélopées plus difficiles à retenir que n'importe laquelle des choses enseignées en classe. Il en émanait une sorte de bourdonnement aussi confus que les contours des gravures indéchiffrables creusées au stylo-bille dans le bois des pupitres. Un gribouillis de voix.

La première fois que quelqu'un dit « Eh, petit blanc » ç'eut l'air d'une méprise. Il fallait se laisser guider dans cette nouvelle relation par les filles, les garçons étaient à vrai dire un peu timides en l'occurrence.

Pas les bonnes baskets, pas les bonnes chaussures, pas la bonne longueur de pantalon. Culottes courtes.

C'est pour pédaler dans le yaourt ?

Qu'est-ce qui te fait marrer, imbécile ?

Merde. Le mec se fait marrer tout seul.

Venus du collège 293 ou de nulle part, de la cité, des grands s'attroupaient aux entrées de l'école et dans des coins de la cour. Les CM2 de l'année précédente avaient constitué une couche protectrice. À présent, la couche, c'était vous. Mick Damer faisait partie d'un de ces attroupements réguliers, les précoces buveurs aux sacs en papier. Même immobile, Mick Damer bougeait comme un genou foulé, comme s'il tournait à tout jamais le coin de Nevins sur un vélo trop petit. Il décocha un sourire de photo déchirée, sa voix resta suspendue dans les airs. Dylan Ebdus vit dans les yeux de Mick Damer cette même espèce de gribouillis.

Red Hook, Fort Greene, Atlantic Terminals.

On échafaudait des alliances qui pouvaient passer pour de la simple entente. Personne n'expliquait rien. Le CM2 était un art abstrait, peint photogramme par photogramme.

Dylan entendait encore le téléphone sonner dans la cuisine assis sur son perron à attendre, à observer, les après-midi glissant vers le crépuscule, l'air se refroidissant au point que les assis quittaient leurs caisses, hochant du chef, se pinçant un nez gelé, laissant le vieux Ramirez tout seul. Dylan et Ramirez étaient comme appareillés dans l'embrasure de leur porte, poursuivant leur observation, s'ignorant mutuellement. Dylan regardait la circulation s'écouler dans Nevins, les mères ramener leurs petits de la maternelle du YWCA, comptait les bus qui dérivaient jusqu'au feu comme de longues miches de pain, attendaient, reprenaient leur dérive. La cour de Henry était vide, vide la cour de Marilla, on avait vu un rat dans celle de la maison abandonnée. Bruce Lee et Isabel Vendle étaient morts et Nixon musardait sur une plage. Personne ne bougeait, personne ne jouait, des gamins louches parcouraient le pâté de maisons en bandes. C'était une période d'effacement, de silence à la bêtise crasse, pareil à l'insupportable silence où s'égrènent les secondes quand l'instit attend la réponse d'un gamin dont tout le monde sait qu'il n'est même pas capable de dire son propre nom correctement.

Abraham n'avait qu'à répondre au téléphone, à supposer qu'il l'entende. À lui de dire qu'elle n'était pas là.

Presque tous les jours, Dylan patientait seul jusqu'à ce qu'Abraham lui dise de rentrer dîner. Mingus Rude avait d'autres endroits à fréquenter, des endroits pour les sixièmes, des endroits pour le collège 293 – d'autres amis, supposait Dylan, avant de s'empresser d'enfouir ses propres suppositions. Un après-midi ou deux par semaine, Mingus s'amenait dans la rue et levait la main. Son manteau était en velours côtelé noir doté d'un col de mouton, pas la doudoune de plastique luisant que portait un gamin sur deux. Mingus Rude avait ses cahiers et ses livres scolaires sous le bras, sans cartable, et les claquait négligemment sur le perron, manifestant un peu moins qu'un complet dédain et un peu plus qu'une totale maestria.

Mingus Rude considérait les comics comme une présence délicatement vivante, une chair qui palpitait encore et que Dylan et lui pouvaient ranimer et guérir par l'absolue fixité de leur attention, par leur vénération. L'enchevêtrement des intrigues constituait un champ d'expertise, une nouvelle chique, toute de clauses particulières et de rites. Dylan était vraiment épouvanté d'apprendre qu'il avait laissé filer tellement de temps, tellement de cette histoire culturelle essentielle. Oublier tout ce qu'on croyait savoir. Le Surfeur d'argent, par exemple, était dans une situation qu'on ne pouvait pas entièrement comprendre si on la prenait trop tardivement en cours. Mingus se contentait de secouer la tête. On n'avait pas le cœur de s'essayer à expliquer une chose si tragique, si mystique.

Les nouveaux numéros arrivaient dans les kiosques le mardi. Mingus Rude en rapportait une brassée, achetée ou volée, Dylan ne posait pas la question. Certains étaient des bimensuels, d'autres des mensuels, on s'instruisait en lisant la page du courrier des lecteurs, on languissait dans l'attente des numéros spéciaux, aussi, les volumineuses publications annuelles et numéros spécimens comme *Guerres Vengeurs-Défenseurs* ou *Origines*. Dans *Origines* on apprenait comment les super-héros avaient commencé, la réponse étant généralement : irradiation. Dans les publications annuelles et la série des *Guerres*, on satisfaisait, du moins provisoirement, ses interrogations sur qui se faisait qui. Hulk et Iron Man s'affrontaient au long d'une ou deux pages, jurant d'en finir pour de bon la prochaine fois.

La petite amie de Spider-Man, Gwen, avait été assassinée par le Bouffon, ça n'avait rien de drôle. C'est pour ça que Spider-Man était tout le temps si déprimé.

Captain Marvel n'était pas Shazam, on s'y perdait. Il avait été ressuscité pour faire valoir le copyright sur le nom, et personne n'était en mesure de dire s'il se fondait vraiment si bien que ça dans l'univers Marvel. DC Comics, l'antithèse de Marvel Comics, montrait une réalité risible et sans relief – Superman et Batman étaient grotesques, galvaudés par la télévision.

En vérité, Superman dans sa forteresse de solitude évoquait un peu trop Abraham dans son atelier haut perché, planant sur du vide.

La Créature des marais était un plagiat de la Chose, ou *vice versa*.

Un malaise pesait sur certains titres. Différents artistes dessinaient le même personnage de différentes manières – on pouvait s'abîmer les yeux à essayer de se l'expliquer, de trouver une continuité à ces histoires bancales. Les super-héros les plus faibles étaient revalorisés par des apparitions dans Superman ou Hulk, ce qui embrouillait terriblement la chronologie. Un Einstein en aurait perdu la tête à essayer d'expliquer comment les Quatre Fantastiques avaient pu aider les Inhumains à combattre les Subterriens quand leur propre magazine attestait clairement qu'ils étaient immobilisés dans la Zone Négative depuis le début.

L'incroyable Hulk, lorsqu'on le suivait de près sur la durée, avait perdu l'usage des pronoms.

Deux après-midi par semaine, assis dans la lumière déclinante sur le perron de Dylan, sans jamais discuter du CM2 ou de la sixième, des trucs trop élémentaires et mystérieux pour être mentionnés. Au lieu de quoi, on se contentait de tourner les pages, épaules voûtées pour protéger du vent les minces couvertures, élucidant le dernier point, la dernière parcelle d'information, l'appendice, le courrier des lecteurs, les copyrights, la petite figurine de plastique offerte avec chaque numéro, *l'insulte qui fit de Mac un homme*. Puis, quand on commençait à s'imaginer être seul, Dean Street revenait à la vie, Mingus Rude connaissait tout le monde, hélait d'un « Eh ! » un million de mômes différents qui sortaient de la boutique de Ramirez avec un Yoo-Hoo ou un Pixy Stix, Alberto portant de la Schlitz et des Marlboro à son grand frère et à la petite amie de son grand frère. La rue, un îlot de temps, l'école à un million de kilomètres de là, les mères rappelant leurs enfants à la maison, le bus à présent éclairé à l'intérieur, de grosses dames rentrant des locaux du conseil d'établissement de Livingston Street, leurs silhouettes fatiguées comme des dents cariées dans la gueule lumineuse du bus, Marilla passant et repassant un million de fois en chantant *It's true, hah, sometimes you rillydo abuse me, you get me in a crowd of high-class pee-pul, then you act real rude to me*[1], la lumière diminuant, inquiétante, les lampadaires bourdonnant en s'allumant, leurs sommets arqués décorés de paires de baskets attachées par les lacets et balancées là, et Mingus Rude demandant, en cet après-midi qui expirait, sans jamais décoller les yeux d'une vignette des *Marvel's Greatest Comics* dans laquelle Mister Fantastic se roulait en une boule de la taille d'une balle de base-ball, son visage miniature arborant les tempes grisonnantes reconnaissables entre mille, rides encore discernables dans le plus incroyable détail, pour être projeté par un bazooka dans la gueule vulnérable d'un robot de douze mètres de haut et par ailleurs invincible, répondant au nom de *Toomazooma, le totem vivant*, « Ta mère est toujours pas revenue ?

– Non.

– Merde, ça craint. »

1. « C'est vrai, quoi, des fois tu m'insultes vraiment, tu m'introduis dans une bande de gens superclasse et puis t'es grossier avec moi. » (Titre : « Use Me ».)

5

Cinq semaines plus tard, il était décidé à vendre les nus. Ils ne laissaient jamais son esprit en repos, conversaient d'un mur à l'autre en un chuchotis informe, lui renvoyaient son propre reflet comme les glaces d'un palais du rire, faisaient, avec la sonnerie du téléphone, la paillasse abandonnée de la cuisine, les cendriers débordant de tabac refroidi, ressembler le salon du petit immeuble de pierre brune à un crâne privé de cerveau, un crâne vide orné de souvenirs, de *déjà vu*[1]. Elle ne reviendrait pas, et la conscience qu'il avait de cela suintait des tableaux comme une réverbération.

Erlan Hagopian, collectionneur arménien qui habitait l'Upper East Side, avait eu un aperçu des toiles deux ans plus tôt. Il avait demandé à les voir après que l'une d'elles eut été accrochée lors d'une exposition collective dans Prince Street, à l'initiative de l'ancien professeur d'Abraham Ebdus – une requête qu'Abraham aurait dû refuser, une complaisance, une erreur. Hagopian et le marchand de Prince Street étaient venus à Dean Street, désireux de voir les tableaux et aussi l'atelier. Abraham en avait refusé l'accès, protégeant le film, protégeant son ouvrage secret, et prolongeant par inadvertance le malentendu voulant que les nus soient récents, ou que son travail sur toile se poursuivait.

1. En français dans le texte.

Il n'en était rien. Ses grands pinceaux croupissaient, pas même nettoyés convenablement depuis la dernière fois qu'il avait posé la main dessus. Ce jour-là, Erlan Hagopian y était allé à l'esbroufe en demandant le prix du contenu de la pièce entière, en voulant se faire énoncer le chiffre qu'il lui faudrait coucher sur un chèque pour dépouiller le salon de son isolation de chair, dans un geste grandiose. Certain, à n'en pas douter, d'essuyer un refus – l'Arménien avait flairé les réticences d'Abraham Ebdus, en tout cas dans cette mesure. Une mesure insuffisante, toutefois, à prévenir ce qu'il obtint : se voir refuser jusqu'à la moindre toile. Abraham reçut en récompense le hochement affligé et désapprobateur de la caboche, avec ses lunettes noires et sa crinière dorée, du marchand de Prince Street. Cette tête valait tous les chiffres sur un chèque.

À présent, deux ans plus tard, Ebdus appelait Hagopian directement, sachant que circonvenir le marchand – secret qui ne tiendrait pas une fraction de seconde si Hagopian se trouvait acheter une quelconque toile – revenait à couper les ponts vers sa carrière d'autrefois, les ponts vers SoHo, vers Manhattan. Abraham Ebdus serait parfaitement heureux que les ponts disparaissent. Il avait tourné le dos à la ville qui s'étendait de l'autre côté du fleuve pour s'éloigner crânement dans la direction opposée, dans un désert qu'il avait créé, un désert de celluloïd.

Erlan Hagopian, pour ses propres raisons de Raminagrobis, n'hésita pas. Il semblait reconnaître la logique de capitulation d'Abraham Ebdus : Quand je vous ai demandé de fixer votre prix pour acheter toutes vos toiles, vous avez refusé de m'en vendre ne fût-ce qu'une – et dans ce geste surcompensé, cette sous-estimation puérile du pouvoir de l'argent, se trouve le germe du moment à venir, quand vous me supplierez inévitablement d'acheter le tout. Naturellement.

Peut-être Erlan Hagopian avait-il toujours souhaité acquérir une pleine salle de nus, et serait à présent en mesure d'affirmer qu'il y était parvenu. Peut-être en achetait-il toutes les semaines. À moins que, ayant pressenti la mort de la carrière artistique d'Abraham, il sût qu'il recueillait la stèle lumineuse d'une fosse commune, ou que Rachel Ebdus fût devenue sa maîtresse, captive de luxe d'un appartement-terrasse de Park Avenue, et que les toiles ne fussent que la conclusion d'un marché invisible auquel Abraham Ebdus ne pouvait savoir qu'il se livrait. Toujours est-il qu'Erlan Hagopian ne demanda pas à revoir les tableaux. Il envoya un chèque, et une fourgonnette.

L'amitié de Dylan Ebdus avec Mingus Rude vivait dans de brèves fenêtres de temps, ponctuation des phrases non formulées de leurs journées. Ils ne se racontaient rien : pour ce qu'il en savait, Mingus pouvait être parti combattre les Subterriens à l'annexe du collège 293, où se rendaient les sixièmes, pendant que Dylan, au CM2, était toujours pris au piège de la Zone Négative – cela ne comptait pas, cela ne contredisait rien, ils n'étaient pas les Quatre Fantastiques, après tout, rien que deux copains. Lorsque Dylan retrouvait Mingus, ce qui était arrivé entre-temps aurait demandé trop d'explications, pour l'un comme pour l'autre. Car Dylan sentait que Mingus portait son propre fardeau secret, son propre monde bouleversé palpitant sous son silence. Il n'y avait rien à faire que reprendre où l'on s'était arrêté, réunir ce qu'on avait encore en commun. Ce qu'il y avait de nouveau chez l'autre, on feignait de le considérer comme allant de soi, marché instinctivement conclu pour pouvoir faire face, chacun de son côté.

Entre-temps, tout pouvait arriver et commençait d'ailleurs à se produire. Un exemple : le jour où, dans la cour de l'école, Mick Damer avait coincé Dylan sans effort, d'un coup d'épaule en biais : « Eh, Dylan, p'tite tête, viens voir une minute ». Viens voir, fais voir, comme si Dylan en personne était à présent une canette de Yoo-Hoo bonne à être éclusée ou une bicyclette guidonnée à jamais autour de l'immeuble. Dylan avait fait un pas, puis deux en direction de Mick Damer, ne sachant comment refuser, et s'était retrouvé seul avec lui.

Mick dit, somnolent : « Je les ai vus sortir ta mère de la maison, nue. »

Dylan répondit : « Quoi ?

– Dans le fourgon. Ils l'ont emballée dans des couvertures mais elles sont tombées. Je l'ai vue traîner dans la rue comme une pute. »

Dylan calcula la distance entre l'endroit où ils se trouvaient et les quatre sorties de la cour, désespéré par le vide d'un après-midi de novembre qui avait succombé au Principe de Damer relatif à la désertion humaine. « C'était pas ma mère », fut tout ce qui sortit de sa bouche. Ça ne répondait même pas à moitié à la folie de Mick.

« Elle sortait de chez toi, p'tite tête, nue comme une sorcière. Pas la peine de mentir. Ils l'ont flanquée dans un fourgon de police pour l'emmener. »

À présent, Dylan était désarçonné. Mick Damer avait-il vu quelque chose qui avait échappé à Dylan ? Il ne pouvait quand même pas confondre des tableaux avec une personne, des manutentionnaires avec la police.

À cet instant, le rougeoiement de la peur monta en lui, sachant que tout brouillon qu'il fût, Mick Damer avait pigé que Rachel n'était plus là pour lui « casser la gueule ».

Mick poursuivit, sur un ton de commisération modérée. « Ils l'ont foutue en taule, j'pense. Mise au trou parce qu'elle est siphonnée et fait que gueuler.

– Elle était pas nue, plaida Dylan, à retardement. C'étaient des peintures.

– Elle portait pas de peintures quand je l'ai vue. Elle traînait dans la rue devant tout le monde. 'mande à quelqu'un si tu me prends pour un moteur.

– Un menteur ? » Dans son égarement, Dylan voulait ramener Mick Damer chez lui, pour lui montrer les traînées de poussière et les demi-teintes de peinture délavée sur les murs du salon indiquant l'emplacement où les nus étaient accrochés, portraits absents d'une femme absente, fantômes de fantôme.

« Me traite pas de moteur, putain. Ou je t'esplose, pauvre cul blanc. Fais voir ta main.

– Quoi ?

– Ta main. Donne. Que je te montre. » Mick enserra le poignet de Dylan de ses longs doigts et le retourna – Dylan le regardait faire, fasciné, comme de très loin – puis le tordit d'un mouvement sec vers l'omoplate de Dylan qui se plia en deux à la hauteur de la taille, accompagnant la ligne de force. Le sac à dos de Dylan culbuta par-dessus sa tête, des pages de cahier se répandirent sur l'asphalte qu'il apercevait entre ses genoux. Le sang lui monta au visage avec le souffle.

« Tu vois, laisse personne t'avoir comme ça, dit Mick. Tu fais tout ce qu'on te demande, tu te retrouves le bras tordu dans le dos. Moi je dis ça, c'est pour ton bien. Maintenant, prends tes affaires et barre-toi. »

Rien de tout cela n'était racontable. Dans la lumière étranglée de l'hiver, sous la fenêtre qui donnait sur l'arrière-cour de Mingus Rude, avec Barrett Rude Junior à l'étage, les accords des Average White Band et le flip-flop de ses pantoufles filtrant à travers le plancher, Dylan et Mingus assis côte à côte, la tête penchée l'un vers l'autre, feuilletant les derniers numéros de *Luke Cage*, *Héros à louer* et *Warlock*, il ne pouvait pas demander à Mingus s'il avait lui aussi vu les manutentionnaires charger leur fourgon ou bien quelque chose qui ressemblât à la police imaginaire de Mick Damer. Ça n'entrait pas dans la parole. Pour commencer, la disparition de Rachel n'avait pas besoin de porter un nom qui l'eût inscrite dans l'histoire de Dean Street. Et si Mingus avait assisté à ce défilé de chairs peintes, Dylan ne voulait pas le savoir. En outre, il ne pouvait expliquer comment l'équilibre de la terreur que Rachel avait fait naître en Mick Damer était à présent rompu, parce qu'un instinct tracassier lui disait que Mingus et Mick devaient être maintenus dans l'ignorance l'un de l'autre. S'ils devaient se rencontrer, Dylan ne voulait pas être celui qui les présenterait, et s'ils se connaissaient déjà, c'était encore une chose que Dylan n'était pas pressé d'apprendre. Enfin, Dylan ne pouvait demander à Mingus Rude si les noirs appelaient les menteurs des moteurs parce que Mingus Rude était noir. Plus ou moins.

Donc, silence, paroles des bulles de comics et bruit sourd des basses de la chaîne au-dessus.

Un après-midi de décembre, Mingus fit tomber son classeur au carton gondolé, recouvert d'un tissu bleu effiloché aux coins, et Dylan remarqua, autour du vieil autocollant de Mingus aux couleurs des Flyers de Philadelphie, une dentelle gribouillée au stylo-bille et sillonnée de lignes reproduites à l'identique, semblables aux ovales du Spirographe, d'un geste tendant à quelque forme parfaite, inatteignable. C'était le graffiti des murs de la cour d'école, à présent rapporté à Dean Street et jeté sur le perron de Dylan.

« C'est mon tag », dit Mingus quand il vit que Dylan examinait le nuage de bruit visuel. « Tiens. » Il arracha une page et, tenant son stylo avec les doigts proches de la pointe, langue retroussée contre la joue dans une mimique de concentration, il écrivit DOSE en lettres majuscules penchées. Puis il les traça de nouveau en caractères ronds approximatifs, le D et le O à peine différents l'un de l'autre, le E enflé au point que ses trois barres se chevauchaient – vague imitation, semblait-il à Dylan, des onomatopées d'une vignette de Marvel Comics.

« Ça veut dire quoi ?

– C'est mon tag, Dose, que j'ai écrit. »

C'était une donnée nouvelle. N'importe qui pouvait avoir son tag. Dylan pourrait lui-même en avoir un sous peu, désormais. D'autres explications viendraient ou ne viendraient pas. Le raccourcissement hivernal des heures de soleil lui-même procédait d'une forme de patience, réponse stoïque sans question. Rachel avait libéré la maison d'une certaine hystérie, l'avait remplacée par le téléphone et tout un assortiment d'autres résonances. Les jours murmuraient comme un coquillage. Dylan regardait la télé, regardait le courrier, regardait son père monter lourdement vers son atelier. Il écoutait en sourdine les disques abandonnés par sa mère, Carly Simon, Miriam Makeba, Delaney & Bonnie. Derrière la fenêtre munie de barreaux de sa salle de classe du premier étage, il regardait les appariteurs piétiner le mince tapis de neige jusqu'aux bennes à ordures, recouvertes du gribouillage visible depuis peu. Dylan avait commencé à repérer des noms, les bases d'un ensemble désordonné. La plupart des choses s'étaient produites avant son arrivée, c'est pourquoi il était primordial de les considérer comme allant de soi. On pouvait en trouver une multitude d'exemples dans les rediffusions, *Room 222*, *Il faut marier papa*, *La nouvelle équipe*. Tout était représentatif de la vie quotidienne, la partie cachée de la norme.

Des choses se produisaient lorsqu'ils étaient ensemble dont Dylan Ebdus et Mingus Rude ne discuteraient peut-être jamais. Ils regardèrent le Super Bowl dans le salon de Mingus, scellant d'abord un pari de cinq dollars en un murmure dans la pièce du sous-sol, Mingus choisissant les Steelers de Pittsburgh, Dylan, pour l'esthétique du casque, les Vikings du Minnesota. Puis ils montèrent l'escalier sur la pointe des pieds, sous l'œil des disques d'or. Le salon avait été réorganisé, le lit au matelas d'eau dissimulé, le canapé et un formidable fauteuil réglable déployés autour d'une colossale télé couleur. Barrett Rude Junior trônait devant l'écran en slip de satin bleu et peignoir de soie sans ceinture, ses bras épais ballant, paumes ouvertes, jambes étalées à mi-chemin de la télé. Le poil poivre et sel qui s'enroulait sur son torse faisait comme autant de faux départs, manuscrit inachevé sur la page brune de sa poitrine. Se détournant à demi du spectacle d'avant-match pour examiner Dylan, les yeux plissés derrière ses lunettes de grand-mère, le bouc déformé par la moue de ses énormes lèvres.

« Alors c'est lui, ton ami ? »

Mingus ignora la question, s'assit sur le canapé.

« Comment tu t'appelles ?

– Dylan.

– Dylan ? Je le connais, moi, t'sé. T'es de quel côté, p'tit Dylan ?

– Hein ?

– T'es de quel côté ?

– Des Vikings, fit Mingus, lointain, ayant sombré dans une espèce de transe provoquée par son père et l'immense écran palpitant.

– Les Vikings sont battus », dit Barrett Rude Junior, si catégoriquement que Dylan en resta un instant désarçonné – n'étaient-ils pas tous là pour découvrir qui allait gagner ? Le match n'était pas une rediffusion.

« Tu connais les Dolphins ? demanda Barrett Rude.

– Oui, mentit Dylan.

– Je me suis entraîné avec eux, l'été 71. Va chercher la photo, Gus. »

Mingus se leva du canapé et glissa dans la chambre moquettée de son père, revint avec une photo couleur encadrée, une contre-plongée, montrant Barrett Rude Junior en tenue de footballeur, ballon blotti contre la poitrine, des yeux rêveurs plongés dans un au-delà de l'objectif.

« Mercury Morris a dit que j'avais facile le niveau pour être remplaçant, et puis ça s'est pas fait. Ma foutue maison de disques a mis le holà, ils pensaient que je saurais pas me défendre. Ça m'a coûté une bague de champion. »

Barrett Rude termina dans un murmure, un ronron s'adressant à personne en particulier. Le match proprement dit, quand il débuta, ne fut qu'une série d'aplatissements sur la pelouse : avec des « han ! », des hommes à l'allure de robots, et pour finir ce fut l'intérêt de Dylan qui s'aplatit. Le football n'était qu'un agencement d'échecs successifs, preuve de l'invraisemblance de la plupart des choses. Mingus garda son pari pour lui, acclamant frénétiquement pour que quelqu'un l'incite à aborder le sujet. Dylan psalmodiait en silence à l'unisson des pubs, *Soif d'aujourd'hui*, *Coca-Cola. Indigestion.* Barrett Rude Junior tapotait convulsivement les doigts, battant on ne sait quelle mesure sur le bras du fauteuil réglable.

« Gus, va me chercher une mousse au frigo. »

Des gouttes d'eau perlaient sur la canette jaune de cinquante centilitres, dans l'air asséché par les radiateurs de l'appartement. Après chaque gorgée Barrett Rude s'essuyait les doigts sur son genou de soie bleue, dessinant des traînées sombres qui s'évaporaient mais laissaient de minces signatures, comme des traces d'escargot.

« À la mi-temps prenez dix dollars, et allez chercher de quoi faire des sandwiches. Allez chez Buggy, vous me prendrez un peu du fromage suédois que j'aime. J'ai horreur du fromage portoricain qu'ils ont chez Ramirez. » Barrett Rude Junior disait Buggy comme tous les habitants du coin alors qu'il ne mettait jamais le nez dehors. Pas besoin de sortir pour connaître les noms. Le quartier formait un tout, c'en était une nouvelle preuve. Les maisons de pierre brune avaient des oreilles, des esprits aux aguets.

Dylan et Mingus s'emmitouflèrent dans leur parka et enfoncèrent leur casquette jusqu'aux yeux. Le vent s'engouffrait au coin de Bond Street, fouettant leurs jambes maigrelettes, sifflant dans les fentes de leurs baskets. Poings serrés dans les poches, mains moites, phalanges gelées. Tirant sur la porte de Buggy contre le vent. Elle et son berger allemand surgirent telles des apparitions, des créatures de la planète Mars scrutant à travers la vitrine. Un petit noir et un petit blanc achetant du fromage et de la moutarde. Buggy ne savait peut-être pas que c'était le Super Bowl, pensait peut-être même que le mot avait quelque chose à voir avec les cabinets[1], les machins bleus couverts de poussière qui s'alignaient sur l'étagère du haut et que personne n'achetait jamais.

Mingus et Dylan firent les sandwiches et tous trois mangèrent, Barrett Rude Junior en s'extasiant sur le goût de la moutarde forte, se léchait les doigts, marmonnait, et fit un sort à une seconde canette de bière de malt. Le troisième quart-temps était un dessert placé sous le feu des projecteurs, des types entassés pêle-mêle, le temps s'étirait déplorablement. Quelque part

1. On appelle « toilet bowl » la cuvette des cabinets.

des avions alourdis par le givre s'écrasaient peut-être, Manhattan s'était peut-être soudainement fendu en deux pour partir à la dérive dans l'océan. L'hiver assiégeait Brooklyn de toute part. Dehors, il faisait noir comme en pleine nuit. Qui aurait cru que le Super Bowl puisse être si obstinément sinistre. La prise de vues aériennes de la caméra suspendue à un mini-dirigeable n'arrangeait rien. Mingus regardait toujours, enfermé sur lui-même, figé sur place, sidéré par la présence de son père. Dylan fila à genoux vers la collection de disques de Barrett Rude Junior qui emplissait le coin le plus éloigné sous la cheminée. Il les passa en revue dans un sens puis dans l'autre, *Afrodisiac* des Main Ingredient, *Black-Eyed Blues* d'Esther Phillips, *The Inflated Tear* de Roland Kirk, *Wack Wack* du Young Holt Trio, les noms et pochettes ouvrant sur un monde lointain et aussi imprégné de significations énigmatiques que chaque numéro de Marvel Comics.

« C'est pas le moment de regarder ça, dit Barrett Rude Junior, vaguement contrarié. Reviens t'asseoir et regarde le match. » Plissant les yeux, il eut l'air d'examiner Dylan des pieds à la tête pour la première fois. La blancheur de ce gamin dans la maison d'un noir.

« Ta mère sait que t'es là ? demanda-t-il.

– La mère de Dylan s'est fait la malle, commenta Mingus depuis le canapé.

– Ta mère s'est fait la malle ? »

Dylan acquiesça.

Barrett Rude Junior pesa l'information. La présence de Dylan chez lui s'expliquait, telle pouvait bien être sa première conclusion. Puis, au ralenti, quelque chose d'autre lui vint à l'esprit. Dylan perçut dans son regard aux paupières lourdes un éclair de tendresse, comme un phare au feu tournant destiné à l'enserrer.

« La mère s'est fait la malle, mais le petit garde le moral. » Barrett Rude Junior prononça la phrase à deux reprises. Dans la première version les mots jaillirent épais, délibérés, pétris par la langue. La seconde était un écho psalmodié de la première, et la remarque devenue incantatoire, presque un charme. « La mère s'est fait la malle, mais le petit garde le moral. »

Dylan acquiesça de nouveau, ahuri.

La main du père de Mingus Rude était toujours refermée sur la base de la canette jaune et camuse. Il lui fit décrire un cercle, et porta un toast à une table invisible. « C'est cool. T'es cool. Bon, tu jetteras un œil aux 33 tours une autre fois, mon petit Dylan. Assieds-toi et regarde le match. »

Barrett Rude Junior lui rappelait-il Rachel ? Ou était-ce seulement la première fois que le mot mère restait si longtemps suspendu dans l'air depuis la disparition de Rachel ? Dylan sentait qu'elle s'était introduite dans la pièce et y flottait, pareille à un phénomène atmosphérique, brume ou nuage. Mingus Rude se remuait sur le canapé, et évitait le regard de Dylan – à croire qu'il la sentait lui aussi, Rachel Ebdus ou une autre mère, pesant sur lui comme une force venue d'en haut, une intempérie. Puis elle disparut, la caméra retourna à la lutte pied à pied, aux joueurs se tordant sur la pelouse labourée, à un casque étreint comme un bébé sur la ligne de touche, à la longue attente de la chaîne de mesure dans la zone d'attaque.

Quand, à la fin, Mingus Rude brandit le poing en disant : « J'ai gagné », son père répliqua : « Quoi, t'as gagné.

– Moi et Dylan on a parié.

– Combien ?

– Cinq dollars.

– Fais pas ça à ton copain. Le premier imbécile venu sait que les Vikings peuvent pas gagner aucun Super Bowl. Viens ici. Ici, j'te dis. » Quand Mingus se tint assez près, Barrett Rude tendit le bras et sa grande main, son peignoir s'ouvrit, découvrit un téton curieusement gros et mou, pour assener une claque, de la paume, sur la joue de son fils. Cela aurait pu être affectueux si le ton de Barrett Rude, la convocation théâtrale, ne lui avaient pas conféré un autre sens. Dylan vit Mingus se balancer délicatement sur les talons de ses baskets dans l'attente d'une autre gifle, plus forte. Mais Barrett Rude se fit absent, examina le creux et le dos de sa main, comme pour y déchiffrer quelque inscription. Puis, il dit : « T'as besoin d'argent, le vole pas à ton copain. » Il tendit un bras vers le manteau de la cheminée, détacha un billet de vingt de la liasse posée là, et le fourra dans la main de Mingus. « Remets ta casquette et raccompagne le petit Dylan chez lui, maintenant. Et quand tu reviens, passe-toi le peigne dans cette tignasse, combien de fois faudra que je te le répète. »

Les journées d'hiver étaient ces parasites qui envahissaient fugitivement l'écran de la télé entre deux changements de chaîne. Les amas de neige sale longeaient les trottoirs comme des gencives noires et malsaines. La cité était claquemurée, les gamins ne sortaient pas. On pouvait voir Henry lancer un ballon de football au ciel, le rattraper au creux des bras, tout seul. Alberto l'avait abandonné, s'était tourné vers de nouvelles amitiés, plus portoricaines. C'était impressionnant de constater combien Henry était diminué, combien son statut avait dépendu d'Alberto, tout compte fait. Mingus faisait une apparition dans la rue avant la tombée de la nuit ou se volatilisait pendant des semaines. Les comics devenaient pourraves, on les jetait avec dégoût. *Warlock* ne paraissait plus, on ne saurait jamais ce qu'il était advenu de son combat contre Thanatos. Le retour de Jack « King » Kirby chez Marvel, après son exil chez DC, en était encore aux effets d'annonce. Dylan se représentait Kirby dans un laboratoire, débarrassant son corps des toxines de Superman, se remettant d'un empoisonnement à la kryptonite.

Un type avait sauté du quatrième étage de la maison de redressement de Nevins et s'était empalé sur les pointes de la grille en fer forgé, dont il avait fallu couper un tronçon transporté avec lui jusqu'au bloc opératoire de l'hôpital de Brooklyn. Les gamins partaient en expédition pour voir la clôture, jusqu'à ce que les pointes accusatrices soient coiffées d'une nouvelle barre de fer courant à leur sommet. On n'avait jamais dit que c'était une maison de redressement jusqu'à ce que quelqu'un se jette par la fenêtre, et il se révélait brusquement que tout le monde le savait. Comme pour la maison de détention de Brooklyn, dans Atlantic, on évitait de passer devant par instinct communautaire, un savoir qu'on n'aurait jamais cru posséder.

Dylan et Abraham veillèrent tard pour regarder le *Saturday Night Live* mais, après dix minutes, Abraham déclara qu'il ne comprenait rien, et farfouilla rageusement à la recherche d'un disque de Lenny Bruce. Le temps s'était inversé, dit Abraham. Avant, les choses avaient de l'importance, étaient drôles. Dylan le crut sur parole. Un jour Dylan trouva Earl qui faisait rebondir une Spaldeen sur la façade de la maison abandonnée, répétant sans cesse entre ses dents serrées : « Je suis Chevy Chase, et pas vous ! » Earl était furieux, inconsolable, n'était l'ami de personne à ce moment-là. Pour tout le monde, jouer à la balle était devenu explicitement nostalgique. Quand quelques gamins faisaient une partie, ils étaient pareils aux Portoricains du coin sur leurs caisses, se remémorant le passé, maugréant rituellement. Les parties de balle, commencées comme de petits accès de fièvre, passaient comme des humeurs. Marilla et La-La chantaient, hurlaient presque, *Got my sunroof down, got my diamond in the back, put on your shaggy wig woman, if you don't I ain't comin' back, oh, shame, shame, shame, sha-ay-ame, shame on you ! If you can't dance too*[1] *!*

Un samedi de mars où s'amorçait le dégel, Dylan retrouva Mingus à midi. Ils remontèrent Court Street à travers le parc jonché de débris qui s'étendait au-delà de Borough Hall, pour une mission solennelle que Dylan ne comprit pas. Dans le parc, ils achetèrent des hot-dogs et des beignets au fromage enveloppés de papier paraffiné graisseux à la voiturette fumante d'un marchand, Mingus tirant un billet de cinq roulé en boule de la poche de sa parka. Il remballa la moitié de son beignet et le fourra à la place de l'argent, en réserve pour la destination inconnue. Tout de suite après le monument aux morts, le parc descendait vers les confins de Brooklyn, vers les quais croulants : parkings, barges d'ordures, dépôts de ferraille municipaux. La voie rapide reliant Brooklyn au Queens était une ombre vibrante, en contrebas, les chaussées laissaient encore entrevoir des pavés par endroits, ailleurs de vieilles voies de tramway étaient à demi enfouies dans l'asphalte récent.

Mingus montrait le chemin. Passant sous la rampe d'accès, ils prirent l'escalier de pierre qui montait à la lumière du soleil, sur la passerelle du pont, puis traversèrent le fleuve, la circulation mugissant dans des cages sous leurs pieds, des lambeaux de ciel gris s'accrochaient aux haubans du pont, l'échine de Manhattan, dentelée comme celle d'un dinosaure, se déroulait à

1. « J'ai ouvert la capote, j'ai mon diamant à l'arrière, mets ta perruque frisée mémère, si tu la mets pas je reviendrai pas. Honte, honte, honte, honte, honte à toi ! Si tu sais pas danser non plus ! » (Titre : « Shame, Shame, Shame ».)

leur vue à mesure qu'ils gravissaient la grande courbe au-dessus du fleuve. Les lattes de la passerelle étaient inégales, quelques-unes pourries. Un simple croisillon de fer riveté s'interposait entre le bout des baskets de Mingus et Dylan et l'eau miroitante, agitée. Le pont était une négociation, un compromis passé avec l'espace.

Ils s'arrêtèrent aux deux tiers. Sur la vaste tour plantée à l'entrée de Manhattan, se trouvaient deux somptueuses inscriptions peintes, rouge, blanc, vert et jaune badigeonnés à la bombe à une hauteur fantastique sur la surface rugueuse, et dont les contours avaient saigné dans les irrégularités de la pierre. La première inscription était MONO, la seconde LEE, syllabes vidées de sens, comme le DOSE de Mingus.

Dylan comprit ce que Mingus voulait lui montrer. Les noms peints s'étaient emparés du pont, l'avaient rattaché à l'âme secrète de la rue, annexé à Brooklyn. Des retentissantes, vaporeuses et intemporelles lettres de trois mètres de haut de Mono et de Lee aux gribouillages sur le classeur et sur le mur, aux bribes de gnose tracées un peu partout, la distance pouvait être parcourue jusqu'à la source, pas à pas. Les tags et leurs auteurs invisibles étaient la relève de la chique ou des super-héros de Marvel, le folklore caché. Mingus Rude extirpa son beignet à moitié entamé, le grignota, et tous deux restèrent bouche bée, hominiens devant un monolithe, entrapercevant leur avenir à défaut de le comprendre. Les voitures qui fonçaient en dessous ne se doutaient de rien. Les occupants des véhicules n'étaient pas new-yorkais de toute façon, ils étaient affectés d'un malentendu fondamental. Ces deux gamins sur la passerelle, apparemment immobiles, allaient plus vite que les voitures.

Mille neuf cent soixante-quinze.

Dylan Ebdus et Mingus Rude, au printemps 1975, rentrant chez eux dans Dean Street, étudiant les graffitis faits au marqueur à encre noire et violette, sur les boîtes aux lettres et les réverbères, DMD et FMD, DINE II et SCAR 56, tâchant de décrypter le code, articulant à part soi les syllabes en silence. Dylan et Mingus ensemble et pourtant seuls, dans des fenêtres de temps, une ponctuation. L'un traversant Nevins pour éviter un groupe de mômes de la cité, maintenant son visage blanc dissimulé sous la capuche d'un blouson ; l'autre traînant avec les petites bandes de jeunes noirs après l'école, avant de regagner Dean Street, seul. Tous les deux, un CM2 et un sixième, prisonniers de territoires, d'eux-mêmes. Petit blanc, petit noir, Captain America et Falcon, Iron Fist et Luke Cage. Dans des fenêtres de temps, rentrant d'écoles différentes au même bout de rue, deux petits immeubles de pierre brune, deux pères, Abraham Ebdus et Barrett Rude Junior, chacun repliant les bords du papier d'alu sur les plateaux-repas pour découvrir purée et rondelles de steak haché envahies par les petits pois-carottes, les posant sur la table, murés dans un morne silence. Dîner en silence ou au son de la télévision noyé dans le hurlement des sirènes, Nevins Street couloir d'incendie, sentier de destruction, la cité s'embrasant de nouveau, la fenêtre du dix-septième étage d'où pendait à demi, coincé, un matelas fumant. Le quadrillage de territoires, les petits immeubles de pierre brune blottis les uns contre les autres, le long des rues enclavées entre la prison et la cité, Wyckoff Gardens, Gowanus Houses. Les putes de Nevins et Pacific. Les lycéens affluant de Sarah J. Hale tout l'après-midi, de jeunes noires déjà plus grandes que *ta mère*, la Troisième Avenue, encore un no man's land, le terrain vague où *cette nana s'est fait violer*. La maison de redressement, dans l'entre-deux de la liberté et de la prison. Tout n'était que demi-mesure, ni fait ni à faire, entre-deux. Quittant une école à mi-chemin de la maternelle et du collège, on devait se repérer dans l'entre-deux du quartier, choisir un itinéraire pour regagner une moitié de foyer, sa maison à demi vide. Dylan Ebdus et Mingus Rude pareils à des silhouettes traversant des brumes de silence, à quelques semaines d'intervalle, pour lire un comic ou passer le temps à taguer au stylo-bille, galops d'essai, répétitions en vue d'autre chose.

Le bureau de son ancien prof était resté le même, il se pouvait donc que tout cela soit un rêve, une méprise. Il s'esquivait peut-être en douce d'un cours du City College de la Cent trente-cinquième Rue pour aller faire un tour à la Société des étudiants en beaux-arts de la Cinquante-septième Rue, en 1961, était peut-être redevenu le gamin de Columbus Avenue badaudant comme s'il n'était même pas new-yorkais, comme le dernier des ploucs perdu au paradis des branchés, persuadé d'avoir aperçu De Kooning à chaque coin de rue, exhibant son nouveau bouc, priant pour que personne ne voie clair dans son jeu, ne le condamne à repartir en exil dans les quartiers chic. À cette époque, Brooklyn lui était inconnu, excepté Coney Island, ce lointain pays des merveilles décati où, à dix-sept ans et shooté au Coca-Cola, sous la promenade aux planches grinçantes, dans les zébrures de soleil et d'ombre, il avait dégrafé son premier soutien-gorge, celui de Sasha Koster, et, les couilles douloureuses, avait soudainement déchargé dans son slip tendu. Il aurait dû savoir qu'en répandant là sa semence, sur le sale sable froid de Brooklyn, il se damnerait. Que même si MacDougal et Bleecker Streets semblaient être son avenir, il épouserait plutôt un modèle de Williamsburg, qui avait abandonné ses études à Hunter, une fumeuse enragée et fumeuse d'herbe, hippie avant les hippies, et finirait par élever leur enfant seul dans une de ces maisons toutes semblables à cinq rues du canal de Gowanus. En libérant les seins de Sasha Koster dans l'air marin, il avait fait allégeance au quartier.

Son bureau n'avait pas changé et Perry Kandel non plus, toujours joyeusement miteux dans son chandail à coudes de cuir, les dents et la peau toujours aussi grises qu'un croquis au fusain estompé, le cheveu en coup de vent comme le psy des dessins du *New Yorker*. Kandel pencha son buste massif au-dessus du bureau pour lui serrer la main et désigna une chaise, puis se rassit en parlant comme s'il reprenait le fil d'une conversation dont il avait poursuivi l'objet pendant la moitié de sa vie mais qu'il n'atteindrait jamais, même en vivant deux fois.

« Les penseurs ne pensent pas, Abraham, les enseignants n'enseignent pas. Les écrivains n'écrivent pas, ils montent sur scène et se masturbent, en imitant Mailer et Ginsberg. On a perdu une génération. De jeunes types entrent dans mon bureau et annoncent leur intention de vivre sous un dôme géodésique et d'élever des abeilles, ou de composer des chants chorals en espéranto. De faire des "happenings". Y a plus de tradition. Rien n'est assez bon, pas depuis Warhol, ce con à oreillettes. C'est pas assez intéressant d'être simplement un homme ou une femme. Je suis allé voir un soi-disant film au Quad et en trois heures, tout ce que j'ai appris, c'est que David Bowie n'a pas de pénis. Lui, au moins, il peut pas se masturber. Moi, j'ai une ambition plus modeste, faire que les peintres continuent de peindre, quelques-uns, du moins. Toi, Abe, tu m'as beaucoup déçu.

– T'as parlé d'un boulot, Perry. Ne me torture pas.

– Je prends ça comme un acte désespéré. Tu ne vendais pas quand tu as vendu à Hagopian, tu enterrais les preuves comme un animal coupable. Tu as honte de la peinture, elle te gêne. Quoi, ça t'étonne ? Tu crois que j'en ai jamais entendu parler ?

– T'as entendu parler de mon naufrage conjugal ? » Abraham Ebdus prononça les mots qu'il avait retenus jusque-là, et regarda son vieux maître dans les yeux, avec la volonté de l'assommer et de le réduire au silence. De fait, il n'avait assommé que lui-même. Perry Kandel ne s'arrêta même pas pour reprendre haleine.

« Voilà un problème que personne n'a pu résoudre. Un peintre laisse un sillage de naufrages conjugaux, à condition d'avoir déjà eu la chance de trouver quelqu'un qui veuille bien coucher avec lui, mais, mais, mais – pour l'essentiel il persiste à couvrir des toiles d'enduit de peau de lapin et de pigment. C'est ainsi qu'il acquiert le droit de poursuivre de naufrage en naufrage. »

Abraham n'allait pas s'abaisser à parler de « fils » ou d'« hypothèque ». « Si ce que tu m'as dit au téléphone était seulement destiné à m'attirer ici pour me sermonner…

– Écoute, c'est un boulot. Que ça te convienne ou pas, c'est à toi de voir. Cela impliquerait l'application de peinture avec un pinceau, mais sans goût et dans un but purement répréhensible, alors du calme. Ta renonciation à ton talent ne doit pas être compromise.

– J'apprécie ta sollicitude.

– Ce n'est rien. Un ami d'éditeur, un type brillant qui me déleste fréquemment de sommes d'argent autour d'une table de poker, il a demandé si je connaissais des jeunes peintres qui aient un penchant aussi bien pour le figuratif que pour l'abstrait, et avec le sens de la couleur. J'ai dit bien sûr, un ou deux. Il dirige une collection de science-fiction en livres de poche, qu'il souhaite commercialiser en lorgnant sur un public adulte, une fois n'est pas coutume, les universitaires, va savoir ce qu'il s'imagine. Pour ça, il cherche quelqu'un en dehors des habituels tâcherons de la peinture commerciale. Il a utilisé les mots "haut de gamme". Personnellement, quand j'entends ces mots, je frémis. Je n'aimerais pas qu'on me les applique. »

Tout en étant certain qu'il reprendrait sous peu sa harangue galactique, Perry Kandel s'interrompit pour savourer sa dernière fleur rhétorique comme il aurait tété un cigare invisible. Puis, une fois le prix acquitté – Abraham Ebdus était plus que d'ordinaire conscient ce jour-là de ce que la moindre chose en ce monde se payait –, son vieux professeur griffonna un nom et un numéro de téléphone sur le duplicata rose de la fiche d'évaluation d'un étudiant et le fit glisser en travers du bureau.

6

Capuche de parka fourrée de lapin lacée étroitement autour du cou, vision en tunnel encore réduite par sa tête inclinée, tout ce que voit le gamin dans son champ visuel rétréci en fenêtre ovale bordée de fourrure, c'est l'alternance du bout strié de ses Converse sur fond de trottoir défilant à toute vitesse. Il gagne ainsi par Atlantic Avenue le coin de Flatbush et de la Quatrième, les mains enfoncées dans les poches, l'hiver offrant une certaine couverture minimale, une chance de dissimuler mains, visage, tout ce qui est blanc. En traversant la Quatrième, il est contraint de relever cette espèce de judas fourré pour regarder à droite et à gauche, et choisir le meilleur moment pour traverser les files d'une circulation intense jusqu'au kiosque à journaux du terre-plein central triangulaire. Vu à travers les pare-brise des voitures au capot fumant arrêtées au feu rouge de la Quatrième, ou par les vitres poussiéreuses du Doray Tavern ou de l'officine du prêteur sur gages, le gamin pourrait ressembler à une taupe ou à un rat sur deux pattes, la forme de la capuche grise ressemblant à celle d'un museau fureteur, fouineur, humant l'air et les dangers qu'il recèle.

Voilà que la silhouette de taupe détale à travers le carrefour pour se réfugier sous l'auvent du kiosque. Là, elle lève de nouveau les yeux, fait anxieusement pivoter le museau à 180 degrés, soupçonnant peut-être qu'elle a été suivie. Enfin, rassurée, la taupe s'accroupit, sous le regard indifférent du tenancier, un Arabe barbu qui se réchauffe les mains au-dessus du radiateur portable calé à ses pieds dans l'étroite guérite tapissée d'exemplaires de *People*, *El Diario*, *The Amsterdam News*. La taupe s'agenouille, remonte une jambe de son pantalon, roule son mi-bas orange à rayures. Pressés contre l'humidité de sa cheville, un billet d'un dollar et trois pièces de vingt-cinq cents. On est mardi. L'enfant taupe glisse le dollar et une des pièces devant lui sur le rebord en bois du kiosque adouci par l'usure du frottement, avant d'extraire délicatement les comics fraîchement parus hors du froid présentoir métallique. Le numéro 138 des *Vengeurs* et le numéro 43 de *L'Araignée et…*, avec Spider-Man et Docteur Fatalis, ainsi que trois exemplaires du numéro 1 d'*Omega l'inconnu*, devenu aussitôt pièce de collection, comme promis par des mois de battage dans la rubrique « Actualité Marvel » des autres titres. Le tenancier jette un coup d'œil, acquiesce d'un hochement de tête impassible. La parka de l'enfant taupe est ouverte l'espace d'un dangereux instant, les comics glissés on ne peut plus soigneusement sous la ceinture de son pantalon. Il la referme, ses bras se détendent, il vérifie que sa démarche est normale, que la présence des comics est indécelable, mais aussi que les précieux numéros 1 ne sont pas froissés. Les deux pièces de vingt-cinq cents restantes sont à présent transférées dans la poche de la parka. Elles font la route avec lui, prises dans un poing serré et moite, pour être données en offrande à la première occasion, la moindre confrontation. C'est l'argent pour le racket. Pour s'aventurer dans ces rues les poches vides, il faut être idiot, chercher les ennuis.

Cette créature de pur effroi rentre chez elle en trottinant, à pas mesurés pour s'assurer que les comics ne glissent pas.

Une fois rentré, l'enfant taupe se dépouille de sa couverture protectrice. *Les Vengeurs* et *L'Araignée et...* sont mis de côté, pour plus tard. Deux exemplaires d'*Omega l'inconnu* sont enveloppés sous un plastique ordinaire, fermé d'un ruban adhésif, les sachets scellés déposés sur une haute étagère, archivés. Le dernier exemplaire, c'est pour être lu.

L'Omega annoncé ? En fait il s'agit d'un super-héros muet en provenance d'une autre planète, quelque chose comme Flèche Noire mâtiné de Superman, si on s'autorise la comparaison. Le comic est pourrave, pire que médiocre. Omega, en fait, n'est pas le centre d'intérêt du truc. La majorité des pages s'attardent sur un autre personnage, un gamin de douze ans doté d'une mystérieuse connexion télépathique avec Omega, un orphelin persécuté, élève d'un lycée public de Hell's Kitchen.

Tiens ! Peut-être même que les génies là-bas chez Marvel Comics savaient qu'on était en enfer. Ça comptait pas, ça ne servait à rien, parce qu'on n'était pas soi-même autorisé à le savoir, pas vraiment. Il n'existait aucune connexion entre soi et le pauvre gamin sans défense d'*Omega l'inconnu*, pas que l'on puisse se permettre de relever.

Ce gamin-là ? Il n'avait aucun sens de la rue, voilà tout.

La sixième. L'année de la cravate, l'année du « chopele ! », les joues brûlantes de Dylan, coincées au creux du coude d'un petit noir ou d'un autre, le cartable valdinguant dans le caniveau, la fouille rapide, facile, à la recherche d'argent de poche ou d'une carte de bus. Dans Hoyt Street, Bergen, Wyckoff s'il était assez bête pour passer par Wyckoff. Dans Dean Street, même, à une rue de chez lui, sous l'œil mort des petits immeubles de pierre brune, dans l'ombre bruissante de l'implacable hôpital. Adultes, profs, ils étaient aussi loin que Manhattan de Brooklyn, gratte-ciel aveugles et indifférents. Dylan, c'était l'insecte sur un bout de trottoir, petit blanc à découvert.

« Chope-le, mon pote », voilà ce qu'ils disaient – une exhortation. Il était l'objet, l'occasion, peu importait ce qu'il entendait. « Chope le petit blanc. Vas-y, négro. »

On pouvait le choper bas, plié en deux, serré contre une hanche puis relâché tournoyant comme une toupie humaine, les jambes se dérobant sous lui, chevilles croisées. Ou par-derrière, ne sachant jamais par qui, une fois que la cravate se desserrait et qu'il se retrouvait entouré de trois ou quatre types, témoins aux yeux mauvais, secouant la tête devant le pur manque de bol que c'était d'être blanc. C'était aussi rituel que les éclats de rire. La cravate venait d'elle-même, sa peur était rigolote, une bonne blague.

Après, on le virait comme s'il venait de participer à une improvisation comique, une espèce de théâtre de rue. « Personne t'a fait mal, p'tite tête. C'est pour rire. T'as compris qu'on te faisait marcher, hein ? » Ils s'écartaient, le laissaient titubant, le cœur battant la chamade, tandis qu'ils se tapaient dans la main, spectateurs ébahis plutôt qu'agresseurs. Si Dylan étouffait ou gémissait, ils étaient déconcertés, vaguement déçus de la fragilité des nerfs du petit blanc. Dylan le comprenait mal, il n'avait pas appris son rôle. Dans ces cas-là, ils ramassaient ses manuels ou sa casquette et les lui tendaient, l'aidaient à rajuster sa tenue. Un fantôme de tendresse vivait dans l'ombre de la cravate. Chopeurs et chopé avaient établi une bizarre complicité.

On promettait régulièrement à ses ennemis que ce que l'on faisait ensemble n'avait pas de nom.

Dylan répandait de la salive, des larmes. Par temps froid, un sifflet de morve. Une fois, du pipi. Il se mordait la langue pour goûter ce qui en suintait, l'âcreté de l'humiliation ravalée. Ils faisaient des grimaces, roulaient des yeux. Dylan était un cas désespéré, entaché de honte. Ils essayaient de ne pas en tenir compte.

« Il saigne dès qu'on le touche, ce mec, merde.

– Non, il est réglo. Fous-lui la paix.

– Tu diras rien, hein ? Pasque tu sais qu'on déconne. On te ferait jamais rien, mon vieux. »

Il acquiesçait, se ressaisissait, n'ouvrait pas la bouche. Attendait d'être félicité pour avoir ravalé ses larmes la gorge serrée, avoir fait étalage de son silence.

« Tu vois ? T'es plutôt cool, pour un petit blanc. Tire-toi, maintenant. »

Petit blanc était son nom. Il l'avait acquis en grandissant, avait franchi la ligne, était devenu visible. Il brillait comme l'argent facile. Le prix à payer pour ce nom était le contenu de ses poches sur le moment, cinquante cents ou un dollar.

« Petit blanc, viens par là que j'te cause une minute. » Tête penchée sur le côté, trop flemmard pour sortir les mains des poches et lui faire signe de venir. Un jeune noir, deux, trois. L'un à proximité d'un groupe, peut-être, impossible de savoir qui était avec qui. Roulant des yeux, hilares. L'épisode tout entier était une citation de lui-même, un peu barbant, c'était presque abaissant de s'y livrer.

S'il l'ignorait, tentait de poursuivre sa marche : « Oh, petit blanc ! Je te cause, dis donc.

– C'est quoi le problème, t'es sourd ? »

Non. Oui.

« Je te plais pas ? »

Sans espoir.

Le fait est : Il traversait la rue pour se faire vider les poches. L'issue était évidente de toute façon. La honte l'attirait comme un aimant, il était comme chopé d'avance, afin que personne ne soit obligé de dire *Tu vois, maintenant, faut bien que j'te pète la gueule puisque t'écoutes rien.* C'était une danse dont les pas avaient été établis par les cravatages précédents. *T'as qu'à m'appeler petit blanc pour que je te tende spontanément un dollar, je sais y faire, maintenant.*

« Viens voir une minute, je te ferai pas de mal. De quoi t'as peur ? Merde. Tu crois que je vais te faire mal ? »

Non. Oui.

C'était d'une logique démente, sauf à y voir une polyrythmie de peur et de consolation, une danse de séduction. « De quoi t'as peur, t'es raciste, ou quoi ? »

Moi ?

On te chope pour t'apprendre à penser qu'on risque de le faire : dans tes yeux, on voit bien que t'es chopé d'avance.

C'est ta trouille qui nous fait un devoir de lui donner raison.

On l'encageait au coin des rues, on le laissait naufragé au hasard. Deux gamins formaient une prison humaine, cellule de désastre qui l'attendait sur l'innocent trottoir ensoleillé, prête à se refermer sur lui comme la porte du proverbial frigo abandonné dans un terrain vague.

Deux voix faisaient une musique paradoxale, sans réponse possible. Elles résonnaient l'une pour l'autre, lui comptait pour du beurre. Le plaisir était dans le contrepoint, pas de place pour une troisième voix.

« Tu cherches qui ? Y aura personne pour t'aider, t'sé.

– Non, mon pote, relax. Ce petit blanc, il est réglo, il est cool. Tu vas pas aller l'emmerder.

– Qu'est-ce qu'il a à me calculer comme ça ? Alors quoi, t'es raciste ? Espèce d'enfoiré, va peut-être falloir que j'te casse ta petite gueule, rien que pour ça.

– Non, mon pote, arrête, il est cool. T'es cool, mec, hein ? Eh, t'aurais pas un dollar à m'avancer ? »

Distillation sur le thème du regard, la question qui était au cœur de l'énigme, posée un million de fois, d'un million de façons :

« Qu'est-ce tu regardes ?

– Qu'est-ce tu regardes, putain ?

– Me calcule pas, petit blanc. Ou je t'en retourne une, enfoiré. »

Voilà ce à quoi Mick Damer l'avait préparé. Sa propre honte, voilà ce dont il avait fait don à Dylan, son silence de momie, pour un usage quotidien. Chaque rencontre portait la signature de Mick – éclair de douleur et logique biscornue, questions qui ne menaient nulle part. L'affirmation rituelle qu'en fait, il ne s'était rien passé. Et la blancheur coupable de Dylan excusant tout, couverture universelle.

Putain
c'est vrai
qu'est-ce
que
je
regarde ?

Si l'enfant taupe s'avisait de lever furtivement les yeux du trottoir, il pourrait chercher un adulte du regard, ou peut-être quelque autre môme de sa connaissance, quelqu'un qui le tire d'affaire. Mingus Rude, par exemple, encore qu'il n'était pas certain de souhaiter être vu de Mingus dans cette situation, tout tremblant à l'idée d'un cravatage, petit blanc aux joues rouges de haine. *Attends, j'suis pas raciste, mon meilleur copain est noir !* Ce n'était même pas à demi envisageable. Personne ne disait jamais qui était le meilleur copain de qui. Mingus en avait probablement un million, des élèves de cinquième, noirs, blancs, allez savoir. Et l'enfant taupe était capable de dire *noir* à peu près aussi facilement que *Putain, c'est TOI que je regarde, espèce d'enfoiré !* D'ailleurs, Mingus Rude n'était pas dans les parages. Les cinquièmes et les quatrièmes étaient installés dans le bâtiment principal de Court Street, alors que Dylan était seul dans l'annexe, une rue plus loin, à un million d'années-lumière, un million de pas terrifiés, du môme qui valait un million de dollars.

Abraham Ebdus saisit les quatre cartes postales ainsi qu'il venait de le faire avec les tranches de pain brûlé, les tenant du bout des doigts, manquant les lâcher, sourcils froncés comme si elles avaient gâché quelque chose ou étaient elles-mêmes fichues. Il scruta le bout de ses doigts après les avoir étalées sur la table du petit-déjeuner. Peut-être les cartes y avaient-elles laissé une odeur ou une trace quelconque. Peut-être suffirait-il de les gratter pour les rendre plus appétissantes, ou de les tartiner de beurre et de confiture d'orange. En vérité, il aurait fallu les flanquer à la poubelle. À la place de quoi il les donna au petit.

« Tu connais quelqu'un dans l'Indiana ? »

L'enfant était venu prendre son petit-déjeuner son sac sur le dos, il était en retard, comme d'habitude. On aurait dit des vieux logés au YMCA, réveillés chacun dans sa chambre par son radio-réveil, et se retrouvant au petit-déjeuner. Celui de Dylan était réglé sur une station d'info dont l'indicatif hurlant un thème assourdissant de trompettes sur fond de téléscripteur transperçait le mur d'Abraham, tandis qu'une voix fanfaronnait « L'info 24 heures sur 24 », autant être arraché au sommeil par le journal des catastrophes. Ce petit vivait dans un monde angoissant. Son système nerveux semblait aussi affûté que celui d'un robot. À présent il se penchait sur la table, son sac lui faisant une bosse, soulevé par le dossier de la chaise, pour jeter un œil aux cartes, tout en avalant son jus d'orange.

« Il y a un mois que la première est arrivée, dit Abraham. Celle avec le crabe. »

Abraham vit que le petit avait besoin de nouvelles chaussures. Dylan cassait l'empeigne de ses chaussures en les enfilant sans les délacer, et usait l'intérieur des talons avec sa façon de marcher les pieds tournés en dedans, que les semelles correctives n'arrivaient pas à corriger. Il voulait mettre des baskets tous les jours, pas n'importe lesquelles, une marque que tous les jeunes désiraient. Il l'avait dit avec colère et Abraham avait compris qu'il s'agissait moins d'une question de prestige que du seuil d'humiliation en deçà duquel il ne voudrait même plus affronter l'école. Il lui avait acheté les baskets mais tenait toujours à lui faire porter ces chaussures correctrices marron qui ressemblaient à des godasses des années cinquante. Les baskets deux jours sur cinq était la règle.

L'enfant tripota les cartes mais ne fit aucun commentaire. « Le pain est brûlé », dit-il, tête baissée. Il retourna la carte postale avec la photo du crabe, pour lire le texte, puis de nouveau, pour inspecter la photo genre Technicolor de ce crabe rouge sur fond de sable fauve. Ses lunettes lui glissèrent sur le nez et il les remonta vivement d'un geste du pouce imperceptible, accompli avec une prestesse fugitive. Ce petit était dissimulateur.

« Donne-moi tes lunettes », dit Abraham.

Sans un mot, Dylan les lui tendit. Abraham farfouilla dans un tiroir de la cuisine et en tira un minuscule tournevis pour serrer les vis de la charnière sur la monture en plastique du petit. C'était de la merde, ces lunettes, fabriquées avec de la merde, un échantillon de l'océan de plastique contemporain. Concentré sur elles, Abraham fit ce qu'il put, resserrant les vis avec son talent de miniaturiste. C'était à ce niveau qu'on pouvait améliorer les choses. Si seulement il avait pu s'aviser d'emporter ces cartes bizarroïdes et inappropriées dans son atelier pour les retoucher, maquiller avec ses pinceaux délicats le caractère de la machine à écrire qui les avait tapés, accommoder les mots idiots et énigmatiques pour leur conférer un peu plus de sens, repeindre d'un vert et d'un brun naturels la carapace du crabe aussi rouge qu'une voiture de pompiers. Comme si les crabes étaient rouge vif avant d'être cuits, imbéciles.

Abraham Ebdus avait examiné la carte postale du crabe pendant une heure le jour où il l'avait reçue, cinq semaines auparavant, en fait. Le nom de Dylan, l'adresse, le message lui-même, tout cela avait été dactylographié sur une machine mécanique dotée d'un ruban mal aligné qui ornait chacun des caractères tremblés d'un halo rouge pâle. De plus près on distinguait aussi une mince traînée huileuse laissée par la roue dentée contre laquelle la carte postale avait frotté au rebord droit du rouleau. Le cachet de la poste était une reproduction du *LOVE* de Mick Indiana – ce charlatan – et le texte, qui ne comprenait ni majuscule ni ponctuation, disait :

ce crabe court de biais vers l'ouest
il a fui le pot-au-feu
mais ne manque pas de pot
océan pacifique rêves de sirènes
sois sage d et tu en verras une

Sans signature. Oblitéré à Bloomington, dans l'Indiana, ce qui pour Abraham n'avait strictement aucun sens. Trois autres cartes étaient arrivées les semaines qui avaient suivi. La deuxième portait le même cachet de l'Indiana, les deux suivantes suggéraient fièrement une cavale hasardeuse vers l'ouest : Cheyenne, dans le Wyoming, et Phoenix, dans l'Arizona. Toutes portant un timbre avec *LOVE* et toutes pareillement énigmatiques, sauf que désormais la personne qui les avait tapées leur avait attribué une signature, toujours dactylographiée, en bas des poèmes frivoles, en majuscules pour bien montrer que c'était le nom de l'auteur : Crabe en Fuite. Abraham Ebdus avait lu les messages suivants du Crabe en Fuite avec une fureur qui brouillait les mots ringards et les faisait flotter devant ses yeux. D'ailleurs, ils ne lui étaient pas adressés.

Et voilà qu'il redemandait à son fils, « T'as un copain dans l'Indiana ? » Il allait à la pêche, c'était plus fort que lui.

Dylan ne répondit pas, se contenta de rassembler les cartes postales comme un jeu de cartes pour les fourrer dans son sac à dos sans les lire. Les mettant de côté pour plus tard. Il ne semblait pas surpris le moins du monde.

« J'aurais dû te les donner quand on les a reçues, dit Abraham. C'est ce que je ferai désormais. Si on en reçoit d'autres. »

Dylan le dévisagea un instant, ajustant sur son nez sa monture resserrée.

« J'en ai déjà reçu deux, déclara Dylan. Elles sont arrivées samedi. »

Du coup, ce fut Abraham qui se tut.

Dehors, au bas du perron, l'enfant se retourna pour s'assurer qu'Abraham n'observait pas par la fenêtre du salon, puis fit glisser le sac de ses épaules et ouvrit le bouton-pression du haut. À l'intérieur se trouvaient ses baskets, des Pro Keds 69ers en toile bleu marine, avec sur la semelle les bandes de caoutchouc rouges et bleues dont la gratifiante épaisseur proclamait sa légitimité. Sous la pression de l'ongle, les bandes de caoutchouc avaient la texture souple et résistante d'une Spaldeen neuve. Aujourd'hui, personne ne le harcèlerait en chantonnant *Les vieilles godasses, elles mettent le pied à l'aise, les vieilles godasses, c'est pour ceux qu'ont pas d'pèze*, parce que ces baskets, incontestablement, n'étaient pas des vieilles godasses. Peu de choses étaient aussi claires. Pendant que le sac était ouvert, le garçon y planqua ses lunettes, les poussant dans le coin près des six cartes postales du Crabe en Fuite, les deux qu'il avait lui-même trouvées au courrier, les quatre nouvelles, trois pas encore lues, qu'il examinerait plus tard. L'intérêt qu'il portait aux cartes postales était clinique. Les missives du Crabe en Fuite étaient amusantes mais n'avaient rien à voir avec sa vie, comme ces vieilles séries télé vouées à l'oubli qu'on regardait quand même souvent, mais dédaigneusement, tout faraud de rire si rarement, de sourire du bout des lèvres parfois, *Les Joyeux Naufragés* ou *Mister Ed*.

Il avait remplacé ses chaussures correctrices marron par les Pro Keds, mais les chaussures n'avaient pas leur place dans le sac à dos. Elles n'avaient leur place nulle part près de l'école, c'était fini, ça. Leur place était sur la plate-bande au pied du forsythia de Rachel Ebdus que personne ne taillait plus, à gauche du perron, la planque que le petit avait creusée où elles pouvaient nicher avec la terre, les insectes et les brindilles jusqu'à ce qu'il rentre de l'école et les récupère. Les chaussures étaient un objet exhumé d'un passé tumultueux, des chaussures fossiles, et leur place était dans la terre. Tout le monde leur donnait le surnom de mille-pattes parce qu'on les associait, littéralement, à leurs antiques cousins. Que leur survie tienne du miracle ne diminuait en rien la honte de les porter. Elles auraient dû s'adapter, acquérir des ailes pour se déguiser en oiseaux d'aujourd'hui, comme l'avaient fait les dinosaures. Ou retourner à l'océan, se muer en tortues. Tant qu'elles ne se seraient pas réaménagé un terrier dans le passé, là où est leur place, elles pouvaient vivre sous terre, nichées dans la fraîcheur des racines du forsythia qui ne serait plus jamais éclairci ni taillé, là où leur serait refusée la lumière du soleil qui leur collait la honte. C'était pour leur bien. Si Crabe en Fuite envoyait une carte avec une adresse d'expéditeur, il lui enverrait peut-être les chaussures par la poste. Le crabe et les chaussures pourraient courir de concert, filer dans l'océan. Dylan, lui, s'en tiendrait aux Pro Keds.

Vers la fin du printemps stérile de sa sixième, ils se retrouvèrent comme si c'était la chose la plus normale au monde, comme s'il ne s'était pas écoulé plus de six mois pendant lesquels ils ne s'étaient pas vus l'après-midi. Mingus portait une veste de combat bien qu'il fasse trop chaud pour cela, et la veste cliquetait, remplie de quelque chose de métallique qui, fourré au fond de poches déchirées, avait niché dans la doublure. Le dos de la veste arborait le tag de Mingus, DOSE, savamment entouré d'étoiles en forme d'astérisque ponctuées de volutes. Il ne fit aucun commentaire. Dylan poussa son cartable juste derrière la porte de la chambre de Mingus au sous-sol et ils descendirent Dean Street ensemble d'un pas traînant, ce bout de rue qui ne présentait plus aucun intérêt, où personne ne jouait à la chique ou à la balle, tous les gamins qu'on connaissait membres d'une bande ou d'un gang quelconques, aussi fermés que les cellules d'écolos autarciques. Il y avait bien Marilla et La-La, mais on aurait dit qu'elles ne reconnaissaient plus personne maintenant qu'elles se chantaient l'une à l'autre *I'm eightee-een with a bullet, got my finger on the trigger, I'm gonna pull it, yeah*[1]...

Ils flânèrent sans un mot jusqu'à Brooklyn Heights, loin de Dean Street, laissant Gowanus Houses et Wyck-

1. « J'ai dix-huit ans et une balle, le doigt posé sur la gâchette, je vais appuyer dessus, ouais... » (Titre : « Eighteen With a Bullet ».)

off Gardens derrière eux, faisant un grand détour pour éviter Court Street et le collège 293. Via Schermerhorn Street, ils rasèrent l'ombre de la maison de détention de Brooklyn jusqu'au sanctuaire des Heights. Là, ils tombèrent avec soulagement dans l'invisibilité parfaite de rues ombragées et silencieuses – Remsen, Henry et Joralemon – vieux quartiers aux petits immeubles de pierre brune, aussi paisibles qu'un plan d'ouverture, scènes que ne troublerait jamais aucune action. Remsen, en particulier, ressemblait à un arboretum, un diorama de parfaites constructions contiguës sous une voûte d'arbres, le plafond mal éclairé des salons scintillait derrière les rideaux comme sculpté dans du beurre, boutons de porte et heurtoirs en cuivre évoquant le modelé de masques brillants, rues au numérotage gravé en feuilles d'or et d'argent sur des impostes de vitraux. Ici, c'était le Brooklyn de première catégorie, un statut auquel aspirait piteusement Boerum Hill. Ici, les perrons étaient des marches de palais. Dylan ne vit personne entrer ou sortir.

Ils restèrent à peu près aussi invisibles dans la multitude de Montague Street, ce flot de jeunes des écoles privées qui sortaient sur le coup de trois heures de Packer Institute, Saint Ann et Brooklyn Friends. Les jeunes des Heights se rassemblaient autour du Burger King et du Baskin-Robbins en grappes exubérantes, garçons et filles mélangés, tous en chemise Lacoste et pantalon de velours côtelé, blouson de daim attaché par les manches autour de la taille, flûtes et clarinettes dans leurs étuis de cuir négligemment entassés à leurs pieds avec leurs sacs, les sens tellement confinés dans un espace privatif voué au flirt que Dylan et Mingus les traversèrent comme un rayon X.

C'est alors qu'une blonde qui portait un appareil dentaire compliqué quitta son troupeau de semblables et les appela. Le regard allumé de sa propre audace, elle montra une cigarette.

« Z'avez du feu ? »

Ses copines éclatèrent de rire en la voyant faire son cinéma, mais apparemment Mingus s'en fichait, il pouvait parfaitement s'intégrer à cette scène convenue, cette citation, lui rendre sa réalité. Il fouilla dans la doublure de sa veste et en tira un briquet bleu clair, une sorte de boîte de PEZ qui crachait des flammes ondulantes. Comment avait-elle su qu'il l'avait, Dylan n'arrivait pas à le comprendre. Le ton de la scène changea de nouveau, la fille se pencha, plissa les yeux félinement, pleine de méfiance et d'excitation, inclina la tête, se passa les cheveux derrière l'oreille pour les protéger de la flamme. Elle tourna le dos sitôt la cigarette allumée, et Mingus et Dylan repartirent, congédiés.

Les mômes des Heights, pour la plupart, étaient riches et s'amusaient surtout entre eux.

Heights Promenade était un bord de parc suspendu en porte-à-faux au-dessus de la voie rapide Brooklyn-Queens et des chantiers navals, lèvre boudeuse de Brooklyn. Les vieux s'avançaient en dodelinant de la tête comme des pigeons sur le pavé ou se posaient alignés, cramponnés à leurs journaux, figés sur des bancs, devant la monotonie des hautes tours de Manhattan, dont la silhouette, télé que personne ne regarde mais qui n'en reste pas moins allumée, était une espèce de mire. Au-delà se répandaient la baie fangeuse, le nuage jaune des fumées du Jersey pesant sur le mouvement imperceptible des ferries, sur le colifichet de la statue de la Liberté. Ailleurs dans leur tête, Dylan et Mingus étaient des privés en quête d'indices. La piste qu'ils suivaient s'inscrivait en caractères striés et opulents à la base des réverbères et sur les boîtes aux lettres, bornes d'incendie, portes de garage, tracés avec le doigt dans la poussière au flanc des camions.

ROTO I, BEL I, DEAL, BUSTER NSA, SUPER STRUT, FMD. « Non-Stop Action », traduisit Mingus. L'érudition le faisait parler à voix basse, les yeux dans le vague. « Flow Master Dancers. » Les tags ne faisaient pas exception à la règle : des codes superposés, prêts à être effacés ou recouverts.

Roto, Bel et Deal appartenaient à l'équipe DMD, un nouveau groupe, des mariolles d'Atlantic Terminals, une cité de l'autre côté de Flatbush Avenue.

Super Strut était de la vieille école, il remontait loin. Son style pouvait paraître étrange, à présent, mais on ne lui manquait pas de respect.

La syllabe TOY[1] était écrite par-dessus certains tags pour les tourner en dérision, marque d'irrespect envers un tagueur qui n'était qu'un rigolo.

En inscrivant TOY sur un tag des DMD on était sûr de se faire casser la gueule.

Mingus farfouilla dans sa doublure pour en tirer El Marko, marqueur indélébile qui consistait en un flacon de verre trapu terminé par une épaisse mèche de feutre. L'encre violette secouée à l'intérieur du flacon miniature muni d'un capuchon à vis avait fini par colorer le verre. Mingus sortit une épingle de nourrice et piqua le feutre en une douzaine d'endroits, « pour le faire cracher » comme il disait, jusqu'à ce que l'encre saigne si abondamment qu'elle tacha la peau claire de sa paume, puis le poignet vert de sa veste trop grande. Dylan sentit un frisson de plaisir qu'il associa aux pinceaux miniatures de son père, aux dents du Spirographe et aux capsules de chique.

DOSE surgissait sur un réverbère, la main de Mingus décrivant des arcs appliqués.

Un tag était une réponse, un appel à ceux qui pouvaient l'entendre, comme l'aboiement d'un chien

1. Toy : jouet.

compréhensible par-delà les clôtures. Une réponse violette et humide. Les lettres dégoulinantes à l'odeur enivrante. Chaque fois qu'elles surgissaient, Mingus se hâtait d'entraîner Dylan, fourrant El Marko dans sa doublure où il cliquetait contre le briquet bleu et Dieu sait quoi d'autre. Mingus poussant Dylan du coude, les deux mômes traversaient la rue en diagonale, esquivant d'hypothétiques poursuivants. Le chemin qu'ils suivaient était une phrase tortueuse composée d'un seul mot, DOSE, écrit sur tous les emplacements vides qu'ils pouvaient trouver.

Sous des yeux indifférents, l'invisible couvrait le monde d'autographes.

Le long chemin de la promenade se recourbait à l'extrémité, formant un petit terrain de jeu à l'abandon, deux balançoires, un toboggan. Mingus prit une minute pour taguer DOSE sur la rampe aussi luisante que du mercure et marquée de traces de talons, en un rendu particulièrement savoureux entouré d'un halo ruisselant.

Il tendit El Marko à Dylan. Le flacon violet maculé de traces de doigts roula dans la main tachée de Mingus comme un fruit mûr, une prune.

« Vas-y, dit-il. Tague. Dépêche.

– Qu'est-ce que je dois écrire ?

– T'as pas encore ton tag à toi ? Inventes-en un. »

Vendlemachine, Nick Tamer, Dose. Marvel Comics était dans le vrai, le monde était peuplé de noms secrets, il suffisait de mettre au jour celui qui était le sien.

Petit blanc ?

Omega l'inconnu ?

« Dillinger », proposa Dylan. Il regardait dans le vide, hésitait à se saisir d'El Marko.

« Trop long. Un truc du genre Dill Trois, D-Long. »

Une nounou philippine apparut sur le terrain de jeu avec une poussette grinçante. Mingus glissa le marqueur dans sa veste et pencha la tête.

« Cassos. »

On pouvait prendre la fuite devant une femme d'un mètre quarante et un enfant attaché dans une poussette, détaler, affolé et hystérique. Seules les vraies menaces clouaient sur place, les pieds liés, à fouiller dans ses poches pour tendre ses billets et sa monnaie. Allez comprendre.

Mingus se hissa au sommet de la barrière qui entourait le terrain de jeu, balança une jambe, se laissa tomber. Dylan, qui essayait de suivre, bascula le buste de l'autre côté de la barrière. Mingus s'arc-bouta sous les bras de Dylan qui poussait du pied. Ils tombèrent ensemble de l'autre côté comme des chats de dessin animé prisonniers d'un sac.

« Merde, lâche-moi fiston ! »

Dylan ramassa ses lunettes qui étaient tombées dans l'herbe. Mingus nettoya son pantalon, sa veste, à la façon de James Brown reluquant son costume à la recherche de peluches imaginaires. Son visage éclairé affichait un large sourire. Un fragment de feuille entortillé dans les cheveux.

« Lève-toi, fiston, t'es sur le plancher des vaches ! » Mingus, quand il était d'humeur particulièrement joviale, appelait Dylan « fiston » d'une voix retentissante, autre citation, mi-Redd Foxx, mi-Charlie Le Coq.

Il tendit la main, aida Dylan à se relever en le tirant d'un coup sec. Ces contacts physiques violents, ces collisions, n'étaient pas neutres, c'était un instant où la rage affectueuse trouvait à s'épancher. Rien de sexuel, plutôt une réponse fournie à la morne problématique du désœuvrement quotidien par une chute burlesque sur le cul, de temps à autre.

On en percevait l'utilité. Les petits Italiens dans Court Street s'envoyaient par terre à intervalles réguliers.

Dylan voulut enlever la feuille des cheveux de Mingus mais la laissa en place. Ils dégringolèrent péniblement un talus jusqu'à un bout de terre caché, un triangle pentu rempli d'ailantes et d'herbes sauvages, suffoquèrent dans les gaz d'échappement au bord de la voie rapide qui reliait Brooklyn au Queens, dans le vrombissement indifférent des voitures qui passaient en contrebas. Le bout de terrain était jonché de mégots, de bouteilles, de lambeaux de pneus. Une autre oasis de rebuts, dotée de toute l'autorité secrète qui émanait de la maison abandonnée. Même les Heights étaient frangés d'épaves, la saloperie caractéristique qui sous-tendait tout.

Une fois de plus, ils avaient suivi des traces célèbres, tels des pèlerins. Le mur de pierre qui s'élevait le long de la promenade était recouvert de graffitis de deux mètres de haut, inébranlables chefs-d'œuvre destinés aux automobilistes. Ils se reculèrent côté circulation pour regarder les œuvres d'art, Dylan ajustant ses lunettes sur son nez. MONO et LEE, le Duo Dynamique avait frappé là aussi.

Dylan se figurait Mono noir et Lee blanc.

Mingus s'appuya contre le mur peint, ombragé par une voûte d'ailantes, et alluma son briquet bleu de biais au bout d'une petite pipe chromée en forme de robinet, nouvelle surprise surgie de sa doublure. Tête penchée, les yeux plissés par la concentration, Mingus aspira la fumée et la retint en pinçant les lèvres. De la fumée s'échappa de son nez. Il donna un coup de menton vers Dylan, puis finit par exhaler.

« Tu veux de l'herbe ?

– Non. » Dylan s'était efforcé au détachement, comme si son refus découlait d'une humeur passagère aisément réversible.

En contrebas, les camions rugissaient, véritable mur en mouvement. Ils arboraient leurs propres graffitis venus d'autres endroits de la ville, signaux étrangers répandus par un vecteur indifférent, comme un virus.

« Je l'ai piquée à Barrett. Il la planque au congélo. »

Ces temps-ci, Mingus s'était mis à appeler son père Barrett. Pour Dylan c'était sans doute la clé universelle, une prise de position cruciale. Quand il était seul, il s'entraînait à en faire autant, à voix basse : « Abraham, Abraham, Abraham. »

« Il est au courant ? » demanda Dylan.

Mingus secoua la tête. « Il en a tellement qu'il s'en rendra même pas compte. » Il alluma de nouveau le briquet, le fourneau de la pipe s'embrasa, crépita faiblement. Dylan essaya de ne pas laisser transparaître sa fascination.

« T'as déjà fumé de l'herbe ?

– Oui, oui, mentit Dylan.

– Ça mange pas de pain.

– Je sais.

– On se défonce toujours à quelque chose – c'est Barrett qui dit ça. » *On se défonce toujours à quelque chose* était porteur d'une sorte d'ADN musical, un écho de *La mère s'est fait la malle mais le petit garde le moral*.

« C'est bon, j'ai déjà fumé, là j'en ai pas envie, c'est tout.

– Déjà ? le sonda gentiment Mingus.

– Oui, oui, ma mère fumait de l'herbe, elle en avait toujours dans un pot. » Tout en le disant, Dylan sut qu'il venait de trahir Rachel, de l'éjecter comme une capsule de chique qu'on joue avec indifférence, en se fichant de la perdre.

Abusé par son vocabulaire, on bavarde, faussement désinvolte, et on découvre ce qu'on savait déjà.

Le Crabe en Fuite ne manque pas de pot.

« Ouais, ben, en parlant de ça, ma mère a foutu Barrett dehors parce qu'il fumait des drogues », dit Mingus, contraint d'y aller de sa contribution en évoquant son propre désastre, puis il se tut. Le simple fait de parler d'une mère, même de la sienne, était une erreur de calcul qui risquait de flinguer un après-midi.

On était toujours à la merci d'un dérapage de ce genre – prononcer le mot à ne pas dire et le regarder noircir le ciel. En évitant de mentionner le collège 293 ou les termes « blanc » ou « noir », on aurait pu se croire à l'abri, mais on aurait eu tort.

Il aurait fallu disposer d'un autre lexique. En l'occurrence, parler de Rachel faisait virer l'aiguille de la boussole vers des situations à la Mick Damer, des trucs qu'on s'était efforcé de laisser dans l'ombre. Alors, on était ramené précisément là où on n'aurait pas voulu être. Plaqué contre les grillages.

Un petit blanc de sixième qui se tortille en pleine lumière.

Chopé.

Ta mère.

Mingus fit disparaître la pipe dans sa veste. Ils grimpèrent le talus, escaladèrent la barrière facilement, et rentrèrent en silence en suivant Pierrepont, laissant la Promenade derrière eux. Alors que Dylan était désormais prêt à se voir confier El Marko, prêt à ôter le capuchon du feutre criblé de coups d'épingle et imbibé d'encre violette pour le sentir couler sous sa main, à découvrir son propre tag pour le coucher dégoulinant au flanc des réverbères à côté du DOSE de Mingus, ils ne taguèrent rien. Mingus gardait les mains enfoncées dans les poches, poings fichés dans la doublure, tenant fermement le briquet, la pipe et El Marko pour éviter de les faire cliqueter quand ils brinquebalaient contre ses cuisses.

Mingus marchait devant. La feuille encore dans les cheveux.

Dylan n'était même pas un rigolo, pas encore.

Sans doute aussi Mingus était-il défoncé, le cerveau dans une autre dimension, peut-être la Zone Négative.

Mais cet aspect-là ne pouvait s'intégrer dans le tableau. Rien qu'un « rebondissement révoltant de plus », aurait dit Ben Grimm, mieux connu sous le nom de la Chose.

Il avait appris à ne pas toucher au courrier avant que le petit rentre de l'école, à le laisser jeter son sac et passer en revue tout ce qui avait été introduit par la fente de la porte, puis ramasser et mettre de côté la carte du Crabe en Fuite, quand il en arrivait une, la cacher dans ses affaires personnelles, catégorie en expansion perpétuelle. C'était uniquement après que Dylan avait fait glisser le courrier sous son pied, l'avait éparpillé sur le sol de l'entrée pour l'abandonner là qu'Abraham Ebdus récupérait les factures, lettres, cartons d'invitation, et tout le reste. Le courrier du jour restait donc derrière la porte tout l'après-midi, et Abraham, dans ses excursions au rez-de-chaussée de l'atelier à la cuisine où il allait chercher du café ou des sandwiches faisait de son mieux pour ne pas remarquer la présence d'une carte dépassant du tas. Il ne voulait pas savoir.

Ce soir-là, après que Dylan avait franchi le seuil pour aller dans la cuisine faire ses devoirs sur la table, Abraham trouva un mince paquet glissé dans la fente, expédié par son nouvel employeur. Bien qu'ayant aussitôt deviné son contenu, il ne quitta pas le paquet des yeux pendant une longue minute et son regard s'assombrit, d'un mélange de fierté et de fureur qui lui collait la migraine. Quand il l'ouvrit finalement, un frisson de dégoût de soi le parcourut, et il faillit déchirer le paquet en deux par le milieu, détruisant le mince livre de poche bon marché avant de le déballer.

Neural Circus de R. Fred Vundane, le premier d'une collection intitulée New Belmont Specials, annoncée comme de la « littérature d'anticipation déjantée à l'ère du rock ». Illustration de couverture par Abraham Ebdus :

un tableau surréaliste de bas étage, paysage lunaire ou mental peuplé de formes de vie aux couleurs criardes et pourtant vaguement menaçant, qui devait beaucoup à Miró, à Tanguy, à Ernst, et même à Peter Max, sans honorer ses dettes le moins du monde. Le service des illustrations de Belmont Books avait recouvert le cartonnage gouaché de caractères gothiques d'un jaune électrique censé ressembler au lettrage d'un écran d'ordinateur. Que ne leur avait-il demandé de ne pas utiliser son nom, mais d'y substituer un pseudonyme, comme avait manifestement fait l'auteur : Alfred Naftalinn ou J.R.R. Tucon. Les couleurs qu'il avait appliquées de ses propres pinceaux lui écorchaient les yeux.

Abraham emporta le livre à la cuisine, avec dans l'idée de le poser négligemment sur la table au milieu des devoirs de Dylan. La blessure d'amour-propre commanda son poignet et lui fit jeter le livre par terre. Il glissa en tournoyant sous la table, et s'arrêta près des pieds de Dylan. Levant les sourcils, ce dernier regarda sous la table.

« C'est quoi ?

– Ma première publication », dit Abraham, incapable de masquer la colère qui tremblait dans sa voix.

Dylan ramassa le livre et l'emporta au salon, sans un mot. Abraham sortit un sachet de côtelettes d'agneau décongelées du frigo, le mit dans l'évier et ouvrit le robinet. Posa des oignons sur la paillasse, les examina. Il ne put supporter le silence plus de quelques minutes avant d'aller jeter un œil sur Dylan rivé au coin du canapé, le corps tout entier recroquevillé sur *Neural Circus*. Il ne leva pas les yeux quand Abraham entra. Le petit dévorait les romans avec l'application d'une espèce de nécrophage, sourcils froncés par la concentration, tournant les pages à une vitesse invraisemblable, dégageant pour l'inspecter de près le squelette du récit de toute la chair prosaïque qui l'encombrait, et parvenir aux faits bruts, ou à l'ineptie fondamentale. Dylan ne lisait pas, il autopsiait.

Abraham retourna à la cuisine. Il coupa les oignons, jeta les côtelettes dans une poêle. Le temps qu'il pose le dîner sur la table et s'apprête à appeler Dylan, le gamin réapparut avec le petit volume aux couleurs criardes.

« Pas mal », dit le fils d'Abraham Ebdus. Le ton de sa voix laissait penser qu'il en avait lu des tas de plus mauvais. Puis, avec une ironie presque insupportable, il replaça soigneusement le livre à l'endroit exact où Abraham l'avait jeté, fit mine de toussoter derrière son poing, et s'intéressa à son dîner.

Le livre resta abandonné là pendant tout le repas, absurde entre leurs pieds. Plus tard, quand la télé fut allumée et que Dylan se recueillait pieusement devant *L'homme qui valait trois milliards*, Abraham récupéra discrètement le livre et le glissa dans sa poche arrière pour l'emporter dans son atelier. Là, il ôta les bouteilles d'encre qui s'alignaient sur une étagère qu'il ne pouvait voir de son bureau, où il peignait la pellicule. *Neural Circus* y aurait bientôt de la compagnie, il avait déjà illustré trois autres couvertures pour New Belmont Specials, et une quatrième reposait à l'état d'ébauche sur une table de l'autre côté de la pièce. Il préférait ne pas y penser pour le moment.

Il trempa son pinceau et concentra le regard, de ses yeux que la brûlure des oignons irritait encore, sur le petit photogramme de celluloïd où il s'était arrêté. L'action de son film l'avait dernièrement conduit au bannissement voire à l'épuration progressive des couleurs. À force de mouvements infinitésimaux, petits effacements et infimes éclipses, le noir et le gris dominaient peu à peu au-dessus de la ligne d'horizon qui partageait le photogramme, et le blanc et le gris en dessous. Ce qui restait des couleurs était terni, s'estompait rapidement comme découragé par la tendance, leur évidente condamnation à mort. Elles n'avaient eu qu'à interpréter les signes. « Quand ils sont venus pour les écarlates je n'ai rien dit, ensuite ils sont venus pour les ocres… »

Le New Belmont Specials serait le purgatoire des couleurs bannies, résolut alors Abraham. En expulsant sur les illustrations de couverture ses pulsions les plus dépravées – le besoin de divertir ou distraire avec sa peinture, l'ardeur avec laquelle il était prêt à tout faire avec la peinture plutôt que d'accéder à travers elle à la vérité absolue –, il purifierait toujours plus son film. L'illustration destinée au marché du livre de poche, il le voyait à présent, avec un frisson de nature presque vindicative, serait un zombie phosphorescent qui prendrait la place de sa carrière de peintre, un cadavre ambulant. Pendant ce temps, l'austère perfection du film toujours inédit, toujours invisible, s'épanouissait dans sa réclusion tel un *Portrait de Dorian Gray* à rebours.

L'enfant taupe se hasarde dans les rues au printemps, à découvert. Prend le risque. Il plie un dollar en seize et l'insère dans une fente de sa boucle de ceinture, s'arme d'un double leurre : deux pièces de vingt-cinq cents dans la poche, et une autre de cinquante qu'il est disposé à cracher, placée dans sa chaussette. Il voudrait parer à tout. Cette opération est une habitude. Dans sa poche de devant, pourtant, l'hésitante et furtive créature a dissimulé autre chose qui l'inquiète, ses mains impatientes fourmillent. Son propre El Marko, à encre noire comme jais, non décacheté. Chez Pearl Paint, dans Canal Street, le samedi précédent, en allant acheter de quoi dessiner, l'enfant taupe l'avait choisi avec un cahier à dessin et une longue boîte en fer-blanc de crayons de couleur, Abraham avait payé pour le tout, sans poser de questions.

Samedi, un peu avant dix heures du matin, le cinq juin. On est presque débarrassé de la sixième, à présent, l'annexe du collège 293 n'est plus qu'une carapace d'un an, une espèce d'âge ingrat, une erreur. À quoi bon, une année d'école ? On n'avait pas le temps d'accéder à un statut un tant soit peu utile. C'était l'année prochaine qui comptait désormais, qui avait toujours compté, si seulement on avait pu le savoir. On se préparait pour la cinquième. Le bâtiment principal dans Court Street, où Mingus Rude serait dans la classe supérieure. Là, on avait une chance. Peut-être. La cinquième : se concentrer pour qu'elle se matérialise. Voir au-delà, le lycée, les filles fantasmées dans la culpabilité et le secret, des blondes, comme les filles Solver, perdues-mais-pas-oubliées, est sans doute malvenu pour une créature taupe qui cherche à éviter de se faire choper. Procéder par étapes, ô créature des profondeurs.

Entre-temps, se préparer à servir dans les rangs de Mingus. Mériter ses galons, repérer puis choisir un nom. Un samedi matin, on pouvait oser espérer que les jeunes de la cité étaient encore tous en calecif, à cinq sur le canapé, à regarder les *Merry Melodies*, sur une télé noir et blanc. La puanteur répandue par l'usine de solvants de Bergen est la seule voix discordante aujourd'hui, les Portoricains ne s'étant pas encore réunis devant chez Ramirez, le bus vide flotte vers la Troisième Avenue tel un flocon joufflu dans la lumière de l'été tout neuf. Par un matin pareil, il se pourrait qu'on puisse amener son nom à l'existence en toute sécurité, le balancer sur un mur. L'enfant taupe se déplace néanmoins avec toute sa prudence habituelle. De jour comme de nuit, aucune importance. Qui sait comment il s'expliquera s'il se fait coincer et qu'il est obligé de vider ses poches, de sortir son El Marko. Ce truc, c'est un passeport volé, une amulette qu'il n'a pas encore gagné le droit de porter.

En jetant un œil par-dessus son épaule, il remonte Nevins.

À la hauteur de Pacific Street, entre Nevins et la Troisième, deux terrains vagues mitoyens avaient été transformés en ce qu'on appelait des parcs de poche. Tout juste une brèche dans les façades des petits immeubles de pierre brune, un carré d'espace public privé de verdure, rempli d'un bac à sable étrangement profond et d'une espèce d'installation moderniste destinée à l'escalade, composée de poutres de bois abondamment laquées, sans oublier les traditionnels toboggans et balançoires. Le revêtement du parc était constitué d'un tapis de caoutchouc noir dont les plaques étaient assemblées par des charnières en forme de pièces de puzzle, et entièrement recouvertes de tessons de verre, de mégots et de flaques de pisse évaporée qui révélaient le véritable usage du lieu. Le toboggan, les balançoires, les poubelles fixées par des écrous et la brique des murs qui formaient les trois côtés du parc étaient tapissés d'une épaisse couche de tags à la bombe ou au marqueur. Il suffisait qu'un gamin mette le pied dans ce sable, même en baskets, nu-pieds n'en parlons pas, pour passer aux yeux de tous pour un crétin. À supposer qu'on s'aventure dans la gueule de cette plante carnivore. En ce qui concerne l'enfant taupe, moins il voit ce coin, mieux il se porte, et il lui faut du courage pour y entrer aujourd'hui alors même qu'un rapide coup d'œil lui confirme qu'il est seul.

Il fouille dans sa poche pour en sortir El Marko et cherche un espace libre.

Le dernier carré de surface non taguée du parc est près du sol, sous le toboggan, à un angle quasi inaccessible. Genoux fléchis, il avance en canard dans l'ombre du toboggan et ôte le capuchon. Respire l'odeur violente de l'encre noire. Il a préparé un nom, un secret rien qu'à lui, s'est entraîné mille fois depuis deux semaines, à coups de stylo-bille sur le pupitre de l'école, de marqueur sur son classeur, du doigt dans le vide.

Mais ce n'est pas pour aujourd'hui.

Parce que c'est aujourd'hui que l'homme volant tombe du toit.

D'abord, une ombre fugitive au coin de l'œil du petit quand il s'accroupit sous le toboggan, un immense déploiement d'ailes noires, oiseau ou chauve-souris, sur fond de mur de brique. Un envol, à l'envers. Puis le bruit sourd d'une chute, de quelque chose qu'on jette, et le soupir rauque, le souffle exhalé sous la force de l'impact. Le long soupir qui se mue en gémissement. Le petit sursaute, le dessous de la rampe lui érafle le crâne, il lâche le marqueur. Encagé dans l'ombre du toboggan, il se demande s'il lui serait possible de s'y cacher de la chose.

La réponse est non, il peut pas.

« P'tit blanc, grogne la voix. Qu'est-ce tu fabriques ? »

L'homme volant est gigantesque, de près. Il est assis sur le caoutchouc du revêtement et s'appuie contre le mur, à quelques mètres, genoux relevés, les mains entourant sa cheville droite, qu'il masse. La peau de ses mains rêches et noueuses, et de sa cheville, de chacune de ses chevilles, nues au-dessus de ses miteuses baskets rouges – des « vieilles godasses », pour tout dire – est squameuse, psoriasique, traînées blanches sur un alligator noir. Il porte un jean gris de crasse et une chemise autrefois blanche, les poignets en lambeaux, où un bouton tient à un fil. Et sur son épaule, froissé entre son large dos et le mur de brique, un drap de lit en guise de cape, noué autour du cou exactement comme le gamin dans *Max et les Maximonstres*, à ceci près qu'il est taché de jaune. Immanquablement, le petit se dit : taches de pisse. D'ailleurs, l'homme volant pue la pisse, plus encore que le parc.

L'homme volant grommelle de nouveau, lève les yeux tout en continuant de se masser la cheville. Sa mâchoire, qui porte une barbe de quelques jours, est grêlée, le poil blanc s'entortille sur des taches d'acné. Il a le nez de traviole. Et le blanc de ses yeux affiche cette même couleur pisse, comme s'il avait réussi à se compisser les yeux.

Dylan se tait, il le dévisage.

L'homme volant donne un coup de menton vers El Marko. « On gribouille des conneries sur les murs, j't'ai vu.

– Vous êtes tombé.

– Non, coco, j'me suis posé en volant, rectifie l'homme volant. Mais j'me suis bousillé la jambe, bordel. J'arrive plus à atterrir comme y faut.

– Comment… comment vous faites pour voler ?

– Ha ! C'est pas grâce à c'te machin à la con, en tout cas. » Il tire sur le drap noué autour de son cou, fourre ses doigts spatulés dans le nœud et le desserre, avec une facilité étonnante. Il roule en boule la cape souillée et la jette de côté, sur une pile de tessons de verre. « J'me suis pris les pieds dedans, j'ai la guibole en compote, merde, marmonne-t-il. Faut toujours que j'me casse la gueule. »

Dylan Ebdus fait prudemment un pas vers El Marko qui gît décapuchonné, sur le caoutchouc du parc.

« Vas-y, ramasse-le. Pour ce que j'en ai à foutre, mon coco, que tu fasses des graffitis. Le cadet de mes soucis, putain. »

Dylan se saisit du marqueur, le referme et le range. De toute façon, l'homme volant semble à présent parler tout seul.

« Hé, coco, t'aurais pas un dollar ? »

Dylan le dévisage de nouveau. L'homme volant montre les dents, qu'il a petites et trop espacées. On entrevoit ses gencives brun et rose.

« T'as perdu ta langue, coco ? J'ai 'mandé si t'aurais pas un dollar. »

L'enfant taupe est presque soulagé de se retrouver en terrain si familier. Tel un automate, il fouille ses poches. Une autre part de lui, pourtant, calcule encore les trajectoires, se repasse l'apparition fugitive et le bruit sourd de la chute un instant plus tôt. Son regard papillonne vers le toit deux étages plus haut. De là à là ?

Partout ailleurs, la journée n'a pas commencé. Le parc, parenthèse vide, personne sur les trottoirs de Pacific Street pour corroborer les événements ou croiser les points de vue.

L'homme volant lève la main et Dylan lui tend cinquante cents, en avançant d'un pas dans le halo de puanteur. Il s'empresse de reculer.

L'homme volant prend les pièces de vingt-cinq cents, fait tourner un anneau d'argent à son petit doigt, les yeux rivés sur ceux de Dylan. Les fines rides du cou de l'homme sont incrustées de blanc, comme un bois flotté recuit par l'évaporation du sel.

« Avant, je volais au poil.

– Je vous ai vu, répond Dylan, presque dans un murmure et, en disant cela, il comprend.

– Je peux plus, dit l'homme volant avec colère, avant de s'humecter les lèvres. Bordel de merde – il a un mot sur le bout de la langue. Les ondes, faut toujours qu'elles me fassent retomber.

– Les ondes ?

– Ha ! Ha ! J'arrive plus à rester en l'air. C'est ça le problème, coco. » L'homme volant aperçoit soudain les pièces de vingt-cinq cents au creux de sa paume lézardée, tels deux tessons de miroir qui brillent au soleil, dans un caniveau boueux. « C'est tout ce que t'as, coco ? C'est tout ce que t'as pour moi ? »

Dylan acquiesce en silence, puis détache sa ceinture et cède le minuscule dollar, sans le déplier mais en le laissant tomber comme un malabar au creux tout craquelé de la grande main de l'homme volant.

« Ha ! Tu m'as vraiment vu voler ? »

L'homme volant donne un coup de menton au loin, vers les toits surplombant Pacific et Nevins, celui de l'école publique 38 et au-delà, jusqu'à Wyckoff Houses. Des mouettes tournoient dans le ciel pâle, en errance, venues de Coney Island ou Red Hook.

Dylan Ebdus acquiesce de nouveau et s'enfuit.

7

Une carte postale du Crabe en Fuite, oblitérée dans l'Indiana, à Bloomington, le 16 août 1976. Au recto, une photo noir et blanc de Henry Miller sur la plage de Big Sur, nu à l'exception d'un pagne si grand qu'on dirait une couche-culotte, poitrine tombante et ridée, large sourire caustique sous un front brûlé par le soleil. Une femme sculpturale à la chevelure de jais se dresse quelques pas derrière lui, en bikini et peignoir transparent, écume aux chevilles, indifférente à l'appareil photo.

d t'en laisse pas compter par riton
un môme des rues de brooklyn n'arrête jamais
de rêver de triples au stickball
de milk-shakes et de comics
dans sa tête il est dick tracy
elle c'est brenda starr
et pas vénus sur sa coquille
le crabe écumeur de plages qui t'aime

Il contempla si longtemps les billets que la vibration de ses globes oculaires faillit décaper l'encre à laquelle était tracé le nom du nègre aveugle, pour y substituer son nom à lui. Un imbécile de chez Artists & Repertory lui avait envoyé deux places pour Ray « enfoiré de mes deux » Charles au Radio City Music Hall, comme s'il y avait la moindre chance qu'il aille s'asseoir pour mater rêveusement l'interminable brochette de grognasses pailletées de blanc qu'on appelait les Rockettes – et depuis le balcon, putain ! – simplement pour voir ce ringard prétentieux marteler un piano à queue en braillant : « Dieu bénisse l'Amérique ». Même sur scène il n'avait jamais voulu aller au Radio City, alors qu'aurait-il foutu au balcon ?

Il avait ouvert en grand les fenêtres du salon. Dean Street gémissait, malade d'humidité. La chaleur y restait granuleuse, en suspension. Le soleil sur le miroir voilé de poudre mettait une lumière trouble, grumeleuse. Pas la moindre ondulation des rideaux, l'air était immobile. Seule une rythmique assourdie et régulière en provenance de la place devant chez Ramirez, ça devait bien faire deux heures qu'on entendait la même chanson, l'après-midi entier. Les voitures se déplaçaient telles des méduses, à peine distinctes de leur milieu, simple ondoiement au point de rencontre de l'air et du goudron.

Quatre petits noirs dansaient avec des tressaillements d'araignées surprises dans le geyser d'une bouche d'incendie ouverte au coin de Nevins et Bergen.

Il jeta les billets sur le miroir, puis se fit une ligne, en prenant soin de pointer les orteils vers l'extérieur, à dix heures dix sur le cadran d'une pendule imaginaire. Il avait récemment mis au point une technique d'écartement des hanches et des genoux, le dos cambré tout en se penchant en avant, pour que sniffer une ligne devienne plus naturel, que la poudre retombe en pluie dans ses poumons dilatés et l'envahisse de sa fraîcheur. Trop de mecs sniffaient ramassés sur eux-mêmes, absorbant rageusement la drogue le corps refermé comme un poing.

C'était la même chose que le chant, il fallait aller chercher les recoins les plus éloignés du ventre et de la poitrine pour les épanouir.

Approfondir son engagement.

Les billets devenaient énigmatiques. Des yeux, il en explora le jumelage sur le miroir, le sandwich des caractères noirs noyés dans l'ombre par la double paire, la vraie et son reflet. Peut-être que Crowell Desmond, son soi-disant imprésario, avait manigancé cet affront. Il n'était pas vraiment de notoriété publique que Ray Charles avait personnellement envoyé balader une démo des Subtle Distinctions quand il dirigeait Tangerine, en déclarant, paraît-il : « C'est pas la peine de se radiner ici avec du *doo-wop* foireux à la Motown. » Mais se pouvait-il que Desmond, qui avait réussi à s'introduire dans le milieu à peine un an plus tôt, soit au courant ? Peu vraisemblable. D'ailleurs, Crowell Desmond n'avait pas l'envergure pour infliger un camouflet aussi subtil.

Barrett Rude Junior prit un dollar roulé et s'envoya une ligne droit dans les entrailles, les couilles et la queue. Et sentit un frisson monter de cette région glaciale pour parcourir toute sa carcasse moite et recuite dans la sueur.

Pauvre nègre, songea-t-il. Pauv-nèg, de majeur à mineur ; un septième dominant.

De furtives mélodies étaient tapies entre les syllabes, elles-mêmes pauvres négresses planquées dans le noir.

Non, l'octroi des places pour Ray Charles n'était qu'un mouvement réflexe d'A&R, les tressaillements d'un organisme qui n'avait jamais su que ramper. La ressemblance avec un comportement conscient était purement fortuite. Dans les bureaux, le dernier des ânes avait eu l'idée invraisemblable qu'il serait possible, en le caressant dans le sens du poil, de le convaincre d'aller à Montréal enregistrer une quelconque merde disco avec le producteur allemand des Silver Convention, dans l'espoir de le changer en Johnnie Taylor, peut-être en Miracles après le départ de Smokey, musicos soul en combinaison extensible incrustée de miroirs, chantant pour faire mouiller les ménagères en manque de tous les bleds paumés.

Move it up, move it down, move it in, move it out, Disco Lady[1] *!* Ensuite, vous n'aurez plus qu'à emmener ce pauvre nègre derrière la maison et lui foutre douze balles dans la peau.

Pôôôv-nèèègg, comme une respiration.

En faire un truc à la Curtis Mayfield avec sa voix de fausset, à la rigueur.

Au service de la même cause, ces lèche-culs d'attachés de presse avaient, un mois plus tôt, traîné jusqu'à sa porte un magnéto quatre pistes flambant neuf accompagné d'un mot rédigé sur du papier crème à en-tête doré : *Barry, n'oublie jamais que tu as écrit « Bothered » pour ne plus m'avoir sur le dos, j'y suis encore, Ahmet.* Comme si ce cadre sup branché à barbiche blanche avait seulement remarqué la chanson avant que la reprise par les violons des Mantovani Strings ne résonne dans son ascenseur privé aux parois tapissées de fourrure.

Atlantic l'avait arnaqué en tant que chanteur vedette des Servile Distinctions, avait vidé son compte de ses droits d'auteur comme on vidange une piscine. Puis, insulte suprême, avait engagé Andre Deehorn et des pseudo-chanteurs sortis de nulle part pour produire des morceaux à partir d'éléments de voix incomplets, présenter faussement le tout comme leur dernier album – *The Subtle Distinctions Love You More* – après son départ. À présent ils essayaient de l'embobiner, le cajolaient pour avoir une chance de se remettre à l'arnaquer, cette fois dans sa carrière solo. C'était le seul élan du cœur qu'ils connaissaient, le même que chez ces cousins poussés par la famine à vous téléphoner :

1. « Monte-le, descends-le, rentre-le, sors-le, Disco Lady ! »

Reviens faire pleuvoir ton fric sur nous, mon frère ! Il avait remisé le quatre pistes en bas, dans l'appart de Mingus, laissant intacte sa virginité magnétique. Bien décidé à en faire autant avec les places, il gueula dans l'escalier.

« Gus, monte voir. J'ai quelque chose pour toi. »

Mingus monta en caleçon et tee-shirt, les yeux bouffis de sommeil à une heure de l'après-midi. Il tourna la tête vers les restes de cocaïne, sur le miroir tacheté de soleil, traces fantômes laissées par les lignes sniffées.

Le môme regarda fixement la coke comme s'il n'en avait encore jamais vu.

« Quoi ? » dit Barrett Rude Junior. « Tu veux te défoncer ? » D'un geste, il désigna le miroir, du fond de son grand fauteuil, éprouvant le poids de son bras, bannière de chair en déplacement à travers l'air humide.

Pauv-nèg, pauv-nèg, ça te démange que t'en deviens bègue. Ç'aurait pu être la chanson d'un film sur la vie d'un mac. Peut-être qu'il ferait mieux de remonter le quatre pistes, de leur en mettre plein la vue avec un nouveau morceau, numéro un dans les charts R&B, la première fois qu'on entendrait les mots *pauv-nèg* à la radio. Ils l'auront dans le cul, vite fait !

Il fallut apparemment une éternité à Mingus pour détourner le regard et secouer la tête.

Barrett Rude Junior se contenta de rire. « Me dis pas que t'en profites pas quand j'ai le dos tourné. Y a pas de quoi avoir honte.

– Lâche-moi.

– Je sais ce qui te tracasse. Tu te dis Barry a intérêt à nettoyer tout ça avant que Senior débarque. Je le vois dans tes yeux.

– J'ai rien dit.

– Comme tu voudras. J'ai ces places pour toi si tu veux. Le frère Ray Charles, au Radio City. *Drinkin wine, spo-de-o-dee, drinkin wine*[1].

– Tu veux pas y aller ?

– Non, pas ce soir. Pourquoi t'appelles pas un pote ? Vous irez en métro. »

Mingus prit les billets. Barrett Rude Junior se frotta le nez et la lèvre supérieure d'un doigt replié, attendit. Mingus et lui étaient recouverts de perles de sueur, par cette chaleur humide.

« Ray Charles, c'est le meilleur, Gus. Un gros morceau de ton patrimoine culturel, à portée de la main, fiston. Tu pourras dire à tes gosses que tu y étais, *J'oublierai jamais la fois où j'ai vu le frère Ray.* » Il n'aurait pas su dire pourquoi il voulait que le môme y aille. « En plus, y a une clim de première là-bas, au balcon. Va prendre le frais avec un copain, avec la chaleur qu'il fait… Emmène Dylan. Ou l'autre tronche de pruneau, là, que t'arrêtes pas de ramener, comment il s'appelle ? Mick. Y a des chances pour qu'il en soit baba, du Radio City. »

Il sortit tout ça d'un trait au prix d'une étrange fatigue. Il ferma les yeux et quand il les rouvrit, Mingus était encore là à regarder les billets comme si Barrett n'avait pas dit un mot.

« Alors, t'y vas ou pas ?

– T'as autre chose de prévu ? demanda Mingus.

– Quel rapport ? » En vérité, Barry avait des vues sur un double programme au cinéma Duffield plus haut dans Fulton Street, *The Bingo Long Travelling All-Stars and Motor Kings* et *Car Wash*. Il s'arrachait lui-même à la chaleur de cette journée pour gagner une salle obscure où la clim avait intérêt à fonctionner. Sans avoir

1. « En buvant du vin, spo-de-o-dee, en buvant du vin. »

à contempler Ray Charles en smoking. « Tu les veux, ces places ? »

Mingus haussa les épaules. La main dans le caleçon à se gratter, à dévisager son père, cherchant à voir clair dans son jeu.

« Prends-les, réfléchis-y, appelle Dylan.

– Ça te dérange pas si je les vends ? »

Barrett Rude Junior dévisagea son fils à son tour. « Non, je m'en fiche. » Sa déception était irrationnelle, immense. « Mais une fois que t'auras fait tout le chemin pour y aller, pourquoi t'entrerais pas ? Si c'est du blé que tu veux, je t'en donnerai. »

Son insistance ne faisait que renforcer la résistance de Mingus, il le comprenait à présent. Quand ton vieux ne veut pas aller voir Ray Charles, pourquoi en aurais-tu envie toi-même ? Cela représentait un trop gros effort, surtout par une journée pareille. Brooklyn était un bled des tropiques, les notes d'un marimba lointain flottaient vaguement dans l'air jaune, et voilà qu'une camionnette Mister Softee faisait résonner les quelques notes entêtantes de sa ritournelle, qui s'élevait et retombait comme le couinement d'une ambulance chaque fois qu'elle prenait position dans Bergen, Bond, Dean, Pacific, attirant des gamins léthargiques, comme une flaque de soda attire les fourmis. Manhattan semblait à des milliers de kilomètres, une autre ville.

Barrett Rude Junior lui-même se serait bien enfilé un cornet de glace, d'ailleurs, maintenant qu'on l'y faisait penser.

Aller en acheter un, c'était une autre paire de manches.

Il ne se voyait pas faire le pied de grue devant la camionnette d'un marchand de glaces.

Au son du marimba et du jingle de Mister Softee, il chanta dans un souffle *pauv-nèg, pauv-nèg*. Ce refrain, il fallait bien l'admettre, ne menait nulle part, ne se résolvait en rien d'autre que lui-même. *Pauv-nèg* ne serait jamais chanté, emporté comme poussière au vent, une fois de plus. Sans compter que le quatre pistes était à une distance infranchissable, rumeur aussi lointaine et improbable que le cornet de glace, que Manhattan.

Pour qui veut ménager sa monture, pas question d'aller aussi loin.

Mais comment se faisait-il que la coke lui donne toujours envie de fermer les yeux ? Ça n'avait pas le moindre sens.

Et pourquoi Mingus ne pouvait-il répondre à une simple question de rien du tout ?

Quand Barrett Rude Junior rouvrit les yeux, des heures s'étaient écoulées. Il était resté vautré là tout l'après-midi et jusqu'au crépuscule, Mingus parti depuis longtemps, allez savoir où, avec les places. Il se réveilla enseveli dans l'obscurité, collé par la chaleur au cuir du fauteuil, les plis du menton et du cou gercés de sueur. Le rideau palpitait vaguement sous l'effet d'une brise dont la seule utilité avait été d'éroder en silence le monticule de cocaïne en en chassant les grains jusqu'au bord du miroir. Et probablement sur le tapis.

Il en avait déjà renversé sur son matelas d'eau la nuit précédente, pellicule luisante entre son corps et les draps. Qu'elle recouvre d'une couche toute la maison – elle serait là en cas de besoin, il passerait le doigt sur les murs, snifferait le tapis. Il ramènerait une fille à la maison pour s'en faire une éponge, l'en imbiber et se défoncer en sniffant son corps.

Y a pas à dire, il lui faudrait dissimuler cet aspect de son existence avant que Barrett Rude Senior soit libéré et s'amène à New York.

En attendant, bouge-toi, asperge-toi la nuque et décide-toi à sortir de cette foutue baraque, il fait déjà nuit.

Le Duffield était la ruine imposante d'un cinéma-palace Art déco, exemple parfait de ce qui se produisait quand on négligeait de nettoyer un endroit pendant cinquante ans, qu'on se contentait de vendre des billets, de vieilles friandises pour enduire le sol d'une couche gluante, et du Coca pour ronger les charnières des fauteuils à ressorts quand on le renversait. Un fauteuil sur quatre était encore assez droit pour qu'on s'y asseye. Les autres semblaient avoir été agressés et poignardés par de jeunes enragés. Les murs étaient recouverts de panneaux de feutre écarlate déchirés, entre des rosaces et des chérubins dorés désormais noircis et le nez ébréché comme des gargouilles miteuses. La salle était plongée dans une pénombre artificielle. Des écriteaux rouges indiquant la sortie étaient suspendus dans l'obscurité, la brume des cigarettes s'élevait jusque dans le faisceau du projecteur et venait se nicher dans l'épave de l'énorme lustre sous la voûte écaillée du plafond, l'image du film, décadrée, débordait du lourd rideau qui se désintégrait de part et d'autre de l'écran. Quant à ce dernier, il était troué d'impacts de balles et couverts de tags, parmi lesquels dominaient ceux de Strike et Bell II.

Barrett Rude Junior acheta son billet et entra, trouva un siège sous le balcon. *Bingo Long* avait déjà commencé, pouvait être à mi-film. L'air était frais et nauséabond. Le cinéma était plein aux deux tiers, les têtes formaient des grappes à perte de vue dans la salle gigantesque, tout le monde fumait, riait et s'adressait à l'écran. Cris perçants et glapissements dans les coins les plus sombres. Une femme aurait pu accoucher de jumeaux au balcon sans que personne s'en aperçoive. Barrett Rude s'adossa, testa les ressorts de son siège, se mit à l'aise. Il avait eu la prévoyance d'apporter un litre de bière dans un sac en papier, sans prendre la peine de le dissimuler au type indifférent qui déchirait les billets à l'entrée. Il le déboucha, laissant échapper le bref « pschitt » du dioxyde de carbone qu'on libère, suivi d'un murmure envieux de ceux qui étaient assez proches dans la salle pour l'avoir entendu : *Merde, j'aurais dû y penser*.

Bingo Long ne valait rien. C'était même nul, débordant de dixie à gerber avec Billy Dee Williams en costard trois-pièces comme s'il se prenait pour Redford dans *L'Arnaque noire*. Sans compter qu'on n'y voyait pas assez Richard Pryor et beaucoup trop James Earl Jones jouant les Paul Robeson et son argot traînant et distingué. Pas grave. On était à la moitié, *Car Wash* allait bientôt commencer, le public était sympa, l'air était frais et la bibine aussi. Il fallait seulement la faire durer, ne pas tout boire avant le second film. C'était pour *Car Wash* que tout le monde était là, de toute façon. Ce qui ne voulait pas dire qu'ils la mettraient en veilleuse pendant le film.

Ce fut à l'entracte, quand les lumières se rallumèrent, qu'il les vit, la tignasse sombre et les cheveux raides et presque blonds, l'un à côté de l'autre, tous deux avachis une vingtaine de rangs devant lui, près de l'écran qui à cet endroit devait se dresser telle une voûte céleste dont ils ne pouvaient voir les bords, leurs Pro Keds bleues identiques posées sur le siège de devant. Mingus était passé prendre Dylan, c'est sûr, l'avait aussi probablement traîné en ville jusqu'au Radio City pour refourguer les places. Les avait refilées à des blancs en tenue de soirée, ça faisait pas un pli. Puis s'était radiné à Brooklyn, comme s'il avait lu dans les pensées de Barrett Rude Junior, pour le double programme. Merde, y avait pas besoin d'être devin. Tous ceux qui avaient un brin de jugeote à deux bornes à la ronde étaient au Duffield ce soir, on aurait pu déposer des invits pour Ray Charles le matin même dans leur boîte aux lettres, ça n'y aurait rien changé. Qui n'aurait pas aimé être là à conspuer *Bingo Long* dans le noir tout du long, avec un plaisir qu'accentuait l'impatience, à attendre *Car Wash* et tout l'attrait d'une bande-son avec Norman Whitfield et Rose Royce ? Ça prouvait que le môme était pas fou, voilà tout.

Il était parfaitement possible qu'une seule chanson suffise à briser une vie. Oui, la malédiction musicale pouvait s'abattre sur une forme humaine solitaire et l'écraser comme un insecte. La chanson, cette chanson-là, venait d'ailleurs pour te trouver, pour appuyer là où ta vie entière faisait mal. La chanson incarnait ton destin personnel foireux, qu'elle traduisait en un dégueulis rythmique pop déversé par toutes les radios.

À tout le moins, elle était la BO de ta destruction, son thème. Tes jours réduits à un bout à bout des accents rythmés d'une clarine, inexorable ligne de basse et paroles obscènes, sorte de ricanement psalmodié, enveloppé de grognements de plaisir. Le son hésitant et abrupt de quoi d'ailleurs – tuba ? cor d'harmonie ? guitare rythmique et trompettes moqueuses. Le chanteur aurait aussi bien pu te braquer un flingue contre la tempe. Comment on avait pu autoriser ça, comment on avait pu l'autoriser à la radio ? Cette chanson devrait être interdite par la loi. Elle ne s'attaquait pas tant à ta race – question qu'il valait mieux renoncer d'emblée à démêler – qu'à toi personnellement.

Yes they were dancing, and singing, and movin' to the groovin, and just when it hit me, somebody turned around and shouted[1]...

Tu pouvais pas faire un pas, à la fin de cet été-là, sans que quelqu'un te la balance à la tête, cette chanson.

1. « Oui, ils dansaient, ils chantaient et bougeaient en rythme et à l'instant même où ça m'est tombé dessus, quelqu'un s'est retourné pour hurler... »

Pour ne rien dire de ce qui se produisait quand tu commençais à hanter les couloirs carrelés de vert du collège 293.

Le 7 septembre 1976, la semaine où Dylan Ebdus entra en cinquième dans le bâtiment principal au coin de Court Street et Butler, « Play That Funky Music »[1] de Wild Cherry était numéro un des charts R&B. Quinze jours plus tard il devint numéro un des chansons pop de *Billboard*. Son hymne de misère, numéro un national.

Prends ça dans les dents : PETIT BLANC !

Laisse tomber le boogie et fais sonner le funk à en crever.

Quand Dylan Ebdus vit Arthur Lomb pour la première fois, ce dernier feignait la douleur à l'autre bout de la cour d'école. Dylan entendit des cris au loin et se retourna à l'entrée de l'école pour regarder. Apercevoir Arthur Lomb, c'était comme s'aviser du vol et de la chute d'un oiseau dans un coin de ciel brouillé par le feuillage, cette palpitation à la périphérie du champ visuel, la brusque dégringolade. Pareil pour l'homme volant, une chose que Dylan était heureux et mécontent d'avoir remarquée. Cela eut lieu dans l'instant de flottement qui suit la sonnerie, quand les profs de gym qui surveillent la récré sont déjà rentrés, avant la ruée des élèves, de sorte que la cour se transforme en zone de non-droit, cette terrible et soudaine redistribution de l'espace qui pouvait survenir partout, même dans les couloirs de l'école. Ça n'en demeurait pas moins une grossière maladresse de la part du garçon, qui se tordait maintenant par terre, de s'être aventuré si loin dans la cour, maladresse que Dylan jugeait

1. « Fais sonner le funk. »

impardonnable. Il ne se la serait pas pardonnée à lui-même.

Arthur Lomb était tombé à genoux, les mains agrippées sur la poitrine pour entonner une mélopée funèbre. On entendit brièvement ce qu'il disait à l'autre bout de la cour dépeuplée.

« Je peux plus respirer ! »

Puis, chaque mot intercalé de halètements : « Je ! » Un silence. « Peux ! » Un silence. « Plus ! » Un silence. « Respirer ! »

Arthur Lomb feignait la crise d'asthme ou quelque autre faiblesse. C'était une méthode reconnaissable : prendre les devants par la souffrance. Il n'y avait pas grand-chose à tirer d'un môme qui chialait déjà. Il devenait inutile, terre incultivable. Il était déjà vaincu, ce qui était vaguement écœurant, de mauvais goût. De toute façon, ce môme qui suffoquait étrangement risquait de ne pas connaître les règles et de parler, cafter auprès de quelque vague représentant balourd de l'autorité ce qu'il se figurait qu'on lui avait fait. Il était peut-être même vraiment malade, dans la merde, souffrant, qui sait ? On n'avait pas d'autre choix que de dire : « Merde, petit blanc, c'est quoi ton problème ? Je t'ai même pas touché. » Avant de passer son chemin.

Dylan admirait la stratégie, éprouvait à la fois un frisson glacé d'identification et la chaude décharge de la honte. Il avait l'impression de voir son sosie, sa doublure. Au minimum, il était probable que toute calamité subie par Arthur Lomb se serait en d'autres circonstances abattue sur Dylan, et en tout cas qu'une bande de petits noirs ne pouvait pas jeter Dylan par terre ou le choper à l'instant précis où elle persécutait Arthur Lomb.

À compter de ce jour, la chevelure roussâtre d'Arthur et ses épaules voûtées furent faciles à repérer, bien que Dylan et lui ne soient pas dans la même classe, et que leurs emplois du temps ne leur permettent pas de se trouver simultanément au même endroit hormis dans la cour à l'heure du déjeuner. Arthur Lomb portait des polos voyants à rayures et de souples chaussures marron. Et souvent un bermuda en guise de pantalon. Dylan entendit un jour deux petites noires donner la sérénade à Arthur Lomb en chantant un couplet auquel lui-même avait échappé depuis le CM1 ; elles claquaient des doigts, entremêlant leurs voix comme un groupe de doo-wop : *C'est pour pédaler dans le yaourt que tu mets des culottes courtes ?*

Arthur Lomb se trimballait sous un énorme sac à dos bleu vif, autre malédiction. Il devait renfermer ses manuels ou peut-être deux blocs de marbre. À lui seul, il aurait suffi à le faire tomber à la renverse si Arthur s'était avisé de se redresser. En l'occurrence le sac faisait une cible éclatante, invitait à la secousse qui, le tirant vers le bas, précipiterait Arthur par terre dans le couloir où il n'aurait plus qu'à exécuter son numéro d'asthmatique. Dylan en avait déjà été témoin cinq fois avant même d'avoir échangé un mot avec Arthur Lomb. Il avait entendu des mômes lui interpréter la chanson en la rythmant de claques qu'ils assenaient sur sa nuque rougie ou au sommet de son crâne tandis qu'il se tortillait par terre. Fais déconner le funk, p'tit blanc ! Étirant les deux derniers mots, *t'iiiiiit blanc*, en un glapissement railleur à la Bugs Bunny.

Il y avait seulement cinq blancs à l'école, les trois autres étaient des filles, avec leurs propres problèmes de filles à résoudre. L'une d'entre elles était dans la classe de Dylan, une Italienne, cheveux noirs, morose et minuscule, infime à côté des nanas qui les entouraient, débordantes d'autorité hormonale. Les noires et les Portoricaines avaient accédé à quelque autre niveau où elles bouillaient de rage à bon droit devant tout ce qui s'offrait à leur vue, se malmenant les unes les autres et malmenant les profs dans une frénésie sexuelle. Toutefois, leur taille même offrait une ouverture : on pouvait espérer passer inaperçu en contrebas. La classe était un endroit propre à cultiver le silence au milieu de tant de bruit, l'Italienne et Dylan ne parlaient donc jamais. Quant à Arthur Lomb, Dylan imaginait qu'une intelligence miséricordieuse et invisible l'avait intentionnellement séparé de lui, pour éviter de les rendre tous deux plus voyants encore dans leur ressemblance. Politique à laquelle Dylan souscrivait de tout cœur, qu'elle existât ou non en dehors de sa propre imagination. Même à cette distance, Arthur Lomb était marqué par la double puanteur de sa terreur, à ce point mêlée à celle de Dylan qu'on avait du mal à distinguer où finissait l'une et où commençait l'autre. Dylan n'était pas pressé de se rapprocher de lui. Il ne voulait vraiment rien avoir à faire avec Arthur Lomb.

C'est à la bibliothèque qu'ils firent finalement connaissance. Les classes de Dylan et d'Arthur avaient été consignées là pour un temps, le bibliothécaire remplaçait les profs qui étaient absents tout l'après-midi pour une raison inconnue, vague entorse à la routine dont tout le monde se fichait de toute manière. La plupart des mômes envoyés à la bibliothèque n'y arrivèrent jamais, et se retrouvèrent à l'extérieur de l'école, interprétant la consigne comme un simple euphémisme pour : « La classe est finie, rentrez chez vous. » La bibliothèque du collège 293 était donc morne mais paisible, moment de répit dans le tourbillon. Sous l'affiche de *Les héros ne sont jamais que des sandwiches*[1], livre qui ne figurait d'ailleurs pas sur les rayons de la bibliothèque, Dylan s'adossa au mur et feuilleta le numéro 2 de l'adaptation de *Logan's Run* par Marvel Comics.

1. Héros, du grec *hêrôs*, nom habituel aux États-Unis des doner kebabs.

Tandis que l'heure s'écoulait dans une atmosphère glaciale, Arthur Lomb appela Dylan deux fois dans un murmure, plissant les yeux pour lire le titre du comic, puis lèvres pincées en jouant la concentration pour faire mine de parcourir les étagères voisines à moitié dégarnies, avant de s'approcher assez près pour que Dylan l'entende chuchoter entre ses dents avec colère.

« Ce type, George Perez, serait incapable de dessiner Farah Fawcett, même si sa vie en dépendait. »

C'était une saisissante allusion à plusieurs domaines du savoir, simultanément. Dylan ne put que le fusiller du regard, sa curiosité mêlée à la certitude qu'Arthur Lomb et lui étaient plus insupportables, plus impardonnables ensemble que séparément. De près, Arthur Lomb était agité de clignements et de tressaillements qui donnèrent à Dylan lui-même l'envie de lui casser la gueule. Son visage était comme tendu vers quelque chose, à la manière d'une main cherchant à saisir. Dylan se demanda s'il n'y aurait pas une paire de lunettes rangée quelque part à l'arrière-plan, peut-être dans une poche latérale du monumental sac à dos bleu.

Il s'empressa de ranger le comic dans son classeur. Il l'avait acheté dans Court Street à l'heure du déjeuner et s'était demandé s'il pouvait le sortir à l'école, manquement au bon sens le plus élémentaire. Et pourtant le comic était nul, d'une raide fidélité au film, et Dylan était bien décidé à ne pas être plus ennuyé que surpris si on le lui piquait. Cette conversation avec son double ingrat n'était pas le prix qu'il s'était attendu à payer. Mais Arthur Lomb semblait percevoir la brèche qu'il avait ouverte dans l'attention de Dylan et poussa son avantage.

Il eut une nouvelle grimace ironique en direction du comic qui avait disparu dans le classeur.

« Tu l'as vu ?

– Quoi ?

– *Logan's Run.* »

Qu'est-ce tu regardes, putain ? eut envie de hurler Dylan à Arthur Lomb, avant qu'il soit trop tard, avant de succomber à sa solitude et de s'autoriser à faire la connaissance d'Arthur, l'autre petit blanc.

Au lieu de quoi Dylan répliqua : « Pas encore.

– Farah Fawcett est canon. »

Dylan ne répondit pas. Il n'aurait pas su dire, s'offusquait même à la seule idée de comprendre ce qu'Arthur disait.

« T'en fais pas. J'ai acheté dix exemplaires du numéro 1 de *Logan's Run.* » Arthur Lomb murmurait à la hâte, était conscient de ne pas être seul, mais contraint de faire étalage de tout ce qu'il possédait pour forcer Dylan à lier connaissance. « Il faut toujours acheter les numéros 1, c'est un investissement. J'ai dix *Eternals*, dix *2001*, dix *Omega*, dix *Ragman*, dix *Kobra*. Rien que des comics nuls. Tu connais le magasin de comics de la Septième Avenue ? Tous les immeubles du coin sont neufs parce qu'un avion s'y est écrasé, tu savais ? Un 747 a essayé de se poser en urgence à Prospect Park et s'est loupé, sans blague. Une grande catastrophe. Bref, le gérant de la boutique est un trouduc. Je lui ai piqué un exemplaire du numéro 1 de *Blue Beetle*, une fois. Y avait rien de plus fastoche. *Blue Beetle*, c'est Charlton, t'as déjà entendu parler de Charlton Comics ? Ils ont fait faillite. Un numéro 1 reste un numéro 1, ça fait rien. Tu sais que le numéro 1 des *Quatre Fantastiques* se vend quatre cents dollars ? Le Blue Beetle est sans doute le personnage le plus débile qui ait jamais existé. C'est Ditko qui l'a dessiné, le type qui a créé Spider-Man. Ditko sait pas dessiner, c'est ça qui craint. Il fait tout ressembler à du dessin animé. Ça fait rien, c'est un numéro 1. Mets-le sous plastique et mets-le de côté, voilà mon conseil. Tu les mets sous plastique, non ?

– Évidemment », fit Dylan plein de ressentiment.

Il comprenait dans le moindre détail ce qu'Arthur Lomb disait. Pire, il sentait sa sensibilité colonisée par celle d'Arthur, ses futurs centres d'intérêt cooptés.

Ils étaient condamnés à devenir amis.

8

Trois semaines auparavant, Dylan Ebdus avait attendu sur le trottoir devant le perron de Mingus.

Des femmes traînaient leur progéniture au jardin d'enfants du YMCA ou remontaient Nevins seules vers le métro. Deux homos de Pacific Street tiraient sur la laisse de teckels, dans un autre monde. Un groupe de petites noires arrivait de la cité pour prendre Marilla, qui était au lycée à présent, à Sarah J. Hale, au bout de la Troisième Avenue. Elles se partageaient une cigarette pour le petit-déjeuner, tournèrent au coin de la rue en chahutant dans un tourbillon de fumée et d'éclats de rire. Tout cela dans la lumière oblique du matin, avec la brume du Jersey, là-bas, les joyeux relents de l'usine de solvants qui vous montaient doucement à la tête, la colonne de la Williamsburg Savings Bank dont l'horloge partageait le ciel, marquant une heure différente à ses deux cadrans visibles, mais c'était l'heure d'y aller, de toute manière. Ce jour étant le premier jour d'école pour tout le monde, si ça se trouve. Un jour de fin d'été, aussi chaud que l'été, même à huit heures du matin.

Une seule chose clochait dans ce tableau, tandis que les immeubles se vidaient, que le bus passait dans un souffle, que l'aboiement cyclique d'un chien résonnait comme un code : Dylan planté en pantalon avec son sac à dos plein de classeurs tout neufs, de stylos tout bêtes, où il avait planqué ses lunettes et El Marko pas encore dépucelé. Il se sentait comme une pomme pelée pour passer l'inspection de sa nouvelle école, aigrissant déjà sous le soleil. Les chiens, et probablement tout le monde, devaient s'en rendre compte : il puait la panique.

Si Mingus Rude voulait bien remonter Dean Street avec lui jusqu'à Smith ou Court, franchir le portail de l'école côte à côte avec lui, ce serait peut-être différent.

Dylan s'approcha de la fenêtre aux volets fermés du sous-sol et frappa. L'entrée personnelle de Mingus sous l'escalier n'avait pas de sonnette.

Dylan aurait dû préparer ça à l'avance avec Mingus, il s'en rendait compte.

Sur le perron, il sonna à la porte.

Il sonna une nouvelle fois, se balançant sur ses pieds chaussés de Keds, nerveux, le temps passait, la journée et la perspective de la cinquième se dégradaient rapidement en même temps que lui sous le soleil.

Puis, telle une marionnette folle, pris de panique, il s'appuya contre la sonnette et l'actionna sans interruption.

Il sonnait encore quand la porte s'ouvrit.

Ce n'était pas Mingus, mais Barrett Rude Junior nu sous un peignoir de bain blanc, offert aux regards de la rue, bras croisés dans l'encadrement de la porte, qui le toisait. Le visage bouffi de sommeil, son regard papillonna dans la lumière crue et oblique. Il leva le bras pour se protéger les yeux, à croire qu'il voulait chasser le jour comme une mauvaise idée, une erreur passagère.

« Qu'est-ce tu fabriques, p'tit Dylan ? »

Dylan s'éloigna de la porte, et descendit une marche.

« T'avise plus jamais de sonner à ma porte à sept heures du mat', bonhomme.

– Mingus…

– Tu verras Mingus à l'école, merde. » Barrett Rude s'éveillait à la colère, sa voix pareille au grondement du tonnerre. « Maintenant fous-moi le camp. »

C'était en cinquième qu'on découvrait, quand on avait enfin rejoint Mingus Rude dans l'enceinte principale, que Mingus Rude n'était jamais là. Comme si Mingus passait par une autre Dean Street pour aller à l'école, une autre Court Street, s'était en fait rendu tout ce temps dans un tout autre collège 293. La seule preuve qui laissait penser le contraire était la prolifération de DOSE sur les réverbères, les boîtes aux lettres et les camions fourbus qui traversaient le quartier, l'œuvre de Mingus se répandait dans un nimbe dont l'école était le centre. Tous les deux ou trois jours, semblait-il, avait lieu un nouvel arrivage. Dylan appuyait discrètement l'index sur le métal, en se demandant si la viscosité de l'encre lui permettrait de dater le tag. Si son doigt collait légèrement Dylan s'imaginait qu'il suivait Mingus de quelques minutes sur les lieux, avait failli le prendre en flagrant délit.

Pendant trois semaines Mingus Rude fut comme l'homme volant, une rumeur dans l'esprit de Dylan que rien ne pouvait vérifier. L'absence de Mingus dans ses propres journées d'école, et dans celles de Dylan, était les prémices secrètes d'une existence par ailleurs inchangée, si ce n'est qu'elle avait empiré à tout point de vue. La cinquième était une sixième désacralisée, éventée. C'était la trilogie du *Seigneur des anneaux* quand la sixième avait été *Le Hobbit*, on entrait enfin dans le vif du sujet, toutes les menaces qui s'étaient annoncées, chassées des marges du récit, se matérialisaient en pleine lumière. C'était pas pour les enfants, la cinquième. On pouvait deviner l'angoisse liée au simple fait d'entrer dans le bâtiment à l'attitude des profs, des vigiles.

Personne ne pouvait se détendre dans ce désastreux bouillonnement hormonal et racial.

Les corps étaient déformés comme dans un affreux comic qu'un auteur sans talent aurait griffonné à même la chair.

Les formes les plus volumineuses étaient les plus furibondes. Et c'était bien à cela qu'ils se réduisaient, des formes – t'avais planqué tes lunettes et tu détournais les yeux, tu étais devenu Mr. Magoo. Plus on évitait de croiser les regards, moins on avait de chances de le faire, cercle vicieux autoprogrammé.

Apparemment prévenus longtemps à l'avance, les petits Chinois avaient totalement disparu.

Les Portoricains et les Dominicains semblaient s'éloigner à pas de loup du théâtre des événements. S'étant ornés différemment, ils s'exprimaient de plus en plus en espagnol à chaque heure qui passait. Leur façon d'occuper l'espace en classe ou pendant le cours de gym leur permettait d'être là sans y être, de devenir massivement incidents.

Les bagarres les plus terrifiantes opposaient toujours deux noires.

Dans Court Street et Smith Street, il n'était même pas évident de savoir qui fréquentait votre école ou pas. D'autres corps flottaient alentour, éléments détachés. On pouvait se faire coincer par deux petits noirs qui vous demandaient : « T'es rital ou t'es un p'tit blanc ? » et une seule chose était sûre, il ne fallait pas faire remarquer que les petits Italiens étaient des blancs. Il arrivait que quelque chose fasse peur à un petit noir, qu'il doive faire gaffe dans Court comme le faisaient les Italiens dans Smith, mais en tout cas, cette peur, ça n'était jamais vous qui en étiez la cause. D'ailleurs, aucun petit Italien n'aurait jamais répondu : « Je suis rital. » Il aurait dit : « D'après toi pauv' con ! »

Ou aurait seulement saisi sa bite à travers son falzar en montrant les dents, narines dilatées.

Toi, tu étais à des années-lumière de pareils procédés.

Plutôt dans la catégorie des simulateurs de crise d'asthme.

Un jour après que Dylan Ebdus et Arthur Lomb avaient parlé de Blue Beetle à la bibliothèque, Mingus Rude refit surface. À trois heures, l'heure à laquelle les portes s'ouvraient en grand et l'école se répandait sur l'éclatant trottoir d'octobre, quand les commerçants de Court Street restaient bras croisés sur le seuil de leur boutique, mâchonnant du chewing-gum ou rien du tout, mâchonnant, voilà, les yeux rétrécis. Dylan sortait par Butler Street, cherchant à se perdre dans le flot des visages anonymes quand il quittait l'enceinte de l'école, espérant se laisser porter sur une portion de Court Street, fondu dans la masse avant de se mettre à découvert, petit blanc solitaire. Ce jour-là, il s'arrêta. Mingus était assis en tailleur sur une boîte aux lettres au coin de Court et de Butler, observant le déversement frénétique de mômes avec le calme d'un Bouddha, comme à une plus grande hauteur encore que celle de la boîte aux lettres, depuis une autre planète, peut-être. Peut-être était-il placidement assis là depuis des heures, sans avoir attiré l'attention des vigiles de l'école ou des adolescents italiens plus âgés qui hantaient Court, telle était l'impression qu'il donnait. Dylan comprit non seulement que Mingus avait séché l'école ce jour-là, mais aussi qu'il n'y avait plus mis les pieds depuis l'été, depuis le début de son année de quatrième.

« Salut, Dylan mon pote ! dit Mingus en riant. Je te cherchais, vieux. Où t'étais passé ? »

Mingus décroisa les jambes et se laissa glisser de la boîte aux lettres, entraîna Dylan à l'écart, hors de la foule, comme s'il ne faisait aucun doute qu'ils sortaient de l'école ensemble, qu'ils l'avaient fait chaque jour depuis trois semaines. Ils traversèrent Court, entrèrent dans Cobble Hill, Dylan portant haut son sac sur le dos et trottant pour suivre le rythme. Mingus le conduisit par Clinton Street jusqu'à Atlantic Avenue, laissant du même coup tous les mômes de l'école derrière eux. Là, le quartier s'ouvrait, on découvrait les chantiers navals sous la voie rapide Brooklyn-Queens, l'avenue plongeant vers l'eau aux reflets jaunes. À croire que Mingus connaissait des itinéraires au départ de l'école que Dylan, à sa grande stupéfaction, n'aurait pu débrouiller par lui-même.

« Je t'ai pas vu..., commença Dylan.

– *Whenever you call me, I'll be there*, chanta Mingus. *Whenever you need me, I'll be there – I been around*[1] *!* Tiens. » Froissant deux billets d'un dollar dans les mains de Dylan, il indiqua de la tête l'Arabe qui vendait des journaux, au coin de Clinton. « Prends-moi un paquet de Kool, Super-Dill. » Nouveau mouvement de tête. « Je t'attends là-bas.

– J'ai pas le droit d'acheter des cigarettes.

– Dis que c'est pour ta mère, dis qu'elle vient toujours là. Il te les vendra, t'inquiète. Tiens, donne-moi ton sac. »

Dylan essaya de ne pas tourner la tête vers le présentoir des comics en pénétrant dans l'étroit couloir sombre du magasin.

« Euh, un paquet de Kool. C'est pour ma mère. »

1. « Quand tu m'appelleras, je serai là, quand t'auras besoin de moi, je serai là – je serai pas loin. » (Titre : « Whenever you need me ».)

L'opération se déroula exactement comme prévu. Le type leva un sourcil au mot « mère », puis fit glisser un paquet de Kool sur le linoléum du comptoir sans autre réaction qu'un grognement.

Quand Dylan le rejoignit, Mingus planqua cigarettes et monnaie dans sa veste surprise, puis l'emmena par Clinton, vers le parc d'Amity Street.

« Dylan mon pote, dealer, Dillinger, chantonnait Mingus. Di-dididi-di, Dillimatic.

– T'étais nulle part, déclara Dylan, incapable de contenir le ton de reproche de sa voix.

– Ça roule, mon vieux ? demanda Mingus. Tout baigne ? »

Par « tout », Dylan savait pertinemment ce qu'entendait Mingus – la cinquième, tout ce qui se passait ou ne se passait pas dans l'enceinte de l'école, dont Mingus avait apparemment cessé de se préoccuper.

D'après M. Winegar, le prof de sciences, l'univers était paraît-il une explosion au ralenti, tout s'éloignant de tout à la même vitesse. Cette explication s'appliquait à la situation présente de façon assez convaincante.

« Tout baigne ? » demanda Mingus.

Ils étaient ensemble sans vraiment l'être, Dylan s'en rendait compte, à présent. Mingus Rude était inatteignable, flou, défoncé peut-être. Il n'aurait pas accès à son âme, à la vivacité de cette tristesse joyeuse qui en appelait à la sienne.

Dylan haussa les épaules et dit : « Oui, Oui.

– Y a que ça qui compte, mon pote. Tu sais que t'es mon meilleur pote, Dillinger. »

C'était une espèce de répétition, et Dylan n'allait pas tarder à savoir la pièce qui se jouait. Mingus exagéra son déhanchement ordinaire, leva la main en un salut rêveur. Déployés autour des tables d'échecs en béton, trois adolescents noirs dans toute la gamme des postures avachies. Le plus chaotiquement répandu présentait une géométrie de membres éparpillés bien reconnaissable qui fit s'emballer follement le cœur coupable de Dylan. Il n'en accompagna pas moins Mingus au sein du groupe, acceptant tout ce qui n'allait pas manquer de se dérouler dans le parc sans sortir de son hébétude de somnambule qui, perfectionnée à la nouvelle école, pouvait même englober la résurrection de Mick Damer dans le cours de son existence.

« Yo », fit Mingus Rude en échangeant paresseusement des claquements de paumes accompagnés de syllabes marmonnées qui pouvaient être des noms.

« Quoi de neuf, G ? » demanda Mick Damer.

Il appelait Mingus G en référence à Gus, supposa Dylan. Cela signifiait-il qu'il connaissait aussi Barrett Rude Junior ?

Puis, Mick Damer reconnut Dylan. Il tressaillit de tout le visage, ses traits aigres ne dissimulant rien, sans pour autant modifier d'un iota la disposition de ses membres.

Le parc était plein de petits blancs les cheveux coupés au bol, élèves peut-être de CE1 ou de CE2 à Packer Institute ou à Saint Ann. Ils couraient en criant entre les tables d'échecs, dans leurs vêtements Petit Bateau, les bras chargés de jouets, GI Joe, pistolets à eau, balles sifflantes à troutrous. Ils avaient beau habiter dans le même monde que Dylan, Mingus et Mick Damer, ils auraient aussi bien pu être les oiseaux bleus d'un dessin animé de Disney, qui gazouillaient innocemment autour de la tête de la méchante sorcière occupée à couvrir une pomme de poison.

« Merde, fit Mick Damer, puis il sourit. Tu connais ce mec, G ?

– C'est mon pote Dillinger, dit Mingus. Il est cool. Ça fait un bail qu'on se connaît, c'est le copain qui habite à côté de chez moi. »

Mick observa longuement Dylan avant de parler.

« Je le connais ton pote, fit-il. Je le voyais même avant que tu débarques, G. » Il reporta les yeux sur Dylan. « Quoi de neuf, p'tite tête ? Dis pas que tu te rappelles pas de moi pasque je sais que c'est pas vrai.

– Si, si, répondit Dylan.

– Merde, je connais même sa mère, à ce mec, dit Mick Damer.

– Ah ouais ? dit Mingus, en prenant soin de jouer les blasés histoire de minimiser les possibles conjectures. Alors c'est cool, hein ? T'as rien contre mon pote Dylan. »

Mick Damer éclata de rire. « Qu'est-ce tu veux que j'te dise ? Tu peux traîner avec ton petit blanc, j'en ai rien à carrer. »

À ces mots, le fragile semblant d'affection insignifiante de Mick Damer pour Dylan vola en éclats dans l'hilarité. Les deux autres adolescents noirs ricanèrent, se tapèrent dans la main aux mots de « petit blanc », on prenait toujours son pied en les entendant. « Oh, merde », dit l'un d'eux en secouant la tête comme s'il n'en revenait pas, qu'il venait de voir une bonne cascade dans un film, une voiture faire un tonneau ou un corps se recroqueviller sous une grêle de balles, dans un giclement de sang.

Dylan resta pétrifié dans l'innocent après-midi avec son ridicule sac à dos et ses Pro Keds si peu convaincantes, les bras ballants, à papillonner du regard vers Mingus.

Ça culbute les culbutos, mais ça se relève toujours.

« On va graffer des trains ou on reste assis là à bavasser de tout et de rien ? lança Mick Damer.

– On y va, dit doucement Mingus Rude.

– T'amènes ton pote avec toi ? »

Soudain, une femme fit irruption dans leur groupe. Surgie de nulle part, elle manifesta sa présence parmi les tables autour desquelles ils étaient assis ou debout. Ce fut un choc, comme si elle avait fait éclater une bulle, parasité un champ de force que Dylan n'avait pas cru perméable, celui dans lequel leur conversation, aussi souvent qu'y figurât le mot « putain », était enclose sous une patine d'avertisseurs lointains, de pépiements d'oiseaux, et des gentilles clameurs que poussaient les petits enfants.

C'était une mère, à n'en pas douter, l'un des gamins qui gambadaient était forcément le sien. Elle pouvait avoir vingt-cinq ou trente ans, les cheveux blonds, blue-jean pattes d'ef et blouson assortis, lunettes rondes de grand-mère – elle aurait pu être une habituée des fêtes de Rachel. Dylan l'aurait bien vue faire tourner un joint, se lancer dans une digression passionnée sur Altman ou le Sichuan, au grand dam des hommes habitués à tenir le crachoir. Mais il se faisait peut-être des idées. Il y en avait sans doute un million, des comme elle, fausses Rachel qui n'avaient jamais connu la sienne.

« Ça va, petit ? »

Elle s'adressait seulement à Dylan, c'était sans équivoque. Les autres, Mingus compris, étaient une chose à ses yeux, Dylan une autre. Dylan eut le sentiment que Mick Damer s'était débrouillé pour ramener à l'existence ce qu'il y avait de plus proche de Rachel, à croire que partout des blanches endosseraient la responsabilité de l'unique et cruciale intervention de Rachel aussi longtemps qu'il serait nécessaire.

Et il fallait que ça arrive précisément là. Dylan avait l'impression d'avoir souhaité un million de fois l'apparition d'un adulte, d'un prof ou d'un ami de sa mère surgissant au coin de Bergen ou de Hoyt pour entrer en collision avec un de ses innommables cataclysmes, crever l'abcès d'une simple question comme « Ça va, petit ? » Mais là ! Ce cataclysme-là scellait à jamais son statut de « petit blanc » aux yeux de Mick Damer, à l'instant même où Mingus s'efforçait de le changer.

C'était clair, en effet, en se rendant inaccessible, en disparaissant pendant trois semaines, Mingus avait voulu faire passer un message à Dylan, lui signifier qu'à la nouvelle école il ne devait compter que sur lui-même. Personne ne le couvrait. C'était tout bonnement impossible. Il lui avait fallu ces trois semaines pour renoncer au fantasme que Mingus lui maintiendrait la tête hors de l'eau pendant toute la traversée de la cinquième et de la quatrième. Astucieusement, Mingus ne s'était montré qu'une fois le message bien compris : *Compte pas sur moi pour te porter, fiston, c'est au-dessus de mes forces.* Puis, en un acte compensatoire tout aussi clair, il avait conduit Dylan par Cobble Hill jusqu'au parc d'Amity Street pour rencontrer Mick Damer et lui faire dire que *c'était cool*, pacte par lequel il lui signifiait : *Si je peux donner un coup de main, je le ferai. Je ne suis ni aveugle ni indifférent, tu sais. Je suis attentif.*

« Alors, un problème ? »

Dylan s'était tourné vers elle, démuni, bouche bée. Il n'y avait pas moyen de lui dire combien elle avait tort et raison à la fois, nul moyen de la faire disparaître. Pour ne rien arranger, elle était belle, rayonnante comme les couvertures des *MS* de Rachel qui s'entassaient au salon, méprisés par Abraham, mais que Dylan pouvait feuilleter à l'occasion, plein de culpabilité devant les illustrations d'articles consacrés à l'abandon du soutien-gorge. Dylan aurait voulu protéger la femme blonde du regard de Mick Damer. Elle n'aurait pas dû surgir de l'autre monde, celui de Cobble Hill, peuplé d'enfants des écoles privées et de ceux qui veillaient sur eux, c'était un malentendu. Il aurait voulu l'envoyer chez lui pour qu'elle attire

Abraham hors de son atelier, là, elle aurait pu avoir une certaine utilité.

Certes, peu importait Mick Damer, à vrai dire. Il n'était qu'un ennemi, en somme. Le pire, c'était que la femme l'avait humilié devant Mingus.

« C'est mes copains », dit faiblement Dylan. Il n'avait pas aussitôt prononcé ces mots qu'il s'avisa d'avoir une fois de plus loupé l'exam', c'était « Qu'est-ce tu regardes, putain ? » la bonne réponse. Cette phrase, lancée avec la vigueur nécessaire, les aurait peut-être ramenés en arrière, un instant avant que Mick Damer ne prononce les mots « petit blanc ». Alors peut-être, il aurait été invité à les suivre jusqu'à un dépôt de transit ou tout autre lieu dans lequel ils comptaient « graffer des trains », perspective aussi exaltante que terrifiante. Dylan n'aurait pas eu plus furieusement envie de graffer des trains s'il avait entendu cette phrase pendant des années, plutôt qu'une seule fois quelques instants avant. Et il avait El Marko dans son sac à dos pour les graffer, si seulement on lui laissait une chance de le sortir.

Personne d'autre ne pipa mot pour dire : « Madame, occupez-vous de vos oignons, putain » et Dylan vit que Mick Damer et ses deux compères, qui soulignaient chacune de ses vannes comme les rires en boîte d'un sitcom, avaient disparu. Envolés. Dylan avait manqué un épisode en gardant, dans sa perplexité, les yeux fixés sur la femme blonde, ce bref moment rêveur était celui qu'avait choisi Mick Damer pour s'éclipser, quitter le décor pimpant de ce parc si manifestement destiné à d'autres que lui. Comme pour avouer en silence que les soupçons de la femme, quels qu'ils fussent, étaient fondés. Ne restait que Mingus, encore s'était-il écarté de la table autour de laquelle les autres s'étaient assis, et de Dylan.

« Tu veux que je te raccompagne chez toi ? demanda la femme. Où est-ce que tu habites ?

– Yo, Dylan, mon pote, on se voit plus tard », dit Mingus. Il n'avait pas peur, se fichait éperdument d'affronter la femme blonde et ce qu'elle croyait savoir, voilà tout. Dylan sentait bien qu'elle ne présentait aucun intérêt pour Mingus. Sa propre mère ayant été achetée et emmenée moyennant un million de dollars, Mingus était immunisé contre les fantômes. « Te bile pas », dit Mingus. Il tendit la main pour que Dylan l'effleure du bout des doigts. « On se verra chez nous. Salut Dill. »

Sur ce, Mingus plaqua les bras contre les poches de sa veste comme s'il affrontait un vent violent et partit nonchalamment vers les arbres tachetés de soleil au bout du parc, en direction de Henry Street, du BQE, des chantiers navals, au hasard des endroits où il allait et où Dylan ne pouvait espérer le suivre désormais. Sa démarche était celle d'un infirme imaginaire, citation d'un truc amusant et profond qu'on aurait vu quelque part sans arriver à retrouver où, dans Mickey Rivers, Weird Harold ou Meadowlark Lemon. Il avait l'air d'une journée découpée et introduite dans une autre, d'un gribouillis de comic ou d'une ligne de basse incarnés.

C'est mon meilleur ami, avait-il envie de dire à la femme blonde qui, constatant que la réponse à son offre tardait à venir, considérait Dylan en plissant de plus en plus les yeux comme si elle s'était trompée, comme s'il avait été corrompu par la compagnie dans laquelle elle l'avait trouvé, un déclassé, un gamin qui ne valait pas la peine qu'elle lui vienne en aide.

Et c'est ce qu'il voulait être à ses yeux, corrompu, entaché de négritude.

Salope raciste.

Où est-ce que j'habite ? En rêve, Dylan répondit : « J'habite Wyckoff Gardens, la cité au coin de Nevins et de la Troisième, voilà où j'habite. Vous la connaissez, c'est celle qui crame tout le temps. Si vous voulez me raccompagner, madame, allons-y. »

Arthur Lomb et sa mère habitaient dans Pacific Street entre Hoyt et Bond, de l'autre côté de l'hôpital. La rue d'Arthur était d'une inquiétante étrangeté, vide de mômes, d'autobus, la haute cheminée de la blanchisserie de l'hôpital vomissait en silence un torrent de vapeur blanche dans le ciel, et l'épicerie du coin accueillait sur son trottoir une autre assemblée de vieux sur des casiers de bidons de lait, mais plus sérieuse, moins rigolarde, moins musicale que la bande du vieux Ramirez. Dans Pacific, les hommes maugréaient au loin, leurs doigts parcheminés déplaçant des dominos sur du feutre. Tout dans Pacific, y compris un chat gris qui détalait dans la rue, semblait plus lointain et rêveur. La rue aurait pu constituer le triangle des Bermudes de Boerum Hill, juste assez loin de Gowanus Houses, de la maison de redressement et du collège 293 pour n'être rattachée à aucun domaine en particulier. Sans rien résoudre à long terme, le perron d'Arthur Lomb n'en offrait pas moins une espèce d'oasis certains après-midi d'octobre quand Dylan et lui s'y installaient furtivement pour avoir la paix et disposaient un échiquier à l'ombre des volutes de vapeur s'élevant de l'hôpital.

« T'as Winegar en sciences, c'est ça ? Je te plains. Il est nul. T'as remarqué sa façon de se tripoter la moustache pendant qu'il parle aux Portoricaines qui commencent à avoir de la poitrine ? Ça me donne envie de gerber. Aucune importance, fais semblant de l'avoir à la bonne. Le prof de sciences, c'est un sésame pour se tirer d'ici, je vois ça comme ça. Laisse ton fou là où il est, c'est le seul qui m'empêche de te finir. Je te l'ai déjà répété mille fois, n'isole pas tes pions. »

Arthur Lomb s'asseyait une jambe repliée sous lui comme à la maternelle. Les monologues qu'il débitait sourcils froncés et lèvres pincées étaient des machinations poltronnes entrecoupées de digressions philosophiques et *vice versa*. Le ronron chevrotant de sa logorrhée semblait conçu pour vous conduire, au-delà du territoire où l'on risquait de lui enjoindre de la boucler ou même de le frapper, dans un royaume de perplexité éberluée devant ce plain-chant déversé comme la rumeur insignifiante du ça d'un pitoyable premier de la classe. Arthur Lomb était allé à Saint Ann jusqu'à ce que ses parents divorcent et que sa mère n'ait plus les moyens de l'envoyer dans une école privée. À présent, il était résolu à intégrer un des lycées publics spécialisés, avec de sévères critères de recrutement et un examen d'entrée. Arthur Lomb ne s'était jamais langui de l'école qu'il avait laissée derrière lui, de la compagnie d'autres petits blancs dont Dylan ne pouvait que présumer qu'ils l'avaient rejeté aussi violemment que les petits noirs du 293, à leur façon. Tout en lui relevait de la dure nécessité, soldat à découvert à la recherche de son prochain trou d'homme.

« Les seules matières qui comptent, c'est celles de l'examen d'entrée à Stuyvesant. Les maths et les sciences. On peut rater l'anglais, on s'en fout. Toutes ces histoires autour du bulletin scolaire, c'est de la blague, depuis le début. J'suis pas allé une seule fois en gym. Tu connais Jesus Maldonado ? Il a dit qu'il me péterait le bras comme un sucre d'orge s'il me chope seul dans les vestiaires. La gym, c'est du suicide, franchement. J'ai pas l'intention de me mettre en calecif où que ce soit à l'intérieur de cette école, c'est hors de question. Si j'ai besoin d'aller à la selle, j'attends d'être chez moi. »

Arthur Lomb et sa mère habitaient un appartement au dernier étage d'une maison de pierre brune et Arthur occupait la chambre du fond. Des piles impeccables de comics, tous sous couverture plastique, recouvraient des étagères basses dans sa chambre. Il les manipulait d'un air sombrement dédaigneux, et irradiait la réprobation quand Dylan tournait les pages trop vite pour avoir pu lire certaines bulles essentielles. Soigneusement archivés, ses comics n'en portaient pas moins de légères marques aux endroits où Arthur Lomb avait placé une mince feuille de papier pour décalquer les seins de la Wasp et de la Walkyrie au stylo-bille. La feuille recouverte de seins aux allures de parenthèses bleues qui en résultait était planquée comme un message secret en caractères chinois dans le tiroir du bureau d'Arthur. Dylan l'y découvrit pendant qu'Arthur préparait une assiette de biscuits à la farine de blé complet.

« Passe cet examen. Ta vie en dépend. Tu crois qu'ici ça craint, mais attends d'entrer au lycée. Si t'entres pas à Stuyvesant ou au moins à Bronx Science, t'es mort. C'est le principe de l'exam, les meilleures notes entrent à Stuyvesant, les suivantes à Bronx Science, à Brooklyn Tech en dernier recours. Sarah J. Hale ou John Jay, là-bas c'est quasiment la prison. Un prof s'est fait descendre à Sarah J. Hale, c'est passé à la télé. Algèbre, géométrie, bio. Demande à Winegar de te faire passer un examen blanc, je te le dis par gentillesse. Pour qu'il pense que tu l'aimes bien. Dis que tu veux participer à un projet scientifique pour la kermesse. T'es pas vraiment obligé de le faire. S'il sait que tu veux entrer à Stuyvesant, peut-être qu'il passera un ou deux coups de fil. Qu'il fera ce qu'il faut. »

Sur les mêmes étagères que les comics, Arthur Lomb conservait les éditions de poche de *Snappy Answers to*

Stupid Questions[1] d'Al Jaffe et *The Lighter Side* de Dave Berg. L'ironie mordante des dessinateurs de *Mad Magazine* semblait épouser à la perfection les idées acrimonieuses d'Arthur, rire de tout d'une manière pas drôle du tout. S'entraîner au sarcasme comme au karaté. Quitte par la suite à dissimuler sa fureur muette quand personne ne vous tendait la perche.

Les fenêtres de la chambre d'Arthur Lomb donnaient sur les portes de service et les arrière-cours mal entretenues et envahies d'ailantes des boutiques d'Atlantic Avenue, les fenêtres des appartements au-dessus des commerces, la maison de redressement au-dessus des toits, les bâtiments de la mairie et du tribunal de Brooklyn par-delà la prison, la trace des grands crocs de Manhattan visibles encore plus loin. Arthur Lomb observait depuis sa chambre avec une paire de jumelles. Quand le soir tombait, après leur inévitable partie d'échecs, Arthur et Dylan regardaient à la jumelle chacun à tour de rôle, n'épiant rien de particulier, en silence – une fois n'est pas coutume, jusqu'à ce qu'Arthur allume sa radio réglée sur une station de grandes ondes qui passait « Dream Weaver » ou « Fly Like an Eagle » en boucle.

Le plus souvent, pourtant, ils s'asseyaient sur le perron, et mesuraient l'incapacité de Pacific Street à reconnaître ses liens avec Bond ou Hoyt. Certains jours d'été ils auraient pu figurer dans un diorama pour le muséum d'histoire naturelle de l'Upper West Side, créatures abattues par Theodore Roosevelt puis empaillées et mises en vitrine : Dylan Ebdus, Arthur Lomb, Homo sapiens, Pacific Street, Brooklyn, 1976. Les journées étaient trompeusement immobiles, encalminées, au ralenti, Dylan ne pensait pas une fois à Mingus Rude ou à Dean Street, se contentait d'observer

1. *Comment répondre du tac au tac aux questions idiotes.*

le chat gris détaler sous une voiture, le déferlement hypnotique des nuées de vapeur de l'hôpital, le facteur qui lisait une revue sur un autre perron à mi-rue, se demandant combien de temps encore son incroyable détachement pourrait s'accommoder de la perte de centaines de parties d'échecs d'affilée contre un Arthur Lomb qui trichait ouvertement quoique sans remords.

Arthur Lomb qui se servait de ses deux mains pour pétrir et dégourdir sa jambe repliée, le cerveau tout bruissant derrière des yeux de gerboise consternés tandis qu'il se préparait à une énième digression.

« Ça tient pas debout d'être pour les Mets, les faits parlent d'eux-mêmes. Ils sont pas nombreux les gens de notre âge à connaître le passé, mais les Yankees sont tout simplement la plus grande équipe de toute l'histoire du base-ball pour ce qui est du nombre de titres, de joueurs entrés au Hall of Fame, etc. Tout ce qui touche aux Mets est un phénomène très récent. Mais y a tellement de mômes comme toi qui gobent tout ce qu'on leur raconte. Je maintiens que l'héritage des Yankees est incontestable.

– Mmh.

– Tu dois te demander pourquoi je mets toujours des chaussures. J'avais une paire de Pro Keds, mais des mômes me les ont chourées, j'ai dû rentrer chez moi en chaussettes, tu le crois, ça ? Ma mère m'en a acheté une nouvelle paire, cette fois, je les garde à la maison. D'après mes informations, c'est les Puma qui seront bientôt à la mode. Pour ceux que ce genre de choses intéresse : porter ce que tout le monde porte simplement parce que tout le monde le porte. Moi, c'est pas mon truc, franchement.

– Mmmh.

– Le film le plus drôle de Mel Brooks, c'est *Les Producteurs*, ensuite *Frankenstein Junior* et *Blazing Saddles*. Terri Garr est canon. Je plains ceux qui n'ont pas vu

Les Producteurs. Mon père m'a emmené voir tous les films comiques. Le meilleur de la série des *Panthère* est sans doute *Le Retour.* Le meilleur Woody est *Tout ce que vous avez toujours voulu savoir sur le sexe sans jamais oser le demander.* »

Opinion, opinion, Arthur Lomb donnait sans cesse son opinion, faisait connaître son avis, dressant un répertoire que personne ne consulterait jamais. Tel était le fardeau de Dylan, sa croix : cette accumulation de connaissances sur l'attitude avantageuse d'Arthur Lomb à l'égard d'une infinité de questions. Il savait devoir porter cette croix parce que son propre cerveau bouillonnait de pédanterie, d'impétueux enfantillages qui menaçaient de se déverser à tout moment. Ainsi, supporter Arthur Lomb était le châtiment que Dylan subissait à l'avance parce qu'il aurait très bien pu être aussi emmerdant que lui.

« Déploie tes pions ou bien Hulk va frapper. »

De temps à autre, Dylan voyait un coin du voile se soulever, et entrapercevait le brasier de colère qui brûlait en Arthur Lomb. Dylan ne s'en offusquait pas. Il estimait l'avoir bien mérité, en vertu de ce même principe de similarité qui était d'ailleurs à l'origine de leur inévitable amitié. De même que Dylan, puisqu'il portait en lui des tendances semblables, devait se soumettre à l'ennui que dégageaient les airs poseurs d'Arthur, de même en allait-il de ces braises de rage entraperçues.

« J'ai pas pu m'empêcher de remarquer l'autre jour que tu discutais avec ce Mingus Rude, après les cours. A-hum, regarde bien l'échiquier, tu vas encore te ramasser. Tu continueras à déguster tant que t'auras pas appris à roquer. Comme je disais, je t'ai vu parler à Mingus Rude, il est en quatrième, comment ça se fait que tu le connaisses ? Parce qu'on peut pas dire qu'il soit souvent à l'école. N'empêche, ça doit avoir de bons côtés d'être ami avec, heurrgh, ce genre de type. »

La tirade d'Arthur Lomb portait comme un petit bourrelet cicatriciel, un temps d'arrêt caractéristique dans la respiration, à l'endroit où il avait omis le mot « noir » d'une phrase mais pas de la pensée qui avait donné naissance à cette phrase. Et ce temps d'arrêt, sembla-t-il à Dylan, résumait tout Arthur, faire à une carte qu'on n'a pas jouée un tel sort qu'on révèle tout son jeu.

« Comment tu connais le nom de Mingus ? » s'entendit demander Dylan. Il s'était concentré sur la partie pour une fois, attendait qu'Arthur veuille bien roquer avec son ostentation habituelle, mais prêt, cette fois, disposant d'une parade. Distrait, il avait laissé échapper une question qui trahissait son désir de possession de Mingus, sa jalousie. Il suffisait d'écouter Arthur Lomb tous les après-midi pendant un mois pour perdre à son tour la faculté de déguiser sa pensée, c'était le prix à payer.

« Oh, plein de types parlent de lui », dit Arthur l'air désinvolte.

Dylan ne pouvait imaginer quels types se montreraient jamais en conversation avec Arthur Lomb à l'école, plutôt que de lui faire les poches pour lui piquer sa monnaie. Dylan lui-même évitait Arthur dans l'enceinte de l'école, ne le retrouvait qu'après les cours pour leur fuite jusqu'à la sécurité de Pacific Street. Aux yeux de Dylan, on pouvait mesurer l'ampleur de la solitude et du désespoir d'Arthur au fait qu'il acceptait cet humiliant silence. Alors, plein de types, lesquels ?

« Ouais, ben, je le connais d'avant », répondit Dylan, qui se tut avant qu'il soit trop tard. Qu'Arthur se débrouille avec ça. Dylan avança son cavalier en réponse au roque d'Arthur. Il avait poussé la pièce l'air de rien mais son cœur battait la chamade. Arthur ne prêtait pas attention aux cavaliers, ça n'avait pris à Dylan qu'un petit millier de parties pour s'en apercevoir.

« D'avant quoi ? » dit Arthur avec une pointe de sarcasme. Il poussa un pion l'air absent, et se renfrogna en détachant son regard de Dylan et de l'échiquier pour le diriger vers Hoyt Street, cherchant peut-être la réponse du tac au tac appropriée.

« Échec », annonça Dylan.

À présent, Arthur considérait l'échiquier en fronçant les sourcils, et promenait rapidement ses yeux pour examiner ce rebondissement inattendu.

« Ce pion, il est là ou là ? demanda-t-il.

– Quoi ? »

Arthur montra du doigt, Dylan se pencha. Soudain un coin de l'échiquier se souleva. Puis l'onde qui parcourait les pièces se mua en explosion, et tout s'éparpilla, le roi condamné d'Arthur dégringola jusqu'à la rue, son claquement mat sur les marches du perron trahissant la matière plastique.

« Regarde ce que tu me fais faire, dit Arthur Lomb.

– Tu l'as renversé. »

Arthur ouvrit les mains : fais-moi un procès.

« J'étais sur le point de te battre.

– On pourra jamais savoir, maintenant.

– Tu gagnes tout le temps et tu supportes même pas que je te batte une fois ! »

Arthur Lomb se caressa pensivement le menton. « En fait, je pense qu'on se dirigeait plutôt vers une partie nulle. Tu devrais pas t'emballer, Dylan, il te faudra peut-être longtemps avant de me battre. Mais ton jeu s'améliore. Je te félicite. T'as saisi quelques petits trucs, c'est indéniable. À propos de saisir, ha, ha, tu pourrais aller ramasser le roi ? J'ai l'impression que ma jambe est tout engourdie. »

Deux hommes, deux pères. Deux pères chassés de leur tanière, en route pour Manhattan, une fois n'est pas coutume, habillés en prévision de la pluie qui menace, s'étant rasé le menton pour produire une certaine impression symbolique sur les cibles de leur expédition, foulards noués autour du cou avec un petit coup d'œil au passage dans le miroir de l'entrée, avant de surgir hors de leur cachette, dans la rue. Deux pères qui soupirent en s'engouffrant dans l'escalier du métro pour affronter la foule grouillante qui joue des coudes sur les quais, franchir le portillon qui s'ouvre d'une saccade et s'accrocher d'un air las à une lanière ou une barre dans une rame grinçante et clignotante. L'un apporte des preuves, un carton à dessin granité noir fermé par des cordons, l'autre a les mains vides, sa gorge et son souffle en guise d'instrument, transportés dans la valise de sa poitrine. Deux pères font un bout de chemin dans deux rames différentes, puis, arrivés à la station, Times Square pour l'un, la Quatrième Rue Ouest pour l'autre, battent le pavé de leurs semelles de cuir, désormais à l'air libre, sur la grande île, deux pères se débrouillant dans les infrastructures croulantes et détraquées d'Abe Beam en cette année des Grands Voiliers[1]. Deux pères qui clignent des yeux un peu perdus, découvrant avec surprise à quel point ils sont devenus des reclus, à la dérive dans leur solitude de Dean Street, Brooklyn devenu un état d'esprit s'éloignant un peu plus chaque jour de Manhattan, véritable dérive des continents. Deux pères à qui il revient brièvement et comme malgré eux en mémoire qu'ils ont été des êtres moins morbides, d'une sensibilité moins

1. En 1976, Abe Beam, alors maire de New York, fêta le bicentenaire de la ville en faisant parader dans le port de nombreux voiliers du XVIIIe siècle.

hypertrophiée, tandis qu'ils avancent hébétés, croisant une succession de visages au long des rues de cette fin d'octobre, deux pères qui comprennent être les seuls à reconnaître, dans ce défilé, des gens par erreur – Toi ! T'étais pas au City College ? Tu t'appelles pas Charles… Charles comment déjà ? – parmi la multitude terne qui arpente Manhattan quotidiennement, multitude mithridatisée contre les associations libres de cette hyperstimulation. Deux pères qui s'ébrouent, se contraignent à lutter contre leur propre naïveté, retournent à leurs missions citadines en tous points semblables, sous la pluie froide qui commence à tomber. Deux pères qui pressent le pas, rappelant à eux leur être professionnel, leur place dans le monde. Deux pères qui se trouvent là pour une raison précise, après tout, pour traiter une affaire, pas pour une promenade futile.

Un père s'immobilise tout à coup, se penche sous un parasol pour échanger cinquante cents contre le hot-dog d'un marchand ambulant, autre rituel disparu, inexistant dans son coin de Brooklyn, le périmètre habituel de ses trajets. Il cale le carton à dessin plein de planches sous un bras, puis se libère les mains, décolle le papier paraffiné pour consommer la saucisse enduite de moutarde en quatre bouchées avalées plus que mastiquées. Le casse-croûte irradiant agréablement au creux de l'estomac, mais l'haleine peut-être chargée, le père qui a englouti le hot-dog reprend conscience de l'impression qu'il produira et s'arrête de nouveau à un kiosque à journaux pour acheter du chewing-gum à la menthe. À une quarantaine de rues de là, vers le sud, l'autre père lui aussi tiraillé par la faim, tenté par les effluves sirènes qui flottent dans la brume froide, manque s'arrêter devant une voiture semblable offrant des saucisses plongées dans l'eau bouillante et des beignets gras posés sur un gril, mais se contente de se tapoter l'estomac à cette odeur et poursuit son chemin, comptant par avance sur le festin qui, lui a-t-on promis, l'attend au studio d'enregistrement, petits pains de maïs, poitrine de bœuf grillée, riz et haricots rouges de chez *Sylvia*, paraît-il.

Deux pères qui, parvenus à destination, s'arrêtent sur le seuil. La pluie tombe de biais, à présent, portée par le vent, les pressant d'écourter leur réflexion. Deux pères poussent un profond soupir. L'un monte dans l'ascenseur d'un immeuble de bureaux de la Quarante-neuvième Rue et appuie sur le bouton du dix-septième étage. L'autre jette un coup d'œil par un hublot, avant de sonner à la porte du studio d'enregistrement compact de la Huitième Rue Ouest, un endroit répondant au nom d'Electric Lady.

Par ta présence ici, tu reconnais que tu existes.

Par ta présence ici, tu reconnais que tu as besoin de quelque chose.

À moins que tu essaies de te dire que tu le fais pour le petit.

Un père fait les cent pas devant le comptoir de l'accueil, préférant attendre debout le directeur artistique du deuxième éditeur de science-fiction de la ville dans le domaine du livre de poche, pas l'officine de Belmont Books, Belmont Books dont les chèques ont trois mois de retard, dont les locaux du quartier du prêt-à-porter ne logent que six employés en chemise tachée de bouffe livrée par le traiteur chinois, non, une vraie maison d'édition, avec réceptionniste revêche, caramels dans un bocal et téléphone à trois voyants clignotants. L'autre père, vers le sud de l'île, quittant la rue remplie de surplus d'articles de cuir et de jeunes vagabonds blancs est accueilli dans l'étrange forteresse de brique par l'ingénieur du son contrit qui lui explique que les autres sont à la bourre, mais rien de grave, entre. Le mec te connaît et adore ce que tu fais, le dit bel et bien, rare chez cette engeance qui déguise d'ordinaire son admiration, préférant jouer les techniciens cool à qui on ne la fait pas. Bien, bien. Ce père-là hoche froidement la tête, il en veut à ce mec de se sentir tout con parce qu'il est en avance, parce qu'il est arrivé le premier.

Deux pères qu'on laisse donc mijoter dans leur jus plus qu'ils ne s'y attendaient. Puis, dans le nord de l'île, le directeur artistique paraît et serre la main du père, c'est un type en gilet de laine qui mâchonne une pipe éteinte, dont tout l'être respire le cadre bien nourri et branché, tandis qu'au même instant, plus au sud, les portes de l'Electric Lady s'ouvrent à la volée pour livrer passage à toute la bande sortie de la limousine blanche rangée au bord du trottoir, lunettes à la Elton John, galures de mac et boas, le bassiste dans sa combinaison d'astronaute en satin boursouflé avec épaulettes et ceinture, habillés comme ça simplement parce que c'est comme ça qu'ils s'habillent, pas pour la scène ou une séance photo mais parce qu'ils sont une bande de bouffons qui se prennent tout à la fois pour Jimi Hendrix, Sly Stone et Marvin le martien – et le père se force à se rappeler qu'il les connaît, que ces mecs l'aiment bien et que c'est pour ça qu'il est là, ils ont vécu la même histoire. Merde, quoi, tous – jusqu'au dernier de ces guignols et lui-même – ont été sous contrat avec Motown dans le temps.

Vas-y que je te prends par le coude pour te conduire à l'intérieur en disant : « Enchanté, Ebdus. Je sens qu'on va bientôt tous les deux se réjouir de votre appel. »

Vas-y qu'on se tape dans les mains en haut, en bas, et qu'on tient à s'acquitter de tout le rituel à la con, en déclarant : « Putain, pas moyen de sortir du lit ce matin ! Mais nous voilà ! Tu vas l'adorer ce putain de morceau, y a pas à chier. »

« Vous valiez déjà mieux que Belmont avant même d'avoir commencé à travailler pour eux, mon cher Ebdus. N'allez pas croire que votre travail n'ait pas été remarqué par tout le monde dès sa parution. Le monde de l'édition n'est pas si grand que ça, une fois qu'on y est entré. C'est comme au lycée, les cadors tout le monde les repère tout de suite. Franchement, je ne comprends pas du tout pourquoi vous ne vous êtes pas directement adressé à nous. »

« T'en fais pas pour ces conneries de droits, mon vieux. On mettra un autre nom sur la pochette, on t'appellera, euh, Pee-brain Rooster. Ça te va ? Il suffit d'avoir des oreilles pour te reconnaître dès que t'ouvres la bouche, t'sé. Ça fait pas un pli, putain, avec la voix que t'as, mon salaud. On s'occupera plus tard des conneries de droits, on va pas s'emmerder avec ça. »

Ce qu'un père ne dit pas, c'est que par sa seule présence il reconnaît qu'il s'est lancé dans ce qu'il faut bien appeler une carrière. L'accord passé avec Belmont, c'est ce qu'il s'était toujours dit avec une logique qu'il s'avouait perverse, était une espèce de faveur accordée à Perry Kandel : permettre à son vieux prof de croire qu'il l'avait réintroduit dans le monde. La bonne blague. Sans compter que les numéros spéciaux de New Belmont impliquaient un engagement limité dans le temps, une série qui se terminerait. Mais passer ce coup de fil et se présenter à ce rendez-vous revenait à reconnaître qu'il est désormais illustrateur de livres de poche, artiste commercial. Et être accueilli à bras ouverts signifiait malgré tout le mépris dans lequel il avait trempé ses pinceaux, que son travail était plutôt acceptable. Son savoir-faire avait séduit et l'avait conduit là, on avait tenté de le séduire par des louanges. Dans l'ascenseur, il aurait juré avoir entendu le rire étranglé et sarcastique de Perry.

Ce que l'autre père ne dit pas, c'est que tout en enviant la liberté de ces types sapés comme des macs de dessin animé et des super-héros, tout en laissant une part de lui penser *Merde, pourquoi moi non plus j'me suis pas laissé tenter par toutes ces guignolades, pourquoi faut toujours que je reste tellement coincé dans le système Philly, putain*, une autre part de lui-même pense que les chœurs et l'instrumental de ce morceau ne valent rien. Le funk, c'est de la soul sous acide, pour le meilleur et pour le pire ; aujourd'hui pour le pire. Ce morceau part dans tous les sens, aussi mou, à sa façon, que du disco. Du disco porno, voilà ce que c'est. Il espérait broder sur fond d'harmoniques, mais les harmoniques ne valent rien, et pour la première fois depuis qu'il a quitté les Subtle Distinctions, leurs voix douces et serrées lui manquent, leur façon de déployer cet élégant et soyeux matelas sonore qui donnait naissance à ses rhapsodies, ses envolées.

« Vous voulez une tasse de café ? Il n'est pas mauvais, en fait. »

« La bouffe va bientôt arriver. On se fait une petite ligne ? »

« Quelque chose ne va pas ? »

« Si t'as besoin de quoi que ce soit, t'as qu'à demander, tout ce que tu voudras. »

Pères, Ô pères, pourquoi cette mine sévère ? Aujourd'hui vous êtes sortis de chez vous, de votre planque, on vous a accueillis chaleureusement. Souriez, pères. Détendez-vous. Aujourd'hui, ce monde veut de vous.

9

Au terme d'un autre hiver, lion mué en agneau, un jour il vient se coucher là sous le soleil et les ombres allongées, y reste pour de bon, roulé en boule au coin d'Atlantic et Nevins sur une dalle du trottoir à deux pas de la rue, devant le magasin de vins et spiritueux toujours ouvert et le serrurier toujours fermé. Souillé de l'intérieur, mariné dans le vomi, l'urine et la sueur qui ont noirci son pantalon, il est immobile comme un homme des tourbières ou une momie conservée sous verre, les yeux clos et la bouche raidie, bras enroulés autour du buste, à lutter contre le froid vieux d'une semaine, quand il est arrivé là. Il se blottit comme à l'abri même du temps, souffre de l'hiver qui est déjà passé, sa posture véritable chronique de la douleur, rictus de tout le corps figé sous le soleil. Sur ses épaules et calé sous ses fesses, un fin sac de couchage pour enfants en matière synthétique, frêle protection qui l'a pourtant aidé à s'en sortir puisqu'il est vivant. Les deux coins du sac de couchage sont des lambeaux effilés, découvrant un rembourrage cotonneux noirci par la crasse de la rue, et les deux lambeaux forment un nœud sous son menton grisonnant qui fait curieusement ressembler la chose à une cape de super-héros.

L'homme volant par terre, son avenir prévisible.

Le type a l'air mort, si vous voulez mon avis.

Pourquoi ? Comment est-ce possible ? Le Boerum Hill d'Isabel Vendle avait été proclamé « secret le mieux gardé de la ville » par le *New York Magazine* du 12 septembre 1971. L'embourgeoisement – dites le mot, pas de quoi avoir honte, mais alors qu'est-ce que cette victime du coma éthylique fait là, offerte aux regards ? Comment se fait-il que personne ne s'inquiète ni ne lui touche l'épaule pour vérifier qu'il bouge encore, qu'il vit encore, comment se fait-il que personne n'appelle les flics ?

Est-ce parce qu'il est noir ?

Peut-être Atlantic Avenue, entre Nevins et la Troisième, n'est-elle pas tout à fait Boerum Hill. Peut-être est-ce Gowanus ou quelque entité qui ne porte pas de nom. En tout cas, cet embourgeoisement est étrange, lent, et loin d'être aussi cohérent que l'avait espéré Isabel Vendle. Il y a un groupe d'antiquaires sur Atlantic à présent, entre Hoyt et Bond, des familles nouvelles dans Pacific et Dean, et Bergen aussi. Pas Wyckoff, Wyckoff est trop proche de la cité, rien à espérer. Et puis il y a les communautés. À supposer que personne ne retienne Patty Hearst dans un sous-sol de Dean Street, elles sont plutôt inoffensives, un hôte valable. Des enthousiastes qui ne doutent de rien ont ouvert un restaurant français dans Bergen et Hoyt, sont peut-être allés un peu vite en besogne quoique ça vaille le coup d'essayer. Même State Street, tellement proche de Schermerhorn, de la maison de détention et du sud de Brooklyn qui se délabre à vue d'œil, même State a droit à une belle petite recrudescence de rénovations d'immeubles.

Il existe pourtant bel et bien, fruit d'un sortilège, d'une atmosphère lugubre. Les familles blanches ne cessent d'affluer ces temps-ci, désormais trop nombreuses pour être comptées, mais dans l'ensemble elles restent une illusion, une projection calculée par la volonté d'Isabel. Les rénovateurs – appelons-les ainsi, c'est plus poli – sont une bande de fantômes venus du futur hanter le présent du ghetto. Ils sont une suggestion, une ébauche. Ils pourraient disparaître en un clin d'œil.

Un ghetto ? Le terme est-il approprié ? Tout dépend de la rue qui vient à l'esprit dans cet ensemble d'éléments disparates. Prenons de la hauteur, comme l'homme volant quand il en était encore capable. Observons. Par ici, la Quatrième Avenue est une vaste tranchée de bâtiments industriels en ruine, d'ateliers de carrosserie remplis de voitures graisseuses, d'entrepôts tagués et abandonnés, de trottoirs jonchés de verre brisé permettant de reconstituer les incidents nocturnes devant les traiteurs chinois, magasins de vins et spiritueux, épiceries, tous servant le client derrière la fente ou le tiroir d'un bouclier de Plexiglas. À l'autre extrémité, Court Street est de longue date la réserve des Italiens, sous l'emprise d'une mafia feutrée, vieux principes imposés à coups de batte de base-ball et de pneus crevés, au bout de laquelle se dresse la courbe de la voie rapide Brooklyn-Queens qui dessine un rideau de fer partageant ce qui fut Red Hook. Au sud, le canal de Gowanus n'est plus qu'une friche remplie de toxines enterrées ou immergées et de lambeaux de caoutchouc fumant, pendant qu'Ulano, l'usine de solvants, ressemble à une locomotive longue comme la rue, ses fenêtres pareilles à des yeux bridés qui expulsent de nouvelles toxines invisibles et alimentent les légendes de lésions du système nerveux ou de tumeurs au cerveau. La cité, Wyckoff Gardens et Gowanus Houses – bah, c'est la cité, avec ses propres règles, telles des météorites du crime qui se seraient écrasées en pleine ville, et dont la température serait encore trop élevée pour qu'on puisse les approcher. La prison qu'on appelle maison de détention, léger euphémisme auquel il est quand même bon de se raccrocher. Alors, les rues aux petits immeubles de pierre brune qui font le lien avec cette périphérie – Wyckoff, Bergen, Dean, Pacific – un ghetto ?

Appelons-les « le secret le mieux gardé de la ville ».

Nevins possède un patrimoine unique, qui débouche d'un côté sur Flatbush Avenue et descend de l'autre au beau milieu de Wyckoff Gardens, en passant devant la maison de redressement, le service des cartes grises, Schermerhorn Park, et le dispensaire de Nevins, sur les marches duquel des poivrots se rassemblent pour saluer les mères bénéficiant de l'aide sociale qui entrent et sortent du centre, et tirer des mômes criards par le bras comme le fil d'un yo-yo. Et ceci, connu de tous mais généralement tu : Pacific Street à la hauteur de Nevins est un endroit où la prostitution est tolérée. Quelque manquement à la loi l'a rejetée dans ce coin où, passé onze heures du soir, on peut repérer une passante seule, parfois deux à l'ombre de l'école publique 38, lançant des appels langoureux au promeneur solitaire par une nuit tranquille. Quelques coups de fil indignés aux autorités locales entraînent des promesses et rien de plus. À ce mystérieux stade où pareils arrangements civiques sont pris celui-là est irrévocable, même si le quartier s'embourgeoise rapidement de toutes parts. La police révèle donc là son scepticisme, insensible aux préoccupations des agents immobiliers. Ce secteur est officiellement répertorié sur leur carte d'état-major secrète du désespoir.

Alors peut-être est-ce en vertu de ce même principe que l'ex-homme volant s'est vu autorisé à reposer en paix pendant des semaines dans sa posture fœtale au coin de Nevins et d'Atlantic. Il y est encore le dernier samedi de mars, quand passent le petit noir et le petit blanc. Oui, ils sont de nouveau ensemble, cette étrange paire intermittente, leur solidarité prêtant à confusion pour le passant, zeste de symbolisme utopique, qui sait, oui, quelque chose qui aurait pu servir de sujet à Norman Rockwell, mais sans négliger le fait que ces deux-là ont l'air sournois, voire défoncé, se dirigent immanquablement, à moins qu'ils n'y soient déjà plongés jusqu'au cou, vers toutes sortes d'ennuis liés au mélange des couleurs. Même ceux qui ne les voient pas sortir discrètement de leur veste, puis les y remettre, des marqueurs à mèche de feutre aplatie imbibée d'encre violette, sentent bien qu'il y a quelque chose qui cloche. On est à Brooklyn, l'intégration ne se fait jamais sans raison. Qui se moque de qui ? Si les flics étaient vigilants, ils sépareraient cette paire simplement pour le principe.

Le petit blanc et le petit noir font le pet chacun son tour pendant que l'autre tague. Les choses se sont radicalement simplifiées : le petit blanc a cessé de se chercher un surnom, s'est plutôt vu inciter par le petit noir à reproduire la parfaite imitation de son tag. DOSE, DOSE, DOSE. Cette solution leur convient à tous deux. Le petit noir voit son tag se répandre davantage, dans sa quête d'une ubiquité vantarde, ce minimum requis pour qu'un dessinateur de graffitis puisse espérer être reconnu. Le Roi de la ligne C, par exemple, n'est qu'un minable tagueur qui ne sait pas quoi faire de ses mains et qui a reproduit le banal CE sur chaque vitre de chaque voiture des rames de la ligne. Ce genre de réussite est aussi incontrôlable que mécanique et fruste. Les tagueurs rivalisent comme des virus, par pure prolifération.

Qu'y a-t-il à gagner pour le petit blanc ? Disons qu'on lui a permis de fondre par ce biais son identité dans celle du petit noir, de se débarrasser de sa niaiserie de petit blanc funky en donnant l'illusion que lui et son ami Mingus Rude sont DOSE tous les deux, ni plus ni moins. Une équipe, un front uni, une signature, un concept. Sa maîtrise du trait, affinée par un millier de spirales de Spirographe, et son don d'imitateur

– Peux-tu dessiner Tippy ? – ont rendu un fier service au petit blanc. Son rendu de l'emblématique DOSE a gagné en netteté, en spontanéité, s'est perfectionné – il est désormais sans bavures et son trait plus sûr que celui du petit noir. Un coup de main, rien de plus, rien d'impossible à acquérir pour quiconque s'exerce un milliard de fois dans l'attente de cet instant.

Le marqueur est à présent entre les mains du petit noir. C'est le petit blanc qui surveille. Le petit noir trace DOSE au pied du feu de signalisation au coin d'Atlantic et Nevins, et sur le rideau de fer baissé du serrurier. Puis il se retourne et observe la silhouette recroquevillée près du tournant. Ils l'observent tous les deux. Le clodo – c'est le mot qui leur serait venu à l'esprit s'ils avaient pris la peine d'en chercher un – est endormi ou mort dans ce coin depuis assez longtemps pour qu'ils l'aient remarqué à plusieurs reprises. C'est la première fois qu'ils l'aperçoivent ensemble, et le fait d'être ensemble les oblige à prêter attention à la silhouette d'une autre façon que s'ils étaient séparés.

Le petit blanc éprouve des sentiments que ne partage pas le petit noir. Le petit blanc a déjà vu ce clodo-là sous un jour meilleur, l'a vu dans le ciel, aussi bête que cela puisse paraître. Il ignore si son ami Mingus dispose de cette information, et ignore par où commencer s'il lui venait l'envie de l'expliquer. En l'occurrence, il est seulement plongé dans une espèce d'hébétude mêlée de peur.

Le petit noir pince les lèvres, en proie à une brusque honte : évidemment, c'est un noir qui est là dans la rue, ça va sans dire. Pas un Latino. Quelle que soit la quantité d'Hispanos soiffards qui sortent des meublés de Dean Street, ils finissent toujours par rentrer chez eux en titubant, à dormir dans un lit, à se changer, à toucher les allocs, et à remettre ça. De toute façon ce n'est pas un blanc, faut pas rêver.

« Vise un peu, dit le petit noir.

– Quoi ? » dit le petit blanc.

Le petit noir coupe le souffle du petit blanc en s'élançant avec une audace merveilleuse. Il tient le marqueur décapuchonné. Le sac de couchage plastifié qui s'étire sur le dos du clodo est luisant malgré la saleté, brillance qui se prête à l'application du marqueur. Le petit noir s'agenouille devant la forme puante et se met à taguer, y parvient malgré le frottement de la mèche sur la matière synthétique noircie : la mission est accomplie en un instant et ils détalent tous les deux, stupéfaits.

DOSE est inscrit sur le dos du clodo.

« Fonce !

– Il bouge pas. Oh, merde ! Vise un peu !

– Amène-toi ! »

C'est fini, ils ont assez tagué pour aujourd'hui, rien ne pourrait égaler ça de toute façon. Ils descendent Nevins ensemble, pantelants et hilares, ivres de leur sinistre blague, de la démonstration de leur nouvelle et dangereuse capacité de s'approcher des semi-zombies de ce monde pour leur coller un logo.

Ils arrivèrent en retard et furent obligés de s'asseoir séparément et à distance. Dylan prit place devant, au second rang. Son père avait insisté pour qu'il choisisse le siège le plus rapproché, lui-même s'était assis plus loin et à l'extrême gauche de la salle de conférences. Dylan comprit qu'il était censé apprécier cette vision rapprochée du cinéaste expérimental Stan Brakhage, qu'Abraham considérait sobrement comme un « grand homme », un « type magnifique ». Le sujet de la conférence était la peinture sur pellicule. Dylan en avait ignoré jusqu'à l'existence en dehors de l'œuvre d'Abraham et ne se serait jamais douté qu'une telle foule occuperait toutes les incommodes chaises métalliques pliantes de la salle pour en entendre parler.

En fait, Dylan trouva le discours de Brakhage passionnant, même s'il n'y comprit que pouic. Brakhage avait du charisme, de l'éloquence, et rappelait l'Orson Welles de la télé. Comme Welles, il irradiait une splendeur à la fois distanciée et profondément sereine, et semblait à peine conscient du parfum d'adulation qui flottait dans la salle. Le point faible de la présentation fut que Brakhage s'exprima rarement. Il resta assis à siroter son eau en papillonnant du regard, observa le public, resta silencieusement en retrait d'un panel de jeunes gens qui discoururent laborieusement et à tour de rôle de la signification de ses films. Leur ton irritable et dédaigneux échouait à masquer (mais c'était peut-être voulu) leur conviction d'être seuls à pouvoir comprendre l'œuvre du réalisateur. Dylan se faisait chier, comme disait Rachel, à mort.

« Je vois plutôt mon travail comme la tentative de réinventer une esthétique, de libérer le cinéma des arts et des idéologies qui l'ont précédé », déclara Brakhage quand on lui en laissa enfin l'occasion. Ses mots cascadèrent dans la salle, entrèrent en résonance avec des esprits tellement captivés par leur interlocuteur qu'ils étaient presque en ébullition. Dylan y fut également sensible. Il se retourna vers son père, captivé lui aussi, distillant des ondes d'amour et de colère vers l'estrade. « Réinventer quelque chose qui puisse aider toutes sortes d'hommes et de femmes à faire évoluer la sensibilité humaine. »

La salle de conférences du sous-sol de Cooper Union, avec son plâtre écaillé et son éclairage au néon, était comble à présent et n'offrait plus aucune place assise. Dylan s'agita sur son siège, mais il n'était pas le seul. Le type assis à côté de lui réduisit une tasse de polystyrène en confettis qui retombèrent en neige pour s'amonceler entre ses pieds qui battaient la cadence. Le massacreur de polystyrène n'en pouvait sans doute plus de se retenir de poser une question aux types qui étaient sur l'estrade. Peut-être pensait-il avoir sa place parmi eux. Partout, les chaises grinçaient.

« Je crois au chant, dit Brakhage. C'est ce que j'ai envie de faire et je le fais par pur égoïsme, poussé par le besoin de trouver ma voix, une voix comparable au chant et liée à l'ensemble de la vie animale sur la terre. Je suis ému et attiré par toute la gamme des chants du loup qui hurle à la lune, par le chant des chiens du voisinage, et je souhaite, en toute humilité, joindre mon chant aux leurs. »

Quand la tension dans la salle fut à son comble et la tasse de polystyrène entièrement émiettée, le déchiqueteur assis à côté de Dylan se leva d'un bond et interrompit le ronron des intervenants d'un tonitruant : « Et Oskar Fischinger, alors ? Aucun de vous n'a mentionné l'importance de Fischinger ! »

Ayant ainsi jeté le gant, il resta debout, frémissant, s'attendant sans doute à voir le public prendre son parti et se précipiter rageusement derrière lui à l'assaut de l'estrade.

« Je crois que personne ici ne nie l'importance de Fischinger, répondit l'un des intervenants, sur un ton ouvertement sarcastique. Je ne vois vraiment pas le rapport.

– Peu importe Fischinger », fit une autre voix. C'était Abraham Ebdus. Il s'exprimait de son coin sans quitter sa chaise, et plus posément que le déchiqueteur qui était encore debout. « Peut-être que le moment est venu de parler de Walther Ruttman. »

Silence sur le podium, uniquement ponctué par le léger hochement de tête entendu de Brakhage, qui semblait vouloir dire : « Ruttman, oui, Ruttman. » Le déchiqueteur se rassit, dompté.

Alors, du fond de la salle qui retenait son souffle, un nouveau cri retentit : « Rien à foutre de Ruttman ! Et Disney, alors ? »

Il en résulta une clameur de soulagement, parce qu'il n'était réjouissant pour personne de comprendre à quel point on savait peu de chose de Fischinger et de Ruttman. La discussion se perdit dans une confusion de voix et de rires. Puis Brakhage ramena le calme et commença à répondre aux questions du public. L'hostilité se dissipa quand Brakhage mit d'autorité les intervenants et l'auditoire sur un pied d'égalité. Réduits au silence, les jeunes gens furent plus ou moins pardonnés d'être sur l'estrade.

Pardonnés de tous à l'exception probable d'un seul, Abraham.

Après le débat, Brakhage fut assailli au pied de l'estrade. Abraham aperçut Dylan pris dans les remous de la foule, l'attrapa par la main, et ils se dirigèrent ensemble vers la sortie. Dylan sentit l'inexprimable fureur qui couvait dans le cœur de son père, sentit qu'elle l'enveloppait comme un cocon pendant qu'ils descendaient l'escalier du métro à Astor Place, attendaient sur le quai, empruntaient la ligne 6, sentit qu'elle les coupait des autres passagers de la nuit, dont la tête pendue à la tige lasse qu'était leur corps dodelinait au rythme de la rame, sentit qu'elle les coupait de la ville entière.

Dylan s'imprégnait de la contrariété de son père. La démonstration de la grandeur de Brakhage qu'Abraham voulait faire à son fils ne s'était pas passée comme prévu, pas plus que celle de son affinité à lui, Abraham, avec le grand cinéaste, cet homme qui était son mentor secret, son étoile Polaire. Peut-être y avait-il trop de monde. Peut-être une seule personne en dehors de Brakhage, d'Abraham Ebdus et de son fils eût-elle déjà été de trop. La soirée était plus ou moins fichue dès qu'il était apparu que, loin de souffrir du même déficit de reconnaissance qu'Ebdus, Brakhage était en fait reconnu de tous.

Ou peut-être était-ce tout simplement la faute du connard qui avait gueulé « Disney » pour amuser la galerie.

Son humeur persista à Brooklyn Bridge sur le quai de la ligne 4, ultime piqûre d'amour-propre rappelant que la 6 ne se donne pas la peine d'aller jusqu'à Brooklyn, persista quand ils sortirent à Nevins pour rentrer à pied sans un mot à Dean Street, retrouver leurs lits et l'oubli de cette soirée ratée. Cela aurait pu durer ainsi jusqu'à la maison, Abraham dans sa bulle de rage contenue, s'ils n'étaient pas tombés sur le clodo tagué, toujours roulé en boule au coin d'Atlantic.

Dylan lui jeta un coup d'œil au passage. L'ex-homme volant, toujours dans sa posture de momie, donnait pourtant l'impression de s'être rapproché du caniveau. DOSE miroitait sur son dos transformé en écriteau, dans la lumière d'un réverbère.

Abraham Ebdus leva les yeux du trottoir qu'il contemplait sombrement, pour suivre le regard de Dylan sur le dos du clodo. Il s'arrêta net.

« C'est quoi, ça ?

– Quoi ? laissa échapper Dylan.

– Ça, là. » Abraham montrait impitoyablement et sans la moindre hésitation l'inscription DOSE sur le sac de couchage éclairé.

« C'est rien.

– Qu'est-ce qui est écrit ?

– J'en sais rien, déclara Dylan, sans grand espoir.

– Tu le sais très bien, dit Abraham. Tu l'écris tout le temps sur ton cahier de brouillon. » La voix d'Abraham se fit plus assurée, dessinant les contours de sa colère. « Je l'ai vu. C'est le mot que Mingus et toi inscrivez partout. Tu crois que je remarque rien ? Tu me prends pour un idiot ? »

Dylan resta muet.

« Fais voir tes baskets. »

Abraham Ebdus attrapa Dylan par l'épaule, sa main pareille à une serre, saisissante démonstration de force de sa part. La réprobation ou l'affection d'Abraham s'exprimaient habituellement par l'intermédiaire de signes induisant la présence paternelle, essentiellement sonores : bruits de pas à l'étage supérieur, voix en haut de l'escalier. Abraham était un assortiment de sons auxquels la mélancolie avait donné forme humaine.

Voilà qu'ils se retrouvaient dans la nuit froide au coin d'Atlantic Avenue, reliés par la poigne d'Abraham. Le halo de lumière qui tombait du réverbère sur la forme à leurs pieds, créature puante, excroissance du caniveau ignorée depuis des semaines et soudain rappelée de la manière la plus improbable au souvenir des humains. Abraham retourna Dylan par l'épaule et examina les baskets de son fils, en plissant les yeux et comme s'il s'agissait d'une preuve décisive dans une affaire de meurtre.

Sous le regard indifférent des automobilistes qui passaient.

À une rue de là, une pute arpentait le trottoir au coin de Pacific. Elle accosta un vieux qui promenait son chien, sans illusions, pour tuer l'ennui.

Le printemps s'annonçait malgré tout, comme le dégel général, elle le sentait.

« Et ça, c'est quoi ? dit Abraham en l'empoignant brutalement. C'est la même chose, non ? »

Il était démasqué. L'épaisse bordure blanche de la semelle de ses Pro Keds était recouverte de tags miniatures. Le stylo-bille bleu laissait dans le caoutchouc tendre les mêmes marques que les dents d'une fourchette dans du beurre, découverte qui avait accaparé l'attention de Dylan toute la durée d'un cours de maths particulièrement soporifique. Il n'avait pas pu s'en empêcher, tout en étant conscient de ruiner ses coûteuses baskets. Au moins, personne ne s'aviserait plus de les lui piquer.

« C'est Mingus qui l'a écrit », s'entendit dire Dylan.

Abraham lui lâcha l'épaule, ce qui les éloigna brusquement, séparation aussi soudaine que le contact lui-même.

« Non mais regarde nous ! » dit Abraham en se couvrant d'une main les yeux et le front. Difficile de savoir s'il s'adressait à Dylan.

Dylan attendit, pétrifié.

« Qu'est-ce que ça veut dire ? explosa Abraham. C'est ça que je t'ai appris ? Ce manque de respect de la vie humaine ? Qu'est-ce que vous fabriquez dans la rue, Mingus et toi ? Vous vous conduisez comme des animaux féroces ? Qui t'a appris à faire une chose pareille ?

– C'est pas moi… » Mais Dylan ne pouvait pas répéter le nom de Mingus.

« Le quartier est peut-être affreux, tout simplement. Peut-être qu'ici on n'a aucune notion du bien et du mal, que c'est pour ça que vous devenez fous, tes copains et toi, des animaux capables de faire ça à un être humain. » Le nom de Rachel ne fut à aucun moment prononcé, mais ils savaient tous deux que parler du quartier revenait à parler d'elle, même s'ils n'en avaient aucune envie. C'était sans doute à cause de Rachel que Dylan et Abraham habitaient encore Gowanus, pour lui garder sa place. Et voilà qu'ils dérivaient vers les sous-entendus que Rachel avait toujours bannis. Le mot « animaux » recelait une part ténébreuse qui fit profondément honte à Abraham.

« C'est l'époque qui veut ça, dit Abraham dans une tentative emphatique d'estomper la pensée qui les avait effleurés. On est en enfer, c'est la seule explication. » La présence de cet homme dans la rue et du DOSE sur son dos pouvait être imputée à Gerald Ford ou Abe Beame, peut-être même au shah d'Iran.

Dans une ville qui s'était entendu dire qu'elle « pouvait crever », il n'était pas exclu que certains de ses habitants puissent le faire littéralement, au vu de tous. Surtout dans Nevins Street.

« Ce quartier nous rend fous, c'est ma faute, Dylan, excuse-moi. Tout ça, je l'ai choisi. » Enfin, et presque machinalement, Abraham s'en prenait à lui-même avec toute la force de sa déception et de son écœurement. Un sentiment d'humiliation qu'il cultivait depuis qu'il avait germé dans la salle de conférences de Cooper Union, et au-delà, depuis Dieu sait quand. Depuis Rachel. Dylan n'en éprouva nul soulagement. « Regarde-nous mon Dieu », gémit Abraham. Il s'était d'abord couvert les yeux ; à présent il les écarquillait.

Il fallait chercher l'absolution là où elle se trouvait. À leurs pieds.

« Est-ce qu'il est vivant, au moins ?

– Je sais pas », répondit Dylan.

Abraham s'agenouilla pour passer le bras autour d'une épaule de la forme enveloppée dans le sac de couchage. Il poussa puis fit un peu rouler le corps. Dylan observait, horrifié. « Est-ce que vous êtes… », commença bêtement Abraham. Quelle question convenait-il de poser ? Pouvait-on décemment demander à un cadavre s'il allait bien, s'il était confortablement installé ? Abraham opta pour « Eh, dites ? »

Chose incroyable, l'homme se désentortilla, étira ses membres dans un froissement. Puis grogna en une espèce de ronflement : « Bordel ! »

Il tourna la tête, battit l'air de ses mains et de ses avant-bras repliés, pareil à un tyrannosaure agitant ses pattes de devant. Qu'il ait dormi longtemps ou pas, son réveil le replongeait au cœur d'une lutte, il se gardait de quelque chose ou de quelqu'un. Les soubresauts propagèrent son odeur, trahirent sa corpulence. Abraham retira brusquement sa main, surpris.

Ils l'avaient vraiment cru mort. Dylan et son père clignèrent des yeux, consternés de voir qu'ils avaient dialogué au-dessus d'un vivant. Peut-être même l'homme déchu les avait-il entendus.

« Tenez bon, mon vieux », dit Abraham d'une voix blanche et précipitée. Dylan eut l'impression que pour Abraham l'homme était encore bien portant un instant plus tôt, s'était seulement trouvé mal, comme si cet interlude au coin de la rue n'en disait pas assez long sur sa vie, n'était qu'un accident, un hoquct. « On va vous appeler une ambulance. »

La pute, qui s'ennuyait tellement qu'elle s'était aventurée plus loin qu'à l'ordinaire, arriva à la hauteur de l'avenue. Atlantic était silencieuse, aucun véhicule arrêté aux feux qui passaient du vert au rouge avec un « clic-clic » presque totalement couvert par la stridulation des insectes posés sur le réverbère. Elle tituba jusqu'à mi-carrefour avant de les héler tous les trois, le petit homme, le grand mince et le noir corpulent allongé par terre :

« Y a pas d'amateurs ? »

Les plus belles couleurs portent les plus beaux noms : amarante, terre d'ambre, prune, outremer. Un aveugle pourrait chourer celle qui convient rien qu'à entendre son nom. Ces couleurs sont nécessaires à qui veut « déchirer un mur », chef-d'œuvre de fresque représentant des lettres en trois dimensions qui ondulent comme des flammes, rivetées ou entaillées et sanglantes, entourées de nébuleuses, d'éclairs, et d'un Cheech Wizard de Vaughn Bode ou d'un Félix le chat veillant sur un côté du mur tel un maître de cérémonie. Une fresque peut aussi bien voir le jour sur la paroi d'une voiture de métro que sur un terrain de handball ou un mur d'école, difficile affaire de quelques heures au cœur de la nuit, deux types qui graffent, le plus doué esquisse le motif et s'occupe des effets de dégradé, l'autre peint les à-plats, ajoutons à cela deux types pour faire le guet au bout de la rue ou à l'entrée de la gare de triage. Sans compter les fringues qu'on salope, ce qui oblige à rentrer chez soi avec de la peinture qui vous colle à la peau. Beaucoup plus facilement repérable que les drogues, pour des parents vigilants ; les fumeurs d'herbe l'ont facile.

Mais d'abord, il faut se procurer la peinture.

Ce qui est synonyme de « l'attaque de McCrory's ».

Aujourd'hui, c'est au tour de l'équipe de Dean Street : agglomérat éphémère, d'un jour peut-être, mené par Mingus Rude. L'équipe est composée de Lonnie, Alberto, Dylan et Mingus. Mingus est le plus grand. Ces quatre-là ont un plan d'attaque, une combine qui, tout comme l'expédition elle-même, a été entièrement conçue par Mingus – en tout cas, si Mingus la tient d'un autre il s'est bien gardé de le dire. Les membres de l'équipe trouvent la combine follement originale, impeccable. Carrément planante, ils en jubilent, en dansent de joie.

Des deux grands magasins de Fulton Street, McCrory's est le plus vulnérable. L'autre, à deux rues de là, c'est A&S – Abraham et Straus – monolithe Art déco de sept étages, flamboyante machine à remonter le temps vers une époque utopique d'achats fastueux. C'est aussi un endroit intimidant qui rappelle Manhattan, avec ses liftiers en uniforme et ses vieux vigiles retraités de la police. Au cinquième étage de chez A&S, il y a une épicerie de luxe qui propose sur plusieurs rayons des chocolats faits main, au septième il y a les jouets, les puzzles, un comptoir qui vend des monnaies et des timbres de collection. On y trouve également un disquaire enclavé entre les quatre murs de l'étage, où aucun gamin n'a jamais réussi à chourer le moindre disque. Les bandes évitent d'aller chez A&S, peut-être gênées au souvenir des expéditions familiales qui se terminaient assis sur les genoux du père Noël. Cet endroit, c'est juste un peu trop féerique.

McCrory's, voilà le grand magasin qui n'a aucun secret pour eux, qui leur convient, celui qui est un peu plus à leur taille. Ça vaut toutes les remises de chez Woolworth, sans blague, avec son pop-corn à l'odeur de beurre rance, ses bijoux fantaisie dans des vitrines de Plexiglas, son photomaton, son comptoir à sandwiches désert où un môme averti peut commander un milk-shake et le payer avec les pourboires subtilisés à d'autres endroits du comptoir, s'il boit son milk-shake assez lentement. Le rez-de-chaussée, ses rayons lingerie et layette au kilomètre, ses baskets de sous-marques mises au rebut dans des paniers. Les promotions de la rentrée scolaire bientôt remplacées par les citrouilles en papier crépon orange, les guirlandes de Noël, les gadgets de la Saint-Valentin et des fêtes de Pâques, les bonnes affaires de l'été, dont les mérites sont vantés par un vendeur invisible à la voix monotone et préenregistrée. Au sous-sol se trouve la quincaillerie. C'est la destination du jour, pour l'équipe de Dean Street. Ils ont repéré les lieux l'après-midi d'avant. Ils sont prêts.

Le plan prévoit que Dylan attende seul, silhouette immobile parmi la foule de passants, surtout des noires accompagnées de leurs bambins, dans Fulton Street. Pour une fois, il porte ses lunettes, ainsi qu'une chemise Lacoste à rayures jaunes et vertes – l'ironie veut que ce ne soit même pas la sienne mais celle de Mingus – boutonnée jusqu'au cou, pour parachever son équipement d'inoffensive tête de nœud tout droit sortie d'une école privée. Il porte aussi un sac à dos, vide mais rendu volumineux par un cintre métallique recourbé pour qu'on le croie, c'est ce qu'ils espèrent tous, rempli de manuels scolaires.

Lonnie, Alberto et Mingus, eux, sont déjà au sous-sol de McCrory's, à déplacer des bombes de peinture d'une allée à l'autre du magasin, à les cacher dans des rayons moins surveillés, derrière des panneaux À VOTRE SERVICE et des albums photos en plastique imitation bois. Tous trois, les deux noirs et le Portoricain, attirent grandement l'attention des agents de sécurité de McCrory's. Tant mieux : leur présence même suffit à déclencher une alarme silencieuse dans le magasin, c'est le but. Ils sont contents qu'on les voie prendre du Krylon et déambuler avec à travers le magasin, plus attentifs à ne pas se faire repérer quand ils planquent les bombes ici ou là. Ils font même parfois semblant de fourrer des bombes imaginaires dans leurs vestes flottantes, en ricanant. Ce simulacre de délit, ce petit jeu destiné à susciter l'espoir raciste de les voir dévaliser l'endroit, est très divertissant.

C'est alors au tour de Dylan d'accéder au sous-sol, cinq minutes plus tard, sans rien faire qui trahisse son accointance avec les deux petits noirs et le Portoricain. Aux aguets, il s'oriente dans le terrain de jeu, le labyrinthe d'allées illuminées, parmi les clients, les vigiles, sans compter ses potes. Respire l'odeur du pop-corn, salive. Le service de sécurité, composé en majorité de Jamaïcaines obèses, est sur les dents, comme prévu, et suit Mingus, Lonnie et Alberto à la trace dans les moindres recoins de la quincaillerie, jusqu'au rayon poubelles et balais, choisi parce qu'il rend la surveillance difficile. Les pigeons ! Dylan se renfrogne, ajuste ses lunettes, déambule innocemment dans les allées choisies la veille. La combine s'apprête à porter ses fruits. C'est Dylan qui récolte. Le cœur battant, il récupère le Krylon dans les diverses planques d'allées au-dessus de tout soupçon et, transi de peur jusqu'au bout des doigts, les lâche dans son sac à dos : argenté, orange, bleu marine.

Aujourd'hui, on a une bonne raison d'être un petit blanc.

On peut compter sur Mingus pour exploiter leurs différences à son profit de Robin des Bois au service de l'art.

Dylan se dirige vers la sortie. À l'intérieur du sac, les bombes de Krylon s'entrechoquent dans un tintement qui fait envie, un vrai trésor. Les trois autres jettent à présent la confusion sans raison apparente, se dispersent dans les allées, sortent séparément. Mingus, l'interprète le plus zélé, est arrêté puis fouillé par deux vigiles. Derrière lui, Alberto gueule à hauteur de l'entrée : « Allez vous faire foutre ! » Sans raison, simplement parce qu'il peut le faire.

Une fois dehors, ils se retrouvent à l'ombre du parking, tous à bout de souffle avant même d'avoir couru, le cœur battant. On soupèse rapidement les bombes, on les secoue pour entendre le cliquetis prometteur de la bille, puis on les répartit dans les poches de vestes, on les fourre dans les manches. Un vigile aux superpouvoirs peut bien leur courir après, il ne les attrapera jamais tous les quatre. Ils se ruent dans Hoyt Street, comme s'ils étaient poursuivis, rient tout en hurlant : « Mais merde ! Fonce ! T'avances pas ! T'as rien dans les jambes ? »

Des animaux, Abraham ? On t'en refilera, des animaux.

Ils marchèrent longuement en silence dans Flatbush, vers Saint Felix, jusqu'à l'hôpital de brique rouge attenant à Fort Greene Park. Un samedi après-midi de début avril, au premier réchauffement, les oiseaux en rut et les enfants ivres de soleil piaillaient à l'unisson dans le parc vertigineux, quasi vertical, et bombardaient d'une grêle de sons stridents les fenêtres de l'hôpital. Grandes ouvertes, les fenêtres, mais bien incapables de décanter les puissants relents d'urine et de linoléum pourri du service de désintoxication, l'air imprégné de poisons corporels par-dessus lesquels flottaient l'odeur du désinfectant et les pets puants de ceux qui recommençaient à s'alimenter. Aucun risque qu'un oiseau s'aventurât dans l'hôpital. Il se serait heurté à un mur de remugles, arrêté aussi sûrement que par une vitre.

Dylan s'attarda sur le seuil. Une infirmière jamaïcaine se tenait à ses côtés, un sourcil levé. Abraham s'approcha du lit. L'homme était un mastodonte drapé, poignets entravés aux barreaux métalliques du lit, mains pendantes, piteuses et grandes. Un pied couvert de croûtes dépassait du lit, l'autre était tourné en dedans comme celui d'un danseur, replié sous le genou dont la forme se dessinait sous le drap. Sa joue et son sourcil gauches étaient figés en un clin d'œil perpétuel. Une perfusion laissait goutter un liquide vert-jaune dans son bras, liquide qui avait aussi déposé une tache vert-jaune sur le drap. Les épanchements étaient dans sa nature, même ici. Que cet homme ait pu sillonner le ciel était difficile à croire.

Abraham fronça les sourcils devant les poignets attachés, l'escarre là où l'aiguille entrait dans le bras, l'odeur nauséabonde. Ces soins ne servaient à rien, n'étaient pas suffisants. Peut-être Abraham agissait-il par compensation : rien ne serait assez bien pour l'occupant de ce lit. Il fallait le traiter en être humain, pas en clodo ou en vaurien, car ayant continué de respirer quand tout concourait à sa mort, il était devenu le symbole d'une possible expiation. L'infirmière jamaïcaine resta dans un coin à observer. Elle aussi fronça les sourcils, pour montrer qu'elle désapprouvait qu'Abraham Ebdus puisse insinuer que l'hôpital ne s'occupait pas convenablement de cet imbécile d'ivrogne, qui se tuait à petit feu comme des milliers d'autres et ne méritait pas d'attention particulière sous prétexte qu'un blanc lui avait rendu visite dans cette salle.

« Est-ce qu'il mange ? » finit par demander Abraham.

L'infirmière roula des yeux. « Y mange quand ça lui chante. Même qu'y crache dans son assiette au petit-déjeuner. On peut pas forcer personne à manger, savez.

– Je veux voir un médecin, conclut Abraham sur un ton cassant.

– Le docteur il arrive à quatre heures, il est pas là. » Elle poussa Abraham de côté pour s'affairer sur la molette de réglage de la perfusion, histoire de marquer son territoire. « Pas besoin d'un docteur, ici.

– Votre supérieur, alors. »

L'infirmière gloussa, sans répondre. Abraham et elle regagnèrent le couloir où les baskets blanches de l'infirmière crissaient sur le carrelage. Dylan resta seul avec l'homme alité.

Abraham s'improvisait défenseur de ce type qui n'avait jamais fait que grommeler deux ou trois jurons à son endroit. En revanche, il connaissait Dylan, et commençait à sentir sa présence ; ils s'étaient déjà parlé. Ses paupières meurtries s'ouvrirent en papillonnant.

« P'tit blanc. »

Allait-il contraindre Dylan à lâcher l'argent de poche qu'il gardait en réserve ? Qu'est-ce que l'homme volant captif pourrait bien faire de cinquante cents ou d'un dollar ici, à l'hôpital, sanglé à des barreaux de lit ? Dylan fouilla instinctivement ses poches, sans rien trouver.

« Viens par là, j'te vois pas. »

Dylan obéit.

« Tu m'as vu. »

Ce n'était pas une question, mais Dylan acquiesça.

« Ha. Ha. Ouv-moi ce tiroir. »

Gardant son œil à moitié fermé, il hochait la tête vers le petit meuble à côté du lit, où on aurait pu mettre des fleurs si quelqu'un lui en avait envoyé. « Ouais, ce tiroir, va dedans ! »

Dylan l'ouvrit en craignant d'y trouver quelque épouvantable seringue que l'homme volant voudrait se flanquer dans le bras.

Il n'y avait qu'un portefeuille râpé, fin comme une carte d'abonnement de métro. Un permis de conduire, délivré à Columbus, Ohio, en 1952, à Aaron X. Doily.

Et l'anneau d'argent que l'homme volant avait porté à son petit doigt.

« Voiiiilà, voiiiilà.

– L'anneau ?

– J'arrête, coco, c'est fini. J'peux pas lutter contre les ondes.

– Vous le voulez ?

– Il est à toi, coco. »

Le temps qu'Abraham et l'infirmière rejoignent la chambre au pas de course, l'homme hurlait, en manque, en plein *delirium tremens* ou pour toute autre raison, couvert de sueur, et se contorsionnait en tirant violemment sur les barreaux du lit. Les sangles résistèrent, transformant son corps et le lit en un magma informe de bruit métallique, tordu de douleur. Il atteignit la potence de la perfusion et la renversa, avec la poche dont le contenu jaunâtre se déversa partout sur le sol. Le petit était adossé au mur mais ne paniquait pas, il regardait calmement. L'infirmière se mit à bougonner comme pour montrer qu'elle s'y attendait : tout ça c'est du cinéma, il leur fait le coup tout le temps, etc. Abraham n'ayant pas obtenu satisfaction auprès des supérieurs hiérarchiques, au bureau des infirmières, prend ce pauvre gamin dont la punition est plus que suffisante quand on y réfléchit, et le fait sortir. Les hurlements se font inhumains. C'est vraiment dur à encaisser.

Dylan Ebdus, un anneau dans son poing serré, le poing fourré dans la poche de son pantalon, l'anneau lui-même vibrant tel un fétiche, infime fragment du délire paroxystique de l'homme sur son lit d'hôpital, à présent emporté à la dérobée dans l'après-midi venteux de Fort Greene.

« Qu'est-ce qu'il disait ? » demanda doucement Abraham à son fils, après qu'ils se furent éloignés de quelques rues, et que la folie jaune de l'hôpital eut pris l'apparence d'un mauvais rêve.

Dylan Ebdus se contenta de hausser les épaules. L'homme volant, il avait dit des tas de trucs.

Ses derniers mots – non, ça ne pouvait tout de même pas être « Bats-toi contre le Mal » ?

10

Début de l'été, 1977 : diverses personnes surgissent, divers jeux sont faits, diverses peines accomplies. Voici par exemple Barrett Rude Senior, il a fait six ans d'une condamnation de dix à quinze, et se retrouve en liberté conditionnelle pour bonne conduite, vêtu du costume de rayonne vert et des escarpins usés qu'il portait pour le procès, assis côté fenêtre à l'intérieur d'un autocar qui descend par une rampe circulaire dans les entrailles de Port Authority, les gratte-ciel du centre de Manhattan redoublés par le reflet des vitres fumées et dansant au rythme des vibrations du moteur. Avec pour tout bagage un attaché-case en cuir, coincé à la verticale entre ses chevilles, qui contient des documents administratifs, un certificat de pasteur de l'Église du Salon de Dieu, et deux photos – Barrett Junior adolescent et sa mère alors trentenaire aujourd'hui défunte sur l'une, et le portrait de Mingus au CM2 en bonnet carré à gland sur l'autre – dans un cadre de paquets de cigarettes ingénieusement tressés, entrecroisement des logos de Parliament et de Marlboro. Sans compter des boutons de manchettes de nacre, une cravate roulée et une bible reliée de cuir doré. Mingus Rude a été envoyé l'attendre à l'autocar, pour guider son grand-père jusqu'à un taxi puis l'accompagner jusqu'à Dean Street. Il offrira de porter l'attaché-case, essuiera un refus. Le prends pas mal, petit homme, mais le révérend Barrett Rude Senior est assez grand pour s'occuper de ses affaires.

Plan sur Aaron X. Doily, traversant cette même gare routière une semaine plus tard. Il a un billet d'autocar pour Syracuse épinglé dans la poche de poitrine d'une vieille veste à chevrons d'Abraham Ebdus, il se trouve qu'Abraham la portait à la dernière exposition des œuvres de Franz Kline qui a eu lieu de son vivant, et cette veste est tendue à se fendre comme une toile vierge en travers des épaules d'Aaron Doily. À Syracuse, il sera accueilli par l'antenne locale de l'Armée du Salut et installé dans un foyer, où il se verra attribuer trois repas et une couchette contre son engagement à se rendre au local des Alcooliques anonymes, où parmi les tronches genre tourneurs au chômage, il sera l'unique visage noir. Tout ça à condition qu'il monte dans l'autocar pour Syracuse ; voyons-le à présent loucher en direction du guichet des billets, sachant qu'il pourrait probablement se faire rembourser le sien. Et il pourrait se dégoter une bouteille de Colt dans les cinq minutes, facile. Mais oublions ce faux suspense : Aaron Doily trouve la force de contourner cette possibilité, et monte dans l'autocar. S'assied, clignant des yeux, en surplomb du ronron des moteurs qui tournent dans la pénombre, tripote d'un air absent, du pouce et de l'index de la main droite, un anneau fantôme au petit doigt de sa main gauche. Il ne sait plus très bien quand et comment il l'a perdu mais se dit qu'au fond, c'est peut-être aussi bien. Quittons-le, il n'est plus un mystérieux homme volant, tout juste un alcoolique incompréhensiblement solitaire affublé d'un drôle de nom, arraché du pavé au printemps et rendu à la vie quotidienne, décrassé, étiqueté d'un bracelet en plastique, et maintenant invité à quitter la ville.

Jetons un coup d'œil plus loin en avant, deux semaines plus tard : voici Dylan Ebdus qui monte à son tour dans un autocar, à destination de Saint Johnsbury, dans le Vermont. Abraham Ebdus fait au revoir d'un signe de tête à travers la vitre teintée. Abraham en veut à la ville depuis quelque temps, et a depuis peu tendance à exiler ceux qu'il souhaite protéger, d'abord Doily le désintoxiqué et à présent son propre fils, vers le nord, la campagne de Nouvelle-Angleterre. Il a inscrit Dylan à l'œuvre des Enfants au grand air du fonds social cet été. Ce qui convenait à Rachel, elle-même Enfant au grand air dans les années cinquante, devrait convenir à Dylan. Ce plan-là, elle l'eût approuvé ; père et fils le sentent, impossible qu'il en aille autrement. L'intuition d'Abraham paraîtra un coup de génie après la grande panne de juillet, les pillages et le chaos qui en résulteront jusqu'à l'épicerie de Ramirez, dont les éclats de la vitrine brisée seront dispersés les jours suivants tout le long de la rue par les pieds des passants, et la folle équipée puis la capture de Berkowitz. À cause de cela l'été virera au désastre, et Dylan, à l'abri dans son univers bucolique, y échappera.

Mais patience, Dylan n'est pas en route pour le Vermont, pas encore. Il n'y pense même pas. Aujourd'hui, c'est le lendemain du dernier après-midi de cinquième. Le printemps bouillonne, et lui aussi. Le collège 293 est derrière Dylan Ebdus pour l'instant, il peut passer trois mois sans traverser Smith Street, si ça lui chante. La quatrième n'est qu'une lointaine rumeur, une question ajournée, et Dylan sait par expérience que l'été qui l'en sépare peut changer bien des choses, peut tout changer. Lui, Mingus Rude aussi, et même Arthur Lomb d'ailleurs, peuvent sortir du chemin tout tracé de leurs journées d'école, de leur rôle préformaté de cancre ou de victime, libres de prendre part à l'été immaculé, cette invitation à la métamorphose. Qui sait ce qui en sortira, à quoi ils ressembleront quand il touchera à sa fin ? Tout ce que sait Dylan, c'est qu'il se sent grisé, libéré, en vol.

Jusqu'où volera-t-il, voilà ce qui reste à voir.

Aujourd'hui, premier jour de liberté, il a rendez-vous avec lui-même. Abraham est absent, Dylan est donc libre de sortir par l'échelle de l'atelier, de déverrouiller la trappe du toit, de la faire basculer, et de se hisser sur la toile goudronnée spongieuse dans le matin de l'été nouveau.

Dylan n'aurait pas dit qu'il redoutait l'altitude, mais le toit de la bâtisse lui a toujours donné le tournis, pas tant la vue du sol que celle des toits, jusqu'à Coney Island et au-delà. C'est plus facile de regarder les gratte-ciel de Manhattan. Ceux-là vous placent, vous maintiennent fermement dans un sentiment de petitesse et d'effarement. Plus facile encore de s'agenouiller au bord du toit les mains agrippées au muret de maçonnerie pour observer le contenu de la cour : ailantes, tas de briques, touffes d'herbe, la Spaldeen crasseuse qu'on distingue à peine comme un bout de chair. Le grain de la réalité est rassurant.

Ce qui est troublant, c'est de tourner le dos à Manhattan pour faire face au quartier. Surplombant le fond du canyon, le puits profond des rues, contempler l'infinité de Brooklyn revient à scruter l'horizon des grandes plaines du Kansas. Dans toutes les directions, à des kilomètres à la ronde, tous les toits sont à la hauteur du regard. Ils forment une flottille de radeaux, suggèrent un échiquier pour la marche du cavalier, interrompu seulement par le promontoire de la cité de Wyckoff, le squelette du panneau publicitaire d'Eagle Clothing, la montée du viaduc de la ligne F quand elle devient aérienne au-delà du canal de Gowanus. Manhattan est un sandwich, mais Brooklyn est une tartine sous la lumière, dont pigeons et mouettes picorent la garniture exposée.

Le ciel est plein de pigeons et de mouettes, et toi tu es là, avec au doigt l'anneau d'un homme volant.

Dylan est au bord du toit, côté façade, aussi près que jamais, et maintenant plus. Glisse un orteil sur la corniche, plie le genou comme George Washington à la proue. Il ne voit plus que la fosse de Dean Street en contrebas, la cime des arbres fraîchement plantés, la galerie sur le toit des bus qui passent, mais il a le vertige. Il recule. Inutile de regarder dans le vide en se mettant au défi : la volonté de s'envoler vire à l'aigre, se dissipe. Telle fut peut-être l'erreur d'Aaron Doily. Il faut se lancer à la course, pour un bond splendide et oublieux jusqu'au toit d'en face, pas la chute faiblarde qui résulterait sûrement d'une longue et cotonneuse contemplation.

Ferme les yeux, tends les bras et sens les ondes, s'il y en a. Sers-toi de la force, Luke.

Bon, bon. Dylan trace à reculons la piste invisible qu'il va reparcourir. Cinq pas devraient suffire. Il a battu en retraite jusqu'au centre du toit. Un observateur penserait qu'il se dégonfle, mais c'est tout le contraire – il est monté sur ressorts, prêt à s'envoler. Alors, comme souffleté par une grande main venue du ciel, il s'effondre à genoux, terrifié par ce qu'il se proposait de réaliser. Les doigts recroquevillés autour de l'anneau en un double poing, Dylan Ebdus se replie sur lui-même, frissonne, puis, lentement et sans résistance, se fait pipi dessus. L'urine coule le long de son jean jusqu'à sa cheville, dégouline dans sa chaussette, sa chaussure, et sur le goudron collant chauffé de soleil.

Tel était peut-être le seul pouvoir de l'anneau enchanté, t'amener à te pisser dessus.

Il faut bien le concéder à l'homme volant : ce n'est pas facile de se jeter du haut d'un toit.

L'autobus, ne pouvant dépasser l'interminable limousine blanche garée en double file devant chez Barrett Rude, s'immobilisa juste derrière, bourdonnant comme un réfrigérateur, bloquant la circulation qui s'entassait derrière lui jusqu'à Bond Street. Il ne transportait que deux passagers, dont l'un s'assoupissait par intermittence, mais il n'en avait pas moins son absurde tournée à faire, sa boucle à parcourir. Le conducteur pétrissait son avertisseur dont les bêlements déchiraient le silence humide et somnolent de l'après-midi. Le chauffeur avait abandonné la limousine, filé chez Ramirez chercher une Miller et un sandwich.

Tous ceux qui n'étaient pas déjà à leur fenêtre à zieuter la limousine furent ainsi avertis de l'anomalie, de l'événement exceptionnel qui avait fait irruption dans leur dernier après-midi de juin. Nul ne l'avait vue arriver, mais tous étaient bien décidés à la voir repartir, pour savoir qui en étaient les passagers. Des types sur leur perron ouvraient le sac de papier juste ce qu'il faut pour découvrir le goulot de la bouteille qu'ils venaient d'acheter. Des femmes appuyaient leurs bras potelés au rebord de la fenêtre, en attendant la suite. Derrière les barreaux d'une fenêtre en sous-sol, La-La faisait des tresses plaquées à Marilla en lui tirant de plus en plus fort sur la tête, jusqu'à ce qu'elle dise : « Oh, qu'est-ce qui te prend ? »

Un blanc armé d'un râteau effectuait la moisson journalière de papiers gras et de capsules de bouteille jetés dans son forsythia, en grommelant sous sa casquette des Red Sox.

Abraham Ebdus barbouillait de gris un photogramme de celluloïd, il ne s'était rendu compte de rien.

Dylan aussi rata la limousine. Assis dans l'arrière-cour, prisonnier de l'ombre de l'ailante, il feuilletait rapidement *The Pod Thickens* un New Belmont Special de Semi Chellas, illustration de couverture par Abraham Ebdus.

Le chauffeur surgit de chez Ramirez, sandwich déjà à moitié déballé, aperçut l'autobus coincé et faillit lâcher sa bière, puis conscient d'être l'objet de tous les regards, exécuta un numéro ringard d'homme surpris pour son public. Les automobilistes coincés dans la file lui donnèrent une sérénade d'avertisseurs tandis qu'il s'efforçait d'engager la clé dans le contact, en marmonnant : « Du calme, du calme. » La limousine tourna au coin de Nevins, libérant la rue.

Le calme revint. Ce fut un instant comme si les badauds avaient rêvé, qu'ils allaient réintégrer leur vie, seulement éberlués. Puis la voiture blanche réapparut au coin de Bond, tel un requin, et se réinstalla devant chez Barrett Rude. Le chauffeur resta au volant cette fois, mangea son sandwich, laissa tomber sur l'asphalte le papier sulfurisé roulé en boule d'une main nonchalante qui s'éleva ensuite et ajusta le rétroviseur pour une séance de cure-dents.

Les taches de soleil jaune-vert réfractées par les arbres commencèrent à s'allonger, couvrant le capot blanc, puis s'éloignèrent.

Le chauffeur s'était endormi, quelle vie.

En haut du perron de Barrett Rude la porte s'ouvrit comme un journal du dimanche sur la page des bandes dessinées. Les personnages sortirent à la queue leu leu, caricatures de macs, adversaires de Batman, joyeux bouffons surdimensionnés, quasiment indescriptibles. Les Funk Mob, chanteurs, musiciens, et ce qui leur tenait lieu d'entourage, deux ou trois poulettes bizarroïdes. Ils étaient passés voir Barrett Rude Junior, en route pour une apparition promotionnelle au Fulton Mall, dans leurs plus beaux atours : plumes mauves, lunettes à monture étoilée, épaulettes matelassées recouvertes de papier d'argent, bandanas ornés d'éclairs, bottines d'astronaute, talons de vingt centimètres, barbes à la Toutankhamon, tout le tremblement.

Ils déboulèrent de la maison en vociférant gaiement, avec une grâce loufoque, sortis tout droit d'un dessin animé de Ralph Bakshi, galvanisés par l'hospitalité et la cocaïne de Barrett Rude, chargés à bloc, faits, défoncés. Aux yeux de la rue, ils ressemblaient par-dessus tout à une tranche de graffiti humain, un chef-d'œuvre en mouvement peint au flanc d'un wagon, disparu avant qu'on ait eu le temps de bien le voir. Cette vision aussi se dissipa rapidement, chaque membre du groupe topant Barrett Rude pour lui dire au revoir devant la porte où il se tenait dans son peignoir de boxe et son pantalon de satin, avant de s'entasser à l'arrière de la voiture comme dans la cabine des Marx Brothers. L'immaculé réceptacle avala tout ce tohu-bohu chatoyant de textures et de déhanchements afro derrière des vitres teintées. Le chauffeur se frotta les yeux, mit le contact, emballa le moteur. La voiture fonça dans la rue et disparut.

Sur son perron, dans son peignoir, Barrett Rude Junior rigolait en secouant la tête, malaxant son nez et ses lèvres engourdis de cocaïne du revers de la main. Il se délecta peut-être quelques instants des regards de Dean Street : ils ne savaient donc pas qu'il était une star ? Merde alors, il était temps qu'ils l'apprennent. L'ennui d'être dans un groupe, personne connaît jamais ton nom, seulement celui du groupe, les Distinctions, comme McDo ou Oldsmobile.

Les blancs et les Portoricains du coin, cette bande d'enfoirés, ne devaient même pas avoir entendu un seul des morceaux qu'il avait vendus par millions, devaient le prendre pour une espèce de mac ou de malfrat qui s'était payé à leur nez et à leur barbe une baraque chez les rénovateurs.

Histoire de s'affirmer, il resta là, les mains sur les hanches, les mâchoires serrées, le regard fixe, pendant une longue minute à prendre le pouls de la rue avant de tourner les talons pour rentrer.

Ce ne fut qu'une fois la porte refermée, Dean Street enfin débarrassée de la limousine et des costumes et des chanteurs en chasuble de satin, que les regards auraient pu découvrir la silhouette tapie dans le puits d'entrée du sous-sol sous le perron, un pied et un genou au soleil couchant, le reste dans la pénombre, aux aguets. Un vieil homme à la barbe poivre et sel frisée sur des joues caves, des bras décharnés dépassant d'un tee-shirt sans manches, une étoile de David en or pendant au bout d'une chaîne sur son sternum : Barrett Rude Senior. Jusque-là ce n'était qu'un bruit : une troisième génération avait débarqué chez les Rude. C'était la première fois qu'on le voyait. Sauf que Senior, lui, n'avait cessé d'observer, depuis des jours déjà, épiant derrière les fenêtres en demi sous-sol, assis sur un transat près du radiateur à la peinture écaillée, les yeux à la hauteur des genoux qui défilaient dans Dean Street. Il avait observé Marilla et La-La de l'autre côté de la rue, observé la nouvelle vague de joueurs de Spaldeen héritiers du perron de Henry, observé les promeneurs de chiens pousser furtivement du pied les étrons dans le caniveau. Il avait vu les Funk Mob arriver et repartir, avait entendu leurs éclats de rire à travers le plafond. Et maintenant, il voyait Dean Street l'observer, très à l'aise, aussi désireux d'être vu, ou entrevu, que son fils.

L'anneau ne l'aidait pas à gagner ses parties d'échecs contre Arthur Lomb, ça c'était sûr. Il renversa son roi en signe d'abandon trois fois en une heure. Assis tous deux sur le perron, courbés sur l'échiquier, au soleil comme des lézards sur un rocher. Dylan priait pour qu'Arthur aille chercher le jus de fruits rouges, les sandwiches de dinde froide et les cookies aux raisins emballés de papier sulfurisé que sa mère mettait chaque jour au frigo avant de partir au travail. Leur pause déjeuner, seul moment où Arthur lui épargnait l'attaque de sa phalange de pions, suivie de ses féroces tours prêtes à surgir pour écraser les cavaliers mollassons de Dylan, ses fous assoupis, son roi dégarni, son moral. La mère d'Arthur prévoyait la présence de Dylan, et préparait désormais double ration de sandwiches. Il était pitoyablement facile de prendre des habitudes avec un môme quand on était son seul ami et que sa mère le savait. Dylan soupçonnait qu'elle cherchait à l'acheter avec ses sandwiches et ses cookies. Arthur devait s'en douter, c'était peut-être la raison pour laquelle il les mastiquait avec la même intensité morbide qu'il apportait à son jeu d'échecs. Comme s'il s'efforçait de réduire en poudre les matinées et les après-midi de l'été naissant, d'en faire des miettes, des pions vaincus qu'on balaie de la main.

L'ennui, c'est qu'il ne balayait jamais vraiment les pièces, se contentait de les remettre en place sitôt qu'il les avait écrasées, condamnant Dylan à rejouer une partie, puis encore une autre. Arthur, avec son mélange habituel de servilité et de sadisme, était toujours celui qui replaçait les pièces sur l'échiquier. Quand il y avait un match des Yankees ou des Mets dans l'après-midi, cela constituait un répit, le transistor d'Arthur réglé sur la voix de Lindsey Nelson ou Phil Rizzuto[1], les Mets dans une impasse, les Yankees regorgeant de cadors et en route pour la gloire. Sinon, c'était une nouvelle fois le passage en boucle d'« Afternoon Delight » et

1. Commentateurs radio des matches des Mets et des Yankees.

« Right Back Where We Started From » sur les ondes moyennes, le top 40 d'une des stations qui étaient la fixation d'Arthur.

« C'est vraiment une chanson intéressante », disait Arthur chaque fois que « Convoy » était diffusé. Il n'expliquait jamais pourquoi. Pour lui ce commentaire rituel relevait de l'évidence.

Dylan ne posait pas la question, ne tombait pas dans le panneau, se contentait de tripoter l'anneau qu'il portait au doigt. Il était hors d'atteinte, très loin par la pensée, en plein essor.

Arthur se mit à dire « nichon » pour « échec ». « Nichon. Nichon. Nichon et mat. »

Pour se changer les idées ils achetaient le dernier numéro des *Quatre Fantastiques*, des *Défenseurs* et de *Ghost Rider* au kiosque du terre-plein central de Flatbush. Ils les lisaient en cinq minutes, puis Arthur les mettait sous plastique et replaçait les pièces sur l'échiquier.

Le jour où Dylan eut une hallucination et crut que le front ridé d'Arthur où perlaient des gouttes de sueur émettait le tic-tac d'une bombe, il renversa son roi et dit : « Allons voir si Mingus est chez lui. »

Arthur leva des yeux écarquillés. « J'ai bien entendu ?

– Ben oui.

– Tu vas me présenter à Mingus Rude ? »

L'expression du visage d'Arthur était un mélange d'étonnement et de jubilation. À croire que ces dix jours sinistres de raclées échiquéennes n'avaient eu pour but que de produire ce résultat.

« Pourquoi pas ? demanda Dylan.

– C'est pas moi qui m'en plaindrai », dit Arthur.

Dylan haussa les épaules, pour éviter de lui laisser croire que c'était une concession d'importance. De fait, il s'était juré de ne jamais amener Arthur Lomb à Dean Street, du moins jamais quand les mômes de la rue, ceux qui étaient encore là, risquaient de le voir. Et puis merde, c'était jamais qu'une promesse de plus faite à lui-même qu'il trahissait, personne ne le saurait jamais. Si les mômes de Dean Street mettaient, encore aujourd'hui, Dylan et Arthur Lomb dans le même sac, c'est qu'il n'y avait rien à espérer. La blancheur d'Arthur ne risquait pas de déteindre sur Dylan, de le rendre encore plus blanc qu'il n'était. Ce tabou ne rimait à rien.

Tout plutôt que de voir ses pions décimés réintégrer leurs cases.

Mingus était chez lui. Plus précisément, il était assis sur son perron, à mi-hauteur pour profiter de l'ombre de la maison, les yeux fixés sur ce qu'il tenait entre ses deux mains comme un trésor, ou peut-être une petite chose vivante qui réclamait sa protection : une Spaldeen neuve, à la peau rose intacte, à croire qu'elle n'avait jamais été mise en contact avec la rue, que chaque rebond latent restait enfermé dedans, pure potentialité.

Il leva les yeux à l'approche d'Arthur et de Dylan et ce dernier comprit tout de suite que Mingus avait fait un petit tour du côté du congélo où Barrett Rude planquait son herbe, était totalement défoncé, virée solitaire dans l'après-midi. Il en avait les yeux embrumés.

« Je l'ai trouvée, articula-t-il en brandissant la Spaldeen.

– Je te présente Arthur », lança Dylan d'un air dégagé, faisant la présentation qu'il avait bien compté ne jamais faire, mais par-dessus la jambe. « De Pacific. »

Mingus devint tout à coup exagérément attentif et tendit la main à Arthur Lomb. « Yo, Arthur, ça gaze ?

– Comme ça, fit timidement Arthur.

– Pa-cif-ic, dit Mingus qui soupesa le mot de sa langue épaissie par la dope, en goûta chaque syllabe. T'as des copains du côté de Pacific, Arthur ?

– Ben, j'ai pas de copains de mon âge dans ma rue.

– Sans déconner ? » Mingus semblait impressionné. « D'accord, je crois que je vois ce que tu veux dire, ouais. Alors, qu'est-ce t'en penses, mon vieux, y a un petit qui a perdu cette balle ?

– C'est ce qu'on dirait », dit Arthur. Apparemment, ça le décontenançait d'être interrogé par Mingus, ça le contraignait à s'aventurer hors de son domaine. Peut-être se sentait-il menacé de faire une *réponse idiote* à une *question astucieuse*, voilà ce que ses yeux semblaient dire.

« Tu crois qu'on devrait faire une partie de stoop ? »

Arthur ne sut quoi répondre et regarda Dylan.

« Qu'est-ce t'en penses, D-Man ?

– Faudrait déjà que tu te rappelles comment on y joue », répondit Dylan. Il savourait sa réponse de vieux de la vieille, ravi d'affirmer devant Arthur que son histoire avec Mingus Rude était profonde, qu'elle remontait loin, qu'elle était riche en péripéties qu'Arthur n'aurait jamais pu imaginer.

« Je te flanquerai un home-run du premier coup, mon pote.

– J'aimerais voir ça », fit Dylan.

Peut-être l'été n'attendait-il que de les voir reprendre leur place, la lumière et la chaleur de se coaguler autour d'eux. La rue était une sorte de musée en plein air de leurs jours passés, l'asphalte était fendu et déformé à tous les endroits habituels, la maison abandonnée leur appartenait encore sitôt qu'ils faisaient valoir leurs droits sur elle. Mais il avait fallu la présence d'Arthur Lomb pour provoquer l'effort nécessaire. Ils avaient tacitement fait équipe pour lui montrer ce qu'était Dean Street, l'empreinte qu'ils y avaient laissée. Si ça n'avait tenu qu'à Dylan et Mingus, ils auraient mis les voiles pour taguer DOSE sur des réverbères, loin du quartier général, dans quelque opération clandestine. Arthur Lomb, mais aussi le signal de la Spaldeen toute neuve. Cela avait également quelque chose à voir avec la balle rose qui était apparue entre les mains de Mingus comme un problème à résoudre, une vieille démangeaison.

Ils ne furent que trois pour commencer. Mingus devant le perron abandonné, se tournait de côté en s'arc-boutant pour faire rebondir haut la balle sur les marches. Dylan sur le trottoir d'en face, derrière les voitures en stationnement, jouait champ extérieur. Arthur Lomb placé entre eux, au milieu de la chaussée, sous la voûte des arbres, jouait champ intérieur, s'effaçant d'un côté ou de l'autre pour laisser passer les rares voitures.

« Putain, l'enfoiré ! » gueula Mingus quand Dylan fit une prise parfaite. Pour se consoler, il marqua un double plein centre, en babillant trop tard des encouragements : « Bloque-la avec le corps, Artie, Arthur Fonzarelli, Fonzie, A-Boy. »

Les mômes de Dean Street furent attirés hors de chez eux, ou regagnèrent la rue depuis les divers endroits où ils se trouvaient comme attirés par un aimant, un étrange appel. Aucun d'entre eux ne se savait nostalgique avant d'apercevoir Dylan Ebdus et Mingus Rude dans le reflet doré du feuillage qui peignait le milieu de la rue, rêve de l'été précédent, devenu mémorable sans que nul ne s'en avise. Sans compter ce nouveau petit blanc à la triste figure, maladroit au milieu de la chaussée, s'emmêlant les genoux à essayer de bloquer les boulets de canon aériens ou à ras de terre que Mingus ne cessait d'expédier depuis le perron.

Impossible de ne pas regarder. Et ensuite de s'approcher.

« Eh, Roi Arthur, t'as lâché la balle !

– Pardon.

– Pardon, mon cul, fiston ! Pardon, c'est pour les couillons. Attrape la balle, point barre ! »

Mingus fit un lancer parabolique au-dessus des voitures stationnées, à destination du renfoncement de la cour bétonnée du 233, là où béait le trou laissé par la démolition d'un perron. Dylan bondit pour l'intercepter, sentit le froid de la Spaldeen dans sa paume, transmis de la main de Mingus à la sienne via l'air et le perron. Il la renvoya négligemment par-dessus Arthur. Mingus secoua la tête, mi-admiratif, sans vouloir exagérer.

Alberto s'amena, mains dans les poches. Il comprit tout de suite la situation et se plaça derrière Arthur pour recueillir tout ce qui passerait au travers, balles faiblottes comme fusantes, dans le seul but de mettre la main dessus. Puis vint Lonnie, et deux Latinos dont personne n'arrivait jamais à se rappeler le nom. Mingus leur fit signe de se placer, il y avait foule dans le champ intérieur. Il n'arrêtait pas de lancer.

Marilla et La-La arrivèrent, se juchèrent sur le perron de Henry appuyées sur les coudes, s'efforçant de prendre l'air indifférent.

Henry lui-même était parti dans un lycée de Queens, n'était jamais là. N'était plus qu'un fantôme du jeu, le nom qu'on donnait à ce perron-là.

En théorie, cinq prises permettaient à un joueur d'aller à la batte, en pratique ce jour-là, allez savoir ? C'était Mingus qui dictait la règle. Arthur et les plus petits, eux, n'y connaissaient rien, de toute façon. Alberto était plein de déférence, accommodant. Dylan, complice de Mingus, installé dans le champ extérieur, ne disait rien. Il connaissait l'obstination de Mingus quand il avait fumé, l'avait vu empiéter sur tel ou tel territoire pour taguer, ou simplement gueuler pour affirmer son point de vue, en boucle.

Il resterait sur le perron tant qu'il n'aurait pas réussi de home-run.

Arthur Lomb lançait des œillades paranoïaques à Dylan au milieu de la bande de mômes qui se bousculait sur la chaussée pour se disputer la position centrale.

Dylan, s'il avait pris la peine de le remarquer, faisait désormais partie des grands de Dean Street.

Il ne vit que ses pieds quittant le sol quand il se tendit pour bloquer un nouveau boulet et l'empêcher de retomber dans la cour du 213. Prise parfaite numéro *tres*.

Marilla chantait d'une voix de tête, *I used to go out to parti-i-ies, and stand around*[1]…

Il était resté en l'air aussi longtemps qu'il avait fallu, ayant lu à la perfection la trajectoire de la Spaldeen. Puis était retombé en souplesse, sans dommage.

Le petit blanc était une sorte de machine à intercepter, aujourd'hui.

T'avais des ailes.

'*Cuz I as too nerv-uh-us, to really get down*[2]…

D'un coup de pied, Arthur Lomb balança une balle à ras de terre le long de la chaussée et toutes les têtes se tournèrent pour le regarder cavaler après et la rapporter au bercail.

« Dis donc, Mingus, fit Lonnie, d'un petit ton enjoué. J'ai vu que tous les Funk Mob venaient voir ton vieux, l'autre jour.

– Je vois pas de quoi tu parles, contra Mingus imperturbable.

– Tu les as forcément vus. Ils avaient une grosse limousine blanche qui prenait toute la rue. On aurait dit des super-héros.

1. « Autrefois j'allais dans les fêtes et je faisais tapisserie… »

2. « Parce que j'avais trop le trac pour m'y mettre vraiment… »

– T'as encore fumé la moquette, Lon ?

– Viens pas dire que tu vois pas de quoi il parle », dit Marilla.

Dylan avait entendu Earl et deux ou trois mômes en parler la veille – la limousine et les musiciens fringués d'enfer qui en étaient sortis.

« J'ai rien vu, dit Mingus, de plus en plus content de lui, se repaissant de l'absurdité même de son déni.

– Y ment le mec », dit La-La en secouant la tête.

Mingus se cabra, la Spaldeen jaillit dans le ciel. La balle rose décrivit un arc de cercle qui fit une traînée sombre et vibrante sur le fond des feuilles tachées de soleil.

« Prends ça ! » railla Mingus.

Dylan s'envola et la retrouva de nouveau au creux de sa main.

Anneau et balle formaient une sorte d'association magique.

Et toi, au milieu : tu en bénéficiais, tu ne touchais plus terre.

« Merde ! Y sait sauter mon pote ! »

Dylan renvoya la balle sous les regards ébahis de la rue.

« Vise un peu ton pote D-Lone, Roi Arthur. Prends-en de la graine.

– Je prends des notes », répondit Arthur aigrement.

Marilla renversa la tête et roula les yeux, se remit à chanter, étirant chaque syllabe dans sa mauvaise humeur, *But my bod-dee-ee, yearned to be... freee*[1]...

Quand Mick Damer entra en scène, Dylan avait privé Mingus de neuf home-runs assurés et bâtissait peut-être sa légende, à monter une espèce de garde miraculeuse sur son trottoir et dans les airs. La partie s'était vidée de son sens, n'était plus qu'un affrontement de volonté entre Mingus défoncé et Dylan aérien.

1. « Mais mon corps crevait d'envie d'être libre... »

Les autres restaient sur le sable, simples figurants se nourrissant de miettes.

Marilla et La-La firent mine de ne pas remarquer Mick Damer qui déambulait devant le perron où elles étaient assises et cherchait leur regard. L'apparition de Mick au coin de la rue ne suffisait plus à captiver l'attention de Dean Street, c'est ce que déclamaient leurs voix railleuses. *I got up on the flo-oo-or board, somebody can... choose... me*[1]...

Inspiré, avec toute l'insolence d'un gosse des rues, Dylan décida qu'il n'avait pas peur de Mick Damer ce jour-là, pas dans sa propre rue, pas avec l'anneau d'Aaron Doily au doigt. Et puis, Arthur Lomb était là, maillon faible officiel. On pouvait presque sentir Mick mesurant le tour de cou d'Arthur pour le cravater, tel le Coyote qui substitue mentalement l'image d'un poulet rôti à celle de Bip-bip.

Il semblait désormais à Dylan que c'était avec Rachel que Mick Damer avait maille à partir. Elle était sortie de leur vie, même si Mick ne s'en était pas aperçu. Dylan n'avait rien à voir là-dedans. Certains jours, c'était tout juste s'il pensait à Rachel une seule fois.

Ce jour-là, par exemple.

« Yo, Gus, fais voir la balle une minute », dit Mick. Il pencha la tête, regarda de côté pour vérifier qu'il n'y avait personne dans son dos. « Je te la rends, tu le sais bien. » Tout autre aurait demandé à entrer dans la partie : Mick Damer, lui, ne pouvait qu'essayer de vous arnaquer. Sa démarche était foncièrement celle d'un délinquant. Il ne pouvait y renoncer même quand il n'en avait pas besoin.

Mingus redressa la tête et dévisagea Mick comme s'il parlait martien. Les plus petits s'éloignèrent, mi-intimidés, mi-ennuyés de n'avoir jamais touché la

1. « Je me lançai sur la piste, me choisisse qui veut... »

balle. Fronçant les sourcils, Arthur Lomb darda sur Dylan son regard de désespoir caractéristique. Il risquait de recourir à une crise d'asthme d'une seconde à l'autre.

« D'acc », dit soudain Mingus qui lança la Spaldeen à Mick Damer sans plus penser à son home-run ni à l'enjeu de la partie. Ça lui arrivait parfois, ces volte-face subites. « Je prends l'extérieur, annonça-t-il. Avec mon pote Dee. »

Dylan glissa sur la gauche et Mingus le rejoignit, deux milieux de terrain se disputant les airs. Le premier lancer de Mick, qu'il fit en sous-main, les phalanges raclant presque le trottoir, fut un missile à hauteur d'œil qui rebondit sur la voiture stationnée entre les champs intérieur et extérieur, manquant arracher la tête d'Arthur Lomb à l'aller et au retour. Mick Damer recelait toujours autant de ricochets bizarres, comme un flipper déglingué après des années de présence dans une salle de jeux à bouffer des pièces.

« Ma mère a dit que je devais rentrer, Dylan », fit Arthur Lomb, morose. Coq-à-l'âne qui trahissait son malaise. Qui aurait eu l'idée de parler de sa mère ?

« D'acc, lâcha Dylan, indifférent.

– Bon, ben j'y vais alors. » Arthur semblait croire que Dylan allait le raccompagner, ou du moins s'arrêter de jouer pour marquer le coup.

« À plus.

– Hé, Roi Arthur, dit Mingus reprenant le fil de la conversation. À un de ces quatre ?

– Content de te connaître.

– Mes hommages à Pacific Street, mon vieux, et à ta mère. »

Alberto et Mick Damer se fendirent aussitôt la pêche. Mingus et Dylan restèrent de marbre, comme si de rien n'était. C'était hilarant, d'une façon plutôt indéfinissable, en somme, Mingus avait dit « Ta mère ! » sans le dire.

Avec la garantie de pouvoir le nier.

Arthur Lomb se contenta de baisser la tête et s'éloigna le long de la rue, telle une pièce balayée.

Et Marilla chanta, *No more stand-di-ing beside the wall*[1]...

Mick se tendit et se détendit de nouveau, et la balle frappa haut sur le perron pour rebondir plus haut et plus loin qu'elle ne l'avait encore fait.

Alberto s'adossa à une voiture, n'imaginant pas un instant que c'était à lui de bloquer. Il se tourna pour regarder Dylan et Mingus jouer des coudes, prêts à bondir.

I done got myself togeth-a, baby[2]...

Dans son envol, Dylan embrassa toute la rue du regard. Il se coula facilement dans les airs, sous les branches, au-dessus des voitures. Il constata que Mingus, près de lui, s'élevait un peu moins haut. La balle rose trouva la main gauche de Dylan, sa main de prédilection, la main à l'anneau, en rencontra la paume de sa propre volonté. Il suffit à Dylan d'être au rendez-vous. Il eut le temps de jeter un œil à la ronde, la chanson de Marilla au ralenti, *to, geth, a, ba, by*, de là-haut il vit que Mick Damer avait – non, ça ne pouvait pas être un début de calvitie – un bout de crâne dénudé, une plaque un peu décentrée de gale ou de pelade au sommet de la tête. La balle se comprima dans sa main comme pour soupirer. À la périphérie de la vision de Dylan, Arthur Lomb rentrait chez lui, les épaules affaissées, le long du trottoir. *C'est pas un bon receveur, on y peut rien.* Dylan remarqua les beaux nichons de La-La, fut stupéfié de disposer des mots « beaux nichons » la première fois qu'il en remarquait. En vérité, il le devait probablement à Arthur Lomb, mais jamais il ne le porterait à

1. « J'ai fini de faire tapisserie… »
2. « Je me suis repris, baby… »

son crédit. Alors les filles Solver pouvaient bien aller se rhabiller. Et si ta vie n'était pas privée de tout, si on ne t'avait pas volé ta fortune avant que tu puisses la dépenser ? Et si la vie, le sexe, tout ce qui comptait était là, sous la main, à Dean Street, et pas exilé ailleurs ? À ses côtés, Dylan sentit Mingus s'arrêter légèrement en dessous de lui, leurs deux corps se heurtant doucement dans l'effort que fit Mingus pour sauter aussi haut que lui sans y arriver tout à fait, privé qu'il était de l'avantage conféré par l'anneau de l'homme volant. Mingus n'était pas monté aussi haut que Dylan.

À son apogée, Dylan sentit qu'il était une note de musique, suspendue, puis ascendante. Et si tous les mômes de Dean Street étaient les notes d'une chanson ? Mingus était Dose. Dylan avait beau avoir tagué ce nom, il appartenait tout entier à Mingus. Mingus avait ce truc avec la drogue, son accès à la réserve de Barrett, et ça collait, c'était cool. Le rôle de Mick Damer était de vous tomber dessus en douce et de vous flanquer la trouille. Il était prédisposé à la délinquance, Dylan ne pouvait pas lui en vouloir. Le môme de la cité, fallait s'y attendre et l'éviter. Arthur Lomb, lui, c'était le petit blanc, il était à sa place. Même lui ça pouvait aller, il ne le savait pas encore, voilà tout.

Quant à Dylan, il avait l'anneau. Les badauds ébahis n'avaient qu'à moitié tort, Dean Street avait bien ses super-héros : pas des musicos en limousine mais Dylan, le môme volant. Il allait se confectionner un costume et gagner les toits, se mettre à fondre sur le crime et on saurait alors ce qu'on n'avait pas encore le droit d'apprendre. Pour l'instant, il fallait la déguiser, la Découverte du Vol, qu'il faisait sous leur nez. Mais dès ce bond inaugural, il ressentait déjà amour et sympathie universels, tandis qu'il brassait l'air, que tout s'offrait à lui sous un angle nouveau.

Puis Marilla finit le couplet remuant les mains au rythme syncopé qu'elle était la seule à entendre, *I done got myself togeth-a, baby... now I'm havin' a ball*[1] ! Dylan atterrit, les Keds couinant doucement, un millième de seconde après Mingus, alors qu'ils avaient sauté ensemble. La balle dans la fraîcheur de sa paume. Partout ailleurs, la sueur avait ruisselé sur son corps exalté dans l'essor.

« L'homme-kangourou ! aboya Mingus. Il a bien pris ses vitamines, merde ! »

En réponse au chant aigu de Marilla, La-La lança, railleuse :

Got to give it up, baby !
Oh, yeah : Got to give it up[2] *!*

Ça s'annonçait comme la fiesta de l'été 77, alors qu'on n'était qu'au début juillet : Grandmaster DJ Flowers arrive de Flatbush avec son clan pour affoler les platines dans la cour de l'école publique 38, après la fête du quartier dans Bergen. La rumeur s'est répandue. C'est la journée la plus chaude jusqu'ici mais personne ne s'en plaint, personne n'est fatigué, le soleil en chute libre sur Manhattan et le port émet une lueur orange, mais la journée n'a pas encore commencé, pas quand on sait ce qui va tomber du ciel. Toutes les bières du monde ne suffiraient pas à nous rafraîchir ou nous endormir. La fête du quartier elle-même n'est qu'une entrée en matière, les rénovateurs blancs qui font griller des côtelettes dans leurs jardins pour essayer de faire connaissance avec les voisins, deux ou trois Latinos qui tapent sur des bidons, rien d'exceptionnel. Les petits

1. « Et maintenant je danse, je m'éclate... »
2. « Faut que t'y renonces, baby, oh oui, faut que t'y renonces ! » (Titre : « Got to Give It up ».)

sont déchaînés, garçons et filles, Latinos, noirs et blancs mélangés comme ils le sont à cet âge. Ils s'épuisent au soleil, pour gagner ou perdre des prix foireux, ballons, gremlins aux cheveux verts, sucent le jus sucré des granités dans des gobelets en carton, se font maquiller par un clown qui n'est autre qu'une des mères du quartier cuite à point sous une perruque afro fluorescente. Les petits courent en poussant des cris aigus, à quatre heures ils sont déjà vannés et pleurnichent. Les plus grands essaient de tenir le coup jusqu'à la nuit. Ils tuent le temps assis sur un perron, lorgnent cette immense bonbonne d'hélium du type qui gonfle les ballons, mangent des assiettes de paella à un dollar cinquante.

À six heures, les premiers mômes commencent à s'assembler dans la cour de l'école publique 38, alors que Flowers ne se montrera pas avant la tombée de la nuit. Les bandes du coin arrivent entre-temps, et déclenchent une petite échauffourée en guise d'apéritif. L'école est le domaine des Flamboyan, depuis que Stone, leur fameux DJ, a élu domicile au sous-sol de la Maison des jeunes de South Brooklyn toute proche. Et de fait, c'est à l'invitation de Flowers par les Flamboyan que l'on doit cette soirée. Cela ne signifie pas pour autant que personne ne dispute aux Flamboyan leur hégémonie sur le quartier. Géographiquement, la cour de l'école 38 est le centre névralgique de divers courants, avec les mômes d'Atlantic Terminals qui descendent de Fort Greene, ceux de Wyckoff Houses qui remontent Nevins. Auxquels s'ajoutent les petits durs du lycée Sarah J. Hale, qui affluent de partout jusqu'à Pacific.

Il y a aussi les Disco Enforcers venus de Red Hook – ils ont appris la visite de Flowers et demandé à participer. Les Flamboyan se retrouvaient plongés dans une bataille de jam-sessions alors qu'ils avaient seulement prévu d'accueillir Flowers en assurant sa première partie. Mais t'inquiète, Stone est à la hauteur. Il est tellement à son affaire à la table de mixage qu'il serait le roi de Brooklyn s'il n'y avait pas Flowers. Les bandes rivales travaillent ensemble à l'installation, piquent du jus au pied du réverbère le plus proche jusqu'à l'autre bout de la cour pour alimenter leurs platines et leurs amplis. Tout en essayant de se cacher mutuellement leurs caisses de 33 tours, de préserver un semblant de surprise. Mais c'est un secret de polichinelle : il ne fait aucun doute, y compris pour Flowers quand il arrivera, qu'ils se serviront tous des mêmes quinze ou vingt plages.

Les Enforcers passent les premiers. C'est un groupe exclusivement composé de noirs, « Enforcers » compensant aisément le côté tarlouze de la première partie de leur nom. Autre ambiguïté, leurs adeptes dansent sur des rollers – mais ils appellent ça uprocking et personne ne se fout de leur gueule. Pour compenser leurs figures genou fléchi et pirouette sur un seul talon, ils s'agrippent les couilles et brandissent le poing façon *j't'emmerde.* Il y en a un qui mime une invitation à le sucer en maniant une bite imaginaire comme une interminable lance à incendie. Le DJ de Red Hook s'échine sur « Fatbackin », du Fatback Band et sur « The Mexican » de Babe Ruth, mais déroute aussi le public avec « Stone Thing (Part 1) » d'Alvin Cash and the Registers, morceau peu connu. Sur les reprises de batterie, la phalange de danseurs sur rollers fonce sur la foule, tempête de bras et de jambes, patins faisant jaillir des étincelles sur le ciment.

Mais si on arrivait à croiser le regard des danseurs, on verrait qu'ils sont hésitants, timides. C'est pas évident de se lancer pour un uprock d'enfer devant tout le monde. Nettement plus facile de croiser les bras d'un air boudeur en balançant vaguement la tête, les yeux sur les voisins qu'on s'est choisis pour assister au déroulement des opérations.

Le fracas des basses résonne tout au long de Pacific, de Nevins et jusqu'à la Troisième Avenue, alertant les rares qui ne seraient pas au courant : *Yo, c'est chaud du côté de la 38.*

Les Flamboyan prennent la suite. Ceux pour qui l'apparition de Flowers cette nuit-là n'avait pas éclipsé tout le reste reconnaîtraient par la suite que DJ Stone avait mis les Disco Enforcers chiffon ce soir-là. Stone, non content de trouver le break, l'use jusqu'à la corde. D'autre part, alors que les DJ des Enforcers exhortaient eux-mêmes la foule – quelques maigres « Tout le monde s'éclate ! » – Stone se fait accompagner d'un mec qui harangue le public au micro, il doit se prendre pour le petit frère de Flowers. Ce maigrichon, qui se fait appeler MC Ruff, n'en finit jamais de chanter et de scander.

Les Flamboyan n'ont pas de danseurs – les breaks de Stone et les cris de Ruff transforment tout le public, on se croirait sur le plateau de *Soul Train*. Pas de grosse surprise, tout juste « Paradise Is Very Nice » et « Love Is the Message » saccadés de mille manières différentes. Voilà le groove qui met une ambiance d'enfer. Surtout « Love Is the Message ». C'est un morceau de MFSB, le groupe de house du groove de Philadelphie. Ces initiales sont censées être celles de « Mother, Father, Sister, Brother » mais les vrais branchés savent qu'elles sont en réalité celles de « Motherfuckin' Sons of Bitches ». Aucun DJ ne se balade sans au moins trois ou quatre exemplaires de la précieuse galette, c'est l'élément de base de tout programme et personne ne s'en plaint.

Deux heures plus tard, on a de nouveau droit à « Love Is the Message » par Flowers. Entre ses mains ça sonne aussi bien, mieux. Flowers a une présence ensorcelante, c'est une espèce de Jamaïcain massif ou d'Antillais au-dessus des clans et des polémiques, comme Kung Fu. Flowers est l'un des découvreurs – des isolateurs – du break, un de ceux qui ont démontré combien les gens peuvent être furieusement faits pour danser sur un bout de chanson débarrassée des paroles et de la mélodie. Et il le démontre encore ce soir.

Dans Bergen, on a remisé depuis longtemps les tables de bridge et le papier crépon. C'est ici, seulement ici, qu'on veut être. Il pouvait y avoir trois cents mômes répandus autour des platines et des amplis, les danseurs devant, les durs regroupés par factions : Atlantic Terminals, Wyckoff Gardens, Latinos de la Cinquième Avenue. Personne n'a envie d'être le con qui provoquera la bagarre, même si la fierté exige d'être vigilant à l'encontre de quiconque te calcule trop longtemps, toi ou ta meuf. Les rivaux, en file indienne, passent leur agressivité dans la danse, avec force gestes obscènes. Évidemment, il y a un accrochage par-ci par-là. Mais c'est une réunion pacifique, aucune raison pour que les flics viennent y mettre un terme juste avant minuit, soulagent un groupe de mômes des couteaux à viande qu'ils ont planqués dans leurs chaussettes, un des poulets claquant un nunchaku confisqué contre sa cuisse, et fassent sortir de la cour le public surexcité qui commençait à peine à s'éclater.

N'empêche, Flowers a joué assez longtemps pour faire entrer la soirée dans la légende. La jam de 77, juste avant la grande panne. La cour sombre éclairée par la lueur des torches de DJ qui donnaient la cadence, mélangeaient les rythmiques : le souvenir de ces moments se fond dans la mémoire avec la nuit trouée de lueurs et de bougies, à quelques jours de là. Dans la mémoire de tous sauf du petit blanc, le seul visage blanc de la cour, amené là par son pote Dose à côté duquel il se tenait le plus près possible. Pas de grande panne pour le petit blanc. Il a perdu sa dernière partie d'échecs, mangé son dernier sandwich à la dinde préparé par Mme Lomb, demain il prend l'autocar pour le Vermont. L'Enfant au grand air.

On lui a foutu la paix ce soir-là. Va savoir pourquoi, à moins que ce ne soit une preuve de la bénignité du concert. Il a baigné dans cette ambiance toute la soirée, un parmi la foule de corps palpitants et de visages exaltés, allant jusqu'à crier « Ho-o ! » et « Ow ! » à l'appel de Flowers, même si cela lui a valu des regards appuyés de certains des noirs les plus proches. Mais enfin, il s'en est tiré. Simple coup de bol, peut-être, à moins qu'il n'ait traversé on ne sait quelles flammes et soit maintenant sur l'autre bord. C'est peut-être l'anneau. L'anneau l'a peut-être rendu invisible, l'anneau l'a peut-être rendu noir. Qui sait ?

Une photo noir et blanc de Fidel Castro en tenue de base-ball, sur le monticule du lanceur :

> si les mets étaient obligés d'échanger seaver
> contre un red
> ils auraient dû l'expédier
> à cuba contre ce mec
> mieux fait pour le che stadium
> le crabe de la fédération a parlé[1]

La carte postale avait glissé d'entre les prospectus des galeries d'art et les menus de restaus chinois qui bourraient la fente de la porte, et atterri sur le tapis de l'entrée, face écrite vers le haut. Abraham Ebdus se contenta de la déposer sans sourciller au sommet du petit tas qui s'accumulait sur la console du salon. Il

1. Les Reds (rouges) sont une équipe de base-ball. Les Mets jouent au Schea Stadium prononcé approximativement comme Che. Seaver est l'un des grands joueurs de l'histoire du base-ball.

estimait que les cartes du Crabe en Fuite ne présentaient plus aucun caractère d'urgence désormais, qu'elles étaient devenues intemporelles. Le petit attendrait bien d'être rentré pour les lire. Abraham quant à lui, ne leur accordait même plus un coup d'œil.

11

Les poissons crevaient de la bouche la surface de l'étang, comme pour gober l'air. La brume s'accrochait aux hautes herbes qui se recourbaient sur le bord, et à la cime des arbres, un peu plus loin. Le court ponton pourri où était assis le petit gars de la ville était suspendu au milieu d'un nimbe gris-vert semblable à la photo corrodée d'un nuage. Il était plus facile de voir à travers la loupe de l'eau les perches irisées aux reflets métalliques et les plantes aquatiques vert brocoli que, dans cette atmosphère, la rive opposée.

Buzz, l'adolescent à problèmes des Windle, la famille d'accueil du petit gars de la ville, lui avait dit le matin : « Pêche sous la pluie. Je t'installerai. Tu seras pas bredouille. » Buzz cherchait déjà à se débarrasser du petit gars de la ville en lui assignant des missions champêtres foireuses, des trucs qu'il n'aurait vraisemblablement jamais faits lui-même pour un empire. À seize ans, il avait une petite moustache et mourait d'envie de rejoindre ses copains anciens combattants du Viêtnam qui fumaient à la chaîne devant le capot ouvert d'une mustang prétendument gonflée, mais en fait inerte. Le petit citadin lui avait collé aux basques un après-midi et toute une soirée avant qu'il ne le congédie. Dans une allée tachée d'huile et hérissée de mauvaises herbes, les amis adultes de Buzz bombardaient de mégots rougeoyants un golden retriever boiteux, urinaient dans des bouteilles vides de Pabst Blue Ribbon, échangeaient des blagues dans une langue que le petit gars de la ville ne comprenait pas.

C'était de la pure méchanceté d'arracher le poisson à travers cette loupe pour l'asphyxier sur les planches spongieuses. Le petit n'avait aucune envie d'imiter la démonstration que Buzz avait faite à la hâte. La canne reposait dans l'herbe ondulante à la base du ponton, cachée comme un peigne dans une chevelure. Le gamin se tenait voûté dans un ciré jaune d'emprunt, le dos au sentier qui traversait les champs derrière la maison, image même de la solitude pour les passants et pour lui-même : En deuil de Brooklyn, dans le Vermont, en 1977.

Pourtant, cette bonté ostentatoire envers le poisson avait peut-être un public. Heather, la fille des Windle, treize ans, son aînée d'un an. Il avait senti qu'elle le suivait des yeux. La façon livresque qu'il avait de s'exprimer quand il parlait à ses parents, et ses longues mèches coupées au bol, qui rebutaient Buzz, avaient éveillé sa curiosité à elle.

Elle était blonde comme une Solver.

Elle filait en silence sur son vélo, pareille à un personnage de Bruegel ou de De Chirico.

Tu pouvais murmurer à une fille sur un ponton, en été, des trucs que t'aurais jamais rêvé d'essayer à l'école.

Y en a qui ont de la veine, espèce d'enfoiré.

Heather Windle s'amena précautionneusement par le sentier. Avec ses jambes devenues trop longues pour son ciré jaune, elle faisait penser à la fille des boîtes de sel Morton. Elle sautillait d'un côté à l'autre sur les pierres humides, chassant de la main une nuée de moucherons.

Ainsi, le petit citadin était donc passé du frère à la sœur.

« Salut, Dylan.

– Salut.

– Qu'est-ce que tu fais ?

– Rien. »

Elle se tenait à l'entrée du ponton, et jeta un œil sur la canne dans l'herbe.

« T'es triste ?

– Pourquoi je serais triste ?

– Je sais pas, t'as l'air triste. »

Peut-être qu'il l'était. Mais pas si le reste du mois de juillet leur appartenait, sur le ponton, dans le champ, dans la brume, partout ailleurs que dans l'allée huileuse jonchée de languettes de boîtes de bière et le parking de la supérette bondé de camionnettes. Dylan Ebdus était prêt à quitter le Vermont de Buzz pour un monde rose bonbon, pour la chevelure de Heather. Il voulait lui demander s'il pouvait simplement respirer l'oxygène de sa blondeur, enfouir le nez dans ses mèches contre sa joue.

« Je t'attendais », s'entendit-il dire.

Elle ne dit rien, monta sur le ponton pour s'asseoir à côté de lui au bord de l'étendue d'eau mouchetée par la pluie.

« T'es triste parce que t'as pas de mère ? finit-elle par demander.

– J'ai dit que j'étais pas triste.

– Mais c'est pour ça que t'es venu ici, non ? »

Dylan haussa les épaules. « Y a plein d'Enfants au grand air qui ont une mère », dit-il. La veille, il avait dû justifier l'œuvre du fonds social à un type défoncé qui portait un bandeau sur l'œil, il débita donc son laïus sans difficulté. « Toute l'idée c'est de permettre à des enfants de la ville de passer l'été à la campagne, tu vois. Pour changer. Tes parents ont l'air de trouver ça bien.

– Je sais, dit-elle. On en avait un l'an dernier, mais c'était un noir.

– Mon meilleur ami est noir. »

Heather réfléchit une minute puis s'appuya contre lui. Les coudes de leurs cirés crissèrent l'un contre l'autre. « Je suis jamais allée à New York.

– Ah bon ?

– Pas encore.

– Tu peux pas savoir. » Une chaleur monta en Dylan sous la pression du corps de la fille. Il perçut sa curiosité comme une sorte de rayonnement qui l'enserrait, un champ magnétique.

Bien sûr, il serait triste, accepterait la pitié, ferait feu de tout bois.

À cet instant, il décida de lui confier son secret, de lui montrer le costume qu'il avait apporté, caché dans son sac à dos, ses pouvoirs secrets, l'anneau.

« Tu sais ce que c'est le graffiti ? demanda-t-il.

– Non.

– Et le motion-tagging ?

– C'est quoi, ça ? dit-elle, enchantée.

– Tu fais un graffiti sur un train en marche, au lieu de le faire dans une gare.

– Mais c'est quoi un graffiti ? »

Oui, il dévoilerait le costume, il le mettrait pour elle. Mais d'abord, au cœur de leur nimbe, il lui parla de Brooklyn.

Quand après dîner la mère de Heather les appela dans le grenier au toit pentu où ils jouaient en chuchotant, Dylan se sentit soudain coupable, comme s'il était accusé de ce qui n'était pas encore arrivé, comme si ses désirs secrets étaient des films projetés sur les murs à l'étage en dessous. Durant tout l'après-midi, il s'était préparé à affronter le regard méprisant de Buzz, mais ce dernier ne parut pas pour le dîner et son nom ne fut même pas prononcé. Dylan avait eu la sensation que Heather et lui étaient invisibles en présence des Windle, moutons sous un lit, souris dans le grenier. À présent, quand sa mère les appela, Heather et lui échangèrent un délicieux regard de complicité, puis gagnèrent l'escalier en silence.

« Il va falloir que tu appelles ton papa, si les lignes téléphoniques ne sont pas coupées », dit le père de Heather du fond de sa chaise longue, dans la pièce éclairée par la lueur de la télé. Il avait parlé sans quitter le spectacle des yeux. Dans diverses nuances de bleu, New York était la proie de l'obscurité et des incendies.

Le téléphone sonna quatre fois avant que son père réponde.

« Je suis content de pas habiter Fulton Street, dit Abraham Ebdus. Remarque, ici, il ne se passe rien, en dehors des crétins qui gueulent. Ramirez a garé son break sur le trottoir pour bloquer l'accès devant sa vitrine. Il monte la garde avec une batte, je le vois d'ici. À mon avis il sera déçu. »

Dylan faillit demander des nouvelles de Mingus, mais s'abstint.

« Tu peux pas savoir ce qu'il a fait chaud, au fond, c'est une bénédiction, je suis à l'atelier, je vais peindre les étoiles, on les voit jamais. Ou alors je vais peindre Ramirez. Tout va bien, ne t'en fais pas.

– Bon.

– Tout va bien de ton côté ?

– Oui, oui.

– Passe-moi Mme Windle. »

Dylan tendit le combiné et se tourna vers Heather. Pour montrer qu'il n'était pas affecté par les lointaines émeutes, il dit : « C'est pas une affaire. » Puis, un peu sauvagement : « En fait, ça arrive tout le temps sauf qu'en général ça passe pas aux infos. » Cela lui valut un regard de perplexité de la mère de Heather qui venait de raccrocher.

La télé ne reparla jamais de la grande panne. Pourtant, ces brèves images de verre brisé et de silhouettes en fuite contredisaient le compte rendu de son père. Dans son lit, Dylan rêvassa à la ville en feu.

Pendant que Mme Windle faisait ses courses, ils flânèrent tous les trois devant le présentoir des magazines, dans la vaste allée principale baignée de lumière blanche du supermarché. Là, Buzz afficha son indifférence au nouvel ordre. Dylan et Heather s'agenouillèrent devant le présentoir des comics et parlèrent à voix basse, Dylan expliquant patiemment le mystère des *Inhumains* de Marvel alors que Buzz feuilleta quelques magazines de bagnoles dont *High Times*, puis s'éloigna.

En le regardant, Dylan vit que Buzz était suivi par une femme d'une cinquantaine d'années vêtue d'un tablier bleu douteux et tenant une étiqueteuse comme l'inspecteur Harry son magnum. Elle se pencha pour suivre l'avancée de Buzz passé le coin de l'allée, puis lui emboîta le pas. Dylan sourit tout seul, revint aux comics. Heather n'avait rien vu.

Suivi à la trace dans un magasin comme un petit noir.

Traînant derrière Mme Windle au passage des caisses, Buzz se donna beaucoup de mal pour jouer l'innocence, haussant les épaules, tripotant le présentoir des chewing-gums, parlant pour ne rien dire, condamné d'avance. La femme armée de l'étiqueteuse et un gérant chauve à l'air sévère prirent position près d'une caisse fermée non loin de là et attendirent que ce soit officiel, que Buzz se dirige vers la sortie sans déposer sur le tapis roulant ce qu'il avait dans son pantalon et ses manches. Seules Mme Windle et Heather furent surprises quand le gérant les intercepta à peine franchies les portes automatiques.

« Excusez-moi, madame Windle. » Le gérant plissait les yeux dans la vive lumière du soleil, son ton était empreint de toute la commisération de l'inévitable. « On va demander à Buzz de bien vouloir nous suivre dans le bureau.

– Oh, Buzz », gémit Mme Windle.

Buzz fit une moue sarcastique, se balança d'une jambe sur l'autre, prisonnier d'un rôle auquel il était trop obtus pour résister.

« Et si vous, les jeunes, veniez avec nous. Cette leçon ne peut pas vous faire de mal. »

Dans une pièce exiguë sans fenêtre, ils regardèrent Buzz sortir consciencieusement un numéro de *Hot Rod*, un de *Penthouse* et une boîte de cartouches prise au rayon chasse et pêche.

« La dernière fois on avait dit qu'en cas de récidive on appellerait le sheriff, Buzz.

– Dis quelque chose, ordonna sa mère.

– C'est moi qui aurais dû appeler le sheriff après ce que Leonard m'a fait la dernière fois, grommela Buzz. Je devrais même plus venir ici, merde.

– J'ai bien peur que tu aies raison, Buzz, tu ne devrais pas. Leonard n'a rien à voir là-dedans.

– Ça, j'en suis pas si sûr, dit Buzz se découvrant un cheval de bataille. Faudrait que vous lui touchiez un mot pour qu'il se décide à me lâcher.

– Qu'est-ce que t'a dit Leonard ? demanda le gérant en rougissant aussitôt.

– Les enfants, allez nous attendre dans la voiture », dit Mme Windle adressant un signe de tête à Heather et Dylan.

Ils roulèrent en silence, Buzz sur le siège avant de la Rambler, se hissant tristement sur les coudes pour sortir la tête, le cou, tout ce qu'il pouvait par la fenêtre, à côté de sa mère qui se raidissait de fureur au volant. Heather et Dylan s'enfoncèrent pour échanger des grimaces sous l'horizon du long dossier de la banquette avant. Dylan souleva sa chemise comme pour un strip-tease, juste le temps d'exhiber le numéro 7 des *Inhumains* et deux barres de Crunch glissés sous sa ceinture. Heather écarquilla obligeamment les yeux, porta la main à la bouche. Une fois rentrés, ils mangèrent les barres de chocolat ensemble au grenier tandis qu'en bas, Buzz avait affaire à son père.

Le Vermont était perméable aux façons de Brooklyn. Rien de plus simple, vraiment, que de piquer le chocolat et le comic avec Buzz dans le rôle du petit noir qui fait diversion.

Buzz avait « maquillé le coup » pour Dylan – voilà ce que Mingus aurait dit.

Les après-midi s'étiraient jusqu'à la torpeur. On abandonnait son vélo dans l'herbe ou sur le gravier, là où on en avait marre, on ôtait son tee-shirt et on se débarrassait de ses tongs pour retourner nager, puisqu'on avait enfourché la bécane en maillot de bain encore humide. Les nichons de Heather étaient deux prunes, dans les emmanchures de son marcel, et on avait toujours la possibilité de trouver un angle, un nouvel aperçu de la chose. On accumulait ces images entrevues jusqu'à ce qu'elles s'impriment comme une forme de feu dans l'esprit, prenant de plus en plus la force d'une obsession, à la manière de ces pubs sur lesquelles on passait négligemment pendant une éternité, jusqu'au jour où on ne pouvait plus faire autrement que les connaître, *Collectionne les Sea Monkeys* ou *Les X-Ray Specs pour mieux voir le monde*.

Mouches noires et érections, l'immersion résolvait le tout.

Dylan faisait remarquer au moins deux fois par jour qu'il aurait treize ans au mois d'août.

Tout naturellement au cours de ces après-midi humides, ivres d'insectes, quand Dylan et Heather avaient la maison, l'étang, le champ, le jardin couvert de gravier pour eux tout seuls, ils se retrouvaient vautrés sur le canapé où leurs maillots laissaient des empreintes de culs humides, côte à côte, tour à tour secoués d'un rire hystérique ou pantelants, hors d'haleine, et l'instant suivant, leurs genoux nus sur des chaises devant le bar de la cuisine, mélangeaient dans un Tupperware gradué un litre de citronnade lyophilisée à l'eau froide du robinet. Ils pouvaient aussi bien emporter ensuite des verres emperlés de buée, pleins de glaçons, au grenier qui grouillait pendant la journée d'essaims psychédéliques de poussière nageant dans les rayons obliques du soleil.

Demi-nus sur le dessus-de-lit à carreaux, ils s'allongeaient de nouveau côte à côte, pour sucer les glaçons.

« Je sens plus mes lèvres.

– Moi non plus.

– Tu sens ?

– C'est froid !

– À toi, maintenant. »

La démarcation entre ville et campagne les autorisait à faire semblant que tout leur était une surprise. La glace ne faisait peut-être pas le même effet à New York.

« Embrasse là où j'ai embrassé. »

Un temps d'arrêt, puis la tentative.

« Je sens rien.

– Embrasse-moi sur les lèvres. »

Alors qu'ils avaient écrasé leurs lèvres glacées sur les poignets l'un de l'autre, le premier baiser fut un effleurement, léger comme celui d'un oiseau.

« Je suis engourdie – une vraie gourde. » Ils éclatèrent de rire.

« Bon, encore.

– Ah. »

Elle avait fermé les yeux.

Roulant sur eux-mêmes, ils s'écartèrent l'un de l'autre. Dylan retomba sur le ventre pour écraser un élancement dans son maillot de bain. « T'as déjà aspiré l'hélium d'une bombe de chantilly ? » demanda-t-il pour ne pas casser l'élan récréatif, cette atmosphère d'espièglerie permissive.

« Noooon, mais Buzz, si. »

Buzz, nom de code de tout ce qui est grossier, méprisable, provincial. Dylan et Heather étaient des créatures de l'étang et de la grande ville lointaine. Entre les deux, rien. N'insiste pas avec ton gaz hilarant.

« Tu veux que je te masse le dos ?

– Oui.

– Tourne-toi. »

Elle obéit sans rompre leur accord : rien n'était lié à rien. Ils étaient des lutins sans aucun tabou, et ils étaient aussi un peu ballots, volontairement niais. Le baiser était sur une planète, le massage sur une autre.

Il pétrit et pinça, lui malaxa l'épine dorsale avec ses phalanges repliées, tout ce qui lui sembla digne d'un professionnel.

Sous ses bras écartés sur le couvre-lit, ses nichons saillaient en croissants de lune. Il parvint à les peloter en faisant mine de lui masser longuement les côtes, s'attarda juste assez pour être déçu de les sentir comme deux pastilles de la consistance d'un hamburger. Les yeux de Heather tremblèrent derrière ses paupières.

Quand ses doigts s'insinuèrent sous l'élastique qui lui enserrait les hanches, elle se dégagea et s'assit.

« On étouffe, ici. »

Ils sautèrent à bas du lit puis sur leurs vélos et dévalèrent le talus couvert de gravier, deux gamins du coin qui tuent le temps, au regard plus ou moins indifférent d'éventuels passagers somnolant à la fenêtre des autos, Heather tricotant follement la tête dans le guidon, éclairs de genoux surgissant de l'ombre cuivrée, Dylan dans sa roue, soulagé, gobant de sa bouche grande ouverte l'air moite et l'après-midi interminable du Vermont.

M. Windle gara la Rambler au fond du drive-in pour être plus près du Blind Buck Inn de l'autre côté de la nationale. Là, d'après les prédictions de Buzz, il ne bougerait pas du bar de toute la durée du double programme – *La Guerre des étoiles*, *La Dernière Séance* – et en sortirait tellement bourré qu'il confierait les clés à Buzz pour les cinq kilomètres du retour. Le drive-in était aux deux tiers vide, tout juste une cinquantaine de voitures reliées tels des patients sous assistance respiratoire aux prises qui sortaient de traviole du dallage envahi d'herbes folles.

En ville, l'espace filait vers le haut, comme le temps. Ici, il s'étalait vers les côtés, jusqu'aux arbres.

Dans le crépuscule bleuté, des silhouettes dérivaient de voiture en voiture, s'accoudant aux fenêtres pour demander du feu, s'esclaffant devant telle banquette arrière surpeuplée, petites civilités avant la séance.

« Je vais faire l'impasse sur le premier film », dit Buzz, sans regarder Dylan. Avec le billet de dix que leur avait balancé M. Windle et qu'il avait confisqué, le frère de Heather, magnanime, avait acheté des Coca que Dylan emporterait à la voiture, puis empoché la monnaie. Il était courbé sur le flipper *Evel Kneivel* dans la baraque qui abritait le comptoir des boissons et friandises, avec la ferme intention de le faire tilter cent, voire mille fois. Ou peut-être le flipper cachait-il quelque chose, disons une pipe à hasch d'un mètre de long dans un coffre de voiture. À en juger par leurs tronches, les complices ne manquaient pas dans le coin.

Il y avait toujours un étang, une carrière où se passaient les choses sérieuses, et le bruit s'en répandait à travers les campagnes.

Du menton, Buzz désigna l'écran à l'autre bout du drive-in. Ce panneau vide tout éraflé découpait l'endroit le moins intéressant à regarder dans un ciel rempli d'un plumetis de nuages couleur d'ecchymose. « T'as qu'à te mettre sur la banquette arrière avec ma frangine si tu veux. »

Dylan ne réagit pas, il était là, les mains refermées sur le carton plein de Coca. Cette semaine de baisers échangés à la sauvette avec Heather chaque fois qu'ils en avaient l'occasion l'avait rendu cotonneux et rêveur, incapable de discerner la sincérité ou la raillerie chez Buzz. Après tout, l'autre venait peut-être de lui donner sa bénédiction, sous ses allures revêches.

Il acquiesça de la tête et Buzz sourit jusqu'aux oreilles.

« Je parie que tu commences à trouver que la Dénégrification au grand air est ce qui t'est arrivé de meilleur dans la vie, non ? »

Effectivement, ils regardèrent le film depuis la banquette arrière. Dylan attirait l'attention de Heather sur des détails cruciaux, même si *La Guerre des étoiles* n'avait pas autant d'impact ici, brillant comme la diapo d'une visionneuse stéréoscopique dans la nuit criblée d'étoiles, qu'au Loews Astor Plaza de la Quarante-cinquième Rue. C'était là que Dylan l'avait vu quatre fois, seul les deux dernières, silhouette minuscule de plus en plus effarée par les images qui palpitaient sous ses yeux, convaincu à mesure qu'il anticipait certaines répliques et se remémorait à l'avance tels gestes des acteurs, de pouvoir s'élever pour intercepter le faisceau lumineux à mi-chemin et devenir un projecteur humain secrètement responsable de l'existence de ces images.

« Les parsecs sont la mesure de l'espace, pas du temps, murmura-t-il, alors même qu'il sentait que c'était indéfendable, digne d'Arthur. On dit que c'est une erreur mais je suis sûr que c'est voulu, quand Han Solo fait semblant de…

– Dylan, chuchota Heather.

– Quoi ? »

Elle ferma les yeux. Dylan termina sa phrase mentalement, à la recherche du lien entre la parole et le passage de l'haleine d'une bouche à l'autre, l'univers de miasmes à la jonction de deux visages. Comme dans la fraîcheur crépusculaire du grenier, comme dans la lumière éclatante de midi au bord de l'étang, il n'existait rien entre les deux, la rupture était totale, la félicité était sans parole.

Assez parlé.

Difficile de croire que ce n'était pas interdit. Mais ferme-la et embrasse-la.

Puis il ouvrit les yeux.

La voiture des Windle se balançait.

Quatre paires de fesses aplaties comme des crêpes blondes et lunaires poussaient en alternance et sans heurts contre les fenêtres de la Rambler, d'un côté à l'autre.

Leur chevelure séchait en un instant, formant des cornes et des accroche-cœurs à la Superman tandis qu'ils nageaient et s'embrassaient. Dans l'éblouissement du soleil, les têtes flottaient placidement tels des icebergs pendant qu'au niveau des yeux une libellule décrivait des mouvements d'échecs sur le tablier de l'étang. Juste en dessous, les corps animaux s'agitaient convulsivement dans la froideur verte. Il n'y avait plus une seule partie du corps de la fille que le garçon n'eût déjà tripotée, ses mains folles dressant un inventaire de formes, dans la Zone Négative, où rien ne comptait. Par deux fois, il avait senti les doigts de Heather effleurer son sexe transi et risqué la noyade.

Il rentrait à Brooklyn le lendemain.

« Ton père va peut-être t'inscrire dans une école privée », dit Heather, dont l'haleine ridait la surface de l'étang entre eux. Elle enfonça la tête dans l'eau jusqu'au nez, ses yeux bleus flottant au-dessus de leur reflet, pupilles presque invisibles.

« Qu'est-ce que tu racontes ?

– Buzz l'a entendu discuter avec ma mère. Buzz dit que tu te débats contre une influence noire. » De toute évidence, elle avait préparé sa phrase, s'était mise au défi de la prononcer.

« Buzz se débat contre une influence débile, fit Dylan. Je pense qu'il aura le dessous.

– Il dit que tu t'es fait dérouiller. »

Dylan plongea, s'enfonça entièrement dans la vase et les ombres de la Zone Négative. Il avait appris à ouvrir les yeux sous l'eau au cours de ces quelques semaines. L'étang ne leur faisait pas aussi mal que l'eau chlorée de la piscine Douglas derrière Gowanus Houses, où il était allé nager avec Mingus une ou deux fois. On n'avait pas besoin non plus de garder ses baskets par crainte des tessons de bouteille. Il aurait bien aimé voir Buzz dans ce genre de situation.

Pour l'heure, il se précipita au ralenti dans le silence mat vers ce corps de loutre dans son maillot une pièce rouge. Les membres de Heather luisaient comme du lait dans les rayons obliques de lumière vert jaunâtre. Elle pédalait pour se maintenir à la surface et ne le repoussa pas. Lui enveloppant la taille d'un bras, il écrasa sa bouche contre le ventre de la fille. Une main furtive rencontra un nichon. Elle ne se débattit pas, ne s'écarta même pas. Elle ignorait apparemment tout ce qui se passait sous l'eau entre son corps et Dylan.

Quand il eut refait surface pour respirer et qu'ils s'allongèrent sur le ponton, pantelants et dégouttants, les yeux plissés derrière leurs doigts pour les protéger du soleil, Dylan dit : « J'ai quelque chose à te montrer.

– Quoi ?

– Une surprise. » Il avait déjà prévu de lui faire découvrir le costume ce jour-là. Désormais, cela semblait en outre une réplique aux foutaises de Buzz.

« Où elle est ta surprise ?

– Prends ton vélo. Va chercher des Mountain Dews. Et retrouve-moi ici. »

Elle acquiesça sans malice, envoûtée.

Dans la chambre d'amis des Windle, il glissa l'anneau à son doigt, puis cala sous son bras le costume roulé en boule. Par peur d'être vu, il traversa la cuisine et sortit en marchant de côté, puis se faufila à travers champs.

Sur le ponton, il étala le costume et le regarda pour la première fois depuis qu'il avait quitté New York en autocar.

Il avait demandé à son père, sans lui dire pourquoi, de lui apprendre les points simples dont il s'était servi pour le coudre. La cape, découpée dans un drap orné du *Lion léchant une sucette au citron* du Dr Seuss, était attachée de part et d'autre de l'encolure du tee-shirt bleu ciel qui formait le haut. Il avait placé le lion, logo idéalement énigmatique, aussi près que possible au centre de la cape. Il avait prolongé les manches du tee-shirt avec les jambes d'un pantalon à pattes d'ef aux rayures criardes abandonné, récupéré dans les affaires entassées au fond de la penderie maternelle où plus personne n'allait à part lui. Elles tombaient majestueusement, ses mains émergeant d'une frange comme le battant d'une cloche. Incommode, mais ce n'était qu'un prototype. Un exemplaire de démonstration. Ayant étalé le devant du tee-shirt à plat sur un carton, il l'avait décoré avec le Spirographe, ses pointes rouillées, ses tenons récalcitrants, ouvrage maladroit au résultat imparfait. L'emblème était un cercle oscillant, l'orbite de plus en plus large d'un atome formant mille fois à travers l'espace des anneaux de force. Dès qu'on s'éloignait, le dessin se brouillait et ne formait plus qu'un gros zéro.

Le petit gars de la ville se tortilla pour endosser le vêtement compliqué, et attendit sur le ponton béant dans une nuée d'insectes minuscules.

Un peu plus tard, la fille apparut en haut du sentier, dans le cliquetis des bouteilles vertes qu'elle tenait contre son ventre, elle marchait tête baissée pour placer ses pieds nus sur les cailloux.

Devant le ponton, elle posa les bouteilles de soda dans l'herbe et contempla Dylan.

« Alors ?

– C'est quoi ?

– À ton avis ? »

Elle n'avait pas l'air de savoir.

Il fit bouffer la cape avec les coudes, regrettant qu'il n'y ait pas de vent. Son poids tira le col du tee-shirt en arrière et le fit remonter le long de sa gorge, un défaut de conception. La prochaine cape, il la coudrait aux épaules, peut-être.

« C'est celui que je suis vraiment. »

Elle ne disait toujours rien.

« Aeroman.

– C'est qui, ça ?

– Ça veut dire homme volant. Je me cache sous le nom de Dylan Ebdus. »

Le front plissé, elle dit : « Ouais, ben j'aime pas ça.

– Comment ça ?

– Il a une drôle d'allure.

– Quand il sera fini, il me couvrira les jambes. Ça, c'est juste le haut.

– D'où ça sort ?

– Je l'ai fabriqué. » Il ne dit rien de l'anneau, rien d'Aaron X. Doily.

Elle poussa légèrement le Mountain Dews, ses orteils nus dans l'ombre verte des bouteilles. « Ça te ressemble pas.

– Mais ça, c'est moi », dit-il, catégorique. Il se rendait compte à présent qu'il voulait que Heather en parle à son frère, pour que Buzz comprenne qu'il n'avait pas la moindre idée de ce qu'étaient Dylan ou Brooklyn.

Elle s'assit, croisa les jambes dans l'herbe. Il attendit, guettant toujours le signe qu'elle comprenait l'importance de ce qu'il lui avait montré.

« Dylan ?

– Quoi ?

– Si tu restais ici, tu n'aurais pas besoin d'aller dans une école privée. »

Il en fut stupéfait. La remarque était tellement déplacée et consternante, il ne savait même pas par où commencer.

« Je reste pas ici », répondit-il simplement, peut-être cruellement.

Heather se releva brusquement, le visage rouge et effaré, comme s'il l'avait giflée.

« Enlève-le, dit-elle. Il me plaît pas.

– Non. »

Elle se dirigea vers le sentier en laissant les bouteilles dans l'herbe.

« Et la surprise ? » dit-il. Il y eut une bouffée de vent soudaine et il sentit la cape se gonfler et claquer harmonieusement dans son dos, comme une bannière dans un stade.

« Je m'en fiche, dit-elle sans se retourner.

– Je te l'ai même pas encore montrée », cria-t-il, mais elle était partie.

Au bout de quelques instants il n'en gagna pas moins l'extrémité du ponton, fléchit les genoux, ouvrit tout grands les bras, au seuil de ce qu'il préparait depuis des semaines. Heather l'observait peut-être de l'autre bout du champ, dans l'herbe, là-haut ; c'était possible. Ou pas, ça n'avait plus aucune importance. Il n'avait pas besoin d'être connu dans le Vermont, cette zone nulle dont la seule mesure était son éloignement de la grande ville, lieu de villégiature où on reprenait des forces, où on montait son numéro avant de regagner le monde réel. En l'occurrence, où on se préparait à avoir treize ans en ville, à embrasser les filles de la ville, à être le môme volant qui lutte contre la criminalité de New York, foutaises incompréhensibles pour tout habitant du Vermont.

Il plongea dans l'air. Le miroir de la surface l'éblouit tandis qu'il exécutait un circuit de boule de flipper, comme une des libellules, à quelques centimètres au-dessus. Il gardait les yeux fixés sur la rive opposée pour combattre le vertige, vola jusque-là et fit demi-tour, frôlant l'herbe haute d'où surgit une explosion d'araignées d'eau qui sommeillaient au cœur des racines.

Il fit deux fois le tour de la pièce d'eau. Quand il atterrit en courant sur le ponton, il se planta une écharde dans le talon : ne jamais voler sans se protéger efficacement les pieds. Les coins de la cape avaient dû retomber, ils étaient trempés. Il avait vraiment rasé la surface. Donc : 1, porter des baskets. 2, ourler la cape. D'une manière ou d'une autre, on apprenait toujours quelque chose.

12

L'église était un garage, en retrait dans Dekalb Avenue derrière une barrière de piquets blancs qui n'arrivait pas à faire illusion au ras du trottoir défoncé, coincée qu'elle était entre une ferronnerie et l'atelier d'un plombier. Le samedi, la ferronnerie tournait à plein régime, oublieuse des offices qui avaient lieu la porte à côté, son rideau de fer relevé laissant voir un type derrière un masque de soudeur appliquer un chalumeau à acétylène contre une grille en projetant des étincelles sur le sol de béton. La rue abritait aussi un atelier de carrosserie, par les fenêtres duquel on pouvait apercevoir les pin-up d'un calendrier 1967 ; un magasin de « disques », dont la devanture recouverte de pochettes vides dissimulait l'intérieur à la rue, protégeant la vente de ce qui n'était probablement pas des disques ; deux gargotes fermées par des planches clouées arborant des enseignes Coca-Cola des années trente, véritables pièces de collection intactes, enluminant des noms oubliés. L'église, façade de parpaings blanchis à la chaux, ornée d'un panneau métallique sur lequel était peinte à la main l'inscription SALON DE DIEU, « EN SON SEIN NOUS SOMMES RÉVÉLÉS », RÉV. PAULETTA GIB, PASTEUR et d'une étoile de David dorée, était indiscutablement un garage, portes de contreplaqué ouvertes sur cinq rangées de dos et de têtes dodelinantes de fidèles assis sur des chaises pliantes face à la femme au micro, devant la salle. Les paroissiens cuisaient sous les rayons dardés par le soleil d'août. Les nœuds de cravate étaient desserrés, les genoux écartés pour aérer les parties génitales, les manches retroussées. La robe à fleurs du pasteur était trempée à la hauteur du ventre et à l'endroit où les plis charnus qui pendillaient sous ses bras pressaient contre ses côtes. Tout en marchant de long en large, elle tirait d'une main experte le fil du micro à ses pieds, le maintenait enroulé à distance de ses chaussures à talons hauts, ornées d'un motif assorti à la robe.

Les deux hommes, père et fils, qui bouillaient en costume – cravate dans la chaleur matinale, franchirent l'entrée de la barrière et s'assirent au fond de la salle, à l'ombre du garage.

« Ayons garde de ne pas imiter les vierges folles, dit la femme parvenue à sa péroraison. Soignons nos mèches, tenons prête et propre notre huile, préservons la flamme, oh oui !

– Oh oui ! firent les fidèles dans un murmure ou dans un cri.

– Gardons la lampe allumée à la fenêtre, et quand le fiancé viendra comme un voleur dans la nuit, il pourra voir que nous attendons fidèlement à la fenêtre, oh oui, parées de nos plus beaux atours, nos vêtements d'apparat intacts, qu'aucun doigt n'aura souillés, pas un seul.

– Pas un seul, pas un seul. »

À la fin, alors que l'infime congrégation franchissait la barrière pour se déverser sur le trottoir, le pasteur se dirigea vers les deux inconnus qui étaient arrivés en retard et s'étaient assis au fond, Barrett Rude Senior et Junior. Ils se levèrent à son approche.

« Bienvenue, dit-elle en tendant la main. Pauletta Gib.

– C'était un beau sermon, Sister Gib », dit Senior, en s'inclinant profondément. Il n'avait pas desserré son nœud de cravate, malgré la chaleur.

Elle inclina la tête puis ouvrit les mains, et ils sortirent ensemble dans la lumière aveuglante. Pauletta Gib se tourna vers le fils. « Vous êtes le chanteur des Distinctions, dit-elle.

– Barrett Rude Junior, madame. Je ne fais plus partie du groupe.

– J'ai entendu dire que vous aviez été élevé au sein de l'Église du Salon.

– Élevé par mon père au sein de votre Église, oui. » Le chanteur adoucissait sa voix, parlait aussi humblement que possible. C'était pour Senior qu'il effectuait ce pèlerinage jusqu'à l'église-garage, pas une concession mais un cadeau.

Mais Pauletta Gib n'avait d'yeux que pour le grand homme qui ne demandait aujourd'hui qu'à rester dans l'ombre de son père. « Vos chansons en ont aidé plus d'un à trouver l'apaisement », dit-elle.

Barrett Rude Junior baissa la tête quand son père dit : « Mon fils n'est pas d'une piété exemplaire, Sister. »

Pauletta Gib haussa un sourcil. « Je suis sûre qu'il est inutile de vous rappeler que la piété se mesure chaque dimanche. Aujourd'hui, votre fils est présent entre mes murs.

– Je viens seulement de le rejoindre. Il ignorait jusqu'à l'existence de votre temple. » Le choix de ses mots traduisait son hésitation sur le décor, les fidèles en habit du dimanche qui s'attardaient sur le trottoir où les ouvriers de la ferronnerie passaient maintenant à la bombe acrylique noire un panneau grillagé. La peinture retombait sur le trottoir pour y dessiner l'image floue des barreaux en négatif.

« Vous êtes pourtant venu jusqu'à nous aujourd'hui, Dieu soit loué. »

Le père trouva enfin la force de dire ce qu'il désirait tant qu'elle sache : « J'exerçais moi-même autrefois le ministère du Salon, j'avais mon église à Raleigh, en Caroline du Nord. »

Sous ses sourcils froncés, son regard sembla transpercer le bonhomme, passer sur sa cravate bien ajustée, son visage rasé de près, son expression aiguë et méfiante, pour demander *Cela remonte à quand ? Et que s'est-il passé entre-temps ?*

Ce qu'elle répondit ne révéla toutefois rien de ce qu'elle avait conclu après cet examen attentif : « L'amour instaure un Salon partout où il s'aventure. »

À cela, Barrett Rude Senior ne put qu'ajouter d'un ton maussade : « Dieu soit loué. »

La femme prit les mains du fils dans les siennes, plongea les yeux dans son regard fuyant. « Chanteriez-vous dans notre église dimanche prochain ? » Le ton de sa voix suggérait qu'elle faisait une faveur au chanteur, et non qu'elle sollicitait ce qui avait bien l'air d'une représentation à l'œil.

Mais c'était le père, qui balançait à cet instant d'un pied sur l'autre dans un craquement de chaussures, qui brûlait d'être au micro de Pauletta Gib.

« Je sais pas trop, dit Barrett Rude Junior avec sincérité, peu sûr de ce que son père préférerait entendre, souhaitant surtout que la question ne lui eût jamais été posée.

– Ne répondez pas tout de suite, dit Pauletta Gib, en tapotant la main du chanteur. Faites ce que votre cœur vous dira après une bonne nuit de sommeil. » Puis elle se tourna vers le père, et sa voix descendit d'une octave. « Mais je compte sur vous la semaine prochaine, monsieur Rude. À moins que vous n'ayez déjà ouvert votre propre temple.

– Hrrph… »

Barrett Rude Senior se détourna avec une moue et plissa les yeux dans le soleil. Il inspecta ses manchettes, ôta un fil imaginaire d'un revers de sa veste et l'examina brièvement avant de le lâcher sur le bord du trottoir, soignant son image de dandy.

C'était inévitable, Pauletta Gib commençait à rappeler à Senior et à Junior une épouse et une mère défunte.

Comme la femme dont ils gardaient le souvenir, elle préférait le fils au père.

Et voilà que deux ouailles de Pauletta Gib qui leur tournaient autour depuis le début de la conversation s'approchèrent avec une enveloppe et un stylo-bille qu'elles fourrèrent entre les mains de Barrett Rude Junior. Une jeune fille vêtue d'une robe imprimée, la peau foncée de ses bras nus finement poudrés de talc, et son petit frère, gringalet en costume pêche. Le petit était timidement blotti à la hanche de sa sœur, qui dut se charger de la demande. Ils ne voulaient pas grand-chose, même s'il y avait bientôt deux ans que le chanteur n'en avait plus signé : un simple autographe.

« Salut.

– Salut.

– Quoi de neuf ?

– Rien. Qu'est-ce tu fais ?

– À ton avis ? Pareil que toi, je viens chercher de l'encre.

– Génial, génial. »

Le siège de Samuel J. Underberg's Inc, installateur de magasins d'alimentation, est un immeuble cubique de quatre étages vert pâle de l'autre bout de Flatbush, au-delà du kiosque à journaux, dans la zone des terrains vagues et des entrepôts abandonnés à l'ombre de la tour Williamsburg Savings Bank. Ce coin-là, c'est zéro à bien des égards, une terre de disette. Passé la Brooklyn Academy of Music, le terminus du chemin de fer de Long Island, rien ne va plus, c'est le désert. En fait, bien que personne ne semble être au courant, il s'agit du site jadis choisi pour la reconstruction d'Ebbets Field, avant la défection des Dodgers. Ils étaient allés jusqu'à abattre tout un tas de vieilles briques pour ne rien construire à la place. On n'y a jamais senti les odeurs fantômes de bière et de cacahuète puisque le terrain de base-ball n'a jamais été installé. La région ainsi rasée s'étend comme une jambe spectrale, semée de briques. La seule chose qui intéresserait la bande de petits durs de la cité qui s'y aventurerait serait de savoir qu'elle est au-delà de la zone de sécurité de Wyckoff Gardens, au cœur du territoire d'Atlantic Terminals.

De drôles de groupes sur le trottoir nu, gênés aux entournures, s'entredistribuent des bourrades, dodelinant de la tête, le regard fuyant.

Ils n'ont d'yeux que pour le mur de l'entrepôt, la splendide explosion de graffitis.

Au cœur de cette terre morte, Samuel J. Underberg's est le lieu d'une vie mystérieuse, à laquelle l'entreprise familiale ne prête pas attention. Elle ne participe pas de leur véritable source de rentabilité, qui réside surtout dans la fourniture de caddies neufs pour remplacer ceux volés par les clochards ou amochés par un télescopage sur un parking. Chaque jour, Underberg's sort par camion des dizaines de caddies de l'entrepôt qu'il dissémine dans les supermarchés de Brooklyn. Depuis leurs entrepôts ils livrent aussi des produits plus coûteux, caisses enregistreuses, tapis de caoutchouc et présentoirs tournants. Appelons ça un créneau. Ça présente le mérite de donner du travail à un certain nombre de types, cousins pour nombre d'entre eux.

Rien de tout cela n'explique le moins du monde l'attraction unique exercée par Underberg's sur les jeunes qui se réunissent là. Le secret se trouve dans la petite salle d'exposition, une espèce d'annexe, comme une idée de dernière minute, on y voit les garnitures nécessaires à tout supermarché pour se déguiser en espace scénique et orchestrer le spectacle de la consommation : barrières de faux persil pour marquer la séparation entre divers morceaux de viande à l'intérieur des vitrines réfrigérées, salamis et fromages factices en plastique pour s'ajouter aux produits réels sur les étals, silhouettes de poissons et de cochons découpées dans du vinyle à planter devant les plateaux du rayon traiteur, panneaux rose vif et orange fluo claironnant : OFFRE SPÉCIALE !

« Vise un peu, c'est Strike.

– Strike ? Sans blague ! » Tout ça dit dans un murmure incrédule devant la matérialisation en chair et en os du *Roi de la Broadway Line*.

« Vise un peu, il tague.

– Oh merde. *Strike*.

– Je vais lui faire signer mon cahier. »

La salle d'exposition d'Underberg's est le seul endroit de Brooklyn où il suffit d'entrer pour acheter un flacon de vingt-cinq centilitres de formule Violette Garvey XT-70, encre industrielle composée d'éthanol, d'éthers butyliques, et de résines polyamides, destinée à tamponner les prix sur le cellophane givré et le plastique qui enveloppent les colis de viande visqueuse. La Violette Garvey, grâce à son adhérence unique, s'applique aussi sur les vitres recouvertes de crasse – en l'occurrence celles des rames de métro. Pour les graffeurs qui fabriquent eux-mêmes leurs marqueurs, c'est un élixir irremplaçable, et c'est pourquoi le ringard Underberg's est en toute inconscience un but d'expédition. C'est aussi la garantie que les murs latéraux du bâtiment constituent un musée constamment remis à jour des tags de tous les quartiers de Brooklyn, vitrine à laquelle les tribus rivales collaborent passagèrement.

Les vendeurs à calotte derrière le comptoir de la salle d'exposition n'ont pigé qu'une chose : la Violette Garvey est entreposée loin derrière le comptoir, pour qu'on ne puisse que l'acheter, jamais la chourer. Et le comptoir derrière lequel elle se cache est une vitrine remplie de coutellerie, couteaux à désosser, gros fendoirs. À 5,99 dollars le flacon, la Violette Garvey reste une suffisamment bonne affaire pour que les graffeurs raquent – la seule autre possibilité, de toute façon, serait de prendre l'endroit d'assaut, armés de fusils. Leur façon de se défouler à l'intérieur du magasin est plus discrète : chiper des fruits factices et griffonner d'infimes tags ici ou là sur les présentoirs de carton.

Mais en dehors de ça, les graffeurs ont plutôt tendance à entrer et ressortir d'un air morose un par un, à plaquer l'argent sur le comptoir en marmonnant leur demande, mettant leurs rodomontades en veilleuse jusqu'à leur retour sur le trottoir.

« T'as entendu ? Il a dit *Juifais un paquet ?*

– Oh ta gueule.

– J'te jure, c'est ce qu'il a dit. J'invente rien. »

Sur leur garde, les groupes se passent des cahiers de dessin à reliure noire granuleuse, pleins de leurs propres tags et de ceux des autres, et les projets en couleurs des fresques qu'ils espèrent reproduire un jour au flanc d'une rame. C'est devant Underberg's qu'on montre ses cartons, qu'on recueille des autographes de tous les horizons, en dépit du risque toujours présent de se faire humilier ou ridiculiser par un groupe de graffeurs plus âgés, plus costauds, qui décideraient de malmener une faction plus jeune.

Depuis Flatbush, par la ligne D, ou descendus de la Quatrième Avenue par la N et la R dans Pacific Street, venus à pied de la cité, de petits groupes arrivent par vagues et se mélangent en jouant des coudes sur le trottoir, empêchant les employés d'Underberg's de charger leurs camions. Ils vont et viennent bruyamment, formant des espèces de graffitis humains.

Ce jour-là, deux petits blancs sont présents avec l'espoir de passer inaperçus au milieu de l'activité tapageuse qui les environne soudain de toutes parts, une simple visite chez Underberg n'est pas si simple, tout compte fait. L'un d'eux se fige, surpris en plein tag.

« Vise un peu les p'tits blancs, de vrais durs.

– Qu'est-ce t'écris, p'tit blanc ? »

Le petit blanc au marqueur garde le silence, rentre les épaules face à ses agresseurs, mais non sans une certaine probité têtue, termine son tag sur le mur d'Underberg's, dans le petit espace qu'il a déniché entre de plus grandes inscriptions peintes à la bombe.

« Qu'est-ce y a écrit ? Art ? A-R-T ?

– C'est *Art* le tag du mec. C'est ouf.

– Tu t'appelles Arturo, mec ? T'as pas l'air portoricain.

– Ferme-la, fous-lui la paix.

– C'est qu'un bouffon.

– Fous-lui la paix.

– Je le cherche pas, je veux juste savoir ce qu'il écrit. T'es dans une équipe, Art ? »

Question de pure forme : quel petit blanc pourrait être dans une équipe ? D'ailleurs, quelle équipe qui se respecte intégrerait un blanc, alors une crevette comme ce petit blanc-là, alors deux petits blancs ? Et en plus ces deux-là se blottissent instinctivement contre le mur d'Underberg's, avec l'art et la manière de circuler dans les couloirs, la cour, et les rues adjacentes qu'ils ont appris au collège 293.

Les rites de soumission affleurant sous la surface de la psyché des deux petits blancs, pseudo-crises d'asthme et autres formes d'imploration, sont sur le point de se manifester quand la seule forme d'équipe à laquelle ces pauvres types peuvent aspirer surgit de la salle d'exposition avec le flacon de Violette Garvey qu'il vient d'acheter : Mingus Rude.

Mingus a si instantanément, si naturellement jaugé la situation que sa remarque semble lui jaillir de la bouche en même temps qu'il sort de chez Underberg, alors qu'il glisse le flacon d'encre dans l'une des vastes poches de son pantalon de surplus militaire. Il ne s'adresse pas aux quatre mômes noirs qui se resserraient comme un lasso autour d'Arthur Lomb et de Dylan Ebdus, parle au contraire comme si tout ce qui n'est pas Arthur et Dylan était invisible. Son ton est celui de la contrariété.

« Qu'est-ce que tu fous, merde, Art ? Je t'ai dit que les autres nous attendent, c'est pas le moment de zoner ici, faut qu'on y aille. »

La référence aux autres est magique. Le lasso se détend. Docilement, Arthur et Dylan, tête basse, les yeux sur le trottoir, emboîtent le pas à Mingus.

Le trio s'échappe, abandonnant le trottoir d'Underberg's à d'autres confrontations.

Traversant Flatbush, Arthur Lomb sautille plein d'entrain à côté de Mingus, alors que Dylan reste à la traîne. Dans son ardeur à l'imiter, il parvient tout juste à produire une version mièvre et mécanique du déhanchement de Mingus. En cela, il est vraiment un bouffon : il se mue en une grossière marionnette de Mingus. « Yo, ces mecs parlaient de Strike, d'après eux il était là en train de taguer mais je l'ai pas vu. Ils prenaient leurs désirs pour des réalités, tu sais, comme tout le monde raconte qu'ils ont vu Fils de Sam. D'ailleurs, il est pas mal Strike, mais je préfère Zéphyr, je trouve que c'est lui qui a le tag le plus original, yo, tu vois ce que je veux dire ? » Mingus se contente de grogner en continuant à foncer, et cela suffit à relancer Arthur. « Tu sais, y en avait un qui essayait de jouer les terreurs, mais je voyais bien sa figure, t'aurais dit un bébé, avec des lèvres gonflées comme s'il tétait encore. Yo, j'aurais pu me le faire si t'étais pas sorti juste à ce moment-là. Il a eu du bol. » L'application avec laquelle Arthur traîne sur certaines syllabes, contrastant avec son élocution de premier de la classe, est tellement évidente pour Dylan qu'il en grimace presque, et se demande pourquoi Mingus ne lui tape pas tout simplement sur la tête pour lui enjoindre d'arrêter. Mais non, Mingus tolère ce langage de perroquet, semble accepter la transformation qu'Arthur a accomplie, bizarrement, pendant le mois d'absence de Dylan. À croire qu'Arthur Lomb renferme des multitudes de personnalités : il s'est débrouillé pour se réformer de fond en comble avec la même facilité minable qui lui avait fait abandonner les Mets pour les Yankees. « À deux petits blancs, je parie qu'on aurait pu chourer leurs couleurs et leurs affaires, et encore, si ça valait le coup, ce qui m'étonnerait vu l'état de leurs baskets.

– Oh, calmos », dit alors Mingus qui, sans un regard, étend le bras pour ralentir le sautillement d'Arthur. Pas moyen d'interrompre sa logorrhée une fois qu'il est lancé de cette façon. Mais on peut au moins l'empêcher de faire le kangourou.

Effectivement, Arthur ralentit. Il laisse Mingus prendre de l'avance, lui permettant de fulminer tout seul dans sa tête, ce qui est souvent recommandé quand il n'a pas fumé un joint depuis un moment. Du coup, Arthur se rabat sur Dylan. « Yo, d'après toi, on pouvait se les faire ?

– Garde tes yo pour toi », fit Dylan.

Tapi dans l'ombre en haut du perron de la maison abandonnée, il entendait des sirènes dans le lointain. Plus près, des voix dans Bond Street, un rire, poignardant l'humidité, monta jusqu'au ciel. La nuit était chaude mais il portait un sweat-shirt. Dessous il y avait le costume, la cape plaquée contre le dos, telle une molle carapace de tortue, manches taillées dans les pattes d'ef retroussées sur les poignets. Il suait comme un bœuf, rien à faire. L'anneau, il le gardait comme un dollar roulé, caché dans sa chaussette : la possibilité de se faire choper tant qu'il serait sur le sol très présente à son esprit. Peut-être aurait-il dû commencer sur les toits, mais l'accès au sien se faisait par l'atelier d'Abraham, et Abraham peignait des photogrammes, ce soir-là. Dylan avait ouvert la porte de l'atelier pour trouver son père planté sous un unique spot à pince, les doigts recroquevillés sur un pinceau minuscule, transistor réglé à faible volume sur un cancanement de jazz, coin-coin à peine audibles de Rollins ou Dolphy.

« Je sors.

– Ce soir ?

– Pas plus d'une heure.

– Tu ne ferais pas mieux de te coucher ?

– Rien qu'une heure. »

C'était la veille de la rentrée en quatrième.

Il ne savait pas trop par où commencer.

Mingus Rude et Arthur Lomb étaient partis peindre une fresque sur la carrosserie d'un fourgon de police abandonné dans la décharge municipale, au pied du pont de Brooklyn. L'expédition était planifiée de longue date, façon d'enterrer l'été, dernière folie. Dylan s'était personnellement investi dans les préparatifs, y compris dans la moisson de peinture acrylique chez McCrory et l'assemblage d'une liasse de croquis multicolores au marqueur, avant de quitter la partie à la dernière seconde. C'était l'assurance de ne pas tomber sur

Mingus ou Arthur ce soir-là. D'ailleurs, il en avait plein le dos de toute l'histoire Mingus-Arthur. Il commençait à se demander si sa présence ne la favorisait pas. Ils n'avaient qu'à se débrouiller, que Mingus soit soumis de plein fouet aux envahissantes flagorneries d'Arthur, sans Dylan pour faire le tampon, il verrait ce que c'était.

D'ailleurs, le duo allait peindre sur le fourgon de police le motif conçu par Dylan dont la patte était prégnante sur les croquis. Mingus était peut-être Dose, mais l'auteur de Dose, c'était Dylan.

L'adolescence était une forme de clandestinité, de toute façon.

À treize ans, on commençait à laisser des traces, prolifération de noms et signes occultes, draps qu'on exigeait de laver soi-même avec une farouche insistance.

Comme la dent d'un Spirographe dans sa progression tremblotante, on laissait des bavures.

Aeroman était un parti plus audacieux, sauf qu'il se révélait difficile à extraire de la carapace de son sweatshirt.

À Gowanus, où un super-héros frais émoulu devait-il aller pour trouver le genre de délit qui justifierait son intervention ? Blotti sur le perron abandonné, Dylan tendait l'oreille au hululement humide du vent de cette fin d'été qui apportait des voix dans la nuit. En dehors des homos qui promenaient leurs chiens, la rue était vide. Dean Street n'avait pas le bon profil. Nevins, c'était trop, les prostituées, les vieux au coin de chez Ramirez, le risque de voir les mômes de Wyckoff débouler de la cité. Smith Street, même problème. Il lui fallait un paysage nocturne isolé, une ruelle, une femme réclamant à grands cris son sac à main volé, le scénario classique d'une agression pour Spider-Man ; c'était justement ce qu'il n'avait jamais vu de sa vie.

Le super-héros distingue les criminels des victimes. À Gowanus, les choses tendaient à être moins tranchées.

Il avait besoin d'altitude, peut-être. De prendre de la hauteur.

Il se leva pour gagner le coin de la rue, puis remonta Bond Street jusqu'au métro, la station Hoyt-Schermerhorn, sachant que c'était un endroit où il n'irait jamais à cette heure du soir si les choses n'avaient pas changé, or elles avaient à peine changé. Il ressemblait à Dylan, pas à Aeroman, tant qu'il portait le sweat-shirt. Et Aeroman ne marchait pas, il volait. Tant qu'il ne se déciderait pas à s'envoler d'un toit, pour se poser, il ne serait pas Aeroman, il serait un môme portant un costume sous son sweat-shirt, à pied. L'anneau était dans sa chaussette – il tendit le bras pour s'en assurer. Un petit blanc au coin de Bond et de Schermerhorn à onze heures du soir. L'endroit était assez désolé, parkings et terrains de basket déserts, bâtiments administratifs aux fenêtres éteintes, vaste chaussée silencieuse. Trop désolé, peut-être. Les endroits qu'on craignait le plus étaient vides, la peur qu'ils inspiraient devenue théorique. On n'aurait voulu à aucun prix s'y trouver, alors on n'y allait pas, et personne n'y allait – pour quoi faire ?

En vérité, c'était en dessous que ça se passait, dans le long couloir du métro puant l'urine qui courait sous Schermerhorn. Le guichet des jetons y était enfoui profondément sous la rue, pour y parvenir il fallait relever un défi terrorisant, les mendiants qui y avaient élu domicile étaient avachis contre les vitrines éteintes des présentoirs souterrains, reliques datant d'une époque où Abraham et Straus ne s'étaient pas encore avisés qu'il n'y avait aucune cible digne d'intérêt pour leur pub dans les stations, et aucun moyen de protéger les marchandises exposées. Les périls de ce couloir étaient célèbres.

Mais il se reprit : *À quoi pouvait bien servir un homme volant dans le métro ?* Une erreur de débutant, surmontée de justesse. Il n'en estima pas moins que l'avoir évitée constituait un premier exploit. Le premier triomphe d'Aeroman n'était qu'une prudente hésitation. C'était un soulagement de ne pas avoir pénétré dans le couloir.

Peut-être valait-il mieux parier sur Smith Street, en définitive.

Demain, on entrait en quatrième.

Aeroman voulait apparaître avant qu'il ne soit trop tard, mais il fallait que le crime le fasse apparaître.

Sous ses pieds, le trottoir gronda quand une rame de la ligne A ou de la GG arriva à quai, puis une poignée de silhouettes solitaires s'écoula de la station dans la nuit. Planté sous le réverbère de l'autre côté de Schermerhorn, il ouvrit l'œil. Une blanche jeta un coup d'œil dans sa direction, avant de balayer furtivement du regard la rue déserte. Elle tourna au coin de Bond pour s'engager dans State Street.

En sueur, bossu, Aeroman la suivit.

Peut-être allait-il se passer quelque chose. La peur de cette femme l'attirait comme un aimant, il la comprenait. Voir sa propre peur ainsi reflétée, le mettait au comble de l'excitation. Voilà précisément ce qu'Aeroman voulait combattre, la folle accélération du claquement des talons dans le noir, sur un trottoir où la voûte des branches masquait l'éclairage public. Il allongea le bras sans ralentir pour prendre l'anneau dans sa chaussette, le glissa à son index gauche. La voix des types qui buvaient sur les perrons en retrait parvenait jusqu'à lui, indolents spectateurs blasés qui jamais n'aideraient une femme en danger.

Elle était trop légèrement vêtue, violable, regrettait d'avoir entendu parler de Brooklyn, plus encore d'avoir mordu à l'hameçon des loyers réputés étonnants dans le quartier, cédé à l'attrait des parquets de chêne.

Mais le hic : la scène manquait cruellement d'un méchant. Personne ne suivait la fille à part lui.

Il était lancé à sa poursuite. C'était le bruit de ses pas à lui qu'elle fuyait.

Comme un œuf dans une basse-cour sans coq, l'agression non fécondée demeurait incomplète.

Quand elle se mit carrément à courir, il s'immobilisa au beau milieu de State Street et la laissa filer, abasourdi de chagrin. Devait-il s'envoler dans sa direction, voltiger au-dessus d'elle et l'intercepter, peut-être, pour s'excuser ? Mais il ne parviendrait qu'à la terroriser tout à fait.

Aeroman avait rencontré l'ennemi, qui n'était autre qu'Aeroman.

Il gagna pesamment Smith Street.

Il y passa inaperçu dans son sweat-shirt bosselé, les mains jointes sur le ventre, la droite couvrant la gauche, le doigt à l'anneau. Provisoirement satisfait de n'effrayer personne, de se fondre dans la masse. Il régnait une certaine animation, des Portoricains déboulaient de divers clubs par groupes de quatre pour jouer aux dominos sur le trottoir, les plus jeunes en maillot des Yankees écoutaient le match à la radio. L'entrée de la station de métro de Bergen était bouchée par des mômes de Gowanus Houses, adolescents en bonnet de laine, filles agressives parmi lesquelles certaines qu'il avait croisées à l'école. L'école, qui allait reprendre, le clouer sur place. Il ressentit de nouveau le besoin urgent de tomber sur un délit substantiel, un événement dont il pourrait s'occuper. Il se faufila parmi la foule des mômes de Gowanus près du métro, certain qu'il n'y avait absolument rien ici pour lui.

Il avait faim. En regardant de droite et de gauche, il fouilla son autre chaussette à la recherche du dollar qu'il y avait glissé. Il était trempé. Il le transféra dans sa poche et le frotta contre le tissu à la hauteur de sa cuisse pour le sécher. Au coin de Bergen et de Smith il y avait une pizzéria, tout aussi grouillante d'ados plus âgés, établissement qu'Arthur Lomb et lui avaient affronté un après-midi en rentrant de l'école vers Pacific et le perron d'Arthur, dans les premiers jours de leur amitié. Il semblait possible, maintenant que son amitié avec Arthur Lomb avait atteint son apogée lors du premier mois de cet été-là, tout au long du déplorable marathon échiquéen, qu'il ne goûterait plus jamais au jus de fruits rouges de la mère d'Arthur ni à ses sandwiches à la dinde. Il ne pouvait pas se laisser aller à la nostalgie. Arthur était bidon, et Mingus ne tarderait pas à s'en rendre compte. Il imagina Arthur disant : « Yo, Mister Machine est nul, Jack Kirby sait plus dessiner, merde, mais un numéro un reste un numéro un, mets-le sous plastique et range-le sur l'étagère, c'est ma politique. » Il entra dans la pizzéria et commanda une part, étala son dollar humide sur le comptoir.

Une main s'abattit sur les cinquante cents de monnaie qui avaient remplacé le dollar. Dylan leva les yeux. Mick Damer empocha les pièces. Les vendeurs derrière le comptoir restèrent indifférents : l'incident s'était produit dans la sphère adolescente, qu'ils laissaient aux portes de la conscience. Dylan, ou Aeroman, était lui-même plutôt indifférent. Il rabattit la croûte de sa part de pizza, plia celle-ci pour lui permettre de supporter le poids de sa pointe flasque, secoua le papier translucide sur lequel elle était posée, avant d'en saupoudrer la surface de sel d'ail, cristaux brunâtres qui fondirent aussitôt dans l'huile. Il l'emporta dans la rue animée. Mick Damer le suivit. Mick était accompagné d'une version miniature de lui-même, un efflanqué à peau sombre, que Dylan n'avait encore jamais vu.

« Mange pas ça, p'tite tête, dit Mick.

– Pourquoi ?

– Prends-la-lui, dit Mick à l'autre, qui était plus petit que Dylan.

– Qu'est-ce tu racontes ? répondit le jeunot, refusant de croire à l'évidence.

– Prends c'te pizza. »

Parmi les différents schémas de cravatage, Dylan connaissait bien celui-là : le maître et l'apprenti, « Prends-le-lui » ou « Fais-lui les poches ». Appelons ça le Batman-et-Robin.

Mais jamais encore pour une pizza. C'était assez original.

« Arrête, implora le protégé, sans regarder Dylan.

– Prends-la, j'te dis. Allez. »

Dylan mordit dans l'extrémité de la pizza. Tout en mâchant bouche ouverte pour aérer le fromage fondu, il chercha le regard du jeunot. Il éprouva une joie très particulière de l'ébahissement animal qu'il y lut. Oui, je suis ton premier petit blanc. Regarde-moi bien. Tu en croiseras beaucoup avant d'en avoir terminé. Certains que tu seras de taille à mater, d'autres qui seront même terrifiés.

Il prit une seconde bouchée.

« La mange pas, j't'ai dit, fit Mick en élevant la voix. Prends la pizza, intima-t-il de nouveau.

– Euuhh, il mord dedans », dit la jeune recrue de Mick d'une voix misérable.

Mick désigna la pizza. « Arrête tout de suite, p'tite tête, ou je te pète la gueule. »

Dylan avala avant d'y replanter les dents. Mick était impuissant face à l'indocilité de son acolyte – prendre lui-même la pizza serait un aveu d'échec. La tranche diminuait à vue d'œil, de toute façon, ce n'était donc plus qu'une question de principe, à supposer qu'il ait jamais été question d'autre chose. Dylan comprit que Mick avait sauté sur l'occasion, qu'il n'était que l'objet d'un obscur rituel n'ayant pour une fois rien à voir avec sa personne. Ce serait la fête du petit noir ce soir-là, il allait se faire malmener, mettre en demeure d'accomplir une série de petits délits minables.

Le môme aussi le savait. Il se tint à l'écart, boudeur, à mesure que les bouchées de Dylan rendaient la pizza irrécupérable. Mick Damer s'en prit alors à Dylan, mais il était désarçonné, paumé, n'avait plus qu'une minute à lui consacrer et semblait un peu à côté de ses pompes.

La rentrée scolaire ne laissait personne indemne.

« N'empêche que j'te ferai la peau, un jour », dit Mick Damer.

Dylan mastiquait, face à Mick, le considérant d'un œil morne, bovin.

« Dis pas que je t'aurai pas prévenu. »

Dylan haussa les épaules, certain que ce ne serait pas ce soir-là que Mick lui ferait la peau.

« C'est quoi que t'as dans le dos, putain ?

– Rien », fit Dylan entre deux bouchées.

Mick regarda plus attentivement. « Fais voir cet anneau, une minute.

– C'est un cadeau, fit Dylan. De ma mère.

– Nique ta mère, enfoiré. » À présent, Mick Damer dansait comme attaqué par des insectes invisibles. L'anneau, quoi qu'il en soit, était de toute évidence hors de sa portée, entaché de la malédiction de Rachel. Il se mit à tourner en rond avec les mouvements saccadés d'un robot aux circuits grillés.

« Si tu crois que Gus y te protégera toujours, tu te goures. »

Non, Aeroman y me protégera toujours, et je me goure pas, songea Dylan avalant par défi de gros morceaux de pizza sans les mâcher.

Mais ce soir-là Aeroman n'avait pas pris son envol, pas la peine de faire semblant.

Dylan avait mangé toute la pizza, il n'en restait plus que le rebord dont la croûte déchiquetée qu'il tenait devant sa bouche lui faisait un rictus de citrouille d'Halloween.

Mick déplia brusquement le bras et d'une claque fit tomber la croûte. Comme des astronomes contemplant rêveusement une nova du haut d'une colline, ils la regardèrent rouler jusqu'au caniveau, définitivement foutue. Toute la tension de Mick passa dans ce geste. Il put reporter son attention sur son protégé qui se tenait servilement à l'écart.

Mick Damer pointa le doigt sur Dylan au moment où ils se séparèrent, mais sa voix se perdit, sa menace se dilua dans le mystère général de leur rencontre.

Seul dans Smith Street, ignoré des membres du club des Portoricains en chemise à fleurs et chapeau de paille, le môme de treize ans, bossu, trop couvert et en nage s'engagea dans Dean et rentra chez lui sans se presser le long du trottoir plongé dans l'ombre, étrangement satisfait.

Aeroman n'avait pas volé, était resté prisonnier des manches et de la ceinture de Dylan, à l'état de chrysalide.

Cependant, deux événements, incomplets en eux-mêmes, s'assemblaient comme les pièces d'un puzzle en un tout, l'image fantôme d'une agression évitée, de la sécurité rétablie dans les rues de Gotham.

C'était la femme de State Street qui avait eu peur ce soir-là, pas Dylan. C'était déjà ça, un rai de lumière avait fendu la nuit. Aeroman se glisserait par cette fente, il n'était pas prêt, voilà tout.

La quatrième, bon, on était désormais presque en mesure d'en faire le tour. Toute journée donnée était un modèle réduit de l'année scolaire entière, qu'il faudrait traverser. En perfectionnant une seule journée, on disposerait d'une méthode applicable à l'ensemble.

Abraham s'acquittait de son rôle, grattant les toasts brûlés pendant que Dylan résolvait des problèmes de maths devant la table, devoir à rendre un quart d'heure plus tard, lors du premier cours.

Barrett Rude Senior allumait peut-être la cigarette du petit-déjeuner au fond du puits de l'entrée du sous-sol, caressant sa barbe de trois jours, prêt à prendre sa faction matinale.

Ramirez levait son rideau de fer, les mères traînaient les CP jusqu'à l'école publique 38.

Henry entamait sa deuxième année dans son lycée de Queens, il avait pris cinquante centimètres, était ce type que l'on apercevait parfois dans la rue à taper dans la main de plus jeunes que lui. Rappeler qu'il s'était battu avec Mick Damer était inutile. Les mômes d'une rue n'avaient pas d'histoire, il n'y avait pas moyen de transmettre de tels faits d'une manière qui intéresse quiconque.

La branlette était un nouveau principe organisateur, une des rares choses pour lesquelles on ne dépendait de personne. S'il t'arrivait de bander en rentrant de l'école, tu pouvais te l'agripper dans la poche en prévision d'une séance d'après-midi.

La nouvelle tenue d'Aeroman en cours de fabrication était plus simple, la cape plus légère et plus courte, cousue au niveau des épaules, les manches serrées aux poignets.

Cela progressait lentement, un petit point après l'autre, inutile de se presser cette fois.

Quand il commença à faire froid, Dylan et Arthur prirent la ligne A pour aller jusqu'à Canal Street. Ils se baladèrent devant des bacs pleins de poignées de porte en plastique transparent, burent un milk-shake au Dave's Famous, puis gagnèrent le surplus militaire. Avec l'argent qu'ils avaient tapé à la mère d'Arthur et à Abraham pour acheter des manteaux, ils achetèrent des vestes de combat kaki comme celle de Mingus Rude avec de grandes poches à soufflets, d'étranges boucles destinées à recevoir des poignards militaires ou des cartouches, allez savoir. Elles avaient peut-être appartenu à des mecs qui étaient morts au Viêt-nam en les portant, on ne pouvait pas exclure cette hypothèse, bien qu'elles ne soient percées d'aucun trou révélateur.

En retournant vers la station de métro, ils s'arrêtèrent pour passer en revue quelques vieux 33 tours des Beatles en vente sur le trottoir, *Let it Be*, *Abbey Road*. Dylan tomba sur un nom qu'il reconnut. Il s'affichait en surimpression sur la photo de quatre noirs imberbes souriant jusqu'aux oreilles, vêtus de costumes pêche et de chemises à jabot, assis sur des tabourets de différentes hauteurs sur fond d'éclairage bleu et disposés comme un bouquet de fleurs dans un studio de photographe : *The Deceptively Simple Sounds of the Subtle Distinctions*[1].

Dylan le montra à Arthur. « C'est le père de Gus. »

Cela n'eut pas l'air de faire grande impression sur Arthur. Dylan acheta le disque pour l'emporter chez lui, mais il était rayé, inécoutable.

Pendant une semaine, Dylan et Arthur portèrent leur veste à l'école aussi immaculée qu'ils l'avaient achetée. Puis un jour Arthur apparut avec une veste amoureusement et prestigieusement saccagée par de la peinture dorée et argentée, manches lamées de peinture acrylique, traces de brûlures, tout un programme. Il bichait, Dylan

1. « Simplicité trompeuse du son des Subtle Distinctions. »

ne dit rien. Ce soir-là, il remisa sa veste virginale avant que Mingus ne le surprenne avec.

Mingus lui-même était devenu aléatoire, ombre ou rumeur désormais, seulement entraperçu. Il disparaissait pendant des semaines, puis on tombait sur lui, on se défonçait dans son sous-sol avant d'aller au Rex de Court Street pour se faire un double programme Charles Bronson, assis pendant des heures dans l'obscurité sans dire autre chose que *merde* et *oh là là*.

Par moments, Mingus était plein aux as, se hâtait de claquer son fric. Ensuite, on le surprenait à fouiller derrière les coussins en quête de pièces égarées, à visiter la coupelle qu'Abraham mettait dans l'entrée pour la petite monnaie, essayant de gratter de quoi s'acheter un peu de hasch.

Tous ceux qui lui piquaient cinquante cents ou un dollar, Dylan les voyait venir de loin. Un jour, au sous-sol, il se servit de la scie d'Abraham pour découper deux ou trois pièces de vingt-cinq cents, puis alla faire un tour avec les fragments qui tintaient, dans l'attente de l'inévitable fouille. Quand, avec un sourire idiot, il tendit les pièces de monnaie découpées en deux et en quatre, les mômes de Gowanus qui l'avaient coincé s'éloignèrent en secouant la tête, peinés, comme s'il parlait chinois ou arborait des antennes de cafard.

Le petit jeu de chaque jour, tu le connaissais comme ta poche, si ta poche avait eu l'habitude de se métamorphoser comme un loup-garou.

Un jour, en rentrant, il trouva Abraham devant un paquet sur la table de la cuisine, un colis vertical, oblong, enveloppé de plusieurs couches de papier boucherie et de ficelle. Abraham le déchira avec un couteau à viande, libéra l'objet caché, qu'il dégagea comme on pèle un oignon du papier journal qui le protégeait, tel Humphrey Bogart déballant le faucon maltais. Dylan pensa qu'il pouvait s'agir d'un envoi de Rachel, peut-être une statuette représentant *Un crabe, en fuite*. Puis Abraham découvrit le sommet du trophée qu'il renfermait : le museau doré étincelant d'une fusée des années cinquante.

« T'inquiète pas, je l'ai gagné à la régulière, dit Abraham. Sidney est allé le recevoir à ma place. »

Le texte gravé au pied de la fusée brillante fournissait une explication, du moins partiellement. HUGO AWARD, MEILLEUR ESPOIR, 1976, ABRAHAM EBDUS.

« Tout vient à point à qui sait attendre », fit Abraham d'un air sombre.

Dylan souleva l'objet, fronça les sourcils.

« Tu veux t'en faire un butoir de porte ? »

Dylan réfléchit, fit oui de la tête.

« Tu ne diras pas que je ne te fais jamais de cadeau. »

13

La chanson passa sur les stations de radio de New York pendant une semaine ou deux, à la mi-février 1978, pas encore au top mais sélectionnée tout de même, numéro quatre-vingt-quatre dans les charts de R&B, et en progression – on affirmait qu'elle était en progression chaque fois qu'il était fait allusion à ce quatre-vingt-quatrième rang déprimant – jouant des coudes entre « Serpentine Fire » d'Earth Wind and Fire, et « Ffun » de Con Funk Shun : « (Did You Press Your) Bump Suit » par Doofus Funkstrong, single de trois minutes quarante-deux secondes extrait de la jam de dix-huit minutes qui occupait la face deux de l'album du groupe chez Warner Brothers, *Double Breasted Bump*. Les DJ invitaient les auditeurs à appeler – bonnard ou ringard, génial ou banal, top ou flop ? Quelques dizaines d'appels positifs pouvaient propulser une chanson dans les charts régionaux, amorce d'un succès national. Quiconque avait un peu d'oreille savait que derrière Doofus Funkstrong se cachait le groupe Funk Mob que ses engagements contractuels, source d'une inextricable chicanerie, contraignaient à enregistrer sous pseudo – quant à ceux qui en manquaient, un simple regard à la pochette psychédélique signée Pedro Bell faisait l'affaire. Moins nombreux les connaisseurs qui pouvaient mettre un nom sur le chanteur dont les vocalises ornaient seulement les trente-huit dernières secondes du single, présenté sur la pochette, conformément aux accords, comme Pee-Brain Rooster : sous sa véritable identité de Barrett Rude Junior, ce n'était plus qu'une voix qu'on n'entendait plus depuis des années, mais pas encore un *oldie*. Si quelques-uns s'interrogeaient *Ce serait pas ce chanteur, là, des Distinctions ?* Ce n'était qu'une pensée fugitive – était-il vraisemblable, d'ailleurs, que le ténor des Distinctions, si doux et mélodieux, refasse surface en chevauchant la crête d'une ligne de basse sursaturée ?

Puis la chanson disparut. Personne ne demanda d'explication – et personne n'en fournit. Il y a des chansons qui disparaissent, celle-là disparut. C'était déjà assez dingue qu'elle soit entrée dans les charts avec des refrains comme *Up jumped the globster, caught her with a mobster !* et *Goof a wedgie up your rump pocket*[1] *!* Il y a des limites. Elle disparut donc ; disons que Doofus Funkstrong avait sorti un *album sans single*, autre façon de dire *Tout le monde s'en fout*. Quant aux maigres droits, ils s'écoulaient goutte à goutte à travers un labyrinthe juridique et n'atteignirent jamais un total suffisant pour engager une action en justice au cas où Pee-Brain Rooster choisirait de consulter un avocat. On l'entendit ou pas pendant quelques semaines, et du temps passa avant que les spécialistes ne puissent la savourer à leur tour, s'en faire les champions et les démolisseurs au cours de leurs interminables débats de crécelles. Elle n'entra pas dans l'histoire. Marilla et La-La ne la psalmodieraient jamais devant chez elles ni en sautant à la corde ni en se faisant des tresses ni en aguichant les garçons avec leurs hanches toutes neuves. La chanson n'avait pas l'étoffe, en dehors de la qualité des musiciens, elle manquait d'accroche.

1. « La méduse s'envoyait en l'air, je l'ai coxée avec un gangster ! » et « Colle-toi ça dans la poche arrière ! »

Quand M. Winegar lui demanda de rester après le cours, il imagina qu'il avait réussi à se faire connaître, que le prof de sciences, porte-parole local des lois de la pesanteur, avait décidé de donner son avis sur la question : *Jeune homme, l'homme ne peut tout simplement pas voler ! Renoncez immédiatement à cette idée !* Au lieu de quoi M. Winegar sortit une lettre de son tiroir, la tendit à travers le bureau et se tortilla la moustache en regardant Dylan Ebdus en prendre connaissance : ses résultats à l'examen lui permettaient d'entrer à Stuyvesant.

Il neigeait, de gros flocons qui s'entassaient sur le rebord de la fenêtre obturaient la grille qui la masquait. Les élèves s'étaient déversés dans cet après-midi voilé de blanc. En s'attardant, Dylan avait perdu toute chance de traverser Smith en douce au milieu d'une meute protectrice de corps en mouvement, pour devenir la cible idéale de tous les lanceurs de boules de neige qui rôderaient près de l'école.

« Tu es le seul à avoir réussi, dit Winegar. Mais il faut dire que six élèves seulement s'étaient présentés. J'ai tenu à t'annoncer la nouvelle en personne, et, n'ayons pas peur des mots, sache que je suis fier que tu aies si bien travaillé. »

Le regard perplexe de Winegar et la façon qu'il avait de martyriser sa moustache contredisaient ce bref exposé : s'il avait conservé la lettre, c'était pour entrapercevoir le phénomène, ce symétrique de sous-doué qui avait inopinément émergé de l'océan de protocriminels vociférants dont la classe de Dylan était composée, dont était composée aussi l'assistance des cinq cours de science qu'il donnait chaque jour – dont son public entier, maintenant qu'il y pensait, avait toujours été composé d'un bout à l'autre de sa triste carrière. *Si j'avais su de quoi tu étais capable, je me serais flatté de te remarquer plus tôt.*

Mais cajoler l'étonnement de Winegar ne faisait pas partie des priorités de Dylan.

« Et mon ami Arthur Lomb ? »

Winegar fronça les sourcils. « Je n'ai pas le droit de parler des autres résultats. »

Cela ne pouvait signifier qu'une chose. Dylan découvrit qu'il avait de la peine pour Arthur, qu'il éprouvait un élan d'empathie inattendu.

« Alors il a forcément été pris à Bronx Science », aventura-t-il.

Winegar parut blessé. « Il y a des gens… », commença-t-il, avant de s'interrompre brusquement. Dylan comprit : ni Bronx Science, ni même Brooklyn Tech. Arthur Lomb, fléau des échecs, simulateur émérite, stratège de la dérobade, n'avait pas suivi ses propres conseils de préparation à l'examen. Peut-être avait-il pensé qu'une crise d'asthme de dernière minute emporterait le morceau, ou éprouvé un besoin pressant qu'une fierté déplacée l'avait contraint à retenir pendant tout l'examen, à moins qu'il n'ait balancé quelques *yo* aux examinateurs. De toute façon, l'algèbre avait eu le dernier mot. Houdini s'était noyé dans sa malle fermée à double tour.

À en juger par le ton de Winegar, il était évident qu'Arthur avait fanfaronné par avance auprès du prof, avait su se faire mousser par une série de réponses astucieuses et de commentaires ironiques.

« C'est-à-dire que Sarah J. Hale est à deux pas de chez moi », fit Dylan sur une impulsion sadique. Il adopta un débit monotone d'idiot savant, hommage à Arthur Lomb, tombé au champ d'honneur. « Puisque apparemment, c'est là que vont tous mes amis.

– Pardon ?

– J'ai passé l'examen par curiosité. Peut-être que j'irai pas. »

Winegar parut traumatisé. Le lycée Sarah J. Hale était le morne dépotoir qui prenait immanquablement le relais du collège 293. On séchait les cours jusqu'à deux ans d'affilée, comme avait fait Mingus Rude, et ils n'en finissaient pas moins par vous expédier à Sarah J., histoire de libérer une place dans la salle de classe. Dylan aurait aussi bien pu dire *Je crois que je vais directement entrer à la maison de détention de Brooklyn.* « Cela me désolerait de te voir rater pareille occasion... »

C'était *Tu es blanc !* qu'aurait voulu crier Winegar.

Et Dylan aurait voulu crier *L'homme peut voler !*

« Je vais y réfléchir, fit Dylan.

– Tu as démontré une aptitude... »

Si vous voyiez mon altitude.

« Il faut que j'en parle à Abraham. Mon père. »

La moustache risquait de se dissoudre entre les doigts de Winegar si Dylan ne lui témoignait pas un peu de pitié. « Bien sûr. Sois gentil de dire à ton père que je suis à sa disposition si...

– D'accord. » Il jeta un coup d'œil dehors. Brooklyn était pris dans les mailles d'un filet de calme apparent, l'école se laissait engloutir. Dylan commençait à trouver Winegar ennuyeux, se résignait à subir la loi des lanceurs de boules de neige durcie.

Les toits recouverts d'une épaisse couche de neige offraient peut-être un terrain favorable à l'étude du saut de corniches, pour laisser d'inexplicables empreintes, tremplins vers nulle part.

Vous comprenez, Aeroman n'officie que dans le quartier, comme son prédécesseur.

La fumée du haschisch était le totem de Rachel Ebdus. L'inhaler c'était communier, pardonner et se laisser étreindre par sa forme évanescente. Dylan Ebdus apprit lentement, fit d'abord semblant quand Mingus

Rude lui tendait un joint, émettant des bruits de succion autour du filtre humide tandis que des volutes lui enrubannaient la tête. Puis pour de bon, mais sans que cela lui vaille autre chose que l'impression d'avoir la gorge à vif comme une narine trop curée. Ce ne fut que plus tard, la six ou septième fois qu'il avala franchement la fumée que la chambre de Mingus se dilata en tous sens après s'être réduite à la taille d'une tête d'épingle, toutes choses que Dylan avait fait semblant d'éprouver depuis le début.

À cet instant, Rachel le rejoignit, dans la chambre de Mingus où une serviette était enfoncée sous la porte et où les fenêtres étaient ouvertes sur l'air glacé. Que ce soit dans le haschisch ou dans Dylan, elle avait apparemment attendu dans l'un d'être catalysée dans l'autre. Ou peut-être était-ce plus simple : de la même façon que lorsqu'il écoutait ses disques, le Modern Jazz Quartet, Nina Simone et Three Dog Night, il se pouvait que Dylan en fût encore à faire connaissance avec Rachel, à travers ses appétits, ses jeux de mots, ses drogues.

Dylan avait rangé les cartes du Crabe en Fuite, entre trente-cinq et quarante désormais, par ordre chronologique, coincées à la verticale entre *Stranger in a Strange Land* de Heinlein et les numéros 1 à 16 des New Belmont Specials – série interrompue après qu'Abraham eut cessé d'illustrer leurs couvertures – sur une étagère au bout de laquelle le Hugo Award faisait office de serre-livres. Dylan archivait les cartes postales à côté des œuvres commerciales d'Abraham non seulement pour être sûr de l'irriter, si le père s'avisait d'aller fureter dans la Batcave du fils pendant qu'il était à l'école, mais aussi parce que cela semblait tout à fait approprié : ces objets composaient un poème vaudou d'Abraham-et-Rachelitude, de l'ADN de ses parents, de ces choses qui s'étaient détachées d'eux en un acte semi-volontaire, comme des ongles ou des cheveux, et qu'ils mêlaient sur une étagère.

Dylan décida de relire toute la série de cartes quand il serait stone, en recommençant depuis le début pour décrypter la disparition de Rachel avec l'aide de la drogue.

« Vise un peu », dit Mingus Rude, après avoir éventé la fumée dans l'arrière-cour et fermé les fenêtres. Froid ou pas, Mingus portait toujours sa veste de combat maculée chez lui. Il était toujours de passage, prêt à l'action même quand il ne bougeait pas de sa chambre des heures durant.

Pour l'heure il fit glisser d'un seul mouvement le mix house et dance de « Theme from S.W.A.T. » par Rhythm Heritage de sa pochette à la platine, posa le saphir dans le sillon.

Quand le crachotis fit place au break d'ouverture, Mingus se mit à faire glisser le disque d'avant en arrière et d'arrière en avant sous le saphir, pour isoler la rythmique. Dans un murmure et d'une voix nasillarde de dessin animé, il débita un rap au public imaginaire d'une cour d'école, le Bugs Bunny du ghetto.

Dylan hocha la tête en connaisseur.

« Ça déchire, non ? dit Mingus.

– C'est planant, hasarda Dylan.

– Toutes les galettes que les autres DJ peuvent même pas se procurer, j'ai qu'à monter en douce les piquer dans la collec de Junior. Tu veux voir ce que j'ai d'autre ?

– Ouais.

– Ça c'est mon pote, il en veut encore, et comment qu'il en veut. »

Cette fois, Mingus posa le saphir sur « Scorpio » de Dennis Coffey and the Detroit Guitar Band. De nouveau, il scratcha d'avant en arrière et marmonna un rap sur la chanson, baissant timidement les yeux.

Mingus n'était peut-être pas prêt pour la cour d'école, mais il avait les galettes. Ils étaient sans doute les deux seuls mômes de Brooklyn à disposer d'une collection de vinyles en provenance directe de Planet Superfly.

La chambre de Mingus avait changé. Dave Schultz des Flyers de Philadelphie et Mercury Morris des Dolphins de Miami avaient disparu, les Jackson Five avaient disparu. Trois affiches portant des autographes à l'encre bien réelle, offertes à Barrett Rude Junior. Aucune importance : elles avaient été arrachées du mur, n'en subsistaient que des lambeaux sous les punaises. Une seule affiche était encore là, offerte dans la pochette d'un 33 tours à dépliant encarté, et dont les marques du pliage en six ne disparaîtraient jamais : Bootsy Collins and his Rubber Band, en smoking argenté, semelles compensées et fumée rose. Celle-là aussi était dédicacée. Lors d'une visite à Barrett Rude Junior, Bootsy en personne s'était vu enjoindre de descendre au sous-sol, était entré dans la chambre de Mingus pour signer l'affiche avec de la Violette Garvey, slogan bavoché qui recouvrait à moitié sa guitare pailletée en forme d'étoile : *Love Ya, Bootsy !* Plus récemment, l'affiche avait été badigeonnée à la bombe argentée. Mingus avait commencé à taguer sans sortir de sa chambre. Trop paresseux ou stone pour les exposer aux yeux de tous, il continuait à faire jaillir les tags, DOSE, DOSE, DOSE. Les boucles d'argent couvraient les murs, les moulures, atteignaient le plafond, une brume argentée commençait même à voiler les vitres des fenêtres. Le radiateur était tagué, puzzle à trois dimensions. En se plaçant de côté pour que les éléments du radiateur forment une surface plane, on déchiffrait le tag : ART. Sous d'autres angles, il se dissolvait en rayures, code insignifiant.

Farrah Fawcett-Majors aussi avait disparu, le maillot une pièce rouge, les tétons dressés et le grand sourire blond en coin qui avaient été significativement punaisés à hauteur du regard de Mingus quand il était allongé sur son lit. En revanche un lot de *Playboy* et de *Penthouse* ayant appartenu à Barrett Rude Junior était mal dissimulé sous le lit, doubles pages déchirées et arrachées à leurs agrafes sortaient comme les langues de chiens éreintés. Une fleur blanche de kleenex roulés en boule échouait à dissimuler un pot de vaseline.

« Tu m'as jamais parlé de la fille du Vermont.

– Quelle fille ? » Dylan feuilletait le numéro 48 de *Défenseurs*, reluquant Walkyrie dans son armure bleue sans manches, son soutien-gorge en cotte de mailles. Les comics de Mingus étaient en lambeaux, il avait tagué leurs couvertures glacées à coups d'El Marko noir.

« Le Roi Arthur m'a dit que tu t'en vantais, alors pas la peine de mentir, te fatigue pas.

– J'ai rien dit à Arthur. Il raconte que des conneries.

– Regardez-moi ça, il nie tout ! Arthur dit que tu te l'es faite. Tu peux rien me cacher, Dylan mon pote, tu sais bien que tu vas me le dire dans une minute. »

Dylan n'eut pas besoin de réfléchir une minute pour dire : « Elle s'appelle Heather.

– Eh ben voilà !

– On est allés nager.

– Vous vous êtes pas contentés de nager, d'après ce qu'on m'a dit. »

Il avait eu beau sécher les cours pendant deux ans, Mingus avait été admis à Sarah J. Hale. Comme l'ombre sur un cadran solaire, il était imperceptiblement passé au fuseau horaire suivant, à la phase suivante. Sa chambre avait changé, son corps avait changé, il avait grossi et grandi, quand il se déhanchait dans Dean Street il chantonnait des rimes à voix basse, blabla de disc-jockey. Il avait une chaîne stéréo à lui. Il allait lui-même acheter son hasch, on le lui passait par une fente dans la porte d'un immeuble de Bergen, finis les raids sur la réserve de Barrett dans le freezer. Sa chambre était un sanctuaire. Malgré l'emménagement de Barrett Rude Senior au sous-sol, la chambre de Mingus semblait échapper à toute autre autorité que la sienne. Les pièces du duplex étaient devenues des forteresses, trois générations de Rude barricadées dans leur domaine, en une guerre tacite. Mingus appelait son grand-père Senior et ne mettait jamais les pieds dans sa chambre qui, vue par la porte entrouverte, semblait vide, à croire que Senior avait oublié la façon de meubler une grande pièce. Senior s'asseyait près du radiateur et contemplait Dean Street à travers les barreaux des fenêtres comme si c'étaient ceux d'une cellule. Il lui arrivait de s'éclairer à la bougie. Mingus l'appelait Senior et appelait son propre père Junior. La chambre de Mingus sentait la vaseline et autre chose encore. La pochette de *Fire* des Ohio Players, qui montrait un tuyau de pompe serpenter obscènement entre les jambes d'une fille au torse terriblement sexy, était collante, de la résine, peut-être, des graines et des tiges tombées des joints qu'on y roulait. C'était vaguement dégoûtant, mais fascinant aussi, comme la feuille dans les cheveux, la bribe d'aliment sur le menton qu'on faisait semblant de ne pas remarquer.

À l'étage, il émanait de la chambre de Junior une odeur différente, odeur pernicieuse de papier d'alu chauffé, de cristaux roussis. Senior brûlait des bougies et fumait des Pall Mall à la chaîne, allumant fréquemment l'une au mégot de l'autre, Mingus et Dylan, enfermés dans le sanctuaire à la porte calfeutrée d'une serviette, tiraient sur leur joint, tandis qu'en haut, dans le salon où nul ne pénétrait, Junior fumait sa coke dans une pipe de verre.

Barrett Rude Junior et les Famous Flames.

« Eh, j'ai pas oublié que tu me parlais de Heather.

– Dans tes rêves.

– Quel âge elle a ?

– Treize ans.

– Les femmes plus âgées, y a que ça de vrai, c'est ce que je dis toujours.

– Je lui ai massé le dos.

– Enfin, tu vois quand tu veux… Je suis sûr que tu t'es pas contenté de lui masser le dos.

– On s'est bécotés, au grenier. » En disant ces mots, Dylan retrouva l'odeur des lieux, le grincement des marches de bois, la lumière blonde. « Elle avait que son maillot sur elle.

– Sois un peu plus précis. Elle a treize ans genre quinze ou treize ans genre dix ? » Les mains ouvertes de Mingus décrivirent des formes pleines dans l'air.

Dylan songea oranges et dit pamplemousses.

« Merde ! » Mingus grimaça, si grand était son plaisir. « Attends. » Il se leva pour mettre *Fresh* de Sly sur la chaîne, monta le son. Puis il s'affala de nouveau sur son lit, doigts écartés posés sur ses cuisses. Entre les cuisses et ses doigts écartés, tel un piquet de tente, la trique.

« Tu disais ? »

Something moving in the brain of a doer[1], chantait Sly de sa voix lubrique et traînante.

« Je te montre, fit Dylan. Tourne-toi. »

Mingus fit oui de la tête et s'exécuta.

Cette fois c'était Dylan qui racontait, il comprenait à présent que Mingus n'avait aucun moyen de le contredire, qu'il attendait seulement la suite de l'histoire.

1. Ce qui se passe dans la tête d'un filou. (Titre : « In Time ».)

Ce qu'il fit, à plat ventre sur le lit, comme s'il n'avait fallu à Dylan qu'un peu de temps pour le faire taire.

Les paumes de Dylan sur la veste kaki à la hauteur des épaules de Mingus.

« Donc, toi t'es la fille, vu ?

– Ouais.

– Ils se renflent sur les côtés et ça me rend dingue.

– Ouais.

– Mais je prends mon temps.

– Ensuite, je les attrape comme ça.

– Merde.

– Elle dit rien et n'essaie pas de m'arrêter.

– Ouais.

– Et puis, j'essaie de lui mettre les mains dans le maillot. »

Le monde n'avait pas de nom, on se déguisait, on était des Inhumains. La chambre de Mingus aussi était une Zone Négative, sous l'eau, sous la maison, détachée de Dean Street et tournoyant vers un ailleurs. Cela durait depuis ce jour où Mingus l'avait attendu dans son uniforme de scout en caressant des doigts ses badges, tampons de lointains royaumes sur un passeport.

On faisait du feu, on taguait des ponts et des trains, on se branlait dans des mouchoirs et des chaussettes.

Une main qui moulait le cul de Mingus à travers son pantalon n'avait pas besoin d'explication, c'était pas un truc de pédé, rien qu'une histoire qu'on racontait : la pile de *Playboy* sous le lit, partout des nichons, des femmes désirées, s'amassaient comme des nuages d'orage, puis l'horizon se déchirait quand on échangeait les points de vue.

De toute façon, si tu caressais Mingus après tout ce temps, tu n'aurais envie que de *peigner sa tignasse afro*, tu te languissais depuis toujours de savoir ce que ça ferait de tenir sa tête au creux d'un bras pour y glisser cette fourche mystérieuse.

Mais pas d'attendrissement gênant, on est entre mecs.

« Rien qu'à lui toucher le cul, je bandais à mort.

– Sans déc.

– Mais pas question d'entrer.

– Tu devais en crever d'envie !

– Ouais.

– Moi j'aurais dit : Yo ! Attends voir !

– Ben, c'est ce que j'ai fait, ajouta Dylan inventant sans retenue, larguant les amarres. Je lui ai dit de regarder dans quel état j'étais, qu'est-ce qu'elle comptait faire pour arranger ça ?

– Non ! Tu vas quand même pas dire ce à quoi je pense. »

Ils étaient côte à côte à présent, comme Dylan et Heather l'avaient été dans le grenier écrasé de soleil, allongés sur le dessus-de-lit, vidant leurs verres de limonade où perlaient les gouttes, se passant des glaçons sur les avant-bras. À ceci près que Dylan et Mingus étaient stone, vautrés, têtes relevées bavant sur les oreillers de Mingus, chacun le poing serré dans sa poche, l'air de rien. Leur respiration s'allongea, les soupirs que poussait Mingus vibraient comme un petit ronflement.

Il tendit le bras vers la chaîne pour monter encore le son d'un cran, les immergeant dans le funk, approfondissant leur stupeur.

« Raconte.

– On avait pas de capote, alors il a fallu qu'elle me taille une pipe.

– Merde ! »

Ils restèrent un moment silencieux. Puis Mingus parla à voix basse d'un air pénétré :

« Tu jutes blanc ou transparent ?

– Blanc. Avant, c'était transparent.

– C'est ça. »

Puis, après un nouveau silence :
« C'est comment dans la bouche d'une fille ?
– Y a pas mieux, mentit Dylan avec certitude.
– C'est ce qu'on dit.
– Si seulement y avait une fille pour me sucer, là. »
Un autre silence, puis Dylan dit : « Tu peux la sortir si tu veux. »
Le pénis de Mingus était d'un brun tirant sur le rose, comme ses paumes. Il tremblait dans sa main.
« Ferme les yeux, fit Dylan.
– Sans déc…
– Mets les mains derrière la tête. »
Dylan s'approcha à portée de souffle avant de se déballonner, assez près pour sentir l'odeur des jambes de Mingus, de l'entortillement des poils dans la fente de son slip.
« Vas-y avec la main », dit Mingus.
Quand la porte s'ouvrit à la volée, Dylan et Mingus furent surpris les mains couvertes de vaseline, pantalons irrémédiablement baissés, roulés par-dessus leurs Puma. Ils n'eurent que le temps de soutenir le regard fixe du père de Mingus dans l'encadrement de la porte, pieds nus, vêtu de son futal pattes d'ef en satin bleu et d'un tee-shirt blanc de marque échancré avec la même encolure qu'un corsage. Barrett Rude Junior s'habillait de plus en plus comme quelqu'un qui ne sort jamais de chez lui, tout son étage mué en une espèce d'auto-harem, territoire de pyjamas. Mingus et Dylan étaient réduits à l'état de termites, d'hommes-taupes qui auraient foré leur galerie sous le manoir de *Playboy* et venaient de se faire prendre, après qu'une bêche eut fait irruption dans leur terrier, l'inondant de lumière. Pantalons baissés, ils restaient plus vêtus que Junior, Mingus avec sa veste, Dylan en pull, chaussés l'un et l'autre. Le simple geste de se reculotter leur aurait suffi pour se retrouver dehors, en mouvement, détaler comme des rats,

créatures de la rue. Ils remontèrent leurs pantalons sur leurs cuisses nues. Dylan regardait le plancher.

« Baisse-moi cette musique, Gus. »

Mingus tourna le bouton jusqu'à ce qu'elle devienne aigrelette, aussi faible que celle de Junior, qu'on entendait ronronner à travers le plafond.

Le père de Mingus les considérait d'un œil rétréci et ensommeillé, il fit claquer ses lèvres au ralenti, et gratta sa barbiche de l'ongle peu soigné d'un de ses gros doigts. Ses narines se dilatèrent, flairant peut-être la glu qui enduisait leurs mains et leurs bites. Il s'attarda, on aurait cru qu'il attendait le temps sur lequel il devait reprendre, mais sur sa musique intérieure, pas sur celle que diffusait la chaîne. Quand il parla ce fut d'un ton désinvolte, d'une voix basse et mélodieuse.

« Ce que vous fabriquez ici je m'en fous, mais mettez-la un peu en veilleuse, quoi. »

Sa lassitude semblait dire qu'il en avait trop vu pour s'étonner de ce que les mômes imaginaient peut-être avoir inventé, et recelait un rien de dégoût affectueux pour leur piteux débraillé, la piètre décoration de leur petit nid d'amour. Dylan et Mingus auraient peut-être mieux fait de brûler de l'encens et de se draper dans des peignoirs violets, de toute façon, ça ne le regardait pas. Il posa la main sur la poignée de la porte.

« Mais dis-toi bien que t'as de la chance que ce soit pas un autre que moi qui est entré ici, Gus. Colle-moi un verrou à cette foutue porte. »

Sur ce, il partit.

Ses quelques phrases étaient probablement ce que Dylan avait entendu de plus gentil de sa vie.

« Putain », fit doucement Mingus à la porte refermée, légèrement écœuré par les suppositions de son père, maintenant qu'il pouvait se le permettre.

Dylan se contenta de regarder Mingus et d'attendre. Les yeux peut-être un peu exorbités.

« T'inquiète, Junior dira rien à ton père. Je l'ai surpris à faire des trucs nettement plus tordus que ça et il le sait très bien.

– Sans blague ?

– M'en parle pas ! »

Et ce fut tout, à croire qu'ils n'avaient jamais été pris sur le fait. Mingus retourna le disque, monta le son par bravade.

Dix minutes après, ils dégorgeaient chacun dans le poing de l'autre pendant que Sly et tout son groupe grognaient *Que sera, sera, the future's not ours to see*, et Dylan fut envahi d'une nouvelle certitude : Mingus et lui étaient régénérés. Ils avaient de nouveau des secrets, consolidés par le risque de se voir traiter de pédales, pas question d'y faire participer Arthur Lomb et Mick Damer, absolument pas question d'y faire participer quiconque. Même la complicité de Barrett Rude Junior était réconfortante, elle scellait leur entente comme un morceau de cire scelle une enveloppe. Mais non ils n'étaient pas pédés : deux amis faisant des découvertes. Dylan pouvait faire confiance à Mingus, ils étaient de nouveau uniques et extraordinaires. Dylan avait gardé un secret qui l'avait empoisonné, il le comprenait à présent. Mais il n'y avait aucun risque, tout baignait : il pouvait parler de l'anneau à Mingus. Il pouvait lui montrer le costume.

Une silhouette solitaire sur le trottoir, un petit blanc, sillonne nerveusement le pâté de maisons dans Atlantic Avenue entre Court Street et Boerum Place. C'est un glacial mardi soir du mois d'avril, peu après minuit. Isolé et minuscule, marionnette parmi les humains, l'enfant avance de réverbère en réverbère, son ombre rétrécissant puis s'allongeant de nouveau. Une question s'impose : Que fait-il là ? Ce pâté de maisons est flanqué des boutiques arabes d'Atlantic du côté de Court et du pensionnat de garçons St. Vincent du côté de Boerum. En face, dans Boerum, se dresse le monolithe en verre et en brique de la maison de détention de Brooklyn. Mais la rue elle-même au long de laquelle il marche n'est rien : il n'y a qu'un parking, entassement de rampes de béton sur quatre niveaux. Et sur l'autre trottoir, une station-service Mobil, fermée.

Le garçon va et vient d'un bout à l'autre du parking, comme s'il était enfermé, gerboise dans un vivarium invisible. Plus on y pense, plus sa présence est inexplicable, et personne n'y pense d'ailleurs. Le coin est mal choisi pour se promener à minuit, il va forcément avoir des ennuis.

C'est le but, précisément.

Encore un aller-retour, mais que ça vienne, bon sang.

Et ça vient. Les agresseurs s'amènent, deux adolescents noirs, un grand et un potelé, la dégaine classique, un bas de femme roulé sur leur crâne rasé – un doorag, c'est comme ça qu'on l'appelle – la tronche de l'emploi. Ils déboulent là après on ne sait quelle distraction dans Fulton Mall, peut-être une toile à la dernière séance du Duffield ou de l'Albee, à moins qu'ils viennent d'acheter une dose dans un des repaires de dealers de Myrtle plus connue sous le nom de Murder Avenue. Bref, leur radar à petit blanc est en action. Ce soir, l'occasion est trop belle pour être vraie : dans l'ombre du vaste parking ils peuvent se permettre de prendre leur temps, histoire de rigoler. Il n'y a littéralement personne à des kilomètres à la ronde. Un petit blanc aussi con mérite ce qui lui pend au nez, espérons qu'il ne s'agit pas d'un débile qui va se mettre à chialer trop vite.

« Yo, viens voir une minute, que j'te cause. »

Le petit blanc se contente de cligner des yeux. Ces deux-là sont des inconnus, il ne les a jamais vus à l'école. C'est une première rencontre. Ils ne seront sans doute pas près de l'oublier.

« Quoi, t'entends pas qu'il te cause, p'tite tête ?

– Il doit être sourd, ce con.

– Il aime peut-être pas la couleur de ta peau, mon pote, c'est peut-être ça le problème. »

C'est alors que la chose surgit du ciel nocturne, dans une traînée où l'on distingue une cape et un masque. Elle a sauté de trois étages plus haut, du toit du parking, et à première vue ne semble rien faire d'autre que tomber tête la première en un plongeon suicidaire. L'adolescent noir qui porte le costume maison et l'anneau à un doigt s'entraîne depuis des semaines, dans les arrière-cours et sur les toits – mais c'est la première fois qu'il se lance dans la rue.

Aucun problème, il est doué. Quelles que soient les capacités requises par le vol – équilibre, sang-froid, détermination, un organe lui permettant de sentir les ondes – on dirait qu'il les a. Sa charge commence juste en dessous du premier étage, les deux poings en avant, redressant sa trajectoire pour ne pas s'écraser sur le trottoir, terminant indéniablement à l'horizontale. Au moment où il percute les candidats cravateurs, il remonte en flèche dans le ciel. Le garçon volant martèle les épaules et les doo-rag de ses poings, puis de ses genoux, et enfin de la pointe de ses baskets quand il reprend son essor, effarante attaque-surprise venue du ciel. Les deux victimes tombent par terre et se recroquevillent en jurant, incrédules, et en frottant leurs caboches meurtries.

« Putain, c'était quoi ?

– Merde, tu m'as collé une beigne !

– J't'ai pas touché, mec, qu'est-ce tu racontes ? »

Le garçon volant pirouette dans les airs avant d'effectuer un nouveau piqué poings en avant. Sa cape blanche flotte et claque de façon spectaculaire depuis les épaules de son tee-shirt à manches longues décoré au Spirographe. Il porte aussi un masque blanc, attaché derrière les oreilles, au-dessus duquel s'épanouit sa coiffure afro, comme le *Black Goliath* de Marvel.

« Fonce mec, on se casse !

– Fonce ! »

Quelques secondes plus tard ils ont disparu, carapatés dans Boerum Place en direction de Bergen, vers chez eux, vraisemblablement Gowanus Houses. Le garçon costumé atterrit sur le trottoir à côté du petit blanc et crie à l'attention des ombres en fuite : « C'est ça, barrez-vous, bande d'enfoirés ! Faut pas chercher Arrowman !

– Aeroman, corrige le petit blanc.

– C'est bien ce que je dis, Arrowman[1]. »

1. L'homme-flèche.

14

Quelqu'un s'était un jour avisé de peindre somptueusement les murs d'un rose satiné très médical, nuance proche du Spasfon, ou de la représentation d'un cerveau souffrant avant son soulagement par un antimigraineux. Sur cette surface crasseuse gondolée par les fuites étaient punaisés le calendrier d'une banque, un emploi du temps ronéoté, un authentique prospectus jaune des Alcooliques anonymes datant des années cinquante, et c'était à peu près tout – aucun écriteau, par exemple, annonçant PAS BESOIN D'ÊTRE FOU POUR TRAVAILLER ICI, MAIS ÇA AIDE, et encore moins de photos d'épouses, d'animaux domestiques ou d'enfants. Le bureau en bois de chaque côté duquel étaient assis les deux hommes arborait des auréoles de café, des marques de trombones, trente années d'érosion dans son placage en merisier blond : récupéré dans une école voisine il avait trouvé là un nouvel usage. Sur le côté du bureau qui faisait face à l'entrée de la pièce rose s'étalaient quelques tags, graffitis ou griffonnages nerveusement accomplis au stylo-bille, avec le bout d'une clé ou d'un canif, discrètement et à hauteur de genou, où des mains vengeresses pouvaient se soustraire au regard de l'interrogateur sans altérer l'expression de sérieux et d'attention du visage.

Un dossier ouvert était posé entre les deux hommes.

On était en juillet 1978. Chacun portait une cravate : le blanc trentenaire, sur une chemise blanche à manches courtes sans veston, la cravate un large modèle bleu pastel dont la couleur aurait pu figurer un nerf enflammé du cerveau rose qu'était le bureau. Le noir âgé portait une fine cravate sombre passée de mode, impeccablement fixée par une épingle à l'intérieur du gilet de son nouveau costume trois-pièces gris à rayures acheté dans une friperie, qui aurait pu être celui d'un banquier sans ses revers grotesquement larges. Le gilet boutonné jusqu'en haut enserrait son mince torse comme une saucisse dans un boyau. Pas de climatisation ici, un mouchoir de dentelle brodée était donc d'une certaine utilité pour s'éponger le front, les ailes du nez, et le creux du cou entre les tendons saillants, juste au-dessus du nœud bien serré de la cravate.

« Je vous le dis, moi, il s'en passe des choses dans cette maison, dit Barrett Rude Senior.

– En quoi est-ce que ça te regarde ?

– L'homme de Dieu a des devoirs.

– Je connais un homme de Dieu qui ferait mieux de garder ses distances pendant trois ans avec les filles de Pacific Street avant de faire chier le monde. C'est pas parce que t'as réussi à apitoyer un jeune flic qui t'a pas embarqué que le procès-verbal n'a pas abouti sur mon bureau. N'essaie pas de me bluffer, Barry, va pas t'imaginer que je suis pas au parfum, je t'ai à l'œil. »

Le type semblait un peu jeune pour parler comme ça à Rude, son aîné, ou à n'importe qui d'autre : son ton de dur à cuire était un peu affecté, le parler de la rue un genre qu'il se donnait. S'il en allait ainsi, l'explication de son arrogance n'avait rien à voir avec le flingue accroché à sa cheville dans son étui qui dépassait quand il tirait sur son pantalon pour croiser les jambes, ni avec les menottes qui pendaient à sa ceinture ; à vrai dire, elle ne dénotait qu'une seule chose : le genre de personnalité de ceux qui choisissaient d'ordinaire ce boulot. Il était ce qu'un détenu aurait appelé un cow-boy. Comme les chasseurs de primes ou les matons, les cow-boys étaient le genre de mecs trop sadiques ou bornés pour entrer dans la police classique. Parmi les agents de probation, les braves types à la Serpico sont une infime minorité ; les cow-boys sont la norme. Pour eux, casser les couilles relève du train-train quotidien, rien d'exceptionnel.

La maison de redressement, le centre de désintoxication et le bureau des cartes grises ne suffisaient pas à expliquer l'atmosphère interlope qui régnait dans Nevins entre Flatbush et State, en voici le secret : un centre de probation dont on avait pris soin de ne pas signaler la présence au premier étage d'un immeuble du coin de Schermerhorn Street, six bureaux donnant sur une salle d'attente, une cuisine transformée en laboratoire pour effectuer sur place des analyses d'urine, les fenêtres d'une pièce du fond fermées par de gros barreaux permettant d'en faire une cellule improvisée. Barrett Rude Senior y effectuait son excursion hebdomadaire depuis le matin de sa première présentation, un jour après être descendu de l'autocar à Port Authority, toujours sur son trente et un. Son agent avait moins d'égards, avec sa chemise aux manches retroussées, sa barbe de plusieurs jours, les emballages odorants de sandwiches qui s'étalaient devant lui.

« Vous sous-estimez à tort un vieil homme, dit Barrett Rude Senior. J'essayais d'apporter à ces filles la grâce du Christ.

– Un bon conseil : toi et le Christ abstenez-vous d'aller porter la grâce dans Pacific Street à une heure du mat'. T'as une signature pour moi ? »

Barrett Rude Senior se devait de produire une feuille signée qui certifiait le nombre d'heures de travaux d'intérêt général sous la supervision du pasteur Gib au Salon du ministère de Dieu de Myrtle Avenue. S'il ne pouvait trouver du travail, le libéré sur parole était tenu de pointer d'une façon ou d'une autre ; c'était là qu'il avait personnellement choisi de le faire. Il le ressentait néanmoins comme une humiliation. Chaque semaine, un bouillonnement de rage lui faisait perdre toute contenance au moment de fouiller de ses doigts squelettiques sa poche de poitrine à la recherche de la preuve exigée.

« Je sors en promenade, dit-il, crispé sur sa fierté meurtrie, refusant de lâcher le morceau. Je passe trop de temps dans cette maison, il faut que je m'aère la tête.

– Fais tes promenades l'après-midi, pas à minuit. Va nourrir les canards.

– Les bruits qui traversent ce plafond personne ne devrait les entendre, parce que personne ne devrait les faire.

– Qu'est-ce que tu veux que je te dise, Barry ? Bouche-toi les oreilles. » L'agent de probation jeta un œil à la feuille et la lui rendit.

« Il faut me reloger ailleurs que dans cette maison parce que le démon jette le trouble dans mon esprit. Savoir que ce garçon se pervertit et ne rien faire.

– La condition de ton transfert de Caroline était de loger chez ton fils. » Il parlait comme s'il débitait une recette banale : deux verres d'eau pour un verre de riz. « Tu veux qu'on renvoie ton dossier au bureau de Raleigh, et toi avec, tu veux qu'on en parle ? Si tu veux pas quitter New York et les minijupes qui font le tapin toute la nuit, faut pas que tu changes de domicile, et tu le sais.

– Je veux qu'on sache que la proximité de drogues dures et de musique funk n'aide pas à ma réinsertion. Notez-le.

– Allez, Barry. Dis-moi la vérité.

– Je suis au regret de dire que mon fils unique courtise Satan. Mettez-le dans votre rapport. On finira par en venir aux mains, pire encore. Je demande à être relogé dans l'intérêt de toutes les personnes concernées, et c'est vous le responsable. Je prendrais bien le petit avec moi mais c'est déjà presque un homme, il faudra qu'il lutte seul. Je prie tous les soirs, quand j'arrive à m'entendre malgré les grondements, les grincements, les beuglements de la tuyauterie.

– Ce qui nous intéresse, c'est de savoir si tu fais ce que tu as à faire, et tu ne me dis rien. Je la connais ton histoire, c'est pas la première fois que tu me la sors, c'est du réchauffé. Je ne ferai pas arrêter ton fils, et je ne suis pas religieux. Alors ou je suis sourd, ou tu ne m'as encore rien dit.

– Je veux prendre une chambre au Times Plaza pour ôter ce poids de mes épaules.

– Qui paiera ?

– Je crois que le démon paiera pour ne plus m'avoir dans les pattes.

– Ce vieil hôtel miteux vaut pas mieux que la taule. La moitié des chambres sont occupées par des taulards qui tuent le temps entre deux peines. »

Barrett Rude Senior se raidit de nouveau comme s'il s'était mal fait comprendre. « Je connais quelqu'un à l'église qui habite là-bas, un vrai saint. Quand il se met à la fenêtre, il n'a pas seulement l'ordure sous les yeux.

– C'est l'Oiseleur d'Alcatraz, c'est ça[1] ? »

1. The Birdman of Alcatraz, célèbre détenu qui élevait des oiseaux.

Pour toute réponse, Senior le foudroya d'un regard dont il ne cherchait plus à dissimuler le mépris. Ses yeux évoquèrent passagèrement l'éloquence momifiée héritée de la psalmodie des hommes dans les champs de coton, les paroissiens trempés de sueur, les cavaliers masqués, les galères venues d'Afrique, toutes choses que l'agent de probation avec son accent du Bronx à la Dion and the Belmonts ne pouvait pas commencer d'imaginer. Et ce fut comme si Senior était venu à ce rendez-vous en chevauchant sa mule, comme si l'aboiement des chiens de meute cavalcadant à travers le marais avait retenti jusque dans le bureau.

L'infime parcelle du cœur tendre de Serpico que recelait la psychologie du cow-boy de la probation tressaillit à cet instant-là. « C'est vraiment moche entre ton fils et toi, hein, Barry ? Je suis bien obligé de croire que tu te fous pas de moi. Tu veux vraiment emménager dans ce trou à rats.

– J'ai vu des femmes sur des femmes, d'autres choses contre nature.

– Arrête, je vais avoir des boutons. Bon, je verrai ce que je peux faire. »

« Né en Babylonie, venu en Californie…

– Nous sommes les chevaliers qui disent *Ni* !

– Excite-toi et va au festival du bâillement.

– Livrez-nous-un-massif-de-buissons !

– Eh ! Allons acheter des Blimpies, j'ai une faim à vendre la peau de l'ours. Aïe, merde ! Qu'est-ce qu'y te prend ?

– J'avais dit que je te cognerais la prochaine fois que tu dirais Blimpie.

– Espèce de salaud ! »

D'une voix rauque et chevrotante : « *It's the blimp, it's the blimp, it's the mothership !*

– Amène-toi. »

D'une voix de tête, en traversant la chaussée devant l'école : « *Basketball Jones, I got a basketball Jones*[1]… »

Gabriel Stern et Timothy Vandertooth s'époumonaient en un perpétuel graffiti vocal d'imitations : Steve Martin, Martin Feldman et George Carlin, Devo, Python, Zappa, Spock, *Le Prisonnier*. Gabe Stern avait appris les chansons de Tom Lehrer, Tim Vandertooth savait prendre l'accent de Liverpool, imiter Wild and Crazy Guy, le pandit Peter Sellers. L'introduction dans la compagnie de Gabe Stern et Tim Vandertooth datait de la deuxième semaine d'école, lundi, peu après trois heures. Gabe et Tim encadrèrent Dylan avant qu'il atteigne la station de métro de la Quatorzième Rue et lui payèrent une part de pizza chez Original Ray, avec supplément de fromage. Ensuite, ils allèrent chez Crazy Eddie pour jouer au Pong sur la console de démonstration, feignant de se tordre de douleur après chaque point perdu, oublieux des clients comme des employés.

« Salaud !

– Vengeance, je jure de me venger.

– Je pète plus ou moins dans ta direction. »

Gabe, large d'épaules, brun, bouclé, avait sur les joues des grappes de pustules d'acné, comme si l'on y avait versé du vitriol qui rongeait la chair. Tim, blond, anguleux, marchait en ondulant des hanches comme si son long corps maigre était un cerf-volant dans le vent. À côté d'eux, Dylan était petit. Il avait grandi, voyait certaines parties de son intimité se transformer, d'étranges touffes de poils apparaître, mais en compagnie de Gabe

1. « C'est le zeppelin, c'est le zeppelin, c'est le vaisseau amiral ! » et « Manque de basket, je suis en manque de basket ! » Ce dialogue est un méli-mélo de paroles de chansons, répliques cultes des Monty Python et d'à-peu-près sur des proverbes et dictons.

et Tim il avait l'impression d'être un enfant, et peut-être invisible. D'ailleurs, leur corps les trahissait tous, de diverses manières, on pardonnait et on n'en parlait jamais.

Dylan se greffa à l'union de Gabe et Tim tel un troisième larron superflu : arbitre, public, appendice. Un jour Gabe et Tim pouvaient paraître en représentation devant Dylan, rechercher ses faveurs, comme s'il eût été en son pouvoir de trancher un différend qu'ils avaient tenté de résoudre toute leur vie : lequel de nous deux est le plus drôle, le plus braillard, le plus irrésistible ? Ces jours-là, Dylan sentait qu'il était essentiel de maintenir l'équilibre entre leurs manies, que choisir entre Tim et Gabe ou ne serait-ce que manifester la moindre préférence à l'un des deux pousserait l'autre à mourir desséché sur le trottoir comme la vilaine sorcière de l'Ouest. D'autres jours leur énergie l'excluait, fonctionnait en circuit fermé, Dylan aurait tout aussi bien pu regarder *Tom et Jerry* à la télé, la tête dans les mains, le reflet de leurs singeries dans ses lunettes.

Gabe et Tim se bagarraient soudain en se roulant sur le trottoir devant l'école, sacs à dos tombant dans le caniveau comme s'ils se faisaient agresser, cravater. C'était pourtant différent des vraies bagarres qui attiraient la foule instantanément. En dehors de Dylan, tout le monde savait qu'il ne fallait pas y accorder la moindre attention. Quand Tim ou Gabe avait soumis l'autre, les genoux sur sa poitrine, sa tête au creux d'un coude, le bras tordu haut derrière le dos, il exigeait un mot de passe idiot.

« Dis Fanta.

– Non. Aïe ! Dr Pepper !

– Pas Dr Pepper, Fanta.

– Tab !

– Fanta.

– Mr. Pibb ! Non. Merde, arrête ! Salaud, espèce de salaud !

– Tu sais ce que je veux.

– D'accord, aïe, d'accord, d'accord… Fanta !

– Et maintenant Sprite !

– Non, ça jamais ! Lâche-moi ! »

Stuyvesant drainait tous ceux qui avaient obtenu les meilleurs résultats dans les cinq districts, migration dissimulée sous la peau de l'heure de pointe, le métro en était inondé. Les jeunes de l'Upper West Side en Lacoste se connaissaient depuis la maternelle, les petits forts en thème noirs du South Bronx traversaient les couloirs le dos voûté en se demandant s'ils se remettraient jamais de ce traumatisme, les studieux Portoricains de Stuyvesant Town n'avaient, pour leur part, qu'à traverser la rue encore sous la coupe des petits durs du coin qui avaient commencé à les malmener avant leurs années de lycée, mais les Chinois appliqués venaient de divers quartiers d'immigrés, Greenpoint, Sunnyside, d'ordinaire par fratries entières, une sœur aînée dans une classe supérieure, toujours là pour tirer l'oreille d'un cadet s'il faisait mine de glisser vers la masse de mômes qui séchaient les cours pratiquement depuis le premier jour, fumant des joints et jouant au Frisbee dans Stuyvesant Park au bout de la rue. Les lemmings arrivaient de tous les coins de la ville, certains malchanceux qui venaient chaque matin de Staten Island par le bac devaient régler leur réveil à cinq ou six heures, voire à une heure encore plus indue.

Gabriel Stern et Timothy Vandertooth habitaient à Roosevelt Island, s'étaient connus trois ans auparavant quand leurs familles avaient emménagé dans les nouveaux logements bâtis là-bas. Roosevelt Island était une énigme, sans voitures ni chiens, hantée par les ruines d'un sanatorium sur la rive sud. Y habiter était comme faire partie d'une secte. Le funiculaire de science-fiction qui se balançait à côté de la travée du pont de la Cinquante-neuvième Rue et que Tim et Gabe prenaient ensemble tous les jours pour aller au lycée et rentrer chez eux, symbolisait joliment leur solide et impénétrable amitié : ils étaient des monstres de foire quotidiennement téléportés sur l'île de Manhattan en provenance de leur propre île subordonnée, comme un satellite, pas étonnant qu'ils parlent une langue réservée, le nanu-nanu, longue vie et prospérité.

À Stuyvesant il y avait des blancs, juifs, Wasp ou hippies, des Chinois, des noirs, des Portoricains, et bien d'autres mais par-dessus tout c'était forts en thème et bûcheurs, bûcheurs et forts en thème, la grande famille de ceux qui avaient été capables de faire des étincelles à l'examen d'entrée. Mâchonneurs de crayons, chouchous à lunettes, l'Arthur Lomb qui sommeillait en chacun enfin libéré, n'ayant plus à courber l'échine. C'était d'ailleurs pitié de penser à Arthur lui-même, en route pour cette destination naturelle pendant tellement d'années à Saint Ann, puis détourné du droit chemin par Dean Street à six mois seulement de l'objectif. Le mystère était que tant de ceux qui avaient touché au but, choisi les études plutôt que les copains pour réussir l'examen, avaient durant les premiers jours de lycée, endossé les blousons de jean bariolés à la Jim Morrison et Led Zeppelin pour aller glander toute la journée au parc, ruinant d'un jour à l'autre un parcours scolaire impeccable.

Timothy Vandertooth et Gabriel Stern n'avaient pas dérivé vers le clan des fumeurs de hasch, pas exactement. Le seul cours qu'ils séchaient était les heures de gym, et ils avaient beau les passer, comme celles du déjeuner et quelques-unes après le bahut, dans le parc, ils étaient nuls au Frisbee, gardaient les cheveux courts et ne s'intéressaient pas à Hendrix, Morrison ou Zeppelin, musique trop abrupte et sincère pour être bue d'un trait. Les filles langoureuses du parc avec leurs cheveux longs ne prêtaient aucune attention à Tim et Gabe, semblaient incapables de rien comprendre à toute la gamme de leurs plaisanteries.

« J'te jure, elle a failli te regarder quand tu t'es enroué. Tu devrais parler comme ça tout le temps, trouve-toi une bonbonne d'hélium. » Tim et Gabe abordaient ces sujets à haute voix comme si les filles étaient sourdes, piètre rétribution du silencieux dédain qu'elles leur faisaient subir.

« Je crois que c'est ton futal qui a détourné son attention, en fait. Vérifie ta braguette, y a peut-être une tache de chocolat au lait, de crasse ou va savoir.

– C'est à cause de la courgette que je cache dans mon slip, ma nouvelle méthode, que je recommande grandement. Je t'en fais cadeau, tu ne me dois aucun droit d'auteur. La sensation de froid ne dure pas. »

Tim et Gabe fumaient de l'herbe ou pas. Dans les deux cas ils faisaient tache, étaient des touristes, soupape comique pour les cheveux longs du parc qui leur étaient une soupape comique en retour, on ne savait jamais qui était censé rire de qui, si ce n'est que Tim et Gabe étaient plus vifs, leurs mouvements et leurs pensées frénétiques, convulsifs. Ces premiers mois de lycée, Tim et Gabe attendaient la pièce manquante, à moins que ce soit l'inverse, la pièce manquante attendait après eux. Ils étaient aussi enrayés que des robots, débitant leur frustration comme un code.

« Ouvre les portes de la navette, Hal. Ouvre les portes de la navette, Hal. Ouvre les portes de la navette, Hal. Ouvre les portes de la navette, Hal.

– Je ne suis pas un numéro. Je suis un homme libre ! »

On attendait aussi, on le sentait bien.

Une sensibilité d'un autre ordre s'agitait à la périphérie, située à la conjonction des séances de minuit au Playhouse de la Huitième Rue et au Waverly de la Sixième

Avenue : *Orange mécanique*, *Pink Flamingos*, *Rocky Horror Picture Show*, *Eraserhead*. En l'espace de six semaines, on les avait tous vus, sauf *Eraserhead*, qui vous flanquait une peur bleue, ce qu'on n'aurait reconnu pour rien au monde, préférant bredouiller une excuse quelconque, on était de garde ce soir-là. Évidemment on n'avait jamais été de garde de sa vie, on se demandait même où on était allé pêcher l'expression.

Un mec s'amenait tous les jours en classe le visage maquillé de blanc et les ongles vernis de noir façon Tim Curry, concentrant sur lui rires moqueurs et secrète admiration craintive.

Tous les matins, on passait devant Max's Kansas City entre la station de métro de la Quatorzième Rue et le bahut, lieu dont on ne savait trop d'où il tirait un pouvoir talismanique.

Devo avait d'ailleurs peut-être quelque chose à voir avec ce nouveau je ne sais quoi qui planait dans l'air, ces textes pleins de *mongolos* et de *cerveaux irrités, enflés*, ouvrant ironiquement une espèce de porte dérobée sur la nature animale, permettant d'échapper à la façon effrayante qu'avait Jim Morrison d'y plonger la tête la première.

Le principal problème qu'affrontait tout lycéen, s'il avait pu mettre un mot dessus, était d'arriver à se trouver un tant soit peu sexy. Il ne s'agissait même pas des filles, pour le moment, c'était une affaire entre soi et son miroir.

On pouvait heureusement disparaître dans Manhattan, qui n'en avait rien à cirer.

Mais qu'en était-il de Mingus et d'Aeroman ?

Dans la lumière agonisante, Dylan ralentissait à mesure qu'il se rapprochait de Dean Street, après ces après-midi passés avec Gabe et Tim à rebondir entre Crazy Eddie's et Ray's Famous et Blimpies et J&R's Music World et Washington Square, se sentait ralentir, furtif comme un évadé regagnant chaque soir sa cellule pour profiter de la soupe. À ses yeux, la rue était morte. Il l'avait tuée en terminant le collège 293 et en partant pour Stuyvesant. Il ne s'agissait pas seulement de Mingus. Henry, Alberto, Lonnie, Earl, Marilla et La-La avaient fui ou changeaient au point d'en être méconnaissables. Certains jours, on croisait en silence des mômes qu'on avait connus, qui avaient de la moustache ou de la poitrine, et ils étaient noirs, et on était blanc, et on ne disait pas un mot.

Les mômes n'avaient pas été renouvelés, à moins de compter la fournée dépenaillée, composée surtout de Portoricains qui ne savaient même pas qu'on devait se retrouver dans la cour de Henry ou devant la maison abandonnée, qui ne connaissaient même pas le nom de Henry, ils grouillaient sur le trottoir comme des insectes et se montraient aussi incapables de poursuivre l'aventure de la rue que les insectes qu'ils étaient. Un jour Dylan en vit un gratter une sorte de chique primitive et bâclée, pas sur l'asphalte mais sur une chape de béton granuleuse, c'était sans espoir, il ressemblait à quelque survivant d'une catastrophe nucléaire abruti par les radiations, ébauchant des plans pour réinventer la roue. Un autre, comme il passait devant les mômes, un des insectes cria « Cul blanc », mais d'une voix si mal assurée que Dylan s'en tordit de rire tellement c'était mignon. La maison abandonnée ne l'était même plus. Elle exhibait un écriteau portant l'inscription CENDRILLON N° 3, PROJET DE CONSTRUCTION DE LA COMPAGNIE DU GAZ, et un jour on défonça les parpaings pour les remplacer par des fenêtres au cadre d'aluminium mat, des yeux bovins. Le lieu du mystère était détruit. Pendant quelques mois, les clodos continuèrent résolument d'y boire jusqu'à perdre conscience sur le perron, puis s'en allèrent.

Pourtant, toutes les deux semaines environ, Dylan trouvait Mingus assis sur son perron, tel un clodo, un litre de bière dans un sac en papier. Mingus était redevenu maître de sa propre cour, maintenant que Barrett Rude Senior avait déménagé pour le foyer d'Atlantic Avenue, à plusieurs rues de là. Il saluait Dylan comme avant, comme s'ils venaient de s'interrompre.

« Tu sais ce disque, le Parlet que je t'ai dit ? Je viens de l'acheter.

– Ah bon ?

– C'est de la bonne came, Dillinger, j'te le dis, moi, faut que t'écoutes ça pas plus tard que tout de suite. »

Leurs rencontres étaient imprévues et sans raison, fléchettes soudain fichées dans un calendrier, jours tirés à la roulette. Mingus et lui allaient fumer au sous-sol et Tim et Gabe, tout l'univers de Stuyvesant, s'évaporaient, Manhattan aussi chimérique que Neptune ou Vulcain, rendu à son statut de planète inexplorée, à l'avenir.

Le couloir et la salle de bains étaient désormais recouverts de tags, le sous-sol entier devenu tunnel de métro. La chambre de Senior restait toutefois zone interdite, sanctuaire abandonné qui puait la bougie poussiéreuse et moisie.

Mingus carburait désormais à la bière, Colt et Cobra, une habitude.

Pas Dylan, qui se contentait de fumer de l'herbe.

Dylan savait que Mingus fréquentait encore Arthur Lomb, voyait les brouillons de tags au stylo-bille que ce dernier laissait un peu partout sur des feuilles volantes dans la chambre de Mingus, et le voyait parfois en personne. Arthur Lomb vivait dans la malédiction du gringalet : on lui donnait toujours onze ou douze ans, il pouvait bien multiplier les *ça baigne* et les *yo*, adopter la démarche la plus chaloupée, porter des Puma de daim vert, il n'y avait pas d'antidote. Après qu'il eut été collé à l'examen d'entrée de Stuyvesant, la mère d'Arthur avait falsifié leur attestation de domicile pour le faire inscrire à Edward R. Murrow, un lycée blanc au cœur du quartier italo-irlandais de Brooklyn. Mais c'était trop tard, il avait tout de l'élève de Sarah J. Hale. Arthur était devenu dégueulasse, les manches toujours incrustées de peinture acrylique, la chevelure de rouquin pendant, grasse et négligée, le jean noir. C'était un fumeur enragé, il avait souvent les yeux rouges, rendus vitreux par un après-midi de joints. Il n'avait pour lui que son statut de loubard, et il était fragile.

Dylan lui abandonnait sans rancœur désormais la possibilité de se montrer avec Mingus, lui en faisait cadeau : Arthur en avait désespérément besoin, bien plus que Dylan lui-même n'en avait jamais eu besoin. Libre à Arthur de se croire sur un pied d'égalité. De fait, Dylan le savait, leurs amitiés respectives avec Mingus étaient totalement différentes. Dylan et Mingus vivaient dans un royaume privé de mères, plein de secrets. Aeroman, pour commencer. Et pas mal d'autres choses, à côté. Il n'était même pas sûr qu'Arthur ait déjà du poil au pubis. Sans compter que Dylan et Mingus connaissaient le père l'un de l'autre, et puis Mingus était allé chez Dylan, lequel était certain qu'Arthur ne voudrait jamais montrer à Mingus son propre sanctuaire momifié, ses jus de fruits enrichis en vitamine C et ses biscuits diététiques.

Quand il manquait à Mingus un dollar pour acheter du hasch, c'était souvent dans la cuisine de Dylan qu'ils se mettaient en chasse de petite monnaie ; il leur arrivait même de grimper jusqu'à l'atelier d'Abraham. Là, Mingus attendait à la porte que traversait un filet de jazz filtrant du transistor, pendant que Dylan tapait quelques billets. Abraham, qui sentait toujours cette présence tapie dans le couloir, demandait :

« C'est Mingus ?

– Oui.

– Il n'a pas besoin de se cacher. Dis-lui de venir me dire bonjour. »

En présence d'Abraham, Mingus Rude devenait presque cérémonieux, l'appelait *monsieur Ebdus*, s'enquérait des progrès de son film. Abraham poussait un soupir et répondait par une énigme opaque.

« Autant poser la question à Sisyphe, mon cher Mingus.

– Décisif ? » Mingus ne manquait jamais de trouver la bonne répartie. Ce faux dialogue de sourds était une perpétuelle source de plaisanterie entre eux. Ils ne s'en lassaient jamais.

« Ah, décisif. Je suis peut-être à la veille de progrès décisifs. Je voudrais bien le croire. »

En revanche, le duo ne montait plus chez Barrett Rude Junior. L'escalier qui menait du sous-sol au rez-de-chaussée aurait aussi bien pu être condamné. Mingus ne mettait plus les pieds dans la cuisine paternelle, les preuves ne manquaient pas : boîtes de Chef Boyardee sur le réchaud de Senior, emballages de Slim Jim dans la poubelle de la salle de bains. Quand ils montaient le son de la chaîne de Mingus, Dylan se surprenait pourtant à espérer, à désirer même que Junior vienne chantonner sur le seuil *Qu'est-ce tu fous, Gus ?* suave réprobation pareille à un fragment de mélodie qu'on mourait d'envie d'entendre en entier.

Mais nul volume sonore n'attirait plus Junior, chez Mingus ils étaient assurément des hommes-taupes, s'enfonçant désormais dans les profondeurs de leur propre exploration.

Ils passaient « Get Off » de Foxy quinze fois d'affilée, chaque fois plus fort, cherchant à abolir la distance qui les séparait de cette ligne de basse souple et charnue, comme si la chanson était une photo, une double page de *Playboy* qu'ils agrandissaient progressivement jusqu'à pouvoir entrer dans le cadre.

Ils contemplaient aussi certaines photos jusqu'à en laisser les traces de leurs yeux meurtris sur le papier, avant de se soulager mutuellement de la main sans en faire une histoire.

C'est Mingus qui conservait l'anneau et le costume, Aeroman, c'était lui. Il les avait planqués sur une étagère haute au-dessus de la porte, avec un trophée de hockey et son vieux casque de football, l'anneau assez haut pour être invisible, le costume roulé en boule derrière le casque, rien qui puisse attirer l'attention d'un visiteur quelconque, d'Arthur Lomb, par exemple. La question de savoir si Mingus les portait en l'absence de Dylan n'était jamais abordée. Des après-midi entiers s'écoulaient sans que soit fait mention d'Aeroman, on ne tripotait pas l'anneau, on ne le voyait même pas, Dylan s'asseyait sur le lit, jetait un œil à l'étagère entre deux taffes, et ça s'arrêtait là, ils sortaient pour traîner dans la rue ou se faire un film de kung-fu à moins que Dylan ne plane jusque chez lui vers le dîner préparé par Abraham. Du coup, Aeroman aurait aussi bien pu être le héros d'un comic Marvel dont la publication avait fait long feu, dans le genre d'*Omega* ou de *Warlock*, ou un faire-valoir qu'on assassine, oublié sitôt que vengé, ou peut-être un nom datant de l'âge d'or, comme Doll Man ou la Bombe humaine : autrement dit, pas du tout un super-héros, pas vraiment, pas de ceux dont on se souvient.

Mais certains autres jours, ayant dit à Abraham qu'il dînait chez Mingus, ou ressortant après avoir avalé à la hâte le repas paternel, il regagnait le sous-sol de la maison des Rude, où Mingus finissait lui aussi par jeter un coup d'œil à l'étagère et par dire :

« Lutte contre le crime ?

– Ouais.

– T'es sûr ?

– Mmmh. »

Mingus souriait jusqu'aux oreilles et disait : « Regarde-toi, t'as l'air de dire *Je croyais que tu poserais jamais la question.* »

Aeroman vola six ou sept fois cet automne-là, fut peut-être impliqué dans huit ou neuf incidents, put s'enorgueillir de trois authentiques sauvetages, délits flagrants réellement empêchés par son intervention. Dans State Street, près de Hoyt, ils arrêtèrent un Portoricain d'un mètre quatre-vingt-cinq qui menaçait d'un couteau de boucher un petit Chinois occupé à faire apparaître un rouleau de dollars de ses poches, comme un prestidigitateur vaincu par la terreur. Mingus-Aeroman fondit depuis un escalier d'incendie sur le manieur de couteau qu'il étrangla entre ses deux jambes ; tous deux roulèrent sur le trottoir, Dylan surgit de l'entrée d'un immeuble pour se précipiter sur l'arme, la ramasser et s'enrouler autour comme si elle risquait d'exploser. Le Portoricain et le Chinois s'enfuirent effarés. Dylan eut beau agiter les billets chiffonnés en appelant la victime, elle ne se retourna pas. À bout de souffle et sidérés d'avoir accaparé arme et argent, Dylan et Mingus fourrèrent le costume d'Aeroman et le masque dans un sac en papier puis allèrent chez Steve, un restaurant de la Troisième Avenue fêter ça, à minuit passé, à coups de cheese-burgers et de milk-shakes au chocolat, la décharge d'adrénaline et de haschisch muée en appétit vorace, leurs cellules adolescentes réclamant des lipides à cor et à cri. Les serveurs ne les quittèrent pas une seconde des yeux, subodorant la grivèlerie, mais Dylan et Mingus s'en fichaient. Ils avaient du fric, laissèrent même un pourboire ostentatoire façon *j't'emmerde.*

Dans Smith Street, s'abattant avec des *woo-woo-woo* improvisés d'Indiens sur le sentier de la guerre, Aeroman dispersa en les terrifiant des ivrognes qui se bagarraient à la porte d'un club, unique intervention à la toute fin d'une longue soirée de maraude, en quête de hauts faits, où ils avaient tué le temps en taguant des portes métalliques. Dans la Troisième Avenue, sous la pluie froide de la mi-octobre, il avait mis fin à une tentative de hold-up chez un traiteur chinois, laissant un gros tas de riz cantonais orange renversé à l'entrée, bientôt réduit à l'état de pudding sous les pieds des passants. Tout au bout de la promenade de Brooklyn Heights, dans l'obscurité propice, il s'était fait draguer avec son costume par les types qui se donnaient rendez-vous là, sur les bancs, et n'avaient pas besoin de sa protection. Dans Pacific Street, près de Court, Dylan et Aeroman réussirent à gagner le toit d'un bâtiment où ils s'allongèrent à plat ventre, l'un en costume, l'autre en civil, pour observer par-dessus la corniche et inscrire dans leur mémoire la vie de cette rue qu'ils ne connaissaient pas. Les filles qui criaient « *¡ Mira, mira !* » à on ne sait qui sans obtenir de réponse, les garçons qui faisaient rebondir une Spaldeen à l'angle de deux murs, les grand-mères accoudées en bouddhas à leur fenêtre, observant comme Dylan et Mingus observaient, absorbées par le spectacle, sans rien faire.

Avec la traversée du pont à la nuit tombée on ne pouvait pas se tromper : c'était une vraie bourde de s'y risquer le soir, c'est donc là qu'ils allèrent : Dylan servant d'appât au pied de la massive tour de soutènement où on lisait encore les fabuleuses signatures de Mono et Lee qui avaient si bien vieilli, Mingus en costume, perché en haut d'un câble balancé par le vent. En bas, dans les rues, c'était la fin de l'été, mais là au-dessus de la ville, l'hiver arrivait, venu de l'océan. Il ne fallut pas attendre plus de quelques minutes pour que Dylan se fasse agresser, c'était comiquement prévisible, presque ringard lorsque deux loubards sortirent de l'ombre derrière la tour et dirent : « Hé, p'tit blanc, faut que j't'emprunte un dollar. »

Tout content, Dylan fit mine de fouiller ses poches à la recherche d'argent, ses agresseurs étaient coincés. Sauf que Mingus n'en profita pas, ne fondit pas sur eux.

« Qu'est-ce tu regardes, p'tite tête ? »

Dylan les avait rendus nerveux. Ils soupçonnèrent le traquenard devant ses hésitations et suivirent son regard sur le pont et les haubans qui tissaient une harpe dans le ciel. Tous trois virent alors la silhouette capée lutter contre la bourrasque qui l'avait arrachée du câble, virent Mingus pédaler dans le vide, cherchant à reprendre pied, y parvenant presque avant d'être précipité par le vent dans la brèche entre le pont et l'eau, le grand vide. Ils le regardèrent disparaître sous le tablier. Vision fugitive d'un masque, d'une cape, semelles de Puma peut-être, puis plus rien.

Le vent l'avait fait tomber du pont.

Dylan pivota sur les planches de la promenade et fonça côté Brooklyn, abandonna le théâtre d'opérations exactement comme Rachel lui avait toujours conseillé de le faire – *T'as qu'à courir, bonhomme, sers-toi de tes cannes, ils peuvent pas te rattraper !* – et qu'il n'avait pas fait une seule fois en un millier de cravatages. Pour Mingus il retrouva ses jambes, il courut. Il faillit tomber en évitant un flic de service au bas des marches, lui adressa un petit signe de la main – *Salut, mais faut que je me sauve* – et poursuivit sa cavalcade pantelante. Des taxis quittaient le pont, anonymes, virant dans Cadman Plaza vers Henry Street, Clinton Street, leurs paisibles petits immeubles ornés de faux becs de gaz. Il n'y avait personne à qui demander de l'aide, Dylan était seul, Mingus, Aeroman et son anneau allaient se noyer, avaient heurté la surface de l'eau. Dylan fonça vers les sentiers obscurs en contrebas du pont, cherchant la berge du fleuve, le terrain vague jonché de détritus où la ville cachait les voitures de police accidentées, les parcmètres saccagés et autres preuves de son impuissance.

Mingus était assis le dos voûté, tout dégoulinant au pied du pont, essorant les extrémités de sa cape, une tache s'arrondissait autour de lui sur le béton comme autour d'une statue de glace. Dylan arriva à bout de souffle, tout rouge, ne put prononcer un mot avant que Mingus dise : « Putain.

– Ça va ?

– J'ai nagé. Je sais même pas nager. » Il parlait à voix basse, abasourdi, hochant la tête vers l'eau.

« Comment ça ?

– Comme un poisson, Dylan mon pote.

– Tu veux dire que l'anneau t'a donné le pouvoir de nager ?

– Ou de voler sous l'eau, qu'est-ce que j'en sais. En tout cas, je suis carrément devenu Aquaman, et pas qu'un peu. »

Ils s'éclipsèrent vers Dean. Sauvetage et plongeon, le projet avorté fut passé par pertes et profits, mais Dylan, Mingus et Aeroman évitèrent le pont après ça. Aeroman, une fois étendu pour sécher, se patina sur l'étagère pendant des semaines, reprenant ses esprits et son panache, peut-être, se remettant des effets de sa chute. Mingus ne tendit plus la main vers le costume et Dylan ne l'y incita pas, s'interrogea quelque temps, obsessionnellement, sur les pouvoirs clandestins de l'anneau. Pourquoi imaginer qu'Aaron X. Doily en avait fait le tour ? Aeroman avait sans doute été baptisé prématurément, avait d'autres ressources. Dylan mit l'anneau à son doigt et plongea la tête dans la baignoire de Mingus, dans l'espoir de respirer sous l'eau. Après en avoir absorbé par le nez un flot qui inonda ses poumons, il émergea en hoquetant, faillit vomir, les narines comme ébouillantées.

L'anneau ne conférait pas non plus le pouvoir d'une vision aux rayons X, alors qu'ils passèrent une soirée enivrante à se persuader du contraire, plissant fort les yeux sur les robes des noires qui tapinaient dans Pacific et Nevins, des blanches de Saint Ann massées devant le Baskin-Robbins de Montague.

« Attends, attends, je vois quelque chose.

– C'est mon tour.

– Nom de Dieu. Elle a pas de culotte. »

La dernière aventure d'Aeroman en cette première année de lycée eut lieu lors d'une légère chute de neige étrangement précoce, vers minuit, deux semaines après Thanksgiving. Dylan parcourait State Street, suivi de Mingus qui sautait de toit en toit. Depuis que le Chinois avait lâché son fric, State, entre Hoyt et Bond, leur portait bonheur : assez loin de Dean et Bergen pour qu'ils ne risquent pas d'y croiser une connaissance, obscure avec son réverbère dont on avait fracassé l'ampoule, assez près du métro de Hoyt-Schermerhorn que des junkies abrutis, qui n'osaient pas s'aventurer dans Brooklyn Heights, considéraient comme un terrain de chasse sans danger où ils pouvaient s'en prendre aux épouses des nouveaux habitants, aux culs blancs craintifs, et autres proies faciles. Ce soir-là, pourtant, tout ce que Dylan récolta fut une boule de neige. Un jeune et grand Portoricain solitaire, appuyé sur une voiture, ramassa un petit tas de neige fraîche sur le pare-brise et le lança d'une main sûre dans le dos de Dylan. Quand Dylan se retourna, l'autre dit : « Vas-y, espèce d'enfoiré, lances-en une si tu oses. »

À cet instant, Mingus descendit les bras chargés de neige qu'il enfourna dans le col du grand môme.

Puis Mingus atterrit en douceur à côté de Dylan et ils partirent à toutes jambes en s'esclaffant, Mingus ôtant le costume et la cape par-dessus sa tête, un instant torse nu sous la neige.

Les après-midi de Mingus, les soirées d'Aeroman, n'étaient pas racontables le lendemain à Stuyvesant, même avec la meilleure volonté, même en trouvant le moyen d'attirer l'attention de Tim Vandertooth et Gabriel Stern pour aborder le sujet. Ça n'intéressait pas Dylan de raconter. Quelques jours après, il se sentait comme un satellite rentrant dans l'atmosphère, son secret scellé par le feu. Mingus et Aeroman étaient à un million de kilomètres de là, dans un autre royaume, Brooklyn. De toute façon, la pièce manquante qui cherchait Tim et Gabe les avait trouvés.

Quand elle apparut, elle s'imposa avec toute la force de l'évidence, fut baptisée d'un nom commun emprunté au langage courant : punk[1]. Ou new wave. L'un et l'autre étaient étroitement mêlés : Sex Pistols, Talking Heads, Cheap Trick. Parvenir à en discerner les différences, à exprimer sa propre position à l'égard de tel ou tel, cela faisait partie du jeu, c'était un phénomène du présent, et soudain chacun y avait manifestement sa place. Même les fumeurs de hasch aux cheveux longs se définissaient par leur refus, ils étaient anti-punk.

Tim se pointa un jour au bahut avec un collier de chien clouté autour du cou. Il leur montra comment on le mettait, un simple bouton-pression. Gabe le chambra sans conviction pendant une semaine, avant d'aller acheter un blouson de cuir à la Ramones, surchargé de fermetures Éclair et de boucles, qui sentait l'apprêt et la colle presque autant qu'une des toiles d'Abraham. Gabe frappa le blouson sur une roche du parc, pour essayer de le vieillir. Ils examinèrent le résultat. Le blouson avait l'air aussi neuf qu'un rouleau de réglisse.

1. Dès son apparition, le « phénomène » punk se revendiqua de ce nom commun anglais qui signifie entre autres : novice, petit délinquant, voyou, jeune clochard et, comme adjectif, désigne tout ce qui est sale, minable ou de qualité inférieure.

À moins qu'ils ne soient eux-mêmes le problème, avec leurs mèches, les boucles qui leur descendaient sur les oreilles. La semaine suivante, quand Tim et Gabe revinrent de Roosevelt Island, ils avaient bousillé leurs cheveux avec des ciseaux d'enfants. L'aspect du blouson s'était un peu amélioré.

Tim s'était mis à la cigarette.

Gabe grava une svastika minuscule sur son avant-bras avec une lame de rasoir. « Tu sais ce que mes parents me feraient s'ils voyaient ça ? » murmura-t-il d'un air sombre, comme si des satanistes l'avaient enlevé et contraint à prononcer un serment.

Les filles à cheveux courts teints en noir furent soudain visibles. Sardoniques, blafardes, plates comme des limandes, c'était un goût nouveau, ignoré jusque-là.

Quelques-unes avaient même de la poitrine, ce qui pouvait constituer une entorse à l'esthétique punk mais que l'on regardait comme une exception à la règle.

Dylan bourra son sac à dos des Blind Faith et des Creedence Clearwater Revival de Rachel pour aller les échanger chez Bleecker Bob, gêné qu'il était de les voir à la maison, et s'en revint avec *Give'Em Enough Rope* des Clash.

Steve Martin, c'était pour les enfants.

La terreur ne régnait pas vraiment. La Quatorzième Rue, la Première Avenue, étaient crades mais fréquentées, les dealers s'y bousculaient mais il n'y avait guère de cravatages. Peut-être qu'on avait trop grandi pour faire une victime, mais il était difficile d'imaginer l'existence d'un consensus universel sur ce point, mieux valait rester sur ses gardes. Il y avait bien eu cette fille dans nos âges qu'on avait poussée sous le métro sur le chemin du lycée Music & Art. La violoncelliste y avait laissé un bras qu'on lui avait réimplanté, miracle de la chirurgie. L'incident avait déclenché une brève vague de panique chez les jeunes voyageurs blancs du métro et leurs parents, mais ça s'était passé à Harlem, 135e rue. La pauvre, qu'est-ce qu'elle espérait ? Sacré coup de bol de ne pas avoir atterri à Music & Art. Échapper à Brooklyn ou au Bronx pour foncer en métro au-delà des zones sûres de Manhattan jusqu'à Harlem, ne manquait pas d'ironie, voilà au moins une erreur débile que Dylan avait évitée.

C'est le blouson de cuir qui fut à l'origine de leurs seuls ennuis. Pour une fois, ce ne furent pas des ennuis de Dylan. Un Portoricain qui pouvait avoir dix-huit ou dix-neuf ans – grand moustachu dont les hanches, les fesses, et l'abdomen particulièrement épais lui donnaient la forme d'une poire, et qui semblait se considérer comme l'unique membre d'une bande hantant la Quatorzième Rue entre la Deuxième et la Troisième Avenue – choisit Gabe et son blouson de cuir neuf parmi les centaines d'autres mômes de Stuyvesant, et s'avança pour lui barrer le passage sur le trottoir. Quelque chose lui était un affront dont il estimait que Gabe ne pouvait qu'avoir conscience.

« Tu veux te battre ?

– Quoi ? » Gabe plissa les yeux au comble de l'incrédulité.

« Tu te prends pour un dur, tu veux te battre ? » Il poussa Gabe à l'épaule. Gabe regarda Tim et Dylan, qui reculèrent comme un seul homme.

Il énonça alors avec l'élocution précise de Maxwell Smart : « Je puis vous assurer que je ne me prends pas pour un dur, non.

– T'es dans une bande ? »

C'était une histoire de codes, la haine de soi ironique qui caractérisait le punk n'avait pas encore suffisamment pénétré l'univers de ce Portoricain qui se prenait pour une bande. Quant à lui, le type ne portait qu'un blouson de jean, sans aucune recherche vestimentaire particulière, rien de provocant. Le mouchoir rouge noué à sa ceinture signifiait peut-être quelque chose. Le regard de Gabe chercha de nouveau Tim ou Dylan mais ils s'étaient volatilisés. La foule s'écartait pour passer de part et d'autre des antagonistes, indifférente.

Quand Gabe reprit la parole, son ironie se fit plaintive. « Ce blouson, je le porte, c'est tout, ça veut rien dire d'autre. » Dylan discerna les cicatrices dans cet empressement à faire profil bas des humiliations de cour d'école qu'ils n'avaient jamais évoquées. Son ton n'était pas si éloigné de l'implorant *Je peux plus respirer* d'Arthur Lomb.

« Si tu te pointes encore ici avec ce blouson, tu m'obligeras à te le taxer. »

La présence de la foule ne faisait qu'empirer les choses, ajoutant encore à l'humiliation. De sorte que malgré les railleries de Tim, Gabe s'empressa d'obéir au Portoricain. Il fallut donc l'accompagner dans son long détour pour éviter cette portion de rue chaque jour pendant des semaines. Cette précaution ne l'empêchait pas d'avoir la trouille, de presser le pas dans le métro et au coin de certaines rues en regardant par-dessus son épaule, de porter son blouson la peur au ventre, lugubre – ce qui convenait assez, d'ailleurs, à son aura punk.

Aussi incroyable que cela puisse paraître, le seul jour où ils enfreignirent la consigne, cette fois encore au milieu d'une foule qui aurait dû les protéger, le radar du type le fit surgir de nulle part pour affronter Gabe. Il le heurta de la poitrine, l'arrachant à la compagnie de Tim et Dylan, et le poussa ainsi jusqu'au bord du trottoir.

« T'étais prévenu. Maintenant faut qu'on se batte. »

Gabe était écarlate et parla à voix basse, atterré par tant d'absurdité. « Je vais pas me battre avec toi. »

Ce ne furent ni Dylan, ni Aeroman qui vinrent à la rescousse de Gabe, mais Tim, par une subtile manœuvre que Dylan comprit à peine. Rejoignant Gabe et le loubard sur la chaussée, il fouilla la poche de son blouson et sortit ses Marlboro.

« Tu fumes ? » Il porta une clope à sa bouche et tendit le paquet. Pendant que le Portoricain, les yeux fixés sur le paquet, pesait le pour et le contre, il reprit :

« Laisse tomber, lâche-le, il sait pas ce qu'il fait, il y peut rien. »

Apparemment, tout ce dont le Portoricain avait besoin, c'était d'entendre une tierce partie confirmer la piètre opinion qu'il avait de Gabe. Il prit une cigarette. « Dis-lui de plus venir par ici, dit-il en ignorant Gabe, d'un ton dont toute violence avait été évacuée.

– Oui, oui. »

Pour la première fois Dylan et peut-être Gabe remarquèrent vraiment combien Tim était plus grand, plus cool, peut-être vraiment cool, en fait. Il avait cessé de porter le collier de chien. Ses cheveux supportaient bien leur coupe approximative, au contraire des boucles de Gabe. C'était lui le vainqueur chaque fois que ces deux-là se battaient, à y bien repenser – c'était toujours Gabe qui devait crier *Sprite* ou *clitoris*. D'ailleurs, il y avait des mois qu'ils avaient cessé de se battre. Tim séchait tous les cours, à présent, collectionnait les cartons, alors que Gabe et Dylan se cramponnaient à la respectabilité. Un jour dans le parc, il apparut les yeux maladroitement fardés, avec une dégaine à la James Dean qui semblait dire : « Y a quelque chose qui te gêne ? » Et on la fermait. Tim fumait de l'herbe avec les hippies à huit heures du mat' avant les cours, pendant que Gabe attendait furieux à l'écart dans son blouson inutile, le blouson qu'il n'avait pu défendre sans l'aide de Tim.

Au fond, peut-être qu'ils ne s'aimaient même pas tous les deux, on s'en rendait compte, maintenant. Ils se parlaient à peine et ne plaisantaient jamais, n'arrivaient plus au bahut ni n'en repartaient plus forcément ensemble, prenaient le funiculaire séparément. En algèbre, M. Kaplon montra la chaise vide de Tim et demanda : « Monsieur Stern, une idée de l'endroit où se trouve notre ami M. Vandertooth ? » à quoi Gabe répondit un « Pourquoi vous me le demandez à moi ? » qui résumait bien la situation. À l'approche des vacances de Noël, Gabe et Dylan jouaient au Pong sur la console de démonstration de Crazy Eddie's dans un silence rageur, et on n'aurait même pas imaginé que Tim Vandertooth y vienne aussi. C'était pas son genre.

Mingus Rude, Arthur Lomb, Gabriel Stern, Tim Vandertooth, et même Aaron X. Doily : Dylan n'avait jamais rencontré personne qui ne fût pas sur le point de changer aussitôt de personnalité. Il avait ce don unique de faire la connaissance de gens sur le point d'abandonner une identité ou un déguisement pour un autre. Il ne s'en étonnait même plus. Peut-être était-ce Rachel-Crabe en Fuite qui lui avait enseigné cet art.

3/4/79
vues de l'espace, les narines
radioactives exigent un kleenex
morveuses elles risqueraient de souffler
brooklyn jusqu'à la joyeuse angleterre
quelle que soit la démangeaison du magma
n'y fourre pas trop loin les doigts
tu t'y rôtirais le tégument
jusqu'à l'infrarouge comme la mienne
crabe fondu

15

Deux fils, deux pères. Ceux-là croyaient peut-être que ceux-ci ne quittaient jamais leur planque en dehors d'un saut chez Ramirez en quête du strict nécessaire – papier hygiénique, Tropicana, charcuterie hors de prix, que sais-je.

Chacun des deux fils croyait peut-être que son père n'avait jamais appris l'art de zoner sur un perron, le supposait peut-être ignorant de ses voisins et de la nature extravagante de l'éclat du soleil répandu sur l'abîme des maisons de pierre brune.

Leurs fils se fourraient peut-être le doigt dans l'œil jusqu'au coude. Abraham Ebdus et Barrett Rude Junior avaient leur propre Dean Street, le rituel de onze heures du matin, les jours ouvrables.

À cette heure-là, Abraham Ebdus était déjà debout depuis longtemps, avait expédié à l'école un Dylan brumeux et muet, tartine grillée entamée encore à la main, puis emporté un thermos de café à l'étage pour une séance de peinture sur photogrammes de celluloïd à la lumière naturelle. Abraham travaillait sur le film tôt le matin et en fin de soirée, ses meilleures heures, réservant les somnolences de l'après-déjeuner pour peindre des paysages de l'espace et des gremlins électriques de la quatrième dimension, tout ce qui passait par la tête du dernier en date des directeurs artistiques. Les jaquettes de livres se faisaient toutes seules ; il pouvait être à moitié endormi. La torpeur atténuait la rage et le goût, fonctions inutiles en l'occurrence. Le film exigeait des yeux et un esprit éveillés, affûtés par la caféine. En commençant à huit heures et demie il pouvait effectuer cinq ou six secondes de film, pour être prêt, vers onze heures, à étirer ses membres, rincer le thermos, sortir brièvement de la maison. Dean Street à cette heure était pensive, transitoire, travailleurs et écoliers tous carapatés, oisifs se levant à peine. Parfois, les premiers arrivants du groupe qui se réunissait au coin de chez Ramirez étaient déjà sur leurs caisses. À quelques maisons de distance, un proprio maniait peut-être le balai sur sa portion de trottoir. Et Barrett Rude Junior était réveillé, avait chaussé ses pantoufles, s'était rendu sur son perron pour prendre la température de la journée, avaler sa première goulée d'air et de lumière.

Au saut du lit, Junior commençait souvent par tituber jusqu'à la chaîne dont les voyants rouges étaient encore allumés, pour remettre le saphir sur le 33 tours qui l'avait bercé la veille, et quand il prenait possession du perron en peignoir ou en pyjama c'était donc sur les accords d'*Extension of a Man* de Donny Hathaway ou *Inspiration Information* de Shuggie Otis. Si le volume était assez fort et qu'il n'y eût pas d'autobus dans les parages, Abraham Ebdus, à cinq portes de là, entendait faiblement la musique. Junior se présentait avec une bande-son, environné de musique comme d'un halo, d'une odeur intime. Aucune odeur corporelle n'atteignait réellement Abraham à cette distance, il n'avait pourtant guère de mal à imaginer qu'il en émanait forcément de puissantes de toute cette soie chiffonnée.

La vision du père de Mingus Rude à onze heures du matin mettait Abraham de bonne humeur. Il n'aurait pas su dire pourquoi. Cela se produisait de temps en temps : pas une habitude, mais une accumulation, ou une longue polyrythmie. Ils régnaient du haut de leurs perrons respectifs, vrais rois de la rue. Les matins où il faisait bon, ils s'asseyaient tous les deux, quand il faisait froid ou qu'il pleuvait ils restaient dehors moins d'une minute. Dans les deux cas, Abraham s'astreignait à être au rendez-vous et imaginait que Barrett Rude Junior en faisait autant. Aucun moyen de le savoir puisqu'ils se contentaient d'un hochement de tête, d'un coup de menton, parfois d'un signe de la main.

Abraham ne voyait plus le vieux et s'interrogeait vaguement.

Un bus ronronnait dans l'ombre marbrée du feuillage.

Phrase interminable des lézardes courant au long du trottoir.

Horizon de corniches, linteaux comme des impuretés incrustées dans la paroi d'un canyon ou d'une carrière.

Oui, Dean Street s'insinuait dans son travail, il ne pouvait en être autrement. Abraham peignait l'alignement des façades, puis les masquait de noir, noyant leur présence dans l'abstraction. Le film était entre autres choses un registre de méthodes déguisées, un cimetière de stratégies. Il se surprit tout seul, un jour, à peindre une silhouette zonant sur un perron, pylône sans bras hachuré de gris. Cette anomalie, Barrett Rude Junior humant l'air matinal, s'agita et dansa sur place pendant deux semaines de travail, une minute de film, défiant la censure. Abraham ne la recouvrit pourtant pas après coup. Il l'y laissa. Le farfadet occupait simplement l'espace pendant une minute, avant de faire demi-tour pour rentrer. Disparu en un clin d'œil.

Le film dévorait les journées et les années, et Abraham les laissait dévorer. Il avait réalisé un tirage optique des premières séquences et les faisait défiler de temps à autre sur sa colleuse à manivelle, moins pour les monter que pour habiter son œuvre en cours. Il nageait. N'arrivait plus à rattacher les motifs du début à des dates précises, des moments de sa vie. Le Watergate, Erlan Hagopian, le départ de Rachel. Le film planait au-dessus de son train-train quotidien, les tasses de café, les journaux, le petit qui grandissait. Le reste n'était que broutilles, humeurs, mise en œuvre. Un corps qui traversait les journées, au service d'objectifs plus élevés.

Abraham Ebdus était à peu près sûr de mettre à bas le concept de temps.

Pour cette raison, et non à cause de quelque fétichisme morbide, il se délectait des nécrologies. Elles étaient sans doute les seules nouvelles dignes d'intérêt, conclusions discrètes de comptes rendus oubliés, révélant des vies qui s'étaient poursuivies pendant des dizaines d'années après leur heure de gloire, les épisodes qui leur avaient valu leur notoriété. Il s'y intéressait pendant le petit-déjeuner et les citait avec un plaisir exagéré, un rien de cabotinage. « C'est au Mexique, où il habite, qu'il devient l'un des gardes du corps de Trotski puis qu'il édite plus tard *Popular Mechanics* – est-ce que tu ne trouves pas ça incroyable, Dylan ? Ces existences si pleines, si folles, si contradictoires, on n'apprend jamais ces trucs-là avant leur mort. On pourrait aussi bien ignorer leur existence ! » Plus Dylan opposait son silence à ces emportements, plus son père le harcelait : « Jean Renoir, son père était Renoir, le peintre, tu sais », ou : « Écoute ça : Al Hodge, il avait joué le Frelon Vert et Captain Video, incroyable. » Charles Seeger, Jean Stafford, Sid Vicious, les noms s'empilaient, litanie du petit-déjeuner. C'était à tout le moins une façon de chasser de la maison le petit qui s'en allait prendre le métro. La rubrique nécrologique était probablement la cause de l'impeccable assiduité de Dylan. « C'est ce qu'il y a de mieux écrit dans le journal, ces types sont des génies, écoute… »

Ce fut donc par hasard que l'adolescent était encore attablé devant son petit-déjeuner ce matin-là : aucune mort intéressante. La page était ennuyeuse comme rarement. Abraham se remit de cette légère déception, se rabattit sur les faits divers, et il tomba dessus, la photo de Mingus Rude vêtu d'un étrange tee-shirt, et d'un bout de tissu noué autour du cou.

« Tiens, tiens. Oh. Dylan, ça va t'intéresser. »

Le petit, qui respirait par la bouche en mâchonnant ses Cheerios, l'ignora comme de bien entendu.

Abraham tendit l'article à Dylan après avoir plié la page en quatre pour qu'il n'ait pas à le chercher. Le journaliste avait fait le malin dans un style négligé, plein de lacunes et de questions laissées sans réponse, on était loin des notices nécrologiques, mais ça valait tout de même le détour.

CAPTURE D'UN JUSTICIER MASQUÉ LORS D'UNE OPÉRATION ANTI-DROGUE

REPORTAGE DE HUMBOLT ROOS

Brooklyn, le 16 mai. Les policiers en civil, qui menaient une opération dans la cité Walt Whitman de Fort Greene, se sont heurtés lundi en fin de soirée à un adolescent adepte de l'autodéfense déguisé en super-héros, selon un rapport du commissariat 78.

Le justicier costumé, dont l'identité n'a été connue que par la suite, en l'occurrence Mingus Rude, 16 ans, était caché dans un arbre de la cité quand il a attaqué un inspecteur en civil qui effectuait une transaction avec des revendeurs de drogue connus des services de police, prenant vraisemblablement le policier pour un criminel. Soigné sur place pour blessures légères, l'inspecteur Morris n'a conservé de cette tentative d'arrestation citoyenne qu'une légère migraine, mais ses collègues du commissariat se sont heurtés quant à eux à un véritable casse-tête quand il s'est agi de rédiger le procès-verbal. En effet, l'opération de surveillance qui avait exigé plusieurs semaines de préparatifs s'est soldée par un échec et aucun trafiquant n'a été arrêté. Les inspecteurs de la brigade des stupéfiants ont dû se contenter d'un piètre prix de consolation, l'arrestation du jeune Mingus, bientôt rendu à la garde de ses parents avec un avertissement, mais sans inculpation. Vêtu d'un costume et d'un masque cousus main, et déclarant s'appeler « Aeroman », le jeune homme a dans un premier temps refusé de répondre à toute question en dehors de la présence d'un avocat. Les inspecteurs ont confirmé que de nombreux incidents récents impliquant l'aspirant superhéros ont été signalés dans les environs…

Et cetera.

Dylan avait viré à l'écarlate. « Je peux le garder ?

– Si tu veux. » Abraham ouvrit les mains. « Pourquoi pas ? »

Le petit fourra le journal plié dans son sac à dos et quitta la table en toute hâte, manquant renverser son verre de jus d'orange abandonné et le reste de Cheerios flottant dans un bol à moitié plein de lait, évitant de regarder son père en face, les oreilles rouges comme des feux de position.

« Tchao ! » cria-t-il dans l'entrée.

Et il sortit.

Des questions ? Bien sûr qu'Abraham avait des questions. *Tu es au courant de quelque chose, fiston ? Y a-t-il quoi que ce soit dont tu aimerais discuter avec moi ? D'ailleurs, où est-ce que vous passez vos journées et vos nuits Mingus Rude et toi ?*

Pendant que j'y suis, Brooklyn ne serait-il pas une espèce de démence géographique ?

Sommes-nous, et est-ce que tu le sais par hasard, mon fils chéri, victimes d'une malédiction divine ?

Mais qui, de nos jours, détient la réponse à ces questions ?

Il fit ce qu'il ne faisait jamais : il sécha le bahut. Et une chose qu'il n'avait pas faite depuis des années : il partit à la recherche de Mingus au lieu de s'en remettre au hasard qui les réunissait parfois. Mais avant cela, il subit toutefois le supplice des cours matinaux, sachant que Mingus ne serait probablement pas levé avant dix heures, ne souhaitant pas risquer de réveiller Barrett Rude Junior, et peu désireux de voir des flics, n'importe quel représentant de l'autorité, des vigiles, des loubards, quiconque, le prendre dans leur collimateur comme il s'imaginait que cela ne manquerait pas d'arriver s'il se pointait directement au bahut de Mingus, petit blanc avec un sac à dos sur le trottoir devant Sarah J. Hale après la sonnerie du matin, à neuf heures. Il prit donc le métro pour Stuyvesant et souffrit mille morts sur sa chaise, ravala son angoisse en français, en physique et en histoire, tira le journal plié de son classeur pour le relire, *oui, c'était arrivé, Aeroman s'était fait arrêter*, le relire avec horreur, cent fois, mille peut-être. Au moins ils n'avaient pas écorché le nom ! À l'heure du déjeuner il fila, reprit le métro pour Brooklyn et arpenta les terres dévastées que sont la cour et le trottoir de Sarah J. Hale, à la recherche de Mingus Rude. Sa récompense fut à la mesure de ce que dans sa panique et sa mauvaise conscience il pensait peut-être mériter : Mick Damer.

Avec deux de ses potes, il avait investi un perron de Pacific Street en face de Sarah J. Hale. Tous trois avaient une bouteille de bière dissimulée dans son manchon de papier pour s'envoyer des lampées furtives quand la voie était libre – un mercredi après-midi comme les autres dans la lumière éblouissante de cette fin de printemps, la vie était douce. Et la rue vide. Pas de vigiles, de flics, de loubards, calme plat à l'intérieur du bâtiment, Mick Damer avait produit son effet habituel de bombe à neutrons. Il salua l'approche de Dylan d'un sourire béat. L'ambiance était à l'opposé de ce que ce dernier s'était imaginé, les trottoirs de Sarah J. grouillant de mômes qui séchaient les cours, comme le parc en face de Stuyvesant. Pacific Street évoquait plutôt un désert de dessin animé, dont Dylan traversait l'étendue sous le tournoiement des vautours pour aller à la rencontre de Mick et de ses potes, bandits mexicains qui le feraient mettre à genoux.

On veut pas d'enfoiré de sheriff, ici.

Dylan s'arrêta sur le trottoir, mais Mick ne bougea pas. Aucun des trois ne semblait très impressionné de voir cette victime se jeter maladroitement entre leurs pattes. La bande remettait à plus tard, dans un futur hypothétique, la reprise d'une carrière de délinquants ou à tout le moins de voyous, de brutes, de terreurs : pour l'instant, ils prenaient trente ans d'avance par rapport aux types assis sur les perrons des meublés ou à l'entrée du dispensaire Colony de South Brooklyn dans Nevins, observateurs bénins et désabusés de la vie qui passait, bande de Thoreau à Walden. Bourrés comme des coings.

La seule vie qui passait n'était peut-être que les traînées d'urine qui allaient des portes au caniveau – et puis après ?

« Salut Mick ! fit Dylan.

– Yo », lâcha Mick Damer, les yeux vitreux. Il ne voyait pas d'inconvénient à ce que Dylan lui adresse la parole, pas ce jour-là : *On est sur la même planète, autant admettre que je te connais.*

« T'as vu Mingus ? »

Mick pencha la tête en arrière et de côté, Muhammad Ali esquivant un direct. À moins qu'il n'ait mimé un éclat de rire tonitruant, mais aucun son ne sortit.

L'un de ses potes lui offrit une main à taper et Mick Damer tapa dedans. Dylan était entré dans quelque sculpture au ralenti, une frise en mouvement. Il avait beau s'être imperceptiblement glissé dans la réalité de la frise, il n'en était pas moins incapable d'accélérer sa marche.

« Tu l'as vu ? » demanda-t-il de nouveau, impuissant, sa panique matinale ne faisant qu'augmenter.

« C'est Arrowman que tu cherches ? » demanda Mick Damer.

Il avait prononcé Erreurman.

Dylan ne le corrigea pas.

Ce fut là qu'intervint le rire tonitruant, en triple exemplaire. Les acolytes de Mick se tordirent sur place comme violemment chatouillés, aussitôt hors d'haleine, implorant que leur soit épargné cet excès d'hilarité. Et vas-y que je te retape dans les mains, Mick acceptant les félicitations pour son trait d'esprit mordant.

« Oh, merde, dit l'un des potes de Mick, qui secoua la tête en reprenant ses esprits.

– Non, vieux, G, il s'est pas pointé aujourd'hui, fit Mick. Tu veux que j'y passe un message pour toi ?

– C'est bon.

– J'y passerai un message. Quoi, t'as pas confiance ?

– Dis-lui simplement que je le cherche.

– D'acc. Tu le cherches, pas de problème. »

Dylan marmonna un remerciement.

« Yo, Dylan, attends un peu. T'aurais pas un dollar à m'avancer ? » Ils restaient tous avachis sur le perron. L'un d'eux téta sa bouteille enveloppée d'un sac, la jeta sur le côté. Mick Damer aurait aussi bien pu s'adresser au ciel, Dylan ne valait pas qu'on pose les yeux sur lui. « Pasque tu sais que j'suis correc avec toi. Ces mecs-là te connaissent pas, il a fallu que je les empêche de descendre te choper. Je leur ai dit que t'étais mon pote, on a comme qui dirait grandi ensemble, t'es comme mon p'tit frangin. »

C'était d'une logique imparable. Ce n'étaient pas les potes de Mick qui allaient dire le contraire, même si aucun d'eux ne semblait enclin à cet instant à choper quoi que ce soit de plus gros qu'un chat. Dylan vida ses poches, au comble du désespoir, les dollars quantité négligeable en échange du droit de passage.

S'il y a une chose que permettait invariablement le transfert de fonds, c'était de tourner la page.

Il marcha jusqu'aux Heights, sachant qu'il ne pouvait risquer d'être vu dans Dean Street avant trois heures, imaginant qu'aucune figure de l'autorité ne mettrait en doute qu'un petit blanc armé d'un sac à dos puisse légitimement rentrer si tôt du lycée à Brooklyn Heights. Là, il se posta sur un banc à l'extrémité sud de la promenade, le menton dans la main, écrasé entre le ciel et le vrombissement des camions circulant sous ses pieds, la voie rapide Brooklyn-Queens inondée de fumées d'échappement. Il s'abandonna dans la contemplation de la baie, les ferries qui glissaient vers Staten Island et la Statue, les barges d'ordures emportant leur charge à Fresh Kills, toute la grande bouche aqueuse de la ville. Le tournoiement des mouettes rejouait la chute du pont de Mingus Rude, leurs ailes blanches effleurant l'eau comme les coins de la cape, Dylan s'y laissant tromper mille fois.

Aeroman emplissait le ciel, sauf que ce n'était pas lui.

Dylan ne volerait jamais à Brooklyn, si l'anneau était perdu. Ils étaient censés l'échanger, le passage du noir au blanc étant l'un des aspects mystificateurs d'Aeroman, un renforcement de son identité secrète, mais c'était toujours Mingus qui avait enfilé le costume, toujours Dylan qui s'était tapi derrière une voiture en stationnement ou avait servi d'appât tandis que Mingus volait. Et puis voilà, Mingus avait joué les héros dans la cité tout au bout de Flatbush Avenue, où Dylan ne mettrait jamais les pieds. Dylan avait cousu les chiffons de Rachel, inventé une histoire, et costumé de ces haillons, Mingus s'était jeté sur un flic pendant une vente de drogue. S'il fallait en croire le journal. Mais avant de croire, il fallait comprendre.

Il y avait quelque chose d'incompréhensible dans cette histoire.

Ou peut-être qu'on préférait ignorer.

Aeroman n'était pas censé se préoccuper du trafic de drogue.

Deux petits noirs tombèrent sur Dylan assis là au bout du banc face à l'île, à l'eau et au ciel. Il suffisait de rester assez longtemps n'importe où et ils rappliquaient, attirés comme des mouches. Ceux-là n'étaient guère plus ennuyeux que des mouches, trop petits pour le choper, sans doute des sixièmes ou des cinquièmes, un couple de Robins agresseurs sans Batman pour les épauler. D'où qu'ils soient venus – probablement du collège 293, puisqu'ils rôdaient dans les Heights –, il devait être trois heures passées, l'école était finie.

Ils tournèrent autour de Dylan comme autour d'une ruche, se mettant au défi d'y porter la main.

« Qu'est-ce y t'arrive, p'tit blanc ?

– Tes copains t'ont laissé tomber ?

– Quoi, tu peux pas rentrer chez toi ? T'es paumé ?

– Tu chiales, p'tit blanc ?

– Y dit rien.

– Il est idiot, ce mec, ou débile.

– Fais-lui les poches.

– T'as qu'à le faire, toi. »

Dylan leva les yeux et ils reculèrent en sautillant. Il n'y avait aucun risque qu'ils le touchent. Il n'était pas Aeroman, mais il s'était alourdi, était de taille moyenne, pas encore mouette mais plus taupe.

« Ouh, ouh, il est fâché, maintenant.

– Il va te choper, mon vieux, t'as intérêt à te tailler !

– Non, il se remet à chialer.

– C'est qu'un idiot de p'tit blanc.

– Il est idiot.

– Trop idiot.

– Une vraie tapette, ce mec. »

De quoi vous faire regretter Mick Damer. Dès lors qu'elle ne suscitait plus la peur, la situation n'était que grotesque. Dylan en avait ras le bol de ce ressassement raciste. On lui avait collé mille fois l'étiquette de petit blanc, ça ne pouvait plus rien lui apprendre. Manhattan se dressait sous ses yeux dans toute la force de l'évidence, c'était la solution. Puisque l'anneau d'Aaron X. Doily avait disparu, Dylan en avait peut-être fini avec Brooklyn pour un temps, il pouvait cesser de prendre sa revanche sur le CM2, s'extirper des mystères à la con de Mingus pour réussir son évasion.

Les deux petits noirs se lassèrent de lui et s'éloignèrent, peut-être pour trouver quelque élève de Packer ou Saint Ann et se défouler, dégoter un dollar ou deux.

Une barge s'éloigna des docks dans un grondement avec sur le flanc un tag tricolore signé STRIKE, du beau boulot.

Il s'attarda sur son banc, psalmodiant des chansons des Clash dans sa tête, « I'm So Bored with the USA », « Julie's in the Drug Squad », galettes qu'il n'avait jamais fait écouter à Mingus parce qu'il en avait honte dans Dean Street, et ne savait pas comment s'y prendre. Puis les Talking Heads, *Find myself, find myself a city to live in*[1]. S'attarda à mesurer les gratte-ciel entre les barreaux de la grille, et quand il en eut assez d'être assis, le soleil était tombé derrière les tours et les ponts qui filtraient ses rayons orange, la lumière de miel avait flambé puis s'était éteinte, il avait manqué le dîner d'Abraham, s'était attardé tout le jour.

Dans le noir, il regagna Dean Street pour tenter sa chance à la porte de Mingus.

Ce dernier apparut au portail de l'entrée du sous-sol, tel qu'en lui-même, intact, les yeux lourds. S'il voyait le moindre inconvénient à la présence de Dylan, il n'en manifesta rien.

« Dylan, mon pote. Ça baigne ?

– Où est l'anneau ?

– Je l'ai, tout va bien, t'inquiète.

– Où ça ? » Dylan jeta un œil d'un côté de la rue puis de l'autre, par crainte de quelque surveillance. Il n'y avait rien, sa parano ne trouvait même pas d'écho en Mingus. Après deux jours, tout le monde s'en fichait, Aeroman ou Erreurman était une blague, un nom qu'on s'était murmuré de perron à perron avant de l'oublier.

« Je l'ai planqué.

– La police t'a vu voler ?

– Les flics ? Ils croient que j'ai sauté d'un arbre.

– Qu'est-ce que… »

Mingus leva la main pour signifier *Assez, pas maintenant*. « Tu veux entrer ? Le Roi Arthur est là. »

L'étagère était vide, pas de costume, pas d'anneau, rien que le casque de football, Manayunk Mohawks, son arrondi en boule de bowling désormais tagué au

1. « J'en ai ma claque des USA. » « Julie est dans les stups. » « Me trouver, me trouver une ville où vivre. »

marqueur baveux de la signature d'Art et de Dose. « Get Off » passait sur la chaîne, le saphir n'avait pas encore tout à fait arraché la musique du sillon de vinyle mais n'en était pas loin. Arthur Lomb était couché sur le côté, ses Puma cradingues à même le couvre-lit, triant les graines d'un sachet d'herbe dans le pli de la pochette de *Pick of the Litter* des Spinners. Des boules de papier à rouler froissé étaient éparpillées en rond tout autour de lui, tentatives avortées, comme le cercle de quelque douteux enchantement. Il sourit de toutes ses dents en apercevant Dylan : *Bienvenue dans mon antre, beuah, ah, ah !*

Arthur Lomb était devenu un immonde gnome. Il paraissait plus petit. C'était sans doute une illusion d'optique, due au fait qu'il flottait dans des sweat-shirts titanesques à capuche et des pantalons militaires informes assez vastes pour contenir des dizaines de jambes en cure-pipe pareilles aux siennes. Les fringues d'Arthur grandissaient, mais pas lui. Il parvint enfin à rouler un joint, le tournant d'un geste répugnant entre ses lèvres pour le fermer avec de la salive. Il attendit de l'avoir allumé pour faire étalage de sa maîtrise dans l'art de parler à travers une bouffée de fumée, sa voix rendue aiguë par l'effort comme sous l'effet de l'hélium :

« T'es au courant que Gus s'est fait embarquer ?

– Ta gueule, Arthur. »

Arthur tendit le joint à Dylan, laissant échapper en une bouffée explosive la fumée qu'il retenait entre ses lèvres. « Il est allé à la cité de Myrtle Avenue à minuit et a sauté d'un arbre en calecif. J'imagine que c'est le genre d'idée géniale qui vous vient quand on se défonce au LSD ou à l'héro. J'ai vu un truc comme ça dans *FBI*, un jour. Une nana qui bouffait l'écorce d'un arbre sur un terrain vague. En plus, elle était plutôt canon.

– Je vais te péter la gueule.

– Vas-y, mon super-héros.

– Quand je le ferai, tu pleureras ta mère.

– J'attends ce jour avec impatience, ça vaudra le coup de te voir porter ta panoplie de tarlouze, Arrowman. »

Arthur chambrait comme il poussait ses tours, sans s'encombrer de subtilités. Il était monotone et exténuant, on apprenait facilement à l'oublier. C'était apparemment ce que Mingus avait fait.

« Quel sera ton pouvoir, Dylan ? Parce qu'on a tous besoin d'un pouvoir maintenant qu'on est des super-amis. Je me disais que je pourrais déshabiller les gens par la seule force de mon esprit, tu vois, leurs fringues disparaîtraient vraiment, les criminels humiliés se rendraient sur-le-champ. Je serai Feuilledevigneman. »

Mingus évitait le regard de Dylan quand ils faisaient tourner le joint. Il valait mieux laisser les questions en suspens, le vol en solo de Mingus, ce qu'Aeroman était allé faire à Walt Whitman Houses. S'il s'agissait de s'en prendre à un trafic de drogue, il lui suffisait d'aller pas plus loin que Bergen, ou Atlantic, le quartier des hôtels de passe. Ou à l'étage, d'ailleurs, chez Junior, où le trafic était quotidien, voire horaire.

Mais là était peut-être le dilemme qui avait fait sortir Aeroman de son orbite – le risque de tomber sur une connaissance, s'il opérait dans le voisinage. Jusques et y compris Barrett Rude Junior ou Senior.

« Yo, Dylan mon pote, faut que t'écoutes cette galette, "King Tim Personality Jock" de Fatback... », commença Mingus. Il alla vers la chaîne, mettant un point final à leur conversation sur son aventure d'il y avait deux nuits, pour annoncer le rétablissement de la véritable histoire : ils vivaient à une époque célèbre où d'héroïques avancées musicales, la découverte d'un nouveau break encore jamais entendu, pouvaient se produire à tout instant. « C'est du lourd, cette came, écoute un peu. »

Mingus se contenta de pivoter brièvement pour balancer un coup de poing dans le bras d'Arthur Lomb. Arthur hurla « La salooope ! » en frottant son bras meurtri, mais resta vautré, nabot caquetant et engourdi par la fumette sur le couvre-lit.

Aeroman était mort ou au moins suspendu, en chômage technique. Il n'apparaîtrait probablement plus jamais sous cette forme. Dylan était sûr que le costume était perdu ou détruit. D'ailleurs, ça n'était plus la question. Avec ses rayures de drap de lit et son emblème tremblé au Spirographe il était trop personnel, trop tendre pour la rue, Dylan le comprenait à présent. Aaron X. Doily avait eu raison de renoncer à sa cape, Dylan n'avait pas percuté. Désormais, l'anneau était caché, et c'était une bonne chose. L'anneau restait une énigme à résoudre, on verrait ça plus tard. Le costume était sans doute aussi « idiot » que dans la bouche d'Arthur Lomb mais Arthur n'avait pas fait mention de l'anneau dans son récit, ni les flics d'ailleurs, ni le *New York Times*.

Ils devinrent de plus en plus stone, et cessèrent de parler.

La réunion de ces trois-là pouvait paraître un événement ordinaire, quand on n'y regardait pas de trop près. D'une certaine manière, il était étrange que cela ne soit pas arrivé plus tôt.

Mais Dylan et Mingus Rude avaient encore leurs secrets, même s'ils avaient été mis de côté, cachés derrière le regard vague et lointain de Mingus.

Dylan Ebdus racontait des histoires et dessinait, Arthur Lomb récriminait et titillait, mais Mingus Rude possédait une force supérieure, ses humeurs prévalaient, ses humeurs faisaient loi. Il tournait le dos à des régions entières de l'existence qu'il souhaitait ignorer, d'un froncement de sourcils faisait disparaître père, grand-père, lycée. Il n'y avait pas à discuter. Pour l'instant, Aeroman avait disparu, effacé du tableau.

Trois lycéens blancs gambadent dans West Fourth Street, en revenant de J&R's Music World vers un appartement de Hudson dont une mère divorcée est absente, et dont ils ont les clés et peuvent profiter tous les après-midi. Tous trois parés pour les intempéries de la fin d'automne dans leurs blousons noirs de motards, le genre Brando-Elvis-Ramones, peaux de cuir ornées d'étoiles et de crânes chromés, boucles desserrées et ballantes et blousons ouverts dans le froid. Les trois se mettent la main aux fesses, se balancent maladroitement aux réverbères, s'expriment dans des langues qu'eux seuls peuvent comprendre, argot punk de premier de la classe.

Novembre 1979 : « Rapper's Delight » vient de dynamiter le top 40. Il a aussi dynamité la capacité d'attention des petits blancs de Stuyvesant, y compris ce trio. On entend le morceau à la radio et dans la rue, il sourd des magasins et des ghetto-blasters portés sur l'épaule, un son différent, pas moyen de passer à côté.

Mais pour pouvoir se l'écouter tranquillement, encore faut-il que quelqu'un allonge la monnaie et emporte le truc à la maison.

Le trente centimètres dans sa pochette de Sugar Hill Records est emballé avec leurs autres achats, Eno, Tom Robinson, Voidoids, la bande originale de *Quadrophenia*. « Rapper's Delight » figure dans les charts de pop en tant que single, il y a fait une entrée tardive dans la lignée de « The Streak », « Convoy » et « Kung Fu Fighting », et c'est dans cet esprit que les trois blancs l'ont acheté : pour eux, le disque est d'une bêtise inconcevable et drôle à en mourir, deux concepts qui ont depuis peu cessé de s'exclure mutuellement, bien au contraire, Gabba Gabba Hey.

La haine de soi se porte retournée comme un gant et devient la débile fierté du punk.

Si l'un des trois voit plus loin, il n'en dit rien.

Pour présenter les choses autrement : si l'une de ces boutiques de fringues punk de St. Marks Place vendait des tee-shirts portant l'inscription CHOPEZ-MOI, S'IL VOUS PLAÎT, on l'achèterait sur-le-champ.

Quitte à fermer son blouson jusqu'au retour chez soi à Manhattan.

À présent qu'on est en lieu sûr dans l'appartement, les autres disques sont mis de côté alors que le trente centimètres est aussitôt posé sur la platine à maman pour des réjouissances immédiates. On soulève le saphir pour le remettre au début une bonne dizaine de fois parce qu'on n'arrive pas à croire à certaines des choses qu'on a entendues : *I don't care what these people think, I'm just sittin' here makin' myself nauseous with this ugly food that stinks*[1]. Les trois blancs explosent, rient à en avoir le souffle coupé.

The... chicken... tastes... like... wood[2] *!* halète l'un des trois.

On tombe le blouson. Le petit ami de la mère divorcée a laissé un pack de six Heineken dans le frigo, ce con, et elles sont vite éclusées. Une boîte de gaufrettes Nilla est liquidée, jusqu'aux miettes au fond du sachet paraffiné, qui sont secouées et aspirées. On remet « Rapper's Delight », les punks effectuent une danse des plus grotesques, pogotent sur le canapé, jouent à danser le break, prennent des poses.

1. « Moi j'm'en fous de ce que les gens pensent, je me bourre juste à en gerber de cette bouffe dégueu et rance. »

2. « Le poulet a goût de bois. »

Le disque comprend notamment un passage dans lequel Superman est tourné en ridicule, le rappeur qui répond au nom de Big Hank faisant une parodie de cour à Lois Lane à coups de rimes fanfaronnes. *He may be able to fly all through the night, but can he rock a party 'til early light*[1] *?* Excellente question pour Superman ou tout autre personnage volant, d'ailleurs.

Si voler n'était pas la dernière chose qui vous venait à l'esprit.

Voilà que les trois se mettent à citer leurs paroles favorites, tâchent d'imiter les inflexions du rappeur en gardant leur sérieux. *I understand about the food*, dit l'un, sanglotant presque de plaisir. *Hey, but bubba, we're still friends*[2] *!*

Deux de ces punks inoffensifs aux joues roses sont natifs de Manhattan, ont été scolarisés dans le privé jusqu'à l'année de leur entrée à Stuyvesant pour alléger le budget de leurs parents. À leurs yeux, ce disque aurait aussi bien pu être gravé à leur seule intention, son contenu anthropologique destiné à leur amusement personnel, et ils l'écoutent avec tout le détachement convenant à un objet tombé de la lune. Jamais encore ils n'ont entendu quelqu'un rapper, pas plus qu'ils n'ont croisé Fat Albert ou Sanford & Son dans la rue. Ils tomberaient facilement d'accord : ce qui fait le comique assassin de « Rapper's Delight » et des noirs en général, est leur suprême manque d'ironie. Attention, ce n'est pas raciste de trouver les noirs aussi sérieux que les hippies, aussi caricaturaux, outranciers et gênants que les comics. Ces jeunes sont punks, et les punks ricanent. C'est comme ça, faut faire avec.

1. « Il est peut-être capable de voler toute la nuit, mais saurait-il mettre le feu dans une teuf jusqu'à l'aube ? »

2. « Moi la bouffe ça me connaît. Allez, ma poule, on reste potes ! »

Le manque d'ironie pose à peine problème au troisième larron dans la pièce, le punk de Gowanus.

Magnifiquement ligoté de liens baroques, le voilà tel qu'il est. Il passerait haut la main tous les tests de dédoublement de la personnalité. Mais dis donc, que d'être debout dans tes Converse All Star sur les coussins du divan à te déhancher en une gauche parodie te rappelle les leçons de hula-hoop de Marilla au bord du trottoir voilà un million d'années, te rappelle aussi ta déception que Marilla ne soit pas une blonde Solver, ta culpabilité d'avoir été déçu, ta honte d'avoir un corps inexpressif, si peu funky – qu'est-ce qu'on en a à fiche ? Rire de « Rapper's Delight » n'est pas une revanche, et d'ailleurs c'était pas ton idée, et d'ailleurs c'est marrant. Dean Street est une autre histoire, un royaume de savoir inapplicable ici.

Tu en as presque fini avec Dean Street et Aeroman.

Si cela revient à éviter celui qui t'a protégé toutes tes années de collège, celui que tu brûlais naguère d'imiter, celui dont la seule présence te rendait heureux – si cela revient à laisser sans réponse les messages téléphoniques que le môme qui valait un million dépose régulièrement et qu'Abraham retranscrit de son écriture – ce n'est pas cher payer le passage à l'âge adulte, non ?

Adieu la fête, adieu disco, on arrête de déconner.

C'est la fin, la fin des années soixante-dix.

16

Alors que Barrett Rude Junior y songeait dès l'origine et en avait fait l'objet des rêveries dont il berçait son cœur, le thème de la soirée avait été tenu mystérieux pour tous ceux qui y étaient conviés. Sans pour autant refroidir l'enthousiasme avec lequel ils se jetèrent sur le buffet, les viandes froides, les fromages et olives, l'assortiment de pains fantaisie, le cheesecake au coulis de cerise qu'il avait commandés chez Junior's, le Seagram, la dope. Ce détachement de monstres de foire, Horatio, Desmond Crowell, les trois nanas, n'avait jamais besoin de prétexte pour faire la fête. Lorsqu'il se décida à l'annoncer il n'eut droit qu'à un faible écho en réponse, la plupart des invités déjà trop faits à ce moment-là pour offrir plus qu'un bénin hochement de tête vaseux et lever leurs verres remplis de glaçons, quand ils en avaient un à la main. *Qu'est-ce qu'il a à s'exciter, Barry ? L'anniversaire de qui ? En tout cas, ça baigne.* Mais la nana dont il avait oublié le nom demanda :

« Quel âge ? »

Elle l'avait gratifié d'un sourire timide en entrant, l'une des trois poupées aux bras d'Horatio, cliquetis de boucles d'oreilles et cils égyptiens, mince fourreau moulant descendant jusqu'aux chevilles, presque une cinquantaine de boutons sur le côté, de l'aisselle à l'ourlet, les douze derniers déboutonnés. Un des joyaux de la collection d'Horatio, mais nouvelle, il ne la connaissait pas. Il l'avait imaginée répondant au téléphone, Horatio proposant, *Ça te dirait de rencontrer Barrett Rude ? Le chanteur des Distinctions ? Faistoi belle, hein, poupée.* Devant le miroir, comptant les boutons à déboutonner depuis le bas, sans rien laisser au hasard.

Ça dit tout sans un mot.

Même que ça chante si tu sais écouter.

Sitôt franchie la porte elle en avait fait des tonnes, tamisant l'éclairage, fouillant ses tiroirs à la recherche de bougies, jusqu'à ce qu'il lui dise qu'il n'y en avait pas. Puis elle avait jeté son châle sur sa lampe, créant un réseau d'ombres qui s'étirait à travers le plafond comme une bouche s'ouvrant en un grognement sur des dents à freluche.

« Tu nous la joues gitane à la Fleetwood Mac, petite ? »

De nouveau, elle avait souri sans un mot, avant d'aller sniffer une ligne disposée par Horatio sur le comptoir de la cuisine.

Tout en élégance, un ongle verni appuyé sur la narine.

Petit doigt levé comme pour siroter du Earl Grey.

Il l'ignora, mit de la musique douce sur la platine, *Journey Through the Secret Life of Plants*, de Little Stevie Wonder. Puis alla goûter lui-même la marchandise d'Horatio, se faire une ligne en attendant que la coke soit prête pour la pipe. L'une des filles lui posa une question à propos des disques d'or sur la cheminée et il lui expliqua qu'il aurait dû y en avoir quatre de plus, si elle voulait savoir. Il ne se mettait même plus en colère, c'était devenu une anecdote comme une autre. En la racontant, il gardait un œil sur la taiseuse qui observait l'air de rien, le petit jeu habituel. Rien ne pressait, les taiseuses finissent toujours par y venir. Comme un compte à rebours. Voilà qu'elle se montrait curieuse de ce qu'il avait un fils, l'instinct de procréation.

Bien, petite, c'est jouable. C'est une voie à explorer, sans aucun doute. Il répondit : « Dix-sept ans, tu le crois, ça ? J'suis vieux, merde. »

Barrett Rude Junior s'assit dans son fauteuil papillon, les bras derrière la tête, les jambes écartées pour s'aérer, sa position préférée, sans se préoccuper de savoir si les filles sur le tapis apercevaient son caleçon. Voilà la marchandise, servez-vous. C'est pour ça que vous êtes là, non ? Vérifier que j'existe.

« Ben, si c'est son anniversaire, où est-ce qu'il est ? » Elle avait une voix de petite fille, ronronnante, salace.

Il leva les yeux vers la porte menant au sous-sol. « Et si tu lui demandais de venir ? Il s'appelle Mingus. »

Un orage avait adouci la nuit de juin, un courant frais entrait par les fenêtres du salon, agitant les rideaux.

La nuit où le petit était né, il pleuvait aussi, en 1963.

La fille jeta un regard à la porte, surprise, comme s'il gardait son fils prisonnier. « Il a tout le sous-sol pour lui, dit-il sur la défensive. Je l'ai déjà appelé mais il était parti de son côté. Il en a que pour la rue, l'oiseau. Mais l'orage l'a sans doute fait rappliquer. Ou ça va pas tarder. » Il ferma les yeux et chanta de sa voix de tête, la langue contre le palais pour zozoter comme Al Green, *I can't stand the rain... against my window... bringin back sweet memories... hey windowpane*[1]...

Relevant le défi, elle alla jusqu'à la porte et lança le nom, hésitante, sans trop y croire. Une minute après, le garçon dont c'était l'anniversaire arriva, surgi parmi eux tel un chien sur le tapis, avec son treillis douteux et ses cheveux duveteux, ses pousses de dreadlocks naissantes. Comme sur un signal, toutes les nanas se

1. « Cette pluie me tue... contre ma fenêtre... rappelant tant de doux souvenirs... larmes sur le carreau... »

mirent à l'examiner des pieds à la tête, en murmurant des *mm mm* appréciateurs, destinés en vérité à aguicher les adultes.

« Quoi ? fit Mingus.

– Salut, Gustopher, ça gaze au moins ? » demanda Desmond Crowell, penché en travers du comptoir la main tendue pour une tape que Mingus lui donna à contrecœur. « Comment ça se fait que j'te voie jamais ?

– Gus monte que pour piquer mes disques et l'herbe dans mon congélo, dit Barry. Il daigne plus nous fréquenter.

– D'après ton père c'est ton anniversaire », dit la fausse gitane, encore sceptique.

Mingus fit oui de la tête.

« T'as l'air stone, fiston. Tu dors ? Présente-toi à madame. »

Elle lui serra la main. « Yolanda.

– Yo. Mingus.

– Yolanda, Yomingus, dit Barry. Des jumeaux. »

Debout près de l'évier où Horatio faisait chauffer un peu de coke dans un tube de verre, Desmond Crowell partit d'un grand rire hennissant.

« Ouais, très drôle, Barrett, dit doucement Mingus.

– M'appelle pas Barrett, petit. Regarde-toi, avec tes loques hippies du Viêt-nam. C'est mes fringues que tu devrais piquer. »

Yolanda retourna sur le canapé où les filles étaient disposées, laissant Mingus en rade au bord du tapis. La face de l'album était terminée, le saphir crachotant contre l'étiquette, puis le bruit sourd du bras qui se remet en place, silence. Tout le monde était attentif, à présent, la notion d'anniversaire pénétrant peut-être enfin les cerveaux embrumés. À moins qu'ils n'aient perçu quelque chose dans l'air, l'électricité de l'été. Barry se sentit bafoué, méprisé, alors qu'il n'avait pas vraiment fait part de son projet à Mingus. Mais ce genre de sentiment est au-delà du rationnel.

Ce qu'on a en commun avec un môme, c'est toute une histoire génétique, une longueur d'onde, qu'on est seul à connaître à fond, même le môme ne la connaît pas, il n'était pas né quand l'histoire a commencé.

Et puis il y a la moitié maternelle de l'histoire, qui nous échappe.

Sous ses fringues miteuses, Mingus était devenu un homme qui rentrait les épaules. Mince, tendu, louchant en coin vers la rue où il aurait probablement préféré être. Quand Barry l'avait-il bien regardé pour la dernière fois ? Il n'aurait pu dire. Ne pas se regarder était un accord réciproque, conclu Dieu sait quand. Il ne voulait pas se voir dans les yeux de son fils – ni d'ailleurs dans ceux de la fille, là, Yolanda – se voir avec ses ongles jaunes et cornés, ses cuisses énormes et molles, son cou épaissi derrière les grosses rouflaquettes. Seule la cocaïne l'empêchait de bouffir tout entier, de se changer en une sorte de caricature charnue d'Isaac Hayes.

Il aurait dû danser, se mettre en quatre tout autour de la pièce, au lieu de quoi il se sentait cloué au fauteuil par un quintal de lest.

C'était ce sentiment de *devenir-monde* qui s'emparait de lui, une fois de plus. C'était la seule façon qu'il avait jamais trouvée de le décrire.

« Je te taquine, Gus, décompresse. Assieds-toi. C'est pour fêter l'anniversaire d'un homme que je vous ai tous invités. Desmond, mets un disque, merde. »

Mingus se dandinait dans ses baskets au milieu du tapis.

« Y a un copain à toi qui se planque en bas ? Allez, sois pas cachottier, fais-le monter.

– Non, c'est que…

– Tu vois Yolanda, Mingus, les petits blancs, ça le botte. »

Voilà, c'était dit, pas une affaire, comprenne qui veut. Mais le silence recouvrait tout, et ça l'emmerdait. La pièce était chargée d'ions, résidus d'orage, et sa propre présence massive pesait à Barry comme du plomb. Il aurait dû danser mais il n'y avait pas de musique, et plus ce *devenir-monde* croissait, plus ses bras et ses cuisses se muaient en montagnes. Qu'elle vienne, la Yolanda, elle ne serait qu'un chaton miaulant, perdu au milieu d'une immensité. À la télé dans un doc, il avait vu l'espèce de larve rose d'un kangourou nouveau-né se tortiller pour gagner la poche ventrale, la mère avait les proportions d'une planète. Il en était là. Plus il restait posé sur son cul, plus il grossissait.

Pour toute réaction, Mingus se contentait de jouer les médiums façon *Shining*, dévisageant son père d'un air rêveur.

Pendant ce temps-là, une bonne nouvelle prenait corps près de l'évier, une forte odeur de cramé dont le zézaiement contenait une promesse. Il en fut aussitôt requinqué, eut envie de chanter.

« T'avise pas de t'immoler par le feu comme Richard Pryor, hein, Horatio. Prépare-moi cette pipe et passe-la par ici. Et toi, Desmond, choisis-nous de la musique, espèce de loufiat minable. Je vais t'écrire une chanson, *Ce loufiat minable, pas foutu de me décrocher un contrat, c'est sur un autre qu'on comptera...* »

Probablement désireux d'interrompre l'improvisation de Barrett, Desmond choisit enfin un disque. *For You* de Prince, rien de trop agressif.

Si Barry n'avait pas été en expansion telle une planète boursouflée, Horatio, Desmond, Mingus et les nanas tous minuscules en orbite autour de lui, tout aurait été bien.

« Je t'ai jamais parlé, Desmond, de cette impression qui me tombe dessus, l'impression que je deviens de plus en plus gros pendant que tous les autres rapetissent ?

– Non, vieux. » Desmond paraissait déconcerté.

« On finit tous par rapetisser, dit Horatio. C'est pas une affaire.

– Mon ex-femme, la mère de ce môme, là, me disait que je devenais grandiose, mais y a rien de grand là-dedans. C'est juste que par moments, j'ai l'impression que le bout de mes doigts est à des milliers de kilomètres.

– C'est dingue, vieux, dit Desmond, de peur de dire quoi que ce soit d'explicite ou sujet à controverse.

– Dingue, ouais, dit Barrett Rude Junior, conscient de l'inutilité de toute tentative d'explication. C'est vraiment un truc de dingue. Yo, file-lui son cadeau, 'Ratio.

– Quoi ?

– Fais pas semblant d'avoir oublié. » Montant des profondeurs caverneuses de sa poitrine comme d'une tombe, sa voix traversa l'espace pour aller frapper la courbure de son oreille qui la recueillit et en confirma l'existence. Il fut certain qu'il avait effectivement parlé. Les yeux écarquillés, Horatio sortit de derrière le comptoir de la cuisine et prit dans la poche de son gilet le petit paquet de papier d'alu, ce cadeau qu'il avait préparé malgré tout, sans trop savoir si la demande de Barrett était une blague : on n'était jamais trop bien fourni lors d'une fête avec Barry.

« Et voilà. Un gramme bien à toi. Comme ça, t'auras plus besoin d'aller sauter d'un arbre. »

Mingus se contenta de le regarder fixement.

« C'est pour toi, prends. Si tu veux une ligne maintenant, Horatio va t'en faire une avec la sienne. »

Mingus glissa le paquet dans la poche de son futal en secouant la tête.

« Bon anniversaire. T'es un homme, maintenant. »

Puis, rentrant en lui-même, sa voix et son esprit de plus en plus réduits à la taille d'infime fœtus nageant dans l'océan de son corps, Barrett Rude Junior vit que le cadeau n'était pas complet. Bien sûr que Mingus se montrait ingrat, il y avait de quoi. Le gramme n'était pas suffisant. Il fallait que son père lui donne la fille, Yolanda. Barry lui-même n'en profiterait pas, pas ce soir avec ces membres de plomb. Il l'écraserait s'il trouvait un moyen de la monter. Et si elle lui taillait une pipe, elle serait indécelable, à des kilomètres, au-delà de l'horizon du réel. Ce soir, c'était au tour du môme.

« Horatio, ça vient ou quoi ? Apporte-moi la pipe pasque je jure sur la tête du vieux King Cole que j'suis trop naze pour quitter ce fauteuil. Eh, Yolanda !

– Oui ? dit-elle, surprise qu'il l'appelle par son nom, un peu pincée.

– Ça te dirait de descendre jeter un œil au nid de Gus ? »

Il avait parlé avec décontraction, comme si elle savait à quoi il pensait, une chose découlant de l'autre. Mais nul ne vit ce qu'avait d'essentiellement gracieux ce passage de relais de père à fils. Ils lui tombèrent tous dessus aussitôt.

Yolanda répondit : « En voilà une idée, qu'est-ce que ça veut dire ? » Elle demeura sur le canapé mais croisa les jambes, préservant le trésor, et tourna son corps, pleine de ressentiment, vers la porte.

« C'est tordu, Barrett, dit Mingus à voix basse, apitoyé.

– Barry, du calme, ajouta Horatio, comme s'il avait voix au chapitre.

– Ça veut rien dire du tout, vous excitez pas. Merde. Et si on prenait les paris ? Quel âge t'as, ma petite Yolanda ? Si ton âge se rapproche plus du sien que du mien, pourquoi tu descendrais pas ? Quelques lignes de coke pour l'anniversaire de mon fils, je vois pas le problème.

– Exclu, trancha Mingus.

– Attends, Gus, laisse-la parler. Je me trompe, ma belle ? T'es de quelle année, dragon, rat, ou quoi ?

– Tu es mignon, Mingus », dit Yolanda pleine de défi, refusant de regarder Barrett. Sa voix résonnait de sensualité, de tendresse maternelle, de tout un monde de mystère féminin destiné à faire honte à Barry, et à lui faire comprendre tout ce qu'il avait manqué. Parce qu'il l'avait manquée, c'était fichu, elle était perdue pour lui. « Ne laisse pas ton père gâcher ton anniversaire. Je peux descendre voir ta chambre si tu veux. »

Mais Mingus l'ignora. « C'est exclu qu'elle descende, répéta-t-il.

– On peut savoir pourquoi ? demanda Barry.

– Senior est là. Je l'ai entendu.

– Il est revenu en douce ?

– Ça t'étonne ? Tu lui as pas repris la clé. »

Barry s'était résigné à son devenir-monde, désormais. C'était comme ça : il était devenu une planète dont la population, véritable essaim de moucherons, apparaissait et disparaissait devant ses yeux. Ainsi, son rôdeur de vieux était de retour ! Senior avait réussi à se mettre à dos les macs et les dealers qui tenaient le Times Plaza Hotel, avait baratiné une fille pour l'amener dans sa chambre histoire de la baptiser, ou seulement fulminé un peu trop dans le hall… s'était en tout cas rendu indésirable, et avait sournoisement réintégré le sous-sol. Mingus et Senior étaient du même acabit, créatures ingrates par nature devenues aussi lointaines que l'étaient ses propres mains. Horatio, Desmond, fils, père, grognasses, disques d'or, tout ça flottait dans un nuage, perdu et infinitésimal.

Ce dont il avait besoin, c'était de tirer sur la pipe. Ni une ligne, ni deux, ni dix n'y changeraient rien, ne réduiraient son insupportable pesanteur, n'agrandiraient non plus les autres occupants de la pièce, les arrachant à leur irritante exiguïté.

Dehors, la pluie montait en vapeur sur l'asphalte recuit par la chaleur du jour.

Ma pipe et mon couteau et les violons du bal mais, par-dessus tout, s'assurer à tout prix que les violoneux ne se débrouillent pas pour m'extorquer une part de droits d'auteur.

C'est parce que cela se déroulait à la New School, nom qu'il associait aux luttes gauchisantes et à l'embauche d'enseignants peu diplômés, qu'il avait été amené à commettre cette erreur. Ça et le collectionneur hollandais d'originaux qui l'avait appelé une demi-douzaine de fois au téléphone pour porter aux nues ses illustrations, avant qu'Abraham se laisse convaincre. Peut-être aussi la curiosité morbide de rencontrer ses pairs : un certain Howard Zingerman, et un certain Paul Pflug, aussi incroyables que les noms puissent paraître. Son propre nom, Ebdus, avait sans doute frappé les autres de la même manière, et c'était l'étrangeté de leurs patronymes qui les avait conduits à se laisser entraîner dans l'entreprise. Peut-être Abraham avait-il accepté par vanité. Certainement par vanité. Le terme « culture pop » lancé avec une telle désinvolture par le Hollandais. Il incarnait la culture pop, à présent. Autant aller voir ce que cela signifiait et faire la rencontre de Zingerman et Pflug. Quel mal y avait-il à participer à une table ronde ?

Quel mal ? Il l'avait appris, comme il avait appris combien il en coûtait de se laisser appâter hors de sa cachette. L'auditorium de la New School ne garantissait nullement contre l'humiliation. L'assistance réduite, moins d'une cinquantaine de personnes, presque toutes des hommes nerveux aux systèmes pileux compliqués, s'était expressément déplacée pour Pflug. Ce dernier pouvait avoir trente ans, portait une longue queue-de-cheval comme nombre de ses admirateurs, et avait des allures d'haltérophile, tout en arborant une barbe aussi clairsemée que celle d'un vieillard, voire d'un sorcier.

Pflug travaillait dans le style qui avec le temps avait succédé à celui d'Abraham, et jouissait d'une bien plus grande popularité. À supposer que le style d'Abraham ait jamais joui d'une quelconque popularité ailleurs qu'auprès des directeurs artistiques, qui s'étaient disputé pendant quelques années les services d'Abraham lui-même, ou, quand il n'était pas disponible, ceux d'imitateurs sans vergogne. Cela n'avait plus cours. Abraham travaillait encore, mais la vogue du psychédélique à prétention artistique était passée. Pflug était représentatif de ce qui l'avait remplacé. Il peignait dragons et hercules dans l'esprit des affiches de certains succès récents du cinéma, des ciels remplis de nuages boursouflés à la Maxfield Parrish, des barbares, des gladiatrices, et même des dragons d'un hyperréalisme uniformément photographique, jusqu'à la moindre plume, la moindre écaille, jusqu'aux moindres mèches blondes de leur brushing anachronique.

Il se révéla d'ailleurs que c'était Pflug lui-même qui avait conçu l'affiche du dernier en date de ces films. Cela expliquait la ressemblance, ainsi que l'existence de ses admirateurs. Ils dissimulèrent à grand-peine leur impatience durant la brève table ronde, attendant l'occasion de se ruer sur Pflug avec des affiches respectueusement extraites de leurs tubes de carton, dans l'espoir d'un autographe. Aucun des participants ne s'intéressait aux illustrations du livre de poche, et pourquoi en serait-il allé autrement ? Cela n'avait rien d'intéressant.

L'exception était le Hollandais, seul organisateur de cet événement, grand bien lui fasse, venu d'Amsterdam tout exprès. Et seul Zingerman l'intéressait. Le Hollandais, plus jeune encore que Pflug, était soigné et rasé de près. S'il avait semblé plus âgé au téléphone, en personne il avait la voix douce, pénétrée de respect. Zingerman était son héros. Il achetait des originaux de Zingerman à d'anciennes maisons d'édition qui les gardaient en dépôt, à des directeurs artistiques sans scrupule, d'après des catalogues qui circulaient parmi des aficionados de son genre. Le Hollandais écrivait une monographie, un catalogue raisonné, et recherchait la bénédiction de Zingerman. Sa traversée de l'Atlantique n'aurait dû être qu'un pèlerinage jusqu'aux pieds de son maître mais la timidité l'ayant semble-t-il saisi, il avait monté toute cette parodie de table ronde, Zingerman-Pflug-Ebdus, « Le monde secret des couvertures illustrées », comme paravent.

Dans sa peinture, Zingerman n'était pas dépourvu d'intégrité, d'une espèce de réalisme qui rappelait celui de l'École de la Poubelle. Il peignait dans l'esprit des frères Soyer, ou même, si l'on était généreux, du Philip Guston première manière. L'univers de Zingerman était le gothique urbain, personnages saisis au summum de leur tourment expressif, hommes arrachant leur chemise à des femmes et vice versa, mais aussi moments de tendresse voire de méditation. Petits chiens et boîtes rouillées gisaient dans l'obscurité de vérandas faulknériennes. Sinon que les femmes étaient toujours un peu trop belles, modèles de *Playboy* défaits et encanaillés. Mains, visages et décolletés étaient tous parfaitement nets, tandis que le reste se perdait dans le clair-obscur, signature qui avait l'avantage d'épargner bien des heures de travail et devait, à long terme, être bien moins fatigant que le souci autistique du micro-détail chez Pflug.

Les exemples présentés sur place, livres scellés sous pochettes plastique protectrices et deux des toiles originales, provenaient tous de la collection du Hollandais. Les titres couvraient quatre décennies, depuis les années quarante, Paul Bowles et Hortense Calisher côtoyant le porno le plus débridé – le traitement de Zingerman ne se démentait pas. Ses seules concessions aux années soixante-dix avaient été l'abandon de sa palette de gris et de bruns, l'éclaircissement de ses teintes et l'ajout à la garde-robe de ses filles de bikinis bariolés et de chemisiers imprimés ouverts jusqu'au nombril, comme il en fleurissait à la télé, ainsi que deux rouflaquettes aux maxillaires crispés de ses personnages masculins.

Zingerman, l'homme ? Un vrai poison. Soixante-dix ans peut-être, stature de basketteur, désormais voûté, immense carcasse drapée dans un costard gris poussière et gauchement replié derrière la table qu'ils partageaient. Des touffes de poils sortaient des poignets mousquetaire de sa chemise à croire qu'il portait un costume de singe en dessous, mais la peau de ses mains et de son visage était parcheminée, comme dévitalisée. Enfreignant les interdictions affichées dans l'auditorium, il fumait sans discontinuer des cigares aussi épais que ses doigts boudinés. Et toussait presque autant qu'il fumait. Difficile d'imaginer des doigts pareils tenant un pinceau – d'un autre côté, tant de choses difficiles à imaginer existent pourtant, cette soirée par exemple.

Zingerman rejetait Pflug en bloc, et semblait à peine tolérer le Hollandais, son Boswell. Peut-être les jugeait-il d'un âge trop tendre pour mériter son attention. Tandis que Pflug signait des affiches – autre tâche artistique dont il s'acquittait avec un luxe de détails exaspérant, les gratifiant à profusion de dessins et inscriptions – Zingerman s'étira sur sa chaise, offrit un cigare à Abraham, et lui fourgua sa philosophie de la vie.

« Baisez-les.

– Pardon ? »

La voix de Zingerman était rocailleuse et abrupte et Abraham avait peut-être pris pour une phrase ce qui n'était qu'une toux baroque.

« Baisez-les, toutes, sans exception. » Zingerman désigna d'un geste les livres posés sur la table devant eux puis, derrière, les grands originaux accrochés au rideau. « Les modèles. C'est la seule chose qui m'a consolé de rester dans cet immonde milieu pourri, et c'est pour ça que je ne comprends pas pourquoi un type comme vous continue de peindre ces machins-là, comment vous les appelez ? Formes géodésiques. Qu'est-ce que vous comptez faire, baiser une forme géodésique ? C'est un plaisir solitaire.

– Vos modèles ? Vous les mettiez dans votre lit ?

– Dans le lit, sur le canapé, au beau milieu de la pièce vêtus d'une peau de léopard, en costume de sirène, avec des dents de vampire, un flingue en plastique dans les pattes, je les baisais, je les baisais, et je les baisais. Voilà ma politique. Engagez le garçon, engagez la fille, faites-leur prendre la pose, quelques polaroïds, renvoyez le garçon, trouvez une excuse pour tripoter le costume, remettez le col d'aplomb, la main au cul, baisez-la, baisez-la, trente-cinq ans comme ça.

– Comme Picasso », fut tout ce qu'Abraham trouva à dire.

« Un peu mon neveu. J'aurais jamais supporté de peindre ça autrement, je me serais flingué. J'ai essayé d'en parler à mon ami Schrooder, il croit que je plaisante. Je plaisante pas. Vous êtes marié ?

– Je l'ai été.

« Comme nous tous. Ces jeunes ont pas idée. Celui-là, là-bas ? Vous croyez qu'il les baise ? Il est trop occupé à peindre des cheveux, des plumes, le reflet sur les bulles. Si j'avais une de ces nanas, son sabre et ses cheveux dans mon atelier, je sais bien ce que je ferais.

Lui, vous avez vu ses bras ? Je crois qu'il fait plus attention aux garçons.

– Ou aux dragons.

– Ou aux dragons. Mais vous, alors ? Vous baisez des formes ? Au moins Picasso partait du réel. Quand il les avait baisées, elles avaient les deux yeux du même côté. Il leur donnait une drôle de démarche. Vous, c'est comme si vous regardiez dans un microscope. Vous, avec vos germes, vous vous sentez pas seul ? »

Abraham pensa : femmes et germes. Ce qui était à peu près le meilleur de Zingerman. Voilà donc où cela nous avait menés, Ebdus passerelle entre la camelote de l'École de la Poubelle et les dragons hyperréalistes, un bref interlude. Rien que lui et ses germes.

Non, il ne fallait pas discuter du film ici, il ne fallait pas le prendre en considération, il ne fallait pas y songer.

« Je me sens seul, dit-il sincèrement.

– Évidemment, vous puez la solitude.

– Un très mauvais choix de carrière, le biomorphisme.

– Ça c'est parlé. Prenez exemple sur moi, dit Zingerman. Vivez. Baisez-les.

– Promis. »

À cet instant, Zingerman baissa la voix, pour conclure la leçon, pour partager ce qu'il avait acquis, ce qu'il savait vraiment. « Écoutez, dit-il. Ne le répétez pas à Schrooder.

– Oui ?

– Criblé. » En un geste de magicien, il passa son cigare sur toute la longueur de son corps.

« Pardon ?

– Ça a commencé par le poumon, alors ils ont enlevé le poumon. Peu importe par où ça a commencé. Ça a atteint la lymphe, le cerveau, le sang.

– Ah.

– Je le chie, le cancer. Peu importe, n'ayez pas pitié. Et vous savez pourquoi ? Devinez.

– Baisez-les ?

– Rien ne vaut le cigare. »

fichu décembre
sans blague petit
pas fermé l'œil
dépose une rose à la porte
du dakota pour moi
je suis le crabe morse[1]

« Où t'étais passé, Horatio, putain ? »

Silence.

« Ah, salut, ça gaze, Barry ?

– T'es tellement occupé que tu décroches même plus quand un pote t'appelle ?

– Pardon, ma poule, j'allais t'appeler. C'est pas une affaire. Qu'est-ce qui se passe ?

– Il faut que tu me trouves un flingue. »

Silence.

« Qu'est-ce tu racontes, Barry ?

– Tu regardes la télé, Horatio ?

– Bien sûr que je regarde la télé, négro, qu'est-ce qui te prend ?

– Un Beatle, ça te dit rien ?

– Quoi ? Ah, ouais, ouais.

– Faut que je sois armé. C'est pas compliqué. Tu peux fournir ou pas ? Y a pas d'autre question.

– T'es devenu dingue ? Cette connerie n'a rien à voir avec toi.

1. « No joke Kid » et « I haven't slept a wink » sont des paroles de « I'm so tired » des Beatles. Le Dakota est l'immeuble habité par John Lennon à New York et devant lequel il fut assassiné. « I Am The Walrus » est une autre chanson des Beatles.

– Je l'ai vu, moi, l'autre enfoiré de Chapman de mes deux. Dans Dean Street, il lorgnait ma baraque pas plus tard que la semaine dernière. Si c'était pas lui c'était son cousin. Ce salopard de cul blanc avait une liste, t'entends, une liste.

– T'es sérieux ?

– Tu sais combien ils sont qui ont intérêt à me liquider pour mettre la main sur mes enregistrements quatre pistes ? Même à Desmond je peux pas me fier, bordel. Si y a pas cinquante tubes sur ces bandes, y en a pas un seul. Tu crois que les gens le savent pas, ça ? J'ai des ennemis, 'Ratio. Dans la rue, dans les conseils d'administration, sans blague, même sous les lames de mon parquet. La question c'est, tu peux aider un frangin ou faut que je m'adresse ailleurs ? Dis ce que tu veux, mais que ça soit pas du baratin. »

Silence.

« Y a pas de souci, Barry. Si c'est ce que tu veux, tu l'as.

– Eh ben voilà, là je te comprends mieux. »

17

Stately Wayne Manor passe entre Miller Miller Miller & Sloane et les Speedies, tout le programme n'étant qu'une bataille entre groupes de lycéens, composés d'élèves de Music & Art, Stuyvesant, City-As-School et Bronx Science ou Dewey, quel que soit l'établissement fréquenté ou séché par les Speedies. Le trottoir du Bowery grouille de monde, personne ne demande les pièces d'identité, il y a des collégiens d'une douzaine d'années. Les filles sont incroyables, sensationnelles, elles fourmillent devant le CBGB, robes imprimées, nuances de rouge à lèvres très années cinquante, cheveux crêpés, boutons d'acné noyés sous le fond de teint, cigarette au creux de la main contre le vent léger, leurs bras nus hérissés de chair de poule. Elles illuminent la nuit, oiseaux de paradis à faire trembler les hommes, sauf qu'il n'y a pas d'hommes ici, en dehors de quelques pensionnaires de l'asile de nuit déjà en proie au *delirium tremens*. 1981, les adolescents de seize ans sont les rois de la nuit à Manhattan, ils peuvent tirer ouvertement sur leurs joints, et commander de la bière dans des gobelets en plastique à l'intérieur du club aux allures de bouge. Par deux ou trois, les gamins vêtus de cuir et de jean chuchotent autour des meutes de nénettes, se confectionnent de faux tampons au stylo-bille sur la main et entrent en se bousculant vers la scène, ou traînent à l'extérieur, font circuler dans des sacs en papier des bouteilles de boissons plus fortes, se chamaillent jusqu'au bord du trottoir sous une grêle de cris, jouant l'agressivité. Quelqu'un arrive, des amplis ornés d'autocollants et des guitares émergent d'un coffre. Tout le monde s'extasie devant les doigts bandés du guitariste, il a cogné la vitre d'une voiture et s'est cassé trois phalanges, pris de rage contre la vanne qu'une nana a réussi à lui décocher sans qu'il ait le temps de répondre. Il jouera quand même ce soir, avec des mitaines, en héros du show-biz.

Dans un hall d'entrée voisin un type entre dans un monte-charge pour regagner la petite piaule qu'il occupe depuis 1953.

Une voiture pie stationnée dans Rivington gigote vaguement, un flic se fait tailler une pipe à l'arrière pendant que son coéquipier guette au coin du Bowery en attendant son tour. Un code a probablement été mis au point pour cette opération, *Intrus*, ou *Tango-Charlie*.

Ici, les murs sont ornés de graffitis punk, style totalement différent, le A cerclé des anars, souvenirs en majuscule tremblée de groupes comme The Mice et Steaming Vomit, seule trace durable qu'ils laisseront, peut-être.

Ce soir, l'occasion est plus belle que d'habitude pour la bande de Stuyvesant puisque les parents de l'un d'entre eux ont déserté leur appartement pour le week-end et que l'absorption massive d'acide y est prévue. Le week-end, tout se passe pendant le week-end, comme si le bahut n'était pas à vingt-quatre heures seulement, comme si la vie avait changé d'un iota. On pouvait se rebeller contre le système, le mardi ou le mercredi soir aller à des concerts ou au Bowl-Mor, le bowling ouvert toute la nuit sur University Place qui annonce « Le bowling rock and roll ! » – mais ça entraîne trop d'absentéisme, trop de redoublements, et le risque de finir au

City-As-School ou au bahut du quartier. Comme Tim Vandertooth, on risque de disparaître.

Alors habille-toi et fais comme si vous n'alliez pas tous vous retrouver en tenue de gym lundi matin, avec la gueule de bois et doux comme des moutons.

À l'intérieur, Miller Miller Miller & Sloane terminent leur tour de chant. Le célèbre morceau qu'ils jouent en rappel est un clin d'œil comique, le batteur émergeant de la trappe pour chanter « Respect » d'Aretha Franklin, qu'on peut adorer avec ironie et sans danger, comme entre parenthèses, interprété par des petits blancs de l'Upper West Side se produisant dans la plus célèbre boîte punk du monde.

Il faut reconnaître que c'est une chanson plutôt géniale, que tout le monde fredonnera le lendemain si le LSD n'a pas lavé tous les cerveaux.

Stately Wayne Manor passe dans un quart d'heure.

Dylan Ebdus tourne parmi la foule au pied de l'estrade, même s'il n'a déjà entendu ce groupe qu'une centaine de fois environ, entre les petits concerts et les répètes à la salle de Delancey. Son ami Gabe Stern tient la basse au sein de Stately Wayne Manor – il a appris tout seul sur scène, comme Sid Vicious. Dylan, c'est un peu le cinquième membre du groupe, il connaît leur minuscule tour de chant par cœur, réalise leurs affiches à la main, recueille en confidence les doléances de leurs copines.

Pelote parfois leurs copines.

Pourrait bien un jour finir par coucher avec leurs copines.

Les copines d'aujourd'hui et de demain forment une bonne part de la foule qui assaille le bar et rappelle celle qu'on voit à la buvette des aventures d'Archie. Les trois groupes ne comptent pas un fan au-dessus de dix-huit ans. Tous les mômes présents soutiendraient sûrement qu'ils ont vu les Talking Heads sur la minuscule scène du CB, et tous mentiraient, puisqu'ils avaient douze ou treize ans la dernière fois que cela s'est produit. On peut grandir dans la ville où s'écrit l'histoire et tout louper quand même. De nos jours, les Talking Heads jouent à Forest Hills : il faut acheter sa place au Ticketron du sous-sol d'Abraham & Straus et prendre le métro pour Queens comme le premier blaireau venu.

La clé de presque tout c'est de faire semblant que la première fois n'en est pas une.

Le trip à l'acide de ce soir, par exemple.

Voilà que l'ami de Dylan, Linus Millberg, se détache de la foule avec un gobelet de bière en criant : « Dorothy c'est John Lennon, l'épouvantail c'est Paul McCartney, l'homme en fer-blanc c'est George Harrison, le lion c'est Ringo.

– *Star Trek*, ordonne Dylan par-dessus les nasillements de la country pourrie que le CB diffuse pendant les entractes.

– Fastoche, répond Linus en hurlant. Kirk c'est John, Spock c'est Paul, McCoy c'est George, Scott c'est Ringo. Ou Chekov après la première saison. On s'en fout, c'est comme une combinaison Scott-Chekov pour Ringo. Les rôles secondaires fournissent toujours un tas de George ou de Ringo de rechange.

– Mais Spock le sans-cœur et McCoy le sans-cervelle ressemblent plutôt à l'homme en fer-blanc et à l'épouvantail, non ? Alors Dorothy c'est Kirk ?

– Tu piges pas. C'est qu'une coïncidence superficielle. Le concept Beatle relève de l'archétype, c'est le groupe humain de base. Tout prend naturellement la forme des Beatles, on n'y peut rien.

– Répète voir les catégories ?

– Parent responsable, parent génial, enfant génial, enfant clown.

– D'accord, alors *La Guerre des étoiles*.

– Luke *Paul*, Han Solo *John*, Chewbacca *George*, les robots *Ringo*.

– Le *Tonight Show*.

– Euh, Johnny Carson *Paul*, l'invité *John*, Ed McMahon *Ringo*, machin-chose *George*.

– Doc Severinson.

– Ouais, voilà. Tu vois, tout tourne autour de John, même Paul. C'est pour ça que l'invité c'est John.

– Et Severinson dit pas grand-chose mais il a du talent, comme un Wookiee.

– Tu commences à comprendre. »

C'est Dylan le coursier pour le LSD de la soirée, il garde les billets des autres, cent quatre-vingt-dix dollars qu'il tient d'une main crispée dans sa poche par habitude. Seule sa fierté l'empêche de céder à une habitude plus lointaine et de transférer la liasse dans sa chaussette. La tâche de se procurer l'acide a échu à Dylan et Linus Millberg pour deux raisons : 1. Ce sont des clients réguliers du dealer, un homo qui vend des sachets aux mineurs dans son appartement de la Neuvième Rue. 2. Ils ne jouent pas dans le groupe.

Linus Millberg est un phénomène, il a le génie des maths, un seconde qui fraie avec les premières, un ex-timide.

« Si on y va tout de suite on peut être bons pour le concert des Speedies, dit Linus.

– D'accord, mais attends un peu.

– Ça fait une heure qu'on aurait dû y aller.

– D'accord, je sais mais attends un peu. Va me chercher une bière. »

Linus approuve de la tête et replonge vers le bar.

Cette servilité de petit chien fait plutôt l'affaire de Dylan, peut-être parce que dans l'entourage de Stately Wayne Manor elle sert à masquer la sienne. Y a pas mal d'avantages, au fond, à être en marge du groupe plutôt que d'en faire partie. Mais ça fait surtout chier.

Et c'est parce qu'il en souffre et se déteste que Dylan s'attarde : Stately Wayne Manor n'a encore jamais joué au CB, et Dylan regimbe à renoncer au prestige d'emprunt de cette première.

On peut, sans être sur scène, être quand même sur scène.

Ce n'est pas sans rapport avec le fait de se tenir à côté de Henry quand il balançait sur le toit une Spaldeen qu'on était allé ramasser pour lui sur la chaussée.

Il y a aussi du suspense : Josh, le chanteur, se pointera-t-il bourré, Giuseppe, le guitariste, pourra-t-il jouer les mains bandées ? Même si les accords des Manor sont du genre qu'on peut plaquer sur le manche d'une Stratocaster avec le coude ou le pied.

« La *Gawce* est là, elle en jette. »

C'est Linus de retour avec les bières.

« La Gawcester est là, Ebdus, répète-t-il. T'as intérêt à passer à l'action, ce coup-ci. »

Linus n'a pas tort : Liza Gawcet est une autre raison de s'attarder. Liza est une élève de troisième qui vient d'arriver et que Dylan Ebdus range dans les peut-être[1]. Elle n'a pas la permission de minuit et n'en a pas fait mystère, elle ne s'attardera donc pas après le concert, ni pour le trip ni pour le bowling, c'est tout de suite ou jamais. Mignonne, blonde, discrète, à peine formée dans son collant résille, elle irradie un charme auquel Dylan n'est pas insensible, il l'a fait savoir par un réseau d'entremetteurs, ébahi et horrifié que ce système de flirt par procuration puisse fonctionner pour lui comme il l'a déjà fait pour tant de types qu'il méprise. Or, le système, tant pis pour son orgueil, a effectivement fonctionné. Elle aussi range Dylan dans

1. Aux États-Unis, le deuxième cycle des études secondaires débute par l'équivalent français de la troisième.

les peut-être – tel est le message que l'escouade féminine de Liza a laissé filtrer en retour.

Il lui parlera ce soir s'il parvient à l'éloigner du troupeau, opération risquée.

La façon dont les déchirures au genou et au cul de l'OshKosh B'Gosh de Liza laissent apercevoir son collant résille est mortelle, à la fois enfantine et hypersexy, comme si elle avait enfilé ce collant de punkette sous une tenue inchangée depuis les marelles du CM2.

On peut avoir seize ans et continuer à suspecter en soi des penchants pédérastiques.

L'intérêt ricanant que toute la bande manifeste depuis peu pour Liza exaspère leurs copines de première, mais c'est Dylan qui tient la corde.

Linus dit : « T'as une belle gueule, Josh est bien foutu, Gabe fait partie du groupe et je peux engager la conversation avec n'importe qui – si on ne faisait qu'un on pourrait se taper toutes les nanas du bahut.

– Ferme-la un peu.

– Oui, mais fais quelque chose.

– Va voir si elle veut rencontrer un dealer. »

Le miracle avec Linus c'est qu'il est toujours disposé à rendre service. Ce n'est pas une question d'audace, mais de simple malléabilité. Par exemple, à la demande de Gabe, il a subtilisé une pizza déjà emballée qui refroidissait sur le comptoir de Famous Ray pour l'emporter à toutes jambes jusqu'à Washington Square. À présent, Dylan observe Liza et ses copines écouter l'éloquente proposition de Linus. Ce dernier montre la porte, puis le tampon sur sa main, expliquant qu'on les laissera rentrer sans problème.

Et Liza Gawcet fait oui de la tête.

Les amplis de Stately Wayne Manor sont installés et le groupe est en coulisse, à fumer de l'herbe, à se prendre pour un groupe de rock, faisant poireauter le public. Qu'ils crèvent. Dylan entend les premiers accords, les faux départs et diversions badines, dans sa tête. Gabe va jouer, ne va pas voir Dylan près de la scène, le questionnera et Dylan répondra, *T'as pas vu Gawcet non plus, hein ?* Qu'il gamberge.

Peut-être aura-t-il un vrai coup de bol. S'ils se défoncent chez le dealer, Liza oubliera peut-être la permission de minuit.

Il est ravi, en tout cas, de l'empêcher d'assister à l'heure de gloire du Manor. Ça ne le choque pas de sentir sa jalousie pour le groupe lui emplir le cœur, tout le catalogue des sentiments merdeux y figure s'il prend la peine d'y regarder.

Sur le trottoir ils adoptent la formation garçon-garçon, fille-fille-fille, Dylan n'a pas encore dit un mot à Liza. Mais Linus et lui entraînent le trio loin du CB, lui font traverser St. Marks Place, oh putain.

Ils traversent telle une bulle un peu ivre la nuit de la ville. Les ados plus âgés, les types qui poussent des caddies, les taxis, tout ça recule vers les marges, invisible.

« Mary *John*, Lou *Paul*, Murray *George*, Ted Baxter *Ringo*. »

Linus continuera tant qu'on ne lui dira pas d'arrêter, mais Dylan n'a rien contre, comme ça au moins ils ont l'air de parler. « Pas mal.

– J'ai rien inventé, dit Linus. C'est une espèce de modèle de groupe humain.

– Et d'après toi c'est pour ça que Stately Wayne Manor est maudit, leur mauvaise dynamique Beatle.

– Oh oui, ce n'est que trop évident.

– Andrew se prend pour John, personne ne veut être Paul.

– Ils se prennent tous pour John. Ils rêvent tous les quatre de devenir John. On dirait quatre George. Sans aucun Ringo pour arrondir les angles.

– Pas un seul John authentique ?

– Giuseppe, peut-être. Aucune importance. Sans un Paul pour jouer les conciliateurs, John est aussi craignos que George.

– Je croyais que George n'emmerdait personne, qu'il veut juste, tu vois, composer une chanson par album et jouer du sitar.

– Non, non, George est perfide, il veut prendre la place de John, c'est dans sa nature. »

Chewbacca veut prendre la place de Han Solo ? Mais peu importe. Dylan dit : « Il faut qu'ils se séparent, alors.

– Indubitablement.

– On va retourner leur dire. »

Les filles se font attentives. « Le Stately Wayne Manor se sépare ? demande Liza Gawcet.

– Ce soir », plaisante Dylan, et le plus étonnant est qu'il n'y ait sincèrement jamais pensé jusque-là. Il n'a pas douté une seconde que le groupe serait signé, célèbre, quadrilatère institué pour la vie. Comprenant à présent que c'est peu probable, sa jalousie se fond en générosité : Stately Wayne Manor n'a aucun avenir, alors ils peuvent bien jouer au CBGB ce soir. Allez, merde, qu'ils jouent encore un mois jusqu'à Halloween pour pouvoir faire l'ouverture des Johnny Thunders's Heartbreakers au Roxy.

Pendant ce temps-là, Linus tente d'expliquer la dynamique Beatle aux filles, avec l'exemple le plus disgracieux qu'il ait trouvé jusque-là : « … la raison pour laquelle ils ne quitteront jamais l'île tient à ce que Skipper est un Paul trop faible, et Gilligan un John qui préférerait être Ringo. On peut presque dire qu'il dispute à M. Howell le statut de Ringo. Et le Professeur est un George tellement dominateur qu'ils sont totalement baisés… ».

Quand l'une des copines de Liza demande : « Et les filles ? » Linus répond impatiemment « *Les filles ne comptent pas* », sans pouvoir se retenir.

Dylan décide de foncer dans la brèche. « Un groupe de rock requiert une certaine alchimie, déclare-t-il d'un ton inquiétant. T'as vu *Quadrophenia* ?

– Oui.

– C'est pareil, tu sais – les quatre visages des Who. »

Liza a l'air absent, à croire qu'elle considère plutôt *Quadrophenia* comme *ce film, là, avec Sting*. Dylan sent monter le désespoir. Le collant résille ne suffit pas à constituer un vocabulaire culturel. Ce discours ironisant, saupoudré de références, qui est la forme d'expression la plus naturelle à Dylan, a souvent laissé les anciennes élèves d'écoles privées aussi sourdes que des chatons.

« Je crois que j'aime surtout les groupes dominés par une forte personnalité, dit-elle. Comme les Doors. »

Pour Dylan le choc est triple. *L'Île aux naufragés* n'a pas empêché Liza de percevoir tout le mépris que Linus dissimulait derrière cet exemple, et elle s'est empressée de le rejeter, ce qui dénote une sacrée vivacité. D'un autre côté, et ça c'est totalement déprimant, elle est fan des Doors. Il y a pourtant pire – s'il a bien saisi l'allusion – pense-t-elle que l'un des membres de Stately Wayne Manor est doté d'une forte personnalité ?

Mais les voilà au coin de la Neuvième Rue et de la Deuxième Avenue, bientôt arrivés au perron de son contact, et Dylan cherche à déplacer l'attention vers son propre statut de mandarin de la délinquance. *Elle a dit qu'elle voulait rencontrer un dealer.* « Je peux pas faire monter tout ce monde, ça craint un peu », dit-il. Comme au hasard, il ajoute : « Tiens, euh, Liza, monte avec moi. Linus n'a qu'à rester ici avec vous, les filles. »

Linus comprend, rentrant la tête dans les épaules et louchant de côté, déclare : « On ouvre l'œil.

– Ouvrir l'œil pour quoi ? demande une des copines de Liza, aussitôt terrifiée.

– Rien, répond Dylan vite exaspéré.

– Pourquoi on peut pas rester ensemble ? gémit la fille terrifiée.

– T'inquiète. » L'idée qu'il faille être sur ses gardes dans les rues de Manhattan a toujours paru ridicule à Dylan, qui a du mal à ne pas brocarder ses copains nés dans le West Side ou à Chelsea lorsqu'ils changent de trottoir pour éviter de croiser une bande, comme s'il arrivait jamais qu'on ait des emmerdes, ici. L'East Village est plein d'une foule trop frénétique pour être dangereux, et, à vrai dire, les flics sont partout. Ses copains ne savent pas ce que c'est que la peur, n'en ont pas la moindre idée. Et pourtant, allez comprendre, voilà qu'un jeune noir, capuchon de sweat-shirt rabattu sur les yeux, est assis jambes écartées sur la dernière marche du perron de l'homo, et ne semble pas du tout intimidé d'avoir échoué loin de son territoire habituel.

Puis un coup d'œil dans la Neuvième lui permet d'en apercevoir deux autres, la tenue classique, Kangol et baggy, marchant avec une lenteur étudiée sur le trottoir d'en face, et franchement ça craint, ça tourne à la blague : c'est Dylan qui est terrifié, maintenant. Ce n'est plus le moment d'hésiter.

« On redescend dans cinq minutes. Vous pouvez aller à St. Marks pour acheter une part de pizza, mais revenez.

– Euh, Dylan ? » dit Liza, après que la sonnerie de l'interphone leur a permis d'entrer. Sur le palier du premier ils attendent que le dealer tire le verrou de sa porte.

« Oui ?

– Je crois pas que la porte s'est bien refermée, en bas.

– Comment ça ?

– Comme si quelqu'un y avait mis le pied.

– Relax. C'est Linus qui t'a refilé sa trouille. »

Le secret un peu tordu de Dylan c'est qu'il aime bien aller chez Tom, malgré l'odeur de vieille litière pour chat qui envahit tout. Le dealer homo lui rappelle le genre de personnes qu'il trouvait parfois dans le coin repas de Rachel l'après-midi, en rentrant de l'école publique 38. Comme Rachel, Tom ne fume pas à la manière furtive et affectée des adolescents, ces conspirateurs aux épaules courbées, à la voix étranglée, que Dylan méprise en secret, mais avec panache, jambes croisées, gesticulant avec le joint et tirant une taffe sans s'arrêter de parler, peu soucieux de retenir la fumée. Le short de satin qu'il arbore à longueur d'année découvre un peu trop ses cuisses poilues, mais Tom est réglo. À deux ou trois reprises, Dylan a zoné chez lui pour écouter des albums et même rencontrer d'autres clients, et Tom n'a jamais proposé de sucer personne en échange de sa marchandise, contrairement à la légende.

Ce soir, c'est différent : tout ici est consternant, et Dylan se demande ce qui lui a pris de faire monter Liza. Il ne voit que la laine crasseuse du tapis et le décor miteux, les verres Coca-Cola, l'affiche encadrée de *Streamers*. Et Tom a l'air d'un homard bouilli, rendu écarlate par on ne sait quoi. Dylan veut payer et s'en aller, rien d'autre, mais Tom n'est jamais pressé. « Tu connais ce disque ? » demande-t-il. *And the colored girls go doo, doo-doo, doo, doo-doo-doo, doo, doo-doo, doo, doo-doo-doo, doo, doo-doo,* voilà ce que diffuse la chaîne, et bien sûr Dylan l'a déjà entendu mais sur le moment, en partie distrait par des images stroboscopiques de Marilla et La-La, il ne peut que s'imaginer que c'est le titre de la chanson : « The Colored Girls Go Doo-Doo-Doo », etc. Et comme ce n'est pas possible, il n'a qu'un mouvement de tête renfrogné que Tom n'a aucun mal à traduire : *Aucune idée.*

« Lou Reed, on l'oublie trop vite.

– Ah oui, bien sûr », répond Dylan. Dans son esprit, Lou Reed occupe avec Mott the Hoople et les New York Dolls un triangle des Bermudes embrumé entre le rock des années soixante, le disco, et le punk qui est censé les avoir démolis tous les deux. La sophistication effrontée du morceau défie toute catégorie. La solution la plus simple, particulièrement dans la piaule de Tom, c'est de baptiser *gay* ce genre fantôme. C'est de la musique homo. Assez entraînante, faut reconnaître.

« Ta copine et toi vous comptez pas vous enfiler tous ces buvards à vous seuls, j'espère.

– Non. »

Le chat gris de Tom, un maine-coon, s'est faufilé sur les genoux de Liza, et la voilà courbée sur lui, tête penchée, à roucouler. Elle est ailleurs, communiant avec tout ce qui est femelle et félin.

« Ah, mince, j'aurais pas dû dire copine. Faut toujours que j'ouvre ma gueule. Une minute, je vais à la porte. »

Non, a envie de dire Dylan, mais il n'y arrive pas.

La chaîne de sécurité saute et Tom recule en titubant dans le salon.

Les deux types en Kangol et l'encapuchonné déboulent dans l'appartement de Tom en hurlant : « Assis, connard ! Assis, putain ! » Tom titube jusqu'au canapé et s'effondre entre Dylan et Liza, ses cuisses nues les touchant tous les deux.

« Merde, merde, merde, gémit Tom.

– Ta gueule », dit l'un des Kangol.

Quelques détails attirent simultanément l'attention chez l'encapuchonné ni homme ni adolescent, le zonard devant lequel Dylan et Liza sont passés sur le perron.

Il brandit un pistolet. L'agite. C'est un petit pistolet, sombre, mat, tout à fait persuasif. Tous trois le regardent depuis le canapé, les trois jeunes noirs le regardent aussi, même celui qui le tient. Même le chat. Le terne objet qui ressemble à un poing fermé distord apparemment l'optique de la pièce, comme s'il absorbait toute la lumière.

À l'évidence, c'est l'encapuchonné le chef.

Il est grand et ses mouvements ont quelque chose de bizarrement anguleux.

Ce n'est pas n'importe quel noir avec une pomme d'Adam grosse comme le coude, c'est un noir bien précis.

« Mick ? fait Dylan, incrédule.

– Oh, merde », dit doucement un des Kangol.

Mick Damer dévisage Dylan de sous son capuchon, aussi stupéfait que lui. Aucun dessein derrière ce coup fourré, ça se voit. Plutôt la grosse blague d'un univers sans Dieu.

« Tu le connais ? dit Tom.

– C'est qui ce cul blanc, mon frère ? » demande un Kangol.

Recroquevillée autour de la boule de fourrure, Liza tremble.

Mick Damer se contente de secouer la tête. Il a instantanément digéré la surprise. Il n'en reste plus qu'une déception, qui lui fait claquer des lèvres, et une rage sans mélange. « Toi mon salaud, t'as une putain de veine, dit-il à voix basse.

– Sortez de chez moi, tous.

– Toi la pédale, ta gueule, j'te cause même pas. Viens par là, Dylan, qu'est-ce t'as pour moi, p'tite tête ? »

Mick explore le jean de Dylan avec une vieille familiarité pleine de tendresse, et ne semble pas plus surpris que cela de trouver la liasse de billets de vingt, de dix, de cinq, son dû. Ces poches et les doigts de Mick ont voyagé sur des voies parallèles depuis Brooklyn pour cet improbable rendez-vous : pourquoi n'en sortirait-il rien d'extraordinaire ?

Puis, épargnant à Dylan toute violence ou même la moindre raillerie au sujet de Rachel, Mick Damer fait disparaître le flingue dans sa ceinture, derrière le sweat-shirt qui lui descend jusqu'aux genoux, et fait signe à ses potes d'aller vers la porte puis dehors, dans le couloir. Peut-être a-t-il oublié l'origine de l'interdiction de lever la main sur Dylan. Peut-être obéit-il, comme dans *Chariots of the Gods*, à une divinité qu'il ne peut plus nommer ni même se rappeler clairement.

On n'entend plus qu'un dernier : « C'est qui le cul blanc, Mick ? » puis la réponse : « Ta gueule, négro. » Et ils ne sont plus là.

Dylan dévisage Tom dans un silence effaré.

« Sors de chez moi.

– Mais…

– Tout ça c'est ta faute, alors va-t'en. »

Dylan pose la main sur l'épaule de Liza qui l'éloigne d'une claque, chassant le chat par la même occasion. Se peut-il qu'un chat pisse de peur à la vue d'un flingue ? Car la puanteur d'ammoniaque semble s'être rapprochée, à présent, et une tache humide est apparue sur l'OshKosh B'Gosh de Liza.

Aïe.

Sur le perron surgit la peur que Mick Damer soit encore là, que l'incident ne soit pas clos. Quand la porte se referme en cliquetant dans leur dos, Dylan vibre de cette possibilité comme une corde pincée. Mais non, voici Linus qui s'amène en grignotant la pointe d'une part de pizza enveloppée de papier paraffiné en disant : « Y a un problème ? » Dylan veut se tourner vers Liza pour l'implorer d'un *ne dis rien* mais elle passe en trombe devant Linus, en pleurs, mains sur le fond du pantalon où a coulé l'urine, pour aller trouver le réconfort auprès de ses semblables – elle n'aurait jamais dû les quitter, jamais dû prendre part à cette expédition, probablement jamais dû réussir son année de quatrième à Dalton ni laisser ses parents la convaincre de passer l'examen d'entrée à Stuyvesant, les radins. Dylan scrute, espère presque, mais Mick Damer a disparu, sans laisser aucune trace, aucune preuve, rien que le récit qu'il redoute de faire, l'invraisemblable, l'impossible, l'improbable aveu.

Brooklyn a laissé sur le sable dans un appart trente punks en manque de psychédélisme qui vont te demander des comptes.

Brooklyn t'a poursuivi, terrassé, et personne n'en comprendra la raison sinon que tu es marqué au fer rouge, maudit, que mieux vaut t'éviter.

Brooklyn a compissé ton rêve blond.

Tu serais prêt à essorer la pisse du collant résille avec les dents pour te faire pardonner, mais compte là-dessus.

Peut-être pourras-tu gagner Liza Gawcet et Linus Millberg à ta cause pour qu'ils expliquent tout cela aux autres en termes de dynamique Beatle : le George Harrison de Dean Street a épargné ce soir la vie du Paul McCartney de Dean Street. Si tu es prêt à tout déballer – Mingus Rude, Arthur, Mick, Aeroman – ça suffira peut-être, une sacrée putain d'histoire qui vaut bien deux cents dollars, un vrai trip sous acide dans son genre. Mais ça fait un paquet de trucs à raconter, et ça ouvre sur des royaumes que tu as pris soin de confiner dans les zones grises de ta conscience. Sois réaliste : ça ne risque pas d'arriver.

Le magnéto quatre pistes était en sécurité chez le prêteur sur gages au coin de la Quatrième Avenue et d'Atlantic, pas en vitrine mais tout au fond, sur les étagères derrière le comptoir. C'est là qu'il l'attendrait : qui pourrait en avoir l'usage par ici ? Les bandes elles-mêmes étaient planquées sous les lattes du plancher, sous le matelas d'eau, avec la pipe, la corde de soie et les menottes, le flingue et divers résidus de drogue, même s'il n'y restait rien à fumer ou sniffer parce qu'il l'aurait déjà fumé et sniffé. Par moments il ne savait plus trop si les bandes n'étaient pas vierges, s'il avait réellement fait la maquette des compositions qui lui passaient par la tête. Le reste du temps il était persuadé de dormir sur la caverne d'Ali Baba, un futur trésor sonore.

En tout cas, celui qui aurait l'idée de piller le placard du sous-sol n'y trouverait que dalle, que le pillard entre par la fenêtre ou par la porte ou qu'il soit déjà là, un infiltré, une taupe. Il lui faudrait prendre d'assaut sa citadelle du rez-de-chaussée. Si quelqu'un le forçait à fouiller sa planque, il n'en sortirait pas les bandes magnétiques mais le 45.

Et il ne pensait pas à un 45 tours. Carrément pas.

En revenant de chez le prêteur sur gages on passait devant le Times Plaza Hotel et c'est là qu'il s'arrêta, avec l'idée d'utiliser la fraîche pour s'offrir un extra. Il y avait toujours quelque trafic en cours dans le hall. Il n'avait pas eu besoin de venir plus de deux fois, à la recherche de Senior, pour saisir l'ambiance générale.

« Eh, chéri, je te connais.

– Non, tu fais erreur. Tu me connais pas. Mais ça peut s'arranger.

– Je te connais parce que je connais ton père et ton p'tit garçon. Je t'avais jamais vu dans le coin, mais je te connais.

– Dans le coin, poupée, j'y viens tout le temps, tu m'as raté, c'est tout.

– T'es chanteur.

– Exact.

– Tu vois, je t'aurais vu si t'étais déjà venu par ici, parce que j'connais ton père. Il est très croyant. Il m'a beaucoup causé de toi.

– Sans blague !

– Mmmh. Et je voudrais surtout pas te répéter ce qu'il m'a dit.

– Peut-être que lui aussi m'a parlé de toi.

– Tu vois, maintenant tu racontes des conneries.

– Écoute poupée, tu connais les mecs de Trinidad qui viennent par ici de temps en temps ?

– Ça se pourrait. »

Il la joua chantante et pleine de séduction, baissant la voix : « Je sais que tu connais tout le monde, c'est pour ça que je te demande à toi. »

Nous sommes en 1981 : personne n'a encore entendu le mot *crack*. On ne l'entendra pas avant deux ou trois ans au moins. Ce qui s'est récemment écoulé dans la rue en provenance de la Jamaïque, de Trinidad, des îles au Vent et des îles Sous-le-Vent, s'appelle selon les cas *base-rock*, *gravel*, *baking-soda base*, et *roxanne*. La came n'est pas aussi pure que la « fait maison », et dans quelques années sa généalogie errante, Colombie-Hollywood-New York-Miami-Caraïbes et retour, sera bien escamotée derrière le nouveau nom. On pourra alors s'autoriser à prendre le crack pour une météorite mortelle venue d'une planète inconnue, la kryptonite du ghetto. Mais durant la période de transition que nous traversons, la confusion règne. Certains vous diront que le base-rock et le freebase sont deux choses totalement différentes, et Barrett Rude Junior, qui s'intéresse un peu à la chose en propriétaire – *Merde, j'étais là au tout début, moi et les potes de Philly on l'a quasiment inventé, le freebase !* –, est presque enclin à leur donner raison.

Mais il ne s'agissait pas de débattre de chimie, de sémantique ou de droits d'auteur. Ce ne serait pas la première de ses inventions pour laquelle on ne lui accorderait ni crédit ni dividende. Il est là pour savoir le nom que cette femme donne à la came et si elle peut s'en procurer sur-le-champ.

« Tu m'emmènes faire la fête avec toi, petite ? »

Faire la fête : un vrai *Sésame, ouvre-toi*. « Et comment, mon chou. Faut seulement que tu me dises où elle est, cette fête. »

Désormais, quand tu faisais le tour du quartier, tu avais déjà l'impression d'être un visiteur du futur.

Le trottoir, l'asphalte n'avaient pas changé, pourtant, sans jamais l'avoir survolé plus haut qu'il ne fallait pour bloquer tes premières Spaldeen, voilà que tu dérivais comme un ballon détaché, trop loin pour distinguer les fentes autrefois apprises par cœur, sans parler des fantômes de chiques délavées par la pluie.

Il y avait trois dossiers de candidature au courrier, Yale, quelle blague, Berkeley, filet de sécurité sur les instances d'Abraham mais pas question d'y aller, Camden, la seule qui t'intéressait avec sa drôle de mauvaise réputation et le pur attrait des dollars. Si un môme de Gowanus intègre la fac la plus chère d'Amérique, on peut bien dire qu'il est de Boerum Hill, après tout. Voire Brooklyn Heights.

Le Crabe en Fuite et son romancero paupériste peuvent aller se faire foutre.

D'ailleurs tu ne te rappelles même pas quand tu as reçu la dernière carte postale.

Cela signifiait seulement qu'il faudrait bosser tous les jours après le bahut pendant l'année de terminale et tout l'été précédant l'entrée à la fac pour amortir le coût de l'inscription – prêts, bourses, emploi et tes économies dérisoires, tout cela serait nécessaire pour réunir les fameux treize mille dollars de frais de scolarité, somme délirante qui représentait la carotte après laquelle tu allais courir. Abraham a failli en faire dans son froc quand il a entendu ce chiffre, il lui a fallu s'asseoir et respirer lentement.

L'avancée décisive coûte cher.

En tablier rouge, Dylan Ebdus servit donc des boules de glace au Häagen-Dazs de Montague aux filles de Saint Ann qu'il côtoierait bientôt à la fac, douze ans d'attente pour devenir enfin élève dans le privé. Ne crache pas dans leurs cornets quand elles regardent ailleurs – c'est après le plus noir de la nuit que se lève l'aube blonde.

Les mois d'hiver, venaient seulement des mères qui achetaient des litres de crème glacée pour les anniversaires. Dylan se rendait malade tous les jours à force de goûter de pleines cuillères de double chocolat, écoutait à fond sa cassette des Specials pendant le nettoyage, puis d'une humeur massacrante rentrait par Henry Street jusqu'à Amity, ne coupant qu'à la dernière minute par Court et Smith. Dean Street n'étant plus qu'un lieu de passage, désormais, sans vie, où Dylan marchait tête baissée pour éviter le risque de reconnaître un môme surgi du passé.

Cela se produisait à l'occasion, quelque échalas portoricain moustachu lançant « Salut, Dylan ! » se révélait être Alberto ou Davey. Certains n'avaient jamais quitté la rue, ne la quitteraient peut-être jamais.

Impossible d'expliquer qu'ils n'ont plus de raison de te saluer parce que tu n'es plus là pour de bon, tu es déjà parti. Plus facile de dire *Salut Alberto, quoi de neuf ?* faire semblant de sourire ou de taper dans la main. Avant de se rendre compte que tout le monde en fait peut-être autant – semblant. Qu'il n'y a plus partout que des zombies du trottoir, comme toi.

À en juger par le nombre de fois où il tomba sur Mingus Rude, on jurerait que Dylan rentrait chez Abraham par téléportation. Le choix des heures auxquelles il regagnait le quartier, le choix de ses itinéraires de promenade, le système entier répondant à des besoins profonds, excluaient la moindre rencontre.

Un matin, au petit-déjeuner, Abraham déclara :

« J'ai vu ton ami Mingus.

– Mmh.

– Il demande toujours de tes nouvelles, pourquoi il ne te voit plus. »

Ce que Dylan ne pouvait pas dire, c'était que les besoins de Mingus lui faisaient peur, désormais. Ses drogues de noir adulte, sa chambre sombre et crasseuse, étaient des royaumes impossibles, mis en quarantaine dans le passé. Lorsque Dylan se sentait coupable d'éviter assidûment son meilleur ami – ce qui n'arrivait jamais que tous les jours de sa vie – il lui suffisait de se rappeler que Mingus avait l'anneau.

Le cadeau de pochette-surprise d'Aaron X. Doily était une espèce de dédit, un sceau sur ce que Dylan Ebdus ne pouvait plus courir le risque d'envisager.

« Il ne m'a pas semblé très en forme, dit Abraham. Quand je lui ai posé la question, il a répondu d'un rire avant de suggérer que je lui donne un dollar.

– Et tu l'as fait ?

– Bien sûr.

– Tu t'es fait choper, papa.

– Pardon ?

– Non, rien. »

Le lundi, en route pour Montague, Dylan s'arrêtait chez Independence Savings au coin de Court et Atlantic pour déposer le smic de sa semaine chez Häagen-Dazs. Il avait deux mille dollars sur son livret, représentant une saison à remplir des cornets de tous les parfums avec une cuillère. Il doublerait cette somme d'ici la fin de l'été, avant de la remettre entièrement à Abraham. Ce fut ainsi qu'un lundi de février, col relevé à la Brando contre le vent, perversement nu-tête, oreilles rougies, Dylan longeait lourdement les congères noircies qui bordaient le trottoir d'Atlantic.

Quand il passa devant Smith Street, un type qui prenait de l'essence à la station Shell montra du doigt la prison, la maison de détention de Brooklyn, bouche bée, avec cette espèce d'expression étonnée qui signifie *Regardez, dans le ciel, un oiseau, un avion !*

Il devrait pourtant savoir que Superman n'existe pas.

Peut-être Buddy Jacobsen, l'entraîneur de chevaux de Long Island qui avait assassiné sa copine, s'était-il encore évadé, descendant en rappel d'une haute fenêtre à l'aide de ses draps de lit. La nouvelle de cette évasion avait fait connaître la maison de détention l'espace d'une semaine, deux ans plus tôt, le triste état du quartier soudain placardé dans tous les journaux télévisés du soir. Ça aurait été le pire cauchemar d'Isabel Vendle, dix ans de relations publiques anéantis d'un coup.

Dylan leva donc les yeux sur le haut bâtiment de la prison.

Là, sur la vaste façade de béton et de pavés de verre, une dizaine d'étages peut-être au-dessus du sol et s'étalant sur une hauteur de trois étages, l'impossible outrecuidance, le plus grand tag de l'histoire. Les contours étaient irréguliers et tremblés comme il se doit, peints à la bombe par la porte ouverte d'un hélicoptère, ce qui était à coup sûr la seule façon dont le tag avait pu se retrouver là, non ? Non ? Mais tout irrégulière qu'elle était, la pièce était un chef-d'œuvre qui éclipsait le vieux tour de force de Mono et Lee sur le pont, et avait pour but d'imprimer dans le cerveau de qui la voyait la question évidente : *Mais nom de Dieu, comment est-ce que ça a pu arriver là-haut ?*

Quatre lettres : D, O, S, E.

Ce n'était plus un tag, c'était un cri, une revendication, une chose indéniable. La lourde silhouette de la prison dont personne ne parlait et que personne ne regardait, et l'immense traînée de peinture qui dégoulinait à travers toutes les surfaces de tous les lieux publics de la ville dont personne ne parlait et que personne ne regardait : deux machins invisibles s'étaient rendus mutuellement visibles, du moins pour une journée.

(En fait, il se passerait dix jours avant que ça disparaisse. Qui savait comment nettoyer le mur extérieur d'une prison de vingt-cinq étages ? Et par la suite, un DOSE fantôme resta incrusté dans le béton récuré.)

Dylan demeurait figé, les yeux écarquillés en proie à une stupeur coupable, cherchant à comprendre, se demandant ce qui avait bien pu se passer dans le monde qu'il avait abandonné. Tâchant de résoudre l'énigmatique message de ces quatre lettres. Tâchant de savoir s'il y avait un message.

Ou rien qu'un tag.

Tu ne sais pas qui a trahi qui.

Mais quelqu'un vole et ce n'est pas toi.

18

Par un chaud après-midi de juillet, six semaines avant de quitter la ville pour la fac, Dylan Ebdus levant les yeux du *Loup des steppes* de Hesse découvrit Arthur Lomb appuyé au comptoir de Häagen Dazs, tirant sur son tee-shirt blanc trempé de sueur pour le décoller de sa peau, soupirant et gonflant les joues dans la fraîcheur de la climatisation. La petite boutique était vide, ils étaient seuls, Dylan penché sur son livre avec ses lunettes, en polo sous son tablier taché de chocolat, au son tout juste audible dans le ronron des glacières de sa cassette de *Remain in Light*. Arthur Lomb avait enfin gagné en taille. Il oscillait même un peu comme une grande perche, les jambes flottant dans son jean, chaussé de Puma de daim bordeaux, une cigarette derrière l'oreille. Il avait les yeux rouges, petits et plissés d'un fœtus animal, d'une taupe aveugle ou d'un veau enveloppé de sa membrane. Cela n'aurait pas dû être un tel choc de le voir là : un môme de Gowanus pouvait venir se balader jusqu'à Brooklyn Heights chaque fois que l'envie lui en prenait, ils l'avaient tous prouvé un million de fois.

Dylan se redressa, ôta ses lunettes, laissa tomber le livre à plat sur sa reliure fatiguée.

« Yo, D, fais-moi goûter ça… noix de macadamia. »

Il en donna une cuillère à Arthur.

Arthur indiqua le livre de poche d'un coup de menton. « Pourquoi tu lis ce truc-là ?

– Qu'est-ce que tu lui reproches ?

– Ils sont chiants ces mecs. Yo, paraît que tu vas à la fac.

– Qui t'a dit ça ?

– Oh, tu sais, des gens. Je crois que ton vieux l'a dit à Barry.

– Oui. Dans le Vermont.

– Super, super. Moi, je vais à la fac de Brooklyn. Je prends juste quelques cours d'été à Murrow pour rattraper mes points de retard. »

Ainsi, même Arthur s'était débrouillé pour avoir le bac, le premier de la classe qui sommeillait en lui était une flamme que Dean Street n'avait pu éteindre tout à fait. Il avait probablement eu sa mère sans arrêt sur le dos.

« C'est pas mal ici, dit Arthur. Quand il fait chaud, tu dois t'en mettre plein les poches, hein ?

– Je suis pas chauffeur de taxi. Je suis payé pareil, même quand il n'y a personne.

– J'imagine que tu le mets de côté pour la fac. »

Dylan serra mentalement son livret un peu plus fort entre ses doigts.

« Si j'en parle c'est parce que j'ai une proposition qui pourrait t'intéresser, dit Arthur d'un air rusé, retrouvant son vieux numéro de baratineur. Je me suis dit que j'allais d'abord tenter le coup avec toi avant de tout trimballer chez le marchand de comics de la Troisième Rue Ouest. Parce que je liquide ma collec. Tous les numéros 1. J'ai pensé que ces trucs pouvaient toujours t'intéresser.

– Pourquoi ?

– Oh, j'sais pas, je me rappelle que tu disais que t'allais acheter *X-Men* jusqu'à la fin de tes jours, sauf si Chris Claremont abandonnait. J'ai toujours pensé que t'étais un vrai collectionneur. »

Déprimant de voir à quel point Arthur connaissait ses faiblesses, c'était comme une mauvaise odeur dont il n'arrivait pas à se débarrasser. Effectivement, Dylan se procurait encore les derniers *X-Men*. Pas tous les mois, mais de temps en temps. Les autres numéros, il ne les rapportait pas chez lui, se contentait de les feuilleter sur le présentoir tournant du marchand de cigares de la Quatorzième. Un peu comme on flirte avec une ex dans une fête, sans conviction, mécontent de n'avoir rien de mieux à faire. C'était d'ailleurs exactement ce à quoi Dylan et Amy Saffrich avaient occupé leur été, se pelotant dans des couloirs et des salles de bains, vague retour de flamme suite à leur rupture en fin d'année. Les mois compris entre le lycée et la fac étaient une période de sombres dérèglements, chacun en partance pour une nouvelle destinée sans être encore arrivé nulle part, encore chez papa maman, puéril. On pouvait s'attendre à ce qu'Arthur Lomb s'aventure dans cette brèche pour réaffirmer un reste de légitimité.

« Non, répondit alors Dylan. Je veux dire, pourquoi vendre ?

– Oh. Euh… J'essaie juste de lever… des fonds. » Il affectait un air détaché. « Il me semble que c'est le moment de décrocher.

– Je vois, je vois, répondit Dylan en faisant mine de peser le pour et le contre.

– Je suis sûr que ça a de la valeur aujourd'hui. Tout est encore en parfait état ou presque.

– Mmh. »

La curiosité fut à l'origine du plan de Dylan, non l'idée qu'il le mènerait à Mingus et à l'anneau, ni l'intuition qu'il était né de l'humiliation, du sentiment d'avoir été trahi qu'il avait éprouvés en voyant DOSE sur le mur de la prison. Il eut simplement envie de revoir une dernière fois l'appartement d'Arthur Lomb, sa chambre, de revoir sa mère, peut-être. Rien de plus. Dylan n'avait plus rien à craindre, il était quitte, déjà en route pour le Vermont. Pourquoi ne pas faire la tournée de ce qu'il laissait derrière lui ?

« Quand est-ce que je peux passer pour jeter un œil ? demanda-t-il négligemment.

– Ce soir ? »

Arthur n'en revenait pas, l'aubaine était inespérée. Il avait dit ça à tout hasard, ça lui était passé par la tête.

Comme dans toutes les bonnes affaires, chacun croirait donc qu'il arnaquait l'autre. « Je termine à onze heures, fit Dylan. Attends-moi chez toi. »

L'appartement était toujours le même, figé dans le temps : moquette, piano, chattes tricolores névrosées. La mère d'Arthur Lomb sans soutien-gorge sous son tee-shirt de batik, écoutant la radio. Elle accueillit Dylan dans un élan de gratitude, apparemment stupéfaite de constater qu'il fréquentait encore son fils. C'était généreux de la part de Dylan, semblait dire sa façon d'être, du simple fait qu'il lui permettait de croire qu'Arthur et lui ne faisaient encore qu'un. Arthur, pendant ce temps, était déjà retourné en ricanant dans sa chambre dont il avait fermé la porte.

« Tu pars pour la fac ?

– Camden.

– C'est merveilleux, Dylan. Je suis si heureuse pour toi. Mon Dieu, comme tu as mûri. »

Dégoûtant de se rendre compte qu'il faisait du charme à la mère d'Arthur, et, maintenant qu'il gnoquait les filles, de se rendre compte qu'il avait toujours fait du charme à la mère d'Arthur. Pire, qu'elle était baisable.

« Je, euh, je vais voir un truc qu'Arthur voudrait me montrer.

– Je suis très contente de t'avoir vu, Dylan.

– Oui, oui. »

La collection était enfouie dans la penderie d'Arthur sous des slips roulés en boule et une pile de revues porno, pour la plupart des *Players* et des *Hustler*. Arthur ne semblait pas gêné par l'étalage de doubles pages montrant des noires, coiffures afro éclairées par des rétroprojecteurs violets et auréolées de cacao. S'entraînait-il à être noir ? Dylan préférait ne pas savoir. Arthur tira les casiers en plastique pleins de comics enveloppés de Mylar au centre de la chambre avant de retourner se vautrer sur son lit, et d'allumer une Kool.

« C'est un très bon placement. »

Un peu gêné, Dylan s'agenouilla sur la moquette constellée de graines de cannabis et de têtes d'allumettes noircies pour passer en revue le contenu des casiers. Il se sentait diminué, ramené en arrière à un passé de jus de fruits et de dégelées aux échecs, mais il chassa cette idée de sa tête. La collection n'avait guère changé. Arthur avait amassé un butin étonnamment riche de numéros 1 à l'état neuf : entre cinq et dix exemplaires de chaque – *Peter Parker*, *Les Éternels*, *Kobra*, *Ragman*, *Mister Machine*, *Nova*. À supposer qu'on s'intéresse à ce genre de choses.

« Tu veux vendre le tout ?

– Ouais.

– Euh… quel chiffre t'avais en tête ?

– Cinq cents.

– T'es malade.

– Quatre cents.

– Je fais même pas d'offre si tu remets pas les *Howard the Duck* et les *Omega*. Plus le numéro 97 de *X-Men*. J'imagine que c'est ce qu'il y a sous ton lit. »

Dylan avait repéré les pochettes plastique qui luisaient là.

Arthur n'avait honte de rien. « Bien sûr. Quatre cents pour le tout, *Howard*, *Omega*, ce que tu veux.

– Je t'en donne cent billets.

– Tu me prends pour un pigeon.

– Cent cinquante.

– Espèce d'enfoiré. Quand est-ce que tu peux les avoir ?

– Je les ai sur moi. Mais il faut que tu m'aides à les porter chez moi. »

Ils repêchèrent ce qui était planqué sous le lit, puis portèrent chacun un casier. Ils descendirent furtivement l'escalier, jusqu'au perron. À la vue de l'argent, Arthur devint imprudent et vantard. Dylan pouvait dès lors obtenir sans risque la confirmation de ce qu'il subodorait, à savoir que les fonds étaient destinés à Mingus. Tout en comptant les billets de vingt, il demanda :

« Alors, c'est pour quoi ce fric ?

– Gus, Mick et moi, on va acheter deux cent cinquante grammes, les couper pour se faire un vrai paquet. Par les contacts de Barry.

– Cocaïne ? »

Arthur ne manqua pas l'occasion. « Non, on pensait plutôt se reconvertir dans ta branche… les chocos BN.

– Alors vous faites pot commun.

– Mmh.

– À ton avis, ça intéresse aussi Mingus de vendre ses comics ?

– Tu plaisantes, dit Arthur. Ils sont pourris. » Comme si dans les pages intérieures des siens il n'avait pas surligné les seins et agrémenté les pubs Sea-Monkey d'énormes zobs. Mais Dylan n'insista pas.

« Ouais, je sais qu'ils sont dans un sale état, mais il a quelques titres qui m'intéressent. » Arthur était libre de le croire cinglé, de croire ce que bon lui semblait, il ne devinerait jamais ce qui lui trottait vraiment dans la tête, derrière l'écran de fumée des comics. Pas de quoi s'inquiéter, de toute façon : Arthur Lomb avait le symbole du dollar imprimé sur les yeux et le cerveau.

« J'imagine qu'il examinerait toute offre raisonnable. »

Dylan enfonça le clou. « Il faudrait que je retourne tirer du liquide à la banque.

– C'est une excellente idée, comme ça vous réglerez l'affaire sur place.

– Mais touche-lui-en un mot.

– Sans faute. »

Plus que six semaines. Les deux casiers de numéros 1 d'Arthur Lomb transférés dans les profondeurs de sa propre penderie, Dylan Ebdus macéra dans le mépris de soi sur son lit-mezzanine, avec pour seul réconfort l'évasion tellement proche qu'il avait le sentiment de l'entendre au loin, comme les vagues vibrations d'un ghetto-blaster dans le patio d'un Portoricain ou d'un DJ sur la dalle de Wyckoff Gardens. On aurait pu le croire provisoirement retombé dans le marécage d'Arthur et Mingus mais c'était uniquement pour conclure une vieille affaire, la seule chose qui restait à faire pour gagner le droit de disparaître de Dean Street. Six semaines : il pouvait manigancer, être aussi lâche qu'Arthur, peu importait. C'était un adieu.

Pour s'endormir, il se branla en pensant à la mère d'Arthur, hommage qu'il lui devait depuis des années.

Arthur, qui jouait désormais les agents de liaison, fixa l'entrevue au lendemain soir, un vendredi. Il fut prétentieusement vague et sinistre au téléphone, comme si Dylan et Mingus n'auraient pu se débrouiller pour se rencontrer sans son aide.

« On t'attendra sur le perron et on te fera entrer. Ne frappe pas, tu réveillerais Senior.
– Je connais le grand-père de Mingus.
– Ça fait longtemps que tu l'as pas vu.
– Oui, ça fait longtemps.
– Crois-moi sur parole. »

Arthur et Mingus étaient sur le perron à l'heure dite. Mingus salua Dylan d'une accolade, lui posa la tête au creux de l'épaule, fit mine de boxer avec lui. « Dillinger, où t'étais passé ? Il a bien mangé sa soupe, merde alors ! »

Dylan se dit qu'il aurait rendu son étreinte à Mingus s'ils avaient été seuls. Sous le regard d'Arthur il se sentait crispé, glacé. Quelle que soit la stature de punk que Dylan avait acquise à Manhattan, elle restait invisible aux yeux d'Arthur : on n'y lisait que le reflet d'un vendeur de glaces, d'un petit blanc. Sur la défensive, il s'empressa donc de repousser Mingus pour passer aux choses sérieuses. Mieux valait pour le moment mettre l'accent sur la transaction. D'ailleurs, dans le plan qu'il avait conçu, c'était seulement une répétition : dans un premier temps acheter les comics, le reste plus tard.

Tout sentiment devait être mis de côté jusqu'à l'autre visite qu'il projetait de faire, dont Arthur serait absent.

« Il paraît que vous cherchez à réunir un peu de liquide, fit Dylan.
– Ouais, ouais, Dill, tu veux en être ? » Mingus semblait imperméable à tous les affronts.

« Je pourrais peut-être te débarrasser de ces comics. »

La chambre était une caverne, maintenue dans l'obscurité. Quelque dommage que les comics aient subi, on pouvait être sûr qu'ils n'étaient pas dus à la lumière du soleil qui fait pâlir les encres, en revanche ils risquaient d'avoir moisi. Dylan leva assez les yeux pour voir que l'étagère au-dessus de la porte n'était plus là, sa monture ayant laissé des éraflures dans le plâtre. Ni casque de football, ni quoi que ce soit d'autre. Il se détourna du reste, les murs et le plafond bombés, ne tenait pas à les voir. Puis quelqu'un remua dans l'ombre, changea de position, tira sur les genoux de son pantalon et sur sa braguette en se redressant. Mick Damer. Le troisième larron, bien sûr. Mick hocha la tête, à peine. Dylan l'imita. Mingus monta de nouveau le son une fois la porte fermée, une sorte de rythmique funk. Arthur gratta et tapota avec une lame de rasoir un bout de miroir irrégulier, dont les bords coupants étaient recouverts de chatterton noir. Il sniffa une ligne et tendit le dollar roulé à Dylan qui fit non de la tête.

« C'est de la bonne.

– Sans façon. »

Arthur tendit le billet à Mick, qui pencha le buste hors de l'ombre et au-dessus du miroir.

« Tu connais Mick, non ? demanda froidement Arthur, railleur.

– Bien sûr, fit Dylan. Il m'a piqué mon vélo, un jour. »

Pas question d'aller plus loin : ni Rachel, ni part de pizza, ni guet-apens à East Village. Libre à Arthur et Mingus de méditer sur cette allusion à la préhistoire de la rue. Ce n'était pas Mick qui allait le contredire. Dylan était certain que le silence était convenu entre eux depuis que leurs regards s'étaient croisés chez le dealer homo, voire plus tôt, lors du malentendu à vie qu'ils avaient établi dans la cour de l'école publique 38. Mick Damer ne le contredirait pas, parce qu'on pouvait le traiter de tout mais pas de menteur, ou de moteur.

« Mais y a prescription, ajouta Dylan dans un accès de munificence sarcastique. Ça gaze, Mick ?

– Yo », dit sombrement Mick Damer, tout en s'envoyant une bouillie de cocaïne dans l'arrière-gorge.

Mingus avait extrait les comics de sa penderie, pour les empiler à la hâte. Sans doute ne leur avait-il pas accordé un regard depuis des années. « Finalement, je les ai jamais collés sous plastique, ces trucs-là », dit-il, contrit et dans les vapes. Il ouvrit un numéro des *Quatre Fantastiques* et se perdit dans la nostalgie. « Merde, j'avais même écrit mon nom sur toutes les premières pages, vise un peu. »

Mingus parlait tout seul. Sa nostalgie n'appelait aucun commentaire, personne ne s'intéressait aux comics.

« Je t'en donne cent cinquante. » Dylan avait parlé sans regarder Mingus mais en braquant un regard mauvais sur Arthur, qui s'affairait avec la lame de rasoir.

Mick Damer se contenta de se radosser à la chaise basse, plongeant la tête dans l'ombre.

Mingus fronça les sourcils, feignant la réflexion, comédie aussitôt anéantie par cette transaction bidon. « Ma foi, ça m'a l'air honnête. »

Dylan laissa négligemment tomber l'argent sur le miroir pour leur faire comprendre que ce n'était rien pour lui. Il s'agissait de démontrer à ces trois représentants de Gowanus qu'il n'en était plus citoyen.

En réponse, Mick Damer se contenta de ramasser l'argent, sortit un épais rouleau auquel il ajouta les billets de Dylan.

« J'ai apporté un sac à dos, dit ce dernier. Je m'en occupe tout seul. »

Mingus hocha la tête en clignant des yeux, vaincu par tant d'efficacité. « D'accord, ça baigne. »

Tournant le dos au trio, Dylan fourra les comics tagués au marqueur et pleins de traces de doigts dans le sac. Il était noué par la rage d'être par terre à genoux. En un geste irrationnel, il ramassa aussi un des pics afro de Mingus, et l'enfonça dans la gueule du sac, par-dessus les comics. Puis il se rappela qu'il affectait la décontraction, se rappela la façon dont il avait jeté l'argent. Il avait plus important à faire, son plan. Les comics n'étaient qu'une farce. Dylan était un peu l'éboueur de toute leur jeunesse qui faisait enfin sa tournée. Il aurait aussi bien pu se porter acquéreur d'une collection de Spaldeen envoyées sur le toit, ou de vieilles chaussettes maculées de foutre séché.

« Tu me raccompagnes ? dit-il en se levant.

– Ouais, ouais, bien sûr. »

Ils passèrent de nouveau sur la pointe des pieds devant la crypte de Senior. Arrivés à l'entrée de l'appart, Dylan murmura :

« Appelle-moi demain. Quand Lomb et Damer ne seront plus là. »

Lomb et Damer, comme Abraham & Straus ou Jekyll et Hyde, une vieille association. Dylan faillit rire.

Mingus écarquilla ses yeux rougis, mais Dylan le planta là. Ce petit jeu des mystères bidon était à la portée de tous, on pouvait y jouer à deux, à trois, à quatre : le premier venu pouvait prendre des airs énigmatiques et menaçants, les rodomontades de trottoir étaient monnaie courante à Gowanus. Dylan avait survécu à Dean Street quand Mingus Rude n'était qu'un boy-scout de Philadelphie, Arthur Lomb un crétin dans une école privée. Mick Damer était le seul dont on pouvait avoir peur, et Rachel Ebdus s'en était occupée, Dylan était intouchable. Les deux autres étaient à jamais des nouveaux venus, des collectionneurs de comics, et s'ils voulaient jouer les mariolles, Dylan pouvait jouer aussi. Il présumait que son numéro avait suffi à démontrer que c'est celui qui tient le portefeuille qui mène le jeu.

Onze heures du matin, la chaleur serrait déjà la journée dans son étau, tout faillit capoter dès le début quand Abraham entra alors que Dylan comptait l'argent. « Bon sang », dit Abraham.

Dylan le fourra dans la poche de son bermuda jaune à carreaux, sa tenue ska pour la jungle d'asphalte.

« Tu as combien là ? demanda Abraham.

– Trois cents, mentit Dylan.

– Ils ne seraient pas mieux à la banque ?

– Ça te regarde pas. »

Consterné, Abraham s'efforça de répliquer vertement, effort que Dylan jugeait toujours pitoyable.

« Bien sûr que ça me regarde. Qu'est-ce que tu vas faire de cet argent ?

– Faut que je le prête à Mingus, fit Dylan maladroitement, déjà trop près de la vérité.

– Pourquoi Mingus a-t-il besoin de trois cents dollars ?

– J'en sais rien. » Dylan se dirigea vers la porte.

« Dylan ?

– Écoute, Abraham, traite-moi comme un adulte, dit froidement Dylan. Je t'ai dit de combien sera ma participation à la fin de l'été, et l'été n'est pas encore fini. »

Loin d'être fini, l'été : on avait l'impression de nicher au creux de son aisselle. Yoo-Hoo, Rheingold, Manhattan Special, partout des capsules que les bagnoles qui se traînaient avec la jauge dans le rouge enfonçaient irrémédiablement dans le caramel du goudron. Dans Nevins, les passagers remontaient précipitamment leurs vitres pour se protéger du flot canalisé par une boîte en fer-blanc : quelque membre d'un groupe d'autodéfense avait de nouveau ouvert une bouche d'incendie pour lui faire vomir l'eau de la ville et, le cerveau engourdi par la chaleur, personne ne s'était avisé d'appeler les flics ou les pompiers. À midi, toutes les maisons, toutes les fenêtres étaient déjà grandes ouvertes pour aspirer l'air de la rue. Bien inutilement, d'ailleurs. L'air stagnait.

Avec cinq cents dollars en poche, le maximum pour lequel il s'était décidé à l'avance, Dylan Ebdus se rendit lentement chez Mingus Rude, aussi décontracté que possible, suant comme un bœuf.

Arthur Lomb et Mick Damer n'étaient pas parmi les créatures qui rampaient telles des limaces le long du trottoir liquéfié par la chaleur. Dylan ne reconnut personne, emmuré en lui-même.

Le dimanche, Senior était au Salon du ministère de Dieu de Myrtle Avenue, Mingus avait donc le sous-sol pour lui tout seul, toutes portes ouvertes.

Dylan entra en se laissant guider par la musique.

Mingus était avachi sur son lit en caleçon flottant et tricot de peau grisâtre, draps repoussés à ses pieds, oreiller doublé sous la nuque, somnolant dans la lumière du jour au son d'un funk tonitruant. Peut-être avait-il entamé sa journée deux ou trois fois de suite et s'était ravisé, rien à faire avant l'arrivée de Dylan, à récupérer de sa nuit ou d'une suite de nuits, comme s'il séchait encore le bahut. Le bout de miroir était rangé quelque part, la chambre avait perdu son mystère dans la lumière de midi, ce n'était plus qu'une chambre. On avait peint les murs et le plafond en noir, peut-être la seule nuance qui puisse couvrir la peinture acrylique argentée et la Violette Garvey.

Mingus se frotta les yeux de ses poings fermés comme un nouveau-né.

« Yo, D. »

Le « Yo » de Dylan sonna faux.

« Alors, mon pote veut en être, finalement.

– Peut-être. »

Mingus balança les pieds hors du lit, fit signe à Dylan de s'asseoir, se massa le museau et fit claquer ses lèvres.

« Maître Dillinger a des soucis, dit Mingus, faussement pompeux. Il aimerait en savoir plus. Il s'est mis en mode *j'aimerais en savoir plus.* »

Dylan ne dit rien.

« J'essaie juste de te décrocher un sourire, Dill. Quoi ? T'as peur que Mick te fasse une vacherie ? Parce que tu sais que je suis sur mes gardes.

– J'ai pas peur de Mick.

– D'acc, c'est cool. J'ai pas dit que t'avais peur. »

Dylan voulait en venir à leur affaire. « Il vous manque combien ?

– Peut-être qu'il nous manque rien. La question est : combien tu veux mettre ?

– Deux cents.

– Deux cents. » Mingus le retourna dans sa tête. « Bon. J'y vois pas d'inconvénient. » Toutes antennes dehors à présent, il attendait que l'autre abatte ses cartes. « On peut t'associer pour deux cents, pour nous ça change pas grand-chose dans un cas comme dans l'autre.

– Mais je veux autre chose.

– Aaah, autre chose.

– L'anneau.

– Oh, merde. » Mingus se couvrit le visage des doigts, ricana en grimaçant derrière eux, et secoua la tête. « Le mec se pointe pour bavasser de tout et de rien, et ce qu'il veut depuis le début c'est récupérer l'anneau.

– Tu l'as toujours ?

– Alors c'est sur ce mode-là qu'on opère. Tu m'as fait croire que c'était une question, je sais pas moi, de comics, ou de vente de drogue, ou une connerie du genre. »

Le rire de Mingus était amer. C'était comme si Dylan avait demandé à racheter leur amitié, tous leurs secrets par la même occasion, Aeroman, le pont et des choses qui n'avaient pas vraiment de nom. Comme s'il avait collé sur six ou sept étés une étiquette indiquant deux cents dollars, un peu plus que huit billets de vingt, le salaire d'une semaine passée à racler des boules de pistache ou de beurre de pécan dans des bacs gelés. Tel était peut-être le cas.

Poussant des mains sur ses genoux nus, Mingus se leva, sortit en se dandinant dans le couloir sans un mot. Par les portes ouvertes, on entendit le jet de pisse contre la porcelaine de la cuvette.

« Je l'ai toujours, ouais, dit-il en revenant. Il suffisait de le demander, tu sais.

– D'accord, rends-le-moi.

– Quoi, t'as plus l'intention de me payer ? »

Il y avait une satisfaction terrifiante à entendre la colère de Mingus, enfin. « Non, je te suis reconnaissant de l'avoir gardé pour moi. » Sa voix restait aussi froide mais son visage devenait brûlant. « Ça me fait plaisir de payer.

– Et comment !

– Qui est au courant pour l'anneau ? » demanda-t-il. Depuis qu'il était entré au lycée, c'était la question qu'il voulait poser. Désormais, il avait payé, il en avait le droit.

Mingus se détourna.

« T'en as parlé à Arthur ?

– Mais non. »

Bien sûr, quelle idée ! « À Mick ? »

Silence.

« Enfoiré, t'en as parlé à Mick.

– Il était avec moi quand j'ai attaqué le flic à Walt Whitman, dit Mingus. Il a fallu que je le lui donne quand ils m'ont embarqué.

– Est-ce qu'il l'a… essayé ? »

Mingus haussa les épaules. « Il a fait comme toi.

– Qu'est-ce que ça veut dire ?

– Qu'il a essayé. »

Bien sûr. L'anneau n'était pas un instrument neutre. Il jugeait celui qui le portait : Aaron Doily volait comme un ivrogne, et Dylan comme un froussard, uniquement quand ça comptait pour du beurre, sur l'étang des

Windle. L'anneau s'était donc mis au diapason du chaos de Mick Damer.

« Laisse-moi deviner, fit Dylan. Il a volé de travers. »

Mingus resta dans le vague. Il avait toujours eu pour habitude de protéger l'honneur de chacun d'entre eux devant les deux autres – Dylan, Arthur, Mick. De ne rien dire.

Dylan se leva et posa deux cents dollars sur le drap taché. Mingus fronça les sourcils.

« Je trouve que ça fait pas lourd », dit-il froidement.

Il fallut quelques instants à Dylan pour comprendre.

« Qu'est-ce que tu veux ? » demanda-t-il d'une voix rauque.

Mingus sourit presque. « Fais voir un peu ce que t'as sur toi. » C'était une réplique du répertoire – *fais voir un peu, donne voir une minute, j'te le rends, tu sais que j'te piquerai jamais rien* –, l'autorité inflexible sur les petits blancs que Mingus n'avait jamais exercée. Il la lui faisait entendre : leur différence, finalement.

Pour la première fois, Dylan songea à tout ce que Mingus lui avait peut-être épargné. Ses joues s'empourprèrent quand il sortit les trois cents dollars restants dans une poche qui aurait aussi bien pu être de verre. Ce n'était pas parce que l'anneau ne conférait pas une vision aux rayons X que cette vision n'existait pas.

Tout le corps de Dylan était déjà en sueur. Voilà qu'elle lui dégoulinait à présent dans les yeux.

« Parfait. » Mingus ouvrit violemment un tiroir de la commode et ajouta les billets de Dylan à l'argent qui s'y entassait déjà. C'était peut-être le rouleau de Mick Damer, peut-être pas, impossible à dire. Il laissa le tiroir ouvert, par indifférence, ou pour mettre Dylan au défi de se risquer à récupérer en douce l'argent de ses études.

Dans tout Gowanus des jeunes gens entreprenants amassaient des fortunes, allez savoir…

Isabel Vendle aurait été fière. Elle avait toujours conseillé à Dylan de ranger chaque dollar dans un tiroir et de voir ce qui en ressortait.

« Il faut que j'aille le chercher là-haut, dit Mingus.

– Là-haut ?

– Je l'ai caché dans la planque de Barrett. T'affole pas, il est à l'abri. De toute façon, Barrett veut te voir, je lui ai dit que tu passais. Il demande toujours pourquoi tu passes jamais. » Puis, ne pouvant s'empêcher de remuer le couteau dans la plaie, il ajouta : « Tu vois autre chose qui t'intéresse ? Mais j'imagine que t'es à court de liquidités. »

Ils montèrent.

Les disques d'or avaient disparu du mur, laissant des rectangles fanés et les trous des clous. Le reste n'avait guère changé, était simplement usé, négligé. Debout derrière le bar, Barrett Rude Junior versait du Tropicana dans un grand verre dont le bord était ébréché en trois endroits, le joint des carreaux du bar tombait en poussière et crissa quand il reposa le carton. Son peignoir de soie s'effilochait, de larges auréoles de sueur sous chaque bras. Il pendait sur lui. Barrett s'était ratatiné, avait perdu sa silhouette massive. Il portait encore ses grosses rouflaquettes mais elles étaient asymétriques et semées de boucles grises. Les ongles de ses doigts et de ses orteils étaient aussi épais et jaunes que des griffes. La peau sous ses yeux s'était rétractée, enfoncée.

Un ventilateur ronronnait dans la chambre. Il n'y avait pas de musique à l'exception de ce qui en suintait avec le peu d'air venant de la rue.

« Le p'tit Dylan, merde alors. »

Dylan était assommé, abasourdi.

Abraham deviendrait-il aussi vieux ? Il préférait ne pas le savoir.

« Ça fait trop longtemps. Je te reconnais même pas, mon grand. Regarde-toi.

– Bonjour Barry, réussit à sortir Dylan.

– Je suis content de te revoir, le maigrichon. Je vois tout le temps ton père, mais toi, jamais. Il fait une putain de chaleur, pas vrai ? Vous voulez un jus glacé ?

– Non, c'est bon, dit Mingus.

– Non merci, fit Dylan.

– Faut boire du jus d'orange, Gus, pour faire le plein de vitamines. Faudrait voir à pas te laisser dépérir, fiston. Asseyez-vous, vous me rendez nerveux. On dirait deux mecs en mission.

– J'ai besoin de récupérer quelque chose dans ta chambre, dit Mingus.

– Alors va le chercher, qu'est-ce t'attends ? Dylan, assieds-toi. Prends un peu de jus avec de la glace, me dis pas que t'en as pas envie avec cette chaleur. On jette un œil au match des Yankees ? Cinq minutes, Ron Guidry, mon vieux. Le meilleur lanceur du monde. »

Mingus alla au fond. Dylan s'assit sur le canapé, devant la table basse. Le miroir de Barrett Rude Junior était sans doute la seule surface intacte dans la pièce, de la poudre s'y étalait comme une galaxie. Une paille en plastique était posée à côté.

Barrett Rude Junior le surprit à fixer du regard l'étoile poudreuse et dit : « Te gêne pas.

– Ah, non, merci.

– Me remercie pas, petit, sers-toi.

– Vas-y, dit Mingus en émergeant de la chambre. Fais-toi une ligne, Dill.

– C'est bon.

– Quoi, tu t'es jamais défoncé ?

– Fous-lui la paix, Gus. Le p'tit Dylan fait ce qui lui plaît. C'est mon pote, il va à la fac, merde, j'arrive pas à croire que le temps passe si vite, t'y crois, toi, Gus ?

Le p'tit Dylan part à la fac, il peut pas se défoncer, faut qu'il garde les idées claires, putain. »

Tandis que Barrett Rude Junior améliorait ces paroles, variations sur le vieux morceau – appelons-le « C'est le p'tit Dylan le meilleur, Part 2 » –, Mingus Rude se laissa tomber sur le canapé à côté de Dylan – leurs genoux se touchant quand ils s'enfoncèrent tous deux au milieu – et sans dire un mot ouvrit la main, de sorte que l'anneau d'Aaron X. Doily tinta doucement en roulant sur un coin dégagé du miroir constellé de coke.

Barrett Rude Junior posa deux grands verres de jus d'orange, où des glaçons en forme de demi-lune flottaient comme des poissons crevés.

« Qu'est-ce que c'est ? demanda Junior.

– Rien, un truc que je gardais sous ton plancher pour Dylan. Il l'emporte avec lui dans le Vermont, là où les nanas nagent à poil pendant que les nègres bossent dans les stations-service.

– Ah. » Junior n'avait pas saisi. Il se mit à l'aise dans le fauteuil papillon, peignoir ouvert comme un rideau sur son boxer-short, sa poitrine ravagée, où le sternum saillait tel un piquet de tente.

Cet homme monumental était devenu creux, comme rongé par des termites.

Dylan prit l'anneau, le mit dans sa poche. Sans trop réfléchir, il porta les doigts à son nez, renifla là où ils avaient effleuré le verre.

« Eh ben voilà, dit Junior. Ça te rafraîchit tout de suite.

– Tu vois qu'il en a envie, dit Mingus, il le sait pas, c'est tout. »

L'anneau en sûreté dans sa poche, Dylan entendit soudain sa propre chanson, celle qu'il s'était murmurée tout l'été, « P'tit Dylan bientôt barré ». Il se rappela l'essentiel de sa situation : N'allez pas à la case prison, Simple visite. Que Mingus lui fasse visiter un endroit nouveau une dernière fois avant qu'il actionne son siège éjectable pour se retrouver à la fac de Camden, dans le Vermont. Il avait pris de l'acide, des poppers dans un bowling, un champignon à Jones Beach, alors à quoi rimait cette hésitation ? Arthur n'était pas là pour le voir, pour le mettre au pied du mur. Il ne risquait rien à sniffer un peu de coke. Mais se rappeler les gestes rituels, faire comme si ce n'était pas la première fois.

Dylan souleva la paille du miroir pour la porter à son nez et aspira comme il l'avait vu faire.

Et Mingus Rude se fit une ligne.

Et Barrett Rude Junior se fit une ligne.

Et ils se firent tous une autre ligne et voilà, Dylan se poudrait le nez avec Gus et Junior, un après-midi d'été ordinaire à Dean Street, pas une affaire. C'était comme une visite à une autre vie possible, dans laquelle il n'aurait jamais quitté cette maison, jamais cessé d'y venir. La drogue ruisselait en lui et rehaussait l'illusion, le purgeait du doute.

On pouvait rafraîchir son corps de l'intérieur, tout en suant comme un verre glacé.

Jamais une ligne de basse ne lui avait paru si profonde que lorsque Barrett Rude Junior posa le saphir sur *Let Me Party with You* de Bunny Sigler, et que le jus d'orange dilua étonnamment bien le chat qu'il avait dans la gorge.

« T'aimes ça ? » demanda Junior. Sur sa tête ronde un sourire s'étala jusqu'aux rouflaquettes. Dylan était peut-être en train d'en prendre l'habitude.

« Oui, dit-il franchement, les yeux grands ouverts.

– C'est de la bonne, pas vrai ? » demanda Mingus. Son ton s'était adouci, comme s'il n'avait attendu qu'une seule chose tout ce temps, que Dylan le rejoigne, n'avait attendu que de voir son meilleur et plus vieil ami ratifier son goût de la cocaïne.

« Oui », répéta Dylan.

Et si le pardon était possible. Si tu t'étais mépris, et que tout baignait, en fait. L'anneau était dans ta poche à présent. Tu passais le temps en compagnie de Mingus et de Junior et tu n'étais qu'à quelques semaines, à quelques jours du départ pour l'université la plus chère au monde. Les deux n'étaient pas incompatibles, ta crainte n'avait pas de raison d'être.

Peut-être tout était-il parfait mais à l'instant même où tu le pensais Barrett Rude Senior monta l'escalier et fit irruption dans la pièce, à l'étonnement général, mais au sien plus encore.

Malgré la chaleur il portait son costume noir, son épingle à cravate et ses boutons de manchettes en or, sa pochette blanche.

Il dégageait un lourd parfum de fleur, de rose.

Ce fut Mingus qu'il surprit penché sur le miroir. Il lâcha la paille et s'essuya le nez du doigt.

« Voilà ce que vous faites dès que j'ai le dos tourné, dit Senior, la voix tremblante. Vous corrompez encore un enfant du quartier.

– Redescends, le vioque, dit simplement Junior, sans regarder son père.

– À faire des saletés avec un fils de blancs, vous appelez la catastrophe sur notre maison. »

Dylan ne reconnut ni lui-même ni rien de ce qu'il connaissait de Gowanus ou du monde dans ce discours. C'était soudain tellement drôle qu'il faillit s'esclaffer. Mingus lui donna un coup de coude.

« Pourquoi t'es là si tôt le dimanche, d'ailleurs ? demanda Junior. Sister Pauletta a fini par te fiche dehors pour avoir pincé les fesses d'une de ses demoiselles d'honneur ?

– Que Dieu pardonne l'âme dépravée qui fut autrefois mon petit garçon. »

Barrett Rude Junior se dressa, rajusta son peignoir, passa devant son père pour aller près de l'évier. « Je suis né dépravé, le vioque. La dépravation, j'en ai hérité. Alors qu'est-ce tu dirais d'aller voir ailleurs si j'y suis, mon pote ? Desserre ta cravate, il fait trop chaud. Si tu veux un peu de coke, fais comme chez toi.

– Je loue le Seigneur chaque jour de ce que ta mère n'ait pas vécu pour voir cela. »

Barrett Rude Junior se retourna et dit doucement : « Tu loues le Seigneur, c'est ça ? Au nom de ma mère ?

– Oui.

– Et qu'est-ce qu'Il te répond, le Seigneur, quand Il entend ce nom ? »

Mingus dit à voix basse : « Retourne prier dans ta chambre, papy.

– Jour et nuit, je prie sous les pieds des pécheurs, dit Senior. Un beau matin je sortirai de ma cachette pour témoigner de ce que j'ai vu.

– Va-t'en, maintenant, implora Mingus.

– J'irai le crier sur la montagne. »

Dylan n'imaginait pas qu'il fût possible à Barrett Rude Junior de traverser la pièce à une telle vitesse, et saisir les revers de sa veste dans ses poings pour le plaquer dos contre le mur de la cage d'escalier. Tous deux, Junior et Senior, laissèrent échapper un soupir, qui sembla un seul et même son. Puis Senior disparut, descendit l'escalier, et Junior tourna de nouveau le dos au canapé, fit couler de l'eau dans l'évier.

Dylan baissa la tête en gardant un silence coupable devant cette scène. Mingus se contenta de secouer la tête et retourna à la paille et au miroir.

Dylan sentit son pouls battre partout sous sa peau : la drogue, probablement.

La musique continuait et l'espace d'un instant on eût pu croire qu'il ne s'était rien passé. L'espace d'un seul instant, avant que la senteur de rose n'emplisse de nouveau la pièce, Senior de nouveau en haut des marches comme s'il n'était jamais parti et que cet instant de paix avait duré le temps d'un clin d'œil. Sauf que Senior était retourné au sous-sol : à preuve ce qu'il était allé y chercher et qui lui emplissait à présent les mains. La gauche serrait un bouquet de billets de vingt qu'il fit immédiatement voler devant lui et tomber en pluie sur le tapis. La droite tenait un revolver.

Dans les enceintes, la voix de Bunny Sigler continuait à chanter, comme si de rien n'était.

« On ne lève pas la main sur son père, dit Barrett Rude Senior à son fils. C'est écrit dans le Livre. J'ai désormais la preuve que tu utilises les enfants pour mener ton trafic. La chambre du petit est pleine de ton sale argent. Tu es sans vergogne, tu as besoin d'une leçon, mon garçon.

– L'argent de Mingus est à lui, répondit doucement Junior, sans quitter des yeux l'arme qui vacillait dans la main de son père.

– Tu enseignes la voie du péché et tu dois payer pour avoir levé la main sur ton père.

– Pose cette arme, le vioque.

– Appelle-moi père, dorénavant. Cette arme est destinée à t'inspirer la peur.

– Il faut que tu admettes que tu es vieux. » C'était encore une de ces mélodies impromptues de Barry, la dernière que Dylan entendrait.

Mingus bondit du canapé, et courut à la porte de la chambre de son père. Il se retourna, avant de disparaître, pour crier : « Rentre chez toi, Dylan ! » Il le protégeait encore.

Dylan Ebdus ne se rappellerait pas le trajet du canapé à la porte, de la porte au perron, du perron à la grille, au trottoir. Une part de lui était encore à l'intérieur, vibrant comme une pulsation derrière des yeux posés sur les visages, le flingue, Mingus brièvement encadré dans la porte avant de se détourner pour entrer dans la chambre de son père. Dylan Ebdus entendait encore la musique et sentait ses narines abrasées, se demandant encore où étaient passés les disques d'or, où était passée la chair du visage de Barrett Rude Junior. L'embrasement du jour dans lequel il avait été éjecté ne produisit donc aucune impression sur lui. N'empêche, il était dehors. Mingus lui avait crié de partir et il était parti, et il était indemne, anneau en poche, cinq cents dollars de la fac s'étaient éparpillés par terre, tombant du poing de Barrett Rude Senior, mission accomplie. Il n'était pas à l'intérieur. Il était dans Dean Street, chancelant sur une dalle du trottoir, quand il entendit le coup de feu.

DEUXIÈME PARTIE

LIVRET

CAFARDEUX À MORT UNE FOIS DE PLUS : L'histoire de Barrett Rude Jr. et des Distinctions

NOTE DE D. EBDUS

Le rôle du chanteur est trompeur ; en circonscrivant et en explorant la dislocation et les autres aspects potentiellement destructeurs de la vie des noirs américains, le chanteur ou la chanteuse joue un rôle intégrateur (...) le sentiment de l'identité n'est pas seulement inhérent à la relation artiste-public (...) mais à la relation existant entre les sons produits par le chanteur ou la chanteuse – leur technique musicale elle-même.

– CHRISTOPHER SMALL,
MUSIQUE DE LA LANGUE VERNACULAIRE

La plupart des gens ne reconnaissent pas l'importance des choristes. C'est que la plupart des chansons sont aujourd'hui composées par ceux-là mêmes qui projettent de les interpréter, et pour eux le tableau est complet dès l'instant qu'ils s'y trouvent. Mais l'auditeur aime en avoir plus. Les chœurs, la « réponse », sont les voix de la société : qu'elles soient cancanières (par exemple « Sort-elle vraiment avec lui ? ») ou approbatrices (par exemple « Amen ! » et « Yeah, yeah, yeah »)... J'aimerais procéder à l'étude systématique des tubes de ces trente dernières années. Je suis persuadé qu'au moins 80 % d'entre eux sont pourvus de voix d'appoint sous une forme ou une autre. Mais je parierais que moins de 30 % de toutes les chansons enregistrées font appel à des chœurs...

– BRIAN ENO, UNE ANNÉE D'APPENDICITE

Des voix en mémoire, sur lesquelles on ne parvient pas à mettre de nom, riches de désirs inassouvis : une chanson qui nous a fait nous pencher un instant sur la radio avant qu'on la juge mièvre, gênante, sirupeuse. Peut-être savait-elle quelque chose qu'on ignorait encore, qu'on n'avait pas forcément envie d'apprendre de la radio. Alors, pour nous au moins, la chanson est perdue. Le hasard veut qu'on ne l'entende plus pendant quinze ans, jusqu'au jour où une peine de cœur la fait tomber à point. Cela se produit au moment où la chanson nous prend par surprise, déversée par un quelconque autoradio, renouant les lacets effilochés des années passées. Captivé, on s'autorise à écouter. Mais le présentateur zappe les annonces, ne prononce jamais le nom de l'interprète. Ou encore, au cinéma, quand la bande originale s'articule autour de cette vieille chanson. À la fin, on scrute le générique, mais une douzaine de crédits et d'autorisations illisibles défilent trop vite, c'est sans espoir.

On oublie de nouveau la chanson. Ou bien, on ne se rappelle que l'accroche, une phrase centrale toute bête qui rancit peu à peu dans la mémoire. Comment a-t-elle pu évoquer la douce amertume de notre jeunesse perdue ? Bien sûr, il manque à notre souvenir le coussin d'harmonie vocale sur lequel reposait la voix du chanteur, la nappe de cordes, le sourd marmonnement de la basse, le *groove*, le tout si daté, si parfait. Il manque aussi l'histoire, le contexte, l'espace dans lequel a vécu la chanson. Ne parlons pas du peu de probabilité de l'acquérir, d'investir environ 34,99 $ dans l'achat d'un double CD. Ça ne fait rien. Ça ne tuera personne qu'on ne suive pas la piste. En ce monde incertain, c'est une certitude raisonnable de considérer que cette chanson oubliée a encore moins besoin de nous que nous d'elle.

Pas vrai ?

Derrière le sommet du panthéon des chanteurs de soul – Sam Cooke, Otis Redding, Marvin Gaye et Al Green (ajoutez-y les noms de votre choix, j'y ajouterai les miens) – se dresse un autre panthéon, dans l'ombre, celui des chanteurs qui ne sont pas passés loin. On peut les regrouper, plus ou moins, en deux catégories. Les premiers sont les victimes des caprices de la chance ou du caractère – Howard Tate et James Carr, par exemple, O.V. Wright, peut-être. Des chanteurs qui enregistrent pour divers labels, pondent un ou deux classiques avant de se retirer, de partir à la dérive. Selon les critères soul du « grand homme », ce sont les seconds couteaux. La seconde catégorie est celle des chanteurs masqués par la célébrité et la réussite d'un groupe. Ben E. King des Drifters, David Ruffin des Temptations, Levi Stubbs des Four Tops, Philippe Wynne des Spinners : tous considérés par leurs pairs comme les meilleurs interprètes à s'être jamais emparés d'un micro. Le monde ne les connaît que d'oreille.

Barrett Rude Jr. est une des plus insaisissables et singulières figures de l'histoire de la musique pop. Bien qu'il suffise d'avoir un tant soit peu d'oreille pour le savoir – si tel est votre cas, au lieu de lire ce livret, collez le CD dans le lecteur ! –, je vais quand même le dire : c'est aussi l'un des plus grands chanteurs de soul qui ait jamais existé, pas seulement le meilleur de ceux qui n'eurent jamais la reconnaissance à laquelle ils pouvaient prétendre. Né à Raleigh, Caroline du Nord, en 1938, Rude était le seul enfant né de l'union orageuse d'un pasteur pentecôtiste itinérant (futur repris de justice) et d'une mère qui mourut avant sa trentième année (« le cœur brisé », déclara Rude à *Cash Box* en 1972). On exagère fréquemment son expérience musicale : il chantait certes dans l'église de son père – mais ce dernier se vit retirer son ministère quand le futur chanteur n'avait pas onze ans, et atterrit en prison, l'année suivante. Élevé par sa tante, Rude abandonna les études au lycée et quitta Raleigh pour Memphis, où il travailla comme concierge, chauffeur de bus scolaire et, brièvement, comme disc-jockey spécialisé dans le blues et le jazz, dans une émission nocturne d'une station radio de Memphis. Là, il fit la connaissance de Junie Kwarsh, fille du propriétaire blanc de la station, secrétaire dans les bureaux de son père. Rude et Kwarsh se marièrent rapidement et eurent un enfant – à moins que ce ne soit l'inverse.

En 1967, à 29 ans, Rude enregistra deux singles pour le label Hi Records de Willie Mitchell. Personne ne se rappelle comment il parvint à attirer l'attention du label – Rude nia toujours avoir été pistonné par son beau-père. En 1967, Hi en était encore à ses débuts tandis que le producteur Mitchell, avec le chanteur O.V. Wright, avait commencé à explorer le groove inspiré qu'il exploiterait bientôt magistralement avec Al Green. Rude aurait peut-être pu occuper la place d'Al Green avant ce dernier et changer l'histoire de la pop – comme le prouvent quatre des morceaux présentés ici, y compris « **Set Place at Your Table** », dont les cuivres annoncent déjà le funk, et qui fit un bref passage par les charts R&B en février 1967, et la reprise sur un rythme plus lent, étrangement sexy, de « **I Saw the Light** » de Hank Williams. Mais il n'en fut rien. Ayant vite acquis une réputation d'excentrique ombrageux, Rude, considéré comme ingérable, fut congédié par le paisible Mitchell avant même d'entamer une carrière.

Rude semblait donc s'engager sur le premier des deux chemins – la poignée de singles-cultes – jusqu'à ce jour de février 1968, où un guitariste de séance du nom de Marv Brown qui avait joué chez Hi Records l'année précédente suggéra son nom dans des studios de répétition de Philadelphie à un groupe vocal déjà aguerri, connu à l'époque sous le nom des « Four Distinctions ». Le groupe venait de signer un contrat et répétait avec un jeune producteur nommé Andre Deehorn. Deehorn avait une série de chansons dont il pensait pouvoir faire des tubes pour un chanteur soutenu par un groupe vocal. Il avait le groupe, les Distinctions, manquait le chanteur.

Brown pensait connaître l'homme de la situation, un type qui avait touché le fond à Memphis avant de se retrouver chauffeur de bus à Raleigh, en Caroline du Nord – où, avec sa jeune épouse et son fils, Rude avait battu en retraite pour habiter chez sa tante. Alors qu'il devait bien y avoir une dizaine de chanteurs au chômage à Philadelphie, on appela le type au téléphone suivant les recommandations de Brown. Rude acheta un billet d'autocar et vint auditionner. Encore inconnu à trente ans, il aurait pu faire figure d'outsider dans la course à l'immortalité pop. En effet, la meute des démons n'était jamais très loin d'une carrière contrariée par les emportements, les caprices, et ses rendez-vous manqués dans les studios et sur scène. On peut être sûr que parmi toutes ses épreuves, un mariage mixte malheureux était une formidable croix à porter dans l'Amérique des années 60. Sa discographie couvre à peine plus d'une décennie ; Rude fut réduit au silence par l'abus de drogues et une tragédie domestique à la fin des années 70.

Néanmoins, dès qu'il mit le pied dans le studio de Philadelphie, Barrett Rude Jr. était destiné à être un chanteur du second type : la voix secrète qui résonne prisonnière d'un groupe vocal célèbre. Rude avait trouvé dans les Distinctions le cadre au sein duquel il pouvait raconter ce qu'il avait à raconter, un lieu propice à la seule chose qu'un être humain puisse espérer faire – compter, pour un temps. S'il y voyait une sorte de prison, sauf son respect, nous ne sommes pas d'accord, on ne peut que se féliciter de ce que son art se soit construit sur le double drame de l'enfermement et de l'évasion.

Mais qui sont ces quatre hommes que je vous présente ici comme un *cadre* et une *prison* pour Barrett Rude Jr. ? Les Distinctions furent d'abord des amis, adolescents noirs de la classe ouvrière à l'époque de Johnny Ace et Jackie Robinson, qui grandirent à Inkster, banlieue industrielle du Michigan (c'était aussi la ville des Marvelettes). James Macy, Dennis Longham, Rudolph Bicycle et Alfred Maddox étaient déjà un quatuor avant de chanter, les quatre défenseurs noirs des Deaborn-Inkster Chryslers, équipe de base-ball d'un lycée précocement mixte, championne controversée de l'État, en 1958. Qu'après leur passage du base-ball au doo-wop ce soit le bloqueur, Jimmy Macy, qui ait chanté d'une voix de basse et le joueur de première base, Rudy Bicycle, qui soit devenu premier ténor, n'est qu'une nouvelle preuve que la réalité de la pop dépasse la fiction. Les barytons Fred Maddox et Denny Longham figuraient entre la basse de Macy et les aigus de Bicycle. Les Chrystones, comme ils se firent d'abord appeler, étaient un groupe résolument séculier, et c'est seulement un an plus tard que Longham attira l'attention des autres sur la résonance trompeuse de leur nom, et suggéra une autre option : The Four Distinctions. Sous ce nom, les quatre adolescents se produisaient dans les bals de fin d'année des écoles, les fêtes foraines et, mais oui, à l'occasion des matches de base-ball.

En mai 1961 les Four Distinctions acquittèrent une inscription de cinquante dollars pour avoir le privilège de remporter un concours de chant parrainé par Tallhat, le sulfureux label de Jerry Baltwood. Leur prix : deux séances d'enregistrement. Qui fut l'auteur des quatre plages gravées dans le minuscule studio Tallhat ce mois de juin-là ? Il est vraisemblable que les Distinctions apportèrent leurs chansons, mais Baltwood en endossa la paternité. On trouvera ici « **Hello** » et « **Baby on the Moon** », le premier, ravissante complainte doo-wop, le second, dans le style des Five Royales. Ni l'un ni l'autre n'entra dans les charts, pas plus ici-bas que sur la lune.

En 1965 l'écurie Tallhat fut rachetée par Motown, mais dans cette grosse maison de disques le groupe ne connut que frustration. Quatrième ou cinquième choix pour les chansons derrière les Four Tops, les Temptations, et une foule d'autres aspirants, les Distinctions furent réduits au rôle de choristes et de garçons de course, répondant au téléphone ou allant accueillir les vedettes à l'aéroport. Denny Longham apprit la coiffure ; Martha Reeves le proclama « meilleur défriseur de la ville ». Ils tutoyèrent pourtant la gloire avec « **Ain't Too Proud to Beg** », la même production Norman Whitfield que les Temptations porteraient bientôt jusqu'au top 10. La version de Rudy Bicycle, et sa voix de tête moins lourde que l'air, fut écartée en faveur du groupe le plus ancien, mais non sans qu'une face B soit d'abord préparée. « **Rolling Downhill** » semblait vouloir décrire le triste sort du groupe au sein de l'organisation de Berry Gordy ; ce n'est que le joyau perdu d'une ballade signée Holland-Dozier-Holland. Trois années passeraient avant le sauvetage de leur carrière, et avant qu'Andre Deehorn n'ajoute « Subtle » à leur nom. Mais les bandes de Motown suffisent à prouver que les Distinctions avant Rude étaient effectivement subtils et raffinés, qu'ils avaient l'habitude de faire paraître faciles les morceaux les plus ardus.

Extrait de *One Nation Under a Groove : Motown and American Culture* de Gerald Early : « Les trois grands groupes qui furent les premiers de la maison – Les Supremes, les Temptations et les Miracles – se formèrent et firent leurs premières armes au lycée. Ce n'étaient pas des groupes d'église (…) et dans diverses autobiographies il est peu fait mention de l'influence de l'Église noire sur leur musique… » Le rectificatif est utile, quoiqu'un peu court. Le son qui définit la soul s'incarne dans la configuration qui devint celle des Subtle Distinctions après l'engagement de Barrett Rude Jr. : un groupe vocal de lycéens au style Detroit ou « nordiste » mené par un chanteur plus rugueux, gospel, dans le style « sudiste ». Ce choc entre l'énergie et l'élégance, entre la lascivité et le repentir du R&B le plus fruste, et la pop raffinée visant à transcender la barrière raciale, est aussi un carrefour où souffrance et exil donnent brièvement la main aux possibilités nouvellement entrevues d'accès au conformisme des classes moyennes.

Prenons par exemple « There Goes My Baby » des Drifters en 1959, que d'aucuns considèrent comme l'œuvre qui marqua le basculement définitif du R&B vers la possibilité d'une autre musique appelée *soul*. La voix étranglée, désespérée, du chanteur Ben E. King est coincée entre un rythme vaguement latin et des cordes pseudo-classiques. Le résultat à l'époque n'horrifia pas seulement le label, qui refusa presque de le distribuer, mais laissa perplexe le producteur de la chanson, Jerry Leiber, qui déclara : « Je l'entendais parfois en écoutant la radio, et j'étais convaincu d'entendre deux stations différentes à la fois. » Ce conflit se reproduit dans les ballades à cordes et à cris de James Brown comme « Bewildered » et « It's a Man's Man's Man's World », tout comme dans les arrangements sirupeux qui furent la malédiction de la discographie de hurleurs gémissants tels Jackie Wilson et Solomon Burke.

Le remarquable n'est pas que la structure des chansons des années 50 fut inappropriée à ces voix soul sans entraves qui se cherchaient encore. Le remarquable est la façon dont la soul des années 60 produite par des labels noirs tels que Motown, Vee-Jay et Stax créa un langage complet basé sur l'emprisonnement de telles voix dans des véhicules inappropriés ou pseudo-inappropriés. On retrouve ce conflit sous sa forme la plus pure dans l'interaction vocale mise au point par des groupes comme les Soul Stirrers et les Five Royales, et chez un bon millier de groupes doo-wop qui enregistraient dans des cages d'escalier – voix vibrant dans une chambre d'échos, se débarrassant d'une camisole de rimes, ou devançant les flots d'harmonies qui menaçaient de les engloutir.

C'est là que les Distinctions interviennent. Le style de production de Philadelphie au sein duquel ils gravèrent leurs meilleurs disques remit au goût du jour la suavité des styles harmoniques du doo-wop pour se conformer aux derniers perfectionnements des techniques d'enregistrement. Des producteurs tels que Thom Bell et l'équipe de Gamble et Huff menèrent ce jeu d'emprisonnement à l'étage supérieur, de sorte que des chanteurs sudistes comme Teddy Pendergrass des Bluenotes ou Eddie Levert des O'Jays furent contraints d'explorer toutes les possibilités de déjouer ces pièges non seulement en hurlant, grognant ou implorant, mais encore en gloussant et murmurant d'une voix de tête.

À ce petit jeu, nul ne tendait mieux les pièges que Deehorn et les Distinctions, et nul ne les esquivait mieux que Rude. Écoutons-le d'abord sur les maquettes du printemps 1968 qui permirent aux Distinctions de signer chez Philly Groove : une ébauche de leur premier tube, « **Step Up and Love Me** ». La stratégie de production de Deehorn encore incomplète, les voix presque *a cappella* tissent un nid à l'intro murmurée de Rude, avant de la laisser prendre son essor. On trouvera aussi, tiré des mêmes séances, « **So-Called Friends** » jusqu'ici inédit, qui marqua les débuts de Rude dans la chanson.

Le nouveau groupe s'était installé dans les studios Sigma Sound pour enregistrer un album complet. Ayant dormi jusque-là sur un canapé chez Marv Brown, Rude acheta une maison et envoya chercher sa femme et son fils, qui attendaient en Caroline du Nord. Dans ce premier album, *Have You Heard The Distinctions ?*, noyé sous les cordes, les chansons d'amour chaleureuses et attachantes de Deehorn et le style profus et douloureux de ses productions dominent l'ensemble – il tenait enfin le groupe digne de ses tubes assurés. Son arrangement de « Step Up and Love Me », complété par un flügelhorn et un glockenspiel, assit la viabilité commerciale du groupe, devenant bientôt numéro 1 des charts R&B, tout en se hissant au huitième rang du classement pop. Rude fut coauteur du déchirant « **Heart and Five Fingers** », même s'il est difficile d'imaginer que les caresses et les sanglots en fin de morceau aient jamais été couchés sur le papier. Quand les organisateurs de tournée se mirent enfin à décrocher leur téléphone, le groupe était prêt ; cela ne faisait jamais que dix ans qu'ils travaillaient leur jeu de jambes.

L'apprentissage était terminé. Atlantic Records racheta le contrat du petit label et renvoya l'équipe chez Sigma pour graver leur premier chef-d'œuvre, *The Deceptively Simple Sounds of the Subtle Distinctions*. Le classique « **(No Way to Help You) Ease Your Mind** » inaugura un bref partenariat dans la composition de chansons entre Deehorn, Rude, et Brown. Avec « **Happy Talk** » et « **Raining on a Sunny Day** » également dans les charts, si l'on possédait une radio, la voix de tête douloureuse de Rude et les riches harmonies que distillaient les Distinctions rythmèrent l'été 70. L'album était un régal des humeurs les plus élégantes de l'époque, le groupe au sommet de sa première manière, dont Dave Marsh a donné la meilleure description dans son *Heart of Rock and Soul* : « Du pur déjà entendu, semblant en appeler à la nostalgie d'une soul doo-wop qui n'avait en réalité jamais existé. » La tonalité ne pouvait que s'assombrir, c'était inévitable, mais sur le moment il était facile de souhaiter que l'été dure toujours – ou qu'on voie paraître une centaine d'albums aussi charmants que *Deceptively Simple Sounds*. Mais nous n'en avons qu'un.

Dans la lignée de Curtis Mayfield avec « Move on Up » et de Marvin Gaye avec « What's Going On », les Subtle Distinctions s'engagèrent socialement en enregistrant *In Your Neighborhood* à l'automne 1971. Avec sur sa pochette une photo du groupe dans un terrain vague, se réchauffant les mains au-dessus d'un brasero, A&R se hâta de le mettre dans les bacs avant Noël, craignant que l'appétit du public pour la prise de conscience ne fasse long feu. Rien à craindre – *Superfly* s'annonçait déjà –, toutefois l'image ne convenait pas au groupe, et *Neighborhood* ne fut pas un succès de Noël. Rude y alla de son chant étincelant dans ses propres compositions, « **Sucker Punches** » (qui atteignit la dix-huitième place R&B tout en échouant à intégrer les charts pop), « **Jane on Tuesday** », et « **Bricks in the Yard** », mais l'album fit un bide. Dans la tradition discutable de « I'd Rather Fight Than Switch » des 100-Proof (Aged in Soul), de « Ain't Nothing Like the Real Thing » de Marvin Gaye et Tammi Terrell, et d'autres mélodies inspirées par Madison Avenue, « **Silly Girl (Love Is for Kids)** » de Deehorn se hissa, à son grand soulagement, jusqu'à la onzième place du classement R&B, la seizième du classement pop.

Le rebond qui s'ensuivit fut éclatant : *Nobody and His Brother* était moins une retraite qu'une revisitation de la noirceur de *Neighborhood* en des termes plus personnels et profonds, rendue possible par l'affirmation du rôle prédominant de Rude comme compositeur. « **Bothered Blue**[1] » devint immédiatement numéro 1, atteignant le

1. « Cafardeux à mort ».

sommet des deux charts en octobre 1972, et si c'est la seule chanson que vous étiez sûr de connaître en achetant ce coffret, vous êtes pardonné. Réécoutez-la. Elle s'est bonifiée, plus déchirante et authentique chaque année, l'un des témoignages les plus adultes sur l'ambivalence et l'ennui à avoir jamais servi de musique de fond pour une pub Volkswagen. Des morceaux comme « **The Lisa Story** », « **If You Held the Key** », et « **So Stupid Minded** » sont une déclaration de guerre à l'allégeance du groupe au coauteur Deehorn – la voix et les textes de Rude s'y déchaînent contre les formats bien sages que Deehorn jette en travers de son chemin, tandis que Maddox, Longham, Macy et Bicycle tentent de jouer les pacificateurs, d'adoucir par leurs harmoniques la voix qui brûle au premier plan. Quand Rude s'envole, ils offrent une piste d'atterrissage, quand il trébuche ils le remettent d'aplomb, enfin, quand il a sommeil, ils le bordent. Seul « Bothered Blue » atteignit les charts, mais c'était plus que suffisant pour aider l'album à trouver sa place, et à devenir leur plus grand succès.

Rude quitta le groupe alors que la chanson était encore dans les charts. Le dernier album des Distinctions, *Love You More !*, est un bric-à-brac récupérateur, Deehorn rassemblant des maquettes laissées par Rude dans son sillage. L'accrocheur et sous-estimé « **Painting of a Fool** » cartonna brièvement au classement R&B en juin 1973, mais l'album ne trompa personne. Les Distinctions furent débarqués d'Atlantic, et se séparèrent rapidement de Deehorn qui avait d'autres chats disco à fouetter. Le groupe passa rapidement et non sans grâce à une deuxième vie dans le circuit des clubs programmant de vieilles gloires, apparemment aussi peu désireux de prendre une retraite complète que de souiller son nom en enregistrant sans Rude. Les retraites aussi réussies sont rares.

Quant au départ de l'irremplaçable, du fantasque et bien-aimé Rude, il ne surprit personne. Ses querelles en studio avec Deehorn étaient légendaires, à juste titre. La pop noire prenait une autre direction, malgré « Bothered Blue ». Deehorn produirait de nombreux tubes les années suivantes, mais la position d'un Barrett Rude Jr. était loin d'être assurée. Pour chaque brailleur de soul comme Johnny Taylor qui, avec « Disco Lady », relançait sa carrière, ils étaient des dizaines qui arrivaient en bout de course. Et si le rythme fluide et le tempo accéléré du style de Philly annonçaient (et aidèrent à créer) le disco, cela ne fait qu'ajouter quelque chose de déchirant à ce qui devint – avec les Spinners, les Manhattan, les Bluenotes, les Delphonics, les Stylistic et les Subtle Distinctions – le baroud d'honneur de la soul classique.

Il est difficile de décrire ce qui a changé dans la discographie de Stevie Wonder quand il se mit à jouer de tous les instruments, sinon que cela ne donne plus l'impression d'être de la soul, mais plutôt la pop-funk la plus humaine jamais enregistrée. En mettant la musique en plein accord avec elle-même, Wonder dépassa tous les paradoxes. De la même façon, le gospel fin seventies d'Al Green est excellent, mais quand il eut abandonné Willie Mitchell et le groupe maison de Hi, sa musique cessa d'osciller entre deux mondes. Le contre-exemple est Marvin Gaye qui, en décidant de réaliser ses propres arrangements, ne fit que s'enfoncer de plus en plus dans un marécage de contradictions insolubles. Gaye est la figure paradigmatique de la soul, emportant partout sa prison avec lui, parce qu'elle est inhérente à sa voix elle-même.

Barrett Rude Jr. aurait-il pu continuer dans les années 70 avec quelque chose approchant la force de Gaye ? Peut-être. Il essaya. Il échoua. Rude ne fut jamais un compositeur sûr de lui – de toutes les chansons qu'il écrivit pour les Distinctions, deux seulement ne mentionnent pas la collaboration de Deehorn ou Brown. Les acheteurs de disques et les programmateurs radio connaissaient sa voix mais pas son nom : il aurait pu chanter « Bothered Blue » en scène jusqu'à un âge avancé, jamais il n'aurait pu le réenregistrer. À 34 ans, il repartait de zéro. *On His Own* (1972) n'aurait pas dû être un mauvais départ : avec Marv Brown dans son sillage comme arrangeur, Rude enregistra une suite rêveuse de chansons d'amour aussi personnelles que les pensées d'un journal intime. Non crédités, les Distinctions chantent dans les chœurs sur deux plages, « **This Eagle's Flown** » et l'unique tube, « **As I Quietly Walk** », qui se logea confortablement à la douzième place des charts R&B mais ne put sauver l'album de l'indifférence du public.

Notre affection tend à se détourner des joueurs de base-ball qui signent dans un nouveau club, des enfants comédiens devenus adultes, des groupes qui se séparent pour des carrières solo. Pourtant, aux yeux de Rude, les Distinctions incarnaient une sorte d'enfance, et sa carrière solo un âge adulte longtemps repoussé. Le rejet de *On His Own* fut amer. Toujours plus isolé des conseils de ses amis, Rude divorça de Junie Kwarsh et s'installa à New York. Son dernier album, *Take It, Baby*, traite de la séparation avec une précision torturée – le million de dollars qu'il avait négocié par contrat en quittant les Distinctions revint à son ex-femme dans le divorce. Refusant d'utiliser les ressources d'Atlantic et se privant même de Marv Brown, Rude enregistra dans les studios du New Jersey de Sylvia Robinson, plus tard marraine du Sugarhill Gang. Le résultat est un tour de force de ressentiment déchaîné, et quasiment inécoutable d'après les critères auxquels s'attendait le public des Distinctions. « **Lover of Women** » et « **Careless** » visitèrent brièvement les charts R&B. « **A Boy Is Crying** » se réfère à la lutte autour d'une garde d'enfant, mais le son indique qu'il pourrait s'agir d'une lutte entre les deux ou trois moi de Rude, parmi lesquels on ne trouve que des perdants.

Le dernier single dévoyé de Rude, « **Who's Callin' Me ?** », enregistré et sorti en 1975, est l'aveu d'une retraite paranoïaque. Il prend la forme d'un faisceau d'interrogations sur l'identité de la personne qui tente de le joindre ; on entend sonner un téléphone derrière le bouillonnement funk. « *Un créancier ?* » se demande Rude. « *Ça peut pas être mon frère, mon frère appelle jamais.* » Après avoir envisagé « *Un faux numéro / Une mère célibataire / mon dernier producteur / une habile séductrice / peut-être même un tueur* » et d'autres, on entend à peine, dans le fondu final, une dernière possibilité angoissée : « *Serait-ce mon salaud de père qui m'appelle ?* » Au regard des événements qui suivront, la coïncidence est poignante.

La dernière apparition de Rude dans un studio d'enregistrement eut lieu en 1978, invité à chanter sur « **(Did You Press Your) Bump Suit** » (single) de Doofus Funkstrong, exercice funk de vingt minutes raccourci pour les besoins de la sortie en single. Il atteignit les charts, mais n'y resta pas. Les envolées vocales de Rude n'ont jamais mieux sonné et – privées de sens par des paroles stupides – jamais été moins significatives. Un épilogue encore plus étrange est fourni par deux exemples de maquettes enregistrées en privé sur quatre pistes, entre 1977 et 1979. « **Smile Around Your Cigarette** » et « **It's Raining Teeth** » sont des compositions obsédantes et décousues, toutes deux merveilleusement chantées, quoique avec indolence, suggérant l'influence de Sly Stone. Rude était rongé par la cocaïne à cette époque.

J'ai promis une histoire, et toutes les histoires ont une fin. Andre Deehorn produisit un grand nombre de groupes à Philadelphie, puis plus tard à Los Angeles, accumulant les succès dans les charts de dance avec Sophistifunction et Fool's Gold, entre autres. Il travaille à présent comme impresario à L.A. Rudy Bicycle et Alfred Maddox sont restés de vieux amis, ils vivent l'un et l'autre avec leur famille à Dearborn, dans le Michigan, et travaillent dans l'industrie qui les a toujours fait vivre, Bicycle organisant des spectacles musicaux dans des casinos de la ville voisine de Windsor, dans l'Ontario, et Maddox chargé des relations publiques du musée Motown. Denny Longham ne perdit pas sa passion pour la coiffure ; après la séparation des Distinctions en 1977, il ouvrit King's Hair Throne, un salon de coiffure du sud de Philadelphie, et fut une figure locale jusqu'à sa mort d'une pneumonie en 1985. Il avait 44 ans. En 1977, James Macy suivit Andre Deehorn à Los Angeles, et se débattit des années durant à la poursuite d'un tube pour divers labels de seconde zone. Lui et deux de ses compagnons furent abattus par des agresseurs non identifiés, alors qu'ils se trouvaient dans une voiture arrêtée à un feu rouge, à Culver City, le 25 septembre 1988. Il avait 47 ans. Marv Brown ne connut plus jamais de collaboration musicale aussi gratifiante que celle qui avait débuté dans les studios Hi en 1967. Il travailla avec le groupe maison de Sigma pendant un an, puis disparut, avant de se pendre dans un asile de Patterson, en 1994. Il avait 56 ans.

Après avoir obtenu la garde de son fils, Barrett Rude Jr. s'installa à Brooklyn, où il plongea peu à peu dans une solitude alimentée par la cocaïne. Le père de Rude rejoignit la maisonnée à sa sortie de prison en 1977 ; ses relations avec Rude étaient pour le moins difficiles. L'ambiance était explosive, mélange détonant entre l'hédonisme de Rude et l'excentrique obsession pentecôtiste de son père, sa ferveur morale, sa fascination amour-haine pour la musique et la sensualité, ses étranges pratiques du jour du sabbat. (On songe à une bizarre coïncidence : Marvin Gaye, Philippe Wynne et Barrett Rude Jr. étaient tous, par choix ou par éducation, *de bizarres juifs noirs*.) Le 16 août 1981, lors d'une querelle de famille, Barrett Rude Senior braqua un pistolet sur son fils et son petit-fils. On ne saura jamais s'il avait l'intention d'en faire usage. Surgit une autre arme, et le petit-fils abattit le grand-père. Le fils de Rude, qui avait eu dix-huit ans deux mois plus tôt, comparut en adulte, pour homicide involontaire. Rude eut beau en sortir indemne, ce coup de feu mit un terme à ce qui subsistait de sa vie publique. Son silence depuis cette époque est total. On sait seulement qu'il vit toujours.

Voilà pour l'histoire. Mais ce qui compte est une histoire en chansons. La musique dans cette compilation nous livre un récit – de beauté, d'inspiration et de douleur – par le biais de voix sorties du ghetto et des banlieues, de l'église et de la cour d'école, des voix de célébration et de deuil, parfois des voix rêveuses et chagrines, si profondes qu'elles semblent insoutenables dans le cadre de la pop. Il se peut que ces voix nous poussent à chantonner ou à danser, qu'elles nous inspirent des attitudes de séduction, de révolte, d'introspection, ou nous incitent seulement à regarder un peu moins la télé. Les voix de Barrett Rude Jr. et des Distinctions ne nous ramènent pourtant nulle part ailleurs que dans notre propre quartier. Dans la rue que l'on habite. À ce qu'on a laissé derrière soi.

Voilà ce dont on a besoin, ce dont on a toujours eu besoin. Comme le dit la chanson : on a tous besoin par moments d'être cafardeux à mort.

Disque 1 : 1-2 : The Four Distinctions, **singles chez Talihat**, 1961, « Hello », « Baby on the Moon ». 3-4 : The Four Distinctions, **single annulé chez Tamlat**, 1965, « Ain't Too Proud to Beg » NB « Rolling Downhill ». 5-8 : **Singles de**

BRJ chez Hi, 1967 : « Set a Place at Your Table » (n° 49 R&B), « Love in Time », « Rule of Three », « I Saw the Light ». 9-10 : **Démos inédites**, 1968 : « Step Up and Love Me », « So-Called Friends ». 11-14 : Tirés de ***Have You heard the Distinctions ?***, Philly Groove, 1969 : « Step Up and Love Me » (n° 1 R&B, n° 8 pop), « Eye of the Beholder », « Heart and Five Singers », « Lonely and Alone ». 15-19 : Tirés de ***The Deceptively Simple Sounds of the Subtle Distinctions***, Atco, 1970 : « (No Way to Help You) Ease Your Mind » (n° 1 R&B, n° 2 pop), « Far More the Man », « Raining on a Sunny Day » (n° 7 R&B, n° 88 pop), « Happy Talk » (n° 20 R&B, n° 34 pop), « Just in Case (You Turn Around) ».
Disque 2 : 1-4 : Tirés de ***The Distinctions in Your Neighborhood***, Atco, 1971 : « Sucker Punches » (n° 18 R&B, non classé en pop), « Silly Girl (Love Is for Kids) » (n° 11 R&B, n° 16 pop), « Jane on Tuesday », « Bricks in the Yard ». 5-9 : Tirés de ***Nobody and His Brother***, Atco, 1972 : « Bothered Blue » (n° 1 R&B, n° 1 pop), « Finding It Out », « So Stupid Minded », « If You Held the Key », « The Lisa Story ». 10 : Tiré de ***The Subtle Distinctions Love You More !***, Atco, 1973 : « Painting of a Fool » (n° 18 R&B). 11-13 : Tirés de ***On His Own*** **(BRJ solo)**, Atco, 1972 : « As I Quietly Walk » (n° 12 R&B, n° 48 pop), « It Matters More », « This Eagle's Flown ». 14-16 : Tirés de ***Take It, Baby*** **(BRJ solo)**, Atco, 1973 : « Careless » (n° 24 R&B), « Lover of Women », « A Boy Is Crying ». 17-18 : **Single solo BRJ**, Fantasy, 1975 : « Who's Callin' Me ? » (n° 63 R&B) NB « **Crib Jam** ». 19 : Casablanca, 1978 : **Participation de BRJ sur** « (Did You Press Your) Bump Suit » de Doofus Funkstrong (n° 84 R&B, n° 100 pop). 20-21 : **Démos inédites de BRJ** : « Smile Around Your Cigarette », « It's Raining Teeth ».

TROISIÈME PARTIE

PRISONAIRES

1

Dans la pièce du grenier que j'appelais mon bureau se trouvait un canapé convertible habituellement jonché de paperasses, les dossiers de presse qui accompagnaient les exemplaires promotionnels de CD, les emballages de plastique à bulles déchirés et les enveloppes matelassées dans lesquelles les disques étaient postés. Ce matin-là, pourtant, à sept heures, le dessus-de-lit baigné dans la lumière oblique de septembre, la lumière de l'été indien, était débarrassé de coquilles d'emballage, débarrassé de publicités. Ce qui les y avait remplacées : un étui, muni de pochettes plastique prévues pour accueillir vingt-quatre CD, et Abigale Ponders, dans un tee-shirt élimé à l'effigie des Meat Puppets (à moi) et un caleçon d'homme Calvin Klein (pas à moi, elle les achetait elle-même), les membres fléchis dans l'élégant désordre du sommeil. Une seule de ces deux choses se joindrait à moi sur le vol de neuf heures trente pour Los Angeles. Mon lecteur de CD portable et mon casque étaient déjà dans ma valise, avec une seule tenue de rechange, dans un petit baise-en-ville qui attendait à la porte, en bas.

Voir Abby dans mon bureau du grenier n'avait rien d'habituel. En vérité, sa présence me mettait de mauvaise humeur. J'avais espéré me glisser hors de la maison pendant qu'elle dormirait encore dans la chambre d'en dessous. Mais elle m'avait suivi à l'étage en trottinant. Là, éclairée de biais, le blanc de son caleçon ressortant sur sa peau et le dessus-de-lit bordeaux, elle faisait tableau – un tableau tout à fait approprié, exception faite de l'emblème des Meat Puppets sur le mince tee-shirt blanc moulant à l'illustration de la pochette d'un vieux vinyle Blue Note. Elle-même ressemblait à une poupée marron, les mains sur les hanches, la tête relevée, bouche entrouverte, paupières engourdies. Il m'aurait fallu être un Miles Davis furibond pour me sentir digne de figurer dans le tableau. Ou au moins Chet Baker. Tout l'être d'Abby m'était un reproche. J'aimais avoir une copine noire, et j'aimais Abby, mais je n'étais pas trompettiste.

Examinant mon mur de CD, j'ouvris un boîtier et laissai tomber *Whereabouts* de Ron Sexsmith sur le dessus-de-lit, à côté de l'étui.

Elle bâilla. « Et d'abord, pourquoi tu passes la nuit là-bas ? » Abby comptait sur son insouciance ensommeillée pour sortir de l'impasse de la nuit précédente. Nous nous étions livré une guerre silencieuse, pire que jamais. Cela valait le coup d'essayer – j'étais de son côté, même si je ne pouvais me montrer coopératif.

« Je t'ai dit que j'ai un ami à voir.

– Tu as rendez-vous avec une nana ? »

Je marmonnai le mensonge. « Un vieux copain, Abby. » Je choisis ensuite *Still Bill* de Bill Withers. Je lâchai le disque sur le lit sans détourner les yeux des étagères.

« C'est vrai, vieux copain, dîner, j'avais oublié. Pardon. » Le disque tomba bruyamment par terre. « Je l'ai fait tomber avec mon pied. » Elle eut un rire bref.

J'attrapai le disque qui tournoyait encore, et le glissai dans l'étui, près de ses orteils.

« J'aimerais que tu me parles.

– Je vais louper mon avion.

– Il y en a un toutes les heures, il paraît.

– Oui, mais on m'attend chez Dreamworks à une heure. Me baise pas mon coup.

– T'inquiète, Dylan, j'ai l'intention de baiser personne. C'est ça que t'as dit ?

– Abby. » Je m'efforçai de froncer les sourcils. « Même pas toi. Alors ne sois pas jaloux de toi-même, parce que tu vas te l'accrocher.

– Retourne te coucher », suggérai-je.

Elle bâilla et s'étira. Les mains sur ses cuisses nues, coudes rentrés vers le torse comme s'ils cherchaient à se toucher. « Si on baisait encore, Dylan, ça aiderait peut-être.

– Ça aiderait qui ?

– Par définition, baiser implique qu'on soit deux. »

Je lançai *Another Green World* de Brian Eno sur le lit et imaginai une engueulade avec moi-même à dix-huit mille mètres d'altitude.

Elle passa les pouces sous l'élastique. « Je me suis fait jouir la nuit dernière pendant que tu dormais.

– Parler à quelqu'un de masturbation implique qu'on soit deux, Abby, mais ça veut pas dire qu'on baise. » Ce genre de truc passait facilement entre Abby et moi. L'air de déjà-vu de ce badinage me permettait de tranquillement continuer à parcourir ma collection de disques.

« Tu veux savoir à qui je pensais en jouissant ? C'est dégueu.

– T'arrivais à lui voir le blanc des yeux ?

– Quoi ?

– Laisse tomber. Je t'ai coupée.

– Je te le dirai si tu me donnes le nom de ton amoureuse secrète à L.A.

– On échange une personne réelle contre une imaginaire ? C'est censé être un marché équitable ?

– Oh, il est bien réel. »

Je ne répondis pas, mais portai rapidement mon choix sur deux autres CD – Swamp Dogg, Edith Frost.

« Je rêvais à moitié, vraiment. Guy d'Seur posait ses petites pattes de grenouille partout sur mon corps. C'est idiot, non ? Je n'ai jamais pensé à lui comme ça, pas une minute. Quand il a sorti sa bite, elle était énorme.

– Ça m'étonne pas. »

C'était vrai. Ni l'apparition de d'Seur dans le fantasme d'Abby, ni la taille qu'elle attribuait à son appareil. Guy d'Seur était plus que le directeur de recherches d'Abigale Ponders, c'était une célébrité de Berkeley. Pas la peine d'être critique de rock – ni même musicien de rock. Dans ce patelin, les stars qui en mettaient plein la vue, c'étaient les profs de troisième cycle de tous les UFR. Quand on entrait dans un café de Berkeley pour trouver, assis devant un crème et un scone, une brochette de théoriciens tout de noir vêtus de l'UFR de rhétorique ou d'anglais – Avital Rampart, Stavros Petz, Kookie Grossman et Guy d'Seur en composaient le panthéon actuel –, on avait l'estomac retourné. À Berkeley, c'étaient ces types-là qui faisaient taire tout le monde sur leur passage. Les piles de leurs ouvrages illisibles occupaient les premières places à l'étal des librairies.

Abigale Ponders était la fille unique d'un couple de dentistes noirs de Palo Alto, honorables adeptes de l'ascension vers la couche supérieure de la classe moyenne qui avaient seulement voulu la voir obtenir un diplôme de troisième cycle, avant d'être totalement stupéfaits par le résultat. La thèse d'Abby, « La place de la chanteuse noire dans les représentations parisiennes de la culture afro-américaine, de Josephine Baker à Grace Jones », l'avait conduite, deux ans plus tôt, à venir voir le seul journaliste en activité à Berkeley qui ait interviewé Nina Simone. J'avais entrepris ce mortifiant pèlerinage chez Nina à la demande de *Musician Magazine* en 1989, et Abby avait montré qu'elle pouvait explorer un index bibliographique à l'égal des meilleurs. Ce jour-là, j'avais su charmer Abby pour la faire sortir du strict cadre d'une interview en lui faisant écouter des raretés de Nina Simone, jusqu'à ce qu'il soit assez tard pour lui proposer d'ouvrir une bouteille de vin.

Trois mois plus tard elle emménageait dans ma petite maison de Berkeley.

« Voilà, je te l'ai dit, à toi, dit-elle. Qui dois-tu rencontrer à L.A. ? Qu'est-ce qui vaut une chambre d'hôtel au-dessus de tes moyens ?

– La chambre d'hôtel est à Anaheim, et elle ne me coûte rien, dis-je. Si ça ne te met pas la puce à l'oreille… » Je m'étais résigné à livrer le secret.

« On te paye pour coucher ? Avec un personnage de Disney ?

– Fais un effort, Abby. Dans la vie, quels sont les gens qui insistent toujours pour tout payer ? »

Elle se tut, un rien honteuse.

Je poussai mon avantage. « Tu rêves de d'Seur parce que tu dois le brouillon d'un chapitre à ses petites pattes de grenouille, tu sais.

– Je t'emmerde.

– Très bien, mais pourquoi tu n'en profites pas pour te remettre au boulot ?

– Mais je travaille.

– Très bien. Excuse-moi de donner mon avis. »

Elle se redressa et croisa les jambes. « Pourquoi ton père va-t-il à Anaheim ?

– Il a quelque chose à y faire.

– Oui, mais quoi ?

– Abraham est l'invité d'honneur – l'artiste invité d'honneur – de ForbiddenCon.

– C'est quoi ForbiddenCon ?

– J'imagine que je le saurai dans peu de temps. »

Silence. « Un rapport avec son film ? » Elle l'avait demandé à voix basse, comme il se doit. Toujours inachevée, l'œuvre d'une vie d'Abraham Ebdus n'était pas un sujet de plaisanterie.

Je secouai la tête. « C'est un truc de science-fiction. On lui remet une récompense.

– Je croyais qu'il se fichait de ce genre de choses.

– J'imagine que Francesca l'a convaincu. » La nouvelle copine de mon père, Francesca Cassini, avait le don de le faire sortir de la maison.

« Pourquoi tu ne m'as pas dit qu'il venait ?

– Parce qu'il ne vient pas. C'est moi qui le retrouve là-bas. » Notre ton était machinal et neutre, une désescalade après les provocations sexuelles d'Abby. Ces dernières flottaient à présent avec l'indolence des volutes d'une cigarette solitaire.

J'ôtai de son boîtier *Black-Eyed Blues* d'Esther Phillips et le glissai dans l'étui. Dehors, la lumière avait changé. Une navette de l'aéroport devait passer me prendre dans une demi-heure.

Abby tira une des courtes tresses qui lui tombaient sur le front, la tordant doucement entre ses phalanges. Je me souvins d'un cabri frottant le tendre bourgeon de ses cornes contre une barrière, scène dont j'avais été témoin dans le Vermont cent ou mille ans auparavant. Quand elle sentit mon regard, Abby baissa les yeux, contempla ses genoux nus. Sa bouche bougea un peu mais n'articula rien. Je crus pouvoir flairer qu'elle s'était un peu excitée en me harcelant.

« T'as l'air un peu abattu, dis-je.

– Quoi ?

– Encore un peu déprimée, ces derniers temps. »

Elle leva brusquement les yeux. « Ne prononce pas ce mot.

– Je le disais gentiment.

– Tu n'as pas le droit. »

Sur ce, elle sortit brusquement, passa le tee-shirt Meat Puppets par-dessus sa tête en descendant l'escalier et disparut. Je n'eus qu'un aperçu fugitif de son dos. Une minute plus tard, j'entendis la douche. Abby avait un séminaire, le second du nouveau semestre. Elle aurait dû passer les mois d'été à rédiger une partie de sa thèse – comme j'aurais vraisemblablement dû écrire le premier jet de mon scénario. Au lieu de quoi nous avions passé notre temps à nous disputer, à baiser et, de plus en plus, à nous retirer pour bouder séparément en silence chacun dans sa chambre. De la même façon qu'Abby s'apprêtait à affronter ses mentors les mains plus ou moins vides, j'allais m'envoler pour Los Angeles afin de présenter une idée géniale sur laquelle je n'avais même pas griffonné l'ombre du début d'une note géniale.

Le rédac chef du *L.A. Weekly* pour qui j'avais écrit de temps à autre m'avait obtenu ce rendez-vous, mon premier. Pigiste depuis deux ans, j'avais lentement accumulé trente mille dollars de dettes sur ma carte de crédit, ma plus récente source de revenus tenant principalement au travail que j'effectuais pour Remnant Records, un label de rééditions du comté de Marin. Mes rapports avec le propriétaire de Remnant, beatnik grisonnant répondant au nom de Rhodes Blemner, m'étaient une humiliation. La présentation d'aujourd'hui était une tentative pour recouvrer la liberté.

J'ai dû avoir une sorte d'absence, parce que l'instant d'après Abby se tenait tout habillée en haut de mon escalier. Elle portait un jean, un haut noir sans manches et des bottes qui lui montaient jusqu'au genou et la faisaient plus grande que moi. Les bottes n'étaient pas encore lacées jusqu'en haut de leur système d'œillets compliqué. Elle se massait les paumes et les coudes avec de la crème hydratante en braquant sur moi un regard furieux.

« Je ne parle pas des pires aspects de ma vie pour que tu me les balances à la gueule, dit-elle. Si j'ai déjà été déprimée, au moins j'ai le cran de le reconnaître. Je ne veux plus que tu prononces ce mot devant moi, c'est compris ?

– Que tu sois à cran, je le vois. Apparemment, j'ai mis le doigt dessus. Ce n'est pas ma faute si je te connais intimement.

– Sans blague ? Et c'est la faute à qui si toi tu ne te connais pas intimement ?

– Qu'est-ce que tu veux dire ?

– Pourquoi tu ne m'as pas dit que ton père venait, hein ? Pourquoi tu m'as laissée déconner comme ça ? »

J'ouvris de grands yeux.

« C'est toi qui es déprimé, Dylan. C'est le secret que tu refuses de t'avouer. Tu ne le laisses pas entrer. Tu préfères t'en entourer, pour ne pas admettre que tu en es la source. Regarde-toi.

– C'est une théorie intéressante, marmonnai-je.

– Je t'emmerde, c'est pas intéressant, c'est pas une théorie. Tu es tellement occupé à t'apitoyer sur mon sort et celui de je ne sais qui d'autre, Sam Cooke, ça t'arrange bien, ça t'évite de penser à toi.

– Qu'est-ce que tu veux au juste ?

– Que tu t'ouvres un peu à moi. Au lieu de te cacher comme tu fais en ayant l'air de te montrer.

– Bien sûr, on peut le dire comme ça. C'est ce que je gagne à vouloir t'épargner mes sautes d'humeur.

– Parce que c'est ça qui est en question ? Des humeurs ?

– Y a une minute tu te branlais sur le tapis et maintenant cette explosion. J'en peux plus, Abby.

– Tu crois que tu me les as épargnées, tes humeurs ? Qu'est-ce que tu crois que ça me fait de vivre sous ton chaudron de malheur, là ? » Du geste elle indiquait le mur que j'étais en train de passer en revue avec ses mille quatre cents disques compacts : deux casiers qui en contenaient chacun sept cents. « Tu en as tout un mur, d'humeurs, tout un mur, de déprime, tu te prends pour T.S. Eliot avec tous tes objets corrélatifs ? » Elle frappa les étagères qui tremblèrent.

« Ouah, c'est un procès en règle. » Je tâtonnais pour ne pas me laisser étouffer, rien de plus.

« C'est ce que tu dis quand je refuse de te faire le numéro de la dépression ? Tu passes à tes petits fantasmes kafkaïens ? Je n'ai pas le pouvoir de jouer les procureurs, figure-toi. Je ne suis que la mascotte officielle de toute la merde que tu refuses de ressentir. La pièce la plus importante dans la collection Ebdus de noirs tristes.

– Tu es injuste.

– Voyons voir, Curtis Mayfield, "We People Who Are Darker Than Blue" – ça me paraît tout à fait dépressif. » Elle balança le CD par terre. « Gladys Knight, malheur, déprime. Van Morrison, déprime totale. Lucinda Williams, qu'on la mette sous Prozac. Marvin Gaye, mort. Johnny Ace, mort, tragique. » À mesure qu'elle égrenait les titres, elle les arrachait à l'étagère, les boîtiers se cassaient en heurtant le plancher. « Little Willie John, mort. Little Esther et Little Jimmy Scott, tristes – tous les Little sont tristes. C'est quoi, ça, Dump ? Tu écoutes vraiment quelque chose qui s'appelle Dump ? Ça existe ? Syl Johnson, *Is It Because I'm Black ?* C'est peut-être tout simplement parce que t'es un looser, Syl. Gillian Welch, pitié, maman. Les Go-Betweens ? Cinq aveugles d'Alabama, sans commentaire. Al Green, j'ai toujours pensé que la musique d'Al Green était enjouée jusqu'à ce que tu m'expliques à quel point tout ça est tragique, putain, la façon dont il s'est brûlé avec une marmite de maïs bouillant avant que sa femme se mette une balle tellement elle était déprimée. Brian Wilson, cinglé. Tom Verlaine, très déprimé. Même toi, t'écoutes pas ce disque. Ann Peebles, *I Can't*

Stand the Rain. Harold Melvin and the Blue Notes, beurk. “Drowning in the Sea of Love”, c’est une bonne ou une mauvaise chose ? David Ruffin, je sais que c’est un junkie. Donny Hathaway – mort ?

– Mort, répondis-je.

– Les Bar-Kays, ça a l’air joyeux, mais j’ai un mauvais pressentiment, ce disque me met mal à l’aise. C’est quoi le problème des Bar-Kays ?

– Euh, ils étaient à bord de l’avion d’Otis Redding.

– Les Dead-Kays ! » Elle mit la main dessus et le fracassa contre le mur du fond d’où il retomba en pluie sur l’oreiller.

« Ça va, Abby. » J’ouvris les mains, implorant. « Faisons la paix. T’as gagné. » Mon cerveau affolé ajouta *Sprite ! Mr. Pibb ! Clitoris !*

Elle s’arrêta, et nous contemplâmes tous deux les éclats de plastique qui s’étalaient à ses pieds.

« J’ai aussi de la musique enjouée, dis-je en adoptant bêtement sa phraséologie.

– Comme quoi ?

– “You Sexy Thing” est sans doute ma chanson préférée. Il y a des tas de choses qui me plaisent dans le disco.

– Très mauvais exemple.

– Pourquoi ?

– Un million de chanteurs gémissants et pleurnicheurs, dix millions de chansons déprimantes, pour cinq ou six chansons enjouées – qui te rappellent les raclées que tu prenais quand tu avais treize ans. Tu vis dans le passé. J’en ai ras le bol de tes secrets. Ton père a-t-il seulement demandé si je t’accompagnais ? »

J’avais le visage en feu, aucun mot ne sortit.

« Et tous ces trucs, là. C’est quoi tous ces trucs, d’abord ? » À côté des coffrets posés sur l’étagère, au-dessus des boîtiers de CD, étaient disposés quelques objets dont je ne lui avais jamais parlé : l’anneau d'Aaron X. Doily, le pic de Mingus, une paire de boucles d'oreilles de Rachel, un petit carnet de photos noir et blanc avec une reliure cousue à la main et intitulé « Pour D. de la part de E. ». Les éclats de plastique des boîtiers cassés crissèrent sous ses bottes aux lacets défaits. « À qui est dédiée cette petite relique ? Emily ? Elizabeth ? Dis-le, tu l'as mis là pour que je le voie, tu me dois vraiment une explication.

– Arrête.

– T'as été marié ? Comment je le saurais ? »

Je pris l'anneau sur l'étagère pour le mettre dans ma poche. « C'est des trucs de quand j'étais petit. » Je simplifiais un peu : E. était l'épouse d'un copain de fac, le carnet un cadeau commémorant un *presque* qui n'était au fond qu'un *valait mieux pas*.

Les comics de Mingus étaient dans un carton au fond de ma penderie, mélangés aux miens.

Elle se saisit du pic afro. « Tu gardais déjà des souvenirs de noires quand tu étais petit ? Ça m'étonnerait.

– Ça ne vient pas d'une fille.

– Pas d'une fille. » Elle lança le pic sur le lit. « C'est ta façon de me dire quelque chose que je ne veux même pas savoir ? Ou alors tu as acheté ça sur eBay ? C'est le pic d'Otis Redding, volé dans l'épave ? Peut-être qu'il a appartenu à l'un des Bar-Kays. J'imagine que ta véritable hantise est que tu ne pourras jamais en être sûr. »

J'éclatai. « Faut vraiment que je sois obligé d'écouter ces conneries parce que tu te sens pas assez noire. Parce que tu as grandi dans des banlieues aisées en faisant du poney.

– Non, t'es obligé d'écouter ça parce que tu crois que la différence entre l'endroit où t'as grandi et l'endroit où j'ai grandi explique tout. Mais écoute-toi un peu. Qu'est-ce qui t'est arrivé, hein ? Ton enfance est une espèce de sanctuaire dans lequel tu vis continuellement, au lieu de vivre ici, avec moi. Tu crois peut-être que je ne le sais pas ?

– Il ne m'est rien arrivé.

– C'est ça, fit-elle, sarcastique. Alors pourquoi elle t'obsède tellement ton enfance ?

– Parce que… » Je voulais vraiment répondre, pas seulement pour l'apaiser. J'aurais voulu le savoir moi-même.

« Parce que ?

– Mon enfance… » Je cherchai soigneusement mes mots. « Mon enfance est la seule partie de ma vie qui ne soit pas… submergée par mon enfance. »

Submergée… ou peut-être pensai-je anéantie ?

« Voilà », dit-elle. Et nous nous dévisageâmes un long moment. « Merci, dit-elle.

– Merci ?

– Tu viens de me faire comprendre la place que j'occupe. » Elle l'avait dit avec tristesse, sans plus chercher à rien prouver. « Tu sais, la première fois que j'ai passé la nuit dans cette maison, tu crois peut-être que je ne suis pas montée ici pour jeter un œil à tes affaires ? Tu crois que je l'ai pas vu, ce pic, sur ton étagère ?

– C'est qu'un pic. J'aime bien sa forme. »

Elle m'ignora. « Je me suis dit : Abby, ce type te range dans sa collection pour la couleur de ta peau. Et ça m'allait, je voulais bien faire partie de ta collection. J'aimais bien être ta négresse. »

Le mot flottait entre nous, pantelant, il ne me permettait pas de répondre. Je pouvais le visualiser en lettrage de comic ou dans un style graffiti, luisant d'ornements tapageurs, éclairs, étoiles, halos. Comme pour le pic, je pouvais en apprécier la forme. La plupart des mots de ce genre se dévaluent à force d'être lancés à tout bout de champ dans les rues par des écoliers de toutes couleurs, à force d'être murmurés par des amants comme Abigale Ponders et moi. Mais s'il avait servi plus d'une fois dans notre relation, *nègre*, *négresse* restaient cette rareté rebelle à l'entropie, capable de se renouveler sans cesse. La hideur du mot se ravivait toujours, prête à servir en cas de besoin.

« Mais je n'ai jamais voulu faire partie de ta collection pour mes humeurs. C'est ma déprime que tu as collectionnée, cultivée comme un cactus, comme tu aurais voulu un chat boudeur pour t'apitoyer sur lui. Je ne me suis jamais attendue à ça. Jamais. »

Abby parlait toute seule. Quand elle s'en aperçut, un instant après moi, son expression se figea. « Range ta chambre », dit-elle, et elle redescendit.

La navette de l'aéroport klaxonnait depuis un moment déjà, je m'en rendis compte. Le rangement de ma chambre pouvait attendre, et il faudrait me contenter des cinq ou six CD que j'avais sélectionnés. Le disque de Syl Johnson, *Is It Because I'm Black*, était tombé au sommet du tas de CD et de plastique laissé là par Abby. Je le repêchai et l'ajoutai à l'étui.

Abby était devant la table de la cuisine, un pied posé sur une chaise, pour nouer les interminables lacets. Elle avait déjà fourbi la verroterie de ses piercings. Sa tenue pouvait sembler absurde pour une étudiante dans une salle de cours, mais je savais à quel point ses camarades soignaient leur apparence pour ce genre d'occasion. Seules les bottes avaient retardé sa sortie théâtrale – elle avait certainement eu l'intention de partir avant moi, considérant que ses derniers mots à l'étage étaient une conclusion définitive.

Je pris le sac près de la porte. Le visage qu'elle leva vers moi était nu, bouleversé, sans fard. La navette klaxonna de nouveau.

« Bonne chance pour aujourd'hui, dit-elle gauchement.

– Merci. J'appellerai…

– Je ne serai pas là.

– Bon. Abby ?

– Oui ?

– Bonne chance à toi aussi. » J'ignorais si j'étais sincère, ou à quoi cela s'appliquait si je l'étais. Lui souhaitais-je bonne chance parce qu'elle me quittait ? Mais on en était là, notre absurde épilogue était complet, bonne chance de part et d'autre. Puis je partis.

2

Septembre 1999, une saison de peur – trois mois plus tard l'effondrement du réseau informatique mondial mettrait un terme au long raout qu'aura été ce siècle. En attendant, tandis que le raout s'alanguissait, le nouveau format à sensation en matière de radios était ce qu'on appelait Jammin' Oldies. Dans mon taxi on entendait une station de Los Angeles, MEGA 100, récemment reformatée (ou, dans le jargon de la radio, « retournée ») pour s'accorder à la tendance nouvelle – la chanson à l'antenne était « Why Can't We Be Friends ? » de War. Je demandai au chauffeur de me conduire aux studios Universal et il s'éloigna du trottoir de l'aéroport pour rejoindre le flot gris de la circulation bordée de palmiers. Les arbres me paraissaient assoiffés.

San Francisco aussi possédait une station vouée au Jammin' Oldies. Toutes les villes en avaient une, retournement massif lié à l'empressement avec lequel ma génération s'attendrissait sur les tubes de sa jeunesse. Les vieux clivages s'étaient brouillés au profit de l'idée que le disco n'avait pas été aussi moche que ça, on faisait même semblant de l'avoir adoré dès le début. Les tubes dance de Kool & the Gang et Gap Band contre lesquels nous avions lutté adolescents, en essayant de nier le rythme qu'ils nous instillaient, étaient à présent incontournables lors des mariages et à l'heure du déjeuner dans tout le pays ; les ballades des O'Jays, des Manhattan et autre Barry White que nous avions en horreur étaient désormais, en accompagnement d'un martini-gin ou d'un bon verre de rouge, l'élément de base de toute entreprise de séduction bien menée. À en croire la radio, j'avais apparemment atteint l'âge adulte dans une utopie indifférente aux races. Qu'à l'autre bout les radios de hip-hop tombent sous le coup d'une stricte quarantaine, sorte d'antichambre de la prison, aucune importance. Pas aujourd'hui en tout cas, sur la banquette arrière d'un taxi conduit par un certain Nicholas M. Brawley, dans un brouillard blanchi par le soleil, en route pour un rendez-vous avec le responsable du développement des projets de Dreamworks, vraiment pas.

« Cette chanson vous plaît ? demandai-je à la nuque quadragénaire aux boucles grisonnantes de Nicholas Brawley.

– Ça peut aller.

– Vous connaissez les Subtle Distinctions ?

– Alors ça, c'est vraiment de la bonne musique. »

Au poste de contrôle du portail d'entrée de l'Universal j'eus la preuve que j'étais attendu, on fit donc signe au taxi de Brawley de passer, de contourner les Jeep stationnées, les longs hangars sans fenêtres et les baraquements de brique qui donnaient l'impression d'avoir été assemblés le matin même. Le bâtiment de Dreamworks se trouvait à ce qui me sembla plus ou moins quinze cents mètres de l'entrée, derrière un parking ombragé dont l'accès nécessitait un passe. Aucun n'en ayant été délivré, Brawley me déposa devant la grille.

« Vous avez une carte ? lui demandai-je. Je repars d'ici, je ne sais pas, dans une heure, peut-être. »

Il nota un numéro au verso de la carte de sa société. « Appelez-moi sur mon portable. »

Tandis que je traversais le parking pailleté d'ombre

jusqu'à l'entrée, un larbin sur son trente et un le traversait dans la direction opposée, pour aller faire une pause sous les eucalyptus. Il trimballait un oscar. Paumes refermées sur la base et les épaules de la statuette, il semblait chercher quelqu'un à qui l'attribuer. Je me demandai si son boulot consistait uniquement à arpenter ce parking toute la journée avec le trophée doré, de long en large, afin de rappeler à tout visiteur les enjeux locaux.

À l'intérieur, on me dirigea vers l'étage, où je donnai mon nom à une jolie fille équipée d'écouteurs. Elle m'apporta une bouteille d'eau avant de m'abandonner à une flottille de canapés et de revues. Là, je posai mon triste baise-en-ville, tirai sur mon pantalon pour croiser les jambes et tentai de ne pas paraître trop démoralisé sous les sourires goguenards des affiches encadrées. Quelques minutes s'écoulèrent, les téléphones sonnaient, la moquette soupirait, quelqu'un murmura au coin du couloir.

« Dylan ?

– Oui ? »

Je lâchai *Men's Journal* avant qu'un jeune type en costume impeccablement repassé me prenne par la main. « Vous êtes le critique musical, c'est ça ?

– C'est ça.

– Moi c'est Mike. Enchanté. Jared est en ligne, il n'en a plus pour longtemps. »

Nous passâmes dans le petit bureau de Mike, espace intermédiaire, zone de transit, apparemment, pour rencontrer Jared. Il fallait s'appuyer la voie hiérarchique de A jusqu'à Z avant d'arriver au sommet. Mais au moins on s'appelait tous par nos prénoms.

« Mike ? fit une voix dans l'interphone.

– Oui.

– Je suis prêt pour Dylan. »

Mike me donna le feu vert, les deux pouces dressés, pour franchir le seuil de Jared et me souhaita bonne chance d'un clin d'œil.

La pièce avait des teintes ocre à revendre. Pas d'affiches ici, rien de discordant – on aurait dit le cabinet d'un psy. Les rayons du soleil perçaient à travers deux caoutchoucs en pot, et enjolivaient la moquette. Jared bondit de derrière son bureau. Il était en bras de chemise, blond, épais et lisse, bien dans son corps, un accro du gymnase, apparemment. Mais au stoopball, je lui aurais mis une raclée.

Un conclave avec Jared Orthman semblait être ce qui se faisait de mieux en dehors d'une audience avec Geffenberg lui-même. Un millier voire un million d'auteurs convoitaient ce que j'avais obtenu ce jour-là. J'espérais ne pas le gaspiller, moins par respect pour eux que pour mes misérables perspectives d'avenir et ma dette en expansion.

« Là, asseyons-nous là. » Il m'éloigna du bureau, vers deux fauteuils qui se faisaient face, le coin des pitchs. Je laissai tomber mon sac qui s'affaissa telle une sculpture de Claes Oldenburg, comme s'il incarnait l'impuissance de l'artiste dans le cadre d'une grosse entreprise. Je regrettai de ne pas avoir rangé mon lecteur de disques et mes sous-vêtements de rechange dans une meilleure imitation d'attaché-case. Nous nous assîmes, échangeâmes un sourire, croisâmes les jambes.

Jared fronça les sourcils. « Tu as eu de l'eau ? On t'a donné de l'eau ? demanda-t-il anxieusement.

– Je l'ai laissée dehors.

– Tu veux quelque chose ? De l'eau ? » Il semblait prêt à fournir l'essence de la vie, dût-il tordre les pierres pour l'en extraire.

« Je n'ai besoin de rien, merci.

– Alors. » Il sourit, fronça les sourcils, ouvrit les mains. Nous nous examinâmes en essayant de garder l'air avenant. Jared et moi avions sans doute le même âge mais pour le reste étions venus des deux bouts opposés de l'univers à ce rendez-vous. Mon jean noir faisait comme une traînée de cendres ou une flaque de vomi dans ce monde pêche et crème.

« Je suis un ami de Randolph, lui rappelai-je. Du *Weekly*.

– Voiiilà. » Il approuva de la tête, réfléchit. « Et… qui est au juste Randolph ?

– Randolph Treadwell ? Le *Weekly* ? »

Nouveau mouvement de tête. « Je crois savoir de qui tu parles.

– Enfin, il a… c'est lui qui a organisé ce rendez-vous.

– Très bien, très bien. Alors, euh, que fais-tu dans mon bureau ?

– Pardon ? » Il y avait une telle effronterie dans cette question. J'étais aussi stupéfait que s'il avait demandé *Pourquoi est-ce moi qui occupe ce poste, plutôt que, disons, n'importe qui d'autre ? Peux-tu m'expliquer ça, s'il te plaît ?*

« Un instant », dit-il en levant le doigt et en bondissant du fauteuil. Il se pencha sur son bureau et appuya sur un bouton. « Mike ?

– Oui.

– Que fait Dylan dans mon bureau ?

– C'est le critique musical.

– Le critique musical.

– Tu sais. Il a une idée de film.

– Aaaah. » Jared se tourna alors et me sourit. Il était radieux. Un film ! Tout à fait inattendu. « Qui est Randy Treadmill ou je sais pas quoi ? demanda-t-il dans l'interphone.

– C'est le type que tu as rencontré quand tu parlais de ce truc. » *Clic, bzzz.* « Sur le bateau.

– Aaaah. D'accord, d'accord. » Il relâcha le bouton de l'interphone. J'en déduisis qu'il y avait là une hiérarchie du souvenir. Mike se souvenait pour Jared du genre de choses dont Jared s'était jadis souvenu pour un autre, à une étape de son ascension. Un jour, Mike à son tour aurait quelqu'un pour se souvenir des choses à sa place, et serait libre de renoncer à cette faculté.

Jared regagna le fauteuil et pointa de nouveau le doigt vers moi, mais c'était un doigt plus satisfait.

« Tu as une idée de film, dit-il chaleureusement.

– Oui.

– Je suis impatient d'écouter ça. » Il en ignorait absolument tout, je m'en rendais compte à présent. J'aurais pu lui proposer une comédie sur les débuts d'un vibraphoniste dans les Boston Pops, ou un thriller sur un espion qui tue avec un sifflet à ultrasons, n'importe laquelle des choses innombrables qui risquent d'intéresser un critique musical.

« Je ferme les yeux, dit Jared. Ça veut dire que j'écoute. »

J'étais libre d'étudier ses paupières bronzées, son bureau immaculé, ses caoutchoucs jumeaux. J'étais la fourmi qui devait les déplacer, selon toute apparence.

« Ton film parle de… ? » Cela voulait dire *Ce n'est pas parce que j'ai les yeux fermés que rien ne presse.*

« Une histoire vraie, dis-je.

– Je vois.

– Dans le Tennessee…

– Le Tennessee ? » Jared ouvrit les yeux.

« Oui.

– Il a pu se passer quelque chose dans le Tennessee ? »

Je repris depuis le début. « Dans les années cinquante, dans le Tennessee, il y avait un groupe de chanteurs qu'on appelait les Prisonaires parce qu'ils étaient en prison. Mais ça ne les empêcha pas de faire carrière.

Ils enregistrèrent à Sun Records, où Elvis Presley fut découvert. C'est le titre du film… *Les Prisonaires.*

– Tu savais que mes parents ont quitté le Tennessee pour venir s'installer ici ? » Dans sa bouche, cela sonnait comme la Crimée, ou la planète Mars. « Ou c'est juste une coïncidence ?

– Je l'ignorais.

– Je vois. Je vois. Épatant. C'est quoi le titre ?

– *Les Prisonaires.*

– Je vois, redis-moi.

– Laissez-moi planter le décor. » On m'avait conseillé de « raconter sous forme de scènes ». « J'aimerais que le film débute en prison. Le leader des Prisonaires s'appelle Johnny Bragg. C'est le compositeur et le chanteur du groupe. Il est en taule depuis des années, depuis l'âge de seize ans. Sur une accusation montée de toutes pièces. Il est avec un autre détenu dans la cour de promenade, sous la pluie. Le premier dit à l'autre : "Pendant qu'on marche sous la pluie, je me demande ce que font les nanas." Et Johnny Bragg se met à chanter, une petite chanson triste, "Marchons sous la pluie". Qui devint leur premier tube. Qu'on pourrait entendre pendant le générique.

– Ça me rappelle quelque chose.

– Vous pensez sans doute à "Chantons sous la pluie".

– Oh, oui, bien sûr. C'est lui qui a composé ça ?

– C'est une autre chanson.

– Je vois… que je sois sûr de comprendre : il est emprisonné à tort. De quoi on l'accuse ?

– En fait, il s'agit de six condamnations pour viol. Six peines de quatre-vingt-dix-neuf ans, incompressibles.

– Aïe.

– Les flics l'ont piégé. C'était un beau gamin, insolent, et ils avaient une dent contre lui. Ils lui ont collé un paquet de viols inexpliqués sur le dos.

– Brad Pitt, Matthew McConaughey.

– J'ai oublié de préciser qu'il est noir.

– Ce sont des noirs ?

– Oui.

– Je vois. » Jared agita les mains, chassant à contrecœur Pitt de la pièce. « Reprends depuis le début avec des noirs. Comment est-ce qu'il sort de prison ?

– Il n'en sort pas. Enfin, il sort plus tard, mais pas tout de suite. Il forme un groupe en taule, en prison, les Prisonaires. C'est le *gimmick* – ils sont encore en prison. On leur accorde des permissions pour aller enregistrer ou donner des concerts.

– Je te suis pas. Dedans ou dehors ?

– C'est tout le film. Les Prisonaires étaient tellement célèbres au Tennessee que le gouverneur subissait toutes sortes de pressions – pour les libérer, ou les maintenir enfermés pour l'exemple. Certains ont été graciés, mais Bragg était toujours enfermé. C'est une histoire formidable, pleine de rebondissements dramatiques.

– Tu me fous les jetons.

– Ah bon ?

– Parce qu'on ne fait pas de films pleins de rebondissements dramatiques.

– Pardon ?

– Je plaisante, vieux. »

Plutôt que de continuer à vendre ma salade, je commençais à étudier la possibilité de sauter sur Jared pour l'étrangler.

« Écoutez, si je pouvais simplement raconter sans être interrompu, je crois que j'arriverais à vous donner une idée.

– Ça, c'est pas sympa, Dylan.

– Non mais… je meurs d'envie de vous raconter cette histoire.

– Moi, je t'aime bien. »

J'attendis jusqu'à ce qu'il soit clair qu'il n'avait rien à ajouter, puis répondis : « Merci.

– Cinq minutes. » Il écarta les doigts pour me montrer cinq, puis se laissa aller en arrière et ferma de nouveau les yeux.

« L'aventure des Prisonaires est parmi les plus géniales et les plus méconnues dans l'histoire de la culture pop », dis-je. Les mots venaient mourir sur ma langue, mais je poursuivis maladroitement. « Cinq noirs en prison dans les années cinquante, certains condamnés à cent ans, d'autres à des peines plus courtes, tous victimes des préjugés et de l'injustice économique du Sud de Jim Crow. Cinq taulards qui forment un groupe pour le seul amour de la musique. Mais ils sont si bons qu'ils décrochent d'eux-mêmes une audition. Le directeur de la prison leur délivre exceptionnellement des laissez-passer pour leur permettre de se rendre aux studios Sun – on est en 1953, au moment même où un drôle de petit gars qui s'appelle Elvis Presley traîne dans le studio, pour essayer d'obtenir une séance. Mais la star du film, c'est Johnny Bragg, le chanteur, le leader des Prisonaires. À seize ans, Bragg se fait piéger – une femme qui en a après lui, peut-être jalouse de le voir papillonner, le dénonce aux flics. Elle crie au viol. Et les flics blancs lui collent six accusations sur le dos, histoire de se débarrasser d'affaires difficiles. Six affaires non résolues, vlan. Johnny Bragg prend six cents ans de prison. » Presque tout ce que j'avais était pompé sur le livret du CD des Prisonaires rédigé par Colin Escott, ou imaginé à partir de mes propres rêvasseries d'après la lecture d'une poignée d'articles de presse que j'avais déterrés. Mais cela suffisait. Je commençais à retrouver l'inspiration, à me rappeler ce que j'avais envisagé dès le début, le scénario sur lequel j'aurais dû faire des recherches et écrire depuis un an. « Dans l'autocar qui le conduit jusqu'aux studios Sun au petit matin, Bragg regarde par la fenêtre, aperçoit un drive-in et dit : "Ouah, visez un peu ce cimetière de folie." Il a vingt-six ans – est en prison depuis dix ans.

– Mauvaise pioche, dit Jared, pensif.

– Ils enregistrent donc. Gravent un single, deux faces. Elvis Presley est là. Dans le studio, il traîne. Rien qu'un môme dont on tolère la présence. Bragg et lui deviennent amis, tout ça est vrai, au fait. L'occasion rêvée pour introduire une silhouette, comme celle de Val Kilmer en Elvis dans *Mistery Train*.

– Jamais vu.

– Ça fait rien, c'est pas terrible. Bref, Bragg et les Prisonaires enregistrent un disque, deux faces, et retournent en taule. Fin de l'histoire, non ? Sauf que la chanson "Marchons sous la pluie" est un succès. Un vrai tube, celui que tout le monde réclame aux stations de radio par téléphone. Pendant ce temps, les Prisonaires sont retournés à l'ombre. Ils n'ont pas la radio, ils ignorent tout, et c'est alors qu'ils commencent à recevoir du courrier en prison, envoyé par des inconnus. Ils deviennent des vedettes. Et l'administration de la prison se retrouve impliquée. Le directeur est en ligne avec le gouverneur, chacun essayant de savoir comment faire face à la situation, s'il faut l'encourager, comment présenter cette affaire. »

Jared approuvait de la tête en se balançant légèrement, semblait apprécier, imaginant peut-être des blancs dans les seconds rôles, Gene Hackman, Martin Landau, Geoffrey Rush.

« Les autorités optent pour la souplesse, et font des Prisonaires un parfait exemple de réhabilitation. Ils se mettent à les laisser sortir pour participer à des émissions de radio, se produire en concert, graver de nouveaux disques chez Sun. Ils suscitent des élans du cœur, on réclame leur grâce. Notamment les Prisonaires eux-mêmes – ils gravent une chanson qui porte le gouverneur aux nues, intitulée “Frank Clement est un homme puissant”. En gros, un appel direct à sa miséricorde. Cela ne réjouit pourtant pas tout le monde. Les gros bras qui ont piégé Bragg ne l'ont pas oublié. Ils attendent leur heure, guettent un faux pas des Prisonaires. Quand le gouverneur entre en campagne pour se faire réélire, les choses prennent une tournure intéressante. Ces types deviennent un enjeu politique. Vous imaginez aisément la politique raciale en cause.

– Je pense au KKK, c'est à ça que je pense.

– Euh, oui. C'est tout comme. Le truc, avec le Tennessee des années cinquante, Jared, c'est que le Klan n'avançait pas forcément masqué. » Là, j'improvisais. Mais pourquoi pas. Il faudrait certainement déformer les faits pour les besoins du film. J'étais là pour ça : déformer les faits pour avoir l'oreille de Hollywood. « Le gouverneur est donc soumis à des pressions des deux côtés, c'est lui qui a encouragé ces types, qui a fait monter leurs espoirs. Pour leur libération, il parle des Prisonaires à la radio, exploite le sujet pour se faire de la pub. Et son adversaire républicain adopte l'approche inverse, en fait une histoire à faire peur dans les chaumières. “Les bons citoyens du Tennessee ont intérêt à espérer que tous les assassins détenus dans leurs prisons ne sachent pas chanter” – des conneries de ce genre.

– Ouah. C'est bon, ça.

– Je vous décris une scène. Je la vois comme un des moments forts du film. Il existe des photos du concert des Prisonaires qui a précédé les premières grâces – n'oubliez pas que ces types ont des familles, des femmes, et leur seule occasion de sortir c'est lorsqu'ils montent sur scène. Ils ne peuvent pas se mêler aux autres. Il y a probablement des gardiens en armes au bord de la scène, ce genre de trucs. Ces photos, j'aurais dû les apporter, elles vont vous en boucher un coin, Jared. » Par la force de ma volonté je donnais corps à la réalité des Prisonaires, leur sueur, leurs douleurs, leurs amours, dans cette pièce incolore, dans l'esprit incolore de Jared. J'avais fait en sorte qu'elle accroche, dans cet endroit lisse où rien n'accrochait. Je comprenais à présent que j'étais né pour faire des pitchs. Il suffisait qu'on me laisse entrer. « C'est comme les Beatles au Shea Stadium. Ou Elvis. Des femmes font des crises de nerfs, s'évanouissent. Et pas seulement une bande d'ados. Ce sont les mères des Prisonaires, leurs grand-mères, leurs tantes, leurs petites amies qui tiennent des bébés dans les bras. Elles sont effondrées, déchirent leurs mouchoirs, se roulent par terre pendant qu'ils chantent. La musique est si belle que le public en a le cœur brisé. Même celle qui a piégé Johnny Bragg est peut-être là, elle y serait sans doute allée, elle aussi. Elle regrette ce qu'elle a fait, elle est encore amoureuse. Et elle est au milieu de cette foule de femmes, effondrée.

– C'est dingue.

– C'est pas tout. Quand cette vague de pleurs s'élève du public, les Prisonaires eux-mêmes craquent. Ils tentent de continuer à chanter, mais n'y arrivent pas. Ils sont séparés de ces femmes, de leurs mères, de tous, par l'éloignement de la scène. Et eux aussi se mettent à chialer. Ils s'accrochent les uns aux autres, s'accrochent aux micros, aux chaises. Tendent les bras, mais les matons les repoussent. On dirait, je sais pas, moi, on dirait *Guernica*. Une scène qu'on n'oublie pas.

– C'est comme si j'y étais. » Jared semblait s'étonner de son propre pouvoir de visualisation.

« Bien sûr que c'est comme si vous y étiez. Bon, alors, revenons en arrière : le gouverneur. On lui fait des comptes rendus de tout ça. Il chevauche un tigre et craint de se faire bouffer tout cru. Alors il libère deux types. Ses adversaires le clouent au pilori, mais il les libère quand même. Et c'est là qu'un plan prend forme. Le gouverneur a un petit assistant rusé, genre Kissinger, qui lui suggère de laisser Johnny Bragg à l'ombre. C'est Bragg qui est condamné à la peine la plus lourde, et c'est lui le compositeur, le leader – le génie. Si on le sépare du reste du groupe, l'histoire s'éteindra peut-être d'elle-même.

– Non.

– Si, c'est horrible, mais si. Ils la jouent comme ça. Ils gracient les quatre autres Prisonnaires, un à un. Tout le monde s'attend à ce que Bragg sorte et les retrouve. On dirait un happy end, mais c'est trop beau pour être vrai. Ses adversaires de droite tiennent le gouverneur. Alors il fait montre de son intransigeance face au crime en laissant Bragg en taule. Le directeur lui supprime tous les adoucissements dont il jouissait. Leur espoir, c'est que sans la musique, l'histoire s'arrêtera d'elle-même.

– Merde alors. »

Tu l'as dit. Où est-ce que j'allais chercher des conneries pareilles ? C'est la version d'Oliver Stone que je présentais.

« Mais Bragg n'abandonne pas la musique. Maintenant que tous les Prisonaires sont sortis de taule, il forme un nouveau groupe, les Marigolds. Vous comprenez, les années passent. Elles vident peu à peu ce type de sa vie. En 56, Johnny Ray enregistre une reprise de "Marchons sous la pluie" et Bragg reçoit un chèque de mille quatre cents dollars – il le fait verser au greffe, il croit qu'il s'agit de quatorze dollars. Il n'a jamais vu une telle somme de sa vie. Mais il n'a aucun moyen de la dépenser. Les Marigolds enregistrent quelques morceaux pour Excello Records, mais aucun ne marche vraiment.

– C'est quoi ce nom, Marigolds ?

– Il y avait un engouement pour les groupes à noms de fleurs, les Clovers, les Posies, ce genre de trucs[1]. Un peu comme quelques années plus tard, quand ils portaient tous des noms d'insectes – les Crickets, les Beatles.

– Ah bon.

– Bragg n'obtient la liberté conditionnelle qu'en 59, six ans après le premier tube des Prisonaires. Puis il ne s'écoule qu'une année avant qu'il se fasse de nouveau piéger et arrêter. On l'accuse de cambriolage avec tentative de meurtre – pour avoir volé la somme de deux dollars cinquante. Lamentable. Des blanches refont leur apparition, prétendant qu'il les a agressées. Il attire ce type d'accusations. La panique raciste classique, Bragg était le symbole même de ce qui la déclenchait chez tout le monde. Ce gars devait avoir une espèce de charisme, de fierté quand il se baladait dans la rue, que les autorités blanches ne pouvaient pas supporter. Il fallait absolument qu'ils le remettent au trou, c'était leur seule réaction possible.

– Je sais pas si ça va te plaire, mais je vois trop bien Denzel Washington.

– Écoutez ça : cette année-là, sitôt démobilisé, Elvis Presley, au lieu de rentrer directement chez lui, fait un détour par la prison pour passer un moment avec Bragg. Imaginez la scène, le petit mec bizarre qui traînait dans le studio, admirant les harmoniques des Prisonaires, voilà qu'il est devenu le numéro un mondial du show-biz. Et il se souvient de Bragg, ça a de l'importance pour Elvis. Le taulard noir trentenaire et le King. La visite obtient un certain écho, mais seulement pour Elvis. Plus personne ne se rappelle l'affaire Bragg, et les Prisonaires ne sont plus qu'un souvenir lointain. Elvis offre d'engager un avocat, mais Bragg dit que

1. « Marigold » : souci ; « clover » : trèfle ; « posy » : bouquet.

ça va, qu'il a conclu un marché. Rien d'écrit, aucune preuve, mais il a promis au directeur de ne pas porter l'affaire devant la Cour suprême en échange d'une promesse de libération neuf mois plus tard. »

Là, je fis une pause, ménageant mon effet.

« Alors ?

– Ils l'ont encore gardé pendant sept ans.

– Tu me tortures, Dylan.

– Et ça continue, encore et encore. Dans les années soixante, il reforme les Prisonaires, cette fois avec un blanc dans le groupe – on est au temps de l'intégration, maintenant. Mais ça ne plaît pas aux autres détenus, il se fait agresser dans la cour. Plus tard, il ressort puis épouse une blanche, avant que les flics l'arrêtent pour avoir marché dans la rue avec elle…

– Arrête, d'accord ? Arrête. N'en dis pas plus. »

Jared s'agitait de plus en plus depuis un petit moment, et le voilà qui bondit de son siège, les yeux hors de la tête, et se hâte vers le bureau.

« Ça ne va pas ?

– Non, tout baigne, Dylan. Seulement… qui d'autre est au courant ?

– Tu es le premier. » Je présumais que c'était ce que Jared voulait entendre. Faut-il le dire, l'histoire des Prisonaires n'attendait que depuis une trentaine d'années celui qui la cueillerait. Elle ne m'appartenait pas. Un autre scénariste était peut-être en train de peaufiner sa troisième version du scénar dans le bureau d'à côté, je n'en savais rien.

Je me risquai à demander : « Ça te branche ?

– Tu plaisantes ? C'est de la dynamite, ton truc. Je réfléchis, là, d'accord ? Il faut que je réfléchisse. On est vendredi, c'est ça ?

– Euh, oui.

– D'accord, pratiquement, ça veut dire que je ne trouverai personne avant lundi.

– Je ne suis pas sûr de comprendre.

– Qu'est-ce que tu fais après ? »

Je suspectai *ForbiddenCon* de ne pas être une réponse très compréhensible pour Jared. Ça n'était déjà pas facile pour moi. « Je retourne à l'hôtel.

– À qui tu veux faire croire ça ?

– Je t'assure.

– Parce qu'une part de moi, ouh là, une part de moi refuse de te laisser sortir de ce bureau avant de savoir ce que nous allons faire de ça, avant d'obtenir de toi quelque chose que je puisse présenter dans une réunion et la promesse que tu m'accorderas deux jours après le week-end. Quarante-huit heures au moins. Tu veux un kleenex ?

– Oui. » Mes joues étaient sillonnées de larmes, depuis l'évocation du dilemme de Johnny Bragg. Je me demande combien de gars venus présenter leur idée ont chialé dans le bureau de Jared. Tous peut-être, en fin de compte.

Jared laissa tomber sa boîte de kleenex sur mon fauteuil, puis se pencha au-dessus de son bureau, sur l'interphone.

« Mike ?

– Oui ?

– Mike, ce que je viens d'entendre est génial. J'arrête pas de te le répéter – on sait jamais ce qui peut arriver. L'ami d'un type sur un bateau entre dans mon bureau, c'est cet auteur, Dylan, et Dylan a quelque chose de vraiment génial, vraiment vraiment génial.

– Incroyable, dit Mike.

– Non, c'est vraiment incroyable.

– Ouah.

– Mike, il me faut l'agent de Dylan tout de suite.

– Je m'en charge. »

Jared se détourna du bureau. « Je sais que c'est rapide mais tout ce que j'ai à te dire, c'est que ton truc nous permettra de payer les études de nos mômes, à toi et à moi.

– Tant mieux. »

Je me mouchai.

« Si je peux pas faire ce film, je me flingue.

– Alors, ça veut sûrement dire qu'il faut que tu le fasses.

– Exactement. Bordel de merde. » Il s'ébahissait lui-même, à juste titre. Des événements de taille se produisaient, et il en était le centre. « Il me faut un truc par écrit.

– J'ai pas encore mis grand-chose sur le papier, bluffai-je.

– Il faut que je puisse expliquer. Que je le fasse comprendre à d'autres. Il me faut quelque chose par écrit, dans le genre de ce que t'as raconté. C'était trop fort, ce que t'as raconté. Il faut que ce soit comme ça.

– Ça devrait pas être long.

– Attends, ça veut dire que tu n'as rien ?

– Pour l'instant.

– C'est pas bon, Dylan. J'ai vraiment, vraiment besoin de ça pour le montrer à quelqu'un d'autre. »

L'interphone cliqueta. « Jared ?

– Quoi ?

– Je n'ai aucun agent pour Dylan.

– Je croyais t'avoir dit de toujours prendre les coordonnées. Tu te rappelles que je te l'ai dit ?

– C'est ma faute », dis-je en aparté, désireux de protéger Mike.

Jared relâcha le bouton de l'interphone. « Les petits jeux, c'est pas mon truc, dit-il.

– C'est pas le mien non plus. J'appelle d'abord mon agent, d'accord ? » Je n'avais pas d'agent, ni la moindre idée d'où il fallait en chercher un. « En fait, il ne sait pas grand-chose de tout ça.

– Si tu penses que je vais te laisser quitter ce bureau avec ce film dans ta tête, t'es cinglé. Il faut que tu me donnes quelque chose, Dylan. Essaie pas de me baiser, vieux. C'est mon film. Celui-là, je le sens.

– C'est génial, dis-je, ouvrant les mains, dans l'espoir de ralentir un peu les choses. On est tous les deux emballés. Dis-moi simplement quelle est la prochaine étape.

– Appelle ton agent d'ici.

– Quoi ? »

Il leva les deux mains. « Assieds-toi à mon bureau. Je promets de rien écouter. J'irai dans le couloir. » Il tournait comme un lion en cage. « Assieds-toi et appelle d'ici.

– Mais…

– Je te donne mon bureau, vieux. Vas-y. Assieds-toi. »

Impossible de refuser. Je pris place dans son fauteuil. Il referma la porte sur lui, dans l'antichambre de Mike, après avoir pointé un doigt sur moi par la porte entrebâillée. « Dis-lui que je te retiens en otage jusqu'à ce que j'obtienne quelque chose de présentable à une réunion.

– Entendu. »

Quand il eut refermé la porte, je composai mon propre numéro. Le répondeur se déclencha, évidemment. Abby était à la fac. Je raccrochai sans laisser de message, puis remis la main sur mon carnet d'adresses pour appeler Randolph Treadwell au *Weekly*. Je le joignis.

« Au secours, dis-je.

– T'es sorti de ton rendez-vous ?

– J'y suis. Il a quitté la pièce pour que j'appelle mon agent, sauf que j'en ai pas. Je suis assis à son bureau.

– Intéressant. » La voix de Randolph était neutre. « Est-ce que Jared est toujours aussi… excité ?

– Je le connais pas si bien que ça. Pourquoi ?

– Il a l'air de penser qu'on va avoir un enfant ensemble. Un enfant en or massif.

– C'est comme ça dans ce milieu, répondit Randolph, peu impressionné. C'est un peu comme un robinet. Quand il est ouvert, ça coule à flots. Le truc, c'est de le maintenir ouvert.

– Merci du conseil.

– Tu passes me voir au bureau, après ? Combien de temps tu penses rester ?

– Il faut que j'aille voir mon père, à Anaheim.

– Qu'est-ce qu'il fabrique à Anaheim ? »

Jared passa la porte en trombe. « Il faut que j'y aille. » Je raccrochai.

« Comment ça finit ? demanda Jared.

– Pardon ?

– J'essayais de le raconter à Mike, toute l'histoire, les noirs, la taule, Elvis. Et je me rappelle pas si tu m'as raconté la fin.

– Je… pense qu'on n'est pas allés jusqu'au bout, dis-je sur mes gardes.

– Alors ?

– Ben, Johnny Bragg a fait un ou deux allers-retours supplémentaires en prison, je crois. Il faisait de la musique dès qu'il le pouvait. Mais pas de grands tubes.

– Les Prisonaires ?

– Ils sont morts, je crois.

– Ils pourraient pas, je sais pas moi, faire un grand come-back ? »

Je haussai les épaules pour signifier *Pourquoi pas ?* Mais sans trouver la force de prononcer les mots. Restait-il un seul aspect de l'histoire de Johnny Bragg que mon boniment n'avait pas déshonoré ? Quel mal un petit come-back pouvait-il bien y ajouter ? Ou un grand ?

« Et Elvis ? Elvis est vraiment important du début à la fin. C'était vraiment génial, quand Elvis lui a rendu visite et que tu pleurais, tu te rappelles ? »

Elvis pouvait peut-être revenir flanquer son poing dans la gueule du directeur, puis s'occuper personnellement de l'évasion de Bragg. Ou on pouvait les enchaîner l'un à l'autre par les chevilles pour les envoyer casser des cailloux. Les parties chantées seraient incroyables, de toute façon.

« C'est-à-dire que la fin de l'histoire n'est pas vraiment spectaculaire, dis-je. Ça continue plus ou moins comme ça. Mais je suis sûr qu'on peut trouver un bon endroit pour finir. Peut-être Johnny Bragg franchissant le portail en homme libre. La dernière fois.

– Il faut que ce soit bon.

– Ça peut l'être.

– Les vrais responsables se font prendre ?

– Responsables de quoi ?

– Tu sais bien, ceux qui avaient tué toutes ces bonnes femmes.

– Il n'y a pas de cadavre de femme. C'était pas une grosse affaire criminelle, en définitive. Quand il a été vieux, ils ont arrêté de le persécuter, et voilà, je crois.

– Vieux ? Quel âge ? »

Je n'avais pas arrêté de me demander à quel moment ça viendrait sur le tapis. « Si ça se trouve, il est encore vivant. » Quand Colin Escott écrivit son livret, neuf ans plus tôt, Johnny Bragg était encore en vie et donnait des interviews. Ses anecdotes m'avaient fourni la moitié de mon baratin. Cela faisait des années que je prévoyais de me rendre à Memphis pour essayer de l'interviewer. Ce voyage attendait, avec bien d'autres projets que je caressais, qu'une boîte comme Dreamworks fournisse les fonds. En tout cas, c'était l'excuse que je me donnais.

« Encore vivant ?

– C’est possible.

– Possible ? »

Oui ! Vivant ! Possible ! J’avais envie de hurler. « Il serait septuagénaire.

– Tu ne le sais pas ?

– Je me renseignerai.

– C’est un sacré problème, Dylan. » Il se laboura le crâne de la main et fronça les sourcils, en proie à un stress qu’il m’était impossible de comprendre. « Je peux récupérer mon bureau, s’il te plaît ?

– Qu’est-ce que tu veux que je fasse ? » demandai-je tandis que nous échangions nos places.

L’œil mauvais, il s’enfonça dans son fauteuil, croisa les jambes et se massa le bord du nez puis le tour de sa mâchoire. Il semblait se remettre d’une espèce de gueule de bois, être à la descente d’un orgasme ou d’une prise de crack. Je me demandai s’il en prenait souvent.

« Tu es venu me vendre la vie de quelqu’un, d’une personne vivante, dit-il, sans colère, mais avec un profond regret. Ça nous obligerait à prendre une option sur les droits. Ça peut devenir vraiment délicat.

– Il voudrait qu’elle soit racontée, suggérai-je.

– Oui, oui, bien sûr. Mais je ne suis pas sûr pour la fin, Dylan. Cette fin-là ne me va pas. »

Il parlait comme si *Les Prisonaires* était déjà tourné et monté, qu’il venait de le visionner et en sortait déçu. Il ne restait plus que la tâche ingrate de recoller les morceaux, sauver les meubles. « C’est tellement vague, il sort, il y retourne, le groupe ne se reforme jamais. Et j’arrêtais pas d’attendre qu’il se passe quelque chose avec cette bonne femme, tu sais, dans le public, celle qui pleure. »

Inévitablement, alors que c’était absurde, j’adoptai le même ton. « J’imagine qu’on pourrait terminer plus tôt. Après la première conditionnelle.

– Oh, je doute que ça fonctionne.

– Bon, dis-je, désemparé.

– Écoute, je ne veux pas… je ne veux pas en parler avant d'avoir quelque chose de solide. Il faut que ce soit parfait. Le panier à trois points. Toi et moi il faut qu'on se creuse la cervelle sur les problèmes du troisième acte et ne rien faire avant de les avoir résolus. Si je présente ça en haut lieu, faut que ce soit béton, tu vois ?

– Ça me paraît logique.

– Tu as parlé à ton agent ?

– Euh, il est du même avis, à vrai dire.

– Évidemment. Il connaît le milieu.

– Alors… » J'étais déconfit. « Qu'est-ce qu'on fait, maintenant ?

– La question est : Qu'est-ce que toi tu fais maintenant ? Tout dépend de toi.

– Euh, d'accord.

– Je ne me décourage pas facilement, tu sais. Je crois en toi.

– Merci.

– D'ailleurs, il n'y a rien de mal à prendre son temps. Ça ne nous mènerait nulle part. Cela viendra en temps voulu.

– Très bien.

– Dis-moi, tu as un chauffeur ? Parce que là j'ai besoin de mon bureau.

– Je peux appeler…

– Oui, mais fais-le depuis le poste de Mike. »

Dans la pièce du milieu, je tendis la carte de Nicholas Brawley à Mike en lui demandant d'appeler.

« Jared était vraiment sur le cul, chuchota Mike, les yeux écarquillés par ce que j'avais accompli.

– Je crois qu'il s'en relèvera », dis-je.

J'attendis quinze longues minutes avec mon baise-en-ville sur le parking ombragé que le taxi de Nicholas

Brawley vienne se ranger de nouveau devant l'entrée. Le type à l'oscar ne réapparut jamais. La radio de Brawley était toujours réglée sur MEGA 100, et cette station diffusait mon vieil hymne de malheur, « Play That Funky Music » de Wild Cherry. Certes, à trente-cinq ans, le critique rock savait ce que le gamin de treize ans, minuscule proie sur les trottoirs du collège 293, n'avait jamais su : Wild Cherry n'était qu'une bande de blancs. Le morceau qui avait servi de réquisitoire contre mon existence d'adolescent n'était en fait que l'autoparodie penaude d'un groupe rock du Midwest. Depuis lors, je m'étais plus d'une fois demandé si cela m'aurait aidé de le savoir à l'époque. Probablement pas. Quoi qu'il en soit, ce qui me frappait désormais sous un éclairage différent, c'était qu'un lambeau supplémentaire du sens de ma vie m'avait été confisqué, arraché comme des vêtements que j'aurais seulement empruntés ou volés. Pour m'apitoyer sur moi-même, j'étais sans doute l'être au monde qui disposait des raisons les moins convaincantes. Et, en tout cas, les plus grotesques ; c'était à se tordre.

3

Abraham et Francesca étaient debout côte à côte dans le hall du Marriott d'Anaheim, aussi immobiles que des statues. Tout autour d'eux, le hall fourmillait d'arrivants, voyageurs bossus vêtus de noir et de violet, jetant des coups d'œil inquiets d'un côté et de l'autre comme s'ils se souciaient de l'impression qu'ils produisaient, tirant leurs valises à roulettes jusqu'à la réception, au milieu de toute cette agitation confuse. D'autres traversaient lourdement ou à toute vitesse la vaste étendue du hall, se réunissant brièvement par groupes de quatre ou cinq pour s'étreindre et discuter, tripoter des dépliants sur lesquels étaient encerclées les étapes de leur programme, ou se remettre les uns aux autres des macarons ou des rubans à épingler sur leurs revers ou les bretelles de leurs sacs à dos. Certains enfournaient des sandwiches, léchant sans vergogne leurs doigts collants. Nombre d'entre eux portaient des lunettes à monture en plastique, des couvre-chefs informes, des bijoux de pacotille, d'autres des tee-shirts qui affichaient fièrement des slogans énigmatiques : PLUS QU'HUMAIN, FAITES DON DE VOTRE CORPS À LA SCIENCE-FICTION, J'ÉTAIS MILLIONNAIRE AVANT QUE MA MÈRE NE JETTE MA COLLECTION DE COMICS. Des affichettes photocopiées, disgracieusement fixées par du ruban adhésif dans les couloirs et sur les portes vitrées, proclamaient le numéro des suites attribuées à telle ou telle réunion, annonçaient des événements particuliers, et dirigeaient les intéressés vers l'enregistrement, l'exposition ou le poste de secours. Certains noms sur des badges plastifiés portaient la mention PRO ou BÉNÉVOLE. Des voix s'élevaient pour se perdre dans le brouhaha – harangues monotones, rires idiots, questions anxieuses, retrouvailles hystériques. ForbiddenCon 7 battait son plein. Il ne me restait plus qu'à comprendre de quoi il s'agissait, ou alors à m'en fiche. Je n'avais pas l'impression d'avoir besoin de le savoir.

Francesca me vit la première. « Te voilà ! » s'écria-t-elle. Abraham fit un signe de tête et ils s'élancèrent à ma rencontre tandis que j'entrais par la porte à tambour. Je pressai le pas, pour ménager leur peine. « Tu es en retard ! dit Francesca. On est sur le point de rater la table ronde d'Abe. »

Je leur avais promis de les retrouver dans le hall à trois heures – on était plus près de quatre. Nicholas Brawley avait ri en secouant la tête quand je lui avais donné la destination. « Vous auriez mieux fait de louer une voiture », avait-il dit, et une fois traversé l'océan de banlieue entre Hollywood et Anaheim, je compris ce qu'il avait voulu dire. Le montant de la course était de cent quatorze dollars. En entrant dans le hall de l'hôtel, pourtant, je mesurai l'encore plus grande distance conceptuelle que j'avais parcourue pour passer du bureau de Jared Orthman à ForbiddenCon. Brawley m'avait fait un prix d'ami.

« Dylan », dit mon père. On se tomba dans les bras, et je le sentis soupirer contre moi. Puis je me tournai pour me pencher sur Francesca, juste à temps pour être submergé par son attaque massive, mais pas assez tôt pour prévoir à quel endroit de la surface exposée de ma peau la trace de rouge à lèvres serait déposée. Elle atterrit au nord-nord-ouest de ma bouche, moustache violet betterave de traviole. Je l'essuyai avec le pouce et dis : « Pardon pour le retard. »

Le badge de Francesca était sans fioriture, alors que celui d'Abraham s'ornait d'un ruban violet, sur lequel on lisait INVITÉ D'HONNEUR.

« Abraham est attendu dans le salon vert, dit-elle gravement.

– Je vous suis.

– C'est tout ce que tu as ? » demanda Abraham, en regardant mon sac. Il semblait déçu. « Tu passes la nuit ici ?

– Bien sûr.

– Tu es déjà inscrit sur le registre, dit Francesca. Zelmo s'est occupé de tout. » Elle fouilla dans son sac tandis que nous traversions le hall. « Ça, c'est pour ta chambre. Ça marche comme une carte de crédit – il faut la faire glisser. La clé, c'est pour le minibar.

– Je vais le dévaliser, plaisantai-je en prenant le trousseau.

– Oh, tu n'en auras pas le temps, dit Francesca. Zelmo Swift, le président du comité, nous invite à dîner. » Un tel honneur lui mettait les yeux hors de la tête.

« Il sait que tu viens, ajouta Abraham. J'ai demandé, il m'a répondu qu'il n'y avait pas de problème.

– Ne sois pas bête, chéri, dit Francesca. Tu es l'invité d'honneur, pourquoi on n'inviterait pas ta famille ?

– C'est une personne de plus à table. J'ai demandé. » Il me regarda. « On parlera à ce moment-là si Zelmo nous laisse placer un mot. Ce truc-là, il faut que je le fasse. J'espère que ça ne t'ennuie pas d'y assister.

– Si ça l'ennuie ? dit Francesca, en me prenant le bras. Il en est fier ! »

Mon père était resté seul pendant quatorze ans après mon départ de Dean Street pour la fac dans le Vermont. Peu de choses avaient changé durant ces années – il avait continué à illustrer des couvertures pour rembourser l'emprunt immobilier et couvrir les dépenses courantes, et consacré tout le reste de son temps et tout le reste de son énergie à son film épique, interminable et invisible. En 1989, admettant enfin l'absurdité qu'il y avait à disposer de trois niveaux pour lui seul, il avait transformé la maison en deux duplex, ajoutant une petite cuisine au premier étage et louant le rez-de-chaussée et le sous-sol à un jeune couple avec enfant. Seul l'atelier ne changea pas, tout en haut, la cellule de moine où il passait ses journées à enduire le celluloïd de peinture noire. Le quartier, par à-coups, s'embourgeoisait autour de lui, réalisant à retardement la malédiction ou la bénédiction d'Isabel Vendle. Pour Abraham, cela représentait surtout une augmentation des taxes immobilières. Il ne s'était jamais demandé jusqu'où il pouvait augmenter le loyer du duplex – qu'il ne cessa jamais de louer pour une bouchée de pain.

Il n'y eut jamais de femmes, du moins à ma connaissance. Si Abraham savait comment s'y prendre dans ce domaine de sa vie, après Rachel, il ne savait pas comment en parler. Puis il attira l'attention de Francesca Cassini, cinquante-huit ans, qui travaillait comme réceptionniste dans les bureaux de Ballantine Books. Cet homme qui s'amenait le dos voûté avec sa dernière illustration de couverture dans un carton à dessins granité noir fermé par des cordons noirs, cet homme qui sortait de l'ascenseur le dos voûté et humblement vêtu de sa tenue prolétarienne de l'Art Students League, le bout des doigts légèrement taché de peinture, d'humeur caustique, comme toujours – cet homme-là avait attiré le regard de l'habitante du quartier de Bay Ridge veuve depuis peu. Malgré son nom d'immigrante, elle avait vécu toute sa vie parmi la génération d'après guerre de juifs new-yorkais, Francesca parlait comme eux et les reconnaissait comme on se reconnaît soi-même. Elle avait perdu son mari juif six mois plus tôt, il était comptable, j'imaginai un homme à jamais courbé sur une colonne de chiffres aussi précieuse pour lui que son interminable film abstrait l'était pour mon père. Abraham, célèbre illustrateur de couvertures, cible des blagues de couloirs pour ses manières bartlebyesques, partait battu. Tout le désignait au sauvetage par Francesca, c'était criant. Elle s'était déclarée. Elle s'était attachée. Un hiver, lors d'une visite à Brooklyn je la trouvai là, elle avait emménagé à Dean Street. Je ne pouvais pas me plaindre. Francesca organisait la vie de mon père et semblait, à sa façon, le rendre heureux. Elle lui offrait un point de comparaison qui le rendait visible à ses propres yeux.

Attenant au hall, le salon vert avait été transformé en petite salle de conférences. Un bénévole montait la garde à son entrée pour en écarter le passant ordinaire. Hors d'haleine, Francesca expliqua que nous accompagnions un invité d'honneur, et on nous autorisa à pénétrer dans le Saint des Saints. Il y avait du thé, du café, dans deux grands pots et un plat en plastique compartimenté plein de cubes de cheddar et de crackers. Une paire de bénévoles étaient assises devant une corbeille remplie de badges vierges et de leurs supports plastique. Francesca leur demanda un laissez-passer pour « le fils d'Abraham Ebdus », avant d'épingler le résultat de cette démarche à ma poche de chemise.

On ne savait pas trop ce qu'on attendait. Mon père était figé dans la consternation au centre de la salle, tandis que Francesca errait à la périphérie.

« Monsieur Ebdus ? se hasarda un bénévole.

– Oui ?

– Les autres participants sont montés. Pour votre table ronde. Je crois qu'elle va commencer.

– Sans lui ? demanda Francesca.

– Le salon Nebraska, je crois. Nebraska Ouest. »

Nous sortîmes en toute hâte. « Je t'avais dit qu'on pouvait y aller directement, dit Abraham à Francesca tandis que nous montions le grand escalier central vers la mezzanine.

– Zelmo nous a donné rendez-vous au salon vert. »

Abraham se contenta de secouer la tête.

Les déplacements étaient gauches dans cet espace, les gens dérivaient sans gouvernail, puis accéléraient abruptement, se mettaient à trottiner. Quand leurs chemins se croisaient, ils se foudroyaient du regard, marmonnaient, attendaient des excuses. Nous traversâmes cette mer humaine agitée pour gagner la salle de bal Nebraska Ouest. Une affichette scotchée à la porte annonçait en programme « La carrière d'Abraham Ebdus », comme si cela expliquait tout. Je présumai que c'était le cas, ou que ça le serait lorsque la table ronde aurait porté ses fruits.

Nous entrâmes par l'arrière de la salle. Devant, quatre silhouettes occupaient déjà l'estrade, derrière, table, micros et carafes d'eau glacée où perlaient des gouttelettes. L'estrade était recouverte d'étamine bordeaux assortie au capitonnage d'insonorisation de la salle de bal ainsi qu'au fin tissu des chaises pliables dont les rangées s'alignaient d'un mur à l'autre. Une assemblée d'environ cinquante à soixante personnes avait pris place, attentive et respectueuse, qui se grattait, toussait, croisait et décroisait les jambes, froissait des feuillets.

« C'est gentil de la part d'Abraham de nous honorer de sa présence », dit l'un des orateurs dans son micro, avec une ironie appuyée. Cela provoqua un éclat de rire soulagé dans le public, puis quelques applaudissements.

« Monte », exhorta Francesca, et mon père s'exécuta. Elle et moi nous assîmes sur le côté, Francesca m'agrippant le bras avec enthousiasme.

Le président, celui qui avait plaisanté à nos dépens, était un sexagénaire à la calvitie naissante ; à cette distance, c'était surtout sa cravate foulard d'un bleu criard qui permettait de le distinguer d'Abraham. Il se présenta sous le nom de Sidney Blumlein, anciennement directeur artistique chez Ballantine, qui sans être exactement le découvreur d'Abraham Ebdus avait du moins été son principal employeur et protecteur pendant ce qu'il appela « la cruciale première décennie » de l'œuvre de mon père. « J'ai aussi été son défenseur pendant plus de temps qu'il souhaite m'entendre vous le rappeler, poursuivit Blumlein. Je n'ai pas honte de dire que j'ai protégé son art des ingérences éditoriales une bonne dizaine de fois, voire une vingtaine. Et c'est moi qui l'ai convaincu de ne pas refuser son premier Hugo. » Nouvelle bouffée d'hilarité chaleureuse dans le public. « Mais en toute sincérité, ce fut toujours un honneur. »

Les autres se présentèrent : d'abord Buddy Green, qui clignait des yeux derrière ses verres épais et ne pouvait avoir plus de dix-huit ou dix-neuf ans, rédacteur d'un fanzine sur la toile intitulé *Ebdus Collector*, consacré à la recherche des rares planches originales de mon père. J'étais tombé deux ou trois fois sur le site de Green en tapant Ebdus sur Google, à la recherche de mes articles archivés. Vint ensuite R. Fred Vundane, minuscule bonhomme à barbiche et lunettes de savant fou, auteur de vingt-huit romans, parmi lesquels *Neural Circus*, le tout premier que mon père avait illustré. Et Paul Pflug, autre illustrateur de livres de poche, quinquagénaire aux allures de motard, obèse en pantalon de cuir, avec queue-de-cheval blonde et regard dissimulé par des lunettes noires intégrales. Pflug avait pris place à l'extrémité de l'estrade, laissant une chaise et un verre vides entre Vundane et lui.

Les hommages et anecdotes ne furent pas assez intéressants pour m'empêcher d'observer surtout mon père et ses réactions. Je ne me souvenais pas de l'avoir jamais vu ainsi, sur scène, à distance, sous les yeux d'une assemblée. Il en résultait une espèce de nudité dont je comprenais à présent qu'il l'avait toujours fuie. Green s'exprima avec exubérance d'une voix stridente et monocorde, et fit d'Ebdus le successeur d'une lignée d'illustrateurs de science-fiction allant de Virgil Finlay à Richard Powers – noms qui m'étaient absolument inconnus – et Abraham y trouva un plaisir évident, non sans un certain masochisme. Vundane prit la parole avec une vanité blessée – peut-être aspirait-il à une table ronde sur « L'œuvre de Vundane » –, soulignant la compréhension profonde et peu commune qu'avait Ebdus de la nature surréaliste de ses écrits à lui, Vundane. Et quand arriva le tour de Pflug, il évoqua d'un ton bourru sa rencontre avec mon père alors débutant, pour faire du sérieux d'Abraham, de son exigence de qualité, l'exemple qui avait transformé le cours de sa carrière à lui, Pflug.

Abraham ne parlait pas, se contentant d'approuver de la tête à mesure que les autres se succédaient au micro. Mais son peu de goût pour tout ce que Vundane et Pflug avaient pu accomplir – ou vainement tenter – était douloureusement évident. D'ailleurs, il ne faisait aucun doute que personne sur l'estrade n'aimait Pflug. Je me demandai comment il en était arrivé à se faire inviter.

« J'ai raconté cette histoire plusieurs fois, dit Buddy Green. J'essayais de remonter vers la source des planches originales pour Belmont Specials – ses dix-sept premières toiles. Elles n'étaient en possession d'aucun des collectionneurs de premier plan. Elles n'étaient en possession d'aucun des collectionneurs de second plan. Malheureusement, elles n'étaient pas en ma possession. Je n'arrêtais pas d'écrire aux gens de chez Belmont et ils répondaient qu'ils ne voyaient pas de quoi je pouvais parler. J'avais le sentiment qu'ils me menaient en bateau. Il faut croire que je ne comprends pas très vite, mais j'eus enfin l'idée de m'adresser à Abraham. Et il m'expliqua, le plus naturellement du monde, qu'il les avait détruites. Il ne pensait pas que quiconque puisse s'y intéresser. »

Abraham parcourait l'assemblée des yeux, et je me permis de croire que c'était à ma recherche. Je me demandai ce que cela lui faisait d'entendre dire que ces choses-là étaient « ses dix-sept premières toiles ».

« C'est vrai, dit Sidney Blumlein, avec une verve protectrice. Quand je l'ai débauché de chez Belmont, Abe détruisait systématiquement son travail. »

À ces mots, la foule émit des ooh et des aah de stupéfaction titillée et admirative.

« Ce type est le seul que ton père respecte, murmura Francesca. Il n'en respecte aucun autre. Pas même Zelmo.

– Zelmo ?

– Le président. De tout le colloque, je veux dire. Tu feras sa connaissance au dîner. C'est un avocat très important.

– Ah. »

Voilà que Blumlein se retrouvait devant le micro, lui que Francesca avait présenté comme le seul ami d'Abraham parmi les intervenants. Président, c'est à lui qu'il revenait de contraindre l'huître à s'entrouvrir – de trouver un moyen d'obliger Abraham Ebdus à prendre la parole devant ses admirateurs.

« Depuis plus de vingt ans, la beauté des œuvres d'Abraham Ebdus fait l'honneur de notre domaine, et je pèse mes mots. Tout cela est bel et bon. Mais à ce stade de la célébration, inutile de tourner autour du pot – on peut dire qu'il l'a fait avec détachement. Son monde n'est pas celui de la science-fiction, et en cela il se distingue de la grande majorité des professionnels réunis ici, de tous les professionnels où que ce soit, d'ailleurs. Nous sommes des mordus, notre intérêt s'inscrit dans la tradition des petites revues bon marché, même si nous aimons nous raconter que nous avons porté le genre à un stade supérieur. »

Pflug ricana. Vundane s'empara d'une carafe pour rajouter de l'eau au verre qu'il n'avait pas touché.

Le public s'était tendu, figé, retenait ses murmures d'approbation et de complicité, moins sûr, peut-être, désormais, d'être encore en terrain connu dans le train-train d'un quelconque banquet donné par une société de bienfaisance en l'honneur d'un de ses membres.

« Ne nous y trompons pas, Abraham Ebdus ne partage pas cet intérêt avec nous. Il avait besoin de gagner quelque argent pour poursuivre son œuvre – ce qu'il considère lui comme son art véritable. Comme certains et peut-être beaucoup d'entre vous le savent, Abe est cinéaste, cinéaste expérimental, d'un sérieux et d'une abnégation formidables. C'est à ça qu'il passe ses journées, quand il ne peint pas d'illustrations pour des livres. Cela n'a rien à voir avec la science-fiction. Ce qui est miraculeux – ce à quoi nous rendons tous hommage ici – est qu'en véritable artiste, exigeant et profond, Abe a conféré aux livres une intensité visionnaire qui les a effectivement portés à un stade supérieur. Un stade plein de beauté et d'étrangeté. Parce que c'était plus fort que lui. »

Je vis à quel point Sidney Blumlein connaissait bien mon père. Il tentait d'appâter Abraham, de le convaincre d'entrer dans le bizarre éclairage de cette assemblée d'admirateurs, pour lui faire entrevoir la possibilité que ce public valait la peine qu'il lui parle. Je n'étais pas sûr d'avoir envie qu'il réussisse.

« Cela fait combien, Abe ? Seulement cinq ou six fois que tu assistes à ce genre de réunion ? »

Mon père se tassa, semblant regretter de ne pouvoir répondre avec les épaules. Pour finir, il se pencha sur le micro et dit : « Je ne les ai pas comptées.

– Je t'ai d'abord traîné à une convention Luna, à New York, au début des années quatre-vingt. Ça ne t'a pas plu.

– Non, ce n'était pas mon truc », dit Abraham à contrecœur.

Gloussements dans le public.

« Et je crois qu'on peut dire que tu as rarement lu les livres dont tu as illustré la couverture, peut-être jamais ? »

Là, le public retint son souffle.

« Oh, absolument jamais, répondit Abraham. Ce n'est pas pour m'excuser, monsieur Vundane, votre livre... quel était son titre ?

– *Neural Circus*, consentit R. Fred Vundane, la mâchoire si serrée qu'il écrasa les voyelles.

– Oui, *Neural Circus*. Ce titre m'a toujours arrêté. Je suis désolé mais il me semblait vaguement de mauvais goût. Vous parlez des surréalistes – j'imagine que vous pensez aux poètes. J'y vois plutôt un très pâle reflet de l'imagerie symboliste. Rimbaud, peut-être ? Non, on me demandait d'imaginer d'autres mondes, et c'est ce que je faisais. L'éventuelle correspondance entre l'illustration et le texte est le fruit du hasard. »

J'avais lu le livre de R. Fred. J'avais le souvenir d'une troupe d'acrobates génétiquement modifiés habitant un astéroïde creux.

Blumlein accourut à la rescousse, peut-être par pitié pour Vundane, qui avait encore rétréci sur sa chaise. « Ce n'est qu'un exemple, je crois, du contexte plus général de l'érudition qu'Abe apporte à tout ce qu'il touche. Dans notre domaine, il est une comète qui fend l'espace, que l'on s'est débrouillé pour attirer dans notre orbite. Un compagnon de route, à l'image de Stanley Kubrick ou de Stanislaw Lem. Il dédaigne notre vocabulaire tout en le réinventant pour l'adapter à ses propres impulsions.

– Je t'interromps, Sidney, pour dire que tu surestimes la valeur de ce que je fais. » C'était un sujet propre à réveiller la passion d'Abraham. « Tu lances des noms, Kubrick, Lem. Et M. Green, Dieu le bénisse, lance celui de Virgil Finlay, que je n'ai jamais eu la chance de rencontrer. À moi de lancer quelques noms. Ernst, Tanguy, Matta, Kandinsky. Par-ci par-là, le Pollock ou le Rothko première période. S'il y a une chose que j'ai réussie, c'est de faire sommairement connaître la peinture contemporaine, ou ce qu'elle était en 1950. Le croisement du surréalisme finissant et des débuts de l'expressionnisme abstrait. Point final. Ça s'en inspire, chaque coup de pinceau jusqu'au dernier. Tout est citation. Aucun rapport avec l'espace, rien de détaché. Franchement, si vous n'étiez pas aussi fermés, si vous aviez visité ne serait-ce qu'un musée, vous sauriez que vous rendez hommage à un pillard de deuxième ordre.

– Tu t'es arrêté au pop art ? demanda Blumlein.

– Je t'en prie. Pour ça tu as M. Pflug. Il n'y avait que ça quand j'ai fait mes premières couvertures, du pop art. »

Blumlein et Ebdus commençaient à donner l'impression de jouer une scène de cabaret, écrite aux dépens des faire-valoir qui avaient commis l'erreur de se joindre à eux sur scène. Le public n'en perdait pas une miette.

« Et pourtant tu es là, Abe, parmi nous. Peut-être que la convention Luna n'était pas ton truc, mais tu as fait carrière parmi nous, en nous faisant profiter de tes dons. C'est toi l'invité d'honneur.

– Écoute, c'est justice. Tu veux une explication. C'est pas joli joli. Si j'étais plus solide, je ne serais pas là. C'est flatteur, je me laisse tenter, alors je viens. Mon travail sur le film est à peine connu. Il est même inconnu.

Vous autres avez été très gentils, trop gentils. J'ai fini par aimer ça malgré moi. Ma compagne aime voyager. Il n'y a pas qu'une explication, il y en a plusieurs.

– Te sens-tu quand même l'un des nôtres, avec tous nos défauts ? »

Abraham haussa les épaules. « C'est un petit milieu un peu bohème, comme tant d'autres. Le prétendu milieu du cinéma expérimental m'envoie des invitations similaires, que j'ai toujours déclinées. Certains y participent en pensant que ça les aidera à avancer. Mais le travail, le vrai travail, se fait évidemment ailleurs. J'y jouerais peut-être trop gros, alors j'accepte plutôt vos invitations à vous. Je ne réfléchis pas à ces choses. Un événement comme celui-ci est un accident, pas forcément heureux. Franchement, je m'émerveille de cette bizarrerie : une assemblée réunie en l'honneur d'un homme oublié, d'un rien du tout. Je peux peut-être vous faire sortir de la transe dans laquelle vous êtes, mais j'en doute. »

Cinquante personnes partirent d'un rire enchanté et approbateur, suivi d'une petite salve d'applaudissements spontanés. J'entendis une femme assise devant moi murmurer en connaisseuse : « Il dit toujours ça.

– Je me fais honte », dit mon père.

Les applaudissements redoublèrent. Buddy Green se leva d'un bond pour mener le ban. Seul Pflug refusa de se joindre au sentiment général, et se détourna sur sa chaise.

« J'ai gâché ma vie. »

Ce fut la dernière chose que je compris avant que mon père soit submergé par l'ovation. Un double masochisme était à l'œuvre ici, rendu possible par le fait que la réunion était totalement coupée du monde. Du petit milieu un peu bohème, comme avait dit Abraham. Mon père était leur hérétique préféré, officiellement chargé de porter le deuil des opportunités auxquelles ils avaient, volontairement ou non, renoncé. Sa façon de brandir son échec électrisait ce public qui s'y était manifestement attendu. Accueillir son mépris était une forme d'autoflagellation par laquelle ForbiddenCon 7 se sentait conforté et reconnu dans toute son indigne dignité, le sens de l'humour avec lequel il assumait les faiblesses qu'il s'était choisies.

Et pourtant je ressentais aussi l'affection qu'Abraham n'arrivait pas à contenir tout à fait. Voyant les choses par ses yeux, j'arrivais même à la partager. Je pensai au « Chimes of Freedom » de mon homonyme – *sonnant pour les meurtris dont les plaies sont inguérissables, pour la foule innombrable des paumés, accusés, abusés, usés, pire encore, et pour chacun des malheureux de tout l'univers !* Bien sûr, j'avais déjà assisté à des réunions de critiques rock ou de DJ de radios étudiantes, à des tables rondes de la conférence South by Southwest ou du CMJ qui n'étaient ni moins marginales ni moins vouées à l'autocongratulation. Seuls les costumes différaient. J'eus comme un flash la vision d'un monde constellé de conférences, de conventions, de congrès en tout genre, constituant de conserve une gigantesque machine à convertir les sentiments d'infériorité et d'autodétestation en leurs contraires.

La table ronde était terminée. Un autre homme avait gagné l'estrade et pris le micro de gauche à Sidney Blumlein. Il le tapota plusieurs fois pour réclamer notre attention. Le nouvel arrivant était vêtu d'une manière aussi excentrique que tous ceux qui se trouvaient dans la salle, mais dans un style entièrement différent. Son impeccable chemise bleue rayée à col blanc et son nœud pap rouge, son élégante moustache et ses cheveux lissés – tout évoquait le sénateur républicain qui mènerait une campagne volontairement vieux jeu, financée par de sombres et mystérieux investisseurs privés. Sa voix était incroyablement puissante.

« C'est ma première occasion de vous souhaiter la bienvenue à ForbiddenCon 7, aboya-t-il. Quels débuts, hein ? M. Ebdus est trop modeste, alors je vous le rappellerai moi-même, le privilège nous est donné d'assister à une projection exceptionnelle d'un extrait de son film, demain à dix heures dans la salle de bal Wyoming B. Vraiment, ne manquez pas ça, c'est une chance rare.

– C'est lui », chuchota Francesca. Elle me tira par le bras. « Il adore ton père. »

C'est toi qui l'adores, ai-je pensé sans le dire. *Tu projettes, Francesca, tu vois ton amour partout*. Assis à côté d'elle, à côté de ce Cumulus d'Amour, je me sentais enveloppé de parfum et d'émotion. Je n'en contemplai pas moins cet homme à nœud pap qui était au micro, celui qui inspirait à la compagne de mon père un tel enthousiasme.

« Applaudissez une nouvelle fois, mesdames et messieurs, notre artiste invité d'honneur, Abe Ebdus ! »

Je vis ainsi pour la première fois l'homme que Francesca avait baptisé « Zelmo le président ». L'important avocat. Comment aurais-je pu me douter qu'il était porteur de secrets concernant mon existence entière, tel était pourtant le cas.

4

Le restaurant Bongiorno était mauvais et ne le savait pas. Mine de rien, le luxe agressif de sa présentation chichiteuse avait quelque chose d'insultant, comme si nous n'étions probablement pas assez raffinés pour apprécier les croustilles aillées surchargées d'origan, les coupelles individuelles destinées à recevoir les noyaux d'olive, les serviettes amidonnées en accordéon dans les verres à vin, ou l'élocution contrainte du garçon qui débitait l'interminable liste des spécialités. Zelmo Swift, qui nous appelait tous par notre prénom pour s'assurer que nous nous sentions personnellement honorés, s'empara de la carte des vins. « Vous êtes mes invités, pas ceux de ForbiddenCon, souligna-t-il. Pour eux, la gastronomie c'est de l'hébreu. Ils se régalent des saloperies qu'on leur sert à l'hôtel. Je sais bien que ce genre d'établissement vous sort vite par les yeux, c'est pourquoi j'essaie toujours d'inviter nos hôtes à manger ailleurs.

– C'est sympa », mentis-je. À table aussi, Zelmo aboyait, d'une voix de stentor qui vous faisait sursauter. Et il était maître dans l'art de s'interrompre brusquement, suscitant la relance élogieuse, le visage tout entier et la poitrine prêts à éclater d'empressement à reprendre sitôt gratifié d'un « Sans blague ? » ou « Vous, alors ! ».

« Un dîner et une vraie conversation, disait-il à présent. La vraie vie. Cet hôtel est plein de momies. Dieu les bénisse. »

Certes, et n'es tu pas le roi des momies ? avais-je envie de demander. Mais j'avais compris que le but du dîner aux chandelles était précisément de consacrer la supériorité de Zelmo sur l'assemblée du Marriott.

« Et je savais que *Madame Cassini*[1] apprécierait la meilleure cuisine italienne de toute la Californie du Sud. »

Francesca, assise à la droite de Zelmo, frétilla de plaisir à cette flatterie. J'étais presque sûr que sa culture italienne lui permettait tout juste de faire la différence entre une part de napolitaine et de sicilienne dans les pizzérias des confins de Brooklyn. Et j'étais presque aussi sûr que ce ne serait pas la meilleure cuisine italienne de toute la Californie du Sud. À la rigueur, d'Anaheim.

Le costume et les manières de Zelmo avaient dans un premier temps masqué le fait qu'il était, comme Jared Orthman et moi, trentenaire. Pour la seconde fois de cette longue journée j'étais contraint de constater que ma tenue et mon style, comparés à ceux de mes pairs d'autres professions, évoquaient moins le cadre adulte que le pompiste ou le clochard. La crédibilité que me conférait ce débraillé dans mon habitat ordinaire n'opérait pas sur les Jared ou les Zelmo, la monture de fil de fer de mes lunettes à l'ancienne suggérait seulement que je n'avais pas les moyens de me payer des verres de contact. Je me doutais bien qu'à Los Angeles j'aurais eu l'occasion de le vérifier à tous les coins de rue. À Berkeley, encore prisonnière de son rêve des années soixante, cela n'arrivait jamais.

1. En français dans le texte.

On apporta le vin que Zelmo goûta. « Sans égal », proclama-t-il. Puis s'adressant particulièrement à moi : « Tu vas l'adorer. » Selon toute apparence, le fils ne serait pas autorisé à s'absorber dans la mélancolie pendant le repas. Il convenait de me conquérir.

Mon père était à côté de moi, séparé de Zelmo par Francesca. Tandis qu'entre Zelmo et moi avait pris place sa cavalière, Leslie Cunningham. Que Leslie, dans son tailleur gris, soit le portrait craché de l'actrice qui jouait le rôle de la collaboratrice d'un cabinet d'avocats dans un feuilleton n'empêcha pas Zelmo de déclarer que telle était bien la fonction qu'elle occupait dans son cabinet à lui. L'ironie n'avait pas cours au Bongiorno. Je ne pris pas la peine de me demander ce que dissimulait l'élégant tailleur ; pas question de désirer une gonzesse de Zelmo. Je me dis qu'à Berkeley, je ne lui aurais pas accordé un regard. Elle aurait été employée de banque, chef de bureau, encore une blonde californienne sans aucun goût. Je ne pris pas non plus la peine de me demander ce qu'elle faisait au bras de Zelmo, sachant que *les meilleures choses dans la vie sont gratuites*, mais aussi que *je les laisse aux abeilles et aux petits oiseaux*[1].

Les deux femmes qui flanquaient Zelmo se trémoussaient d'aise en gloussant à chacun de ses discours. Mon père gardait gravement le silence. Avec moi cela faisait deux, cependant lui avait gagné son dîner par vingt ans de bons et loyaux services, tandis qu'on attendait que je fasse au moins semblant d'être impressionné et reconnaissant. Qu'Abraham s'y refuse, j'avais appris par cette table ronde que c'était sa signature.

Le sommelier remplit nos verres. J'avais déjà porté le mien à mes lèvres quand Zelmo déclara : « Un toast.

1. Deux lignes de « Money, Money, Money », connu en France par une reprise des Beatles.

– À vous ! dit Francesca. À votre générosité ! »

Zelmo secoua la tête. « Moi, je propose un toast. Lorsque j'ai demandé à Abe d'être l'artiste invité d'honneur de Forbidden Con 7, j'étais en droit d'espérer que l'homme serait aussi merveilleux que son œuvre. C'est le cas. Mais comment aurais-je pu imaginer qu'il serait accompagné d'une femme magnifique et magique ! Francesca et Abraham, votre histoire me touche. Vous êtes faits l'un pour l'autre, quelle rencontre, et si tard dans votre vie. » Zelmo beuglait presque quand il leva son verre vers le centre de la table. « Au cœur humain ! » Les clients des autres tables jetèrent un coup d'œil, se demandant ce qui pouvait bien se passer.

Nous trinquâmes, on déposa devant nous une assiette de *calamari fritti*, puis le couple ainsi fêté échangea quelques propos acerbes à voix basse. Zelmo passa le bras autour des épaules de Leslie Cunningham et se pencha face à moi. « Alors, c'était comment de grandir dans la maison du grand homme ? »

Je suis sûr d'avoir fait une tête affreuse, et Zelmo dit : « Tu n'es pas obligé de répondre. Abraham ne doit pas être facile à vivre. C'est la seule façon d'accomplir quoi que ce soit en ce monde. Trop peu de gens comprennent ce qu'est la dureté. Personne n'en a la moindre idée, là-bas, à l'hôtel. » Il éclata de rire. « Leslie ne comprend pas pourquoi je prends la peine d'organiser ce colloque, bon an mal an. Elle refuse de mettre les pieds dans un endroit pareil. Pas vrai ?

– Je n'aime pas la science-fiction, fit-elle docilement.

– Moi, ma belle, je l'adore depuis mon plus jeune âge. Je dévorais tout ce qui me tombait sous la main sans distinction. *La Guerre des étoiles*, *Star Trek*, tout. Ça n'intéresse sans doute pas Abraham, pourtant c'est vrai. Mon goût s'est forgé peu à peu. Le goût c'est comme ça, Les, on le développe, comme de la pellicule. Et chez les grands de la science-fiction, j'ai vu la même dureté qui m'a permis de devenir ce que je suis. Sauf que personne ne paie ton père six cent mille dollars par an, hein ?

– Ça, non, accordai-je, simplement pour le relancer.

– J'ai voulu donner quelque chose en retour. J'ai donc créé ForbiddenCon. C'est mon bébé. Depuis sept ans. Franchement, je m'en passerais, être obligé de traiter avec les membres du comité, ces oiseaux-là. Ils me détestent mais ils ont besoin de moi. Ça ne vaut le coup que pour des soirées comme celle-ci. » Il tenait à bien me faire savoir que son bébé lui inspirait surtout du mépris.

« Pourquoi ForbiddenCon ? demandai-je.

– Tu ne vas pas le croire, mais notre convention est la plus classe de toutes. Dans la plupart de ces machins, il faut chercher longtemps pour trouver du talent. Ton père, ce serait des perles aux pourceaux.

– Je veux dire, pourquoi ce nom ? Qu'est-ce que ça a d'interdit[1] ?

– C'est ce qui est caché, occulte, révélé. Le rare, le tabou, le rarement vu. La sagesse insaisissable ou inaperçue. Les goûts qu'on acquiert, comme celui du caviar, du whisky pur malt.

– Je comprends.

– C'est aussi une référence à *Planète interdite*, le plus grand film de science-fiction de l'histoire. Il ne manque pas de gens qui comprendraient le sous-entendu.

– Ah bon.

– Je vais tout te dire. Tu crois que Fred Vundane a participé à une convention ces vingt dernières années ? Il n'aurait même pas les moyens de se payer un billet d'entrée, alors l'avion… Je ne lui ai payé le voyage que pour m'offrir la joie d'entendre Abe dire qu'il n'avait jamais lu le livre.

1. « Forbidden » : interdit.

– C'était pénible », suggérai-je.

Zelmo agita la main. « Un homme comme ton père mérite d'avoir tout ce qu'il désire. »

Je ne pouvais pas dire le contraire, mais n'étais pas sûr que l'humiliation publique de Vundane ait figuré parmi ce qu'Abraham désirait le plus.

« Et vous, qu'est-ce que vous faites ? » demanda Leslie en profitant d'une seconde de silence.

De cela aussi, ce fut Zelmo qui se chargea. « Dylan écrit, dit-il fièrement. Il est journaliste.

– Sur la musique, dis-je. Depuis peu, je présente des compilations pour Remnant Records. »

Je lus la stupéfaction dans les yeux bleus de Leslie. J'aurais aimé faire sa connaissance dans un bar à célibataires lors de ma dernière nuit sur terre, pas durant cette conversation débile.

« Remnant est un label de rééditions. J'élabore des compilations sur différents thèmes, je rédige le livret, ce genre de choses.

– Donne-nous un exemple », dit Zelmo, avec un grand geste de la main qui tenait le verre, comme s'il me suffisait de dire les mots justes pour qu'il sorte son chéquier et finance mon entreprise. Encore une fois, j'étais là à faire mon pitch.

« Vous connaissez peut-être le coffret *Voix de tête*. Il a eu un peu de presse. Quatre CD de, vous savez, l'histoire des voix de tête de la soul – Smokey Robinson, Curtis Mayfield, Eddie Holman. Et quelques trucs inattendus. Van Morrison. Prince.

– Non, on ne l'a pas vu, dit Zelmo, parlant pour Leslie. Quoi d'autre ?

– Ça relève parfois du gadget, avouai-je. Remnant a une espèce de penchant pour la nouveauté. Alors par exemple, on a fait un album intitulé *Toi et tes soi-disant amis* – avec toutes les chansons qui contiennent cette phrase.

– Comprends pas, dit simplement Leslie.

– C'est une phrase toute faite qu'on trouve souvent dans les paroles – *soi-disant amis. Toi et tes soi-disant amis*, quoi. Elvis le chante dans "High Heel Sneakers", Gladys Knight dans "Come See About Me", Albert King dans "Don't Burn Down the Bridge", ainsi de suite. Une espèce de mimétisme, comme un virus verbal porteur d'une certaine idée ou d'une émotion… » Je laissai mourir ma voix, humilié.

Nos entrées étaient servies. « Il va falloir que tu m'en reparles », avertit Zelmo en agitant un doigt dans ma direction.

Mais l'avocat était trop occupé à présider au repas de ces dames, et je pus m'en libérer momentanément. J'en profitai pour me tourner vers mon père et, pardessus nos assiettes identiques de spaghettis bolognaise – Abraham et moi avions eu le même instinct : dégonfler les pompeuses spécialités du Bongiorno en commandant ce qu'il y avait de plus simple –, nous pûmes enfin partager un instant d'intimité.

« Tu t'amuses ? demanda-t-il.

– Oui, oui. Et toi ? »

Il se contenta de lever les sourcils. « Avant que j'oublie, voilà quelque chose que je voudrais que tu lises. » Il sortit une feuille pliée en trois de la poche intérieure de sa veste et me la fit passer à la dérobée, sous la table. Je la dépliai sur mes genoux. C'était la photocopie d'un article paru dans *Artforum*. « Une épopée au ralenti : le voyage secret d'un titan américain », par Willard Amato :

Quelles chances y avait-il de voir le plus fervent peintre abstrait des États-Unis abandonner la peinture sur toile en 1972 ? Ou exposer pour la dernière fois en 1967, lors d'une rétrospective consacrée à deux artistes figuratifs passée pratiquement inaperçue ? Aussi grandes que de voir le plus exigeant cinéaste d'avant-garde de notre temps ne jamais bénéficier de la moindre projection dans sa ville natale de New York, ou le monumental dernier artefact moderniste se ciseler en secret, sur un support innommable, tout au long de l'âge d'or du vacillement moderniste. Chacune de ces improbabilités mène au même endroit, un atelier-grenier de Boerum Hill, à Brooklyn, où...

« Tu le liras plus tard, implora-t-il. Garde-le, j'en ai d'autres. »

Ainsi l'homme oublié, le rien du tout, n'était pas tout à fait content de l'être. Je savais que toutes les aspirations d'Abraham n'étaient pas éteintes, mais l'article avait de quoi surprendre. Je le fourrai dans ma poche.

« Dis-moi, comment va Abby ?

– Elle va bien.

– Dommage qu'elle n'ait pas pu venir. » Je vis soudain notre table sous un jour nouveau : deux couples et la moitié d'un troisième, séparé. Je n'avais pas la moindre idée de ce qu'Abby faisait ce soir-là.

« Elle avait des cours », dis-je. J'étais sur la défensive, cela s'entendait dans ma voix, j'étais incapable de m'en empêcher.

La conversation n'avait pas échappé à Francesca qui déclara : « J'aurais tellement aimé la voir. C'est une fille adorable ! » Cela attira l'attention de Zelmo et Leslie. « Elle est noire », expliqua Francesca, les yeux écarquillés de sincérité. Francesca ne l'avait vue qu'une fois, quand Abby et moi étions passés par New York en route pour un colloque sur la musique à Montréal. « Si vous la voyiez ! s'extasia-t-elle en s'adressant à Leslie. Elle a une peau ravissante. » Devant tant de bonnes intentions, la conversation s'évapora. Nous nous replongeâmes dans nos spaghettis bolognaise comme de bons petits soldats.

« Elle est encore étudiante ? » finit par demander Zelmo, d'un air de pieuse compassion : oui, ma copine noire absente était aussi un peu trop jeune. La blonde adulte et en âge de travailler entrait avec les nœuds pap, les verres de contact et les escarpins dans la liste des accessoires que Dylan Ebdus n'était pas encore assez mûr pour arborer.

« En troisième cycle, répondis-je. Elle termine sa thèse.

– C'est merveilleux », dit Zelmo, s'arrangeant pour en faire un compliment racial à Abby d'avoir pu en arriver là. Je compris qu'il était impossible de se soustraire au paternalisme de Zelmo. Les artistes étaient ses ouailles éclopées et brisées, et il en avait regroupé le plus possible sous sa houlette – une assiette de bolognaise et une invitation pour ForbiddenCon. Or les noirs sont plus ou moins des artistes, par définition.

« Chéri, dit Francesca à Abraham. Dis-lui pour le père de son ami.

– Hein ?

– Tu sais bien, Abe, ce pauvre homme d'à côté. Tu disais qu'il fallait que Dylan le sache. »

Abraham approuva de la tête. « Ton vieux copain Mingus – tu te souviens de son père, Barry ? Notre voisin ? »

Barrett Rude Junior, rectifiai-je en silence. La logique de Francesca était d'une transparence touchante : *Dylan a un faible pour les noires* l'avait directement menée à *Ce pauvre homme d'à côté*. Je me promis de rester patient, alors que cette entrée en matière tellement laborieuse d'Abraham me donnait envie de hurler. Notre voisin ! Comme si on avait des voisins ! Nous, on avait une rue. Je te rappelle que c'est la maison où j'ai grandi, voilà ce que j'avais envie de dire. Et j'ai rédigé la biographie de ce type dans mon livret pour le coffret des Distinctions. Mais la première remarque était exclue parce qu'Abraham l'aurait prise pour un reproche. Et la seconde, parce qu'il n'était pas au courant, je ne lui en avais jamais parlé ni envoyé un exemplaire.

Barrett Rude Junior ne pouvait pas être mort, de cela j'étais certain. Je l'aurais su. *Rolling Stone* m'aurait appelé pour rédiger la nécro – à mon avis, ils en auraient demandé deux feuillets.

« Les reins ont lâché, dit simplement Abraham. Affreux. Une ambulance est arrivée. Il était sous dialyse. »

Le sujet était trop lointain, peut-être trop pénible pour Zelmo Swift. Il se lança dans une autre conversation avec Leslie et Francesca, et mon père et moi fûmes livrés à nous-mêmes.

« Il était seul dans la maison depuis des semaines, pour ainsi dire mourant. Personne ne se doutait de rien. Il y a très longtemps qu'il habite la rue, mais depuis le coup de feu, il sort très rarement. »

Abraham et moi n'avions jamais parlé de ce qu'il appelait le coup de feu, que ce soit durant les deux dernières semaines d'été avant mon départ à la fac dans le Vermont, ou après. Mingus et Barrett n'avaient pas mentionné mon nom à la police lors des interrogatoires. Ils n'avaient parlé à personne de ma présence chez eux, autant que je sache.

Je me rappelai pour la millième fois ces tas de poudre blanche – évidemment, les reins avaient lâché. Ce n'était qu'une question de temps. Je me mis à rédiger ces deux feuillets dans ma tête.

« C'est là qu'un miracle a eu lieu. Ils ont retrouvé ton ami Mingus. Dans une prison du nord de l'État. Le tribunal l'a fait libérer et autorisé à se rendre dans un hôpital pour donner un rein.

– Quoi ?

– Ils ont fait une exception – Mingus était le seul donneur compatible. Il a sauvé la vie de son père en acceptant l'opération. Ensuite, on l'a remis en prison. »

Je levai mon verre pour un toast fantôme avant de le vider jusqu'à la dernière goutte. Derrière le verre la chaleur me monta à la tête et ma gorge se serra, du coup je faillis m'étrangler sur la gorgée de bourgogne.

« Alors Mingus est de nouveau en prison.

– Tu le croyais sorti ?

– Aux dernières nouvelles, c'est ce qu'Arthur m'avait dit. Mais ça doit bien faire dix ans, plus. Je ne sais pas ce que je croyais, franchement.

– Barry est adorable, dit Francesca en se penchant après avoir attendu le bon moment. Il parle très peu. J'ai l'impression qu'il est affreusement triste.

– Tu le connais ? » parvins-je à demander. Et pourquoi pas ? Tout semblait également vraisemblable, désormais. La buée recouvrit mes lunettes.

Elle montra Abraham de la tête. « Ton père et moi, on lui apporte à manger, parfois. De la soupe, du poulet, quand il nous en reste. Il ne mange pas. Parfois il reste là, assis sur son perron. Même sous la pluie. Les gens ne le connaissent pas. Personne ne lui parle. Seulement ton père.

– Je reviens », dis-je, en jetant ma serviette sur la chaise. Je réussis à atteindre les toilettes avant d'éclater en sanglots ou de vomir dans ma bolognaise. Je n'avais aucune envie d'afficher une autre de mes misères devant l'avocat qui savait apprécier le pur malt et *Planète interdite*. Mes larmes resteraient occultes, insaisissables, rarement vues, Zelmo ne pourrait pas les exposer dans son musée du Pitoyable à côté de R. Fred Vundane.

Il a sauvé la vie de son père en acceptant l'opération. De temps en temps, à peu près tous les dix ans, j'étais contraint de me rappeler l'existence de Dean Street. Et que Mingus Rude n'était pas seulement le fruit de mon imagination. Je m'accordai une minute pour avoir honte puis repoussai Mingus là où il n'avait cessé d'être, où il était toujours, que je pense à lui ou pas, parmi ces millions d'hommes détruits qui n'étaient pas mes frères.

Puis je rinçai mes lunettes, me mouchai et retournai à la table, où jusqu'à la fin du repas j'ignorai mon père et Francesca, alors qu'ils étaient ma seule raison d'être là. Je choisis plutôt de me torcher avec un cognac hors de prix et de réduire Leslie Cunningham à merci à coups de mots d'esprit, de charme et d'insinuations canailles. Je crois même lui avoir fait une certaine impression, mais ce fut sans effet sur Zelmo Swift. Pour entamer son impavidité, il m'aurait fallu la renverser sur la table.

Zelmo me prit à part quand nous nous levâmes. Mon père s'était éloigné vers les toilettes. « Tu restes pour la projection de demain ?

– Bien sûr.

– Ça compte beaucoup pour ton père. »

Il doit être difficile d'étrangler un homme avec son nœud papillon. C'est peut-être pour ça qu'ils existent. « J'essaierai de bien me tenir », dis-je.

Zelmo fronça les sourcils comme pour signifier qu'il ne s'en était d'abord pas inquiété, mais qu'il se posait désormais la question. « Ton avion est à quelle heure ?

– Juste après.

– À LAX ?

– Non, il part de Disneyland. Air Dingo. » La plaisanterie prit un goût amer dans ma bouche ; je la devais à Abby, qui l'avait faite au début de cette interminable journée.

« Ah. Ah. Très drôle. Je te conduirai, si tu veux bien. »

J'avais peut-être bu plus que je croyais, en tout cas cela m'embrouillait les idées. « Je peux prendre un taxi, dis-je hargneusement.

– Ça t'économisera la course. On pourra parler. »

Puis, Francesca fut à mes côtés, chuchotant : « Va avec lui, Dylan.

– Parler de quoi ?

– Chuuuut », fit Francesca.

Je m'allongeai en caleçon sur l'un des lits jumeaux du Marriott pour regarder la télé en zappant, je vis des crocodiles baiser et Lenny Kravitz. Deux fois je roulai sur moi-même pour atteindre le téléphone et composer mon numéro à Berkeley ; deux fois je raccrochai en entendant ma voix sur le répondeur. Les yeux troubles, j'essayai de déchiffrer la photocopie d'*Artforum*.

... Ebdus réfute la comparaison avec le personnage à la Wittgenstein que Thomas Bernhard met en scène dans Correction, *et qui travaille dans la forêt des années durant à la construction d'un « cône » mystérieux et jamais vu, exactement comme il rejette toute réduction conceptuelle ou philosophique de la nature essentiellement matérielle et picturale de sa recherche. Tout dans l'œuvre d'Ebdus procède de la nature purement physique du pigment sur celluloïd, et de la lumière à travers la fenêtre d'un projecteur. On peut établir une comparaison plus fertile avec le voyage méditatif (pour ne pas dire obsessionnel) et long de plusieurs décennies du compositeur moderniste Conlon Nancarrow, qui pendant son exil au Mexique, suite à sa mise sur la liste noire, explora les possibilités de composition uniques du pianola, et développa une méthode unique et méticuleuse consistant à frapper de la main le rouleau qui actionne le clavier mécanique. Il fallut à Nancarrow deux ou trois ans d'efforts supplémentaires pour produire une composition*

de cinq ou dix minutes, rythme à peine plus lent que celui d'Ebdus avec son film peint...

J'étais content pour mon père mais j'avais la tête ailleurs. Mon cœur malade était ballotté. Quand je fermais les yeux, j'avais l'impression que Mingus Rude était dans la chambre, peut-être sur le second lit ou dans la baignoire. J'empruntai à quelque macabre légende urbaine l'image d'un homme enveloppé de glace, à qui une bande de trafiquants d'organes volait un rein. En même temps, malgré le brouhaha, les bruits sourds d'une fête qui traversaient le mur, et la présence de mon père dans une suite cinq étages plus bas, je ressentais la possibilité que ma chambre flotte dans le vide, somptueux sarcophage équipé de la télévision par câble, dérivant dans l'espace. Cette seconde hallucination m'arracha à mon hébétude sur le dessus-de-lit, et je tendis la main vers la clé du minibar.

J'avais vidé mes poches sur la commode. Je voyais à présent ce qui s'y étalait. À côté des deux clés, celle du minibar et celle de la chambre, de quelques dollars froissés, il y avait l'anneau d'Aaron X. Doily. Je l'avais empoché le matin, pour le soustraire aux questions que se posait Abby sur mes affaires.

Je me demandai si l'anneau fonctionnait toujours et, si tel était le cas, si ses pouvoirs avaient encore changé. Et je n'avais pas fini de me le demander quand j'enfilai mon pantalon, glissai la clé magnétique dans ma poche et l'anneau à mon doigt. Pieds nus sur la moquette, j'allai jusqu'à la porte, et sortis dans le couloir, où je me tins, clignant des yeux dans l'éclairage violent.

Je ne voyais ni mes mains ni mes pieds, mais il faut dire que j'étais ivre. C'est seulement lorsque les portes de l'ascenseur s'ouvrirent et que je pénétrai dans la cabine aux parois recouvertes de miroirs que je fus certain. J'y étais seul, et l'ascenseur semblait vide.

J'appuyai mes mains contre les miroirs et soufflai autour, vis des doigts invisibles se dessiner dans une buée visible. Peu importait que j'aie abandonné l'anneau pendant des années : il avait conservé son pouvoir. Celui qu'il me conférait, quand je choisissais de le porter.

Je m'étais vautré dans la détresse pendant ce qui m'avait semblé des heures. Je m'attendais donc à trouver le hall vide. Mais il était plein de forbiddenoïdes jacasseurs. De même que le bar de l'hôtel. Je m'y faufilai, en évitant sans difficulté les collisions ordinaires. Dix ans plus tôt j'étais devenu un homme invisible accompli, et cette aptitude était restée en moi prête à se déployer.

Les invités de la convention entouraient les tables rondes du bar en un rassemblement de chaises, par groupes de dix ou quinze. Leurs conversations avaient quelque chose de passionné, d'argumenté, à croire qu'ils régurgitaient les discussions des tables rondes. Mais ils étaient humains ; ils picolaient, étaient secoués de rires. Certains d'entre eux s'accoupleraient sans doute ce soir comme les crocodiles. J'étais content d'être invisible. Le bar lui-même, îlot central, était presque vide. Je renversai un verre de glace fondue à un bout pour faire diversion, puis, tandis que le barman arrivait en rouspétant pour éponger, me glissai derrière lui pour attraper une bouteille de Maker's Mark encore pleine au tiers. Comme je la serrai contre ma poitrine, elle fut enclose dans ma transparence. Je retraversai le hall sur la pointe des pieds. Paul Pflug était là, cloué à un canapé entre deux femmes identiques en bustier de cuir et bottes à lacets assez semblables à celles d'Abby. Je levai la bouteille invisible à sa santé, puis montai le whisky dans ma chambre, pour me rendre invisible par d'autres moyens.

Dix heures, c'était trop tôt, mais au moins la salle était obscure. Mon père s'affairait avec irritation en installant la pellicule sur le projecteur, ayant insisté pour le faire lui-même, pendant que la paire d'employés de l'hôtel qui avaient roulé l'appareil dans la salle était exilée à l'écart. Je m'assis à côté de Francesca au premier rang, incapable de faire abstraction du fait que seules quinze à vingt personnes étaient éparpillées derrière nous, dans une salle qui pouvait en contenir une centaine. Le public attendait patiemment, plus patiemment que moi. Certains buvaient du jus d'orange avec une paille dans de petites boîtes, d'autres grignotaient des viennoiseries. Zelmo n'était pas en vue, pas encore.

Sous la lourdeur de mes paupières, le film de ma gueule de bois avait déjà commencé. J'avais pris une douche en vitesse avant de quitter ma chambre à temps pour chercher la salle de bal Wyoming B. Je comptais sur du café et un bagel dans l'avion, et en attendant sur un Advil tiré du sac à main de Francesca. Mon sac flasque était prêt et fourré sous mon siège, l'anneau d'Aaron X. Doily de retour dans ma poche. J'avais caché la bouteille vide de Maker's Mark dans le minibar, avais dû manœuvrer pour l'y introduire.

« Je vais projeter deux séquences, expliqua mon père sans préambule. La première date de 1979 à 1981 et dure vingt et une minutes. La seconde est plus récente, de 1998. Environ dix minutes, je crois. Si vous voulez bien, nous attendrons la fin pour vos questions et remarques. »

Personne n'éleva d'objection. Seuls Francesca et moi aurions pu connaître une raison de le faire. Sur les sièges, le petit noyau des partisans les plus convaincus d'Ebdus commença à s'agiter en proie à l'excitation machinale et silencieuse qui précède le début de toute projection, même lorsqu'elle a lieu à dix heures du matin dans la salle de bal Wyoming du Marriott d'Anaheim. Ils ne pouvaient pas savoir.

Le film comptait pour moi. Avais-je le choix ? J'avais cohabité avec cette présence plus longtemps que quiconque en dehors de mon père lui-même. Dans mon enfance, le film était une sorte de dieu infirme et muet, couvé à l'étage comme un parent devenu fou. Je connaissais bien l'extrait de vingt et une minutes de 1979-1981 – j'avais assisté à la seule autre projection publique, à la cinémathèque Pacific de Berkeley, quatre ans plus tôt, et l'avais vu deux fois lors des projections tests la même semaine. Abraham trouvait cette séquence particulièrement achevée. Un paysage éclairé par une lune invisible, l'horizon partageant l'écran, le sol plus lumineux que le ciel – encore qu'Abraham eût réfuté les termes « paysage », « horizon », et « sol ». N'empêche : un ciel gris-noir, un sol gris-gris. Plus ou moins l'effet d'un millier de Rothko dernière période, superposés dans le temps, et vibrant dans la lumière de la projection. Les années 1979 à 1981 n'étaient que deux parmi la demi-douzaine durant lesquelles Abraham avait peint cette seule image – noir et gris s'affrontant en un tandem farouche. Il arrivait que le sol se soulève, ou roule légèrement, comme enflerait ou ondulerait un océan. Qu'un peu de noir coule du ciel pour contaminer brièvement le bas du cadre – ces rares instants revêtaient l'allure d'une action trépidante dans toute l'éblouissante immobilité sautillante. Une seule fois battait un pouls rouge et jaune, soleil caché derrière le noir, avant de se réduire en poussière. Abraham avait-il tiré un coup en secret la semaine où il avait peint ça, il y a si longtemps ? Je n'avais jamais osé le lui demander.

Il se trouve que cette séquence de vingt et une minutes, j'en étais à peu près sûr, incluait mon unique contribution, un photogramme que j'avais falsifié un jour après les cours, quand j'étais en terminale. À mon retour Abraham était sorti, peut-être pour aller faire des courses. Par la suite, je ne me rappelais plus les circonstances exactes, sinon le besoin qui s'était emparé de moi de m'introduire dans son atelier pour peindre un photogramme. Les pinceaux d'Abraham étaient humides – il venait de s'arrêter. Le photogramme vide était calé dans les pignons, il m'avait suffi d'actionner la roue à rochet pour dissimuler mon ajout. L'occasion m'était servie sur un plateau, j'avais pourtant à peine osé. Du bout d'un pinceau j'avais tremblé au-dessus du photogramme, sans apposer le pigment, acte irréversible. L'autorité me terrifiait – pas celle d'Abraham, mais la mienne.

Je le peignis, appliquai le noir, le gris. Puis je fuis les lieux du crime avec des sueurs froides. Je m'attendis pendant une semaine à être accusé, mais ne le fus pas. Avais-je été découvert, je ne le saurai jamais. Mon père était tout à fait capable de déceler le photogramme falsifié et d'opter pour le silence. Le conserver ou le couper, mais ne rien dire. À présent, je m'autorisais pourtant à croire qu'il l'avait gardé. Un vingt-quatrième de seconde en vingt-cinq ans : la seule chose qui m'appartenait.

Je piquai un antalgique à Francesca et tentai d'ignorer la pression de mon cerveau déshydraté au-dessus de mes yeux. La salle était silencieuse en dehors du cliquetis du projecteur et du ronron de son ventilateur. Il m'était difficile d'apprécier le film à sa juste valeur (quelle qu'elle fût), entre la gueule de bois et la présence d'Abraham, dans mon dos près du projecteur, nous regardant regarder à travers une étendue de sièges vides. Difficile, dans ces conditions, de ne pas sentir sa déception sur ma nuque. Je guettai cet unique et étrange éclair de jaune et de rouge : il apparut. Vingt et une minutes passèrent.

« C'est la façon qu'a ton père de torturer ces gens qui l'adorent, chuchota Francesca. En les soumettant à une telle obscurité. »

Je ne répondis pas. J'aurais volontiers accueilli plus d'obscurité encore, à cet instant.

Le second extrait fut une surprise. Des nouvelles de la frontière : mon père avait découvert un triangle vert aux angles émoussés, qui tentait en vain de tomber de biais contre l'horizon fantomatique et brouillé.

Le triangle devait occuper un quart du photogramme. Il tremblait, s'inclinait d'un degré, basculait presque entièrement, puis reprenait d'un bond sa position initiale. Toute progression était illusion : deux pas en avant, deux pas en arrière. Impossible, pourtant, de ne pas l'encourager. De le voir tâtonner tel un pied qui cherche prise. Osant, hésitant, échouant.

Je ne m'étais pas attendu à être ému, j'oubliai la salle, j'oubliai ma migraine, fondis soudain en sanglots devant les efforts du triangle, tragédie sans acte. Francesca tira un mouchoir de son sac et me le tendit. Prisonaires, triangles, je craquais facilement ces jours-ci. Puis ce fut fini, et la salle se ralluma. Personne n'applaudit – ils avaient oublié comment on fait, à moins peut-être que le film ne les ait amenés à redouter, s'ils essayaient, que leurs mains échouent à se joindre.

Zelmo Swift parut devant l'écran pour nous donner une leçon de courage : si ! on pouvait produire le bruit d'un applaudissement. Il montra le chemin. Nous applaudîmes et mon père s'avança, s'assit derrière un autre micro, même s'il n'en avait guère besoin pour se faire entendre de ce public clairsemé. Les quelques questions posées furent timides ou ineptes. Abraham les accueillit poliment.

« Avez-vous jamais pensé ajouter une bande-son ?

– Vous voulez dire du dialogue, ou de la musique ?

– Euh, de la musique. Histoire d'avoir quelque chose à écouter.

– Oui, c'est tout à fait ça. Et dans ce cas, oui. Nous écouterions la musique. » Il s'arrêta. « Cela mérite réflexion. »

Quelqu'un d'autre s'enquit des progrès du film depuis le second extrait. À quoi ressemblait-il à présent ?

« Il m'est presque impossible de paraphraser. Il y a eu du progrès. Je pense que vous constateriez une ressemblance superficielle avec cette séquence.

– Est-ce que le triangle… » C'était là que le questionneur voulait vraiment en venir. « Est-ce que le triangle… descend ? A-t-il fini sa chute ?

– Ah », répondit Abraham. Il s'arrêta un instant. « Le vert, oui. Il continue de se débattre. À peu près comme ce que vous avez vu. »

Il y eut un silence dans le silence.

« Est-ce qu'il va… ? » se risqua quelqu'un. La question était sur toutes les lèvres. Cette chute inachevée avait brisé plus d'un cœur, pas seulement le mien.

« J'aime mieux ne pas prévoir, dit Abraham. C'est la tâche quotidienne, à mon avis. C'est un refus de spéculer, il s'agit seulement de rencontrer, seulement de comprendre. »

Zelmo, qui attendait sur le côté, n'y tint plus. Il s'empara brusquement du micro. « Autrement dit, les amis, restez à l'écoute. Abraham Ebdus n'en a pas encore fini. C'est extraordinaire. » Oui, le film avait atteint les prolongations, mais Zelmo le président, Zelmo le connaisseur, lui, n'était pas de ces philistins qui quittent le stade pour être les premiers au parking, ça non.

Le charme était rompu. Les admirateurs de mon père se répandirent hors de la salle en jetant un œil à leurs programmes de poche. Avec un peu de chance, R. Fred Vundane participait peut-être à une autre table ronde quelque part dans le bâtiment. Abraham rejoignit à la hâte le fond de la salle pour empêcher les employés de l'hôtel de rater le rembobinage du film, Zelmo et Francesca m'entourèrent de nouveau.

« Tu as un avion à prendre, dit Zelmo avec entrain.

– J'ai tout mon temps.

– Oui, mais ma voiture attend en bas. Alors…

– Tu ferais mieux d'y aller, mon petit », dit Francesca.

J'étais trop vaseux pour lutter. Zelmo était une brute par nature, Francesca par amour, et ensemble, au nom de la facilité et en vertu de je ne sais quel plan secret qui me tapait sur les nerfs, ils allaient me priver d'une demi-heure supplémentaire en compagnie de mon père. Il rentrerait à Brooklyn, un an ou dix s'écouleraient encore. Mais je n'avais guère tiré parti de ma visite jusque-là, et une demi-heure au Marriott n'offrirait pas grand-chose de plus, pas avec Zelmo, Francesca et ma gueule de bois réclamant leur dû. Je mis mon baise-en-ville à l'épaule.

« Salut, fils.

– Salut, papa.

– Ça m'a fait plaisir de te voir. Ce… » Il fit un signe du bras. « Impossible.

– Le nouvel extrait était magnifique. »

Il ferma les yeux. « Merci. »

Nous nous étreignîmes de nouveau, deux hommes-oiseaux qui se frôlent brièvement sur une branche. J'avais pris une douche mais je puais déjà, l'alcool me sortant par tous les pores de la peau. Je me demandai si mon père pensait que j'étais venu à Los Angeles au beau milieu d'une rupture ou d'une déprime. Je me demandai s'il avait raison de se le demander.

Puis je posai les lèvres sur le fond de teint de Francesca avant d'aller au rez-de-chaussée, à travers le hall et jusqu'à la banquette arrière de la limousine avec chauffeur et vitres teintées de Zelmo Swift.

Disneyland était visible au loin depuis la grisâtre voie express banlieusarde, ses flèches et ses clochetons semblables aux superstructures d'un navire coulant dans l'océan du paysage industriel.

« Je ne te plais pas », annonça Zelmo, sans se soucier que le chauffeur entende. Sur la banquette en cuir grenu, il y avait plus d'espace qu'il n'en fallait entre l'avocat et moi. J'imagine que je donnais l'impression de vouloir m'échapper par la fenêtre.

« Que voulez-vous que je vous dise ? » J'avais besoin d'un jus d'orange, d'une brosse à dents, d'une transfusion sanguine, d'un Bloody Mary, d'Abigale Ponders, de Leslie Cunningham, j'avais besoin d'un snark, j'avais besoin qu'on m'aime, j'avais besoin de quelqu'un qui veille sur moi, d'un miracle par jour, comme dans la chanson de Cole Porter – tout sauf d'un instant de vérité entre moi et Zelmo Swift. J'avais besoin d'un bouton pour régler le volume de Zelmo Swift.

« Rien. Je fais ça par respect pour ton père et Francesca. » Il sortit une enveloppe de sa veste et me la mit entre les mains.

« Qu'est-ce que c'est ?

– Un accident. Tu comprendras en y jetant un œil. Je fais tout pour mes invités. Quoi que tu penses de ForbiddenCon, c'est un moment important dans leur vie, j'aime en faire un événement. D'habitude on fait un truc dans le genre du “Fabuleux destin d'Abraham Ebdus” au banquet du samedi. Des invités-surprises surgis du passé, très sentimental. »

J'ouvris l'enveloppe. Une feuille volante, deux paragraphes dactylographiés. Une espèce d'aide-mémoire rédigé pour un avocat par sa secrétaire, sans signature. Rien d'officiel, mais le même langage juridique, la langue de bois indifférente à son sujet.

Ebdus, Rachel Abramovitz, condamnation pour contrefaçon, association de malfaiteurs, Owensville, Virginie, 18/10/78, sursis. Arrestation et mise en examen ultérieure, Lexington, Kentucky, 9/5/79, complicité d'attaque à main armée ; laissée en liberté sous caution, à pris la fuite, adresse inconnue ; mandat d'arrêt en date du 22/7/79.

Et :

Ebdus, Rachel A., dernière adresse connue, 2 / 75 : # 1, 8, Rural Route, Bloomington, Indiana, 44605.

« J'espère que tu ne me trouves pas indiscret, dit Zelmo. Nous avons un excellent service de recherches au cabinet. Ce qu'ils découvrent ne dépend pas de moi.

– Pourquoi est-ce que vous me montrez ça ? » Ce que j'entendais vraiment par là était : Pourquoi est-ce de toi que je l'apprends ? Pourquoi dans ta limousine, Zelmo ?

Il comprit. « Abraham voulait que je le détruise. Ça ne l'intéressait pas. Francesca m'a pris à part.

– Alors les souhaits de Francesca ont prévalu sur ceux de mon père ?

– Elle n'est pas malintentionnée. Elle pensait que tu avais le droit de savoir. » Sa voix atteignit un niveau déclamatoire digne de la péroraison d'une plaidoirie. « Il ne faut pas être en colère contre elle. C'est difficile d'entrer dans une famille, et de savoir ce qu'il faut faire. »

Je contemplai de nouveau la feuille, et sentis le regard de Zelmo posé sur moi. J'avais envie de me jeter sur lui dans ma rage, mais ne bougeai pas. *Qu'est-ce tu regardes, putain ?* Voilà ce que j'avais envie de lui demander, avant de le choper.

Mais je ne bougeai pas, petit blanc silencieux.

« Oublie tout ça, si tu veux, dit Zelmo. Je détruirai toutes les traces.

– Je me fiche de ce que vous faites. Mais n'embêtez plus Abraham avec ça.

– Tu peux compter sur moi. »

Je glissai la feuille dans l'enveloppe, l'enveloppe dans mon sac. Nous nous tûmes, Zelmo en fut content, pour une fois. Je me demandai s'il avait jamais été si mal récompensé pour ce qu'il considérait comme sa générosité.

Pourtant, ce n'était vraiment pas sa faute si quelque enquêteur de son cabinet en savait plus que moi sur ma vie.

Détruire les traces. Je ne m'y étais jamais essayé. J'avais plutôt vécu dans leur brume pendant trente ans, oublieux, aveugle se croyant invisible.

5

Peut-être tout mâle a-t-il une idée de ce qu'il fera de lui-même le soir où il rentrera chez lui dans une maison vide depuis peu – où les pièces porteront toutes, comme les miennes, les traces d'un départ précipité et définitif. Peut-être tout homme tient-il en réserve pour ce genre d'événement un fantasme consolant de renonciation à soi, un terrier dans lequel se réfugier aussitôt. En tout cas, moi, j'en avais un. Il me suffisait de m'étendre sur mon canapé-lit pendant quelques heures, de m'y assoupir un peu tandis que la lumière virait à l'obscurité dans les arbres, les débris de boîtiers, résultat de la colère d'Abby, décorant encore le plancher à mes pieds, pour saisir le bon moment. Une fois la nuit tombée, il ne me restait plus qu'à changer de chemise, à me rafraîchir le visage, et marcher vers le sud à quelques rues de là dans la fraîcheur de la soirée pour mettre mon plan à exécution. Mon projet d'anéantissement personnel n'était pas plus éloigné que ça, on peut dire que je l'avais sous la main en permanence.

Le Shaman's Brigadoon, dans San Pablo Avenue, était une institution à Berkeley, une boîte de blues et de folk miteuse aux murs recouverts d'affiches où depuis quelque trente ans des musiciens noirs en costume sombre, cravate étroite et feutre impeccable venaient prendre place sur une scène minuscule pour se produire devant un public de blancs portant bérets, fez, ponchos et boubous. En tant que journaliste connu de longue date du régisseur du Shaman's, je pouvais être sûr d'y entrer gratuitement. Je ne manquais toutefois jamais d'atteindre le minimum requis de deux consommations, assis à une des tables ornées de photophores – cela valait le coup en échange d'une place près de la scène, et depuis peu du flirt plaisant que je menais à petits pas avec une des serveuses jeunes et pulpeuses caractéristiques de l'établissement, une blonde aux yeux verts, aux pommettes saillantes qui s'appelait Hatha et, malgré sa voix rauque de fumeuse, semblait à peine débarquée de Surfeurville.

Hatha était née à la fin des années soixante-dix mais son sourire désinvolte, son sens du badinage, et le roulement de ses hanches voluptueuses quand elle circulait avec un plateau, tout portait la marque du film noir, qu'elle en fût consciente ou pas. Je la buvais des yeux mais elle était dans ma vie une simple icône impersonnelle un peu émoustillante qui ne me posait aucun problème les dix premières fois qu'elle servit à ma table. Considérant que ses provocations amicales n'étaient rien de plus qu'un aspect de son métier, j'ajustais mes pourboires en conséquence.

Comme cela m'est parfois arrivé, ce fut une femme qui attira mon attention sur la réalité d'une autre. « On peut dire que vous vous plaisez, cette fille et toi, hein ? » demanda Abby un soir de mai en rentrant d'un concert de Suzzy Roche.

« Elle a le sourire de Drew Barrymore, blaguai-je en niant sans nier.

– Tu veux dire les nichons de Drew Barrymore », fit Abby en me donnant un coup de poing dans le bras. Nous avions ri, en copains, complices blasés de mon refus de voir les choses en face. Et ce fut le dernier soir qu'Abby et moi allâmes ensemble à un concert au Shaman's Brigadoon.

Lors de ma visite suivante j'appris le nom de Hatha, et d'autres petites choses. Hatha Purly ne paraissait pas plus de dix-neuf ans – elle en avait vingt et un. En dépit des apparences, elle n'était pas montée ici en provenance de quelque station balnéaire, mais descendue de Walla Walla, dans le Washington. En plein accord avec les clichés les plus éculés, elle aspirait à devenir auteur-compositeur-interprète et gagnait sa vie en servant dans la boîte où elle comptait bien être un jour tête d'affiche. Elle vivait en communauté à Emeryville, avec deux autres serveuses du Shaman's qui avaient fait route vers le sud en même temps qu'elle. Non, ces trois-là ne formaient pas un groupe, étaient seulement amies. Je ne pouvais m'empêcher de poser les questions mais quand j'avais eu les réponses, je faisais semblant de les ignorer. Ma sincérité avait failli plomber nos échanges de petites piques badines, mais à ma visite suivante, nous nous efforçâmes d'y revenir. Et nous en étions restés là, jusqu'à ce soir.

Sur scène un trio de musiciens africains, organiste, xylophoniste et joueur de bongo, annoncés comme les Kenya Orchestral Vandals. Ils ne soulevaient pas vraiment l'enthousiasme, et je me demandai si la majeure partie de l'orchestre n'avait pas été retenue à l'aéroport de Nairobi. Des tables étaient libres près de l'estrade, mais je ne m'assis pas aussi près que j'aurais pu. Je choisis plutôt le coin le plus tranquille du secteur de Hatha.

« Ça boume, toto ? demanda-t-elle en laissant tomber la carte sur ma table.

– Hatha, Hatha, Hatha.

– Qu'est-ce qui te prend ?

– Rien du tout. Je répète ton nom. On dirait un halètement, en fait.

– Faut croire, si t'es un chien. Tu prendras ? »

Elle m'apporta un scotch et je fis semblant d'admirer le groupe. Chaque fois qu'elle était assez près je faisais des blagues sur Walla Walla et tentais de la faire asseoir à ma table pour une pause cigarette. Lorsque j'y réussis, je demandai : « Alors, qu'est-ce que tu fais après, on peut savoir ?

– Qui, moi ? » Le ton de surprise ravie de Hatha était tout ce que je souhaitais lui inspirer, à elle ou à tout autre être humain, d'ailleurs, une fois pour toutes. Quand l'instinct de deux êtres les pousse physiquement l'un vers l'autre et que les dégâts sont encore à venir, il est facile pour l'un de faire sourire l'autre.

« Toi. Toi et tes soi-disant amis. Toi et toutes tes troupes. »

Elle plissa les yeux. « Ben, et le cheval sur lequel je suis venue ?

– Surtout le cheval.

– Tu veux t'amuser avec moi, Dylan ?

– Je veux t'entendre jouer de la guitare. »

Je perçus son hésitation, sa crainte d'un piège. *Jamais je ne te tendrai de piège, même pas ce soir*, j'en fis vœu *in petto*.

« Je ne finis pas avant une heure et demie », dit-elle.

Je haussai les épaules et elle commença à comprendre que j'étais sérieux.

« Des gens doivent venir plus tard, précisa-t-elle en restant dans le vague. Mais si ça t'ennuie pas de venir avec nous, on trouvera le moyen de passer un peu de temps ensemble. »

Comme les Kenyans ne me branchaient pas vraiment, je sortis faire un tour sur la marina. Des Mexicains pêchaient de nuit sur la jetée, leurs silhouettes voûtées se détachaient sur la ligne indifférente des toits dominée par la pyramide orwellienne de la Transamerica. J'allai jusqu'à l'extrémité croulante de la jetée, où se promenaient les amoureux, sans pouvoir décider si j'étais des leurs.

Puis je retournai au Shaman's, à dix rues de là, vers une porte de service que Hatha m'avait dit d'emprunter. Un rap s'échappait d'un ghetto-blaster posé sur une étagère de la cuisine, « Foghorn Leghorn » de Digital Underground, morceau qui se trouvait reprendre quelques mesures samplées du « Bump Suit » de Doofus Funkstrong. En tendant l'oreille, on percevait le gémissement de ténor de Barrett Rude Junior dans l'une d'entre elles. La lumière de la cuisine était allumée, celle de la salle était éteinte et les chaises déjà retournées sur les tables. Hatha et l'une de ses copines faisaient la caisse en marmonnant à haute voix des chiffres comme une incantation, se dépêchant d'en finir. La troisième avait préparé des lignes de cocaïne sur le comptoir avec un couteau de cuisine.

« Deirdre », se présenta la fille au couteau en me tendant un billet roulé. Ses cheveux étaient retombés sur son visage pendant qu'elle était concentrée sur la drogue, elle les ramena d'un grand geste derrière l'oreille.

« Dylan. Merci.

– Tu as connu Hatha… » Elle me laissa combler le vide.

« Ici.

– Cool. »

L'établissement d'alliances instantanées constituait la matière des journées de ces filles, telle était l'impression que donnait Deirdre. Elle me ferait une place, celle d'un aîné vaguement décalé, si je m'en trouvais une. C'était donc ici comme ailleurs, Gowanus, Hollywood, ForbiddenCon 7, et autres zones secrètes d'appartenance. Les voies d'accès entre ces zones demeurent cachées, jusqu'à ce qu'elles deviennent aussi évidentes que la porte éclairée d'une cuisine de boîte de nuit dans une ruelle, derrière laquelle trois jeunes femmes de Walla Walla mettent en commun les pourboires de la soirée. Et comme j'en ai si souvent fait l'expérience, le passage est facilité par l'alcool, la marijuana ou la cocaïne, ces remèdes du franchissement. Une ligne, monsieur l'aîné vaguement décalé ? Bien sûr qu'une petite ligne me plairait, comme d'en franchir une aussi, s'il vous plaît. Comment aurais-je pu laisser ce week-end derrière moi sans renouer avec la drogue de Barrett Rude Junior ? C'est précisément ce que j'étais venu chercher ici, sans le savoir. Ce n'était pas que je ne désirais pas Hatha. Je la désirais très fort, mais je sentais à présent que le prix à payer pour l'avoir serait le réapprentissage du caractère provisoire de mon être, de la futilité de mes illusions de maîtrise. Et je désirais payer ce prix autant que je désirais Hatha elle-même.

« Tu écris vraiment pour *Rolling Stone* ?

– Ça m'est arrivé.

– Qui est-ce que tu as rencontré ?

– Hein ?

– Genre, t'as déjà rencontré Sheryl Crow ? » La question était directe, sans complexe.

« Non.

– R.E.M. ?

– J'ai été en coulisse avec R.E.M. une fois, au Coliseum d'Oakland. » Comment expliquer que j'avais passé mon temps à discuter avec les dB's – qui faisaient la première partie ?

« Comment ils sont ?

– Bah, Michael Stipe s'est collé sous oxygène après le concert.

– Ouah ! »

Hatha était au volant de sa Ford Falcon, Deirdre à ses côtés, devant. J'étais interrogé par Jane, la troisième et la plus jeune, sur la banquette arrière, tandis que nous filions dans San Pablo Avenue vers Emeryville. Un sac de bouteilles de chez Shaman était posé sur la banquette entre nous. La vitesse, la compagnie de filles aussi effrontées que Frank Sinatra et Gene Kelly dans *Escale à Hollywood*, et la découverte aux petites heures des rues que je ne prenais jamais la peine de remarquer pendant la journée, voilà les stupéfiants qui me faisaient planer, autant que la cocaïne. Ou du moins, je ne pouvais distinguer ces sensations fortes de celles de la drogue. Hatha ne m'avait pas adressé la parole, dans la cuisine du Shaman's, n'avait fait que m'ôter des mains le billet roulé avec un sourire narquois et complice, avant de sniffer une ligne. Et elle m'ignora dans la voiture, me laissa aux questions de Jane. Autre sensation forte. Son silence semblait signifier qu'on avait franchi une étape. Que la nuit m'était acquise. On pouvait laisser tomber le badinage pour l'instant.

Nous ralentîmes devant une grande maison victorienne à tourelles de deux étages, en retrait de la rue avec sa petite palissade blanche fermant un jardin en friche. Des ampoules nues et des murs blancs recouverts d'affiches jetaient un vif éclat derrière les draps qui servaient de rideaux et les tentures hippies, de sorte que la communauté faisait tache comme une *piñata* au milieu des cubes des petits immeubles d'un étage qui sommeillaient partout alentour. Parmi les voitures garées dans la rue, deux ne pouvaient plus aller nulle part, et une autre semblait habitée. Quand mes yeux s'habituèrent, je vis un noir en tee-shirt blanc, assis dans un transat sous l'auvent d'un des immeubles voisins, qui froissait un sac en papier autour d'une bouteille. Il suivit d'un regard impassible la lente progression de la Falcon dans la ruelle adjacente à la communauté.

« Tu veux que je te présente Matt ? demanda Jane pendant que Hatha se garait.

– C’est juste sa façon de dire au revoir poliment, dit Deirdre depuis le siège avant. Jane et Matt passent à peu près tout leur temps à baiser.

– La ferme ! dit Jane, en donnant une tape sur la tête de Deirdre.

– Tu peux pas le nier, tu sais que c’est vrai. »

Sur la véranda Hatha me sourit de nouveau, comme si elle avait conscience d’avoir à faire à un homme en transe. « Vas-y, dit-elle. Ma chambre est au premier. Tu trouveras. »

Jane et Matt habitaient le grenier, auquel on ne pouvait accéder que par une échelle sur le palier du second étage. Lorsque Jane l’appela, Matt ne descendit pas, se contenta de montrer son torse nu au-dessus de la trappe menant aux combles. Malgré sa barbe d’apôtre, il n’avait pas plus de dix-neuf ans.

« Salut, dit-il.

– Dylan connaît R.E.M., lui dit Jane. C’est un copain de Hatha.

– Cool, répondit Matt en clignant des yeux, attendant, si je devais en croire Deirdre, de baiser.

– Allez, salut », me dit Jane, timide à présent, pour la première fois. Elle grimpa à l’échelle comme un écureuil.

Je redescendis par le grand escalier délabré qui était éclairé par une ampoule violette nue. De la musique filtrait à travers diverses portes, la maison sentait le renfermé – lessive, tabac froid, vieille bière. C’était l’occasion : j’aurais pu traverser discrètement le premier étage, sortir prendre un taxi dans San Pablo. Je n’en fis rien.

Les deux pièces de Hatha formaient une suite au fond du premier étage, avec leurs fenêtres en encorbellement bordées de banquettes, leur plafond à moulures et leur parquet en mosaïque, elles auraient été fastueuses dans une maison fastueuse, partout ailleurs qu’à Emeryville. En l'occurrence, le plafond était constellé de taches d'humidité, le parquet gondolait, et j'étais sûr que le propriétaire était content d'avoir des locataires pour occuper l'endroit, même s'ils utilisaient surtout des guirlandes de Noël en guise d'éclairage. L'étui à guitare de Hatha était posé contre un mur près d'un ghetto-blaster ; un placard sans étagères ni porte contenait un tas de vêtements. La seconde pièce, plus petite, était vide en dehors d'un matelas une place recouvert d'une étoffe. Il n'y avait rien sur les murs.

Dans la pièce principale, Deirdre, agenouillée par terre, préparait quelques lignes de coke, sur un miroir à présent, avec une lame bordée de sparadrap. Hatha, pelotonnée sur la banquette d'une des fenêtres, était au téléphone et parlait dans un murmure inaudible au son du ghetto-blaster qui faisait entendre Beck. Un autre couple était assis, genoux relevés, sur un futon contre le mur, un noir à peau claire, aux yeux doux, arborant une volumineuse coupe afro, une fine moustache, et sa copine qui semblait un peu plus âgée, aux cheveux teints en noir, courts et hérissés, et qui, quand elle parlait, révélait un étonnant accent allemand. Vautré dans un fauteuil papillon, un adolescent à l'air mexicain, quinze ou seize ans tout au plus, dégingandé dans un pantalon hip-hop trop grand, cheveux ceints d'un bandana bleu. Deirdre ne s'embarrassa pas de présentations. Pâle et sensuelle, elle évoquait les actrices des films avant-gardistes de Warhol. Rolando et Dunja, le couple sur le futon, se présentèrent en souriant gentiment. L'ado dans le fauteuil papillon dit « Yo » et me tendit la main façon black power. Je la serrai puis il marmonna son nom : Marty, Mardy ou Marly, pas moyen d'être sûr.

C'était la moindre des incertitudes qui donnèrent forme à ma longue nuit chez Hatha Purly. Hatha m'avait ignoré après la fermeture du club, puis de nouveau dans sa voiture, c'était devenu sa politique. Rien ne m'aurait permis de dire que nous étions ensemble. Je pris de la coke en bavardant avec Deirdre, Rolando et Dunja. Marty (?) la refusa avec une expression hautaine, pleine d'un dédain puéril, des airs de chat outragé. Il se taisait, mais, après la dernière plage du Beck, se leva pour aller chercher *Straight Outta Compton* de N.W.A. dans la petite collection de Hatha, puis monta le son. Nous élevâmes la voix pour nous faire entendre. En posant une question innocente, je déchaînai la loquacité de Dunja qui se révéla une Allemande-Israélienne, élevée successivement en Allemagne et dans un kibboutz. À ses yeux sa vie n'était ni une leçon d'histoire ni une allégorie, rien qu'un récit. J'écoutai, m'émerveillant que mon béguin pour une serveuse m'ait conduit jusqu'à une demeure du ghetto d'Emeryville pour apprendre, assis en tailleur et défoncé dans la lumière d'une guirlande de Noël, qu'une Allemande de seize ans avait perdu sa virginité au clair de lune sur un terrain de football moyen-oriental avec un ingénieur russe émigré. Pendant ce temps, quelque part en Californie, Abby dormait ou ne dormait pas, et à Anaheim, quelques heures plus tôt, mon père avait assisté au banquet donné en son honneur.

Hatha passa quelques coups de fil et quitta la pièce. Elle revint, peut-être une demi-heure plus tard, avec un pack de six Corona, suivie par quelqu'un qu'elle me présenta sous le nom de Peter. Peter aussi avait une vingtaine d'années, sage et potelé, peut-être homo, me dis-je. Hatha se fit une ligne de coke, que Peter refusa d'un revers de la main, avant de prendre une bière. Il semblait connaître les autres, en tout cas il était à l'aise avec Deirdre et Rolando, et entreprit de leur expliquer qu'il s'était disputé avec son coloc et refusait à présent de rentrer – c'est là que s'était rendue Hatha, pour aller le chercher. Pendant ce temps, Dunja continua à me parler de ses années de kibboutz, ses histoires cocaïnées, pareilles à un article d'encyclopédie débité sur un ton monocorde. Hatha me proposa une bière, c'étaient les premiers mots qu'elle m'adressait dans la communauté. J'acceptai, histoire de rincer ma gorge desséchée. Douce et forte à la fois, elle me procura un plaisir auquel je ne m'étais pas attendu. Marty (?) se livra à un break-dance timide et hésitant dans un coin près du ghetto-blaster. Personne ne le regarda. Il était trois heures du matin.

M'écartant de Dunja et des autres, je me penchai vers Hatha. Elle était encore assise à l'écart, distraite – de garde, me semblait-il.

« Joue de la guitare, dis-je.

– Tu veux vraiment m'entendre ?

– Une de tes compositions. »

Nous nous éloignâmes pour prendre place dans une des alcôves. Dans la rue, sous un réverbère bourdonnant auquel pendait une basket, régnait le calme plat des quartiers pauvres. Les lumières étaient éteintes, même dans la voiture habitée. Hatha dit à Marty (?) de baisser le son – pas de le couper, de le baisser –, ce qu'il fit, avant de retourner s'effondrer dans son fauteuil papillon. Les autres, Deirdre, Peter, Dunja et Rolando, continuèrent à murmurer sans nous prêter attention. Rolando massait les épaules de Dunja ; elle parlait les yeux fermés. Je vis que Peter avait changé d'avis, accepté une ligne. Les réserves diminuaient. Deirdre grattait le miroir de manière obsessionnelle et machinale. Hatha accorda sa guitare sans un regard pour moi.

Elle commença soudain. Sa voix était profonde et superbe, les paroles sans pitié :

Dans le psychédélique mon humeur chavire
C'est la descente mais je voudrais remonter dans le délire
J'ai pas fait exprès de fumer ta dernière tige
Je t'aime baby, mais ce qui m'afflige
C'est d'oublier parfois que la drogue est responsable
Qu'elle me fait perdre la tête et me rend détestable
Que c'est la drogue
Qui m'a fait t'aimer et écrit mes dialogues

Et :

J'suis tombée dans les pommes mais juste avant
J'ai vu tes yeux sur moi à l'autre bout du divan
Je te regarde jamais comme ça, moi
J'ai pas besoin de toi, juste besoin que t'aies besoin de moi
Je te dis que c'est la drogue qui est responsable
C'est elle qui me rend détestable
Je te dis que c'est la drogue
Qui m'a donné envie de toi et écrit le prologue

Les sélections hip-hop de Marty (?) continuaient à pulser dans les silences. Mais les conversations s'étaient interrompues. Hatha se réaccorda, puis entama un simple blues. Elle escamota quelques paroles en fredonnant mais chanta clairement le refrain.

Bien sûr que je suis toute seule, tu crois que je le sais pas ?
Bien sûr que je suis à la rue, tu crois que j'ai besoin de toi ?
Faut que j'appelle maman au téléphone
Faut que j'appelle maman au téléphone

« Celle-là est nouvelle », dit-elle en s'interrompant.

Peter se leva en sanglots, visage enfoui dans les mains, et quitta la pièce. À mon grand dam, Hatha posa sa guitare et le suivit dans le couloir. Dunja aussi se leva d'un bond et leur emboîta le pas.

Marty (?) monta le son. Rolando se mit à masser les épaules de Deirdre, ce par quoi je choisis de ne pas me laisser contrarier. Deirdre avait sniffé une sacrée quantité de coke et me faisait plus penser à un raton laveur anorexique qu'à une créature attirante, mais la peu reluisante vérité était que je me languissais désormais de toucher l'une des femmes, et que les prérogatives de Rolando me tapaient un peu sur les nerfs. J'allai me chercher une autre bière et jetai un œil dans la lueur violette de la cage d'escalier, mais elle était vide. Des bribes de musique me parvenaient des autres étages, mais rien ne me tenta. Je réintégrai la pièce.

« Yo. »

C'était Marty (?). Je m'étais habitué à faire semblant qu'il n'était pas là, ce qui était apparemment la stratégie adoptée par tous.

Il avait arrêté la musique. « Ça te dit d'écouter mes trucs ?

– Oui, répondis-je, sans défense.

– D'acc, mais attends, faut que je me prépare.

– Bon. »

Je m'assis contre le mur près du ghetto-blaster. Dans le silence, je pouvais entendre les soupirs de Deirdre pendant que Rolando s'affairait sur ses omoplates. Marty (?) joignit les poignets en haussant les épaules et redressa la tête, puis planta un pied devant l'autre et fléchit le genou à la façon d'Elvis sur scène. Il expulsa un flot de paroles, sa voix haut perchée brouillant les syllabes, en faisant sonner les p et les g.

Vise un peu ci et vise un peu ça
Ti-gangster M-Dog te balance son rap

« Attends, attends, faut que je recommence. » Il ouvrit des mains implorantes, comme s'il venait d'être mis au défi. Quand il reprit, il continua de prendre des poses mais il fermait les yeux, timide et concentré.

Vise un peu ci et vise un peu ça
Ti-gangster M-Dog te balance son rap
Tu sais qu'y fait comme ci et qu'y fait comme ça
Mais si je sors mon flingue, j'te préviens fais gaffe
J'suis bien vu dans la cité avec mon pote Raf
Si tu nous prends la tête on t'éclate ta race
Rigole pas, j'suis d'Emeryville et c'est classe
Si tu crèves ici, on t'oubliera pas

« Qu'est-ce t'en dis ? demanda-t-il d'un air de défi.
– Je voudrais que tu le recommences. »

Il rembobina en position départ, ne demandant qu'à me faire plaisir. La seconde mouture fut plus confiante et précise, avec plus de férocité, ou de férocité feinte. Marty (?) me semblait plus jeune à chaque minute, douze ou treize ans désormais malgré les *gangsters* et les *flingues*.

J'avais vécu quinze ou vingt ans de colère contre les rappeurs, autant contre les noirs que les blancs, pour leur frime, la connaissance, réelle ou bidon, de la rue qu'ils arboraient comme un badge, alors que je ne faisais pas montre de la mienne. J'avais vécu quinze ou vingt ans fou de rage contre eux tous parce qu'ils n'étaient pas DJ Stone ni le Flamboyan Crew dans la cour de l'école publique 38, parce qu'ils n'étaient qu'un mensonge anhistorique, parce qu'ils ignoraient Staggerlee et les Five Royales, parce qu'ils ne savaient rien de ce que je savais. M-Dog, avec sa tronche de Mexicain effarouché, ses pauvres rimes de deuxième main, ne pouvait pas m'offenser de la même manière. Peut-être Hatha aurait-elle dit que c'était la drogue, mais j'étais plein d'adoration pour lui. Je compris qu'il n'avait jamais vécu dans un monde sans rap. En bricolant des rimes à sa façon, M-Dog ne faisait pas semblant – et je regrettais maintenant terriblement d'avoir jamais pu juger avec une telle sévérité. Sa quête d'un langage, de ce langage-là, était aussi essentielle que le souhait d'être capable de balancer une Spaldeen sur le toit.

Entre-temps, Hatha était revenue, et quand M-Dog en eut de nouveau fini, elle dit : « C'est génial, c'est de toi ?

– Moi et mon pote on l'a inventé, ouais.

– C'est sympa.

– Y a rien d'écrit, dit-il, désireux d'être bien compris. J'ai tout dans la tête. »

Hatha me prit la main. Quelque chose avait changé. J'avais fait ce qu'il fallait en demandant à M-Dog de chanter – du moins en l'admirant de cette manière. On aurait dit que le numéro de Marty (?) était ce que nous avions attendu, comme s'il avait débloqué les choses pour donner à Hatha la liberté de se rapprocher de moi. Peut-être le changement était-il en moi. Je sentais à présent qu'au lieu de m'être laissé aiguiser par le tranchant glacial de la cocaïne, je baignais dans un fleuve d'amour – comme si j'avais pris de l'ecstasy, drogue dont je n'avais pu qu'imaginer les effets, non sans rancœur, avec le même genre de mauvaise humeur que les couplets de M-Dog venaient de vaincre en moi.

Hatha et moi retournâmes à notre alcôve, sans la guitare. Marty (?) mit un autre disque. Le spectacle était terminé.

« Qu'est-ce qu'il a Peter ? murmurai-je.

– Il est amoureux », dit Hatha. Le ton de sa voix suggérait qu'il s'agissait d'un état rare et passager, à considérer avec un mélange de scepticisme et de compassion. « Dunja le met au lit.

– C'est sympa », dis-je, me surprenant moi-même. Ça me paraissait vraiment sympa.

Elle était maintenant d'humeur à y déceler une allusion, que je n'avais qu'à moitié voulue. « Je vais bientôt mettre tout le monde dehors. »

Je fis un signe de tête vers la chambre vide, évoquant le matelas. « On n'a qu'à s'éclipser. Qu'ils continuent à faire la fête.

– Non, ce lit n'est… pas pour ça.

– Pas pour quoi ?

– Rien du tout. Seulement pour ma petite sœur.

– Quelle sœur ? demandai-je bêtement.

– Elle vit encore avec nos parents adoptifs. Je la prends quelquefois avec moi pour le week-end. J'essaie d'obtenir son inscription dans une école du coin, mais elle n'a que quatorze ans.

– À cet âge-là elle est mieux chez vos parents, non ?

– Elle serait mieux ici. »

Ce jugement sans appel mit fin à la discussion. Je sirotai ma bière pendant que Hatha renvoyait Marty (?) chez lui, et délogeait Deirdre et Rolando du futon où la séance de massage se prolongeait. Deirdre s'était courbée, la tête entre les genoux, à croire que Rolando avait entrepris de la débarrasser des frissons qui parcouraient son corps après une nuit entière de cocaïne. Quand ils se furent traînés hors de la pièce, Hatha, qui ne reculait devant rien, mit *Astral Weeks* de Van Morrison. Je lui en sus gré non sans redouter le style, tranchant comme un scalpel, de l'album. Je me trouvais franchement assez mis à nu comme ça.

Nous étions seuls. Hatha alluma un pétard au bout incandescent de sa cigarette et me le tendit. Elle ferma la porte et nous allâmes sur le futon.

« Alors, qu'est-ce que tu fais là, Dylan ? »

Je suis là pour faire la fête avec toi ? pensai-je. Aucun mot ne me vint.

« Et la fille avec qui tu sors ?

– Tu veux dire Abby ?

– Si c'est le nom de ta belle copine noire, oui. Je la vois dans Telegraph Avenue, tu sais.

– Ah bon ?

– Elle entre dans les librairies, ce genre-là. Elle ne me reconnaît pas.

– Elle est toujours pressée », dis-je en imaginant Abby marcher dans cette rue bondée, passer devant les adolescents qui font la manche dans leurs blousons de cuir à cent dollars – si je faisais défiler les images dans ma tête comme un clip vidéo, la bande-son pourrait être « Walking into Sunshine » de Central Line ou tout autre morceau disco absolument pas déprimant. Pendant ce temps à Emeryville c'était le plus noir de la nuit qui précède l'aube, et Van Morrison et les émanations sacrées de sexe et de marijuana m'entraînaient dans leur sillage.

« On dirait que quelque chose la met en colère, dit Hatha, ce qui me fit tressaillir et me ravit. Mais ça me regarde pas.

– T'excuse pas, la rassurai-je, émerveillé qu'elle l'eût dit. C'est peut-être vrai. C'est parfois difficile de cerner quelqu'un, quand on est trop proche.

– Je comprends pas ce que ça veut dire.

– Comme ta chanson. » J'étais sans vergogne. « On comprend parfois tout d'un seul coup, en un éclair. » Je lui étais si reconnaissant d'avoir parlé de la colère d'Abby. Je voulais la récompenser, la caresser, appeler sur elle des orgasmes comme autant de bénédictions pour avoir absous le ratage de mon existence par cette simple remarque.

Des années plus tôt, j'avais lu un roman, un thriller dans lequel des gens séduisants se détruisaient par le biais de leurs liaisons amoureuses. Un personnage avait causé la perte d'un autre, c'est tout ce que je me rappelais du livre – et celui qui avait torpillé l'autre expliquait qu'elle était infiniment dangereuse parce que blessée. Cette blessure avait fait d'elle une criminelle involontaire, semblait dire le livre. Sa blessure – elle était orpheline, avait été violée, je ne me rappelais plus trop – la rendait inapte à se mêler à ceux qui avaient eu plus de chance, qui avaient à s'en tirer dans la vie parce qu'ils ne possédaient pas cette connaissance. Ce ramassis de foutaises était si captivant que je fus incapable de le lâcher avant d'avoir fini, alors que je jugeais répugnante sa morale implicite selon laquelle les gens indemnes devaient barrer leur porte à ceux qui, ayant été blessés, ne pourraient que leur faire du mal s'ils en avaient l'occasion, incapables qu'ils étaient de ne pas le souhaiter. Quand j'avais lu le livre, je n'avais jamais rencontré personne qui ne fût pas blessé. Je pense encore que ça ne m'est jamais arrivé.

Hatha Purly me parut soudain une réfutation de ce livre, réfutation dont j'ignorais avoir eu besoin jusque-là. Je m'étais emporté contre la nullité et la bêtise du roman parce qu'il touchait en moi une corde sensible – la honte que m'inspirait ma propre blessure, la peur qu'elle fasse de moi un intouchable, un poison pour autrui. Hatha en démontrait l'inanité. J'avais cru suivre un dangereux ange dans sa tanière, être attiré par quelque offre de destruction. Mais Hatha n'était qu'un ange ordinaire. La chambre de sa sœur en était la preuve ; ainsi que M-Dog, et aussi Peter. Mais la meilleure preuve était ma propre présence. Elle m'avait ouvert sa porte quand j'en avais eu besoin.

Hatha était simplement aussi bonne qu'elle était blessée. Cela formait la substance de son savoir. Ce qui me rendait dangereux, ou du moins affreux, n'était pas ma blessure, mais mon refus d'en reconnaître l'existence. Ce que j'avais laissé inachevé. Hatha hébergeait sa sœur et M-Dog, Mingus avait donné un rein, Abraham et Francesca apportaient de la soupe et du poulet à Barrett Rude Junior. Dans mon état halluciné je voyais les Tupperware, je voyais Barry, squelettique, étaler de la moutarde sur une cuisse ou un pilon figé par son séjour au frigo. Pendant ce temps, Abby et moi faisions assaut d'esprit pour nous prouver lequel de nous deux était vraiment déprimé. À trop fuir ma blessure j'avais laissé ma vie mourir de faim, cela m'apparaissait maintenant. Je m'étais fourvoyé en feintes et en escarmouches à trois mille kilomètres du front. Hatha avait un lit tout prêt, qui n'attendait que sa sœur de Walla Walla – j'avais *Le coffret des voix de tête* et *Toi et tes soi-disant amis*.

Quand, dix mois plus tôt, j'avais expédié le livret du coffret des Subtle Distinctions à Rhodes Blemner, chez Remnant, il avait laissé passer deux semaines sans confirmer sa bonne réception. Pour finir, j'avais craqué et l'avais appelé moi-même.

« Tu l'as reçu ?

– Oui, oui, je l'ai reçu.

– Qu'est-ce qu'il y a ?

– Rien. On va publier le texte avec le coffret, je l'ai envoyé au service illustration. C'est programmé.

– Qu'est-ce que tu en as pensé ?

– Ce n'est pas ce que tu as fait de meilleur, Dylan. » En bon hippie, Rhodes avait porté à la perfection une franchise meurtrière, dans le style de ses héros, de Bill Graham à R. Crumb. « J'étais déçu, étant donné que tu as tellement insisté pour cette réédition. Ce n'est pas ce que j'espérais.

– Je pense que c'est très exactement ce que j'ai fait de meilleur.

– Oui, c'est bien l'impression que ça donne. C'est plein de pensées profondes, si c'est ce que tu veux dire. Mais personnellement, je trouve surtout que c'est un ramassis de conneries. À commencer par les citations en exergue, ce long truc de Brian Eno, que j'ai coupé.

– Je t'emmerde, Rhodes. Renvoie-le-moi.

– On va le publier. Qui suis-je pour juger ? Je suis prêt à te parier que t'auras un grammy. Meilleure bouillie pour les chats. »

Je me défendis. « Il fallait que je crée un contexte…

– Il est bidon ton contexte. Le tout donne l'impression que tu es resté enfermé un an dans une chambre à n'écouter rien d'autre que les disques des Distinctions avant de postuler l'histoire de la musique noire. On dirait que tu cherchais à éviter quelque chose. Peut-être que tu voulais éviter de faire des recherches. Tu cites *Cash Box*, bordel, y a plus qu'à tirer l'échelle. C'est les Anglais, les spécialistes de ce genre de conneries – rédiger un truc sur des musiciens vivants et citer un entretien accordé à *Cash Box* en 1972. »

À présent, sur le futon de Hatha, ajoutant l'herbe à la coke vers la fin d'un trip que j'avais l'impression de voler au temps, alors que ma main commençait à explorer le genou de la serveuse avec une lascivité machinale, les pinaillages de Rhodes Blemner à propos de mon livret semblaient se fondre en une seule et même révélation. Mon incapacité à trouver la fin de l'histoire des Prisonaires pour Jared Orthman était porteuse du même message pour moi que les rimes de M-Dog, la chambre vide de la sœur de Hatha, le triangle vert de mon père – j'étais immobilisé dans un mouvement à moitié accompli. Mes données ne valaient rien. J'avais été pris de court par les révélations des enquêteurs de Zelmo Swift, moins avancé dans mes recherches que Francesca avec sa soupe. *On sait qu'il vit toujours*, avais-je écrit, mais sans le croire, il avait fallu que je me le fasse répéter et confirmer par les Jared, les Rhodes et les Zelmo. Il vivait toujours, son fils aussi, même s'ils n'avaient plus qu'une paire de reins à eux deux.

Avec Hatha nous avons discuté et nous sommes embrassés pendant que mes pensées vagabondaient, et jusqu'à ce qu'elles s'arrêtent. Ma serveuse et moi avions emmagasiné des mois de taquineries dans lesquelles nous puisions désormais. Sur le futon recouvert d'une étoffe poisseuse, à la lumière du réverbère qui striait le mur au-dessus de nos têtes, au son des complaintes celtiques de Van Morrison, nos corps confus s'entremêlaient et se pressaient l'un contre l'autre. Exploration maladroite de mains brûlantes coincées sous la ceinture de jean, soupirs, boucles et boutons défaits. La chair de Hatha était douce, lisse et diaphane, d'une telle élasticité que je me demandai si cela pouvait être un effet de la poussière de drogue entre mes doigts et sa peau. Elle était rebondie et sans la moindre ride, comme un petit animal en pâte d'amandes. Un élégant filet de duvet descendait du creux de son nombril à la toison de son pubis.

J'ai marqué un temps là où je le fais toujours, mélancolique sur le seuil, plein de savoir-faire. J'ai songé, *Nous pourrions en rester là. Ce serait parfait, suffisant.* Souvent, je suis plus certain de vouloir être étreint qu'englouti.

« J'ai ce qu'il faut, chuchota Hatha. Je reviens.

– Bon. »

Mes blondes avaient toujours été des Leslie Cunningham, parcourant le monde, jamais blessées, du moins en apparence, déesses impassibles qui me considéraient d'un air soupçonneux. Ou Heather Windle, ou les filles Solver qui s'éloignaient sans cesse en tournant sur leurs bicyclettes et leurs patins, faisaient à jamais leurs valises pour quitter mon voisinage. Je tenais désormais ma blonde en la personne de Hatha Purly. Enfin l'une d'elles s'était donnée à moi, complètement et sans marchander, mais elle n'était pas comme les autres, plus réelle, riche de ses blessures. C'était une révélation ordinaire, qui s'effaçait déjà, la dernière de dizaines et de dizaines : ma jeune serveuse n'était pas un fantasme parce que personne ne l'était. Les gens étaient réels, tous jusqu'au dernier. Même les filles Solver vraisemblablement, où qu'elles fussent.

Je tenais ma blonde désormais, oui, mais je ne parvins pas à demeurer en elle. C'était la drogue – je ne sentais rien à travers le préservatif qu'elle m'avait enfilé. Mais Hatha Purly fut d'une générosité insoutenable avec moi. Dans la pâle lumière du jour qui avait à présent envahi la chambre jusqu'à ses moindres recoins, allongeant l'ombre des débris et du ghetto-blaster silencieux, les rues en contrebas s'éveillant au bruit de la vie, la maison autour de nous immobile et pleine de corps endormis comme un vaisseau interstellaire, Hatha s'est caressée, s'est somptueusement donné l'orgasme que j'avais voulu lui offrir, a empourpré sa gorge et son visage, rosi ses tempes sous ses pâles sourcils, m'exhortant à épancher mon hommage entre ses seins superbes, m'encourageant de la voix, roucoulant des invites. J'y suis parvenu, de justesse.

À mon réveil j'étais en sueur, un soleil éclatant nous baignait Hatha et moi dans la chambre nue, nos corps détachés de leur étreinte avaient roulé de part et d'autre du lit, rejetant le drap qui s'entortillait autour de nos chevilles. Elle s'est vaguement réveillée, m'a dit que je pouvais rester, mais je n'ai pas pu. Je me suis habillé et je suis parti, je suis rentré chez moi à pied, à Berkeley, par San Pablo Avenue. Il était dix heures du matin. Je n'ai pas pu rester chez Hatha Purly parce que, tout compte fait, elle n'était pas habitable. Abigale Ponders non plus, d'ailleurs. Ni la Californie elle-même, pas habitable pour moi. Pour tout dire, elles n'étaient pas Dean Street, elles n'étaient pas Gowanus, et c'était là que j'allais. Il me fallait retourner là où j'avais jadis eu ma place. J'ai appelé une compagnie aérienne pour réserver un billet, j'ai pris une douche, et puis j'ai dormi. Quand je me suis réveillé pour la deuxième fois, il m'a de nouveau fallu faire un sac, et de nouveau j'ai emporté l'anneau avec moi.

6

Je n'ai presque aucun souvenir des quelques semaines d'été qui s'écoulèrent entre la mort par balle de Barrett Rude Senior et mon départ de la ville en autocar, pour entamer mon premier semestre à la fac de Camden. La tragédie devint la propriété collective de Dean Street, bien sûr, et la connaissance intime que j'en avais resta un secret. Mon propre sentiment s'émoussa donc rapidement dans la confusion de la rumeur générale. Je n'éprouvais guère de compassion pour Mingus, qui avait été arrêté et mis en examen comme adulte ; je n'étais que dénégation, attendant comme une fusée d'atteindre la vitesse de libération qui m'arracherait à la scène. Le meurtre avait seulement précisé le nom et la forme du brouillard de raisons qui me poussait à quitter Brooklyn. De toute façon, j'avais peur de Mingus. Il avait tué quelqu'un avec une arme à feu. Cela n'était encore jamais arrivé. On était en 1981, les agressions en automobile n'avaient pas encore banalisé les fusillades. C'était le temps des couteaux et des battes de base-ball, des nunchakus artisanaux, des cravatages. J'avais vu des gens brandir des armes, mais jamais faire feu.

Le Vermont fut mon antidote. Je n'y étais allé qu'une fois depuis mon séjour au grand air à l'âge de treize ans, tout juste sept mois plus tôt, à la fin de janvier, pour mon entretien d'entrée à Camden. Pourtant, malgré la couche de neige fraîche, plus blanche que toutes celles que j'avais vues, qui couvrait les vertes collines du Vermont, malgré le vent dont la morsure traversait mon manteau doublé de faux duvet sur le campus désert, je sentis partout tressaillir les fantômes de Heather Windle, revenir à la vie mon été de libellule en maillot de bain. J'achetai à la gare routière de Camden Town une boîte en carton en forme de feuille recouverte de cellophane qui contenait des bonbons au sirop d'érable, et quand j'en fis fondre un sur ma langue comme Heather m'avait jadis appris à le faire, je me mis à bander plus innocemment, plus ardemment que cela ne m'était arrivé depuis quatre ans.

La fac de Camden n'était pourtant pas le Vermont de Heather Windle. À Camden, Heather aurait été une plouc, entraperçue au Brass Cat ou au Peanut's, un des bars de la petite ville que les étudiants se risquaient parfois à fréquenter lorsqu'ils s'aventuraient hors des murs qui ceignaient leur réserve idyllique, les arpents bucoliques du campus. À l'intérieur de ce sanctuaire de verdure bien entretenu se trouvait une sorte de laboratoire solipsiste collectif, où de jeunes citadins sur les nerfs étaient libres de s'ébattre à leur guise. Vêtus de cuir, de fourrure et de batik, eux et moi – car je fus brièvement des leurs – hantions un environnement pour partie constitué des terres agricoles de la Nouvelle-Angleterre, paysages à la Robert Frost où se dressaient les bâtiments de bois des dortoirs peints en blanc, parmi les pommiers tordus lourds de fruits immangeables, entre les bas murs de pierre couverts de lichen qui se perdaient dans les bois, et les cimetières délabrés avec des pierres tombales gravées de dates du XVIIIe siècle ; pour partie d'une faculté des arts expérimentaux, fondée dans les années vingt par des parrains habités de passions gauchistes, dont les chorégraphes modernes et les mariages entre profs et étudiantes étaient devenus légendaires ; et pour partie d'un asile de fous destiné à accueillir les enfants dévoyés des classes privilégiées, qu'une trop grande familiarité avec les psys et les cures de désintoxication empêchait de suivre leurs aînés à Harvard ou à Yale, où l'on reproduisait en réduction les rites tribaux des stations balnéaires de la Méditerranée, des étés à East Hampton et de la salle VIP du Studio 54.

Je ne compris rien de tout cela. J'étais aveugle aux rapports de classe, protégé de toute compréhension des choses de l'argent par l'élitisme d'artisan de mon père et, paradoxalement, par l'orgueil du radicalisme plébéien de Rachel : j'avais été élevé par un moine et une hippie, qui se tenaient l'un et l'autre délibérément en dehors de toute hiérarchie de classe. Les désirs auxquels notre petite famille n'avait pas les moyens de satisfaire n'avaient jamais paru importants, seulement snobs, futiles, et assez déplacés, à l'image des priorités de Thurston Howell dans *L'Île aux naufragés*. D'ailleurs, j'avais eu autant d'argent voire plus que la plupart des mômes que j'avais connus à Brooklyn, quand bien même en avais-je eu moins que la majorité de mes camarades de Manhattan à Stuyvesant, j'imaginais donc que je me situais dans la moyenne. Mais oui, bien sûr, c'était ça : j'appartenais à la classe moyenne.

À la vérité peu d'étudiants de Camden avaient jamais mis le pied dans une école publique, ne parlons même pas d'en fréquenter une. Et je n'avais jamais mis le pied à Brooklyn Friends, Packer Collegiate ou Saint Ann. Une poignée d'anciens élèves de ces écoles, enfants de Brooklyn Heights pour la plupart, me furent présentés, durant ces premières semaines, comme étant « de Brooklyn eux aussi », ils m'étaient pourtant étrangers, et quand j'avouai avoir fréquenté l'école publique 38 et le collège 293, ils surent, mieux que quiconque à Camden, que j'étais destiné à faire tache parmi eux.

De part et d'autre de ce gouffre d'expérience, mes nouvelles connaissances et moi nous dévisagions, comme nous aurions dévisagé les habitants de l'autre monde, à travers le miroir.

En un geste qui pouvait aussi bien traduire une gentillesse brouillonne qu'une ségrégation cruelle, on m'avait assigné un compagnon de chambre qui était lui aussi boursier. Matthew Schrafft venait de Keene, dans le New Hampshire, bourgade très semblable à Camden, mais dépourvue d'une faculté prestigieuse. Il avait été élève dans le privé jusqu'en sixième à Manhattan, mais sa famille avait connu des revers de fortune, après que son père eut abandonné une carrière de producteur à CBS News, afin de s'installer dans une petite ville pour écrire un roman. C'est pourquoi je suspecte que Matthew avait peur de passer pour un plouc. Nous devînmes amis, et ce fut un réconfort que mon cothurne et ami soit parfois, comme moi, du mauvais côté du comptoir à la cantine où, ceints d'un tablier blanc, nous puisions des portions de gaufres, de saucisses et d'œufs dans de grands récipients d'inox pour les déposer sur les plateaux de nos camarades. Ce boulot de serveur était l'un des plus visibles, des moins déguisables sous un euphémisme – les autres assistés qui s'affairaient discrètement en coulisse comme laborantins ou au bureau des anciens élèves pouvaient s'offrir le luxe de s'apitoyer sur Matthew et moi quand ils faisaient la queue à l'heure des repas.

Nous avions aussi bénéficié d'un arrangement inhabituel concernant le logement, pour une paire de bizuts : un appartement d'Oswald House. Oswald était notoirement la plus indisciplinée et la mieux fournie en drogues des résidences qui entouraient le parc du campus. Chacun de ces huit bâtiments de bois incluait un « appartement » central : suite de pièces communicantes avec cheminée et salle de bains privée. Ces piaules haut de gamme étaient d'ordinaire réservées aux étudiants de troisième cycle ou aux professeurs invités, à cela près que quiconque souhaitait jouir d'un peu de tranquillité aurait refusé d'être logé à Oswald. Le plancher du salon y empestait constamment le détergent appliqué à coups de brosse pour nettoyer la bière renversée, la moquette était criblée de brûlures de cigarette, les portes étaient couvertes d'affiches porno et de graffitis échevelés façon punk. Oswald House était pareille à un bateau pirate voguant sur la pelouse jonchée de pommes où Grateful Dead résonnait plus ou moins vingt-quatre heures sur vingt-quatre à la fin de l'été, quand on pouvait tourner des enceintes vers l'extérieur aux fenêtres du rez-de-chaussée et que les étudiants se vautraient dans l'herbe. La résidence Oswald avait été le domaine d'une légendaire paire de fêtards barbus émules des frères Belushi, et je crois que le service d'attribution des logements avait dans l'idée qu'en remplaçant ces meneurs par deux nouveaux boursiers au visage juvénile et aux cheveux courts, il avait pratiqué une espèce de greffe du cœur sur Oswald – que Matthew et moi y exercerions une influence bénéfique de l'intérieur. Ce n'est pas exactement la tournure que prirent les événements, mais je suis sûr que les habitants d'Oswald furent aussi dépités de nous voir emménager dans l'appartement ce mois de septembre-là, que l'avait souhaité l'administration.

Matthew et moi traitâmes l'inconfort de notre situation par une sublimation ironique et culturelle. Devo, groupe qui ne m'avait jamais intéressé au lycée, devint l'emblème de ce qui nous différenciait non seulement des hippies de Camden, mais encore des punks de bonne famille adorateurs de Bowie, abonnés à *Interview* et passant leurs vacances à Paris. Devo étendait la philosophie intellochiante d'un groupe comme les Talking Heads dans une direction utilement agressive. Aimer

Devo nous permettait de donner libre cours à notre ressentiment de classe sous forme de satire anticapitaliste. Cela devint un adjectif : certaines choses touchant à cette fac étaient atrocement « Devo », n'est-ce pas ?

Par un doux après-midi de cette première semaine dans le Vermont, encore assommés d'avoir été catapultés de nos vies de lycéens et ne connaissant personne, Matthew et moi assistâmes à un discours en plein air de Richard Brodeur, nouveau président de Camden. L'établissement semblait aussi terrifiant pour Brodeur que pour nous. Comme le père de Matthew, il avait renoncé à une carrière dans l'entreprise au profit de quelque chose de plus vrai, et sa description des raisons qui l'avaient poussé à devenir président de Camden montrait qu'il était un peu sur la défensive. Gestionnaire expérimenté, Brodeur avait en fait été nommé pour réparer les dégâts de son prédécesseur, personnage charismatique et tolérant dans le style des années soixante-dix. Personne, en dehors des naïfs première année tels que nous, n'avait pris la peine de venir écouter son intervention.

« Il y a une anecdote que j'aime raconter, dit Brodeur. Enfant, j'adorais la pizza, et chaque fois que mon père m'emmenait dans une pizzéria, j'en commandais deux parts. À table, il me regardait dévorer la première les yeux rivés sur la seconde. Je ne sentais même pas le goût de cette première part. Un jour, mon père m'a dit : "Fiston, il faut que tu apprennes à manger la première part de pizza au moment où tu la manges. Parce que là, tu es en train de manger la seconde avant d'avoir fini la première." Il y a un an, je me suis rendu compte que j'avais besoin de me rappeler cette leçon. J'ai fait le point sur ma vie et compris que j'avais les yeux rivés sur la seconde part. »

La parabole ne tomba pas complètement dans l'oreille d'un sourd, même si je ne pouvais m'empêcher de me rappeler le jour où Mick Damer et son petit copain m'avaient agressé pour une part de pizza dans Smith Street. Je me demandai si Richard Brodeur avait aussi une démarche à proposer pour ceux qui n'auront jamais qu'une unique part de pizza. Je soupçonnai que non.

Après quoi Matthew et moi retournâmes sur la pelouse du parc où, au-delà de la dernière rangée de dortoirs, le gazon tondu disparaissait à la vue en une pente assez abrupte – on avait baptisé cet endroit le Bout du Monde. Là, une petite bande de nos camarades de dortoir avait fait sauter la bonde du premier tonnelet de la journée. Nous fîmes la queue pour avoir droit à un gobelet en plastique de bière moussue sur la toile de fond des vertes collines pommelées d'ombres dans le soleil couchant.

« Qu'est-ce que ça t'a inspiré ? demanda Matthew.

– Quand on croit manger la première part, on pourrait bien être en train de manger la seconde ?

– Quelque chose comme ça. En tout cas, ça m'a donné faim. »

Ça allait devenir une blague récurrente : quand lui et moi commençâmes à nous lever tard et à sécher les cours, on appela ça « manger la première part ». Comme cela se révéla par la suite, mon parcours à Camden n'en comporterait pas de seconde.

Cette semaine-là, nous fîmes notre première expérience des célèbres fêtes du vendredi soir. Les dortoirs étaient équipés d'une sono tonitruante, de gobelets en plastique et de tonnelets de bière fournis par l'intendance – l'administration ayant intérêt à tenir ses tendres ouailles à distance des bars du Vermont, les soirs de week-end. En vérité, si Camden était une serre, ce n'était pas par accident mais bien de propos délibéré, dans un but expérimental comme la Biosphère. Vers onze heures, deux ou trois cents d'entre nous s'agitaient donc en une seule masse pulsant au son de « Super Freak » de Rick

James sur le plancher collant du grand salon de Fish House, dortoir dont les fêtes avaient à peine moins mauvaise réputation que celles d'Oswald. La facilité avec laquelle ces jeunes blancs, enfants des banlieues résidentielles, s'appropriaient le funk sur les pistes de danse fut pour moi un premier aperçu d'une chose que je voulus désespérément comprendre : leur indifférence absolue aux frontières intriquées entre les races et les musiques que j'avais au contraire intériorisées et qui m'obsédaient. Ici, tout le monde s'en foutait – c'était une chanson dansante et puis voilà. Rick James fut suivi de David Bowie, Bowie d'Orchestral Maneuvers in the Dark, et OMD d'Aretha Franklin. Je me jetai dans la danse, brièvement libéré.

Une ou deux heures plus tard, Matthew et moi emmenâmes deux nanas au Bout du Monde. Le gazon tondu plongeait à présent dans une obscurité brumeuse qui expliquait son surnom. Aimee Dunst et Moira Hogarth étaient, comme nous, cothurnes de première année, plutôt punkettes, avec mascara sur les yeux et gel dans les cheveux. Matthew les avait rencontrées dans un cours sur Milton et Blake. On avait discuté ou tenté de discuter tous les quatre dans la débordante effervescence de la fête, la pénombre infernale et spasmodique des corps tressautants, avant d'emporter nos gobelets de vodka-pamplemousse dans l'obscurité peuplée de pépiements.

Aimee était de Lyme, dans le Connecticut, et Moira de Palatine, une banlieue de Chicago. J'avais appris qu'aucun d'entre eux ou presque n'habitait une grande ville proprement dite. Quand ils disaient Los Angeles, Chicago ou New York, ils parlaient de Burbank, Palatine ou Mount Kisko.

Pour emballer, j'avais fait étalage de mon expérience de citadin, retournant ma gêne comme un gant.

« Tu t'es déjà fait agresser ? » demanda Aimee.

Aimee, comme tous ceux qui m'ont posé cette question avant cette soirée ou par la suite, pensait à un braquage dans une ruelle, transaction entre adultes, entre inconnus. Elle pensait *Un justicier dans la ville* et *Kojak*. Ce que j'avais vécu de plus approchant était le braquage de Mick Damer chez le dealer. Incident qu'il n'était pas question d'exposer.

« Je me suis fait choper, dis-je. Tu t'es déjà fait choper ?

– Qu'est-ce que c'est que ça ?

– Il faudrait que je te montre. »

Elles gloussèrent, et Matthew écarquilla les yeux, n'en sachant pas plus qu'elles.

« Je sais pas trop, dit Aimee, battant en retraite d'un pas chancelant.

– Bon, tant pis.

– Montre-moi à moi, dit Moira, pleine d'audace.

– T'es sûre ?

– Mmh hmm.

– Ça fait pas vraiment mal mais tu ferais mieux de poser ton verre. » Nous nichâmes nos gobelets dans l'herbe humide de rosée. Je me redressai trop vite et la tête me tourna. L'oxygène du Vermont était un alcool qui s'ajoutait à celui que j'avais déjà ingéré.

« Qu'est-ce tu regardes, putain ? »

Ils tournèrent tous la tête, trompés par l'agressivité soudaine et le volume de ma voix. Mais nous étions seuls, au Bout du Monde. Nulle part ailleurs je n'aurais pu me livrer à cette momerie, mon petit numéro de blanc grimé en noir.

Je ne quittai pas Moira des yeux. Les autres comptaient pour du beurre. « Oui, pétasse. Cherche pas, c'est à toi que je parle. Qu'est-ce tu regardes, putain ?

– Arrête », dit Aimee. Moira se contenta de soutenir mon regard, secouée mais bravache.

« Tu vois, c'est pas grave. Je cherche pas la bagarre. Viens voir par là une minute. » Je désignai le sol à mes pieds. « Quoi, t'as la trouille ? Je te ferai rien. Je veux juste te parler une minute. » Dans mon ivresse j'étais stupéfié par ma connaissance du rôle. Ces paroles n'étaient encore jamais sorties de ma bouche.

Moira s'approcha, relevant le défi, jouant les Bacall puisque je jouais les Bogey. Même si j'avais souhaité m'arrêter, le rôle exigeait d'être joué jusqu'au bout. Il y avait de la rage tapie dans le scénario, une urgence dont je ne m'étais jamais nourri.

« Tu vois, j'suis ton pote, pas vrai ? Tu sais que je t'aime bien. » Je passai un bras autour des épaules de Moira et l'attirai tout contre moi. « T'aurais pas un dollar à m'avancer ?

– Lui donne pas ! » cria Matthew qui commençait à comprendre la blague. Sauf que ça n'avait presque rien d'une blague.

« Non », dit Moira.

En emprisonnant Moira aussi doucement que je pus dans le triangle de mon poing, de mon coude et de mon épaule, je la forçai à plier, comme on m'avait fait plier cent fois. Pas très bas. Contre mon torse. « T'es sûre ? Fais voir un peu tes poches. » Je fouillai les poches de son pantalon de velours, y trouvai des billets que je pris. Puis Moira se tordit contre moi, j'eus pitié d'elle et desserrai mon étreinte. Furieuse, elle recula d'un bond vers les autres.

Je brandis les billets froissés. « C'est juste un emprunt, fais-moi confiance. Tu sais que c'est juste pour déconner, hein ? »

Moira s'élança et me renversa dans l'herbe. Je sentis la fureur qui l'habitait d'avoir été brutalisée comme ça, fureur que je connaissais trop bien, ayant été si souvent à sa place. Mais elle était aussi ivre, excitée et plaqua de nouveau ses hanches contre les miennes. En la chopant, j'avais jeté mon dévolu sur elle. L'air était lourd d'une forte charge sexuelle – la même qui pesait déjà sur la piste de danse de Fish House. Il en allait de même partout à Camden, attendant tous ceux qui voudraient s'en payer une tranche, ce que Moira et moi venions de faire. De toutes mes années de lycée je n'avais jamais embrassé une fille sans une longue conversation préliminaire, pourtant, ici, c'était simple. Quand elle attrapa les billets que je tenais, je lui saisis la main et nous replaçâmes ensemble l'argent dans la poche de son pantalon de velours, roulâmes dans l'herbe mouillée, nous embrassant sauvagement, orage de baisers imprécis qui tombèrent sur les oreilles et les cheveux. Au-delà de l'endroit où nous étions allongés, Matthew et Aimee, dépassant le Bout du Monde, avaient disparu dans l'obscurité.

Ce que je n'aurais jamais pu expliquer à Moira c'était que la composante sexuelle de ce que nous venions de faire était présente dans tout cravatage, avant même qu'il ait lieu. Je savais qu'elle y était enfouie, qu'elle en était à la racine.

Moira Hogarth et moi passâmes cette nuit-là dans la chambre qu'elle partageait avec Aimee à Worthell House, tandis que cette dernière et Matthew prirent l'appartement d'Oswald. Moira et moi restâmes en couple pendant les deux semaines qui suivirent – une éternité à Camden où, pour se préparer aux rapports adultes, nous les reproduisions en miniature par la compression du temps et de l'espace. On pouvait vivre une relation entière en un week-end, panser ses blessures d'ici le vendredi soir suivant. Dans notre cas, lorsque arriva Halloween, Moira et moi ne nous adressions plus la parole. Mais à Thanksgiving nous étions devenus confidents, chuchotions dans les rires en traversant la pelouse et passions ensemble des nuits au lit, laissant tout le monde croire que nous étions en couple, alors qu'en fait nous couchions avec d'autres. Puis, avant la fin du semestre, nous étions redevenus amants avant de nous brouiller de nouveau. Et ainsi de suite : cela n'avait rien d'exceptionnel, dans cette fac, où les affinités électives étaient peu nombreuses et donc fréquemment recyclées. Trop rares pour être gaspillées.

Le cravatage de Moira, au Bout du Monde, fut à l'origine d'un plan : je me servirais de Brooklyn comme d'un défi. Il m'en fallait un. J'étais piégé, condamné à passer pour un blaireau à Camden, où mon style cheveux courts, cardigan et mocassins, dont l'aspect *mod* à la David Byrne ou *Quadrophenia* était décidément audacieux à Stuyvesant, ne représentait que l'ordinaire des écoles privées aux yeux de tous ceux qui en avaient effectivement été les élèves. Mais personne ne pouvait mettre en question ma science de la rue, puisque personne n'en possédait de près ou de loin. Je gagnai mes galons à Camden en incarnant l'archétype ambulant du ghetto. Je fis semblant d'ignorer ce qu'étaient Baja et Aspen, ou les raisons pour lesquelles ceux de mes camarades qui s'appelaient Trudeau et Westinghouse avaient des chances d'être particulièrement bien nantis. Je fumai des Kool, arborai une casquette Kangol, appelai mes amis d'un « Yo » – et cela, bien avant que les Beastie Boys ne l'aient fait connaître de tous, sembla assez drôle aux yeux de deux étudiants de maîtrise logés à Oswald House, dealers de coke branchouilles nommés Runyon Kent et Bee Prudhomme, pour qu'ils en fassent mon surnom : pour eux, j'étais « Yoyo ». Je me transformai peu ou prou en caricature de Mingus. Ce petit numéro était le véhicule idéal du dégoût que je m'inspirais à moi-même et de l'agressivité que m'inspiraient mes camarades. Et il servait ma popularité.

Je passai maître dans l'art de séduire et de railler les riches à l'extrême limite de ce qu'ils pouvaient tolérer.

Je les circonvenais, les culpabilisais pour les amener à me payer repas, coupes de cheveux et cartouches de Kool, les flattais et les épouvantais en abordant les sujets qu'ils se préparaient depuis des années à passer sous silence leur vie durant – leur argent, les fonds créés par leurs parents pour leur permettre de rouler en BMW, de s'habiller chez le bon tailleur, de s'offrir des brunches et des dîners au restaurant Le Cheval chaque fois que le menu de la cantine ne leur disait rien, les chèques qui ne cessaient de leur parvenir alors qu'il n'y avait rien, vraiment rien à acheter dans les cambrousses du Vermont. En dehors de la drogue. Et la drogue fut pour moi l'autre moyen de gagner mes galons.

Camden nous fournissait gratuitement la bière, les films, la contraception et la psychothérapie. Qui faisaient ouvertement l'objet de discussions et de plaisanteries. Mais la fac fournissait d'autres choses, innommées, gratuites elles aussi, comme le cours intitulé musique hétérodoxe, donné par le Dr Shakti, professeur aux cheveux blancs débordant de bienveillance, connu pour ne jamais recaler un candidat, aussi rarement qu'on assiste à son cours, ou les livres et cassettes qu'on pouvait piquer à volonté au magasin du campus parce qu'il avait été décrété qu'aucun dossier ne devait être entaché de la moindre accusation – on peut penser que l'administration dédommageait discrètement le vendeur. Évidemment, cette « gratuité » évoquée devant nos parents leur aurait semblé une bien mauvaise plaisanterie : tout cela était compris dans ces fameux frais de scolarité extravagants, qui arrondissaient les angles pour nous. On jouissait d'une telle profusion de privilèges à Camden qu'il était facile d'oublier qu'une poignée d'entre nous n'étions pas riches. Nous voyagions tous en première classe, même si certains d'entre nous devaient aussi passer la serpillière sur le pont.

Quant aux drogues, la fac ne les fournissait tout de même pas, mais fermait les yeux d'une façon qui passait pour un privilège de plus. Les dealers comme Runyon et Bee opéraient sans la moindre retenue. On fumait ouvertement des pétards sur la pelouse, et les soirées à Pelt House étaient connues pour l'acide qu'on fabriquait dans un labo de la fac. C'est William Burroughs qui était venu prononcer le discours inaugural, et pendant la projection d'*Eraserhead* ou de *L'Homme qui venait d'ailleurs*, un nuage de fumée s'élevait dans le faisceau du projecteur à l'intérieur du minuscule auditorium du campus. Si la politesse exigeait qu'on fermât sa porte pour sniffer de la coke ou de la méthadone, rares étaient ceux qui prenaient la peine de raccrocher le miroir après coup, et certains le laissaient posé sur une caisse pour en faire une table basse très comparable à celle de Barrett Rude Junior.

J'étais un vrai morfale pour la coke. Ça faisait partie de mon numéro. Les après-midi pendant lesquels Matthew et moi étions censés être en cours ou à la bibliothèque, on jouait au basket avec Runyon et Bee, en plein air sur un terrain généralement déserté, niché tout au fond du bois à la limite du campus, derrière le terrain de football qui ne servait jamais – Camden n'était pas un haut lieu du sport. Runyon et Bee aimaient ma façon de les provoquer et de les feinter, tous les mouvements que j'avais assimilés sans jamais oser les tenter dans les gymnases de ma jeunesse. Matthew et moi devînmes les protégés de Runyon et Bee, leurs mascottes. Nous jouions sur une moitié de terrain, portions comme eux des lunettes de soleil Wayfarer, pratiquions une défense relâchée voire inexistante et, entre deux parties, sniffions et fumions à l'ombre des pins sur un tapis d'aiguilles, au bord de l'asphalte. Que je ne puisse payer ma part irritait ou attendrissait les dealers selon leur humeur mais n'avait aucune importance. Le soir, je traînais dans la piaule de Runyon et Bee à l'étage, et quand un étudiant passait en voisin s'offrir un quart de gramme on m'incluait dans la dégustation de rigueur. Il m'arriva de payer mon écot en tapant un devoir de Runyon sur *Tandis que j'agonise* ; il était truffé de bourdes grammaticales. Je le réécrivis, comme je le soupçonne de l'avoir espéré, et à nous deux, nous eûmes un A.

Trois ou quatre fois cet automne-là, dans l'après-midi, défoncé plus tôt que d'habitude, et quittant ceux avec qui j'avais fait la fête, Moira, Matthew ou les dealers de l'étage au-dessus, incapable de contenir ce qui montait en moi, j'allai dans les bois pour voler. Je n'avais plus le costume et n'étais plus vraiment Aeroman, rien qu'un môme de la ville lâché dans la nature qui dépense son énergie débordante en s'élevant entre les branches. C'était probablement de n'être plus Aeroman qui me permettait de voler après si longtemps. Je n'avais jamais volé à Brooklyn, sauf une fois pour bloquer une Spaldeen. J'en avais été empêché par ma lâcheté physique mais aussi par le poids de tout ce que je voulais qu'Aeroman accomplisse, les idées d'héroïsme et de sauvetage qui m'encombraient. Ici, il n'y avait personne à sauver de quoi que ce soit, sinon nous tous de nous-mêmes, ce qui dépassait les possibilités d'un homme-oiseau de dix-huit ans. Je divaguais donc plutôt entre les arbres à l'est du Bout du Monde, en contrebas des terrains de foot et de basket, l'anneau d'Aaron X. Doily vissé à mon doigt, trouvais une roche assez haute pour m'élancer, et fendais l'air. M'élever un peu au-dessus du niveau du campus, entrapercevoir de loin l'horloge arrêtée de sa tour, c'était vouloir croire en ma chance, en mon improbable, enivrante évasion de Dean Street. J'essayais de donner une réalité aux collines en les affrontant seul et sans détour, de m'approprier les branches en les effleurant du bout des doigts.

J'ignore si cela marcha ou pas. Je n'ai jamais eu la certitude d'être capable de goûter la liberté, jamais plus longtemps que n'en met l'excitation d'une ligne de coke à retomber ou que la durée de telle ou telle chanson. Et bien souvent, une chanson, quand on la réécoute aussitôt, ne semble plus la même. N'empêche, sous l'effet de la poudre blanche, du menthol et du vent dans les pins, j'ai pu, les après-midi où je volais, avoir l'impression de respirer à l'envers la fraîche odeur de menthe de mon propre cerveau.

Un de ces après-midi, ayant atterri et revenant à travers bois jusqu'à la pelouse du campus, je sursautai de rencontrer brusquement Junie Alteck. Junie était une hippie gracile d'Oswald, fêtarde tenace qu'on pouvait trouver décorant la chambre de Bee à une heure tardive, après que les autres avaient plié bagage. On soupçonnait Bee de coucher avec elle, mais il ne le reconnut jamais. Runyon aimait bien l'appeler « Astèque ». Elle était venue se promener seule dans les bois. Je compris à son expression qu'elle m'avait repéré.

« Qu'est-ce que tu faisais ? demanda-t-elle, éberluée.

– C'est pour mon projet de spectacle, dis-je.

– Ah.

– Pas mal, hein ?

– Euh, ouais ! »

Cocaïne, argot noir, feintes de tête, vols : tout ce à quoi je n'avais pu me risquer toute ma vie devenait ici facile et sans risque, tout à coup, et pourquoi pas. Camden était conçue pour ne présenter aucun risque. J'étais dans cet état d'esprit, un soir tard pendant les premiers jours de décembre, quand je pris un appel à la cabine publique d'Oswald, il venait d'Arthur Lomb.

7

Arthur débita son histoire à toute vitesse. La curieuse association entrepreneuriale forgée entre Lomb, Damer et Rude dans les mois qui avaient précédé le coup de feu avait survécu à la condamnation de Mingus pour homicide volontaire à dix ans de prison, en octobre, à la suite de quoi il fut incarcéré à Elmira, au nord de l'État de New York. Elle subsista sous une forme plus curieuse encore : le tandem Arthur-Mick. Avec l'argent que j'avais versé pour les comics et l'anneau, ajouté à ce qu'ils avaient réuni de leur côté, ils avaient acheté leurs deux cent cinquante grammes. Puis avaient réussi à les dealer. Barry étant leur client principal, d'après ce que je compris. Arthur et Mick s'étaient bien gardés de dilapider les bénéfices, avaient économisé assez pour se payer deux cent cinquante grammes de plus et recommencer. Sauf qu'ils s'étaient fâchés. Mick était allé chez Arthur accompagné d'une paire d'acolytes de Gowanus Houses, pour exiger de l'argent, et la mère d'Arthur avait pris peur et appelé la police. Mick promettait à présent à Arthur de le tuer s'il ne lui remettait pas une certaine somme dans un certain délai, seulement Arthur ne pouvait se rendre seul à Gowanus pour dealer, alors que les potes de Mick connaissaient sa tronche de petit blanc et savaient ce qu'il transportait ; entre-temps Barry était parti pour Thanksgiving, consulter un médecin à Philadelphie, et n'en était pas revenu…

Je l'interrompis, peu désireux d'en savoir plus. De fait, il m'importait de montrer que les détails de cette embrouille lointaine ne m'intéressaient pas.

« Mingus n'est plus là pour te protéger », dis-je avec satisfaction.

Pour seule réponse, j'entendis la respiration d'Arthur au bout de la ligne, et décelai un petit fantôme de ses fausses crises d'asthme dans cette panique bien réelle.

« Prends un billet d'autocar, dis-je. On écoulera la marchandise en deux jours, sans aucun problème. Tu repartiras avec son fric. »

Arthur ne fut pas difficile à convaincre. Le lendemain, un mardi, la première fine neige de la saison tomba pendant que j'attendais à la gare routière de Camden Town. L'autocar vira sur le vaste parking, laissant l'empreinte de ses roues dans la neige fraîchement accumulée. Il s'arrêta dans un soupir et le chauffeur en sortit pour ouvrir la soute mais Arthur n'y avait rien déposé. Il traversa la neige sur la pointe des pieds, sac de sport Adidas sur l'épaule d'un blouson trop léger pour la saison, soufflant au creux de ses mains, l'air paumé.

« C'est ça ta fac ?

– Ça c'est la ville. La fac est à cinq kilomètres d'ici. »

Il fixa sur moi son regard vide.

« En stop, c'est facile », claironnai-je. C'était un autre avantage secret : quelqu'un de la fac, étudiant de maîtrise ou de troisième cycle propriétaire d'une voiture, parfois même un prof, reconnaissait immanquablement le style vestimentaire qui vous distinguait d'un habitant du coin et vous prenait au bord de la route 9A, pour vous emmener du centre industriel moribond de Camden, passé la zone des supermarchés qui avaient vampirisé la ville, à travers les bois, jusqu'au long chemin derrière l'entrée de la fac. Je souhaitais impressionner Arthur en lui faisant la totale. Je pris son sac

Adidas et nous traversâmes le parking d'un Dunkin' Donuts pour rejoindre la chaussée grise de neige fondue.

Il se trouve que la voiture qui s'arrêta pour nous était celle de Richard Brodeur, le président. Peut-être avait-il fait un saut en ville pour y manger une part de pizza. Quand nous montâmes, je présentai Arthur comme un ami de New York en visite. Brodeur le salua de mauvaise grâce, et me rappela que le règlement officiel requérait des invités dormant sur place qu'ils se fassent inscrire au bureau. Ainsi que la limite de trois jours imposée à de telles visites. Je lui assurai que nous nous y conformerions. Brodeur paraissait plus vieux que l'homme qui avait raconté l'histoire de la pizza – je me demandai si ses trois premiers mois à Camden avaient pu être aussi remplis que les miens. J'eus pitié de lui, à vrai dire. Nous prendre au bord de la route semblait la preuve qu'il souhaitait dans sa solitude se faire aimer, trouver une place dans l'atmosphère informelle de la fac, ce qui n'était pas encore le cas.

La neige s'accumulait au bord du pare-brise, balayée en colonnes croulantes par les essuie-glaces, et les flocons tournoyaient follement pour venir tacheter la vitre.

« Vous êtes étudiant, Arthur ?

– Non. Euh, je vais à Brooklyn. Brooklyn City. Mais il me manque encore quelques notes. Alors j'ai pris une année. »

Ce balbutiement plein de contradictions ne permettait guère de poursuivre la conversation. Brodeur sourit et dit : « Vous êtes un peu trop légèrement vêtu pour affronter le temps du Vermont, vous ne croyez pas ?

– Non, ça baigne, dit Arthur. Monsieur. »

Brodeur nous accompagna jusqu'à l'entrée d'Oswald, quand n'importe qui d'autre aurait déposé un auto-stoppeur juste après la cabine du vigile. J'eus la ridicule envie de l'inviter à entrer. Je me demandai s'il avait déjà mis le pied dans la piaule d'un étudiant depuis son arrivée – probablement pas. Et cela aurait produit son petit effet sur Matthew. Cela aurait été un geste très « Devo ». Il était peu probable que l'attirail de la drogue ou des biens de la fac volés sur le campus soient exposés à la vue de tous, mais je me dis que je ne pouvais courir le risque et ne cédai pas au caprice.

« Profitez de votre séjour ici, Arthur. Cela vous donnera peut-être envie de vous y inscrire.

– Euh, oui, c'est sympa. Merci. »

En l'espace de deux jours, Arthur Lomb devint une célébrité locale. Si j'étais le Chat chapeauté, on pouvait dire que j'avais tiré le chat le plus invraisemblable de mon couvre-chef. Avec ses jeans extra-larges, ses gros lacets et son jargon malgracieux, ses références perpétuelles au rap et au graffiti, et la stupéfaction non dissimulée que lui inspiraient les lieux, Arthur fit l'effet sur mes amis de Camden d'une confirmation hilarante que tout ce à quoi je faisais allusion, dans mon numéro, n'était pas seulement de la blague. Non sans ironie, Arthur leur parut authentique. Quand il insistait pour compter leur argent avant de leur donner la drogue – lui, Matthew et moi avions passé les dernières heures de ce premier après-midi à diviser ces deux cent cinquante grammes dans des cornets en papier suivant les doses qui avaient cours à Camden –, sa sincérité de môme des rues les titillait comme jamais. Un vrai dealer avait fini par venir sur le campus. Et si c'était à ses dépens qu'on riait, Arthur n'en perçut pas moins le comique de la situation et sut en tirer parti. Personne n'aurait pu dire qui riait le plus de l'autre.

Le troisième jour de la présence d'Arthur sur le campus, Runyon et Bee nous conduisirent à la quincaillerie de Camden Town, où l'on piqua un lot de Krylon et de Red Devil. Cette nuit-là, nous passâmes tous quatre les petites heures à bomber les murs d'Oswald, puis le pub du campus et le bâtiment des arts plastiques pour faire bonne mesure. Arthur et moi ornâmes les parois d'« authentiques » graffitis de Brooklyn, reproduisant les tags des FMD et DMD, les bandes qui avaient oblitéré d'un « Toy » nos pauvres tags. Ces runes étaient dépourvues de signification ici, alors que nous nous serions retrouvés vite fait aux urgences du College Hospital de Long Island si nous avions osé nous les approprier sur les murs de Brooklyn. Runyon et Bee inscrivirent à quelques reprises KING FELIX en majuscules asymétriques – ce nom relevait d'une plaisanterie connue d'eux seuls –, mais après avoir constaté notre dextérité dans le maniement des bombes, ils renoncèrent plus ou moins.

Arthur dut se croire parachuté dans une parodie du *Saturday Night Live* : « Le Dealer Samouraï », ou peut-être « Les Défoncés du Vermont ». Je m'étais attaché à faire semblant de paraître dans mon élément depuis le début, de trouver ça normal, pour être sûr qu'Arthur recevrait le message : Dylan Ebdus avait été une sorte de prince déguisé en mendiant à Dean Street, en attendant de prendre la place qui lui revenait de droit. Je ne souhaitais assurément pas discuter de ce qui s'était passé entre Mingus, Barry et Senior. Je refusai d'évoquer nos souvenirs et même de reconnaître l'ancienneté de mes relations avec Arthur. Je doute d'avoir prononcé le nom d'Abraham, à moins que ce ne soit pour railler le fait que mon père savait si peu de choses de ma vie dans cette fac. Abraham qui payait la note, évidemment – mais ce détail était inopportun.

En nous réveillant, le vendredi, nous constatâmes que nous avions semé les tags de nos ennemis un peu partout sur les bâtiments champêtres. Ce fut un vrai choc de voir la peinture rouge fraîche sur les planches blanches dans la lumière matinale, comme si Arthur et moi avions importé nos cauchemars citadins en proie à quelque transe somnambulique. La cantine bruissait de théories sur l'identité des coupables, néanmoins Runyon et Bee, dans un murmure, me persuadèrent que ce n'était pas si grave. On avait redécoré notre terrain de jeu, voilà tout. Nous pouvions dégrader Camden autant qu'il nous plaisait.

Arthur aurait dû prendre l'autocar pour New York ce jour-là, conformément au règlement, mais c'était le cadet de nos soucis. Je voulais qu'il voie une fête du vendredi – ce soir-là, elle avait lieu à Crumbly House – et même si le bruit s'était répandu parmi tous les amateurs de coke du campus que j'organisais une braderie à Oswald, et alors qu'Arthur avait déjà récolté de quoi payer Mick Damer, il nous fallait une autre grande soirée, une soirée de fête, pour écouler la fin de son stock.

Nous avions le plus souvent l'appartement pour nous seuls. Matthew dormait depuis peu avec sa copine de deuxième année dans un dortoir hors du campus, à North Camden, et Arthur avait pris sa place dans la chambre du fond. Mon lit était dans la grande salle commune, où il y avait la cheminée et le canapé. L'après-midi, Arthur et moi nous prélassâmes vaguement hébétés dans cette pièce tandis que la mince lumière de décembre baissait dans les pommiers nus, récupérant de la nuit précédente dans l'attente de celle qui venait. Arthur n'aimait pas les disques de Devo, des Wire et des Residents que Matthew et moi écoutions sans cesse à l'époque, et il avait fouillé dans la collection de Matthew pour trouver quelque chose qui lui convienne mieux : *The Lamb Lies Down on Broadway* de Genesis. Nous étions vautrés dans l'obscurité, moi sur mon lit et lui sur le canapé, et cette symphonie, étincelante et hystérique, semblait si bien exprimer toute la riche absurdité de notre situation qu'on avait l'impression que nous n'aurions plus jamais à prononcer un seul mot.

Les premiers coups sur la porte ne furent pas ceux d'un client pour la marchandise d'Arthur mais ceux d'une femme de ménage que j'avais déjà vue une dizaine de fois sans mettre de nom sur son visage. Pâle, épaisse et voûtée, elle me faisait l'effet d'une vieille bonne femme, alors qu'elle n'avait certainement pas plus de quarante ans. C'était son boulot de récurer les salles de bains d'Oswald, communes pour la plupart, adjacentes aux couloirs de la résidence. Mais une fois par semaine il lui fallait nettoyer la salle de bains privative de notre appartement, nous la fîmes donc entrer. Avec un vague salut pour Arthur, elle disparut dans la chambre de Matthew au fond de l'appartement. Je retournai le disque et me laissai retomber sur mon lit.

Cette femme était à l'image de la horde grisâtre de natifs de l'endroit qui assurait l'entretien des bâtiments et des terrains de la fac. Ils n'avaient ni le pittoresque ni l'air bravache des péquenauds ordinaires mais, en vrais domestiques, cultivaient l'art de la déférence au point de devenir invisibles. Nous connaissions le nom de quelques-uns des plus vieux d'entre eux, ceux qui étaient employés depuis vingt-cinq ou trente ans et qui, ayant vu des générations non seulement d'étudiants mais de professeurs, atteignaient au statut de mascottes. Ils arboraient des sourires édentés et portaient des noms comme Scrumpy ou Red, par lesquels on les saluait quand ils passaient sur des tondeuses ou des chasse-neige cahotants. Les Morlocks qui récuraient les toilettes, elles, ne parlaient jamais. Runyon aimait les appeler « les naines », et je le vis une fois lever une bière en disant : « J'aimerais remercier toutes les naines, en particulier celle qui a nettoyé le dégueulis sur le palier samedi matin pendant que je cuvais encore béatement. »

La deuxième face n'était pas encore finie quand je dus me lever parce qu'on frappait de nouveau à la porte.

Cette fois, c'étaient Karen Rothenberg et Euclid Barnes. Karen et Euclid étaient des amis de Moira, de Worthell House, et il faut croire qu'ils étaient aussi les miens. Aujourd'hui ils étaient également des clients – l'avaient déjà été pendant les trois jours de bringue qui avaient suivi l'arrivée d'Arthur. Euclid était en licence, c'était un grand type doux dont les mèches brunes retombaient sur les yeux. Il traînait son homosexualité avec résignation, ne trouvant jamais personne avec qui coucher, et se plaignait amèrement de sa solitude dans le Vermont. Karen était sa protectrice et son entremetteuse, lourde et brune, elle se maquillait gothique et affectait un air de lassitude blasée. En essayant sans relâche de faire l'article pour Euclid auprès de divers garçons, il me semblait que Karen se protégeait plutôt elle-même de la terreur de ses propres désirs. Sur les coups de trois heures d'une nuit décousue, quelques semaines plus tôt – à Camden, autant dire une éternité – j'avais dû repousser les avances doubles de Karen et d'Euclid. Pour l'heure, c'était Arthur, l'enfant sauvage de Brooklyn, qui les obsédait manifestement.

Euclid tomba sa vareuse et la jeta sur une chaise, puis se mit aussitôt à tripoter ses cigarettes. « Mais qu'est-ce que vous écoutez ?

– Genesis, dis-je.

– Absurde, ça ressemble à tout sauf à du Genesis. Vire-moi ça.

– Où est Moira ? demanda Karen.

– J'en sais rien, répondis-je.

– Elle a dit qu'elle nous retrouverait ici.

– Peut-être, mais je suis pas au courant. »

Karen se laissa choir sur le canapé aux pieds d'Arthur, qui sortit de sa torpeur en sursautant. Cette bringue était peut-être plus lourde à porter pour lui que je l'avais réalisé.

« Je suis fauché comme les blés », marmonna Euclid, cigarette au bec. Il laissa tomber quatre billets de vingt sur la commode. « Mes parents tardent à m'envoyer mon chèque, c'est leur faute. Après celle-là, j'aurai plus rien.

– On est presque à court de toute façon », dis-je. Arthur se redressait en se frottant les yeux.

Euclid fronça les sourcils, désapprouvant ma naïveté. « Est-ce qu'il n'y en a pas toujours plus ? » Ses yeux glissèrent vers Arthur, à présent perçu comme l'escorte personnelle de la cocaïne lors de son passage inévitable de New York à Camden. Pour la première fois il m'apparut que ce n'était pas forcément une opération sans lendemain. J'avais envisagé mon activité de dealer comme une sorte de paraphrase, d'imitation pour rire de mes voisins du dessus. Mais peut-être Runyon et Bee étaient-ils ironiques eux aussi à leurs débuts.

« Cette musique est une torture. C'est de la musique de troll.

– Qu'est-ce que c'est que ça ? demanda Arthur.

– La musique qu'écoutent les trolls », répondit Euclid. Il secoua la tête pour signifier que si on ne le comprenait pas il était impossible de l'expliquer. « J'ai toujours prédit que Dylan et Matthew finiraient par succomber à la pression de la vie à Camden, mais je regrette de voir que c'est arrivé si vite.

– Cette baraque est une fabrique de trolls, approuvai-je.

– Ooh, mets ça, j'adore », dit Karen d'une voix chantonnant de plaisir telle une enfant. Elle avait passé en revue une pile de 33 tours et brandissait les Psychedelic Furs.

« Merde, je peux pas les saquer, dit Arthur avec une franchise endormie qui fit rire tout le monde.

– Fais-le toi-même », dis-je à Karen. Elle changea de disque, et monta le son. Richard Butler gronda de sa voix hargneuse *Yaaah fall in love* et, comme sur un signal, Moira entra sans frapper, se joignit à nous, tous assis sur mon lit à présent, pendant qu'Arthur préparait des lignes de coke sur une plaque d'acier bordée de ruban adhésif que Matthew et moi avions cannibalisée à l'atelier de soudure. En quatre jours, Arthur avait modifié son style de dealer pour adopter celui bien différent de Camden, il offrait désormais sans manières un échantillon chaque fois que quelqu'un laissait tomber des billets comme Euclid venait de le faire. Dans le monde d'Arthur, le dealer n'était pas censé s'abaisser à s'éclater avec la clientèle, mais ici cette distinction n'avait aucun sens.

J'étais content de voir Moira. Elle m'avait manqué pendant la bringue entre mecs avec Arthur, Runyon et Bee. J'étais ravi qu'elle se soit invitée avec Euclid et Karen, et qu'elle ait su qu'elle pouvait entrer sans frapper. De fait, tandis qu'elle se faufilait à côté de moi, dans le rugissement des guitares qui rendait toute conversation inutile, je conclus que j'étais probablement amoureux d'elle, que j'avais besoin d'être plus que son confident. Ce fut deux jours plus tard, quand Arthur partit enfin, qu'on recoucha ensemble, erreur qui me coûta cher parmi toutes les erreurs coûteuses de ce mois de décembre. Pour l'instant je me contentai de sourire, supposant qu'elle partageait mes sentiments.

On sniffa tous une ligne. Quand Arthur objecta que nous en avions déjà trop offert, je le fis taire en payant de ma poche un demi-gramme avec ma part des bénéfices. À dire vrai, tout ce que je faisais avait pour but de contrarier Arthur. Que je le traite en sous-fifre avec tant de désinvolture masquait mon obsession de lui en mettre plein la vue. Pendant qu'on sniffait des lignes, Euclid et Karen l'assaillirent de questions : Pourquoi les lacets de ses chaussures étaient-ils toujours défaits ? Comment arrivait-il à marcher en portant son jean si bas ? Personne n'avait jamais tenté de le lui baisser sur les chevilles ? Quand Arthur, dans sa confusion, m'appela à l'aide du regard, je détournai les yeux, attirai Moira contre moi, et me contentai de rire. *Regarde-moi, Arthur, je lève les filles, j'ai plein d'amis, je comprends toutes les blagues, tu vois comme je suis branché – si tu avais pigé dès le début à quel point j'étais sur la voie du succès, tu ne m'aurais jamais laissé tomber pour Mingus. Mingus et toi ne m'auriez jamais laissé tomber l'un pour l'autre.* Arthur et moi poursuivions notre partie d'échecs, misérables grosses têtes sur son perron de Pacific Street, et voilà que j'avais renversé sa reine mais je continuais le massacre, condamné qu'il était déjà à perdre. *Tu vois ? Tu vois ?* Encore un jour ou deux et je reléguerais Arthur à Brooklyn, auprès de Mick Damer. Mais d'abord, je voulais qu'il voie bien ce qu'il avait perdu et que j'avais gagné.

Il était cinq heures. La première vague d'étudiants n'allait pas tarder à faire la queue plateau en main à la cantine. La fête à Crumbly ne commencerait pas avant plusieurs heures mais il faisait déjà noir, nous étions défoncés et la musique jouait à plein tube. Notre fête à nous commençait. On allait sans doute sauter le repas. Si nous avions faim, Karen Rothenberg accepterait de nous conduire en ville, on s'entasserait dans sa Toyota. Bientôt, d'autres s'agrégeraient à notre noyau, nous accompagneraient à l'appartement pour la coke. Nous verrions Matthew, à n'en pas douter, et sa nouvelle copine, qui était chiante d'ailleurs et rendait Matthew chiant aussi, de l'avis de tous. On monterait chez Runyon et Bee, pour tirer sur le tuyau de leur gigantesque narguilé en Plexiglas. Nos rangs grossiraient, puis se diviseraient comme une paramécie, nous avalerions des boissons insipides, verrions tous nos amis et ennemis, irions sur la piste de danse, nous transmuterions tout en restant nous-mêmes. Euclid finirait par faire des avances boudeuses à Arthur, pour leur plus grande humiliation à tous deux. Consoler Euclid serait riche en rebondissements, et nous occuperait jusqu'à l'aube. Tout le monde le voyait venir sans que personne ne puisse l'empêcher, c'est ce qui faisait la beauté de la chose. Le vendredi soir, tout était possible et pourtant gravé dans la pierre.

La femme de ménage sortit en trombe, protégeant de tout son corps, comme un minuscule fullback, le seau jaune qui contenait les produits de nettoyage. Elle avait dû attendre tapie dans la salle de bains, sa tâche achevée, écoutant la fête prendre de l'ampleur, priant pour que l'on se disperse à l'heure du dîner. Puis, tandis que les minutes s'écoulaient, il lui était apparu avec horreur que nous n'irions nulle part, qu'elle n'avait d'autre choix que de sortir en courant comme une folle. Pour rejoindre la sortie depuis la chambre de Matthew, il lui fallait passer entre nos cinq corps vautrés sur le lit et le canapé, et contourner le tas de 33 tours que Karen avait répandus par terre. Ce qu'elle fit très lestement, avec la grâce du gibier en fuite. Elle marmonna peut-être « Excusez-moi », mais nul ne l'entendit. Qu'elle ait ou non compris les allusions de notre conversation, ou le raclement de la lame de rasoir sur l'acier, sa peur et la façon dont ses yeux de lapin s'étaient voilés pour ne pas voir pendant qu'elle traversait la pièce prouvaient qu'elle avait compris.

Sous le coup de son départ précipité, nous nous tûmes dans le vacarme de scie circulaire de la musique.

Karen lâcha le billet roulé et se couvrit la bouche, jouant l'étonnement.

Euclid parla le premier : « C'était. Quoi. Ça.

– Oh, merde, dit Arthur. Ça craint.

– J'ai complètement oublié qu'elle était là, murmurai-je dans le vide, chaviré par l'énormité de la bévue.

– Elle a vu ? demanda Karen, ses yeux cerclés de noir aussi ronds que ceux d'un oiseau.

– Évidemment qu'elle a vu, dit Moira. Qu'est-ce que tu crois ? »

Nous eûmes tous la même pensée sans trop savoir ce qu'elle impliquait. Une histoire célèbre à Camden – j'étais certain qu'au moins Moira la connaissait aussi – concernait un étudiant de Fish House qui dealait, quelques années plus tôt, et que la fac avait discrètement averti d'une descente imminente de la police du Vermont. Un prof compréhensif avait suggéré au dealer de verrouiller sa porte et de quitter le campus le temps d'un long week-end. Voilà où je voulais en venir : Camden avait un intérêt considérable à nous protéger de démêlés judiciaires. Des jeunes talentueux et excentriques ne devaient pas être jugés d'après les sévères critères de la société adulte. Qu'ils traversent leurs années ingrates sans encombre – c'était le marché implicite compris dans les frais de scolarité mirobolants comme dans la relégation de la fac au fond des bois.

Alors qu'est-ce que ça impliquait qu'une naine sache que je dealais à Oswald ? Peut-être rien. Elle ne parlerait peut-être pas. Elle n'avait d'ailleurs peut-être pas tout saisi, peut-être pas vu l'argent changer de mains. Il était facile d'imaginer que rien de grave ne s'était produit, seulement un incident grotesque et marrant. La voix de Runyon résonnait déjà dans ma tête, me pressant de voir les choses sous cet angle. Je tentai de ne pas me plonger dans le souvenir des mots que nous avions prononcés, les mots qu'elle avait pu entendre.

« Moi, je trouve ça consternant, dit Euclid en brisant le long silence. L'idée d'enfermer une femme de ménage dans sa salle de bains comme un objet sexuel. Je n'arrive pas à croire que tu aies cru pouvoir t'en tirer à si bon compte.

– Beurk, certainement pas mon objet sexuel, en tout cas, répondis-je.

– Bien sûr que si, dit Euclid. Arthur et toi, vous n'êtes que des bêtes, tous les deux. Heureusement, on a réussi à faire diversion pour lui permettre de s'échapper. Aviez-vous au moins l'intention de la nourrir ? De lui refiler un peu de coke ?

– Eh, mon pote, dit Arthur, qui commençait à piger la plaisanterie. Tout le monde doit payer.

– C'est bien mon avis, dit Euclid.

– En tout cas, je suis contente qu'elle soit partie, dit Karen. Parce qu'il faut que je fasse pipi.

– T'aurais eu la peur de ta vie, dit Moira.

– Va voir si elle a fait du feu, conseilla Euclid. Elle a sans doute essayé d'envoyer des signaux de fumée à ses semblables.

– Elle a peut-être bouffé le savon », suggéra Arthur.

L'effervescence retomba et notre soirée reprit son cours. Lorsque Matthew parut, nous racontâmes l'histoire en rivalisant d'exagérations : la fuite effrénée de la femme, Karen manquant mouiller son pantalon, Arthur certain qu'il s'agissait de la brigade des stups et prêt à avaler sa marchandise. On en riait tous encore à dix heures au Cheval, devant un cassoulet généreusement offert par la Mastercard de la mère de Karen. Le lendemain, je décrivis l'incident à Runyon qui, comme je m'y attendais, le balaya d'un revers de la main. Et ce fut oublié.

Deux semaines plus tard, la visite d'Arthur était pour nous tous un lointain souvenir, estompé par une dizaine d'autres petites tragédies. Moira et moi avions connu notre troisième aventure avant d'imploser dans le malentendu, chacun blessé d'une façon qu'il nous aurait été impossible d'exprimer, chacun ayant trouvé consolation auprès de nouveaux amis. Et quand le campus, enveloppé de froid et d'obscurité, se prépara à fermer pour les longues vacances d'hiver, le trimestre écoulé s'estompait déjà dans une évanescence dépourvue de signification. Où passerait-on le mois de janvier, telle était désormais la question. Aux îles Moustique ? En croisière sur le Mississippi ? D'accord, moi j'allais à Dean Street, mais bon. L'avenir s'amenait à toute vitesse – quelles seraient nos nouvelles amours, en février, à notre retour ? Nous avions déjà l'œil sur quelques perspectives alléchantes, celles que nous avions négligées pendant le premier trimestre, allez savoir pourquoi. Les mois passés étaient déjà muets, nos exploits et nos erreurs de cette période l'étaient aussi.

C'est dans cette atmosphère qu'eut lieu l'entretien avec mon directeur d'études, Tom Sweden, l'après-midi du dernier jour de cours. Sweden était aussi mon prof de sculpture, et c'était le type même du sculpteur de Camden, bourru, incapable d'aligner deux mots, fumeur compulsif perpétuellement affublé de godillots de prolo et d'un jean maculé de plâtre, avec l'air viril d'une pub Marlboro. On ne s'appréciait guère – je voyais sa pauvreté bidon et ses airs de pseudo-illettré d'un aussi bon œil qu'il voyait mes privilèges bidon et mes airs de faux raffiné. Je m'étais pourtant imaginé, sans trop savoir pourquoi, que mon intelligence et mon énergie mettraient Sweden du même côté que moi de la frontière qui séparait les profs et les étudiants branchés des ringards de l'administration. Je ne sais pas trop pourquoi je pensais ça, mais la fac m'avait grisé.

Sweden était assis dans son bureau délabré au sous-sol du bâtiment des arts plastiques, entouré d'un fouillis de vieilles chevilles en bois, de cendriers débordants, et de paperasses. Quand j'arrivai, avec dix minutes de retard, il examinait déjà, sourcils froncés, une liasse de formulaires roses, les fiches d'évaluation pour chacune de mes quatre UV du trimestre. Il savait donc, comme moi, que j'avais échoué dans les grandes largeurs en sociologie et que je n'avais pas rendu mon travail au prof d'anglais.

« C'est pas génial, dit-il en froissant les feuilles.

– Je vais m'occuper du devoir non rendu, dis-je en abordant l'entretien comme une négociation. J'en ai rédigé la moitié. » Je ne l'avais pas commencé.

Sweden frotta son menton mal rasé de ses doigts tachés. Comme Brando, il était supérieur au rôle qu'il jouait, et il en était marri. Il n'arrivait pas à adapter ses profondes pensées au langage banal dont il disposait, et se contentait donc de faire la gueule.

« C'est parce que je me suis entiché de la sculpture ce trimestre, dis-je en m'essayant à la flatterie.

– Oui, mais… » Il ne termina pas, nous laissant tous deux deviner la suite.

« Et j'ai eu mon UV de musique hétérodoxe », fis-je remarquer.

Sweden leva un sourcil. « Le Dr Shakti ?

– Oui.

– Oui, mais ce n'est pas vraiment une UV, n'est-ce pas ? »

Si Sweden l'ignorait, il était le seul sur le campus. Je me tus.

« Est-ce que quelque chose… » Sweden n'arrêtait pas de lancer des coups d'œil en direction de la porte. « Est-ce que quelque chose vous a causé des soucis pendant ce trimestre, Dylan ?

– Non, je crois qu'il m'a fallu un temps d'adaptation et que je me consacrerai davantage à l'essentiel à mon retour. Aux cours et tout ça. Mais sinon, ça va. »

Il se gratta de nouveau le menton. Peut-être mon petit discours allait-il suffire à nous dépêtrer tous deux de cet entretien – il semblait peser la chose. Puis on frappa à la porte.

« Oui, entrez. » Sweden parut contrarié mais pas surpris.

C'était Richard Brodeur, notre président.

« J'ai pensé vous porter ça moi-même », dit-il en montrant à Sweden une poignée de dossiers. Avec un grognement, Sweden indiqua d'un geste son bureau. Brodeur déposa les dossiers au milieu de la pagaille.

« Richard, euh, Dylan Ebdus, marmonna Sweden, récitant péniblement son texte à contrecœur. Nous sommes au milieu d'un entretien. »

Brodeur me tendit la main et, quand il prit la mienne, me regarda au fond des yeux. « Oui, dit-il doucement. Nous nous sommes déjà rencontrés.

– Oui, bonjour, dis-je.

– Je vous ai pris en stop, c'est ça ? Dans la neige.

– Oui, dis-je.

– Comment va votre ami ?

– Bien, je crois. Bien.

– Bon, écoutez, je ne veux pas vous interrompre, dit brusquement Brodeur à Sweden. Ces dossiers n'ont rien d'urgent. Envoyez ça quand vous pourrez.

– Très bien », grimaça Sweden.

Il n'y avait rien à interrompre. Une fois Brodeur parti, Sweden n'eut plus grand-chose à dire. Il parvint à me souhaiter de bonnes vacances, et bonne chance pour mon devoir. Il lui fallut allumer une cigarette avant de réussir à me dire *Prenez soin de vous, mon vieux.* C'était apparemment tout ce qu'il avait à m'exprimer.

La lettre arriva moins d'une semaine plus tard, à Brooklyn. Elle était adressée à mon père. Nous prenions le petit-déjeuner attablés à la cuisine quand Abraham me la tendit, remise dans son enveloppe déchirée, sans rien d'autre qu'un sobre : « Ça doit être pour toi. » Mais la lettre était arrivée la veille – Abraham l'avait emportée à l'étage pour méditer l'après-midi et la soirée avant de décider de ne rien dire.

La lettre était écrite sur papier crème à en-tête de Camden et portait la signature de Richard Brodeur. Il était au regret d'expliquer que j'avais enfreint les règlements de l'université concernant les invités et la possession de stupéfiants, et que je faisais donc l'objet d'une exclusion d'un trimestre, suivie d'une comparution devant le conseil des étudiants. Et pour aller vraiment à l'essentiel, ma bourse était suspendue en raison de l'insuffisance de mes résultats. À la fin d'une période que la lettre spécifiait, je serais autorisé à solliciter le rétablissement de ma bourse.

La légende du dealer de Fish House qui s'était vu conseiller de plier boutique n'était donc pas totalement fabriquée. Oui, la fac de Camden pouvait, et voulait, se prémunir contre la brigade des stups du Vermont. Elle pouvait aussi se prémunir contre Arthur Lomb et moi. Je fourrai la lettre dans mon jean, regard baissé pour éviter celui d'Abraham. Mon père continua à faire tinter les sous-tasses et à gratter le pain grillé, puis dans une bouffée d'enthousiasme, me lut la nécrologie d'un poète français, Louis Aragon, qui venait de mourir à quatre-vingt-cinq ans. C'était le genre de conversation sur lequel je serais parti autrefois pour Stuyvesant, ayant rejoint par Nevins la ligne 4, le sac à dos plein de devoirs en retard et de prospectus pour les groupes lycéens. Dean Street était telle que je l'avais laissée, identique, la lettre dans ma poche unique preuve que je m'étais aventuré ailleurs.

8

L'université de Californie, à Berkeley, restait disposée à accepter mon inscription. Elle était assez éloignée pour convenir à mon humeur, à cette distance le Vermont disparaissait dans la masse enchevêtrée des vieux États que personne sur la côte de lumière n'avait jamais cherché à distinguer les uns des autres. Mon parcours à Camden comptait pour rien, je repris donc en première année, le compteur avait été remis à zéro, comme on dit. Mais il serait plus juste de dire que c'était mon moral qui était à zéro. La fac était le contraire de Camden – une mer d'étudiants asiatiques, mexicains, noirs et blancs, des allures de station balnéaire au lieu de cette fac littéraire et artistique qui tenait de la serre éternellement verte. À Camden, les cours se déroulaient à dix ou douze autour d'une longue table de chêne, où tout le monde plaisantait et débattait, frimait et se faisait connaître. Ici, un prof marmonnait dans un micro sur une estrade lointaine devant les gradins d'un stade plein de première année qui prenaient fébrilement des notes, bras synchronisés comme ceux des robots d'une chaîne de montage. Pour la première fois de ma vie, j'appris à étudier.

Ce qui se faisait de mieux à des kilomètres à la ronde était la station de radio du campus, KALX. La bande d'animateurs était libre, grâce à la programmation ouverte de la station, de creuser dans la direction qui lui plaisait, pour des résultats superbement hétéroclites. De nombreux animateurs avaient obtenu de conserver leur créneau pendant des années après avoir décroché leurs diplômes – c'était cette exception à la règle qui donnait à KALX sa profondeur unique, celle d'une famille anarchique dont les membres portaient tous des surnoms permettant de distinguer leurs émissions : Marshall Stax, Gale Warning, Commander Chris, et Sex For Teens étaient quelques-uns de mes préférés. Leurs voix charismatiques, caustiques et familières ponctuaient les jours et les nuits d'un éternel été. Dans ma chambre, au onzième étage d'une tour hideuse dominant les palmiers dont le paysage était parsemé jusqu'à la baie, leurs voix étaient ma seule compagnie régulière.

La source en était un minuscule immeuble de Bowditch Street, parpaings blancs ornés du nom de la station peint sur le fond d'une bande bleue. KALX était un iceberg : les cabines et la discothèque en sous-sol, au rez-de-chaussée rien qu'un bureau sobrement meublé de tables équipées de téléphones sur un plateau tournant, et une salle d'attente pleine de canapés de récupération perdant leur mousse par des trous de brûlures de cigarette. Je m'y rendis à la première occasion, offris de répondre bénévolement au téléphone lors d'une campagne de collecte de fonds. Je prenais mon tour aux petites heures du matin, et passais pour un pauvre type aux yeux de l'animateur pour avoir accepté ces horaires. Il m'expliqua la marche à suivre : pour toute promesse de don supérieure à vingt-cinq dollars, un auditeur avait droit à une visite de la station et un tee-shirt ; pour cinquante et plus je pouvais lui faire cadeau d'un des disques minables dont les cartons encombraient la station. Pendant mon service, je recevais entre quinze et vingt appels. J'entendais monter des profondeurs la voix de l'animateur qui intégrait de mauvaise grâce la collecte à son émission, mais je n'étais pas admis dans la chapelle du sous-sol.

Après la campagne, je me renseignai sur la marche à suivre pour devenir animateur et ne reçus guère d'encouragements. J'effectuai une centaine d'heures d'ennuyeux travail bénévole pour être inscrit sur la liste de formation. Après quoi, la liste d'attente, même pour le créneau le plus maigrichon de la grille aux dernières heures de la nuit, était d'ordinaire d'un an. J'allais être formé par d'autres animateurs, qui n'avaient pas de temps à perdre – si je n'étais pas sérieux, mieux valait renoncer. KALX était, conformément aux idéaux de Berkeley, un vrai collectif de bénévoles, cependant géré sans rien de la religiosité ou du mysticisme qui prévalaient dans cette fac, plutôt avec le stoïcisme de punks prêts à bosser jusqu'à l'épuisement. On était en mars 1983. Lorsque arriva la fin de l'année, j'obtins une émission, de deux à six le jeudi matin. Je conservai ce créneau pendant trois ans. Ce n'était pas lourd au regard des critères de KALX, mais cela représentait le maximum d'engagement dont j'étais capable dans ma nouvelle vie d'adulte.

Je me baptisai Crabe en Fuite. Si j'avais vaguement soupçonné qu'en m'inscrivant à Berkeley j'avais imité Rachel quand elle était autrefois précipitamment partie vers l'ouest, je me mis à ricaner en songeant qu'elle était désormais à portée d'écoute de mon émission. Elle pourrait se demander qui était son double fantôme. Je passais « Reasons to Be Cheerful, Part 3 », de Ian Dury, rap blanc monty-pythonesque, au début de l'émission, et en fis mon hymne. Malgré tout, mon amertume, comme la liste des morceaux que je programmais, ne tarda pas à se dessécher. Mon émission était nulle. Je m'étais imaginé avoir un nombre suffisant de chansons préférées, mais quelques répétitions suffirent à les user jusqu'à la corde. J'essayais de faire impression, d'affirmer ma personnalité, comme Matthew Schrafft et moi l'avions fait en portant Devo en bandoulière.

Il était impossible de se cacher la vérité : ces heures de solitude avant l'aube étaient au choix une béance ou un miroir. Je ne m'adressais à personne, ou à moi-même. Je repartis donc de zéro, sur le mode du tâtonnement et de la découverte. Avant chaque émission je déterrai de la discothèque moisie de la station des albums tombés dans l'oubli, et stimulai ma propre curiosité à l'antenne, passant des morceaux sur lesquels je m'étais toujours interrogé sans les avoir jamais entendus. Mes goûts, quand je m'autorisais à en prendre conscience, me portaient vers le doo-wop, le rythm and blues et la soul. Stax et Motown, mais aussi Hi, Excello, King et Kent, vers les extrêmes. Otis Redding et Gladys Knight mais aussi Maxine Brown et Syl Johnson. Et les groupes – j'adorais les groupes vocaux. J'adorais les Subtle Distinctions.

Je devins chasseur de vinyles, écumai les disquaires à la recherche de 33 tours épuisés, que j'étudiai avec une intensité talmudique. Quelques années plus tard, on exhumerait la musique que j'aimais dans les archives des studios pour la mettre sur CD, sauf qu'à cette époque-là elle était encore crachotante et moisie, et n'appartenait qu'à moi. Je lus Peter Guralnick, Charlie Gillett et Greg Shaw, m'empressant d'oublier les opinions que je leur devais et celles qui m'appartenaient en propre, puis me les appropriai toutes en diffusant les disques, en diffusant les disques, en diffusant les disques – j'appris à la fermer pour diffuser les disques. J'émaillais la musique non de commentaires personnels mais de la lecture des livrets qui accompagnaient les pochettes d'origine, comme celui de Richard Robinson à propos de *Get It While You Can* de Howard Tate :

Oui, Howard est un représentant de l'underground noir, que les blancs n'ont accepté qu'intuitivement. Il possède l'émotion authentique de la soul qui vous échappe seulement parce que vous n'écoutez pas avec votre cœur. Howard et sa musique nous parlent d'une seule chose : l'indifférence de la terre pendant que l'on se traîne interminablement de l'aurore au couchant.

Qui pourrait égaler cela, qui voudrait s'y risquer ? Je lisais un texte, puis passais les faces l'une après l'autre. Car je découvris qu'au sous-sol de KALX j'avais tout le temps du monde. Ce fut là que j'appris que pour parvenir à l'art il faut abattre le temps, l'étendre raide mort d'une seule balle. Je me sentais proche d'Abraham. Je m'ouvrais un chemin en mettant bout à bout des plages de deux ou trois minutes à travers la nuit comme mon père dans le froid de son atelier posait de la peinture sur des longueurs de pellicule.

La station n'était pas un lieu de rencontres. Les réunions de l'équipe étaient toutes d'efficacité bourrue, et les animateurs formaient au mieux une communauté hermétique. On pouvait sympathiser avec ceux dont les émissions encadraient la vôtre, littéralement en passant. Mais je me liai d'amitié avec un groupe d'animateurs actuels et anciens qui jouaient au softball ensemble. Ils s'étaient baptisés la Ligue du peuple. On se retrouvait le dimanche à un endroit appelé Terrain de l'école des sourds pour jouer comme des femmelettes, sans règles, sans tenir le score, avec pas mal de bière et de viande grillée. Dix ans à taper dans des Spaldeen avec un manche à balai avaient fait de moi un assez bon batteur, encore qu'exclusivement capable de frapper droit devant, au milieu. Les autres animateurs se moquaient de ma prévisibilité : tout passait au-dessus de la tête du joueur de deuxième base.

Ce n'était pas facile de leur expliquer l'étroit et plat terrain de Dean Street, les deux portières de bagnole de part et d'autre de la rue en guise de première et troisième base et une lointaine plaque d'égout en guise de deuxième. Batter de biais à Brooklyn, c'était casser à coup sûr les carreaux d'un salon et mettre fin à la partie. Les animateurs étaient californiens et n'avaient jamais joué dans la rue. Il se trouvait que la forme irrégulière du Terrain de l'école des sourds donnait de la profondeur au champ gauche tandis qu'un bosquet au centre faisait de mon tic un avantage : les gros frappeurs de la ligue projetaient des missiles à cent mètres sur la gauche tandis que mes balles filaient dans la clairière pour s'y perdre. Pendant que le défenseur central fouillait le tapis d'eucalyptus à la recherche de la balle, je faisais le tour des bases pour un home-run facile. Un jour qu'il y avait une fille devant laquelle je voulais frimer, j'alignai quatre home-runs grâce aux arbres en un seul après-midi. Ce fut peut-être bien le plus beau jour de ma vie. Ça l'aurait sûrement été si Mingus Rude avait été là pour le voir.

Mes exploits au sein de la Ligue du peuple furent accomplis sans l'aide de l'anneau d'Aaron X. Doily. Je l'avais remisé. J'avais oublié mon identité de superhéros le plus pitoyable du monde, pour devenir californien. J'avais des copines californiennes, un appart californien et, après avoir laissé tomber les cours par manque d'intérêt, un boulot californien de journaliste, critique musical de l'*Alameda Harbinger*, dans le prolongement de mon entreprise de rénovation de la gazette moribonde de KALX. Trois ans s'écoulèrent avant que je reprenne l'anneau, que je sorte Aeroman de la naphtaline. Parce que je m'étais fait choper dans un bus.

J'avais emmené Lucinda Hoekke voir Jonathan Richman au Floyd's, minuscule scène du centre d'Oakland. Lucinda était une deuxième année qui arrivait de St. John's à Annapolis, une groupie de KALX ; cette venteuse soirée de mars était notre troisième rendez-vous. Après le concert, nous prîmes un bus presque vide dans Broadway en direction de Berkeley, et nous assîmes trop près de l'arrière. J'avais peut-être voulu prouver à Lucinda Hoekke ou à moi-même que je n'avais pas peur du seul autre passager, un grand et jeune noir avachi dans le coin, dont la doudoune renflée sous ses bras ressemblait à une bouée. Nous choisîmes donc une banquette à deux places, en lui tournant le dos. Entre mon bonnet de laine et mon écharpe à rayures je portais des lunettes à grosse monture noire, accessoire à la Buddy Holly/Elvis Costello qui signifiait que j'étais branché rock. C'est ce qu'elles signifiaient pour moi. Pour le jeune j'avais sûrement l'air d'une caricature de victime : Woody Allen venait de monter dans son bus. Il me chopa pour le principe, m'emprisonna la mâchoire au creux du coude juste assez longtemps pour montrer que c'était faisable.

« Yo, on déconne un peu quoi, c'est tout. C'est ta nana ? »

Lucinda clignait des yeux. Les vitres auraient aussi bien pu être masquées de peinture noire. Le bus ronronnait le long de l'avenue, le chauffeur impassible dans sa cage. Le rouge me monta au visage.

« T'aurais pas un dollar à m'avancer ? »

Le scénario était identique d'une côte à l'autre. Je le portais peut-être placardé dans mon dos. Je saisis Lucinda par sa main gantée et l'entraînai à l'avant. Nous nous assîmes à côté du chauffeur, qui nous regarda à peine.

« Tu vas le lui dire ? » chuchota Lucinda.

Je la fis taire.

« T'es pas obligé d'être comme ça, lança le jeune depuis l'arrière. Alors quoi, tu peux même pas me causer ? »

Il demanda l'arrêt, puis descendit par la sortie arrière, tapant bruyamment sur le flanc du bus en guise d'adieu. Nous roulâmes en silence, le chauffeur et moi dans la complicité de la honte, Lucinda effrayée. Je lus l'incompréhension dans ses yeux : venait-on de se faire agresser ? Pourquoi étais-je furieux – pourquoi avais-je l'air en colère après elle ? Le mystère restait entier depuis ma dernière rencontre avec lui, sur un quelconque trottoir des environs du collège 293. C'était un *koan*, une énigme zen – capable de vous plonger à jamais dans une perplexité perpétuelle et de n'être jamais résolue. On ne pouvait mettre un nom sur l'enseignement qu'il renfermait. Je n'appelai plus jamais Lucinda Hoekke. Et je ne portai plus jamais ces lunettes.

Le costume d'Aeroman avait disparu depuis longtemps, devait moisir chez les flics, dans une caisse, parmi les pièces à conviction, à moins qu'on l'ait jeté. C'était aussi bien comme ça. Cette fois je choisis quelque chose de moins flamboyant, loin de la cape de Superman ou d'Omega l'Inconnu, plus proche du genre vengeur urbain masqué, élégamment vêtu, le Spirit ou le Frelon Vert. Ce changement intégrait ma récente passion pour les films noirs des années quarante et cinquante, associée au malaise que m'inspiraient en général les rayures de sucre d'orge des costumes Marvel, qui à mes yeux avaient désormais place avec les rebuts du style des années soixante-dix, Kiss, T-Rex et les maillots des Astros de Houston. Nos capes – celle de Mingus, d'Aaron Doily et la mienne – n'avaient jamais facilité le vol, de toute façon. Je me mis donc à écumer les friperies de Berkeley à la recherche d'un beau costard daté à revers étroits, quelque chose d'inoubliable, d'une élégance voyante et digne des nobles intentions d'Aeroman : une étoffe lustrée, soie ou satin, marron par exemple, ou vert foncé. Puis je découvris que toute recherche était inutile : Aeroman n'avait plus d'apparence, ne pouvait plus s'habiller, avec ou sans recherche. L'anneau avait changé depuis mon envol dans les bois de Camden.

Je l'appris en plein air, au crépuscule, sans aucun miroir à proximité. J'étais monté dans les hauteurs de Berkeley, jusqu'à un promontoire d'où je découvris les toits de demeures luxueuses qui s'étageaient le long des pentes vertes et vallonnées surplombant le campus, le Terrain de l'école des sourds et l'étendue plate qui bordait la marina. J'étais allé dans les bois pour me donner du courage, me rappeler le seul de mes vols digne de ce nom, pas en ville, au cœur de l'action, mais seul au milieu des arbres et des étangs. Je pensai redescendre des hauteurs, peut-être atterrir sur le Terrain de l'école des sourds pour commencer. Et je ne traquerais pas l'injustice, ce soir-là. Je n'avais ni costume ni plan d'attaque. Ce n'était qu'un entraînement.

Je n'eus qu'à enfiler l'anneau pour sentir aussitôt le changement. Il n'était plus attiré par les airs – cette part de lui était morte. Désormais il ne conférait plus le pouvoir de voler, mais autre chose. Ma main était invisible. De même que le reste de mon corps, comme tout ce que j'aurais pu apercevoir de mon corps. Je tanguai sur le chemin caillouteux, emmêlai mes pieds invisibles en me tortillant, pour tenter de m'apercevoir, d'apercevoir une quelconque partie de moi-même. Tant que je portais l'anneau il n'y avait rien à voir. Je pouvais racler le sol de ma chaussure, tousser, hurler et me faire entendre, sentir mon souffle sur la paume de ma main, lécher le bout de mon doigt et sentir la salive s'évaporer dans le vent de la baie. Mais je ne pouvais pas être vu.

Je ne sais pas pourquoi il avait changé. Je me suis demandé depuis si cela tenait à la Californie, si la nature de l'anneau était liée à des forces géophysiques et avait été modifiée en arrivant là-bas. Ou si c'était lié au vieillissement – celui de l'anneau, pas le mien, depuis qu'un Aaron Doily quinquagénaire s'en était servi pour voler, plutôt mal, autrefois. Pour finir, j'acceptai l'idée que cela tenait à ma personne. Quand j'avais douze ans et que l'anneau se retrouva pour la première fois dans ma main, je croyais que voler était le dénominateur commun, la condition *sine qua non* pour être un super-héros : tous les super-héros volaient, même ceux qui devaient tricher en s'aidant d'un quelconque accessoire, perche, bulle de force ou hovercraft. C'était donc un anneau fait pour voler. Lorsque je le remis sur cette colline à Berkeley, mes connaissances avaient changé. L'invisibilité était ce que tous les super-héros avaient vraiment en commun. Car, en définitive, qui pouvait se vanter d'en avoir jamais vu un ?

En vérité, si cet anneau avait encore conféré le pouvoir de voler, je ne me serais sans doute jamais frotté à Oakland, me serais contenté de survoler les collines avant de remiser l'anneau une nouvelle fois. Ma lâcheté était devenue rituelle. La rage de m'être fait choper dans le bus devant Lucinda Hoekke aurait pu être expiée par une petite promenade dans les airs, un renouvellement de mon pouvoir secret sans intérêt. Mais ce changement de l'anneau semblait vouloir dire qu'Aeroman avait grandi. Se rendre invisible paraissait une ruse citadine qui pourrait bien faire l'affaire. On me préparait à quelque chose.

Comme je restai planté là ébahi de ma transparence, un petit oiseau, un moineau, cherchant à se poser sur ce qui devait apparaître comme un promontoire désert, tomba du ciel et me frappa violemment à la tempe. Nous nous affalâmes tous deux. Je m'affaissai paniqué à quatre pattes, me demandant si cette attaque-surprise ne risquait pas de se poursuivre, jusqu'à ce que j'aperçoive l'oiseau assommé sur le flanc dans la poussière. Je crus qu'il s'était tué en me heurtant, puis il se mit à remuer les pattes et les ailes, tournant sur lui-même en un petit cercle avant de se remettre d'aplomb puis de se relever, tête dressée. J'ôtai l'anneau de mon doigt et regardai mes paumes, elles étaient roses, à vif. En portant la main à ma tempe, je trouvai du sang dans mes cheveux – le mien, pas celui du moineau.

L'oiseau me regardait fixement. Il ne semblait pas totalement surpris que je sois devenu visible. J'imagine qu'il avait eu la preuve de mon existence par d'autres moyens. Il s'éloigna un peu en sautillant, m'examina de nouveau. Puis – satisfait ? stupéfait ? vexé ? – il se détourna, et nous nous éloignâmes, en marchant, pas en volant, du lieu de notre rencontre.

9

Les premiers CD étaient présentés dans de longs boîtiers, pour remplir les casiers abandonnés par les vinyles qu'ils avaient remplacés. La première grande vague de coffrets était aussi déguisée en vinyles : disques ou cassettes, l'un comme l'autre pouvaient se tapir dans un emballage imitant la pochette des 33 tours. C'étaient même parfois de véritables 33 tours – il fallait lire les tout petits caractères pour le savoir. Rick Rubin mit des guitares sur un rap, et MTV mit le rap à la télé. Son groupe, Run-DMC, connut son plus grand succès avec une reprise de « Walk This Way » d'Aerosmith, sauf qu'on avait utilisé Aerosmith pour le refrain, puisque les rappeurs ne chantent pas. La cocaïne était parvenue à une bifurcation, et les noirs furent gratifiés du crack, bénéficiaire de la meilleure campagne promotionnelle depuis… le LSD ? l'ayatollah Khomeiny ? À Berkeley, au cœur de la décennie Reagan, les élèves de l'école primaire Malcolm X déjeunaient au parc Ho Chi Minh.

Mon projet épique cette année-là, qui ne devait jamais se réaliser, s'intitulait *Livrets : le coffret*. Le contenant devait en être un des boîtiers carrés de vinyles si prisés des collectionneurs comme moi. Dedans, sur des feuilles volantes, le texte des meilleurs livrets de tous les temps, reproduisant à la perfection les maquettes originales. Ils incluraient des classiques de Samuel Charters, Nat

Hentoff, Ralph Gleason et Andrew Loog Oldham, aussi bien que des textes rédigés par les musiciens eux-mêmes : John Fahey, Donald Fagen, Bill Evans. Des monuments comme Paul Nelson sur le *Live 69/70* du Velvet, Greil Marcus sur *The Basement Tapes*, Lester Bangs sur les Godz. Joe Strummer sur Lee Dorsey, Kris Kristofferson sur Steve Goodman, Dylan sur Eric Von Schmidt. James Baldwin sur James Brown. LeRoi Jones sur Coltrane, Hubert Humphrey sur Tommy James and the Shondells. Le père des Shagg sur les Shagg, le psy de Charles Mingus sur *The Black Saint and the Sinner Lady*. Par-dessus tout, les incroyables trouvailles poétiques des textes que j'avais lus sur les ondes de KALX, comme celui de Deanie Parker sur Albert King :

> *Si vous avez déjà été blessé par votre grand amour, déçu par votre meilleur ami, fauché comme les blés et prêt à tout laisser tomber, Albert King a la solution, si vous avez le temps de l'écouter. Et si vous êtes seulement curieux... il vous atteindra en plein cœur... posez Albert King sur votre tourne-disque... posez le saphir dans le sillon... et maintenant noyez-vous... dans le blues.*

Qu'on puisse être déçu de ne pas trouver une seule note de vraie musique dans *Livrets : le coffret* ne m'effleura jamais. Je ne saurais dire pourquoi au juste, sinon que le souhait de placer l'écrit sur un pied d'égalité avec la musique était la lettre d'intention dissimulée au centre du projet. Les gens aiment être trompés, ils aiment se tromper eux-mêmes. J'avais vingt-trois ans, et croyais du fond du cœur que les dingues de musique avaient besoin de *Livrets : le coffret*. De la même manière, je me persuadai que l'épidémie de crack, qui atteignait alors son apogée à Oakland et Emeryville, était un boulot pour Aeroman.

J'allai dans l'endroit qui m'effrayait le plus. C'était un bar de Shattuck Avenue près de la Seizième Rue, qui s'appelait le Bosun's Locker, établissement où tout le monde savait qu'il était facile de se fournir, et où l'on était forcément sur ses gardes quand on était blanc. On y voyait des groupes de jeunes noirs nerveux zoner sur le trottoir, d'une façon qui me rappelait, quand je les apercevais depuis l'autobus, les coins de rue des environs de Wyckoff Gardens ou de Gowanus Houses, à Brooklyn. Les coups de feu tirés de voitures en marche étaient désormais un problème connu de tous dans les banlieues défavorisées de Bay Area, Richmond et El Cerrito, mais j'étais un expatrié new-yorkais typique, qui n'avait toujours pas son permis de conduire, et les banlieues qui entouraient Berkeley de trois côtés me faisaient l'effet d'être au bout du monde. D'ailleurs, il me parut difficile d'imaginer comment un homme invisible pourrait s'opposer à des agresseurs motorisés. À moins de posséder une voiture invisible. Je choisis donc le lieu qui m'effrayait le plus et où je pouvais me rendre à pied, c'étaient les salles de billard de ce grand bistrot glauque de Shattuck.

J'y entrai à sept heures un mardi soir, bien visible, tripotant l'anneau dans ma poche. J'étais sûr de pouvoir me faire agresser – c'était même ce dont j'étais le plus sûr quand j'y arrivai. Sûr aussi qu'avec l'anneau je pourrais me dépêtrer d'une agression. Mais ce n'était pas le petit blanc habituel qu'il convenait de sortir de la mélasse. La vanité d'Aeroman réclamait de trouver quelqu'un à protéger. Peut-être s'agissait-il dans quelque recoin de ma tête d'un Rude, Mingus ou Barrett Junior, quelqu'un que j'avais abandonné. Et peut-être Rachel, aussi. Car Mingus m'avait abandonné comme je l'avais abandonné, et je crois que les deux, abandonner et être abandonné, se confondaient dans mon esprit. Ce fut ainsi embrumé que j'entrai au Bosun's Locker, et c'est la raison pour laquelle mon aventure invisible était destinée à être si brumeuse. Mais invisible, je ne l'étais pas encore.

Toutes les têtes se tournèrent, ce qui n'en faisait que quatre. Le barman à rouflaquettes, assez balèze pour être son propre videur, deux joueurs de billard quinquagénaires qui calculaient les angles à la plus éloignée des trois tables, et un jeune, ou plutôt un homme – il avait mon âge, et je me croyais un homme –, qui était assis au coin du bar. Il portait un gilet de daim fauve sous une veste de laine, et une casquette Kangol, une tenue de loustic. J'étais le seul blanc. Personne ne pipa mot, du moins je ne discernai rien qui ne fût pas couvert par la musique du juke-box, les Blue Notes, Teddy Pendergrass entonnant *Bad luck, that's what you got*[1]...

« Désirez ?

– Une Anchor Steam, s'il vous plaît.

– Bud, Miller, Heineken.

– Bon, euh, Heineken. »

Mon compagnon de bar n'avait pas cessé de me dévisager, je levai donc ma canette avant de boire. Il y avait cinq tabourets entre nous. Il tourna la tête vers la vitrine, écœuré, la hochant au rythme de la musique, pas à mon intention.

Je le rejoignis. « Salut...

– Yo, me tombe pas dessus comme ça.

– C'était juste pour demander...

– Et moi je te dis de pas me tomber dessus, on a pas idée de faire sursauter un frère comme ça.

– Est-ce que je peux demander...

1. « La poisse, voilà ce que tu as... »

– Non, mon pote, lâche-moi. »

Je retournai à mon tabouret. Une minute plus tard il se glissa jusqu'à moi. « Qu'est-ce tu veux savoir, p'tite tête ?

– Je voudrais m'envoyer en l'air », dis-je.

Il fronça le nez. « Qu'est-ce tu racontes, putain ? »

J'avais l'impression que le mot « crack » était trop précis. À l'époque *Newsweek* et *60 Minutes* le comparaient aux pestes du Moyen Âge. « Je veux du freebase, dis-je. J'aimerais acheter un caillou.

– Yo, ta gueule ! Qu'est-ce qu'y te fait croire que je peux t'aider à "acheter un caillou" bordel ?

– Je m'excuse.

– Tu cherches des emmerdes, p'tite tête ? »

C'était bien ce que je faisais, non ? Là était l'essentiel. À cet instant, il avait vu clair en moi.

« Non, dis-je.

– Tu rappliquerais pas dans le coin si tu cherchais pas d'emmerdes. » Mais il sourit. « Écoute p'tite tête, la levure et la roxanne, c'est pas kif. » Malgré « levure », « roxanne » et « kif », il voulait vraiment me faire comprendre.

« Je m'excuse », répétai-je.

Il jeta un œil pour vérifier si quelqu'un observait, et me tendit un poing que je heurtai du mien.

« Comment tu t'appelles ?

– Dee », fis-je.

Il parcourut de nouveau la salle du regard. Personne n'était à portée d'oreille, le barman gardait ses distances, les joueurs de billard nous avaient oubliés. « Appelle-moi OJJJ. » Oh-jay-jay-jay. J'imaginai qu'il avait déjà entendu parler d'OJ et d'OJJ dans son bled.

« T'es cool ? me demanda-t-il. T'es mon pote ?

– Oui, oui. » Je me demandai s'il me prenait pour un flic, et si oui, pourquoi il ne me posait pas cette question-là.

« Tu veux te défoncer ?

– J'ai le blé. »

Il grimaça, se pencha plus près. « Ferme-la, merde. T'as pas besoin de blé, si tu veux qu'OJJJ t'aide à te défoncer. T'as qu'à demander.

– Ça marche.

– Au poil. » Nous heurtâmes de nouveau nos deux poings. OJJJ combattait le besoin de regarder par-dessus son épaule vers la vitrine toutes les trois secondes, perdu, gagné, encore perdu. Pendant ce temps, je surpris le barman à nous surveiller d'un air méfiant. J'écrivais une voix off en imagination : Qu'est-ce qu'OJJJ fout avec ce petit blanc ? J'étais sûr qu'il n'y avait que des habitués. Et que tout le monde me prenait pour un flic. Il apparut, à la lumière de ce que je lirais bientôt dans l'*Oakland Tribune*, que le barman n'avait jamais vu OJJJ de sa vie et ne s'était pas demandé un seul instant si j'étais flic. Ce n'était pas l'impression que je faisais, apparemment.

OJJJ m'emmena aux toilettes, passant devant le billard et les joueurs qui ne nous jugèrent toujours pas dignes d'un regard. Le lieu était fonctionnel, avec un urinoir en inox et un sol équipé d'une rigole centrale, pour faciliter l'écoulement. Les graffitis n'avaient pas complètement noirci les murs chaulés. Les cabines n'avaient plus de porte, mais nous nous cachâmes dans l'une d'elles, adossés chacun à une cloison. Ça ne puait que l'ammoniaque, rien de pire. Puis OJJJ ouvrit sa veste pour en sortir une pipe de verre et là l'odeur devint pire : l'âcreté de la sueur qui émanait de son beau gilet. Je me demandai depuis combien de jours OJJJ ne s'était pas lavé, ni n'était même rentré chez lui, va savoir où. Par la suite je comprendrais qu'il suait de peur.

Son odeur âcre se mêlait à présent à celle du crack, brûlé dans une pipe de verre garnie d'un minuscule tamis de cuivre. J'observai OJJJ et tentai de l'imiter. Je n'avais jamais fumé de cocaïne, l'avais seulement vu faire par Barrett Junior. Je pense qu'OJJJ savait que j'étais novice, et en était content. Je crois que ça lui donnait du courage. Il me fit voir ce qu'étaient un caillou, un galet et une tige. Lui et moi fumâmes un peu de tout ça et une ou deux fois je sentis que je tenais le truc, sentis le flash glacé me parcourir. Mais la nature de la défonce était insaisissable, impossible à savourer, on ne pouvait que lui courir après. Puis OJJJ prit la pipe et me montra le gros caillou qu'il avait en réserve. Je le regardai le fumer puis il demanda à voir mon argent. Je lui tendis quarante dollars et il me dit de les garder, qu'on en aurait besoin là où on allait, si je voulais venir. Je vis qu'il en avait envie. Je me demandai à quel moment j'allais devenir invisible.

Il y avait des femmes au bar quand nous sortîmes, maquillées pour la nuit, et à notre passage l'une d'elles s'adressa à OJJJ : « Hé, où tu vas, beau gosse ?

– Oh, ta gueule, pétasse. »

Le barman secoua sa tête de morse, mais on n'était déjà plus là, on se fichait de ce qu'il pensait. OJJJ m'emmena au coin de la rue et s'engagea sur le trottoir obscur bordé d'immeubles d'habitation. Les quartiers les plus pauvres d'Oakland ne me semblaient pas différents des plus riches, mêmes banlieues, mêmes pelouses, mêmes allées carrossables, personne sur le trottoir. Seules les voitures nous renseignaient sur ce qui se passait à l'intérieur. Celles de la Seizième Rue avaient vingt ans d'âge, Cadillac au toit de plastique pourri, Olds et Chrysler couvertes de rouille, aux ailes dépareillées.

OJJJ avait foncé en avant, m'encourageant à le suivre. Il semblait vouloir rester sur sa lancée, déclenchée par sa consommation du gros caillou. Au milieu du pâté de maisons, il s'arrêta. Main dans la poche, je chatouillai l'anneau. OJJJ indiqua de la tête un garage qui se dressait seul entre deux maisons et dont les murs roses étaient semblables à ceux de la bâtisse de gauche. Une lumière jaune et des rythmes de basse filtraient sous la large porte.

« Prêt ?

– Oui, oui. »

Remontant l'allée latérale, nous arrivâmes à une porte. OJJJ frappa et elle s'entrouvrit tenue par une chaîne. Un visage nous examina.

« Yo, c'est moi.

– C'est qui ? OJJJ ? » La voix provenait de quelque part derrière le visage muet, qui se contentait de nous regarder.

« Ta gueule, ouvre-moi.

– C'est qui ton pote ? » dit le visage derrière la chaîne.

OJJJ fit un signe de tête vers moi. « Il est cool. »

« Fais pas poireauter mon pote OJJJ », dit la voix cachée. La porte se referma le temps de détacher la chaîne, puis nous entrâmes. Un lampion jaune éclairait un cercle de types assis sur des chaises pliantes, autour de la résistance d'un radiateur. Ils étaient quatre alors qu'OJJJ s'était attendu à moins – il y en avait un de trop, en particulier. OJJJ se retourna vers la porte à l'instant où il vit le type qu'il n'avait pas souhaité voir, mais il était trop tard, nous étions entrés, et la porte était bloquée.

Le type resta planté en souriant à OJJJ et lui tendit la main. OJJJ l'ignora, ne lui fit pas directement face, se tourna plutôt vers un autre membre du cercle et déclara d'une voix doucereuse : « Merde, tu laisses Horton se pointer ici pour me piéger ? C'est pas bien.

– Horton a dit que tu l'avais braqué. » C'était la voix qui nous avait invités à entrer. « C'est ça qu'on trouve pas bien, nous autres.

– Ferme-la. Comment tu peux écouter une racaille comme Horton, bordel ? »

Horton laissa retomber sa main. « C'est toi la racaille, mon p'tit gars.

– C'est pour nous braquer que t'es venu, OJJJ ? C'est qui le visage pâle ? »

OJJJ était à court de mots pour répondre – c'est ce que semblait dire sa grimace quand il tira le flingue de la poche intérieure de sa veste, d'où la pipe de verre était sortie et qu'elle avait réintégrée. C'était un revolver court, aussi daté que les voitures de la rue. OJJJ aurait pu l'acheter dans la même boutique d'occasion que le gilet de daim, si les friperies vendaient des flingues. Il tira, ou plutôt au moment où il sortait le flingue de sa veste le coup partit, émiettant le Placoplâtre du plafond. Une pluie de poussière s'abattit, les chaises claquèrent, il me sembla que la détonation m'avait percé les tympans, mais ils survécurent puisque la musique les faisait palpiter de douleur. Entre le premier coup de feu et celui qui suivit, chacun avait eu le temps de crier *putain*, mais après le second tout fut noyé sous les hurlements de Horton. Du sang filtrait entre ses doigts refermés sur son genou, et comme dans un jeu d'enfants il gémit : « Tu m'as eu, tu m'as eu, tu m'as eu ! »

J'enfilai l'anneau et devins invisible. Personne ne s'en aperçut. OJJJ était figé sur place, fasciné par ce qu'il avait fait au genou de Horton, mais le flingue était encore en mouvement, par à-coups d'avant en arrière, tremblait entre des doigts crispés sans tirer pour l'instant. Quelqu'un psalmodia *Merde, merde, merde*. Je m'approchai d'OJJJ et, dans ce qui reste à ce jour l'acte le plus courageux de ma vie, lui balançai mon genou dans les couilles et lui tordis la main pour lui faire lâcher le flingue – il se plia en deux et vomit si vite qu'on aurait cru que je lui avais signalé qu'il pouvait cesser de retenir sa bile, et que vomir avait été son objectif depuis le début.

L'espace d'un instant, le flingue fut englouti dans mon invisibilité mais il me brûla la main, les coups de feu l'avaient chauffé – c'était un objet rudimentaire, à peine plus qu'une coquille d'acier et de dynamite destinée à cracher le feu dans une certaine direction, à libérer sa secousse, et il avait accompli sa tâche, n'était plus qu'une braise. Il me brûla et je le lâchai. Mais ce n'était pas fini. Un nouveau coup partit lorsqu'il heurta le sol, où il tournoya avant de s'immobiliser dans la flaque du dégueulis vert d'OJJJ. La troisième balle se nicha dans le cou de ce dernier. Il hoqueta, s'effondra à la renverse, et agrippa son cou comme Horton avait agrippé son genou ; tandis qu'il hoquetait, son corps était parcouru de spasmes et sa bouche semblait vouloir former des mots qui n'existaient vraisemblablement pas. Et s'ils existaient, il ne pouvait les dire. Cette balle le fit taire.

Quant à moi je pris la fuite, je m'arrachai. J'étais dix ou douze rues plus loin dans Shattuck, ayant croisé des sirènes hurlantes, quand je percutai tête la première l'épaule d'une grande noire qui se trouvait sur mon chemin et compris que la série de magnifiques collisions que j'avais évitées de justesse était due à mon invisibilité. Elle se retourna sous la force de l'impact, je chancelai et manquai tomber. Tout en récupérant, je glissai l'anneau au creux de ma main. Lorsque la femme m'aperçut, une colère instinctive lui fit balancer le poing et elle me boxa l'œil avec une grosse bague qui remplaçait avantageusement un coup-de-poing américain. « Regarde un peu où tu vas, petit ! » Le souffle court, hébété, je ne pus ni lui en vouloir ni m'expliquer. Une main sur l'œil je me remis à courir, l'anneau de Doily à présent dans la poche. Le moineau sur la colline était porteur d'un message, pour peu que j'y prête attention : la nature, du moins les oiseaux et les femmes, a horreur de l'homme invisible.

Orthan Jamaal Jonas Jackson survécut. Son état et celui de Horton Cantrell étaient décrits comme stationnaires dans la page locale de l'*Oakland Tribune* du lendemain matin, qui disait aussi qu'on les avait hospitalisés au service des soins intensifs du Herrick Hospital. L'article, intitulé DEUX BLESSÉS DANS LES QUARTIERS NORD, ajoutait que la police recherchait un mystérieux tireur blanc. Les deux victimes étaient connues des services de police, avaient été arrêtées plusieurs fois et, dans le cas de Cantrell, condamné avec sursis pour détention de stupéfiants. Ni l'un ni l'autre n'étaient mis en examen dans la présente affaire. L'article n'allait pas au fond des choses, n'expliquait pas le déroulement des événements, le fait que Cantrell et Jackson se soient d'abord affrontés avant d'être blessés par la même arme. L'histoire n'avait probablement pas beaucoup d'intérêt. Tout ça était connu, drogue et armes à feu, et si les choses en étaient restées là, le monde l'aurait vite oubliée.

Mais le jeudi, elle avait pris des proportions et s'offrait la première page. LE MYSTÉRIEUX TIREUR SERAIT UN JUSTICIER, c'était l'accroche. Les deux victimes avaient maintenant déposé et, avec les frères Kenneth et Dorey Hammond, propriétaires de la maison et du garage, tous les témoins de la scène étaient d'accord : le mystérieux jeune blanc était entré avec son arme et avait fait feu après avoir suivi leur cousin éloigné et bon ami Orthan Jackson depuis le Bosun's Locker. Le barman y était allé de son propre témoignage, me décrivant comme « maigrichon et nerveux », confirmant la bizarrerie de mon comportement et le fait que c'était moi qui avais abordé OJJJ. Ce dernier, qui avait été photographié dans son peignoir d'hôpital avec un gros pansement blanc de l'oreille à la clavicule, expliqua qu'il avait compris dès le début que je cherchais des emmerdes. Il ne s'y était pas laissé prendre une seconde mais j'avais prétendu être un agent des stups et l'avais interrogé sur les dealers du quartier. Il aurait dû le savoir, avait-il dit, j'étais encore un de ces *enc... de blancs cinglés venu emm... le pauvre nègre*. C'était le journaliste, Vance Christmas, qui évoquait au paragraphe suivant le « Bernhard Goetz d'Oakland », mais OJJJ avait su le mener adroitement jusque-là. Vance Christmas aurait été un bien piètre journaliste s'il n'avait pas eu cette idée. Goetz était encore dans toutes les mémoires à l'époque.

Je passai des heures à me morfondre dans les locaux de KALX avant de présenter l'émission cette nuit-là, un hommage machinalement complet à Bobby « Blue » Bland que j'avais préparé depuis quelques semaines. J'expliquai à ceux qui m'interrogèrent la vilaine ecchymose violette sur ma paupière, en racontant la collision dans Shattuck, sans évoquer mon invisibilité. De mon passage dans le garage des Hammond je ne gardais aucune marque. Après l'émission, j'achetai les journaux du vendredi. Je passai le *Tribune* au crible, n'y trouvai par bonheur aucune mention de la fusillade du mardi soir. Puis je me roulai en boule et dormis jusqu'à la tombée du jour.

Ce faux calme dura jusqu'au dimanche, quand Vance Christmas s'épancha sur mon cas dans les pages « Commentaires » du week-end. LE JUSTICIER D'EAST BAY, COMME BERNHARD GOETZ, LE TUEUR DU MÉTRO NEW-YORKAIS, DONNE À PENSER QUE LA LOI DE LYNCH EST TOUJOURS PRÊTE À REFAIRE SURFACE. Cette profonde réflexion lui avait été inspirée par les nombreuses lettres de soutien au mystérieux tireur blanc que le *Tribune* avait reçues à la suite de son article du mercredi.

L'article commençait par un long exposé de la psychologie de Goetz, ce New-Yorkais à la voix douce auteur d'une quadruple tentative de meurtre. L'histoire était déjà vieille, mais Christmas la remit au goût du jour et lui donna une connotation locale en arrangeant les citations du barman et d'OJJJ pour le portrait hasardeux d'un « Justicier d'East Bay » à la mesure de Goetz. Il n'était pas fait mention de ce que Horton Cantrell et les Hammond (le quatrième homme avait totalement disparu de l'histoire) avaient bien pu faire dans le garage, sinon attendre OJJJ et leur *fatidique moment de terreur* des mains du *justicier détraqué*. L'accent était particulièrement mis sur la rencontre initiale au Bosun's Locker. Christmas se posait la question : le justicier se doutait-il que le Bosun's Locker était le bar où Bobby Seale et Huey Newton avaient autrefois rédigé ensemble le premier jet du manifeste des Black Panthers ? (Je l'ignorais.) Cela menait à une digression sur le piteux état du radicalisme noir, l'ascension des barons de la drogue et des gangs qui avaient remplacé les anciens Panthers dans les sujets de fierté de la communauté. L'obsession sécuritaire des blancs – et des épisodes comme ceux de Goetz et du Justicier – avait-elle en partie causé cette substitution ? La conclusion de Christmas était un *peut-être* lourd de sous-entendus.

L'*Oakland Tribune* appartenait à un noir, dans une ville dont le maire était un noir, et quand le lundi j'appelai le journal d'une cabine du siège de l'Union des étudiants pour demander Vance Christmas, le journaliste obsédé par les Panthers, je m'attendais à entendre une voix noire au bout du fil. Son nom me semblait celui d'un noir. Mais Christmas était blanc, je le sus immédiatement à sa voix. Je lui dis qu'il avait tout faux.

« Hmmm, oui, comment ça ? » Il mâchonnait quelque chose.

« C'est Orthan Jackson qui a tiré. »

Ça n'eut pas l'air de beaucoup l'intéresser. « Une tentative de suicide ?

– Non, l'arme était tombée.

– Bon, euh, et comment vous appelez-vous ?

– Je ne peux pas vous le dire. »

Il resta un instant silencieux. « Alors, comment le savez-vous ?

– Je suis bien placé pour le savoir.

– Et pourquoi je devrais croire que vous savez quoi que ce soit ? » Il n'y avait pas la moindre trace d'hostilité – la question était sincère.

« Le flingue est tombé dans du vomi », dis-je. À ma connaissance, aucun article n'en avait fait mention. « Vérifiez le procès-verbal.

– Vous pouvez patienter une minute ?

– Non. Donnez-moi votre ligne directe et je rappellerai. »

Il demanda dix minutes. Je raccrochai, achetai un gâteau aux myrtilles à un vendeur ambulant dans Bancroft, trouvai une autre cabine et rappelai.

Christmas décrocha : « J'écoute.

– C'est des dealers. » Dans mon esprit, le temps m'était compté : comme dans un million de films, des experts de la police étaient en train de localiser l'appel, et le bâtiment grouillerait bientôt de brigades d'intervention. Je voulais simplement en dire assez pour mettre un terme à tout ça – du moins était-ce ce que je voulais croire.

« Oui, dit-il doucement. Ils sont connus comme dealers, vous avez raison. La question c'est ce que vous êtes vous ?

– Je voulais seulement rendre service. OJJJ était défoncé au crack, et je pense qu'il avait volé ces types. Avant d'entrer il était peut-être déjà décidé à tirer.

– À qui tentiez-vous de rendre service ?

– Je voulais les faire arrêter, dis-je impatiemment.

– En les tuant ?

– Je n'ai tiré sur personne. Je serais incapable d'utiliser une arme à feu.

– Vous voulez dire, comme Batman ?

– Quoi ?

– C'est ce que Batman a toujours juré : qu'il était incapable d'utiliser une arme à feu. »

Cela m'arrêta. J'essayai d'imaginer Vance Christmas, mais rien ne vint. Je suppose que nous tentions chacun d'imaginer l'autre. Sa respiration était calme au bout du fil pendant qu'il attendait que je reprenne la parole – peut-être savait-il qu'il me tenait – j'entendais néanmoins une espèce de chuchotement frénétique en arrière-fond : un crayon griffonnant sur du papier.

Non, eus-je envie de dire, *Batman, c'est DC, et moi c'est Marvel qui me plaît. DC, ça pue.*

« Alors vous ne vouliez vraiment pas que les événements prennent cette tournure. » La sympathie de Christmas ne semblait pas forcée. Il donnait l'impression de réfléchir au malentendu dont nous étions prisonniers l'un et l'autre. « Et c'est pour ça que vous avez appelé, pour mettre les choses au point.

– Exactement.

– Vous ne détestez pas les noirs, alors ? »

L'espace d'un instant, cela faillit m'échapper : l'envie de compenser « Fais sonner le funk », la désolation qui avait jadis donné naissance à Aeroman et l'avait à présent rendu à la vie. Mais le chemin à parcourir de Dean Street au Bosun's Locker était trop pour moi. Je me contentai de répondre : « Non.

– Ça doit vous faire plutôt drôle de vous retrouver dans cette situation, hein ? »

J'avais à présent l'impression d'être traité avec condescendance. « Ce que j'essaie de faire n'est pas facile, dis-je. J'ai merdé, voilà tout.

– Vous avez connu des jours meilleurs.

– Des tas.

– Une histoire jalonnée de succès, alors ? »

Vance Christmas me faisait maintenant penser à un programme informatique conçu pour singer un psy, ou à une tache sur ma cornée : où que j'aille, il me suivrait. Je l'entraînai donc à ma suite. « Quand ça se passe bien, les gens comme vous ne sont même pas au courant, dis-je. C'est rendre service qui est gratifiant.

– Vous fuyez la publicité.

– D'ordinaire, oui.

– Dans ce cas, j'ai de la chance, dit-il. Vous m'offrez un vrai scoop.

– Ne m'appelez pas le Justicier d'East Bay.

– Comment puis-je vous appeler ?

– Aeroman.

– A-R-R-O…

– Non, non. » Je le lui épelai.

« Pour quand votre prochaine… intervention est-elle prévue ? demanda-t-il.

– Je vais là où on a besoin de moi.

– Ouah, bien sûr. Écoutez, vous avez une… apparence particulière ? Je veux dire, y a-t-il un moyen de vous reconnaître ?

– Absolument pas.

– Et vous ne seriez pas déjà connu de la communauté ? Vous savez, comme Clark Kent ou Bruce Wayne.

– Non.

– Pas un nom que je puisse connaître ? Parce que c'est drôle, mais votre voix me dit quelque chose. »

Mon cœur se mit à battre la chamade. Se pouvait-il que Vance Christmas soit un oiseau de nuit auditeur de KALX ? J'essayai une nouvelle fois de me le figurer :

fouille-merde antiraciste, admirateur de Batman – quel âge avait-il ? Une fois cette idée en tête je ne parvins plus à proférer un mot. Je raccrochai donc. J'en avais trop dit, j'étais resté trop longtemps au bout du fil. Mais nulle brigade d'intervention ne cernait l'Union des étudiants, et je me dis que je m'en étais tiré.

Le scoop de Christmas barrait toute la première page du mardi. Aucune des citations qui m'étaient attribuées n'était carrément un mensonge, en revanche leur contexte était affreusement déformé : « JE VAIS LÀ OÙ ON A BESOIN DE MOI » / LE JUSTICIER DÉCLARE À LA TRIBUNE : JE FRAPPERAI DE NOUVEAU. Il fallait, d'après Christmas, qu'Oakland se prépare, car un fou qui prenait ses désirs pour la réalité avait perdu les pédales. Je m'étais fièrement réclamé d'un passé d'attaques secrètes, vertueusement octroyé le droit à l'autodéfense tout en admettant avoir légèrement « merdé » sur ce coup-là. J'avais nié détester les noirs – ben voyons. N'empêche, je trouvais cela « gratifiant ». Et même si je me faisais juge et juré en accusant Jackson et Cantrell d'être des « dealers », la nouveauté de l'article était la révélation de ma consommation de crack dans les toilettes du Bosun's Locker avant la fusillade. Le nom d'Aeroman n'apparut pas – c'était sans doute le seul mot à ne pas apparaître de tous ceux que j'avais prononcés. Peut-être était-ce l'hameçon auquel Christmas comptait me faire mordre. Il avait perçu mon enthousiasme à ce sujet, espérait que je rappellerais pour exiger la correction. Il avait presque raison.

Le mercredi, l'affaire traversa la baie. Un éditorial de l'*Examiner* s'en prenait violemment au Justicier aussi bien qu'à Christmas, ce dernier pour avoir créé une diversion, d'ailleurs infime à côté de la vraie crise que traversait Oakland. Pendant ce temps, Herb Caen posait la question suivante dans sa chronique : « **Le Justicier d'East Bay** d'Oakland et le **Travis Bickle** de *Taxi Driver*... ont-ils jamais été photographiés ensemble ?... Je ne fais que me poser la question... » Voilà les mentions que je trouvai, avant de perdre courage et d'arrêter de chercher. Il y en avait peut-être d'autres.

Christmas n'avait pas oublié ce nom d'Aeroman. Au contraire, il s'en était emparé et en avait fait bon usage à l'aide d'une microfiche. Une semaine plus tard, quand je commençai à croire que les braises de l'affaire avaient refroidi, la première page du *Tribune* affichait deux photos anthropométriques de la police de New York : Mingus Rude, de face et de profil. Elles avaient été prises à la fin de ce lointain dimanche après-midi, le jour du coup de feu – c'était Mingus juste après que je l'avais quitté. LE JUSTICIER LIÉ AU TUEUR DE NEW YORK ? était la légende qui s'étalait en haut des photos.

Mingus était encore détenu à Elmira, appris-je dans l'article. Sa première demande de mise en liberté conditionnelle serait examinée trois mois plus tard, il ne pouvait donc s'être trouvé au Bosun's Locker. Des informations exclusives permettaient néanmoins d'établir une connexion. Non sans coquetterie, le nom d'Aeroman n'était toujours pas mentionné. Vance Christmas avait plutôt choisi d'en faire une énigme, et le journal offrait une récompense à qui la résoudrait : mille dollars pour quiconque remplirait les pointillés entre une affaire qui avait eu lieu six ans plus tôt dans la cité Walt Whitman de Fort Greene, à Brooklyn, et les violences récentes de la Seizième Rue, entre le pitoyable visage du détenu noir et l'insaisissable psychopathe blanc qui courait toujours. Rude avait-il été condamné en lieu et place du Justicier, voilà si longtemps ?

Christmas voulait me faire sortir de ma tanière, mais je n'en bougeai pas. Voilà une récompense que je ne toucherais pas, une question à laquelle je ne répondrais pas. Je remisai l'anneau. Ma virée au Bosun's Locker fut la dernière fois que je le touchai vraiment, jusqu'à cette matinée où Abigale Ponders le cueillit d'un bric-à-brac de souvenirs pour le signaler à mon attention.

10

Arthur Lomb me donna rendez-vous dans un restaurant de Smith Street au coin de Baltic, le Berlin. C'était l'un des établissements, restaus chic et boutiques élégantes, qui venaient d'ouvrir et s'alignaient dans la vieille artère latino, où subsistaient quelques herboristeries, quelques clubs, et quelques petits commerces encore pleins, malgré la fermeture définitive, de meubles en plastique poussiéreux et d'appareils ménagers antédiluviens. Abraham avait tenté de me l'expliquer une bonne dizaine de fois, mais ce n'était pas compréhensible avant que je l'aie vu de mes propres yeux : la misérable Dean Street avait été convertie en promenade huppée. J'imagine qu'elle était sujette à une aussi rapide colonisation précisément parce que tant de ses commerces étaient masqués de planches et plongés dans l'obscurité. La rue aurait été à peine reconnaissable avec tout ce luxe, sans les Portoricains et les Dominicains qui s'y étaient accrochés. Devenus des réfugiés sur leur propre terre, ils picolaient dans des sacs en papier assis sur des caisses, rentraient chez eux chargés de provisions achetées au Met Food, se saluaient de fenêtre à fenêtre à travers la rue, cultivant l'illusion que l'embourgeoisement n'était pas tombé sur eux comme une bombe.

Arthur n'était pas là quand j'arrivai au Berlin. Il était onze heures du matin et j'étais le premier client. L'établissement montrait les signes d'une récente et coûteuse rénovation qui avait su exploiter l'ancienne devanture centenaire. On avait restauré le plafond métallique, dégagé de leur enduit et verni les briques des murs. Le plancher de bois blond était luisant, tout neuf.

Le maître d'hôtel fumait une cigarette au bar du fond à mon arrivée, mais s'empressa de l'écraser, pour m'adresser un sourire forcé. Il était grand et avachi, un peu morose pour cette heure de la matinée. Il me proposa une table près de la vitrine et un menu minimaliste : soupe, sandwich, crêpe, l'huître du jour. Je ressentais encore les effets de mes excès deux nuits plus tôt avec Hatha Purly, et de la quantité de boustifaille que Francesca Cassini m'avait contraint à avaler la veille au soir, après l'atterrissage à La Guardia. Quand le maître d'hôtel revint, je commandai seulement un cappuccino, et l'examinai de plus près. Les mèches brunes avaient disparu, coupées court et saupoudrées de blanc, mais c'était bien Euclid Barnes.

Il alla actionner lui-même le levier de vapeur de la machine. Lorsqu'il m'apporta le café il surprit mon regard, et me dévisagea en retour.

« On se connaît ?

– Dylan Ebdus. »

Il cligna des yeux.

« On était à la fac ensemble.

– Dylan de Camden ?

– Voilà.

– J'aurais jamais cru te revoir. »

Je ne fis pas remarquer que c'était lui qui travaillait chez moi, sur mon territoire. Je n'étais revenu à Boerum Hill que trois ou quatre fois en près de vingt ans, et pouvais difficilement prétendre y être encore chez moi.

« T'es resté en contact avec quelqu'un de l'époque ? » demandai-je. Je compris que je me sentais un peu idiot de revoir Euclid – de me faire servir un cappuccino par Euclid Barnes dans un café branché, à une rue du collège 293.

« J'en sais trop rien. Tout le monde et personne, tu sais comment ça se passe.

– Oui », dis-je, alors que, bien sûr, je n'en savais rien. Je n'avais plus jamais eu de nouvelles d'un ancien de Camden. Moira Hogarth et moi ne nous parlions même plus à la fin de mon unique trimestre.

« Je peux m'asseoir ? demanda Euclid.

– Je t'en prie.

– Je peux fumer ?

– Vas-y. »

Il portait un col roulé noir, un peu hivernal pour ce mois de septembre qui avait été chaud sur les deux côtes. Il tira dessus et je vis combien la peau de son cou était devenue molle : Euclid n'avait presque pas de menton. En dehors de ça et de la profonde lassitude que trahissait son regard cerné, il avait conservé son charme mélancolique, l'avait accentué, même, grâce à l'affaissement de la chair sous ses hautes pommettes. Les poils de barbe autour de ses lèvres étaient gris, comme les miens quand je les laissais paraître.

Le revoir fit remonter un flot de souvenirs inutiles qui s'ajoutaient douloureusement à celui qu'avait déclenché mon parcours entre la maison d'Abraham et Smith Street. C'était évidemment Dean Street qui avait provoqué les résonances les plus calamiteuses. Mais j'étais venu pour ça. Euclid n'était qu'un élément inattendu.

Il me dévisagea en allumant une cigarette. « Qu'est-ce qui t'est arrivé ? »

Je compris ce qu'il voulait dire. « J'ai abandonné.

– Je me rappelle de toi, mais pas tant que ça, reconnut-il.

– Je ressens la même chose », dis-je, tout en sachant que ce n'était pas aussi dur pour moi. Camden n'avait été qu'un bref épisode de mon existence, bien délimité dans le temps. Euclid y avait passé quatre ans, parmi ses camarades de pensionnat, et d'autres qu'il avait connus par la suite. Je n'avais fait que passer.

« Je me suis inscrit à Berkeley, lui dis-je. Et puis je suis resté en Californie. Je suis revenu ici pour quelques jours.

– Qu'est-ce que tu fais ? »

Je fus brièvement tenté de prétendre écrire un film pour Dreamworks. « Je suis journaliste, j'écris surtout sur la musique.

– C'est pas bête.

– Et toi ? C'est à toi ici, ou tu es gérant ?

– Pourquoi posséder un restaurant quand on peut faire le service ?

– Ah.

– Je travaillais au Balthazar, jusqu'à ce qu'une certaine personne décide que j'avais perdu mon charme, et je me suis fait virer.

– Alors tu t'es installé ici ?

– Si tu savais, ça fait des années que j'ai plus les moyens de m'offrir Manhattan. C'est tout juste si je peux survivre à Boerum Hill. »

Évidemment. Mon statut de pouilleux m'avait fait voir la richesse à Camden comme un édifice homogène, invariant. Mais c'était faux. C'était un milieu, un style friqué qu'on maintenait même quand le fric avait disparu. Les chèques des parents d'Euclid étaient toujours en retard, je me rappelais maintenant.

« Le quartier est devenu vachement chicos, dis-je, continuant à faire comme si.

– Je le déteste, c'est trop tendance. En à peu près six mois, ils ont tous rappliqué pour tout gâcher. Smith Street vient d'être répertoriée dans un guide touristique allemand comme “le nouveau Williamsburg”. C'est des vrais vampires de l'immobilier.

– Tu fais partie de la vieille garde, dans le coin.

– Je suis vieux, de toute façon. T'es gentil de l'avoir remarqué.

– On dirait que ça a ouvert hier, ici.

– Ici ? Mais non, tout est bidon », dit-il en fausse confidence. Comme je n'avais rien commandé, le chef s'était amené du fond pour prendre la place d'Euclid derrière le bar, mais ce dernier ne se souciait pas vraiment qu'il puisse l'entendre. « Le patron, c'est le proprio, m'expliqua-t-il. Il possède tout le pâté de maisons. Il a vu que ses locataires avaient tous droit à deux étoiles d'Eric Asimov dans le *Times* et s'est dit qu'il ferait un malheur avec d'aussi faibles frais généraux. C'est qu'un gros con du coin. Chez nous, tout le monde le méprise. »

Par *chez nous* je compris qu'Euclid entendait les vrais fondus de la restauration, les chefs qui avaient risqué leur carrière pour ouvrir dans ce trou perdu.

« Qu'est-ce que tu fais là, de toute façon ?

– J'ai rendez-vous avec un vieil ami. Il est en retard. »

Euclid remarqua peut-être une expression passer sur mon visage, car il se rappela soudain. « Mais au fait, t'es de Brooklyn, non ?

– À deux pas d'ici. » Je me sentais étrangement véhément, bien qu'Euclid n'y soit pour rien. Mes sentiments possessifs étaient idiots. Partout dans ces rues, je voyais des significations cryptiques, comme les tags des DMD et des FMD encore visibles là où ils avaient été bombés vingt ans plus tôt. Je vis les changements qui s'étaient opérés ici et constatai l'échec de la guerre menée par Rachel contre l'idée d'embourgeoisement, guerre qu'elle avait surtout menée dans ma tête. Mon itinéraire, comme une carte invisible, était semé d'accidents, extorsions, jets d'œufs, vols de pizzas, stations de mon chemin de croix personnel. De là à imaginer que ce point de vue revête la moindre signification pour les branchés qui avaient colonisé les lieux, autant imaginer que « Play That Funky Music » entendu à la radio dans un taxi était un message de culpabilité et de honte destiné à mes seules oreilles. Non, Isabel Vendle était morte et oubliée, et Rachel n'était plus là. Le Boerum Hill d'Euclid était le vrai. Que je puisse encore voir Gowanus en transparence sous le vernis n'avait pas d'importance, c'était à peine intéressant.

« Comment va Karen Rothenberg ? » demandai-je, revenant à un sujet moins risqué.

Euclid roula de gros yeux. « Elle a cessé de m'appeler quand elle est rentrée de Minneapolis – elle était en cure de désintox. Maintenant elle a une boutique de modiste dans Ludlow Street. Ses chapeaux ressemblent à des hémorroïdes, si tu veux mon avis. Mais Dashiell Marks… tu te souviens de Dashiell ? »

Je mentis en répondant par l'affirmative.

« Dashiell a mis les chapeaux de Karen sur la liste des meilleurs choix du *New York Magazine*, alors pour elle ça marche comme sur des roulettes. »

Euclid aimait à se souvenir. Il alluma une nouvelle cigarette au mégot de la précédente et me parla d'autres camarades, énumérant des griefs qui semblaient aussi récents que s'il avait quitté le Vermont la veille. Dans le flot de noms j'appris que Junie Alteck était directrice artistique de Cypress Hill & Redman Videos, que Bee Prudhomme était mort poignardé par une maîtresse dans un chalet d'une station de sports d'hiver près d'Helsinki, et que Moira Hogarth était une artiste de performance connue pour s'être attiré les foudres d'un sénateur du Midwest.

Puis Euclid écrasa sa cigarette, chassa la fumée du geste et se leva, le tout dans un même mouvement. Arthur Lomb venait d'entrer, et je compris à présent pourquoi parmi toutes les mangeoires de Smith il avait choisi le Berlin pour notre rendez-vous. Ça lui ressemblait bien de faire le modeste et de frimer en même temps. Arthur n'était pas tant gros que pesamment charnu, en forme de bouteille de Coca comme lors de sa crise de croissance à dix-sept ans. N'empêche, je voyais bien pourquoi, en l'absence de tout lien avec cette lointaine semaine de trafic de cocaïne dans le Vermont, Euclid n'avait pas reconnu mon vieil ami dans son employeur détesté.

Le cendrier maladroitement dissimulé dans sa paume, Euclid détala vers le fond de la salle, et je vis les effets de dix à quinze années de service sur le fragile prince homosexuel qui m'avait tant intimidé, cette première année de fac. À Camden, Euclid n'avait pas cherché à se faire aimer, mais il aurait tant voulu qu'on le prenne en pitié. Je n'y étais jamais parvenu jusqu'à ce jour.

Épais et barbu, Arthur fusilla du regard Euclid qui battait en retraite, puis balaya des cendres réelles et imaginaires sur la table, avant de s'asseoir.

« Tu veux pas becqueter ? Je t'invite.

– Alors c'est chez toi, ici ?

– Oui, ça me coûte assez cher, alors un peu plus un peu moins.

– Je veux prendre la route. » Ma voiture de location attendait dans Dean Street. J'étais inquiet pour son lecteur de CD.

J'avais proposé à Arthur de m'accompagner à la prison de Watertown, pour rendre visite à Mingus. Il avait refusé. Il y était déjà allé, plus tôt cet été. Mais il voulait me voir, et proposait qu'on fasse un saut ensemble chez Junior. C'était notre mission ce matin-là, et maintenant que je m'étais remis de la rencontre d'Euclid, j'avais hâte d'en finir.

« Bon, je te suis, dit Arthur. Le café est pour moi, les enfants », cria-t-il vers le fond.

Je pris mon colis et nous sortîmes ensemble dans Smith, le pâté de maisons dont Euclid prétendait qu'il appartenait tout entier à Arthur : un salon de coiffure délabré avec la vieille spirale rouge et blanc de son enseigne, une herboristerie, vitrine pleine de cierges et de tableaux naïfs, surmontés de logements pouilleux, et quatre ou cinq des petits bistrots branchés d'une sobre élégance auxquels le Berlin était censé couper l'herbe sous le pied. L'esthétique était d'une incroyable précision, beaux caractères romains peints à la main sur de minuscules enseignes ou à même les vitrines fermées de discrets rideaux. Dans un réflexe kitsch ou vaudou, ils s'étaient approprié les noms de l'histoire locale : Breuklyn, Schermerhorn, Pierrepont. L'un d'entre eux s'appelait le Gowanus Tart Works, ayant exhumé le nom qu'Isabel Vendle avait tant fait pour enterrer.

« Qu'est-ce qui t'a pris d'aller parler avec ma tarlouze de serveur ? »

Arthur portait une casquette des Yankees. Je ne lui avais toujours pas pardonné d'avoir viré sa cuti à propos des Mets quand nous avions douze ans. Cette trahison n'avait d'égale dans mon esprit que sa facile adaptation au style des noirs, la façon dont il avait mis le grappin sur Mingus Rude. La même inhibition qui m'enchaînait à ces losers de Mets m'avait interdit d'endosser le déguisement qui m'aurait permis de suivre Mingus là où il allait.

C'était une forme d'autisme, d'inaptitude au mimétisme social, qui m'avait interdit les ajustements grâce auxquels Arthur était devenu plus Brooklyn que moi, en définitive. J'avais dû me réfugier dans les livres, me manhattaniser, partir. Tout ce qu'il pouvait s'ensuivre, c'était qu'Arthur Lomb soit encore là, ait avalé les immeubles commerciaux de Smith Street juste à temps pour s'engraisser sur l'arrivée des entrepreneurs yuppies, comme un *gros con du coin*.

Ça m'aurait trop fatigué de faire flipper Arthur en l'obligeant à se rappeler que sa tarlouze de serveur lui avait autrefois mis la main au cul dans l'escalier d'un dortoir du Vermont, du temps qu'il était maigre et défoncé jusqu'aux yeux. Que Lomb et Barnes se rappellent ou pas leur brève histoire commune, quant à moi je refusais d'intervenir. Il ne m'était pas difficile d'avoir des secrets pour Arthur. C'est ce que j'avais fait ma vie durant, concernant l'anneau.

Je dis : « Il m'a raconté que tu possèdes tout le pâté de maisons.

– J'ai cinq immeubles, oui. Si tu les écoutes, je suis le don Corleone de Smith Street. »

Je me demandai s'il importait à Arthur que ses propriétés soient à deux pas de notre ancienne école. Probablement pas. Sans doute fallait-il partir et revenir, comme je l'avais fait, pour éprouver cette juxtaposition, le poids du temps, tandis que nous reprenions notre chemin d'élèves de sixième jusqu'à l'échiquier d'Arthur et ses biscuits Graham. Il était une fois deux écoliers, tournant au coin de Smith pour entrer dans Dean Street, c'était Arthur Lomb et moi, tout simplement la paire d'êtres humains la plus chopable de la planète.

La veille, j'avais eu droit à la visite guidée par Francesca Cassini de ma propre vie. « Imagine un peu ! Vous deux tout seuls dans cette grande maison ! » s'était-elle écriée à répétition, et j'avais envie de répliquer : *J'ai pas besoin de l'imaginer !* Elle avait réuni quelques instantanés égarés d'Abraham et moi pour réaliser un nouvel album de famille qui succédait au dernier de ceux que Rachel avait assemblés puis abandonnés, moi dans les bras de ma mère, et Abraham, plus jeune que je l'avais jamais vu, debout à son chevalet devant des toiles qui furent vendues ou perdues avant que le film ou moi ne soyons conçus. L'album de Francesca rassemblait des photos d'école, mes grands sourires désespérés sur fond bleu pastel, ainsi que quelques-unes datant de mon été au grand air, Heather Windle et moi, cheveux mouillés par l'eau de l'étang, entortillés en forme de corne. Les dernières pages montraient Abraham et Francesca en vacances en Italie, mon père se protégeant les yeux sur des terrasses d'hôtel, des patios de restaurants et des vignobles. C'était une conclusion satisfaisante à l'histoire qui précédait – les deux hommes seuls dans la maison.

Les nouveaux tableaux m'intéressaient davantage, une dizaine à peu près, accrochés dans le couloir et la cage d'escalier. Ils étaient peints sur bois, comme les illustrations de couverture de mon père. Leur style n'avait toutefois rien à voir avec son travail pour les livres. Ils ressemblaient aux toiles sur ces chevalets, ainsi qu'à d'autres, les nus. Ceux-là n'étaient pas des nus mais des portraits : petites études pénétrantes de Francesca sans ses lunettes. Sans être flatteurs, ils n'étaient pas non plus impitoyables. Ce qui me frappait était l'absence de tout effort de différenciation. Plusieurs étaient quasiment identiques. En ce sens, ils ressemblaient au film ou, du moins, lui devaient beaucoup de leur patience mémorialiste. *Il se peut qu'ici quelque chose change, ou pas*, semblaient-ils signifier. *Je ne penche ni dans un sens ni dans l'autre, mais si cela se produit, je serai là pour l'enregistrer.*

Je ne parvins pas à interroger mon père à leur sujet ce soir-là, ne réussis pas à en placer une. Francesca était surexcitée par ma présence dans la maison, et nous ne pouvions tous trois qu'attendre la fin de son bavardage. Mon père alla se coucher. Francesca continua encore un peu avant de s'épuiser. Cela fait, je composai mon numéro deux fois, vérifiai mes messages. Il n'y en avait aucun d'Abby.

Francesca fit la grasse matinée. J'avais demandé à Abraham de me réveiller pour mon rendez-vous avec Arthur au Berlin. Lui et moi nous assîmes seuls devant notre café, mais je ne parvins pas à me souvenir de ce que j'avais voulu lui demander à propos des portraits. Je lui dis qu'ils me plaisaient.

« Merci.

– Est-ce que tu vas essayer de les exposer ?

– Je n'y pense jamais.

– Tu travailles toujours au film ? »

Abraham me lança un regard de panique dans un visage impassible à la Buster Keaton. « Évidemment, Dylan. Tous les jours. »

La maison abandonnée n'était pas abandonnée. Il me fallut compter les perrons en partant de chez Henry pour l'identifier. On avait refait le jointage de la brique tout le long de la rue, les linteaux et les marches des maisons de pierre avaient été rafraîchis, les grilles réparées et repeintes – la rue évoquait le décor idéalisé de ces films qui dissimulent la pauvreté sous le charme du sépia. Même le dallage du trottoir était net et rectiligne, rejointoyé comme la brique, là où on ne l'avait pas remplacé en coulant du béton.

Je contemplais rêveusement les corniches, me demandant combien de Spaldeen se décomposaient encore en bouchant les chéneaux, quand Arthur m'appela ; je l'avais dépassé. Il s'était arrêté pour parler avec une noire sur le perron de Henry, ou ce qui avait été le perron de Henry, et elle avait beau avoir perdu sa maigreur, comme Euclid, je sus que cette femme était Marilla. Ses tresses étaient plus longues, attachées en chignon. Elle avait posé près d'elle sur la marche du bas sa ration d'alcool du matin dans un sac en papier.

« Tu te souviens de Dylan ?

– Qu'est-ce que tu racontes, Artie ? J'ai connu Dylan avant même de te connaître toi. »

Nous dégoulinions d'affirmation de nos origines, comme de serments prêtés à une grande cause. Si Marilla ne l'avait pas dit, je m'en serais peut-être chargé. C'était à peine différent de ce que j'avais écrit un jour, *Une fois qu'on a écouté « Fever » par Little Willie John, on n'éprouve pas le besoin de s'embêter avec les versions ultérieures de la chanson.* C'était peut-être dans Dean Street que j'avais trouvé pour la première fois ma rage d'authenticité.

« T'es devenu un vrai homme, Dylan. Où t'étais passé ?

– J'habite en Californie.

– La-La est partie en Californie. Tu l'as jamais vue ?

– Non, dis-je, la voix me manquant presque. Je l'ai jamais rencontrée. » Allais-je ajouter *La-La à La-La Land* ? Je me dis que ce ne serait pas compris.

« Non ?

– C'est grand la Californie, tu sais.

– Faudra que j'aille voir ça, un de ces quatre. »

Marilla n'était pas le moins du monde surprise de me voir, seulement du temps qui s'était écoulé. Je compris qu'elle n'avait jamais quitté la rue, qu'Arthur était sans doute un aventurier bourlingueur, à ses yeux. Je voulais communiquer mon étonnement de la voir encore là, qu'après tous mes voyages elle soit encore capable de me reconnaître, mais rien de ce que je blablatai sur Berkeley ou le Vermont, sur le bureau de Jared Orthman ou sur ForbiddenCon 7, n'aurait pu communiquer quoi que ce soit, ce n'était que ça, du blabla. Ce qui m'étonnait en réalité, c'était plutôt la dénégation qui m'avait permis de quitter le quartier.

Là, avec Arthur et Marilla, je ressentais que le plus évident aurait été d'y rester.

« Henry habite encore ici ? coassai-je.

– Il passe de temps en temps, dit Marilla. Je voudrais que tu voies la façon dont les blancs nous regardent dans sa propre rue. Ils ont envie d'appeler la police alors que Henry, c'est lui la police.

– Les nouveaux habitants du quartier comprennent pas vraiment l'habitude de s'asseoir sur le perron, dit Arthur d'un air contrit.

– Henry est flic ? demandai-je.

– En fait, c'est Alberto, le flic, Henry est assistant du procureur. » Cela rendit Arthur songeur. « À peu près tout le monde est soit en taule, soit flic. En dehors de Dylan et toi, Marilla.

– J'en connais quelques-uns qui auraient leur place en taule. »

Arthur rit. « On va voir Junior.

– Junior ? Merde. C'est le premier sur la liste. »

Le directeur artistique de Rhodes Blemner avait dégoté une photo étonnamment ancienne dans les archives Michael Ochs pour la pochette du coffret *Bothered Blue* de Remnant, que je n'avais jamais vue avant que les exemplaires définitifs de la première édition n'arrivent à ma porte quelques semaines plus tôt, en provenance directe de l'usine canadienne. On y voyait Barrett Rude Junior entouré des Distinctions admiratifs, derrière un micro du studio Sigma, une main à l'oreille, la bouche grande ouverte sur un braillement bravache à la Muhammad Ali. Tout portait à croire que c'était une de leurs premières séances, les Distinctions encore éblouis par le joyau qui venait de tomber dans leur écrin.

Je me demande si un étranger aurait pu faire cadrer ce visage large et énergique, ces ongles impeccables et la géométrie de la coiffure afro, cette cravate bien nouée sur une chemise d'un blanc immaculé, toute l'autorité et l'aisance de prédateur du Barrett Rude Junior trentenaire, avec le Fu Manchu moustachu, aux griffes jaunes, ratatiné comme une pomme qui prit le coffret que j'étais venu lui offrir. Non que je me fus attendu à le trouver aussi beau – personne ne pouvait être aussi beau que le type de la photo. Mais j'ignore s'il m'eût été possible de juger des ravages du temps sur le visage de Barry sans l'avantage d'avoir connu le fils et le grand-père. C'était le fossé entre l'un et l'autre que le coffret et la photo qui l'ornait remplissaient. Le chanteur de la photo était Mingus à dix-huit ans, dans un bon jour. Quant à l'homme qui tenait le cadeau et me serrait la main, ses ongles me griffant la paume – disons que la phrase qui me vint à l'esprit était moins qu'une révélation et plus qu'une boutade : *Junior était devenu Senior*. Il portait même l'étoile de David de ce dernier, voilée de blanc dans l'échancrure de son peignoir. Quand je le vis baisser les yeux sur le coffret et s'y découvrir, j'eus envie de le lui arracher des mains pour le jeter par la fenêtre, mais il était trop tard.

« C'est moi qui ai écrit le livret, dis-je.

– Ah bon ?

– Dedans, il y a un livret, un court essai sur votre carrière. C'est moi qui l'ai écrit. J'espère que ça vous plaira. » Je m'étais débrouillé jusqu'à cet instant pour ne pas mesurer les risques que représentait la lecture de cet hommage par Barrett Rude Junior. À présent, il y avait un certain nombre de phrases que j'aurais peut-être préféré ne pas lui mettre sous les yeux. Trop tard, encore une fois.

« Il me plaît déjà, mon grand », dit Barry. Il posa le coffret à côté de lui, sur le canapé où il était assis. C'est lui qui nous avait fait entrer, guère plus surpris que Marilla. L'appartement n'avait presque pas changé, était seulement détérioré par vingt ans de négligence. Barry en occupait une partie considérablement plus réduite. J'aurais juré que les 33 tours étaient encore à l'emplacement exact où je les avais vus pour la dernière fois, empilés par terre près de la chaîne, à moitié sortis de leur pochette.

« Tu vois, Arthur », dit-il en jetant un œil à la télé, qui était allumée sur *Judge Judy*. Le téléviseur était neuf, et je sentis qu'il servait plus que la chaîne ces derniers temps. « J'ai toujours dit qu'on serait fiers du petit Dee.

– Oui, dit Arthur. Tenez, Barry, moi aussi je vous ai apporté quelque chose. » Il se tapota les poches avant de le trouver : un paquet de Kool, qu'il lança sur les genoux de Barry. « Vous savez, cet avertissement comme quoi fumer est mauvais pour la santé ? Peu de gens se rendent compte que c'est moi qui en suis l'auteur.

– Vous êtes doués, mes petits, tous les deux, je vous le concède.

– Évidemment, ils les ont changés, ont retiré presque tout ce que j'avais fait de mieux.

– Mais c'est leur droit, hein, Arthur ?

– Oui.

– Faut bien leur laisser leur droit.

– J'imagine.

– C'est ce qu'on dit. » Barry tendit la main pour effleurer le bout des doigts d'Arthur, en gardant toujours un œil sur l'émission télé. Il avait poussé les cigarettes près du coffret.

« Vous voulez écouter les CD ? demandai-je bêtement. Le son est magnifique. » La part de Barry dans cette publication finirait forcément par lui rapporter quelques sous. Cela s'ajouterait aux maigres royalties qui lui permettaient sans doute de rester dans cette maison. Peut-être avais-je tort de croire qu'il aurait dû être fier de ce monument. Peut-être le Barry à qui je voulais pouvoir offrir le coffret était-il celui de 1975. Cet homme, comme celui de la photo, était désormais aussi inaccessible pour Barry qu'il l'était pour moi.

« Je connais le son de tous ces vieux disques.

– Oui, mais…

– Je les écouterai une autre fois. » Il parlait lentement et posément, et je compris qu'il valait mieux laisser tomber. « J'ai pas de lecteur de CD, de toute façon. »

Je me contentai d'approuver de la tête.

« Tu sais, Fran, la femme qui vit avec ton vieux ? » Changeant de sujet, il se radoucit. « Elle est sympa. Elle s'occupe de moi, tu sais.

– Il paraît.

– Il a de la chance, trouver une femme pareille.

– Je sais. » Tout le monde était d'accord, de A à Zelmo. J'espérais seulement qu'Abraham aussi. C'est alors que je me rappelai ce que je voulais demander à mon père au sujet des nouvelles toiles. Les portraits de Francesca étaient-ils prétexte à scruter, à tenter de voir sous la peau de sa nouvelle situation, cette femme qui avait pris la place abandonnée depuis si longtemps par Rachel ? Cherchait-il à sonder Francesca ? Ou lui avait-elle demandé de la peindre, réclamé un regard d'une telle intensité ? Qui avait recherché la confrontation enregistrée par les portraits ?

Il y eut un long silence, rempli par les jacasseries de la télé. Je me remis à penser à la voiture de location, et à la route que j'avais prévu de faire ce jour-là. Mon cœur s'enlisait dans Dean Street, mais c'était Mingus qu'il me fallait voir.

Barrett Rude Junior me regarda dans les yeux pour la première fois depuis près de vingt ans, peut-être lut-il dans mes pensées. Son regard transperça enfin le voile qui le recouvrait depuis l'instant où il nous avait accueillis à la porte jusqu'à son bref examen de la photo et des mots qui étaient écrits sur le coffret.

« Qu'est-ce qui t'amène chez ce vieux chanteur lessivé, petit Dylan ? » demanda-t-il. Il avait donné à *vieux chanteur lessivé* un peu de sa vieille pulpe mélodique, et je sentis un élancement dans mes glandes salivaires, comme si j'avais trempé ma langue dans la cocaïne.

– C'était seulement pour vous donner les disques », dis-je. Je n'arrivais plus à les appeler CD, à présent.

« C'est fait, répondit-il, un peu froidement.

– Et on va aller voir Mingus. Enfin, moi.

– Hmm mmh. » Barry s'assombrit. Quelque chose dans l'univers du juge Judy le fit grimacer de concentration, peut-être un jugement qui n'allait pas dans le bon sens. Il fallait bien que quelqu'un surveille ces choses-là.

« Si vous avez une commission pour lui… »

Barry eut un geste tranchant de sa main griffue. Mingus, à Watertown, était trop loin, c'est ce que le geste semblait dire. Dean Street était bien réelle, Francesca et Arthur étaient bien réels et méritaient qu'on en tienne compte. L'une apportait de la soupe, l'autre des cigarettes. Le juge Judy était encore assez réel : il l'avait sous les yeux. J'étais venu proposer à Barry de penser Californie, 1967 et Watertown, et tout ça était trop loin, trop fatigant.

« Tu sais que je regarde mes émissions du matin, dit-il en s'adressant à Arthur. Je suis pas encore réveillé. Reviens ce soir, on fera la fête.

– D'accord, mais il va falloir que Dylan s'en aille, dit Arthur. Il voulait juste dire bonjour.

– Dis-lui que je regarde mes émissions du matin. »

Arthur m'accompagna jusqu'à ma voiture pour s'excuser. « J'aurais dû te dire de ne pas parler de Mingus. On dirait que ça le ferme.

– Qu'est-ce que Mingus lui a fait ?

– C'est pas si simple. »

J'avais déjà mis mon sac dans le coffre, fait mes adieux en promettant à Abraham et Francesca que je passerais une journée avec eux à la fin de ma virée dans le Nord, avant de rentrer en Californie. J'étais prêt à partir.

« Attends », dit Arthur. Il fouilla de nouveau ses poches pour en sortir une enveloppe ouverte pleine de billets, manifestement déjà comptés. Il me la colla dans la main. « On peut pas le leur donner directement, c'est interdit d'avoir de l'argent en prison. Il faut que tu le verses au greffe pour leur cantine, ensuite, tu sais, ils s'en servent pour des cigarettes, et tout ça. Cent billets chacun.

– Qui ça, ils ?

– Tu sais quand je disais à Marilla on dirait que tout le monde est en taule ?

– Oui.

– Mick Damer y est aussi. À Watertown, la même prison que Mingus. »

11

J'étais un amateur ici, aussi néophyte en franchissant ces seuils que je l'avais été à L.A. dans le sanctuaire de Jared Orthman. Mais là, j'étais parmi les pros. Toutes les mères et grand-mères noires et latinos, tous les adultes flegmatiques, potes venus voir un pote, tous à part moi connaissaient le rituel du parloir. Leur expérience devenait visible sitôt passé le parking, encore bien en dehors du premier cercle de barbelés où les taxis, en provenance des gares ferroviaire et routière de Watertown, faisaient demi-tour, où les autocars loués par les familles venues de New York stationnaient pour décharger le flot de leurs passagers puis attendre, le chauffeur fumant des cigarettes roulées, se curant les dents des brins de tabac. Là, les visiteurs se mettaient en rang pour gagner lentement une petite caravane d'aluminium posée sur des parpaings. J'avais quitté New York sous la pluie l'après-midi de la veille, il pleuvait toujours quand j'avais pris une chambre dans un hôtel à deux pas du centre-ville, et la pluie avait encore forci le matin pendant mon petit-déjeuner dans un Denny's. À présent des nuages gris-vert roulaient au-dessus de la prison, reflétés dans les flaques qui parsemaient le gravier à nos pieds. Je fus le seul à regarder le ciel et le sol en me hâtant de prendre une place dans la queue. Dans la caravane, trois matons – fonctionnaires de l'administration pénitentiaire, comme on les appelait – tenaient un avant-poste administratif, où l'on montrait ses papiers, signait un formulaire, puis un autre, déclinait son adresse, déclarait la nature de ses relations avec le détenu, et reconnaissait avoir lu le règlement, etc. Tout le monde à part moi connaissait le matricule du détenu qu'ils venaient voir. Je n'avais que le nom de Mingus, et contraignis un brigadier mort d'ennui à ouvrir un gros registre pour trouver les chiffres correspondants. Les toilettes de la caravane étaient notre dernière chance de faire pipi. Tout le monde la saisit, connaissant la marche à suivre. J'emboîtai le pas à ceux qui faisaient la queue. L'unique téléphone public de la caravane était le dernier auquel nous aurions accès, et il était occupé en permanence. Je songeai à appeler chez moi, pour joindre Abby. Mais la file d'attente était trop longue.

La procédure que les visiteurs suivaient consistait par-dessus tout à attendre, avec une totale résignation. Toute velléité de protestation s'était usée en eux depuis longtemps. Il nous fallut attendre dans une succession de zones sécurisées à mesure de notre progression dans les installations de Watertown. D'abord, ayant recueilli l'approbation de quelque main invisible, on nous fit sortir de la caravane pour nous guider au long du béton d'itinéraires marqués de peinture orange et jaune fluorescente. On ne pouvait pas s'empêcher d'avoir peur de recevoir un coup de fusil d'un des miradors si l'on franchissait les bandes peintes, car nous étions à présent sous leur surveillance, ayant laissé derrière nous la caravane et le parking. Puis nous franchîmes ce qu'on appelait le « sas A / B » – cage métallique dont le système électrique empêchait la porte A et la porte B d'être déverrouillées simultanément. Après nous avoir examinés par une vitre blindée, on actionnait l'inverseur de circuit dont le bourdonnement assourdissant nous fit sursauter. On entendait claquer les verrous de la porte qui se refermait dans notre dos, pendant que celle qui était devant nous s'ouvrait pour nous permettre de sortir de la cage.

Après ça, nous étions dedans, ou presque. La prison n'était pas, comme je l'avais imaginé, un édifice unique, un Gormenghast de pierre ou une Étoile de la mort en fer, mais un ensemble éclaté de constructions, d'enceintes et de portes, ranch lugubre pour bétail humain. Séparant tout, des zones sécurisées, des douves de béton immaculé, protégées par des barbelés. Puis, une fois franchies les portes que déverrouillaient pour nous des gardiens vêtus de gris à l'allure de drones, l'intérieur avait la terne apparence qui caractérise tant d'établissements publics, comme les bâtiments scolaires des années soixante, les hôpitaux, les urgences, partout carrelage vert pâle et boiseries patinées d'usure. Chaque lieu que nous traversions dans ce parcours du combattant des visiteurs donnait le sentiment d'être provisoire, remis en état pour cet usage temporaire, alors qu'il devait servir depuis des années.

Je compris par la suite qu'il fallait localiser chaque détenu, lui donner le feu vert, l'amener au parloir dissimulé au plus profond des murs – les gardiens n'avaient aucune raison d'accélérer le processus, d'en finir avec nous avant que le détenu ait été escorté jusque-là pour nous y attendre. En ce lieu, le temps était annulé : il n'avait aucune valeur. Nous n'étions pas des clients qu'il convenait de satisfaire ou de rassurer. Pourtant, malgré toute cette attente, je sursautais toujours comme un coupable chaque fois que mon nom finissait par être appelé, je regardais toujours dans la mauvaise direction, distrait par ce qui était punaisé aux murs, notes de service jaunies, vieilles de dix ans, rappelant que *les surveillants-chefs de bloc doivent rester à leur poste jusqu'à l'arrivée de la relève*, ou interdisant aux visiteuses *les jupes s'arrêtant à plus de cinq centimètres au-dessus du genou* ou *laissant le ventre découvert*, annonces concernant les navettes et la garderie, publicités pour les cures de désintoxication, les Alcooliques anonymes, les maternités, et une longue liste hypnotique, rendue à peine lisible par une pâle photocopie, d'articles de la cantine : pâte dentifrice 1,39 dollar, peigne 19 cents, sachet de ketchup 19 cents, bocal poulet 1,79 dollar, bocal haricots 89 cents, café instantané en bocal 1,59 dollar, beurre de cacahuète 1,39 dollar, gel capillaire 1,29 dollar, résille capillaire 29 cents, petit pain 25 cents, petit pain au chocolat 30 cents, et ainsi de suite à l'infini – la liste était hétéroclite, incantatoire, horrible.

« Ebdus.

– Oui.

– Retirez votre ceinture et vos chaussures, videz vos poches dans la boîte. »

Je m'approchai d'un pas traînant, j'étais le seul à qui il fallait dire quoi faire.

« Tout dans la boîte. »

Je vidai mes poches, tendis mes chaussures et ma ceinture.

« Pas de stylo. »

Je haussai les épaules, démuni.

« Vous pouvez le jeter là.

– Bon. » Je déposai mon stylo-bille dans la poubelle de métal vert. D'autres visiteurs défilaient devant le détecteur de métaux pendant que je tripotais toutes mes saletés.

« C'est quoi cet anneau ?

– Une alliance.

– Pourquoi vous ne la portez pas ?

– Euh, c'est celle de ma mère. Je la garde sur moi, mais elle n'est pas à ma taille. » Ne me la faites pas mettre au doigt, priai-je. La matonne plissa les yeux, fronça les sourcils, renonça. Elle avait trouvé quelque chose de plus intéressant.

« C'est quoi, ça ?

– Quoi ? »

Elle indiqua le cône orange pâle d'un protège-tympan qui s'était juché au-dessus de la monnaie et des clés de voiture que j'avais entassées dans la boîte avec l'anneau. Le petit bouchon de mousse s'était gonflé en s'emplissant d'air.

« Un protège-tympan, dis-je.

– Pour quoi faire ? »

J'essayai de voir l'aspect du bouchon, le côté vaguement sexuel de sa forme fuselée, par les yeux de la matonne. « Pour l'avion », dis-je.

Elle l'examina attentivement. Du coup, je me demandai s'il n'évoquait pas quelque accessoire du drogué.

« Ce truc-là, c'est fait pour un avion ?

– Ça assourdit le bruit des moteurs. C'est pour dormir.

– Un seul ?

– J'ai dû perdre l'autre.

– Hmm. »

Je n'avais jamais réfléchi à ce qu'un protège-tympan peut avoir de bourgeois. La matonne fronça les sourcils mais plaça ma boîte pleine de l'autre côté de la barrière. « Votre main droite, monsieur. » Avec un tampon elle me marqua les phalanges d'un produit invisible. « Prenez votre boîte, monsieur. »

Sitôt passé, j'entrepris de me rechausser et de remettre mes affaires dans mes poches.

« Pas ici, monsieur.

– Quoi ?

– Vous ne pouvez pas rester dans cette zone. Emportez votre boîte sur le banc, là-bas. »

Cinq d'entre nous furent appelés, pour exposer nos mains à une lumière noire qui révéla un emblème violâtre. Les clés pendues à l'anneau crénelé que le gardien qui nous escorta avait à la ceinture étaient de tailles et de formes variées, certaines aussi modernes que la clé de contact de ma voiture de location, d'autres aussi moyenâgeuses que celles manipulées par l'intendant du *Magicien d'Id.* En longeant le couloir avec mon groupe j'appris un autre art subtil, celui de ralentir afin de laisser au gardien qui s'attardait pour reverrouiller la porte derrière nous le temps de nous dépasser et d'aller à la suivante.

Je tentai de m'imprégner de l'experte docilité des autres comme d'un baume. On était en train de nous transformer en détenus, je commençais à le comprendre, c'était ce que nous avions gagné en demandant à entrer. Nous avions passé sept ou huit niveaux verrouillés avant qu'on me conduise à Mingus Rude au parloir, salle au carrelage bleu pâle qui sentait le détergent. Là, séparés par une vitre de Plexiglas couverte de minuscules rayures, nous fûmes autorisés à converser par téléphone.

Il lui fallut d'abord parler pour deux. Je n'arrivai pas à prononcer le moindre mot.

« D-Man. C'est toi, j'y crois pas, bordel. »

Je hochai la tête.

« Non mais tu t'es vu, c'est qu'il est grand, ce petit. Ha ! »

J'avais reparcouru tout ce chemin, étais revenu de cette distance à laquelle l'existence de Mingus m'avait parfois semblé improbable, mythique. À présent, il me faisait face en chair et en os, trop humain. Visage émacié, le blanc des yeux d'un jaune maladif, il portait la même moustache ridicule à la Fu Manchu que son père et un sweat-shirt rouge crasseux, son large sourire découvrant une incisive ébréchée, ses sourcils levés une mince cicatrice qui lui sillonnait la paupière. Je me convainquis pourtant qu'il n'avait pas mauvaise mine, ni l'air si différent de celui que je me rappelais. Sur la photo de Junior en couverture de *Bothered Blue*, j'avais vu une ressemblance avec Mingus, mais maintenant, malgré la moustache, je ne voyais pas Mingus du même point de vue que son père. Mingus n'était que Mingus, l'idole reniée de toute ma jeunesse, mon meilleur ami, mon amant. Assis face à lui, je sus qu'il était déjà devenu un homme avant la dernière fois où je l'avais vu, le jour du coup de feu. Je détestais me rappeler le gamin dont le miroir du dortoir m'avait renvoyé le reflet à mon arrivée à Camden – le garçon apeuré, désespérément désireux de faire impression avec sa nouvelle coupe punk, qui continuerait à vivre en faisant semblant de n'avoir ni vu ni connu tant de choses.

« J'en reviens pas. Où t'étais passé, fiston ? »

Il semblait reprendre la conversation là où nous l'avions laissée, l'année de mon bac à Stuyvesant. Comme si j'avais passé ces vingt années au lycée, à Manhattan, et qu'aujourd'hui cela faisait simplement quelques mois qu'on ne s'était pas croisés dans Dean Street, le temps d'échanger une brève poignée de main.

Et d'ailleurs, où étais-je passé, hein ? Je répondis : « En Californie.

– Ouais, ouais, ton père m'a dit que t'étais parti par là-bas. Faudra que j'aille y faire un tour, un de ces quatre – *le Golden State*, bon sang. » Après Marilla, Mingus faisait à son tour comme si l'occasion ne s'était jamais présentée. « Le Dillinger s'est barré tout là-bas dans l'Ouest, histoire de visiter le Golden State. Y vit dans les grandes largeurs, le gaillard, mais y fait pas le dégoûté de ses racines, il revient leur faire honneur. »

Mingus bâtissait un roman, emmaillotant ma gêne de sa verve chaleureuse, son vieux talent de conteur. C'était inepte, et c'était un cadeau que j'étais trop content d'accepter. Pas un mot de la nature assez particulière du cadre de nos retrouvailles, alors même que sa faconde ethnique se trouvait transitée par un interphone. Le cadre ne valait pas qu'on en parle. La chaleur de son sourire, sa façon de rayonner à travers l'épaisseur du Plexiglas le disaient capable d'une forme de vision binoculaire excluant l'environnement. Me rappelant comment la ville s'était couchée devant nous, quand, sur la passerelle du pont de Brooklyn nous avions contemplé cette pierre peinte à la bombe, je songeai à présent que cela avait toujours été un des talents de Mingus.

« Arthur n'a pas pu venir, dis-je, comme si c'était lui l'infidèle. Mais il t'envoie de l'argent pour cantiner.

– Arthur s'occupe toujours de son frère », dit Mingus. Il ne cherchait pas à me stigmatiser, seulement à englober Arthur dans ce bain de gratitude béate. « Je sais bien que je l'ai laissé tomber, l'Arturo, un paquet de fois, mais c'est un vrai pote, je l'ai toujours au téléphone.

– C'est par lui que j'ai de tes nouvelles », mentis-je. Je n'avais pas plus gardé le contact avec Arthur qu'avec Mingus. Et je n'avais eu aucune nouvelle de ce dernier avant qu'Abraham et Francesca n'abordent le sujet à Anaheim, pendant le dîner avec Zelmo Swift.

« Et c'est qu'y s'en tire pas mal lui-même, le petit frère, dit Mingus m'épargnant d'aller plus loin dans cette direction. C'est un gros pépère, maintenant, il est heureux.

– Gros pépère, ça oui. »

Mingus s'étouffa de rire, bien plus que ne le justifiait la blague. « Toi alors, merde, dit-il, en en faisant des tonnes. Figure-toi qu'on me l'a dit. J'ai pas arrêté de lui conseiller de vider un peu les ballasts s'il veut pas rester célibataire. »

Le mot nous imposa un silence bien particulier : nous allions sur la quarantaine, et avions pris plusieurs tours de retard sur le circuit de la vie. Nous étions célibataires. Au moins, Mingus, lui, avait-il une excuse pour n'avoir fréquenté personne depuis un certain temps. Concernant Abby, je n'aurais rien pu dire sans avoir l'air de m'apitoyer sur moi-même ou de me vanter. La distance entre Dean Street et la vie que je menais à Berkeley me faisait l'effet d'un gouffre infranchissable.

Pendant cette interruption je prêtai l'oreille aux murmures qui nous entouraient : la parole à sens unique des visiteurs au téléphone, le sans-gêne des deux matons qui taillaient le bout de gras, et, venant d'une des cabines, une voix déformée par les sanglots.

« J'ai vu Junior, dis-je.

– À la maison ?

– Hier. Avec Arthur.

– Mon vieux », dit Mingus. Il s'exprimait simplement, à présent, le regard timide. « Il vit toujours là-bas.

– Ça m'a fait plaisir de le voir.

– Lui, il a dû être content de te voir. »

Je n'avais pas la moindre idée de ce que je pouvais répondre, et nous sombrâmes dans le silence une deuxième fois. Mingus avait renoncé à ses tournures afro-américaines, et à la loquacité truquée qui allait avec. J'avais honte de souhaiter qu'il la retrouve.

Mingus lissa sa longue moustache filiforme, se caressa le menton. Il y avait des postillons de son côté de la vitre qui nous séparait, preuve de son enthousiasme d'acteur, à présent retombé. Je croisai le regard de ses yeux chassieux et vis un inconnu. Je ne pouvais pas plus demander à Mingus ce qu'il était devenu – si la prison l'avait brisé la première fois, à dix-huit ans, ou ce qui l'y avait reconduit après sa remise en liberté, ou en quoi avait consisté sa vie entre ses deux condamnations – qu'imaginer me confier à lui. J'étais impuissant à décrire celui que j'étais devenu en Californie, ou à lui faire savoir que je n'avais rien oublié de ce que nous avions vécu, malgré tout ça.

« Arthur dit que Mick est dedans aussi », dis-je, plein de mépris pour la fausse décontraction avec laquelle j'avais utilisé le mot *dedans*. Mon cœur s'était mis à cogner dans ma poitrine.

« Y a plein de frères dont tu dois te rappeler qui sont dedans aujourd'hui », dit Mingus. Il y avait peut-être du reproche dans ses paroles, je n'en étais pas sûr. « Donald, Herbert, tout un paquet. »

Je ne me souvenais ni de Donald ni d'Herbert. Peut-être Mingus le savait-il.

« Mick et toi, vous vous voyez souvent ? » Je n'arrêtais pas de poser des questions idiotes, c'était plus fort que moi.

« Je me suis mouillé pour Mick mais y a un moment où j'ai plus pu. » Une note dure et glaciale, celle de son expérience de taulard, s'était glissée à présent dans la voix de Mingus, il cligna des yeux et évita mon regard. « Le gars Mick s'est mis dans une sale situation. Ils ont dû le mettre à l'isolement pour le protéger.

– Ah bon.

– J'y ai pourtant dit mais y veut rien entendre, ce pédé. »

Pour détourner la colère qui semblait se déchaîner, je dis : « En fait, Arthur vous a envoyé du fric à tous les deux.

– Mets le mien au nom de Mick. Il en a besoin, le mec.

– T'es sûr ?

– Il est encore temps qu'il paie ses dettes. Et puis d'abord, j'ai une embrouille avec ces enfoirés, y m'ont piqué mes timbres.

– Tes timbres ?

– Ben oui, pour les lettres, les timbres-poste.

– Qu'est-ce qui s'est passé ?

– J'avais trente dollars de timbres dans mon pieu à Auburn. Quand ils m'ont déménagé ici, ils étaient censés les transférer… » Là, Mingus se lança dans le pénible récit d'une erreur administrative. Le règlement de Watertown interdisait les timbres parce qu'ils pouvaient servir de monnaie d'échange, avaient la même valeur que l'argent. Les timbres qui auraient dû être portés au crédit de Mingus pour lui permettre de cantiner avaient rejoint au greffe les affaires qui lui seraient restituées à sa remise en liberté. Mingus avait rempli des formulaires de protestation, mais les timbres saisis étaient restés en rade dans les limbes entre les deux prisons, les deux règlements. Mingus raconta cette histoire en détail avec une jouissance dans la persécution qu'on ne pouvait qualifier que de kafkaïenne. Dans un univers de privations, je présume que la plus infime peut devenir un fétiche. J'en avais mal à la tête. J'avais envie de crier *Laisse tomber les timbres, putain, je te les achèterai, tes trente dollars de timbres si tu veux !* Mais ces timbres étaient devenus la cause de Mingus, il n'y avait plus moyen de l'arrêter. Qu'étaient trente dollars comparés à une cause ? Et puis en ces lieux, les dons de causeur ne trouvaient à s'exercer que dans une seule direction, pour étancher la plaie par laquelle saignaient les heures, les jours, les années. Je m'efforçai d'écouter patiemment le soliloque.

« Je t'ai apporté quelque chose d'autre », dis-je quand Mingus se tut pour reprendre son souffle.

Il fronça les sourcils, déboussolé.

Je fouillai ma poche aussi discrètement que possible. « Je l'ai gardé pour toi », dis-je avant de pousser l'anneau contre le Plexiglas, comme un pion d'échecs, attendant que Mingus le prenne avec son roi.

« Range ça », dit-il. Il fit un geste de la main, plat par en dessous qui semblait dire *Laisse ça sous la table.* « Ils vont le confisquer. »

Je couvris l'anneau de ma main. Je ne pus pourtant m'empêcher d'avouer être en mission de sauvetage. « C'est pour ça que je suis venu… enfin, j'avais envie de te voir. Mais l'anneau est à toi.

– Il n'a jamais été à moi.

– Alors maintenant, si.

– Merde. »

Mingus était devenu froid et méfiant, comme si je lui avais demandé d'évoquer des souvenirs qu'il ne pouvait se permettre de réveiller.

« Comment est-ce que je peux te le faire parvenir ? » demandai-je en pensant comme un crétin, *Si j'avais su pour la vitre hermétique, j'aurais fait un gâteau.*

« Range ça.

– Tu pourrais t'en servir pour sortir d'ici », dis-je à voix basse.

Il rit amèrement cette fois, avec sincérité.

« Pourquoi pas ?

– Tu pourrais même pas t'en servir pour entrer. »

Le reste, jusqu'à la fin du temps de parloir, ne fut que bavardage sans conséquence. Mingus demanda des nouvelles de mon père, je lui fis donc le récit de l'hommage qu'il avait reçu à Anaheim. Je parlai d'Abby, passai sous silence la couleur de sa peau. Nous reparlâmes même des timbres. Mingus posait des questions et n'écoutait pas mes réponses. Un mur était tombé entre nous. Après quoi, on me reconduisit à l'extérieur, on réexamina mes phalanges pour y trouver le timbre phosphorescent de l'homme libre. En chemin, conformément à ma promesse, je déposai deux cents dollars au greffe, sur le compte de Mick Damer.

12

Invisible dans le crépuscule, je remarquai des choses que mes yeux avaient manquées la première fois que j'avais traversé la cour.

Sur le béton vierge de la moindre bribe de papier ou de feuille, un seul gant de latex, retourné quand on l'avait enlevé à la hâte.

Placardé contre la clôture, un écriteau peint à la main : DÉFENSE DE NOURRIR LES CHATS.

De l'autre côté de la clôture, des arbres pommelés d'ombre. De voluptueuses collines inaccessibles. Le disque pâle de la lune s'était glissé dans le ciel avant le coucher du soleil.

Ce n'était ni le jour ni la nuit quand je réintégrai en douce la prison de Watertown, mais une espèce d'entre-deux : un jour-nuit, l'heure de la relève pour les gardiens.

Je n'avais eu qu'à m'étendre sur le dessus-de-lit au motel pour regarder les chaînes du câble en zappant pendant une demi-heure – un match des Mets ; une émission culinaire ; *Sunburn*, avec Farrah Fawcett et Charles Grodin ; et le numéro des *Coulisses de la musique* consacré à Teddy Pendergrass – pour que les mots de Mingus pénètrent mon cerveau dans toute leur profondeur : *Tu pourrais même pas t'en servir pour entrer*. Je n'y avais vu qu'un simple sarcasme, quand ils parlaient en fait de ma dérobade, depuis toujours, devant ce qui comptait le plus – pas la Californie, connard, mais Brooklyn. Pas Camden, mais le collège 293. Pas les Talking Heads, mais Al Green. « Pas vers l'extérieur mais vers l'intérieur » (cf. Timothy Leary, 1967). « La vieille sortie s'est muée en entrée » (cf. les Go-Betweens, *Spring Hill Fair*, 1984). Les Coulisses de la musique, d'accord. Mais c'est dans les coulisses de la taule que j'avais besoin d'aller. J'y étais passé trop vite la première fois, éternel touriste. Il me fallait mériter l'évasion de Mingus par ma propre volonté d'entrer, démontrer que c'était faisable. Je savais déjà qu'il restait à Aeroman une dernière mission : je voyais maintenant qu'elle ne pouvait être accomplie par un substitut. Je porterais moi-même l'anneau, une fois encore.

Cette certitude monta en moi comme une fièvre. La chambre parut basculer, les murs se resserrer sur moi, comme ceux de Ray Milland dans *Le Poison*. Je me couvris de sueur, sentis mes tripes se relâcher dangereusement. Totalement immobile en dehors de mon pouce qui actionnait la télécommande, je cherchai une chaîne qui me distrairait de mon intention, en vain. Je sautai donc à bas du lit, aspergeai mon cou moite de transpiration, et passai environ cinq minutes sous le néon du lavabo de la chambre, m'hypnotisant dans le miroir pour tenter de me détourner de ce que je m'apprêtais à faire. Puis je bouclai mon petit sac, réglai ma note et quittai le motel.

Je dissimulai ma voiture de location sur le parking vaste comme un stade d'un centre commercial à l'entrée de la ville, la camouflant dans une mer de modèles semblables. Me rappelant les détecteurs de métaux j'ôtai ma ceinture et ma montre pour les laisser sous mon siège, puis enfermai dans la boîte à gants mon portefeuille que je ne voulais pas non plus avoir sur moi. Je retirai aussi la clé de la voiture de son gros anneau et la fourrai dans ma chaussure, comme l'argent du racket quand j'étais en sixième. Pour finir, je glissai à mon doigt l'anneau d'Aaron Doily et sortis à pied, invisible, du parking, puis parcourus sur le bas-côté bien entretenu les trois kilomètres de route menant à la prison, passant devant les écriteaux qui interdisaient l'auto-stop.

Le parking du personnel pénitentiaire s'étendait au pied de la colline, derrière la caravane où avait débuté mon premier parcours dans la taule, un peu plus tôt ce jour-là. Ce fut par là que les membres de l'équipe de nuit entrèrent, un ou deux à la fois, à bord de petites bagnoles ou de pick-up vieux de dix ans, avant de faire succinctement contrôler leur badge par l'occupant d'une guérite qui jetait un œil dans leur boîte à sandwiches pour vérifier que rien d'interdit n'entrait avec eux. Je n'eus aucune difficulté à franchir le grillage derrière une Datsun – il me sembla que j'aurais pu le faire même visible, dissimulé par le brouillard et la fumée des pots d'échappement. Ma Datsun-guide se rangea à son emplacement parmi d'autres véhicules épars. Son conducteur était un petit homme affublé d'un gros bide, de favoris à la Elvis et d'un maillot des Bills. Il s'arrêta dans l'entrebâillement de sa portière pour tirer deux ou trois dernières bouffées prolongées sur une cigarette qu'il écrasa ensuite dans le gravier avant de se diriger vers l'entrée. Je lui collai au train, réglant mon pas invisible sur les crissements du sien. Un peu chancelant, je me rappelai la nature si particulière de la gaucherie que confère l'invisibilité, l'espèce de panique de l'oreille interne qui semblait en résulter. En singeant la démarche de M. Grosbide dont le centre de gravité était bas, je parvins toutefois à garder le cap.

Le personnel avait son propre sas A / B, où leurs collègues les examinaient derrière une vitre. Il me fallut manœuvrer avec beaucoup de finesse : en me faufilant par la porte B je faillis laisser un bras dans sa fermeture et, en me précipitant pour lui échapper, éraflai le talon de Grosbide avec la pointe de ma Converse, manquant de peu le déchausser, lui infligeant ce qu'à l'école primaire nous avions baptisé une crevaison. Grosbide pivota sur lui-même. Je reculai jusqu'à la porte, fermant soigneusement la bouche. Plissant les yeux, il ne vit rien, se fia à ses sens et reprit son chemin. Je me remis à respirer. La prison grognait et bourdonnait, dans la profondeur de ses niveaux, et l'air était plein d'une distante cascade de bruits métalliques – cela suffisait à couvrir la respiration précipitée d'un homme invisible.

Je continuai donc de le suivre à son insu et nous traversâmes la cour sous la pâle lumière de la lune. Nous entrâmes dans un bunker bas dont les fenêtres sans barreaux donnaient sur des bureaux déjà allumés, bâtiment que je n'avais pas remarqué lors de ma visite officielle, et où je ne vis pas de quartier cellulaire. Grosbide franchit une porte latérale non verrouillée, se dirigea vers une autre marquée de l'inscription VESTIAIRE HOMMES. C'est là que je compris qu'il avait pleinement rempli son rôle, que je n'avais pas de raison de le suivre plus loin. Il me fallait trouver d'autres personnes à filer – c'eût été un incroyable coup de chance que Grosbide m'ait conduit au quartier même où Mingus était enfermé.

C'est là que je me séparai de lui, pour traîner dans les bureaux. Il n'y flottait pas le remugle de peur de l'autorité que j'avais senti dans le hall des visiteurs. L'endroit était au contraire aussi anodin que le service des cartes grises d'une petite bourgade. Deux matons flirtaient devant une machine à café, la femme aux cheveux noirs coupés très court n'en était pas moins pulpeuse dans son uniforme. Deux autres étaient assis, bâillant devant de la paperasserie. Deux autres encore, l'un buvant bruyamment un Coca, l'autre sortant une cigarette de son paquet, regardaient une télé de la taille d'un radio-réveil qui diffusait les dernières manches du match des Mets auquel j'avais jeté un œil au motel. Les murs vert-jaune étaient recouverts de photos d'école, de caricatures de journaux, et de calendriers. Dix ans plus tôt ils se seraient sans doute ornés de pin-up mais la présence de gardiennes l'interdisait désormais. Je me dis qu'il devait encore y avoir des pin-up dans le vestiaire des hommes.

Je m'étais aplati contre un mur une fois franchie la porte quand Grosbide entra d'un pas traînant, à présent vêtu d'un uniforme gris bien repassé, matraque et trousseau de clés pendant à sa ceinture.

« Yo, Stamos, dit le gardien qui se tenait près de la machine à café.

– Yo, fit Grosbide-Stamos. Ça gaze ? »

Tous les gardiens étaient blancs. Pourtant, jusque dans ce bled paumé, ce n'était que *yo, yo, yo*.

« Je te cherchais, dit le gardien, et la femme s'éloigna de la machine avec quelque chose comme un regard de dégoût. Metzger veut qu'on monte aux caisses en renfort. Foireux anniversaire !

– Avec une cerise sur le gâteau, répondit Stamos d'une voix éteinte.

– Fais gaffe à ce que tu dis.

– Putain, je voudrais pas qu'il m'arrive des merdes cette nuit.

– T'inquiète chérie, je te protégerai. »

Stamos et son copain quittèrent l'oasis des bureaux en secouant la tête, en route pour je ne savais quelle tâche rebutante dans l'endroit qu'ils avaient appelé les *caisses*. « Que la force soit avec vous », dit un de leurs collègues derrière son bureau, en leur faisant au revoir de la main sans lever les yeux.

Je laissai partir Stamos. Je ne pouvais pas dire que je l'adorais, de toute façon. Je présumais pouvoir filer un maton ou un autre pendant sa ronde dans un quelconque bâtiment si j'avais la patience d'attendre devant les portes verrouillées, et le calme suffisant pour retenir ma respiration et ralentir les battements de mon cœur dans l'attente du tour de clé qui me permettrait de me faufiler sur ses talons. La difficulté consistait à localiser Mingus dans la petite ville de cauchemar qu'était la prison, où les rues ne portaient pas de noms – en tout cas pas de plaques.

Ses coordonnées se trouvaient peut-être dans toute cette paperasserie, ou dans un registre semblable à celui que le gardien avait feuilleté dans la caravane. Je me mis donc à errer comme un spectre entre les bureaux pour lire par-dessus les épaules les papiers qui s'offraient au regard, voire feuilleter les documents sur des bureaux inoccupés quand je pensais pouvoir le faire sans risque. Sans résultat. Le seul registre sur lequel je tombai ne contenait pas de noms mais des écritures et des horaires dans un jargon indéchiffrable – *16:00 surveillance ATT / 16:25 Brig. Mortine bât. G LFF / 18:30 détenu Legman, Douglas 86B5978 demande housse de matelas par intermédiaire aux. RLH*, etc. Sur un autre bureau, je remarquai un exemplaire de la revue du personnel pénitentiaire, dont l'article de fond était simplement titré « Infériorité numérique ! ».

Puis j'aperçus une pile de dossiers marqués du nom des détenus et de leurs matricules, sur une étagère basse à distance des bureaux, dont les pages du haut battaient au vent qui entrait par une fenêtre ouverte. L'invisibilité n'aurait-elle eu qu'un seul avantage, c'était d'avoir libéré un plaisir enfantin à semer la pagaille : avec l'excuse du vent, je fis tomber les dossiers qui se répandirent sur le linoléum.

« Et merde », dit Que la Force Soit Avec Vous, qui se trouvait le plus près.

La matonne de la machine à café se leva derrière son bureau, bouche bée devant les dégâts.

« Ramasse-moi ça, Sweeney, lui dit Obi Wan.

– Ramasse toi-même.

– Non, je monte à la coursive. Tu étais censée classer ce bordel la semaine dernière.

– C'est pas mon bordel, c'est celui de Zaretti.

– Oui, mais je sais bien que c'est toi qui les as balancés par télékinésie rien que pour m'emmerder. Emmène tout ça là-haut, t'entends ? Et ferme la fenêtre, avec ce courant d'air, on va tous choper la crève. »

À ma grande surprise, Sweeney s'exécuta. À genoux, son uniforme tendu dévoilant le bord d'une culotte à fleurs, elle rassembla rapidement les dossiers sans les classer avant que j'aie pu y jeter un œil. Je luttai contre l'envie de faire tournoyer les dernières feuilles dans une bourrasque imaginaire, de chahuter leurs dossiers et de semer un joyeux chaos dans ce royaume de mort, pour leur montrer la folie de l'homme invisible que je sentais palpiter en moi. J'attendis plutôt que Sweeney ait empilé en grommelant tous les dossiers sur ses bras. Obi Wan ne prêtait plus attention à elle. Seule la voix métallique qui commentait le match des Mets perçait le roulement du ventilateur. Quand Sweeney quitta la pièce avec les dossiers, je lui emboîtai le pas comme un obsédé sexuel, suivant la petite culotte à fleurs, unique note de couleur.

La pièce à laquelle me conduisit Sweeney, bureau individuel rempli de meubles de rangement derrière une porte en verre dépoli, renfermait aussi une grande table de bois avec un téléphone, quelques cadres contenant des diplômes et des photos de presse – c'était peut-être le bureau du surintendant, si je pouvais croire à l'existence d'un tel titre. Je me rappelai mon étonnement de môme de Brooklyn, quand j'avais découvert que les petites villes du Vermont avaient réellement un sheriff, titre que je trouvais aussi ringard et imaginaire que *chevalier* ou *homme des cavernes*. Un tel personnage n'avait sa place que dans un sketch de Lenny Bruce ou un rap de Slick Rick. Alors disons le bureau d'un *cadre de la pénitentiaire*. Sweeney alluma la lumière et entreprit de ranger dans de longs tiroirs les dossiers des détenus par ordre alphabétique, et je sus que j'étais tombé par hasard sur ce que je cherchais – à l'instant précis où j'avais cessé de m'y intéresser. Je collai à Sweeney, plus que nécessaire, faisant l'espace d'un instant comme si je n'étais pas perdu au fin fond d'une prison. Sweeney était un peu épaisse, mais je l'aimais. Je l'aimais purement et simplement parce qu'elle était femme dans cet enfer construit par des hommes et surveillé par des hommes, et parce qu'elle m'avait fait voir la lune, m'avait montré sa face cachée.

C'était nouveau pour moi. Je n'avais jamais exploré les occasions perverses qu'offrait l'invisibilité – n'avais jamais été client des boîtes de strip-tease ni du porno, sans parler des peep-shows. Je ne m'identifiais pas plus au satyre du métro qu'à Bernhard Goetz. Et alors que j'étais venu pour me défaire de l'anneau et renoncer à mes pouvoirs secrets, seul avec une femme dans ce bureau, voilà qu'une étrange concupiscence de dernière minute me submergeait, et je faillis enfourcher une des grosses cuisses de Sweeney en me penchant tout près d'elle pour humer une bouffée du parfum de sa chevelure. Elle fredonnait « Believe » de Cher, et elle péta aussi, mais rien ne m'aurait rebuté. Je m'imaginai chuchotant *Ne bouge pas, Sweeney, ne crie pas, et laisse les mains invisibles de l'homme invisible envahir ton uniforme masculin.* Je m'étais mis à bander, à quelques centimètres du cul de tergal gris de Sweeney, d'une érection plus ferme et plus durable qu'avec la chère Hatha. Cette bouffée de désir était à n'en pas douter une ultime tentative de nier ce que j'étais venu faire et que j'avais déjà commencé à faire – nier que ma vie solitaire et celle de Mingus avaient abouti à cela. C'était une façon d'en appeler à une vie différente de celle que j'avais vécue, à une vie pleine de femmes et d'extravagances, une existence perturbée seulement par des perturbations moins perturbantes. Au diable tout cet horrible déploiement de courage viril ! Au diable les enceintes de barbelés et les vieilles énigmes qu'il s'agissait de pénétrer. Rien à foutre, merde ! *Au diable les prisons, baisons ! Viens, Sweeney, que je t'arrache à tout ça.*

Sweeney ouvrit le tiroir R-S-T et c'est là que je le vis : Rude, Mingus Wright, 62G7634. Il n'en fallut pas plus pour me dégonfler. J'avais peut-être été à deux doigts d'une ânerie calamiteuse, de faire sentir à Sweeney mon souffle ou mon érection tout contre elle. Je me repliai alors dans un coin et la regardai terminer sa tâche de classement. Elle était de bonne humeur, inconsciente de ce qui avait failli lui arriver, fredonnait encore son petit air disco. Quand elle sortit en éteignant le plafonnier, je ne le rallumai pas. La lumière des projecteurs de la cour filtrait suffisamment pour me permettre de retrouver le tiroir, et le dossier qu'il renfermait.

Je m'assis au bureau pour y jeter un coup d'œil.

Le dossier comportait une quinzaine, peut-être vingt feuillets. Le premier document, de loin le plus volumineux, datait de 1978 – l'année où Mingus s'inscrivit à Sarah J. Hale, tandis que j'étais encore à la traîne au collège 293 – sur du papier à lettres à en-tête de Frank J. Macchiarola, inspecteur d'académie.

Évaluation psychologique : Les résultats d'ensemble du test suggèrent un jeune homme d'une intelligence très supérieure à la moyenne mais dont les possibilités d'expression et l'aisance verbale dépassent de loin sa capacité à affronter et résoudre les problèmes pratiques. Ses facultés d'attention et de concentration sont un peu limitées et sa conscience présente des lacunes (...) On peut supposer que cela résulte d'un parasitage par diverses émotions, tensions, et contrariétés profondément enfouies. Le test projectif révèle un jeune homme légèrement méfiant qui tend à rester sur ses gardes vis-à-vis du monde, à nier ses besoins affectifs, ce qui le rend vulnérable au stress émotionnel...

Et :

Développement : Mingus est né à terme. Il s'est présenté par le siège, a lutté pour venir au monde, et fait tomber l'instrument des mains du médecin...

Et :

Entretien : Mingus a l'impression de ne pas comprendre ce qui lui est arrivé. Il a déclaré que s'il en croit ses souvenirs, ses difficultés ont commencé à la maternelle...

Et :

Il a des difficultés à cause des « bandes » qui fréquentent son école et son quartier. Sa vie sociale est limitée, il lui est difficile d'expliquer ce qu'il fait de son temps...

Et :

Résultats du test : Mingus s'est volontiers prêté au test. On peut toutefois remarquer un léger agacement face au processus d'évaluation dénotant une attitude de désintérêt condescendant (...) Les résultats varient du passable à l'excellent en dehors d'une note insuffisante lors d'un exercice de recopiage que l'on peut considérer comme trompeur en ceci que Mingus n'a pas semblé s'y appliquer entièrement…

Et :

Sa pensée le porte vers des thèmes relevant du secret ou du présage (par exemple, sur le carton numéro V un papillon camouflé contre un arbre, carton numéro III deux personnes s'affairent au-dessus d'une marmite, un chaudron de sorcière, carton numéro IV un dragon ailé qui s'abat sur vous)… suggérant un regard inquiet et parfois méfiant sur son expérience et son entourage…

Et :

Le style et les manières caractéristiques de Mingus dénotent vraisemblablement chez lui une disposition au sarcasme et à des accès d'éloquence représentant une posture négative et contestataire pour s'opposer aux figures de l'autorité de manière détournée…

Le jargon décrivait un Mingus que je reconnaissais à peine, boudeur sous le regard du psy – à une époque où il commandait mon univers avec exubérance, dans Dean Street. J'allai à la fin du document, pour trouver en dessous le « feuillet jaune » de Mingus, résumé de son casier judiciaire. Tout d'abord, cinq ou six arrestations pour graffitis, du temps du lycée. Avant la promulgation des lois Ed Koch relatives aux graffitis, les policiers qui procédaient à des arrestations en étaient réduits à des euphémismes :

2/3/78: Dégradation volontaire, Intrusion dans une propriété privée
14/4/78: Dégradation volontaire, Intrusion dans une propriété privée

27/9/79: Dégradation volontaire, Vagabondage, Possession d'instruments pouvant servir à une effraction

Ainsi de suite. Les instruments en question étaient sans doute des tenailles, pour s'introduire dans les gares de triage. Aucune mention du saut de Mingus, costumé, d'un arbre de la cour de Walt Whitman Houses – il avait été remis à la garde de Junior ce soir-là. Les seuls risques que Mingus avait pris dans son adolescence étaient tous liés au graffiti. À cette époque, Mingus était libre de fumer et de sniffer chez lui et c'était quand on était contraint de le faire dans la rue qu'on risquait l'arrestation pour possession de drogue.

Cela viendrait bien assez tôt. D'abord, le défilé des infractions suivies d'abandon de poursuites se précipita du haut de cette falaise :

16/8/81: Homicide, Port d'arme

Avec pour conséquence :

23/10/81 : Reconnu coupable d'homicide involontaire

L'ombre projetée du meurtre de Senior représentait un silence de six ans sur le feuillet jaune, avant la reprise, en 1987, des arrestations de Mingus. Entretemps, la rue avait subi la révolution du crack :

23/11/87 : Possession de substances prohibées (stimulants)

Ce fut ensuite raccourci par quelque dactylographe fatigué qui avait un faible pour les majuscules :

3/10/88 : PSP (stimulants) Délit simple
12/2/89 : PSP (stim.) Dél.
3/6/89: PSP (stim.) Dél.

La séquence était interrompue par l'extension du Code pénal :

8/8/89: Possession d'outils servant à exécuter des graffitis

Puis :

5/4/90: Vol simple

Systématiquement, en ces années d'encombrement des tribunaux, Mingus avait été chaque fois maintenu en détention à Riker's Island au-delà des peines qu'on lui infligeait, dans l'attente de son procès pour meurtre. Une fois condamné, il avait donc été libéré, puisqu'il avait déjà accompli sa peine. Pendant les années qui séparaient sa sortie d'Elmira de son actuel séjour sous les verrous, il n'avait jamais quitté la ville, n'y avait jamais été interdit de séjour. Ailleurs, les poursuites contre lui avaient été abandonnées. Peut-être l'« aisance verbale » – ce que j'appelais moi son pouvoir de conviction – lui avait-elle permis de s'en tirer. En tout cas, on ne pouvait dire qu'il n'avait pas été prévenu :

5/8/92: PSP (stim.) Dél.
30/1/94: PSP (stim.) Dél., Possession de matériel servant à la consommation de drogue

De nouveau, on avait l'impression d'un accident de chemin de fer ou d'un plongeon du haut d'une falaise quand on voyait où cette suite de délits rythmée comme le défilé d'une école de samba avait abouti :

11/8/94: Possession criminelle de stupéfiants destinés à la vente, Port d'arme

Et le bouquet final :

Reconnu coupable de crimes, condamné à une peine comprise entre 4 ans de détention et la perpétuité.

Sur ce, le feuillet jaune de Mingus n'avait plus rien à ajouter. C'était comme si l'État l'avait grignoté, goûté, avant la morsure fatale.

Le reste était des documents ayant trait à son incarcération actuelle : sa classification initiale, le condamnant aux prisons de haute sécurité, fondée sur la précédente condamnation pour homicide – d'abord Auburn puis, à sa propre demande de transfert, ici à Watertown. Je comprendrais par la suite qu'il était allé à contre-courant : les détenus new-yorkais cherchaient d'ordinaire à se rapprocher du Sud, pour réduire la distance qui les séparait de leurs visiteurs.

Il y avait aussi les copies carbone des PV d'infraction que les matons avaient infligés à Mingus dans les coursives – ses petites histoires. Je tentai de déchiffrer l'écriture de quelques-uns pour finalement renoncer :

Le prisonnier a refusé de sortir de sa cellule pour la fouille
Objait interdits, marqueur
Le détenu prépare une soupe avec élément chauffant
Dessin sur tee-shirt
Trop de journaux
Le détenu grimpe sur son lit, déclare être Superman
Objait interdits, pipe

C'était donc ça : le livret minable décrivant toute l'existence de Mingus Rude. Je mémorisai le numéro de son bloc et de sa coursive et rangeai le dossier dans le tiroir. Puis, avant de reprendre ma virée fantomatique à travers l'établissement, je m'assis derrière le bureau, tenté par le téléphone qui s'y trouvait. Peut-être étaient-ce les derniers effluves de ma rencontre avec Sweeney, peut-être une façon de plus de perdre du temps, mais je me languissais d'Abby.

Je m'étais toutefois tellement habitué à ce que la sonnerie retentisse dans le vide, ainsi qu'au cliquetis étouffé de mon répondeur, que je fus saisi quand ce fut elle qui répondit.

« Allô ?

– Abby ?

– Oui.

– Tu es rentrée.

– Enfin, je suis chez toi, dit-elle sur ses gardes.

– Tu tiens à cette distinction ?

– Je te fais juste remarquer que toi tu n'y es pas. » Elle me laissa brièvement le temps d'y penser, avant de demander : « Tu t'amuses toujours à Disneyworld ?

– Disneyland. Mais non. Je veux dire, c'est pas là que je suis. »

Elle attendit. Je compris lentement que pendant tout le temps que j'avais passé à appeler chez moi à la recherche d'Abby, elle en avait peut-être fait autant, avec le même résultat.

« Je ne suis pas à Anaheim, dis-je. Je suis rentré à Brooklyn.

– Ton père est malade ? »

Ça me coupa la chique. Il me fallut un moment pour comprendre qu'il s'agissait de sa supposition la plus généreuse pour expliquer mon absence. Elle m'avait épargné les pires.

« Non… non, dis-je.

– Alors c'est comme dans *Jean de Fer*, tu poursuis une espèce de quête pitoyable ? Tu t'enfonces dans la forêt pour jouer du tambour ?

– Pas vraiment, non.

– À la recherche du type au pic afro ?

– Si on veut.

– Pourquoi tu chuchotes ?

– Je peux pas vraiment parler, là. En fait, je m'attendais pas à ce que tu répondes. » J'avais envie d'ajouter *J'ai appelé plusieurs fois*, mais il était trop tard pour ça. Je gardai un œil sur la terne lumière qui pénétrait par le verre dépoli de la porte, craignant une ronde dans le couloir. Celui qui aurait été alerté par mes murmures aurait vu le fil du téléphone tendu entre la base posée sur le bureau et le combiné englobé dans mon invisibilité tout contre mon oreille.

« Tu n'as pas vraiment envie de me parler maintenant, c'est ça que t'essaies de me dire, Dylan ?

– Excuse-moi. »

Je l'entendis réfléchir à mon silence. « Tu peux pas parler là où tu es, c'est ça ? » Son ton s'était radouci, à peine. « Notre grande discussion t'a vraiment foutu en l'air.

– Je ne peux pas te parler là où je suis, dis-je, en accord avec ce qu'elle avait dit de plus évident.

– Je te crois.

– Merci.

– J'imagine que tu rappelleras quand tu seras en mesure de parler.

– Oui.

– Bon. Je suppose que je peux attendre.

– Merci, répétai-je.

– Je vais rester ici. Appelle quand tu veux. » Elle me maternait, pour nous aider tous les deux à raccrocher.

« Abby…

– Oui ? »

Je voulais dire quelque chose avant d'en terminer, voulais avoir quelque chose à dire. Mais par où commencer ? Je ne fis que me défiler, je me rabattis sur une petite information que j'avais gardée en réserve pour susciter son admiration, le genre d'échange qui nous faisait plaisir en des jours meilleurs. « Tu sais que je me suis toujours posé des questions sur les Four Tops, pourquoi ils ne se sont jamais séparés, et pourquoi ils n'ont intégré aucun nouveau membre, après des dizaines d'années ? Alors que tous les autres groupes vocaux se séparent ?

– Oui ?

– Voilà, j'ai trouvé l'explication, c'est assez incroyable. J'avais oublié de te le dire. La raison pour laquelle les Four Tops ne se sont jamais séparés c'est qu'ils vont tous à la même synagogue. Ils sont juifs. C'est plutôt touchant, non ?

– C'est pour me dire ça que tu as appelé ? Les Four Tops sont juifs ?

– Ben…

– Écoute, Dylan, je croyais que tu avais toujours dit que le fait d'être juif était l'aspect le moins important de ta personnalité.

– Euh, oui. Mais c'est… un truc assez incroyable à savoir sur les Four Tops.

– Hmm. Je pense quand même que la passion pour la négritude l'emporte une fois pour toutes sur l'autoanalyse, hein ? Ils doivent sûrement planquer quelques négresses juives quelque part à Crown Heights. Bonne chance dans ta quête, mon frère. »

Sur ce, elle raccrocha. Ce n'était pas la pire conclusion que je pouvais imaginer, elle était seulement un peu à sens unique.

Et sur ce, il ne me restait plus que ce qui était mon but en venant ici. Ou pour reprendre le mot d'Abby, ma *quête* : rejoindre Mingus.

13

Il n'avait jamais voulu être roi de la ligne A, de la CC, ni roi d'aucune des lignes IRT, n'avait jamais voulu être roi d'une quelconque ligne de métro. Là n'était pas la question pour Dose : tenir le compte des tags, fanfaronner, marquer son territoire. Non, on pouvait passer un accord avec les bandes qui se livraient une guerre de domination stupide – Dose avait fini par s'entendre avec FMD qui offrait le moins de résistance –, mais ce n'était que pour exercer son art en toute liberté. L'époque de Mono, Lee et Super Strut, ces légendes qui avaient opéré quand Gotham était ouvert à tous et avait encore besoin d'apprendre ce qu'était un tag, un graff ou une fresque, bref, ce qu'était un graffiti en dehors des grosses blagues et des numéros de téléphone des pédés griffonnés sur le mur des toilettes, cette époque était révolue. À jamais. Un million de mômes taguaient et personne ne connaissait leur histoire. Les mômes pouvaient se figurer que cela avait toujours été la même chose : manger et respirer, regarder la télé, entrer dans une bande, taguer.

Il fallait avoir le sens de cet art solitaire. C'était le tracé et le langage de l'exubérant flot de pigments aux contours indistincts fixé comme une preuve vibrante sur la pierre ou l'acier, que recherchait avidement Dose. Le tracé et le langage, le saisissement d'un tag parfait gravé sur le visage de la ville. Sans parler d'une fresque éclatante au flanc d'un wagon traversant en trombe une station, bordel ! Le monde était peut-être un cachot à l'époque, mais quelques voix s'élevaient pour en appeler quelques autres. Le graffiti ne fut jamais un mouvement populaire, malgré tous ceux qui l'ont prétendu. Comme de Jackie Wilson à Barrett Rude Junior en passant par Sam Cooke et Otis Redding, l'authentique formait un très rare continuum, une constellation.

Barry ne le comprenait peut-être pas, mais Dose savait que son art à lui les rapprochait, rapprochait le père et le fils.

La cocaïne produisait peut-être le même effet – c'est ce que Barry semblait croire, à en juger par sa façon d'y encourager Dose.

La drogue était un long sujet d'étude, rien qui puisse être pris à la légère. On pouvait mourir avant de comprendre ce qu'elle avait à vous raconter.

Son père Barry et son ami Dylan – ils ne pouvaient pas savoir combien Dose les mettait dans le même sac, en définitive. Il éprouvait tout le poids de ce qu'ils attendaient de lui, Dose, et du monde. Papa et Dillinger étaient des rêveurs, cela les rendait timides. Faibles. Il souhaitait leur épargner les connaissances qui les auraient écrasés, et, par moments, toute connaissance quelle qu'elle soit. Des trucs que Mingus savait simplement parce qu'il avait les yeux ouverts. Quand il abandonna Dylan à son sort au collège 293, ce n'était pas par ignorance. Au contraire : il ne supportait pas de savoir quelle souffrance Dylan devrait supporter, ne pouvait affronter sa propre incapacité à s'y opposer. Certains jours il avait envie de sonner à la porte pour rugir à Abraham : *Envoyez tout de suite le petit blanc à Brooklyn Friends ! Tirez-le de là-bas !*

Et l'homme volant ? Il avait surtout essayé de ne pas décevoir.

Black Panther, Luke Cage, Arrowman, ben voyons. Comme si Gowanus avait besoin d'un super-héros noir.

Dose lisait entre les vignettes des comics et pas Dylan. Il savait qu'ils n'étaient que des figurants de ce spectacle urbain. Une publication qui ne tarderait pas à s'interrompre.

La moitié des adeptes du cravatage qu'ils prenaient pour cible étaient de pauvres types de la cité que Dose connaissait, de toute façon.

Barry et Dylan traînaient encore une vision idyllique de Dean Street. Dose voyait leur bout de rue comme l'îlot fragile qu'il était, au milieu de l'océan du quartier au sens large – le connaissait tel un homme volant qui l'aurait découvert depuis les airs. Sa vision englobait Nevins et Hoyt et les territoires auxquels elles menaient. Personne, hormis peut-être Marilla, ne savait que Dose protégeait la rue de l'avidité des frères de Wyckoff Gardens et Gowanus Houses, des jeunes oncles de Mick Damer et de leurs semblables. Personne ne savait qu'il évitait aux mômes de Dean, même à Alberto et Lonnie, même au bravache Henry, de se faire tabasser, de se faire dépouiller de leurs skateboards et de leurs vélos des dizaines de fois. Qu'il défendait les maisons contre la bande du coin de Bergen et de la Troisième, qui écartaient les barreaux des fenêtres du sous-sol avec des crics de bagnole pour se glisser à l'intérieur. En leur vendant de l'herbe il entendait leur conversation et s'opposait à ce qu'ils mijotaient contre les rénovateurs : *Y a rien à chourer, mon pote ! Tu crois que ces blancs ont du fric ? C'est qu'une bande de hippies ! S'ils avaient le choix, tu crois qu'ils s'installeraient ici ?*

Question pertinente, du reste. Les rénovateurs se croyaient-ils à Park Slope ? Ou quoi ?

Pourquoi Dose devait-il les soutenir ?

Abraham et Dylan c'était une chose, mais certains de ces habitants, David Upfield, Isabel Vendle, les Roth, ne daignaient pas poser les yeux sur Junior ou lui, semblaient mettre en cause la légitimité de leur présence dans cette rue. Upfield, chaque jour dehors avec sa casquette des Red Sox et sa moustache en guidon de vélo, ramassant les saletés dans sa cour. Fusillant du regard les Portoricains sur leurs caisses devant chez Ramirez, comme s'ils allaient s'arrêter un jour de jeter des capsules de bouteille et des paquets de chips de bananes vides dans son forsythia.

C'était probablement le départ de Philadelphie qui lui avait ouvert les yeux sur les lignes de force. En tombant l'uniforme des scouts, le maillot de foot, il avait dû démolir et repartir de zéro. Jouer à la classe moyenne, toute cette histoire n'était pas tenable ici.

Junior pouvait rester cloîtré à briquer ses disques d'or. Toi, il allait te falloir trouver le moyen d'évoluer sur le trottoir.

Certains matins il se contentait de prendre par Montague Street, de déambuler parmi la foule de mômes des Heights qui fonçaient pour ne pas rater la sonnerie à Packer et Saint Ann, de s'esquiver pour aller se défoncer au pied des piliers du pont. Pas de profs ni de vigiles, pas de Dylan, pas d'Arthur, pas de Mick. Il serait sourd à l'appel. Pas de Flamboyan Crew, pas aujourd'hui. Pas de Savage Homicides qui le voulaient à Red Hook, pas de Tomahawks qui le voulaient à Atlantic Terminals. Disparus, tous disparus, dissipés comme fumée pour faire place aux travées du pont, quand il s'asseyait dans la ferraille municipale au milieu des ailes tordues des voitures de flics, des parcmètres explosés et des amoncellements de carcasses de machines à écrire mises au rebut par les administrations, aux tiges nouées en un bouquet enchevêtré de caractères contre le rouleau, en un balbutiement de mots imprononçables. Disparus. Disparu Junior, disparu Senior, disparu Mingus.

Senior, il ressemblait plus à Dose, d'une certaine manière. Il était aussi enragé qu'une mangouste, mais il avait des yeux.

Quelquefois Dose filait Senior le long de Nevins à ses rendez-vous avec son contrôleur judiciaire, puis ensuite à la librairie Avery de Livingston Street où, dans l'allée située entre les magazines d'astrologie et le rayon consacré aux concours d'entrée dans la fonction publique, Senior passait une heure à fourrager parmi les *Playboy* moisis des années soixante, jusqu'à ce que le vieux juif lui dise que s'il ne voulait rien acheter, il fallait qu'il sorte.

Un jour Senior l'attrapa par le bras dans le couloir de leur sous-sol, lui dit *Je sens bien que tu me suis, petit, j'espère que ça t'apprend quelque chose.*

Le souvenir qu'il gardait du dimanche où il tira sur lui, c'était celui d'une honte abyssale, de son désir de mettre la main sur les yeux du petit blanc.

Le remords qu'il éprouva n'était pas ce qu'il était censé être. Quand il repassait le film dans sa tête, c'était seulement pour tuer Senior de nuit, le piéger en compagnie des putes de Pacific, loger une balle d'argent dans ce cœur de vampire.

Mais son grand-père ne valait vraiment pas une balle. Si Dose avait pu d'une façon ou d'une autre manier le scalpel plutôt qu'un 45, il s'en serait servi pour séparer Senior de Junior. Il avait voulu sauver son père. Ça aurait valu la peine dont il avait écopé.

Spofford.

Barry était absent quand le juge l'avait mis en accusation et avait fixé sa caution. Il s'avéra qu'il avait fui, était retourné en Caroline du Nord avec le corps de

Senior, abandonnant Dean Street, l'appartement au plancher taché de sang, aux coussins imprégnés de poussière de coke. Personne ne s'occupe de faire libérer Dose, personne n'a l'argent – qu'est-ce qu'Arthur Lomb va bien pouvoir inventer, dealer pour se porter caution ? Organiser une collecte dans Nevins ? Demander à sa mère horrifiée ?

Personne ne savait que Dose avait dix-huit ans. On le balança donc d'abord dans un dortoir de Spofford, la prison pour mineurs du Bronx, avec des passeurs d'héroïne de treize ans, des travestis de quatorze, des enfants bourreaux d'enfants. Il fit la connaissance de deux tueurs même pas prépubères. Ils avaient tué d'autres mômes. Dose se rasait déjà et avait abattu un vieux. Les gamins de Spofford le traitaient comme un sénateur. Dix jours plus tard à Philadelphie, quelqu'un dénicha son acte de naissance et l'erreur fut réparée. On le transféra à Riker's.

Et pourtant, s'il se replonge en août 81, c'est de Spofford qu'il se souvient : un compagnon de cellule de douze ans, môme de Bedford-Stuyvesant, qui entendait des voix dont il disait « C'est Bugs Bunny dans ma tête », qui avait enlevé une petite blanche du CE2 dans la cour de l'école publique 38 pour l'emmener sur les terrains vagues jonchés de briques derrière la Brooklyn Academy of Music et le terminus de chemin de fer de Long Island, s'était mis à poil, lui avait arraché ses vêtements et l'avait contrainte à manger ses excréments, et passait à présent ses nuits à appeler sa maman en geignant. Personne ne se moquait de Bugs – sa complainte nocturne, il la chantait peut-être pour eux tous.

Riker's.

L'expérience s'étant renouvelée une bonne dizaine de fois qui ont fini par se superposer, Dose n'arrive plus à retrouver sa première impression des lieux. Parvenir à maîtriser la situation dans l'île est l'une des réussites de sa vie, qui vaut ce qu'elle vaut. Il est donc probable qu'il ait banni toute terreur de ses premiers instants, par nécessité. Bâtiment 6, malade de la panique bien particulière qui accompagne toute nouvelle incarcération : Dose est *toujours déjà* un vieux de la vieille, ici.

Il n'est rien de pire que les potes terrifiés cherchant à prouver qu'ils sont des durs. On opterait pour un séjour dans n'importe quelle prison du nord de l'État plutôt que d'effectuer sa peine au 6, une fois qu'on en connaissait les règles. Dans le Nord, les détenus entamaient leur peine en douceur. Moins d'incertitudes, moindres arrivages de tronches de crack, une attitude générale qui veut qu'on accepte sa peine et qu'on l'exécute, pas d'histoires inutiles. Dans le bâtiment 6, ils arrivaient de la rue par vagues. Les jeunes cons qui rassemblaient leurs forces pour ce qu'ils croyaient avoir à affronter dans le Nord et rendaient Riker's bien pire que toutes les taules du Nord. Le bruit courait : il valait mieux se faire une réputation de dur, sitôt franchie la porte. Alors ils jouaient du rasoir dans le long corridor non surveillé qui menait au greffe. La bulle – le poste de surveillance vitré des matons – était si éloignée du lieu de l'action que c'en était risible.

Tout le monde savait que les adolescents étaient plus redoutables que n'importe quel adulte.

La méthode de la peur fait gagner du temps à la justice. Tous les frères qui atterrissent au bâtiment 6 jurent qu'ils demanderont un procès en bonne et due forme cette fois, font vœu de ne plus jamais négocier. Leur casier ne supporterait pas une nouvelle condamnation – *D'ailleurs, yo, j'suis innocent !* Puis, au bout de six mois passés à éviter les potes qui se tailladent dans la file d'attente de la cantine, ton avocat t'annonce que le proc a proposé un marché. Tu plaides coupable, on prend en compte ta préventive, tu te retrouves en conditionnelle. C'est ça ou tu risques d'un à cinq ans dans le nord de l'État, alors tu acceptes. Le risque d'une condamnation de dix ans à perpète, celui de tomber sous le coup de la loi Rockefeller, c'est trop pour toi. Surprise ! Tu te fais poirer de nouveau.

Rien ne sert mieux le système que ses dysfonctionnements à la périphérie.

Ayant visité l'île sous tous les angles, Dose en a vu les mécanismes. Comme ceux d'une montre ouverte. Quand les tronches de crack arrivent, ils vont droit à un bat-flanc et personne ne les laisse s'y installer. Puants, squelettiques, ils n'y arriveront jamais, ne convaincront jamais personne de rien. Les vieux durs ou les jeunes épais, tout le monde dit la même chose : *Putain ce que tu pues, enfoiré !*

Va avec les clodos, petit, dors pas ici !

Toi, tu as été le seul à emporter de ton propre chef ta couvrante dans le quartier des épaves, tu t'es exilé toi-même dans le Bowery de Riker's pour partager les lits superposés avec les poivrots couverts de croûtes, aux ongles fendus. Les types écrasés, brisés, au regard papillonnant après des dizaines d'années d'humiliation.

Ensuite, t'as droit à tout le trip Horatio Alger. Les types qui s'intéressent à leur apparence pour la première fois – jamais encore ils n'ont eu une heure à eux, jamais ils n'ont été propres, n'ont jamais passé un jour sans drogue. Ils s'amènent en braillant pour un peu de crack, mais rien à faire. Cette première incarcération est un coup d'œil au miroir. Les aînés ont des habitudes, des idéologies – juge de paix de la taule, Black Muslim, dealer ou mac, ou les grandes banques nationales, Latin Kings, Ñetas, Bloods et jusqu'au dernier, ils ont un discours, parlent de respect. Il n'y en a pas un qui n'ait sa combine ou son affiliation, même s'il parle de se préserver en ne comptant sur personne. Rester libre aux entournures, ne pas faire de dettes. Ne rien devoir à personne, c'est le principe universel. Alors naturellement, tout le monde essaie de te prêter des cigarettes le premier jour, avec un intérêt de deux pour une : c'est ça une dette, fiston.

Et tous les corps ont une couche de muscle. Et puis te voilà toi, minable crevette des rues, quarante kilos une fois que t'es sevré pour de bon.

Tu penses à ne pas contracter de dettes, mais le coiffeur de Riker's te fait une bonne coupe et puis te chuchote à l'oreille *Tu me dois un demi-paquet, frère*, et tu discutes même pas, t'es reconnaissant et c'est tout, parce que t'avais une touche vraiment pas possible avant qu'il s'occupe de toi.

Riker's, c'est comme ta première audition : Ce sera quoi ta combine ? Faire le guet ? La drogue ? Les pédés ? À moins que tu ne te contentes de négocier des conseils et des cigarettes, de raconter des histoires qui finissent jamais, Shéhérazade de la taule ?

Mais la meilleure combine de l'île, Dose était tombé dessus par hasard, la première fois, entre sa condamnation et son transfert dans le Nord. Ce mois de septembre, avec un clin d'œil au fantôme de Senior, Dose avait mis une croix devant *Israélite* sur son formulaire d'écrou. Le maton n'avait pas tiqué, s'était contenté de lui indiquer le lieu et les horaires des services religieux. Dose l'avait complètement oublié jusqu'aux fêtes de l'hiver, quand on lui avait remis une boîte de pain azyme à l'heure du dîner et qu'on l'avait autorisé à l'emporter au dortoir. Une quelconque autorité rabbinique avait dû peser de tout son poids pour lui obtenir cette petite faveur – d'où qu'il vienne, l'absurde pain azyme tombait du ciel, une pleine boîte chaque jour qui aurait suffi à lui permettre de grignoter pendant une semaine.

Ce mois de décembre, celui qui partageait le lit superposé de Dose était un dur qu'il avait connu dans le quartier, un mec qu'il voyait traîner dans les environs du centre commercial d'Albee Square, à vendre des gâteaux ou distribuer des brochures, habillé comme Malcolm X. Petit revendeur minable dans la rue, voilà que le type s'était mis en tête d'étudier l'islam pour de bon quand il s'était retrouvé dedans : tous les jours à cinq heures du mat', lui et ses potes sont dans la salle commune à débiter des *Allah*, *Allah* à genoux. Là, c'est le ramadan, et il crève la dalle, l'enfoiré, puisque les musulmans n'ont pas le droit de bouffer avant le coucher du soleil. À Riker's, ça veut dire qu'il saute les trois repas, assis sur son pieu pendant que tous les autres sont extraits pour le dîner de cinq heures. Alors Dose lui file une boîte de pain azyme, et puis une autre pour ses amis – depuis le temps il en a en réserve sous le lit – qui a vite fait de lui attirer leur sympathie. Il ne demande même pas de cigarettes en échange, estimant que la Nation de l'islam veillera sur lui, désormais. C'est ainsi qu'un pseudo-juif noir joue les pères Noël pour une bande de musulmans affamés : c'est la logique de Riker's.

Elmira.

Tout établissement porte en lui des incarnations passées, comme les fleuves indolents dont un siècle de limon tapisse le fond. Réformes pénitentiaires, innovations dans le domaine carcéral testées puis abandonnées, toutes ces vieilles habitudes ont imprégné les murs de vibrations. Chacun sait que c'est à Sing Sing qu'est le gril, la chaise, même depuis que la peine capitale a été abolie, les radiations du couloir de la mort continuent d'imprégner l'acier de l'établissement. Les prisons d'Auburn et de Philadelphie ont vu naître le mitard, ce tombeau de pierre qui plonge les hommes dans leur propre enfer – alors que les nouveaux QHS fonctionnent d'une façon qui fait d'Auburn une plaisanterie.

Attica, c'est la merde, comme *Apocalypse Now*.

Elmira servait jadis de prison pour mineurs, et même si ce n'est officiellement plus le cas, on a encore tendance à y mettre les jeunes, comme si c'était une faveur à leur faire. Plus récemment, Elmira a remplacé Sing Sing en tant que centre de tri, c'est là qu'on subit les tests avant d'être placé en détention ailleurs. Le niveau d'instruction, ajouté aux résultats d'un grossier test d'aptitude, détermine ce que sera votre salaire pendant toute la durée de votre travail en prison – quarante cents, soixante-dix cents de l'heure. On peut être portier ou auxiliaire, distribuer le savon dans son bloc, pendant dix ans, à l'issue d'une heure de test ici. Ensuite, après avoir été passés au crible pour détecter la moindre trace des couleurs d'un gang, on se retrouve éparpillés aux quatre coins de l'État, afin de séparer tous ceux qu'on soupçonne d'être des potes. Il n'est pas rare de purger la totalité de sa peine à Elmira ; néanmoins, l'idée qu'on ne fera que passer, combinée à un faux air de maison de redressement, fait d'Elmira la prison du *T'as encore rien vu*. Il y a un côté *Ferme-la, petit, et estime-toi heureux d'être ici*. Comme si ça pouvait être pire.

Dose passa quatre ans dans les murs d'Elmira, vidant ses poches de tous les atouts accumulés dans sa jeunesse. Comme à Dean Street il se transforma en vieux de la vieille, prit la corde, du jour au lendemain. Il était intarissable sur les us et coutumes, c'en était délirant, prodiguait à des types qui avaient deux fois son âge des conseils sur la façon de s'y prendre avec un système qu'il avait à peine expérimenté en personne. À vrai dire, tout ce que Dose avait besoin de savoir, il l'avait appris le premier jour dans la cour d'Elmira, au banc de musculation, quand il découvrit que les poids étaient soudés à la barre, pour éviter qu'ils soient volés ou utilisés pour broyer un crâne. En d'autres termes, il valait mieux avoir fait de la gonflette à Riker's si on voulait avoir la moindre chance de toucher aux appareils, ici. D'ailleurs, si l'on n'avait pas déjà une certaine carrure, les mecs qui entouraient le banc ne vous laissaient même pas approcher. Autant renoncer à l'illusion que tu pouvais encore changer ton destin. Dans ton voyage tu avais déjà laissé derrière toi toutes les possibilités de changer de parcours, plus loin que tu n'osais l'imaginer.

Carrière.

À Elmira, Dose devint un artiste de la taule. Comme le pain azyme de Riker's, sa carrière fut le fruit du hasard. À une table de la salle commune, blotti dans une coquille d'introspection, il traçait sur les pages d'un cahier au stylo-bille bleu les croquis minutieux de tags destinés à des wagons imaginaires, dans des couleurs éclatantes, pur produit de son imagination. Il travaillait avec acharnement sur une fresque dont le thème était la Saint-Valentin : de gros cœurs naïfs transpercés par les flèches emplumées que tirait un chérubin cochonnesque en Nike montantes.

Un frère au regard glacial, portant un débardeur de tulle et un bandana, que Dose avait jusqu'alors bien pris soin d'éviter, se matérialisa soudain au-dessus de son épaule et le fit sursauter. Le frère posa son index sur la feuille de la Saint-Valentin.

« Yo, ça en jette, ça.

– Merci.

– Tu peux m'en faire un pareil ? Pour ma nana ?

– Oui, pourquoi pas.

– Mets mon nom et le sien ensemble. De la part de Raf, pour Junebug.
– Oui.
– Fais-le tout autour de la feuille. Pour que je puisse écrire dedans.
– Pas de problème.
– Combien ? »
Dose haussa les épaules.
« Quatre paquets », grommela Raf.
Raf était l'un de ceux qui, ayant probablement négligé voire battu leur nana quand ils étaient libres, viraient romantiques une fois enfermés. Qu'est-ce qu'un homme avait à offrir, sinon des mots d'amour, des lettres fleuries, des promesses de mariage, s'il souhaitait qu'une femme continue de venir au parloir, ou s'abstienne de s'envoyer en l'air avec un jules ou de s'enfuir avec son gosse ? Raf avait fait le tour de son petit vocabulaire amoureux en un ou deux coups de fil, les petites attentions comme ce papier à lettres décoré devenaient donc de plus en plus urgentes. Peut-être sentait-il Junebug se détourner de lui. Peut-être ses visites se faisaient-elles moins fréquentes. Il commanda à Dose une série de cartes richement ornées, dans le style graffiti.

Un soir, Dose eut la présence d'esprit de dire : « Ce dessin, je te le file gratos. »

Raf plissa les yeux : *Pas de dettes* fut le message qu'ils délivrèrent en un éclair. *Essaie pas de m'embrouiller*.

« Je te demande juste de pas l'envoyer tout de suite, d'accord ? Montre-le un peu aux frères. » Raf s'asseyait à la table des Blood pour dîner, zone interdite de violence latente. « Dis-leur qui l'a fait pour toi. »

Raf sourit, il avait compris. « D'accord, mon pote. Je peux faire ça pour toi. »

Il n'avait pas fallu longtemps à Dose pour voir que les affiches, les logos et les dessins porno qui étaient scotchés au mur de tant de lits n'étaient le travail que d'une poignée de prisonniers, et que le reste de la population était leur clientèle. Rien ne l'empêchait de faire un malheur sur ce marché – ses cartes pour Raf dépassaient de la tête et des épaules les saloperies ordinaires, qui semblaient pour la plupart décalquées sur des comics des années cinquante. La stylisation des graffitis, voilà ce qui suscitait des oh et des ah.

Comme de bien entendu, une pointe de savoir-faire promotionnel provoqua un afflux massif. Dose se retrouva à décorer les bordures d'un nombre incalculable de lettres d'amour – la simple quantité de galanteries lancées sans raison de derrière les barreaux suffisait à donner le tournis quand on y pensait. Chacun de ces amants rétroactifs était un ancien mac à la main lourde, qui mettait maintenant un genou à terre. Dose essayait d'en savoir le moins possible : combien de réponses, combien de visites cela valait-il à ses clients, combien d'entre eux trouvaient quelqu'un au bout du fil quand ils appelaient ?

Mais les lettres d'amour n'étaient qu'un des aspects du marché : Dose fit des affaires florissantes en décorant des cadres de carton pour la photo des êtres chers, et en réalisant des tags dans le style fresque couvrant toute une feuille de cahier avec le nom des détenus qui souhaitaient personnaliser leur pieu – tous ceux qui en voyaient un disaient *Yo, y m'en faut un pareil*, et allaient prendre la file d'attente à la promenade suivante. Il produisait sur commande des BD porno artisanales dans lesquelles on voyait par exemple Crockett et Tubbs enfiler Madonna, à la fantaisie du client, le client avait toujours raison. Il dessinait des modèles de tatouages, que les tatoueurs au stylo-bille reproduisaient sur les biceps, les cuisses et les poitrines. Dose voyait, parmi ceux qui faisaient la queue pour aller cantiner, des types qu'il ne connaissait pas arborer ses tags sur leur corps.

On pouvait l'appeler le Roi d'Elmira. Parfois, cela le renvoyait au temps des scouts, comme s'il allait obtenir un badge en Nichons ou en Tatouages.

Un jeune Portoricain demanda à Dose de personnaliser un des tee-shirts blancs standard de la prison. Il voulait sa propre caricature, mains ouvertes en signe d'impuissance, et le slogan DE DIX ANS À PERPÈTE ?!? Triste et pourtant vrai, le môme souhaitait le porter, Dose s'exécuta, dota le môme des grands yeux ovales de Félix le chat, et ne dut pas s'en tirer trop mal puisque le môme lui-même le dit. Le lendemain, un vieux maton noir nommé Carroll, mec plutôt réglo d'ordinaire, se pointa à la porte de la cellule de Dose.

« Dehors pour la fouille, dit Carroll.

– Qu'est-ce qui se passe, chef ?

– Ferme-la et sors. »

Carroll fouilla le pieu et ressortit avec tout le matériel de dessin de Dose, et dix paquets de clous de cercueil qu'il avait mis en réserve. « Je suis obligé de confisquer ce matériel et d'écrire un rapport, dit-il. Il est interdit de posséder plus de six paquets.

– Merde, prends les sèches, mais ça, c'est mes affaires de dessin.

– Écoute, Rude. C'est toi qui as fait ce tee-shirt ? » Carroll montrait le tee-shirt DE DIX ANS À PERPÈTE, qu'il avait roulé en boule dans sa poche de derrière.

« Et alors ? »

Carroll secoua ses bajoues, las de tout ce qu'il avait déjà vu. « Tu risques sept ans pour tentative d'évasion, pour avoir retouché un vêtement. »

Dose repartit de zéro, rassembla du nouveau matériel à crédit, se gardant cette fois de retoucher un quelconque vêtement. Le second coup porté à son entreprise le fut quelques semaines après qu'il eut repris, par les frères Astacio : deux Latinos d'un certain âge, artistes taulards, vraiment frères ou pas, peut-être cousins. Personne ne le savait, bien que tous deux fussent de petite taille, joufflus, et coiffés d'une résille affublée d'un nœud graisseux sur la nuque. Les Astacio travaillaient dans un style tatouage à la Coney Island vraiment minable, leur lettrage des slogans et des noms était aussi rudimentaire que de la gravure sur bois. Sans même y prêter attention, Dose les avait mis sur la paille, de sorte que les frères commencèrent à l'aborder, dans la file d'attente du réfectoire, dans celle de la cantine, et dans la cour. Ils poussaient des espèces de grognements animaux, lui réclamant d'arrêter de leur voler leurs clients – ils semblaient attendre que Dose filtre les demandes : *Tu serais pas client des estimés Astacio, par hasard ?* Une connerie de ce genre. Dose fit celui qui ne comprenait pas, comme s'ils parlaient espagnol. Puis Ramon Astacio l'accosta devant l'urinoir, dans les douches subitement désertes de la coursive F.

Ramon se planta tout près de Dose, ayant apparemment perdu l'usage de la parole, ne s'exprimant que par gestes. Souriant à pleines dents, il montra pourquoi : dans sa bouche pivotait une lame de rasoir qu'il faisait tourner de la langue comme une majorette son bâton.

Dose flippa, débordant de la peur accumulée pendant un an, premier accès de rage qu'il s'autorisait à éprouver depuis qu'il avait tiré sur Senior. Il lança le coude et atteignit Ramon à la mâchoire, la lui refermant sur la lame qu'il avait rituellement exhibée. C'était un triomphe et une erreur. Comme lors d'un cravatage, il y avait des règles à respecter, un art de la confrontation. Il existait une rhétorique de la menace. Ramon pouvait bien avoir du sang plein la bouche, Dose avait renoncé à la possibilité de choisir son heure.

Si l'on frappait quelqu'un, il fallait aller au bout et le tuer, or ce n'était pas le lieu que Dose avait choisi.

Il se rua hors des douches, passant devant Noel, le frère, qui était de faction à la porte.

Au dîner, ce soir-là, Ramon était absent et la rumeur qui courait dans la salle était qu'il se faisait recoudre la bouche. Noel était assis à la table des Ñetas, et lui et quelques-uns de ces derniers jetaient des regards lourds. Dose savait qu'il lui faudrait bien finir par agir, et ne voyant pas l'intérêt d'attendre, alla droit à l'impensable et se décida pour la table des Blood. Il ne s'adressa pas directement à Raf, mais à King Blood lui-même. Il lui fallut ravaler les battements de son cœur pour y parvenir.

« Je m'excuse de te déranger en plein repas, dit-il. Mais j'ai des ennuis et je suis obligé de te demander si je pourrais parler à Raf. »

King Blood ne leva pas les yeux de son plateau, comme si tous jouaient un rôle trop rodé pour avoir besoin d'en rajouter.

« C'est pour demander de l'aide ou c'est pour affaires ?

– Pour affaires, répondit Dose.

– Vas-y », dit King Blood, non sans avoir marqué un temps d'arrêt appréciable, assez long pour permettre à tous les yeux de la salle de constater que c'était Dose qui était venu à eux et qu'on l'avait laissé trembler dans l'attente d'une réponse.

Ce fut ainsi que Raf devint le protecteur et l'agent de Dose, prélevant cinquante pour cent de tous les paiements, et stockant un certain style d'affiches à gros seins à des fins de redistribution interne au réseau Blood. Lors d'une transaction menée à l'abri des regards, un cador des Blood échangea un mot avec un cador des Ñetas et les Astacio se volatilisèrent. Les frères se contentaient de lancer à Dose des coups d'œil assassins quand ils étaient sûrs que personne ne les voyait, Ramon passant lubriquement sa langue recousue sur ses dents, afin que Dose voie bien le badge qu'il avait gagné et médite sur ses conséquences.

Mais Raf était grand, fort, et fidèle, ce qui assura la sécurité de Dose à Elmira. Dose était l'une de ses mules ; les autres revendaient des « arbres » – joints de marie-jeanne roulés serré, coupés de tabac mentholé par souci d'économie – et il en glissait une poignée à Dose de temps en temps, un petit extra. Dose avait fini par adopter une politique consistant à ne pas toucher à la drogue en prison, voyant la spirale d'endettement à laquelle elle menait rapidement, mais se défoncer gratos avec ces arbres était une exception sans danger. Il se révéla aussi que Raf n'était pas fidèle à la destinataire de ses incessantes lettres d'amour au point de ne pas vouloir se faire tailler une pipe à une ou deux reprises, avant de sucer Dose en retour quand ils se firent mutuellement confiance. Les Blood avaient à leur disposition permanente un cagibi plus ou moins acheté à cet effet. Dose apprit à admirer la façon dont Raf pouvait faire durer une pipe pour tuer le temps, comme il aurait prolongé à l'envi ces histoires drôles dont tout le charme est d'être interminables. S'il lui arrivait même d'être en léger manque, de l'un ou l'autre, de se sentir comme transporté par la contraction des cuisses bodybuildées de Raf comme il l'était par l'avidité d'une bouche, quelle importance, ça n'était rien du tout, ne révélait rien du tout. S'il était une chose que Dose avait apprise de son père – le Grand Amoureux endormi sur ses lauriers, prenant paresseusement tout ce qui se présentait à la maison, les femmes d'Horatio voire, à l'occasion, Horatio lui-même –, c'était qu'il n'y avait rien d'extraordinaire à tailler une petite pipe de temps en temps, du moment qu'on se faisait pas traiter de pédale. C'est ce qu'avait compris Dose le jour où Barrett Rude Junior avait surpris son fils et Dylan Ebdus : il y avait plus de choses sous le soleil que n'en pouvaient faire ensemble deux mecs quand il n'y avait pas de femme dans le coin.

Dose ne passait d'ailleurs pas beaucoup de temps à songer à Dean Street, ni aux jours qui avaient précédé le retour de Senior, quand Barry était encore dans toute sa splendeur polymorphe, avant que la paranoïa et l'inquiétante étrangeté aient tout submergé, au sous-sol, à l'étage et dans la rue. À cette époque où il semblait encore possible que Barry se remette à la musique, rejoigne les rangs des super-héros du funk.

Quand le quatre-pistes était la machine secrète dissimulée sous le plancher, pas le 45.

Dans le bref laps de temps qui s'était écoulé entre le moment où il avait renoncé à l'uniforme des scouts pour rallier FMD et Mick Damer, abandonnant Dylan Ebdus, ou étant abandonné de lui, c'était l'un ou l'autre, Dose pouvait encore se laisser séduire par les choses les plus simples : jouer au stoopball, à la balle au mur, à la chique, chaparder des revues porno au kiosque du terre-plein au carrefour de Flatbush et d'Atlantic, apprendre par cœur chaque syllabe d'« Eighth Wonder » de Sugarhill Gang ou de « The Breaks » de Kurtis Blow pour les chanter dans sa tête.

Ou s'allonger dans le courant d'air de la fenêtre qui donnait sur l'arrière-cour pour feuilleter *Les Inhumains*, attendre de leur chef muet, Flèche Noire, qu'il ouvre la bouche et que tout s'écroule, en une destructrice parole apocalyptique : le pont, les tours, les écoles, tout le béton des bâtiments publics que Mono, Lee et Dose avaient tagués à la bombe pour les désigner à une future démolition.

Lorsque Flèche Noire chanterait enfin, la ville serait rasée, ne resterait alors que le métro roulant sous terre à travers son théorème de tunnels, le seul vrai quartier.

Dose pouvait en rêver pendant des heures, allongé sur son dessus-de-lit dans la brise chargée du remugle de l'ailante.

Ou bien se précipiter dehors par la plus torride des journées pour rejoindre ceux qui dirigeaient, à l'aide d'une boîte de conserve ouverte aux deux bouts, l'eau qui jaillissait d'une borne d'incendie vers la fenêtre ouverte d'une voiture dont le conducteur remontait précipitamment la vitre quand il voyait ce qui se préparait – toujours trop tard.

Mais les histoires que tu te racontais – que tu faisais mine de te rappeler comme si elles s'étaient produites tous les après-midi d'un éternel été – n'étaient en fait qu'une poignée de journées déformées pour en faire une légende, encore une exagération de taulard, comme la taille de ces nichons ombrés de hachures faites au stylo-bille, celle des prétendues montagnes de coke que tu t'envoyais autrefois, ou le rugissement vengeur que tu avais poussé en actionnant la détente d'un pistolet qu'en réalité tu brandissais en te pissant dessus de terreur. Combien de fois cette borne d'incendie avait-elle seulement été ouverte ? Combien de fois avais-tu arrosé le conducteur d'une bagnole, hein ? Deux tout au plus ? L'été n'avait brûlé que quelques après-midi, en définitive.

Quant à voler, Dose ne levait même plus les yeux vers le ciel. Jamais. Voler n'avait été qu'un été dans l'été, un caprice. À quoi bon y penser ?

14

Pendant les années qui s'écoulèrent entre Elmira et Watertown, la vie de Dose dans la rue ne fut qu'une ombre, un rêve pâle entrecoupé de séjours en taule.

Chaque libération se fondait dans la suivante, Quatrième Dimension crépusculaire et récurrente dans laquelle la navette de Riker's le déposait à Queensboro Plaza. Là, l'autocar s'arrêtait sous le métro aérien, et le chauffeur distribuait des jetons, un par homme, laconique cadeau d'adieu du système. Sur le quai, Dose attendait au milieu d'un troupeau de taulards effarés, chacun faisant mine de ne pas être avec les autres, la panique dans tous les regards. Les libérés mâchaient frénétiquement du chewing-gum, crachaient, tiraient sur des vêtements de ville trop serrés pour leurs biceps et leurs pectoraux tout neufs, leur carapace à tous, jusqu'au dernier, aussi voyante et peu adapée à ce monde que celle de homards lâchés en rase campagne.

De Queensboro Plaza, Dose rentrait chez lui. Il prenait la 7 jusqu'à Grand Central et changeait pour l'express en direction de Nevins s'il s'en sentait le courage, dans l'espoir d'apercevoir de nouvelles fresques sur les rames, dans l'espoir de tomber sur quelqu'un de sa connaissance. Quand il était d'humeur plus timide, il préférait remonter à pied les deux pâtés de maisons qui le séparaient de la station de métro, prendre la ligne G pour le long trajet par Greenpoint, Bedford-Stuyvesant,

Fort Greene, treize stations désertes, une heure dans les tunnels pour remettre de l'ordre dans ses pensées.

Chanter une chanson de retour : *Je t'ai manqué, mon coco ? Me revoilà !*

De retour dans le groove new-yorkais, pas de doute.

À sa libération d'Elmira, Dose se rendit, comme il avait été convenu, à la piaule d'Arthur Lomb dans Smith Street. Barry avait loué les pièces du sous-sol ; pas question de retourner là-bas. Pendant sa première saison de liberté, Dose travailla pour Glenray Schurz, artisan hippie qui remplaçait des châssis de fenêtre dans les maisons de pierre brune délabrées, complice de la rénovation, transformant Gowanus en Boerum Hill. Les premiers temps, Dose rendait visite à Barry à l'heure du déjeuner, encore couvert de plâtre, son masque à poussière autour du cou. Il passait avec un sac de sandwiches achetés chez Buggy, la moutarde forte dont Barry raffolait autrefois. Seulement Barry ne mangeait plus. Dose s'asseyait avec lui sur le canapé, cherchant un contact avec son père, mais ils parlaient à peine. Se bornaient à regarder la télé, *Phil Donahue*, *Mission impossible*, ou, le dimanche après-midi, râlaient quand les Jets loupaient encore un plaquage.

Dehors la rue était morte, pas un seul môme.

De temps à autre on y croisait Henry en costume-cravate qui vous lançait un *yo*.

Barry mettait le sandwich au frigo et décapsulait la bière qui lui servait de déjeuner, devant la porte encore ouverte.

Il apercevait aussi son père dans la rue, dans Atlantic, à l'hôtel Times Plaza. Là, Dose choisissait de ne pas se montrer, se contentait d'observer, tandis que Barry attendait à l'entrée qu'un dealer se présente.

Par la suite, quand Dose était retourné derrière les barreaux avant d'être libéré de nouveau, démarrage du cycle de ses incarcérations à Riker's, ces jours de crack donnant naissance à des mois de crack donnant naissance à des années de crack, années qu'il passa *en mission*, Arthur Lomb devint trop regardant pour lui laisser le canapé. Il voyait Dose venir de loin dans la rue et sortait son portefeuille, prenait un billet de cinq pour le lui glisser quand ils se serreraient la main, aumône que Dose n'avait plus assez de fierté pour refuser. À cette époque, lâché à Queens Plaza, Dose ne retournait pas à Gowanus, ni même à Brooklyn. Il gagnait tout droit Manhattan, Washington Square, à la recherche de types qu'il connaissait, de quelqu'un qui lui parlerait d'une boîte ou d'une fête privée, et après la fermeture des bars allait squatter chez une femme assez désespérée pour se joindre à son trip désespéré, assez bête pour ne pas voir où cela menait : le trajet de Petit Poucet jalonné de ce qu'il lui piquait jour après jour pour le mettre au clou, jusqu'à sa nouvelle arrestation.

La chanson du retour se muait en grommellement, tout ce qu'on se rappelait était quelques phrases du refrain : *Je retournerai jamais en taule, ça c'est sûr !*

Petite, t'aimes faire la fête ?

Dans une phase ultérieure, près de la fin, avant qu'il ait pu trouver son chemin jusque chez Lady à Gowanus Houses, Dose commençait sa période de liberté comme il savait qu'elle était condamnée à se terminer : il allait dormir à la piscine municipale désaffectée de Thompson Street. Là, il se cachait pour dormir sous la plate-forme de la piscine, après avoir rampé pour y accéder par une brèche de la clôture, dans un coin qu'aucun clodo ne lui disputait, vraisemblablement parce que le foyer John Gotti était au bout de la rue.

Il n'était plus qu'une tronche de crack, un petit voleur à l'étalage, il ne faisait que voler jour et nuit, travail plus dur que tout ce qu'on pouvait imaginer, piquant CD, vêtements, ceintures et chaussures, petits appareils électriques, jusqu'à ce qu'il ne reste plus un seul magasin ouvert. Ensuite, trouver un restau de nuit pour tenter de voler des pourboires au comptoir.

Vivant de l'aube au crépuscule, entre clou et pipe.

Il n'y avait plus qu'une planche de salut possible ces années-là, c'était l'arrestation. Dose en arriva à l'appeler de ses vœux comme un changement de saison, son unique chance d'arrêter de crever de faim à la vue de tous. Le crack l'avait réduit à quarante, puis trente-cinq kilos, en avait fait un épouvantail dormant dans les caniveaux, qui commençait à supplier qu'on le reprenne : *Pour l'amour du ciel, faites qu'on me jette à Riker's avant que je crève !*

Invisible dans une multitude d'hommes invisibles, Dose devait sortir au grand jour pour obtenir ce qu'il voulait. Proposer un deal à un flic des stups en civil, ou faire le même numéro, tous les jours au même endroit, un marathon dans la ruelle derrière Tower Records ou à l'entrée de la OK Harris Gallery, jusqu'à ce qu'on finisse par demander à la police d'effacer cette épave qui défigurait la ville comme un graffiti.

Sous le règne de Dinkins, puis de Giuliani, tous les districts de la ville archipel avaient changé chaque fois qu'on sortait de Riker's, l'île de l'exil.

Où étaient passés les graffitis, putain ?

Où allait-on si on ne pouvait même plus allumer un joint dans la Huitième ?

C'était pas qu'on soit un zombie. C'était la ville qu'on hantait qui était irréelle.

Windsor Isolation Thermique.

C'est Arthur qui avait mis Dose en relation avec Glenray Schurz, l'avait amené à la communauté hippie de Pacific, une des dernières du quartier. Schurz était barbu, des étoiles dans les yeux, mais torse nu en salopette, il n'était que muscles parcourus de veines saillantes, le genre végétarien costaud. Il avait été ébéniste, dans le style utopique de Woodstock. Puis, une fois à Brooklyn, s'était mis à fabriquer des placards et des meubles de cuisine pour les maisons de pierre brune des environs. Seulement il s'était lassé, à la longue, d'avoir sans cesse à satisfaire les fantasmes que les ménagères puisaient dans les magazines de déco. Schurz fit le choix d'une vie plus simple : installer le système Windsor sur le châssis mal isolé des fenêtres à guillotine datant des années 1860 à 1880 qui s'alignaient sur les façades identiques des petits immeubles de rapport. C'était un boulot aussi répétitif que changer des pneus, mais les rénovateurs étaient à sa merci. L'ombre d'Isabel Vendle pouvait les attirer dans le quartier, les amener à contracter de périlleux emprunts immobiliers, mais aucun fantôme de Vendle ni de qui que ce soit d'autre ne serait là pour les calmer après la première facture hivernale de la compagnie du gaz de Brooklyn : ouille ! Alors ils se renseignaient timidement à la ronde et on leur répondait : *Windsor Isolation Thermique. Il y a un menuisier de Pacific qui l'installe, quarante dollars la fenêtre sans les matériaux, amorti en six mois. Il est un peu miteux, un peu bizarre mais…*

Dose devint donc l'arpète de Schurz. Deux fois par semaine, ils faisaient le plein à la minuscule fabrique de la Quatrième Avenue qui produisait les garnitures de zinc. Un saut chez Brook Lumber pour prendre les moulures d'angle qui seraient certainement bonnes à remplacer. Puis sur place, souvent sous le regard papillonnant d'une femme seule à la maison, dont le mari avait commandé le travail – elle pensait vraisemblablement *Fallait-il vraiment qu'il vienne accompagné d'un… hum ? Je cache mon sac ?* –, ils se mettaient à l'œuvre. D'abord, déposer la fenêtre, mettre de côté les poids et les poulies de la guillotine. Puis couper le zinc sur le modèle du cadre. Entailler le haut et le bas des cadres. Poser le zinc sur le linteau et le rebord. Venait alors le moment délicat, celui qui prouvait à tous les coups aux rénovateurs qui avaient voulu le faire eux-mêmes que mieux valait s'en remettre au savoir-faire de Schurz : raccrocher les vieux contrepoids des cadres dans les logements dissimulés de part et d'autre du châssis, pour que les guillotines coulissent de nouveau sur leurs poulies. Plaignons le malheureux qui laissait un poids lui échapper et tomber bruyamment au fond du logement. Il lui fallait démolir toute la moulure pour aller le repêcher.

Correctement orientés, les deux cadres scellés, le zinc hermétique à la jointure. Dans un bon jour ils posaient jusqu'à huit fenêtres. Dose percevait chez Schurz la satisfaction secrète du travail bien fait, encore qu'il ne faisait que râler contre ce sale boulot et les affreux bourgeois pour qui ils l'exécutaient.

Autant que les noirs et les Portoricains, les membres de la communauté de Glenray cédaient du terrain aux yuppies. Dans le processus d'embourgeoisement, quelques blancs – disons Glenray, ou Abraham Ebdus, ou la mère d'Arthur – n'étaient que les agents avant-coureurs de ceux qui leur succéderaient. Certains de ces derniers n'hésitant d'ailleurs pas à voir en eux des espèces de nègres.

Parfois, un de leurs clients reconnaissait Dose et le manifestait d'un simple mouvement des sourcils. Éternelle leçon de la vie : les gens réapparaissent sous un nouveau déguisement.

On l'apprenait et l'enseignait simultanément.

Un jour Dose croisa Abraham Ebdus dans la rue et détourna le regard.

En certaines occasions, en démantelant du plâtre et du treillis vieux d'un siècle, Glenray et Dose découvraient des cachettes remplies de journaux jaunis laissés là par des ouvriers morts depuis longtemps, résultats de base-ball et naufrages de navires datant du début du siècle. Une fois ils trouvèrent une bouteille de brandy fermée profondément enfouie dans un mur, avec une étiquette si noircie qu'on aurait dit un négatif photographique. Pendant leur pause ils s'assirent sur le perron de la maison et burent à tour de rôle au goulot de la bouteille poussiéreuse comme si c'était du gros rouge. Le contenu était douceâtre et épais, avait pris un fort goût de moisi en vieillissant.

Ailleurs ils ne trouvaient rien d'autre que des inscriptions au crayon, noms et dates laissés par les ouvriers qui les avaient précédés, *Jno. Willson 16.2.09.* Alors, Dose prenait le crayon de charpentier de Glenray pour taguer *Dose 1987*, petite énigme à mettre en circulation dans l'histoire avant de replâtrer le mur.

Lors d'autres pauses Dose et Glenray montaient sur le toit par l'escalier de secours, pour fumer le cannabis acheté avec l'argent de la communauté. Leur regard se perdait au-delà de Wyckoff Gardens, du viaduc de la ligne F à l'endroit où il faisait une bosse de dromadaire pour franchir le canal, vers Coney Island et l'océan invisible. Dose ne mentionne jamais sa connaissance aérienne de l'entrelacs des rues.

Glenray disait : « Cette usine Ulano nous refile à tous un cancer des testicules. Si elle brûle un de ces quatre en pleine nuit, tu sauras que c'est moi. »

Glenray disait : « J'aimerais bien construire une yourte sur le toit de la maison de détention de Brooklyn. »

Glenray disait : « Ton vieux a fait la première partie des Stones ? Putain, mais c'est un dieu ton vieux, tu peux me croire. »

Glenray disait : « Un jour j'étais sous mescaline et je me suis branlé dans un sandwich au pâté, comme ça, simplement parce que je l'avais lu dans un bouquin. »

Et un jour, Glenray dit : « C'est bizarre la drogue, j'ai un million de contacts pour me procurer des feuilles brunes et aucun pour les poudres blanches, dont j'ai très envie, là. Tu peux rien faire pour moi, par hasard, Mingus ? »

En mission.

Tout ce qu'il retira de ses cures de désintoxication – aux Alcooliques anonymes, lors des thérapies de groupe à Riker's – était d'avoir mis un nom sur la sensation qu'il éprouvait dans la rue, à la recherche de son prochain trip : Dose était *en mission*. Le terme englobait les mille et une choses qu'il était amené à faire, la diversité de ses talents de bagarreur et d'arnaqueur, revendre des billets au Madison Square Garden, chourer des livres d'art à St. Marks et les refourguer dans le Strand, mettre au clou le sèche-cheveux ou la montre d'une quelconque nana, ou simplement traîner dans Washington Square en faisant le guet pour un dealer de sa connaissance qu'il espérait ainsi arriver à convaincre de le laisser écouler du crack en échange d'un pourcentage en nature. Cela pouvait passer pour des activités multiples mais n'en était qu'une, Dose en mission : tendu vers son but, monomaniaque, insatiable jusqu'à l'autisme.

Sa rencontre la plus étrange avec la désintoxication n'eut pas lieu à New York ni en prison mais à Hudson, ville industrielle moribonde du nord de l'État, au bord du fleuve. La cure s'intitulait NewGap. Par une nuit de janvier, il avait fui le froid glacial en se réfugiant dans un foyer municipal où une assistante sociale cherchait des clients. Dose entama la conversation avec elle pour avoir droit à une tasse de café, et se retrouva à remplir un formulaire en lettres majuscules. L'instant d'après, on le mettait dans un car jusqu'au bâtiment de brique délabré d'un ancien sanatorium converti. Le régime NewGap consistait en un horrible mélange de fascisme à la Gordon Libby et de lavage de cerveau à la Werner Erhard, ceux qui y étaient soumis subissaient une reconstruction complète de leur être social afin de briser leur accoutumance à la haine de soi. Dose et les autres « bizuts » se virent interdire l'usage de la parole sans permission écrite, par le biais d'un système complexe dans lequel il fallait griffonner des notes et lever la main, vaste jeu de société auquel on participait vingt-quatre heures sur vingt-quatre et sept jours sur sept sous la surveillance de sergents instructeurs aboyant furieusement au moindre écart.

Dose joua le jeu pendant deux semaines. Le jour où il fit le mur, il n'eut pas besoin de passer plus d'une heure dans la rue pour trouver le squat des fumeurs de crack de Hudson, son radar s'étant remis à fonctionner grâce aux repas de NewGap qui lui avaient redonné des forces. Invariablement, dans ces années-là, il y avait un microcosme du crack dans la moindre bourgade : dealers, putes, et tous les éléments que les citoyens vertueux dénonçaient à travers le pays comme des tares de la grande ville pullulaient chez eux, si l'on se donnait la peine de regarder.

Ce fut d'ailleurs à Hudson que Dose eut un aperçu de ce qu'il considérerait toujours comme le fin fond de la dégradation. À New York même, il n'était pas rare d'entendre un dealer humilier une tronche de crack désespérée, mendiant un caillou gratuit : *Yo, si tu veux un caillou, t'as qu'à me tailler une pipe*. Si le toxico était une femme, il se pouvait que le dealer soit sérieux ; s'il s'agissait d'un homme, c'était pour se marrer, voir la lueur de honte chez le squelette humain avant de lui donner l'aumône ou de le flanquer dehors. Toutefois, même si un plus ou moins grand désir d'avilir était le vrai langage de la rencontre, son habillage sexuel maintenait les acteurs du drame au-dessus d'un certain seuil, au royaume de l'avidité, du désir, choses humaines.

Dose le comprit quand il vit ce qu'il vit à Hudson : le degré d'abjection qu'un être humain pouvait souhaiter imposer à un autre.

« Tu veux un caillou ? avait demandé le dealer à la tronche de crack en question. Tu vois ce cafard, là-bas ? »

Dose l'avait repéré, plus gros qu'un cafard, en fait. Un lugubre scarabée d'eau, qui luisait brun-jaune sous un évier fracassé. Dose vit que la tronche de crack aussi l'avait repéré.

« Bouffe-le et je te le donne. »

Le squelette avait tendu la main vers l'insecte, l'avait attrapé, avalé. Et s'était vu offrir son caillou, au son des gloussements ravis du dealer et de quelques autres. Dose avait seulement détourné le regard, effaré de ce qui avait été si soudain arraché à leur âme à tous. Chacun d'entre eux était mort là, dans cette chambre à la peinture écaillée, seul Dose le savait.

Quand les flics de Hudson prirent Dose lors d'une descente, ils ne l'arrêtèrent pas, se contentèrent de le renvoyer à New York par le premier autocar. Un ou deux mois plus tard, après une nouvelle arrestation en ville, assis sur un pieu de Riker's, Dose raconta l'histoire de Hudson. Si incroyable que cela puisse paraître, un de ses auditeurs confirma ses dires. Il avait vu la même chose un jour, le numéro du bouffeur de cafard, lors d'une virée en Floride.

Tous furent d'accord : ces sinistres errements de péquenauds n'arriveraient jamais ici. Les New-Yorkais avaient trop d'amour-propre pour cela.

Chez Lady.

Cette nuit de juin, dans le salon de Barry, fut la première et seule fois que Dose vit Lady hors de sa crèche. Il fallait beaucoup d'imagination pour appeler ça une fête : Dose et son père, plus Horatio, Lady, et une autre fille maigrichonne et revêche qui luttait pour ne pas piquer du nez.

Dose avait fait tout le chemin avec Barry, ils en étaient à partager la pipe.

Si les tronches de crack étaient une grande famille dont les membres se haïssaient autant que de vrais parents, pourquoi en exclure son père ?

La fumée mettait comme un gribouillis entre eux, une espèce de langage exténué, le nom jamais prononcé de Senior gravé dans ses volutes.

Tous les trente-six du mois, Dose époussetait la pochette d'un album et posait le saphir sur un sillon que Barry n'avait pas passé depuis dix ans – Esther Phillips, Donny Hathaway – trésors qu'il laissait moisir. Le soir où Dose fit sa connaissance, cependant, dans la demi-lumière du salon-sarcophage de Barrett Rude Junior, Lady avait déjà fouillé dans les vieux vinyles et fait son choix – *Curtis Live*, « Stare and Stare », « Stone Junkie », le rire haut perché de Mayfield sur les bégaiements saccadés de son batteur.

Lady était dotée de la plus énorme capacité d'absorption que Dose ait jamais vue. Il n'avait jamais rencontré personne qui puisse fumer plus de crack que lui, alors une femme… Elle se défonçait trois, quatre jours d'affilée sans broncher, et jamais autant que cette première fois, quand Barry les mit à la porte à quatre heures du matin. Horatio et la nana chancelante remontèrent Nevins jusqu'au métro, et Lady conduisit Dose à sa tanière de Gowanus Houses, logement social transformé en fumerie de crack.

Son vrai nom était Veronica Worrell, mais il ne l'entendit jamais de sa bouche. Elle se présentait sous celui que tout le monde lui donnait : Lady. Cela convenait à ses airs un peu guindés, teintés de sévérité. Elle n'était la copine, la mère de personne, mais une Lady pour tous, et reconnue comme telle.

Si Dose avait pu se méprendre sur ses intentions lorsqu'il descendit Dean avec elle ce soir-là, sur ce que Lady avait lu dans son regard, la vue de son repaire dissipa toute incertitude. Sa porte donnait du côté Hoyt Street de la cité, avec vue sur la circulation, les voitures qui passaient équipées d'une hi-fi tonitruante, vitres tremblant sous l'effet des basses, et aussi les flics en maraude, d'une discrétion sinistre dans leur fourgon des détachements spéciaux de Giuliani. Lady faisait surveiller la rue par une tronche de crack qui avait appris à envoyer deux signaux de la main, tout ce qu'il était capable de se rappeler : poing fermé pour un blanc, ou un noir inconnu, flic potentiel, main ouverte pour un client identifié ou le toxico lambda, trop jeune ou trop décharné, rien à craindre.

Dose ignorait qu'il venait d'entamer sa dernière mission, retournant au colombier comme un pigeon voyageur.

Le lieu était une usine aménagée dans un seul but, permettre à Lady de subvenir à sa propre consommation. La productivité des cinq pièces de ce logement social était un exploit à faire pâlir d'envie Henry Ford ou Andy Warhol. Le moindre recoin était à louer, non seulement les chambres où les filles faisaient leurs passes, la cuisine où les dealers coupaient leur came, mais aussi les placards pour planquer de grosses quantités en transit, les couloirs et les canapés pour s'y vautrer. On pouvait très bien cesser de dormir – nombreux étaient ceux-là. À la fin de son deuxième mois chez Lady, Dose ne se rappelait plus la dernière fois qu'il avait vraiment dormi. Mais quand on ne dormait pas on somnolait, quand on ne somnolait pas on se reposait les yeux ouverts. Chez Lady, on payait pour se reposer.

Dose payait de la seule façon possible pour lui, en ramenant des gens dans la tanière de Lady. S'ils achetaient du produit, sa dette était réglée. C'était la spécialité de Lady, la machine à calculer qui lui servait de cerveau. Même quand elle avait fumé plus qu'il ne croyait un corps humain capable de le supporter, Dose ne la vit jamais se tromper dans ses calculs. Elle lui indiquait le moment où il avait assez d'avance pour mériter un caillou. Ou plus d'avance encore, ce qui l'autorisait à vendre quelques cailloux lui-même. Il parvint à se muer en entrepreneur quatre ou cinq fois au cours des mois qu'il passa sous la tutelle de Lady, emportant des flacons de produits à Hoyt ou jusqu'à Fulton, dans le centre commercial d'Albee Square, ou simplement dans la cour, à l'intérieur de la cité. Puis il rechutait, fumait tout lui-même, n'avait plus les moyens d'acheter un nouveau flacon, et s'il somnolait, il s'endettait de nouveau pour le bout de mur auquel il s'était adossé. Le système était dur, mais juste. On ne pouvait pas en vouloir à Lady, elle prenait un tel soin de ses gens, les fumeurs de pipe. Personne ne vous piquait vos chaussures ou vos vêtements quand vous fermiez les yeux chez Lady.

C'était une réelle histoire d'amour, Dose avait cessé de s'y méprendre. Lady avait vu son âme et y avait lu un appétit pour le crack, qui allait jusqu'au fond.

Ce fut son dernier été, une longue somnolence contre le mur du couloir de Lady. Il avait tant fumé que lors de son arrestation il était plus maigre que jamais, à peine trente kilos peut-être.

Faisons-nous tout petits, on rapetissera tous un jour.

Ce même mois de juin, dans Smith Street, à moins d'une rue de là, Sans Famille, le premier des restaurants français haut de gamme du quartier, ouvrit ses portes. Le bistrot obtint une étoile dans le *Times*, premier tic-tac de la bombe à retardement de l'embourgeoisement, précurseur des cafés et boutiques de luxe qui allaient déloger les herboristeries et les clubs, précurseur du Berlin bidon d'Arthur Lomb.

Les chasseurs et les plongeurs du Sans Famille n'ignoraient pas ce qui se passait à Hoyt. Plus d'un venait chez Lady pendant les dix minutes de pause réglementaires instaurées par la municipalité.

Quand il eut prouvé qu'on ne pouvait lui faire confiance pour la vente dans la rue, Dose accepta le destin qui s'imposait à lui, le créneau pour lequel Lady l'avait peut-être choisi la première fois qu'elle l'avait vu. Il s'occupa de la porte. Pas de la surveillance à la fenêtre, il n'était pas tombé si bas. Il restait dealer, mais on ne lui faisait confiance que pour le trajet qui allait de son épaule à sa main tendue au-dessus de la chaîne de sécurité. L'argent entrait, le produit sortait, le tout passait par la main de Dose et il n'en conservait presque rien.

Ce fut lui qui détacha la chaîne de sécurité quand les flics s'amenèrent. Juste à temps. Il serait mort s'il avait continué au rythme de Lady.

Le flingue n'appartenait à personne en particulier, caché dans un tiroir, mais on le lui colla forcément sur le dos. Dose dut le prendre avec philosophie. C'était dans la nature de ce genre d'arrestation, un flingue sans propriétaire revenait inévitablement à celui qui avait un homicide dans son casier.

Il avait passé six mois à Riker's et avait repris trente kilos quand il évita le procès en acceptant la proposition du procureur et fut transféré dans le Nord, à Auburn, puis à Watertown.

Auburn.

Lors de son premier séjour, Dose, avec une grande générosité, avait été l'éclaireur d'une génération destinée à la taule. À présent ce n'était plus seulement Riker's qui était plein de visages du quartier ou aperçus dans les dépôts du métro. C'étaient aussi les grands établissements du nord de l'État comme Auburn, à croire que le système y recréait à son insu la ville et ses factions, l'année 1977 prise dans l'ambre de l'incarcération. Les tagueurs étaient réunis à leur équipe, aucun n'ayant plus fréquenté les autres depuis le bon vieux temps, depuis qu'ils avaient délaissé leurs attaches adolescentes pour mener une vie plus contraignante et sérieuse. Pourtant leur échec semblait les avoir dépouillés de ces vies adultes. Ne restaient que des adolescents trentenaires qui se charriaient en prison : *Oh, merde, mon vieux, c'est toi ! C'est mon pote Pietro, des DMD !* Ou bien : *Merde, je tombais toujours sur ta signature sur la ligne 6, t'étais avec les Rolling Thunder Crew, pas vrai ?*

Les inimitiés s'estompaient. Tout contact était bon à prendre, là où on était. Dose rencontra deux types d'un gang de Coney Island qui le terrifiait jadis. Il y avait de cela bien des étés, Dose et deux autres membres des FMD s'étaient mis la bande de Coney Island à dos en commettant une erreur stupide : ils avaient tagué l'intérieur de voitures apparemment immaculées de la ligne D dans un dépôt mal éclairé par la lune, avec de gros marqueurs à encre noire. Quand les trains roulèrent le lendemain, Dose et ses comparses virent avec horreur ce que le clair de lune n'avait pas suffi à leur montrer : l'intérieur des voitures de la ligne D était déjà couvert de tags idiots à l'encre rose. Le noir oblitérait partout le rose. Comment expliquer que le rose n'était même pas visible ? Impossible. Ils pensèrent que Dose les avait volontairement fait disparaître. Il avait passé l'été à jeter des coups d'œil par-dessus son épaule, devenu une proie pour le gang de Coney Island.

Mais tout baignait désormais, tout ça était matière à rigolade. Dose était une signature célèbre, l'équipe de Coney se rappelait donc l'incident comme la preuve qu'ils avaient autrefois été des tagueurs considérés.

Dose était une légende ambulante, et les frères en voulaient leur part.

« Yo, mon pote, tu te souviens de moi ? Je signais *Kansur 82*, tu me repassais dessus tout le temps.

– Oui, oui, je me rappelle de toi », répondait Dose lorsqu'il était d'humeur généreuse.

D'autres fois il leur refusait la gloire d'être liés à son nom, rien que pour voir leur frustration : « Pourquoi je me serais donné la peine de repasser après toi, mon frère ? Qu'est-ce que j'en avais à faire, de toi ?

– J'étais un rigolo, je sais – t'avais raison de recouvrir mes tags. »

Dose niait, pour les tourmenter : « Tu prétends avoir tagué quelque part avant moi ?

– Tu taguais toujours par-dessus les miens ! s'obstinait le cadet.

– Non, mon pote. C'est toi qui mettais tes tags sous les miens. »

Chirurgie.

C'est évidemment Horatio, plus clownesque que jamais, qui se présenta au parloir d'Auburn et tourna autour du pot, sans lâcher le morceau. Barry était malade – ben oui, Dose le savait déjà. Non, *vraiment* malade, comme aux urgences du Long Island College à deux reprises. Son père avait besoin de Dose tout de suite, d'une façon qu'Horatio refusait d'expliquer. Dose accepta sans savoir de quoi il s'agissait au juste.

Une semaine plus tard, on le conduisit à l'infirmerie d'Auburn pour rencontrer un chirurgien qui se comportait comme Doolittle chez les sauvages et, le front plissé d'un air de reproche, parlait lentement comme s'il avait affaire à un crétin. Dose comprenait-il ce qu'il lui proposait ? Mais oui, bien sûr, alors qu'il n'avait encore rien compris du tout. Rien ne garantissait que ça marcherait, avait prévenu Doolittle. Des examens étaient nécessaires, pour vérifier la compatibilité. Sa candidature et celle de son père devaient être étudiées. Dose, désormais vieux briscard de la passivité, se soumit durant trois semaines à divers prélèvements, moelle, bile, merde. Résultat : il était à cent pour cent apte à sauver son père dont le sang se putréfiait.

Doolittle rechignant à la perspective d'être l'instrument de manœuvres en sous-main, Andre Deehorn et d'autres musiciens de Philly, usant de leurs amitiés dans l'administration pénitentiaire, conseillèrent à Dose de refuser l'opération. Le rein pouvait lâcher au bout de cinq à dix ans – selon les prévisions les plus optimistes.

Dose aurait donné son cœur, ses mains, ses yeux.

Leur convalescence dura six jours au Presbyterian Hospital d'Albany. Dose et son père dormirent côte à côte d'un même sommeil médicamenteux, en compagnie d'un gardien armé manifestement ravi de cette mission, débordant de fantasmes d'infirmières tout droit sorties de *Playboy*.

La veille de son renvoi en prison, Dose et Barry étant tous deux sur pied, leur bon fonctionnement rénal ayant été constaté par Doolittle, ils s'échappèrent tous quatre – père et fils en pyjama de coton, Horatio et le gardien – par l'escalier de secours jusqu'au toit de l'hôpital.

Là, ils fumèrent un joint qu'Horatio avait apporté en douce, soumettant le rein transplanté à leur propre test – à quoi d'autre était-il bon ?

Là, tandis qu'ils plissaient les yeux dans l'éclatante lumière qui tombait sur la ligne riquiqui des toits d'Albany, le puits de déception de son père se révéla sans fond. Barry pouvait très bien prendre un des reins de Dose et s'obstiner à refuser de croiser son regard.

Quand il apprit à quel point ce don d'organe l'avait rendu célèbre à Auburn, Dose n'eut plus qu'une seule idée, y échapper à tout prix, et demanda son transfert à Watertown, pour finir de purger sa peine dans la paix de l'anonymat.

Watertown.

Dose renonça à tout. Finie la vie d'artiste taulard, il l'avait abandonnée depuis des années – ils étaient un million capables de travailler dans le style graffiti, désormais. Il ne se faisait aucune illusion sur l'intérêt des réserves de cigarettes. Le prestige de l'ancienneté n'avait rien à offrir qu'il désirât, c'était zéro au regard du temps qu'il lui restait à accomplir, ça ne jouait aucun rôle réel dans l'esprit d'endurance. Prétendre à telle ou telle alliance à l'extérieur – *Yo, je connais un mec, le p'tit frère de Fitty Cents, c'est le roi de Wyckoff Gardens ce mec, il va s'occuper de moi quand je sortirai* – semblait plus vain chaque jour. Fuir toute implication, toute dette, à quelque niveau que ce soit, telle était désormais la campagne que menait Dose. Lécher le cul des matons n'était utile qu'à celui qui désirait ce qu'un maton pouvait donner. Ils ne pouvaient rien donner du tout. Avoir un protecteur dans le genre de Raf pouvait seulement paraître important jusqu'au jour où l'on comprenait qu'il n'y avait rien à protéger.

Invisibilité, intangibilité, yeux en Téflon.

Il demeurait pourtant en lui une dernière possibilité d'affiliation, une ultime erreur.

Mick Damer restait l'individu imprévisible et agité qu'il avait toujours été, simplement déformé et déchiré par quinze années de plus dans la rue et en taule. Dents en or, creux du bras marqué par la chasse aux veines, un morceau d'oreille en moins, Mick poursuivait son chemin chancelant, vingt ans après des aventures qui auraient dû le tuer s'il n'avait eu plusieurs vies, comme le Coyote qui s'extirpe toujours du cratère de la bombe en s'époussetant, se frottant les mains avec son ricanement de conspirateur. On avait envie de le mettre au lit, ce mec.

Dean Street était venue à Watertown, une sorte de signal radio errant à travers l'espace, un tube de 1976 devenu l'unique signe de vie dans la galaxie.

Dose l'avait donc pris sous son aile, comme s'il en avait une.

Mick Damer dealait des joints quelques semaines après son arrivée à Watertown, contre l'avis de Dose. Si t'as envie de fumer, fume. Sois client, fais profil bas. Mais non : Damer s'était mis à dealer fifty-fifty, pariant sur le fait que les chèques arriveraient à temps au greffe, jonglant avec la dette. Puis fendant les arbres pour les couper de vieux tabac. C'était tolérable, Dose en avait vu d'autres marcher pendant des années au bord de ce précipice, y avait marché lui-même quelquefois, histoire de s'amuser un peu, à Riker's.

Puis Mick avait trouvé le marché des recrachés et s'était désintéressé des arbres.

Le recraché était un petit sac de drogue liquide. De la méthadone, soustraite à l'infirmerie par les junkies officiels. La méthode consistait à se dissimuler quelques doigts de gant en caoutchouc dans la gorge ou la joue pour y recracher la drogue. L'art de faire semblant d'avaler alors qu'on retenait la drogue dans ce petit sac glissant n'était pas facile. Certains des junkies qui souhaitaient devenir mules n'étaient pas capables de l'apprendre. Les autres étaient précieux. Un doigt de méthadone à quatre-vingt-dix pour cent s'échangeait contre six paquets de sèches. C'était un trafic qui se déroulait entièrement dans les murs, aucun contact n'était nécessaire avec l'extérieur, on ne dépendait d'aucune bande.

À qui pouvait-on risquer de piquer ses mules – là résidait la difficulté qui passait apparemment les capacités de Mick Damer.

Le jour où les Latin Kings tombèrent sur Dose dans la cour, il avait senti l'électricité dans l'air une minute avant que cela se produise. Il était devenu un instrument barométrique du climat de la prison sans même s'en rendre compte. Ceux qui venaient de l'encadrer violemment étaient des hommes qu'il avait ignorés et dont il avait été ignoré depuis des années, mais cette nouvelle intimité était indéniable, trois ans de regards fuyants venaient de s'envoler en fumée.

C'était toujours la même histoire, tellement éculée qu'on ne prenait plus la peine de la raconter, Mick endetté de tous côtés, et Dose contraint d'en répondre, et tout se déroulait selon le scénario écrit depuis un million d'années.

À une exception près.

Ce jour-là, Dylan Ebdus vint lui offrir un anneau.

15

Je demandai l'heure à Mingus : une heure moins le quart. J'étais resté assis par terre pendant cinq heures dans la coursive, l'épaule calée contre l'étroite bande de mur entre la cellule de Mingus et la suivante, la tempe appuyée contre les barreaux, la sienne à côté de la mienne, pour nous permettre de parler. J'avais senti nos oreilles se frôler à une ou deux reprises. Je ne m'étais montré qu'une seule fois, faisant glisser l'anneau avant de disparaître à nouveau, pour expliquer comment j'étais entré et l'avais trouvé. Nous conversions en murmures étouffés noyés dans le bloc caverneux qu'emplissait le flot indistinct des radios interdites, des conversations de détenus et de la ventilation. Quand le bloc lui-même avait été réduit à un murmure, nous étions passés au chuchotement.

Les dernières heures, ce fut Mingus qui parla. J'écoutai en essayant de ne pas me noyer en même temps que notre conversation. Pour commencer, je n'avais jamais été invisible aussi longtemps. Assis à même le béton glacé, j'avais senti resurgir la micropsie de mon enfance, terreur nocturne dont je croyais m'être débarrassé vers l'âge d'onze ou douze ans, dans ma chambre à Dean Street : la sensation que mon corps se réduisait à la taille d'un fétu, dans un univers pulsant d'une pesanteur infinie, un vide qui m'écrasait de toute part. Les branches de l'ailante qui effleuraient les fenêtres de derrière me semblaient alors pareilles aux bras en spirale de lointaines galaxies. Par la suite, pendant les années où j'avais mis l'anneau au rancart, j'avais attribué mon incapacité à m'élancer du haut d'un toit, ma tendance à détourner mes regards du ciel, à ces hallucinations d'enfance. Voilà qu'elles étaient revenues saper mon héroïsme à l'intérieur de la prison. Mon héroïsme, je l'avais entièrement dépensé. Il m'en restait tout juste assez pour fuir ce lieu, jeter une bonne fois pour toutes la malédiction d'Aaron X. Doily dans les buissons qui bordaient la route, et récupérer ma voiture de location pour me fondre avec gratitude dans l'angoisse ordinaire qui revenait de droit au Californien adulte que j'étais devenu. J'étais un auteur de livrets, amant inadéquat. Comment avais-je pu délaisser pareils accomplissements pour ce sauvetage chimérique ? Tout ce que j'éprouvais, c'était la pression sous-marine de la salle, la claustrophobie particulière de cette voûte de cathédrale divisée en cages à rats. La salle était plongée dans un microclimat, l'odeur de renfermé qui émanait de tant d'années de vie humaine figées. Après l'extinction des feux, le spectacle d'un planétarium de cigarettes incandescentes scintillait dans les coursives au-dessus et autour de nous, étoiles clignotant de reproche. Va-t'en, disaient-elles.

Je suppose que j'essayais aussi de ne pas me noyer dans la beauté de la voix de Mingus, dévidant le fuseau de sa faconde ethnique pour filer la plus ravagée des confessions, celles qui n'ont même pas conscience d'être ravagées. Mingus avait supporté sa propre vie une centaine voire un million de fois plus longtemps que je n'aurais eu la force de le faire. Je tentai de ne pas me noyer dans le réconfort et la culpabilité de l'avoir retrouvé et d'être si près de le perdre à nouveau, d'être sur le point de repartir sans être vu.

L'anneau ne lui était d'aucune utilité. Alors Mingus me demanda de comprendre. Il expliqua que sa détention se passait bien, qu'on ne lui avait pas collé un seul rapport depuis des années, malgré les démêlés de Mick avec les Latin Kings. Il avait perçu la possibilité d'une grâce après sa dernière évaluation, pouvait espérer une libération prochaine, dans un an ou deux. Peut-être le greffon avait-il fait bonne impression sur la commission. De toute façon, la vie d'un évadé, perpétuel fugitif, visible ou non, ne le tentait pas.

Quand Mingus me fit part de sa volonté, j'eus l'impression que cela lui trottait dans la tête depuis le début, qu'il avait commencé de m'y rallier dix heures plus tôt au parloir. Mon offre avait représenté une façon d'éviter à Mick Damer de tomber entre les mains des Kings. Ce n'était pas de caisses dont j'avais entendu parler dans les bureaux, mais de QS – quartier de sécurité destiné à ceux qui menaçaient la tranquillité de la population carcérale, ou avaient besoin d'en être protégés. C'est là que notre pote de Gowanus était en cellule. Je lui apporterais l'anneau – Mingus me dirait comment m'y rendre, et où trouver les matons assoupis sur des couchettes dont je pourrais voler les clés. Comme lorsqu'il s'était agi de réussir un home-run d'un coup de manche à balai, Mingus savait que j'en étais capable. Il savait que je le ferais.

J'avais quelques questions à lui poser avant de le quitter. Avant de décider si j'allais ou non me défiler – je n'éprouvais guère d'intérêt pour le QS et Mick Damer. Dans un cas comme dans l'autre, j'en avais presque terminé, avais mangé la madeleine de Proust de « Fais sonner le funk ». Il ne m'en restait que des miettes à savourer.

« Mingus, dis-je, avais-tu la moindre idée du nombre de fois où je me faisais choper ?

– Tu veux dire que des frères te cravataient ? »

Il cherchait un éclaircissement, pas à se moquer. Il ne voulait pas m'accabler de honte en mesurant ma plainte à l'aune de toutes les lamentations qu'il retenait. Il n'avait pas cherché à se faire plaindre, pas une seule fois. Je m'étais fait honte tout seul, mais j'attendais encore une réponse.

« Oui, quand ils me cravataient et me fouillaient pour me piquer mon fric, dis-je. Parfois quasiment chaque jour pendant les trois ans passés au collège 293. Ils me traitaient de petit blanc.

– Ces négros m'ont coincé quelquefois, moi aussi. » Il prenait ma requête plus au sérieux qu'elle ne le méritait probablement. « Les mecs de Gowanus Houses, Whitman, Atlantic Terminals, ils passaient leur temps à voler, à fouiner, ils savaient faire que ça. Dans les boîtes de Manhattan tout le monde disait qu'il fallait faire gaffe aux givrés de Brooklyn, à ces enfoirés de mômes qui sont que des braqueurs, toujours à te coller un flingue sous le nez. »

Rien à dire. J'avais servi de mannequin pour tester les vrais crimes, ça n'était pas particulièrement dirigé contre moi.

« C'était pas tant un truc entre noirs et blancs, poursuivit Mingus. Ces enfoirés étaient juste des assoiffés. »

Des assoiffés. Ça disait à peu près tout. À présent j'étais censé aller trouver le plus assoiffé de tous – assoiffé de mon vélo, assoiffé de ma terreur – pour le libérer de sa cellule.

« Mingus ?

– Oui ? » Je perçus dans sa voix une fatigue égale à la mienne. Il m'avait assigné une tâche, je n'avais plus qu'à partir. Il avait parlé toute la nuit, tentant de ne pas décevoir, s'affairant à protéger mon absurde attente, à faire de mon incursion dans les lieux quelque chose qui ne nous empêcherait de vivre ni l'un ni l'autre. S'il était venu de si loin jusqu'à Watertown, c'était pour faire de l'éloignement avec New York un obstacle aux visites, afin de ne plus avoir à se charger de Barry, d'Arthur, ni de qui que ce soit d'autre. Dans quelle mesure devait-il se charger de moi ?

« Ça t'est arrivé de choper un petit blanc ? »

Il puisa sa dernière réponse dans quelque fond de lassitude, je perçus pourtant une note de perplexité dans sa voix devant ce qu'il avait trouvé. « Oui, dit-il. Une fois. Enfin, je l'ai pas cravaté. C'était pas la peine.

– Comment ça ?

– Moi et des potes de Terminals on avait envie de se payer un peu de marie-jeanne. Un frère a dit qu'on devrait aller à Montague pour piquer leur fric à des mecs de Packer ou quelque chose comme ça. On a coincé deux petits qui portaient un appareil dentaire, sur la promenade, en plein jour. J'étais resté en arrière, l'air méchant, pendant que les frères leur faisaient les poches. Mais je savais que j'en avais fait assez.

– C'est-à-dire quoi ?

– Ce que j'ai dit. Je suis allé aux Heights et j'ai pris l'air méchant. » Il s'approcha tout près des barreaux, dans le faible éclairage de la coursive, effaça le front et le menton pour me montrer : *l'air méchant*. C'était une grimace digne de Grosminet, mais la décharge de panique qui me traversa était une vieille connaissance.

À quel âge un petit noir apprend-il qu'il fait peur ?

Mingus prit la pose l'espace d'un instant, puis recula dans l'obscurité.

Je crois que j'avais un peu perdu la tête quand je repartis. L'invisibilité et la voix de Mingus m'avaient mis à nu. Je n'avais plus rien à cacher. Je n'avais pas *l'air méchant*, ni l'air de rien : pas étonnant que Zelmo Swift m'ait traité comme un gamin idiot ! Zelmo Swift et Jared Orthman étaient d'excellents instruments pour le châtiment d'un homme qui n'avait pas de visage à présenter au monde. Je me sentais incapable de quitter Watertown sans accomplir ma mission jusqu'au bout, mais ne pouvais me résoudre à sacrifier l'anneau – il était devenu une part de moi-même, devenu ma vérité. Pendant quelque temps je ne décidai rien et me mis à errer. En réalité, je me dirigeai vers l'endroit où Mingus avait déclaré possible de se procurer les clés du QS, tout en refusant de m'avouer ce que j'étais en train d'accomplir. Je me déplaçai avec imprudence, me précipitant devant les matons qui m'ouvraient des portes, comme une bouffée de vent, un événement atmosphérique, spectre malade de son ambivalence. Il me fut facile de voler un gros trousseau de clés. Je m'en servis au petit bonheur, les essayant à grand bruit jusqu'à ce que je finisse par trouver celle qui correspondait à une serrure. Je laissai les portes ouvertes derrière moi à mesure que je me déplaçais à travers l'établissement. Peut-être pensai-je qu'elles resteraient ouvertes pour moi au moment de revenir sur mes pas, peut-être pensai-je seulement qu'il fallait qu'elles soient ouvertes. Je ne réfléchissais pas – mon cerveau était invisible à lui-même.

Je traversai de nouveau la cour. La lune avait disparu. Telle une marionnette manipulée par Mingus, je trouvai le QS, bâtiment trapu de deux étages, plus une annexe d'hôpital qu'une aile de la prison proprement dite. Son aspect ne convenait pas à mon humeur. La bête au cœur du dédale aurait dû être captive d'une cage, ou au fond d'une fosse, attachée à un pieu. Le QS avait l'air inoffensif. Tant qu'ils y étaient, pourquoi n'avaient-ils pas enfermé le Seigneur des Coudes,

Celui Qui Pouvait Lancer Une Spaldeen De Biais, dans une maison de pain d'épice, où il aurait pu ronger les murs pour se libérer ?

J'entrai. Le rez-de-chaussée abritait un quartier spécial réservé aux détenus paraplégiques – toxicos mourant du sida, victimes de coups de feu dans la colonne vertébrale détenus en quartier de sécurité. Au premier étage, la détention protégée, les salles étaient un asile de fous digne de l'inspecteur Clouseau : fenêtres à barreaux, portes sans poignée équipées d'un guichet pour faire passer, j'imagine, des plateaux-repas ou du papier. C'est là que Mick Damer et moi eûmes un couloir carrelé pour nous tout seuls.

Il me fallut élever la voix pour le réveiller.

« Ta mère ! » lançai-je.

J'ôtai l'anneau et attendis dans la lumière pour être vu de lui, puis m'approchai de sa porte grillagée.

« Dylan ?

– Oui, Mick.

– Qu'est-ce tu fous là ? »

C'était bien lui, Mick Damer, fruit de mon imagination haineuse devenu réel une fois de plus. Avec sa combinaison, son crâne rasé et le rictus souligné de rides écœurées de son visage allongé, son éternel Air Méchant, il avait l'allure de Scatman Crothers déguisé en éboueur. Ses membres, à présent recouverts de l'orange du prisonnier, s'étaient débattus contre Rachel dans Bergen Street. Je le méprisais et l'enviais pour les coups de poing qu'il avait reçus d'elle.

« C'est Mingus qui m'envoie, marmonnai-je.

– T'as cru que je dormais, pas vrai ?

– Tu dormais vraiment.

– Non, je fais comme si, mais j'étais réveillé. Personne peut me tomber dessus par surprise, p'tite tête.

– Comme tu voudras.

– Tu sais ce que je faisais ? »

Cette conversation n'était pas celle que j'avais eu l'intention d'avoir. « Quoi ? demandai-je.

– J'écrivais des paroles dans ma tête. J'ai écrit un album entier dans ma tête. Aucun de ces abrutis sait ce que je fabrique, ils me prennent pour un taré parce que j'ai toujours les yeux fermés, à secouer la tête – je le sortirai un jour, ils en seront sur le cul. »

Tu sortiras plus vite que tu crois, pensai-je.

« Tu veux les entendre ?

– Euh, oui. »

Mon nom est dans le livret vous avez qu'à le lire
Rappeurs pédés avec un vagin dans la tirelire
Vos blousons dorés, moi, je vous les tire
Pour avoir raté vot'coup à Gowanus
Vous parlez de batailles mais vous l'avez dans l'anus...

Son élocution était pénible et lourde, les paroles un grognement incohérent – à moins que l'incohérence ne fût en moi.

Attends au moins d'avoir moins peur, tarlouze
Pasque j'ai vu tes dents claquer dans ta bouche
Comme à travers une vitre...

« Mick, arrête.

– Quoi ?

– J'ai pas le temps. » Je lui mis impatiemment l'anneau sous les yeux. J'avais voulu qu'il me le demande (*Yo, fais un peu voir cet anneau, je vais faire un tour et je te le rends, quoi, t'as pas confiance ?*). Mais je ne jouais plus.

« Tu te souviens de ça ? demandai-je.

– Oh, merde. C'est à G. »

Je n'avais pas pu obtenir que Mingus prenne l'anneau parce qu'il lui appartenait, mais Mick n'avait fait ni une ni deux. J'en tirais une bizarre satisfaction. « Oui, dis-je. Il m'a demandé de te l'apporter.

– Oh, merde.

– Tu peux t'en servir pour sortir d'ici. » Je l'introduisis par la fente, pour le faire tomber au creux de sa main. À l'instant où il quitta mes doigts je sentis un raz-de-marée balayer mon vertige : j'avais totalement dessoûlé. Il fallait que je sorte.

« Pourquoi G le veut pas pour lui ? demanda Mick.

– Il voulait que ce soit toi qui l'aies.

– Comment ça marche ?

– Tu verras bien. »

Mick y réfléchit brièvement, puis ses pensées dérivèrent vers une autre question. « Yo, Dylan, p'tite tête, t'as les clés ?

– J'en ai besoin.

– D'accord, mais ouvre quand même ça. »

Je le dévisageai, sans doute pendant un long moment.

« Yo, Dylan ?

– Quoi ?

– Va te faire foutre, enfoiré. »

La prison dormait. Je pouvais me balader à travers Watertown maintenant – à trois ou quatre heures du matin, je ne savais plus trop. La musique familière du cliquetis des verrous et des bruits de clés n'alertait personne. Je savais seulement que le sas A/B était ma limite, que jamais je n'y passerais, visible. Dans mon plan initial – vieux de quelques heures à peine, mais qui me donnait maintenant l'impression de venir d'un autre monde – j'avais eu l'intention de demander à Mingus d'attendre quelques jours avant de se servir de l'anneau, pour me donner le temps de m'enfuir. Je doutais d'obtenir autant de considération de la part de Mick. D'ailleurs, je ne le lui avais pas demandé.

Je m'en tins néanmoins à ce plan initial, qui consistait à me rapprocher le plus possible de la salle des visiteurs. Si je devais être découvert à l'intérieur de l'établissement, je pensais que c'était mon meilleur espoir d'établir mon innocence – me rendre le plus près possible de l'endroit où l'on risquait, de temps à autre, de découvrir un de mes semblables. Là, je laisserais passer les dernières heures de la nuit, puis tenterais de me mêler à la première vague matinale de visiteurs, prétendrais peut-être m'être trompé de porte. Je n'avais pas encore nettoyé mes phalanges de l'encre ultraviolette, et pouvais raisonnablement espérer que la marque serait encore détectable pour les scanners des matons. Je me servirais de ça, et de la couleur de ma peau, pour prouver que je ne faisais pas partie de la population. Après tout, c'était vrai. Il faudrait bien qu'on me laisse partir.

Je retournai au pavillon carrelé de vert qui menait à la salle des visiteurs, rejoignis un couloir que j'avais déjà traversé et qui donnait, par de larges vitres de Plexiglas, sur la pièce dans laquelle j'avais retiré ma ceinture et mes chaussures et où mon protège-tympan avait suscité la perplexité. Là, je tombai sur une pièce sans porte, rien de plus qu'un vestibule ne menant nulle part, garni de deux distributeurs Pepsi brillamment éclairés, et d'un autre plein d'Oreos et de Cheez-It sous cellophane, ainsi que d'une télé sur un bras télescopique, orientée comme pour être vue d'un malade alité.

Je glissai le trousseau de clés dans la poussière, loin sous le distributeur de Cheez-It. Je pourrais l'y récupérer en cas de besoin, mais si je me faisais prendre, il n'aurait pas arrangé mon cas. Puis je me baissai dans l'embrasure de la porte, les pieds l'un contre l'autre, de façon à ne pas être visible du couloir sous tous les angles que je pus calculer. L'épuisement me montait à la tête, qui s'était mise à dodeliner. Pas en rythme – je n'étais pas en train de composer et de mémoriser le chef-d'œuvre inconnu d'un album de rap, seulement en train de m'assoupir. N'importe qui aurait pu me surprendre. La télé me fixait de son œil noir, mais ce n'était pas intelligible, ni Vader, ni Big Brother. Nulle présence d'une autorité ici, malveillante ou autre. Le distributeur de Pepsi était allumé, mais ça ne voulait rien dire.

Réveillé par l'éclat du soleil et une douloureuse envie de faire pipi, je vis par la fenêtre de Plexiglas de l'autre côté du couloir qu'au lieu de la foule des visiteurs matinaux et léthargiques, grouillait toute une agitation de matons, de flics de Watertown et d'une poignée de blancs d'un certain âge en costume sombre, dont deux ou trois prenaient fébrilement des notes sur un calepin. Puis une présence plus proche me fit sursauter : un jeune maton avec moi dans le vestibule, me tournait le dos en enfilant des pièces dans le distributeur, l'une après l'autre, pour récolter une pleine brassée de Pepsi. C'était le choc d'une boîte tombant dans le tiroir de la machine qui m'avait arraché au sommeil. Le maton qui ne m'avait pas encore repéré pivota soudain sur lui-même.

« J'ai, euh, j'ai fait tomber de la monnaie, dis-je en clignant des yeux, et en tâtonnant par terre.

– Comment vous vous êtes démerdé pour entrer ici ?

– Par cette porte, dis-je au culot. Elle était ouverte.

– Ben merde, si Talbot vous voyait !

– C'est Talbot qui m'a dit que je pouvais venir ici, risquai-je. Je crois que je suis un peu paumé. D'ailleurs, où sont les toilettes ? »

Le maton me jeta alors un regard méfiant, subodorant quelque irrégularité. Il lui fallut redresser les épaules, et redisposer la cargaison de boîtes de soda au creux de son bras. C'était le plus jeune de ceux que j'avais vus, un sous-fifre de toute évidence, malgré les clés et la matraque qui pendaient à sa ceinture, à côté, je fus heureux de le constater, d'un scanner à ultraviolets.

« Vous êtes journaliste, c'est ça ? demanda-t-il.

– Je suis sûr que vous vous souvenez de moi, jeune homme. » Je me relevai en frottant mes vêtements, et affectai une prononciation britannique et une impatience hautaine, décidant que j'étais Cary Grant, pas Ralph Bellamy.

« Rappelez-moi votre nom ? »

Après réflexion, je trouvai : « Vance Christmas. » C'était le seul nom de journaliste qui me vint à l'esprit dans ma situation, en dehors de Jimmy Olsen. Je me dis que Christmas méritait toute retombée tardive qu'Aeroman pourrait lui apporter.

« Oui, c'est ça, mais d'où ?

– Albany, dis-je. Je travaille pour, euh, l'*Albany Herald-Ledger*. Vous savez, on publie une édition spéciale sur l'état des prisons.

– Mais vous êtes entré avec les autres, non ? » Le brouillard d'incertitude qui flottait entre nous était source d'irritation pour ce type, que ma capture embarrassait – il désirait autant que moi que je lui fournisse une réponse satisfaisante pour pouvoir reprendre la course sans histoires dont il était chargé.

« Bien sûr, c'est Talbot qui m'a invité à me joindre à eux », dis-je. Je présumai que *les autres* étaient ces types de l'autre côté de la vitre. En obtenant de les rejoindre, je serais peut-être en mesure de les suivre pour finir par m'esquiver. « Pour le numéro spécial, le supplément. » J'étais en train de me prendre à mon jeu

– j'imaginai des révélations sensationnelles, le Pulitzer attribué au pitoyable *Herald-Ledger* – et négligeai de me demander ce que des journalistes, des vrais, pouvaient bien faire là.

J'avais commis une erreur, pourtant, en essayant de me réclamer une deuxième fois de la bienveillance d'un Talbot invisible. Le sous-fifre me lança un regard plus méfiant, et aligna les boîtes de soda sur le distributeur pour se libérer les mains. Il frotta le creux de son bras pour redonner à sa peau refroidie toutes ses sensations, s'éclaircit la gorge, rassemblant dignité et autorité.

« Vous avez des papiers ?

– Bon, écoutez, dis-je en baissant la voix. Je suis pas vraiment entré avec les autres.

– Comment vous êtes entré, alors ?

– J'ai passé la nuit sur place. Je suis venu comme simple visiteur, hier – tenez, vérifiez le tampon sur ma main, vous verrez.

– Euh, je sais pas trop… » Il semblait prêt à paniquer et à appeler des renforts. La congrégation de la salle des fouilles ne nous avait toujours pas remarqués. C'était la petite marge qui me restait et elle diminuait rapidement.

« Écoutez, attendez, dis-je. Je suis vraiment journaliste à l'*Albany.* » Est-ce que j'avais bousillé cette accréditation ? Aucune importance. « J'ai persuadé deux gardiens de me faire entrer en douce – vous connaissez Stamos et Sweeney ?

– Oui ?

– Je ne voulais pas leur créer d'ennuis, c'est pour ça que j'essayais de gagner du temps. Ils m'ont permis de rester sans que personne ne soit au courant, pour mon enquête.

– Stamos a fait ça ?

– Ouais.

– C’est pas croyable, ils sont idiots !

– Je sais, je sais.

– Talbot va les tuer.

– Peut-être pas, si vous pouvez me faire sortir d’ici. Aidez-moi à regagner le parking. Je ne citerai aucun de vos noms, promis.

– Ah ben mince !

– Vérifiez ma main. »

Secouant la tête, Sous-Fifre détacha son scanner et le braqua sur mes phalanges. Le symbole violet semblait y flotter comme un minuscule hologramme.

Je tentai d’abréger ses réflexions, en agissant comme s’il avait déjà donné son accord. « Profitons-en, ils ne regardent pas par ici.

– Ben mince…

– Mais il faut vraiment que je fasse un saut aux toilettes, je suis resté coincé ici toute la nuit.

– Bon Dieu ! »

Quand je ressortis des toilettes, Sous-Fifre me considéra avec pitié, maintenant que je ne constituais plus une menace. « J’imagine que c’est pas de chance pour vous que tout ça arrive aujourd’hui, dit-il.

– Inimaginable, à quel point c’est pas de chance, approuvai-je.

– Que ça vous serve de leçon à l’avenir.

– Comptez sur moi. Jamais plus.

– C’est pas drôle.

– Mais je ne ris pas. »

Arrivé devant le sas A/B je murmurai : « Vous n’avez qu’à dire que j’ai oublié quelque chose dans ma voiture. » Sous-Fifre fit la grimace, puis se pencha à une fenêtre coulissante.

« Celui-là a besoin de retourner au parking, dit-il d’un ton morne, comme un gamin victime d’un voyou. Je l’accompagne.

– D'accord », répondit une voix indistincte. Les verrous de la cage s'ouvrirent et se fermèrent dans un claquement, l'un après l'autre, et nous passâmes.

« À propos, qu'est-ce qui se passe aujourd'hui, exactement ? » demandai-je à Sous-Fifre à l'entrée du parking. Les premières lueurs de l'aube, qui perçaient encore à travers les arbres, agressèrent mes yeux douloureux. Je sentis ma propre odeur, la puanteur ordinaire des nuits blanches. Trois corbeaux dérangés s'éloignèrent en sautillant sur le gravier à notre approche, puis s'envolèrent lourdement au ras du rouleau de barbelés qui couronnait la clôture, et prirent la direction de la route et du centre commercial. Les tristes volatiles étaient un présage de ma liberté : j'allais retrouver la clim de ma voiture de location, boire un café dans un McDo.

« Ben, mince ! dit Sous-Fifre, incrédule à l'idée que j'aie pu passer si près d'un scoop. Ce qui se passe ? Oh, rien. Un mec du QS a réussi à faire ouvrir sa porte par un surveillant et s'est enfui, à part ça rien ! Je crois qu'il avait aussi volé des clés, alors je vous raconte pas le binz. Talbot flippe à mort.

– Il s'est évadé ? » C'était une bénédiction pour moi, je le compris alors, que ma petite mésaventure ne soit qu'un des problèmes dans le « binz » général. D'où la facilité avec laquelle j'étais sorti. Personne, et Sous-Fifre moins que tout autre, n'avait envie d'ajouter à la rage de Talbot. Je n'aurais pu trouver meilleur rôle pour Mick Damer, si j'avais écrit le scénario moi-même.

« Il s'est tué.

– Quoi ? » laissai-je échapper.

Sous-Fifre ferma les yeux et tira la langue.

« Il s'est fait tuer, vous voulez dire.

– Non. » Il baissa la voix pour ménager son effet. « Un suicide. Il s'est évadé et après il s'est foutu en l'air, ce pauvre dingue.

– Pourquoi se serait-il tué s'il avait réussi à s'évader ? »

Sous-Fifre haussa les épaules. « Il s'est balancé d'un mirador, l'endroit le plus haut de la prison. Le surveillant qui était de faction a dit qu'il hululait comme un aigle. Il est tombé sur un plan incliné de béton, il a dû atterrir sur le côté. C'était pas beau à voir. Ils ont pris des photos sur place mais personne les publiera. Le truc le plus dingue que j'aie jamais vu – il avait les bras emmêlés sous lui, il s'est comme écrabouillé, brisé en deux en glissant le long de la rampe. Il avait même plus apparence humaine en arrivant en bas. »

16

La salle Hoagy Carmichael, imitation d'un petit salon du Midwest avec tapis, mobilier et vitrines pleines des albums de souvenirs de Carmichael lui-même, n'ouvrait que sur rendez-vous, mais je parvins à en obtenir un sur place. Les gardiens donnaient l'impression d'être un peu désœuvrés. Leur tâche consistait seulement à s'assurer qu'aucun visiteur ne s'asseye au piano droit de Hoagy pour se mettre à jouer, ou ne chipe les mots griffonnés à la main par Bix Beiderbecke ou le gouverneur Ronald Reagan. La détentrice des clés était une secrétaire entre deux âges au bout du couloir, aux archives de musique traditionnelle, ici même à Morrison Hall. Elle resta avec moi dans la salle, un peu inquiète, jusqu'à ce qu'elle se soit persuadée qu'elle n'avait rien à craindre de moi. Je me retrouvai donc seul pour apaiser mon âme en contemplant les partitions originales d'« Ole Buttermilk Sky » et « My Resistance Is Low » ainsi qu'un exemplaire entouré d'un ruban du *Port de l'angoisse* portant l'autographe de Bogart, Faulkner et Hawks. J'allai ensuite à la salle d'écoute où je m'attardai casque aux oreilles, explorant des acétates perdus, rares matrices de la musique de Carmichael. The Collegians, l'orchestre étudiant de Carmichael à l'université de l'Indiana, avaient enregistré un swing intitulé « March of the Hooligans » – qui habillait un jazz endiablé d'un solo de violon pour faire couleur locale. Je me repassai cinq ou six fois ce miraculeux morceau d'art juvénile au son métallique, puis regagnai la salle pour y méditer encore un peu comme dans un jardin zen.

J'avais roulé toute la journée et tard dans la nuit de dimanche depuis le parking du centre commercial de Watertown, acte de contrition géographique à travers l'ouest de l'État de New York et jusqu'en Pennsylvanie, sur une plate autoroute à trois voies qui ne jugeait ni n'absolvait rien, m'abandonnant entièrement à mon propre jugement. À présent, je comprenais : j'avais ressuscité Aeroman pour tuer Mick Damer. C'était une collaboration réclamant Mingus, l'anneau et mes années de haine subconsciente, mais dont la source d'inspiration remontait sans l'ombre d'un doute au plongeon qu'avait fait Aaron X. Doily dans le mouchoir de poche de Pacific Street, vingt-trois ans plus tôt – ce qui s'élève finit toujours par retomber. Aeroman n'était rien d'autre qu'un cadavre noir au sol. Je n'avais même pas joué franc jeu et dit à Mick que le pouvoir de l'anneau avait changé et qu'il rendait invisible. Je me demandais s'il s'en était aperçu. Si les gardiens du mirador ne s'étaient pas persuadés avoir vu cet homme qui criaillait comme un oiseau de proie dans sa chute, s'il y avait eu quoi que ce soit à voir avant qu'il ne se brise en morceaux en s'écrasant sur la rampe.

Depuis si longtemps, je m'étais imaginé héritier de l'habitude d'Abraham : me retirer à l'étage, dans l'incapacité ou le refus de chanter, de voler, pour me contenter de compiler et de collationner, de sculpter des statues de mes amis perdus, vrais acteurs de la vie, dans ma Forteresse de Solitude. De voir le monde dans un livret : je suis le DJ, je suis ce que je joue. Mais là, je m'étais catapulté à travers le pays assis dans un avion, flèche humaine détraquée habitée d'une pure intention, pour débusquer Mingus et Mick à Watertown – ils ne m'avaient pas demandé de venir. Peut-être avais-je sous-estimé la Rachel en moi, le Crabe en Fuite prêt à détruire avant de détaler, à faire basculer des vies avant de prendre le large.

Il me fallait désormais évoluer au ras du sol, au contact de la terre. Suivre ses empreintes de crabe avec précision, ne pas me tromper sur la personne que je pistais, cette fois. Je roulai juste au-dessus de la vitesse limite, anonyme au milieu du flot, mais dans l'habitacle de la voiture j'étais un chasseur de primes, un aventurier. Je roulai sans musique, l'étui de CD sur la banquette arrière – pas de bande-son pour enjoliver la scène, les images de ma laideur. Je ne m'arrêtai que pour me dégourdir les jambes, faire le plein, pisser, et donner quelques coups de fil, à Abraham et Francesca pour les informer que je ne repasserais pas par Brooklyn, à la compagnie aérienne pour annuler une réservation, et à l'agence de location pour dire que je rendrais la voiture à Berkeley dans quelques jours, plutôt qu'à La Guardia le lendemain. Cela ne fit plaisir à personne mais je ne leur laissai pas le choix. Je n'avais pas appelé Abby, parce que je n'avais rien à lui dire, pas encore.

Vers trois heures du matin, je n'avais plus les yeux en face des trous. Les rares feux qui venaient dans l'autre sens me donnaient chaque fois l'impression de foncer droit sur moi malgré le large terre-plein herbu qui m'en séparait. C'est alors que je trouvai un Howard Johnson's, à la frontière de l'Ohio, et dormis quelques heures d'un mauvais sommeil, me douchai, repris la route. J'atteignis l'Indiana en milieu de matinée – tournai à gauche à Indianapolis, après la concession Larry Bird, vers le sud, direction Bloomington. J'eus un mal fou à me garer sur le parking du campus, je décidai donc de prendre la place d'un prof. J'avais tué un homme la veille – je n'allais pas reculer devant une contravention.

Sur un ordinateur de la bibliothèque, je découvris ce que je cherchais : non seulement mon gibier habitait encore Bloomington, mais il travaillait sur le campus. Je n'aurais même pas besoin de déplacer ma voiture. L'enquêteur du cabinet de Zelmo Swift avait retrouvé la dernière adresse connue de Crabe en Fuite à Bloomington, en 1975, avant qu'elle disparaisse dans la nature suite à sa non-comparution à Lexington, dans le Kentucky. Mais Abraham n'avait même pas jeté un coup d'œil dans le dossier de Zelmo contenant les données rassemblées pour « Le fabuleux destin d'Abraham Ebdus ! » et Zelmo Swift, pas plus que Francesca Cassini, n'aurait pu connaître, contrairement à moi, un autre nom pouvant servir à remonter la piste Bloomington.

Les Archives de musique traditionnelle et la collection Carmichael partageaient Morrison Hall avec une partie des UFR d'anglais et de psychologie de l'université de l'Indiana, et avec l'institut Kinsey de recherche pour l'étude de la sexualité, des genres et de la reproduction, qui occupait deux des étages supérieurs du bâtiment. C'est à l'institut Kinsey que je trouvai le nom Croft Vendle. Il travaillait dans leur bureau des affaires publiques. Je l'appelai d'un téléphone de la bibliothèque, et il me dit de passer.

Quand j'arrivai, la secrétaire du Kinsey me signala que Croft était en ligne. Je m'assis donc dans la salle d'attente pour lire des prospectus. Apparemment, l'institut se battait encore pour défendre le premier corpus de connaissances qu'il avait offert à la culture américaine et qu'on lui avait à demi refusé, et était toujours à deux doigts de se faire virer du campus par les élus bégueules de l'Indiana. Autour de moi les murs renfermaient la plus importante collection de « matériel érotique » du monde, Alfred Kinsey s'étant entendu avec toutes les polices du pays pour emporter discrètement tout ce que les services saisissaient, leur épargnant les coûts de stockage ou de destruction. Ce qui n'empêchait pas les bureaux d'avoir un côté banal et anodin, avec des photos cochonnes en noir et blanc très années cinquante aussi ensoleillées que les portraits de joueurs de base-ball de la collection Topps, dont les cadres s'alignaient sur les murs. Près du comptoir de l'accueil était accrochée une rangée de portraits officiels des anciens directeurs, à commencer par Alfred lui-même avec son nœud papillon, et se poursuivant par la succession charmante, jusqu'à nos jours, de psychologues songeurs mâchonnant une branche de leurs lunettes, doux régisseurs d'une réalité monstrueuse.

Je reconnus à peine Croft, en costume de velours côtelé rouille, cravate bordeaux, chaussé d'Earth chocolat au lait. Son visage vermeil était encadré d'une barbe fournie, bouclée, argentée, dont tous les poils étaient taillés à la même longueur, même ceux qui lui sortaient des oreilles. Il ressemblait à un de ces gourous de la diététique ou de la gym, qu'on ne voit d'ordinaire qu'en short mais qui aurait revêtu un costard pour aller présenter son dernier bouquin à la télé. Ce fut un choc. Dans mon esprit, seul Abraham avait vieilli ; Rachel et son amant étaient encore verts, à jamais tels que je les voyais en 1974.

« J'ai mis mon correspondant en attente », dit Croft d'un air d'excuse avec un geste en direction de son bureau. Il avait la voix aiguë comme s'il avait inhalé de l'hélium, cela non plus je ne me le rappelais pas. Lui semblait moins surpris par mon apparence, malgré mon air de desperado fourbu après une longue route : barbe de trois jours, coups de soleil sur les avant-bras, regard éteint d'ancien du Viêt-nam. Peut-être m'attendait-il depuis des années. « C'est un riche collectionneur gay de Los Angeles, il nous fait miroiter une donation depuis des mois, un tas d'objets érotiques japonais, des milliers de pièces. Il est prêt à céder, mais il faut vraiment que je le tienne par la main.

– C'est pas grave, dis-je. Je peux attendre. » Je me demandai si les nus de Rachel achetés par Erlan Hagopian finiraient par aboutir ici. Peut-être y étaient-ils déjà.

« Je me disais, si tu es libre, que tu pourrais venir dîner à la ferme, dit-il. On pourra parler.

– Au 1 de la Rural Route 8 ? » demandai-je.

Croft ouvrit grands les yeux. « On dit plutôt Watermelon Sugar Farm, mais c'est ça. Attends-moi en voiture devant l'entrée à cinq heures, tu n'auras qu'à me suivre. C'est un peu difficile à trouver – le genre petites routes même pas sur la carte.

– Entendu.

– Cool. Il faut que je retourne au téléphone. Si tu n'as rien prévu de particulier pour cet après-midi je pourrais demander à Susie, notre stagiaire, de t'organiser une visite complète de Kinsey.

– Non, ça va. »

J'avais repéré l'option Hoagy en traversant le hall de Morrison, et je me doutais que cela conviendrait mieux à mon humeur. Croft retourna donc à son coup de fil, et moi à « March of the Hooligans ».

« Il y a juste une chose que je voudrais te montrer, dit Croft. Ensuite on devrait aller faire un tour dans la propriété, pendant qu'il fait jour. C'est rare qu'il fasse aussi beau. »

Croft, au volant d'une Peugeot décrépite, m'avait conduit le long d'une route de campagne qui serpentait entre les hameaux et les terres cultivées, et s'enfonçait loin dans les bois, avant de bifurquer sur une piste bien entretenue à l'entrée de laquelle la boîte aux lettres était marquée W. SUGAR. Nous étions passés devant les exosquelettes de quelques Coccinelle pourries, aux moteurs envahis d'herbe, pour nous arrêter devant une cabane rudimentaire dont les planches ne portaient plus que de vagues traces de peinture. Elle me semblait dangereusement de guingois mais nous nous dirigeâmes vers sa porte entrouverte. À côté de laquelle une tondeuse mécanique posée à la verticale et transformée en sculpture par la rouille se dressait près d'un puits de pierre primitif, l'une et l'autre envahis comme les Volkswagen par l'herbe des champs.

« Tu habites ici ? » demandai-je. Je gardai pour moi la question subsidiaire : Croft était-il le dernier à demeurer dans la propriété ? Le décor avait un charme à la Walden, mais un peu désolé, envisagé du point de vue de la civilisation.

« Grands dieux non, les maisons sont plus bas, dans la forêt. On a soixante-cinq hectares. Ici, c'est l'ancienne cuisine collective, du temps où on mangeait tous ensemble. C'était aussi le couchage d'hiver de ceux qui vivaient dans des tipis. Mais ça remonte à loin. Personne ne l'utilise plus pour rien, en dehors des abeilles. »

Je suppose qu'il n'y avait aucune raison d'abattre une cabane ou de mettre une épave à la casse, quand on possédait tous ces hectares. Encore moins quand on s'inspirait pour la décoration extérieure des photos d'auteur de Richard Brautigan, à la porte d'une hutte à la Unabomber dans le Montana.

À l'intérieur, une cuisine abandonnée : un vieux fourneau à l'émail craquelé comme le vernis d'une toile de la Renaissance, un long billot taché comme on en récupérait pour les installer dans les lofts d'Emeryville ou de Gowanus, et un évier à deux vasques sous lequel un vieux seau en plastique tenait lieu de plomberie. Ce que Croft avait appelé couchage s'était tellement affaissé au-dessus de la cuisinière qu'il la touchait presque. Je captais des senteurs de souches creuses, bois pourri et pontes d'insectes. Croft escalada quelques vieilles douves et des bidons d'huile dans le coin situé sous le grenier et, d'une étagère pleine de livres aux couvertures cartonnées gonflées d'humidité, tira je ne sais quel appareil qu'il se mit sous le bras. Quand il revint en s'extirpant du bric-à-brac, il me le tendit : une machine à écrire. Le double ruban, noir et rouge, qui avait produit l'ombre écarlate de la typographie des cartes du Crabe en Fuite était encore accroché aux plateaux mais ces derniers, couverts d'une épaisse couche de rouille, ne tiendraient plus le coup très longtemps.

S'il subsistait en moi le moindre espoir fantasmatique que Croft s'apprêtait à faire paraître Rachel en chair et en os, qu'elle demeurait incognito comme un membre des Weathermen ou de l'armée Symbionèse rangé des voitures dans une de ces maisons au fond des bois, il se dissipa alors avant même qu'il ait parlé.

« On l'avait mise dans la Coccinelle, quand on est partis pour la côte. On t'écrivait une carte chaque fois qu'on s'arrêtait prendre de l'essence ou fumer un joint.

– C'est toi qui les écrivais, ou elle ?

– Disons qu'il fallait que je la pousse, mais elle participait. Tu sais, je crois qu'elle avait honte. Plus tard, je l'ai fait tout seul. Quand elle est partie. » Je tenais la machine à écrire désagrégée à deux mains, comme un mendiant son chapeau. Croft balaya les morceaux de rouille humide qu'elle avait déposés sur la manche de sa veste en velours.

« Tu la veux ? demanda-t-il.

– Non. » Je voulais récupérer ma caution en rendant la voiture de location propre, voilà ce que je voulais.

« Allons faire un tour. »

Le chemin de terre s'incurvait en bordure du champ qui s'étendait à l'entrée du domaine, pour descendre la colline jusque dans les bois. Abandonnant les voitures, nous traversâmes la clairière, et nous engageâmes dans la fraîcheur de la forêt, en pente trop abrupte et irrégulière pour avoir jamais été cultivée. Maintenant que le soleil s'était caché derrière la colline, le tronc des bouleaux et les pâles fougères semblaient phosphorescents, ayant emmagasiné la lumière du jour. Le bruit de nos pas murmurait sans écho sur la couche récente de gravillons aux angles aigus qui recouvrait la route privée. Les bois manufacturaient un silence qu'ils expédiaient dans le ciel.

Chaque lacet cachait une maison. Des constructions en bois d'un étage, sept ou huit en tout, avec chacune une référence consciente à Buckminster Fuller ou à Christopher Alexander – pièces circulaires avec coupoles de verre, jardins d'hiver vitrés, passages couverts menant à une annexe basse ou un petit atelier. Il y avait une ou deux voitures devant chacune, et la cheminée de quelques-unes s'ornait d'un panache de fumée. Ici ou là des bicyclettes, tronçonneuses, après-ski, couches de paillis, copeaux répandus quand on avait fendu des bûches, hache fichée dans une souche. Les Watermelon Sugar étaient chez eux, les cuisines allumées. Mais la route était suffisamment éloignée pour respecter leur intimité. J'étais à juste titre rappelé à plus d'humilité en découvrant la variété des modes de vie qui pouvait se dissimuler dans le pays entre ces deux côtes arrogantes et inconscientes.

« Rachel et Jeremy sont sans doute le plus grand défi auquel la communauté ait eu à faire face, dit Croft de sa voix de tête. Les affronter nous a fait mûrir, alors j'imagine qu'on leur doit beaucoup. Je n'oublierai jamais le soir où nous avons fait cercle autour d'eux en nous tenant par la main pour leur dire qu'il leur fallait partir.

J'en ai presque fait dans mon froc. Jeremy m'avait déjà cogné une ou deux fois, mais j'étais trop gêné pour l'avouer à qui que ce soit. Il s'avéra qu'il en avait frappé plus d'un.

– J'ignore qui est Jeremy, dis-je.

– On m'a dit qu'il était mort il y a quelques années. En gros, c'était un mec vraiment charismatique et violent du Kentucky qui s'est amusé à nos dépens pendant quelques mois. Son jeu préféré, c'était de flanquer la trouille aux mecs après les avoir fait fumer le plus possible, en leur racontant qu'il avait tué un type devant un bar d'un seul coup à la gorge. Il avait tout un stock de ces horribles histoires de motards. Juste après l'histoire de la gorge, il faisait du rentre-dedans à la nana du type. Tout le monde était plutôt passif, tu vois, genre "Si elle a envie d'être avec Jeremy, c'est cool, peut-être qu'elle lui apportera un peu de paix". Rachel fut la seule qui lui tint réellement tête.

– Il te l'a prise ? » demandai-je. Le soir tombait, et j'avais été momentanément cloué sur place par une scène vue à la fenêtre brillamment éclairée d'une cuisine – une femme entre deux âges, les cheveux aussi gris que ceux de Croft, tranchait des tomates sur une paillasse, tandis que dans son dos, deux petites blondes, radieuses et vives comme les filles Solver, faisaient une partie de jeu vidéo, un donjon ou un paysage marin luisant d'un bleu surnaturel sur l'écran. Mais elles ne me voyaient pas, et je me sentais pareil au monstre de Frankenstein, épiant les humains. Je me détournai donc.

« Oh, on ne passait plus beaucoup de temps ensemble, à ce stade. Rachel était caractérielle, un certain nombre de gens n'étaient pas spécialement ravis que je la ramène ici. Elle avait l'attitude sarcastique typique des New-Yorkais qui tape sur les nerfs de plein de gens. » Il rit. « Enfin, quoi, tu vois, elle ridiculisait les gens, voilà la vérité. Elle me ridiculisait moi. Et puis, elle n'était pas heureuse, ici. Elle n'était pas très heureuse en général, point final, sans quoi elle ne serait jamais partie avec Jeremy. Je crois qu'elle regrettait d'avoir quitté New York.

– Est-ce qu'elle parlait de… d'Abraham ?

– Ben, elle avait un peu honte », répondit Croft. Il avait utilisé le même mot pour expliquer pourquoi il devait la forcer à rédiger les cartes postales. J'imagine que c'était vrai, que le mot était bien choisi. Je décidai d'arrêter de chercher à en savoir plus.

Croft poursuivit. « Je me souviens surtout d'un jour, j'avais essayé de la convaincre de venir aux champignons avec moi. Elle détestait ce genre de choses, elle trouvait ça idiot. Jeremy était déjà arrivé à l'époque, faut dire. J'essayais juste de l'atteindre, tu vois, d'établir le contact, parce qu'elle avait l'air d'être dans un sale état. Alors elle faisait toujours le même numéro chaque fois que j'essayais de la sortir un peu de la maison, elle disait : “Je me demande ce qui passe au Thalia.” Pour bien me faire savoir que sa vie d'avant lui manquait. Elle disait : “Peut-être *Les Trente-Neuf Marches*, ou *Des clowns par milliers*”, que sais-je encore. Mais ce jour-là elle a dit oui, je ne sais pas pourquoi. Il avait plu pendant trois jours, et nous sommes partis à la chasse aux morilles. » Croft montra le sol de la forêt, et je compris qu'il voulait dire *ici*. Dans ce coin-là. « Faut pas croire qu'elle ait ramassé des champignons. Elle fumait à la chaîne – elle ne savait pas non plus conduire, elle m'obligeait constamment à l'emmener en ville acheter des cigarettes. Bref, elle m'a accompagné, en fumant comme une enragée, et quand elle a remis ça au sujet du Thalia, elle a dit : “Ils passent peut-être *Plus fort que le diable*”, et quand j'ai demandé : “Qu'est-ce que ça a de si génial, *Plus fort que le diable* ?” elle m'a raconté l'intrigue de ce putain de film pendant une heure. Tu vois, en imitant la voix de Peter Lorre et tout, toutes les répliques – elle le connaissait par cœur. »

Je ne tendis pas la main vers l'étui de CD avant d'avoir quitté l'Indiana. Nous avions récupéré les voitures, Croft et moi, puis il m'avait montré sa maison, autre merveille nichée au bout du chemin de terre, vers la limite du domaine qu'un couloir d'incendie prolongeait encore à travers quatre ou cinq hectares. Ensuite c'était l'autoroute qui venait de Louisville, dans le Kentucky. Quand le vent soufflait dans la bonne direction, on entendait les poids lourds. C'est alors que Croft mentionna, comme si ça lui revenait soudain, que Watermelon Sugar était engagé dans le combat de sa vie, contre une créature moins chimérique que Rachel ou Jeremy. Les députés avaient l'intention de prolonger l'autoroute en traversant le domaine, un contrat de quatre milliards de dollars pour les entreprises de travaux publics locales – qui ne ferait gagner, dit Croft, que dix minutes jusqu'à Chicago. Nous y réfléchîmes ensemble, tendant l'oreille afin de percevoir le grondement lointain des semi-remorques. Puis il me fit visiter l'intérieur, nous allumâmes la lumière de la cuisine, et il me prépara un plat de spaghettis. Il me proposa une chambre d'amis, mais je voulais prendre le volant. Il me dit que je pouvais utiliser son téléphone, je faillis le faire, avant de décider d'appeler Abby de quelque part plus à l'ouest, plus près de chez moi, quand j'aurais eu le temps de faire le tri des explications que je devais donner.

À la porte, Croft me serra dans ses bras, maladroitement, et j'en fis autant, maladroitement. Il n'y avait là rien à accepter ni à refuser. Le neveu d'Isabel Vendle n'était pas la mère que je n'avais jamais eue, pas plus qu'une machine à écrire déglinguée. Il n'était pas non plus le père que je n'avais jamais eu. C'était Abraham, le père que je n'avais jamais eu, et Rachel la mère que je n'avais jamais eue, et Gowanus ou Boerum Hill le chez-moi que je n'avais jamais eu, chaque chose n'était qu'elle-même, on pouvait bien lui donner tous les noms qu'on voulait, j'étreignis donc Croft et m'en fus prendre le volant de ma voiture pour chercher mon chemin à travers bois jusqu'à la route en lacet. Je me perdis plusieurs fois avant d'arriver à Bloomington, mais ne m'arrêtai jamais pour demander mon chemin. Il n'y avait personne à qui demander. Et je n'étais pas pressé.

Il était minuit passé, quand je contournai Gary, dans l'Indiana, ville natale des Jackson Five. Dans l'Illinois je m'arrêtai pour faire le plein et remarquai l'étui de disques sur la banquette arrière. Une fois sur la route, j'en pris un à tâtons et l'introduisis dans la gueule du lecteur de la voiture, le premier qui me tomba sous la main – *Another Green World* de Brian Eno. Euclid Barnes aurait appelé ça rock progressif – de la musique de troll. J'avais écouté ce disque tout au long de ma vie depuis que je l'avais découvert dans le bac promotionnel des occasions au septième étage d'Abraham & Straus, au rayon des disques moribond, derrière celui de la philatélie et des monnaies. Je m'étais servi du savoir-faire acquis à Brooklyn pour en piquer un autre exemplaire, sur cassette, chez le disquaire de Main Street, à Camden, et l'avais ensuite passé toute une nuit en faisant l'amour à Moira Hogarth. J'adorais l'inoffensive étrangeté de cet album : le déferlement du clavier d'Eno, le violoncelle de John Cale, les ornements en gouttelettes de Robert Fripp. Et je l'associais toujours à la conduite, au défilé des kilomètres sous les phares et mes yeux. Et en particulier à un trajet.

C'était l'hiver de mon exclusion de Camden. Après la lettre de Richard Brodeur, j'avais été contraint de retourner sur le campus une dernière fois, pour récupérer mes affaires – livres, linge de lit, chaîne –, tout cela remisé dans des caisses au grenier d'Oswald House. Abraham m'avait donc conduit dans une voiture d'emprunt et, selon son habitude exaspérante, n'avait pas desserré les dents. La fac était fermée pendant la longue coupure hivernale qui permettait de faire des économies de chauffage. J'avais pourtant tenu à ce qu'Abraham m'attende dans la voiture, le temps de trouver un vigile qui m'ouvrirait le grenier du dortoir. Je ne voulais pas que mon père mette les pieds dans l'établissement.

Au retour, nous avions roulé à travers un blizzard du Massachusetts, le vent faisant tourbillonner les flocons parmi lesquels nous nous frayions un tunnel blanc de taupe avec l'œil myope du pare-brise. Notre silence était total. Ma honte devant ce que je présumais être la déception d'Abraham ne pouvait être jugulée que par la dureté de ma propre fureur préventive. Quand la tempête culmina, la voiture se traînant à travers le cyclone polaire, guidée par les feux arrière d'un camion qui louvoyait en ouvrant une trace dans la soupe de neige fondue, j'avais tendu le bras vers la banquette arrière, dans un carton de livres et de cassettes puis, comme ce soir, en avais sorti Eno, pour l'introduire dans le lecteur. La musique faisait une bande-son parfaite pour l'irréalité du blizzard. J'imagine qu'Abraham était habité du sentiment très vif de lutter contre un danger bien réel, mais la placidité surnaturelle d'*Another Green World* semblait prendre acte de son effort et nous apaiser en même temps. Eno chantait *Je ne vois même pas les lignes entre lesquelles je croyais pouvoir lire...*

Quelques années plus tôt, les premières du lycée, quand les Clash et les Ramones nous donnaient à Gabriel Stern, Timothy Vandertooth et moi nos premiers frissons, il m'arrivait d'apporter un album à la maison pour le faire écouter à Abraham et lui demander : « Tu entends ça ? Comme c'est génial ? Y a jamais eu de musique comme celle-là !

– Tu as raison, disait-il. C'est formidable.

– Mais tu entends vraiment ce que j'entends ? Est-ce que tu entends la même chanson que moi ?

– Évidemment », disait-il, me laissant parfaitement insatisfait, laissant le mystère inexploré : *Mon père pouvait-il entendre ma musique ?* Après mon entrée à la fac, cependant, je n'aurais jamais posé la question, même en dehors de ce maussade retour à la maison. Ce genre de question ne se posait plus, de ce côté la voie était barrée, de sorte que je ne pris même pas la peine de me demander ce qu'*Another Green World* pouvait bien signifier pour Abraham, s'il avait ou non l'impression qu'il donnait sa forme à notre bagarre contre la neige. Eno chantait, *Mon incertitude aurait de quoi me surprendre…*

Je songeai à présent que ce que j'avais autrefois adoré dans ce disque et certains autres – *Remain in Light*, « Ô Superman », *Horses* – était l'espace médian qu'ils suscitaient pour l'habiter, entre-monde de la bohème, rêve hippie. Et c'était ce même espace, cette invraisemblance que j'avais fini par détester et qui me faisait honte, qu'il m'avait fallu rejeter au profit de la soul, au profit de Barrett Rude Junior et de sa souffrance rebelle, sans subtilité. J'avais eu besoin d'une musique qui dise les choses telles qu'elles sont, telles que j'avais appris qu'elles étaient, au cœur de la ville. *Another Green World* était comme le film d'Abraham : trop fragile, trop facile à choper – il me fallait une chanson plus dure que celle-là. Je savais des choses que B. Eno et A. Ebdus ne savaient pas, et n'avais pas les épaules assez larges pour me charger d'eux ou de leur naïveté, pas plus que Mingus n'avait pu se charger de moi ou de la mienne.

C'était l'effondrement de cet espace médian qui avait mis le Crabe en fuite. C'était ce même espace que les communistes, les gays, et les peintres sur celluloïd s'étaient imaginé trouver à Gowanus, pour n'être à leur insu que l'avant-garde des agents immobiliers, une entreprise de démolition raciale. L'embourgeoisement était la cicatrice laissée par un rêve, l'utopie un spectacle qui se terminait toujours le soir de la première. Et il n'était pas si différent de l'espace qu'Abraham enrageait de ne pas voir s'ouvrir pour accueillir son film, il avait la largeur d'un été rabougri, pendant lequel Mingus Rude délivrait des lancers de Spaldeen téléphonés, home-runs garantis pour l'adversaire.

On se languissait tous de cet espace médian, ces quelques heures d'un été fugitif. Quand Josephine Baker faisait un malheur à Paris, quand « Bothered Blue » atteignait des sommets dans les charts, quand un Elvis adolescent, rêvant encore d'une première séance d'enregistrement, traînait chez Sun Studios pour regarder les Prisonaires, quand une fresque flamboyante traversait une station de métro, rénovant le monde l'espace d'un instant, quand les platines d'une cour d'école étaient alimentées par un câble branché sur un réverbère, quand le jus coulait à flots. Je n'étais pas allé dans l'Indiana pour voir une machine à écrire ou rencontrer Croft, mais pour me promener au crépuscule sur ce chemin perdu et voir l'espace médian que les Watermelon Sugar avaient arraché au monde, avant que les bâtisseurs d'autoroutes ne le reprennent, tout comme j'étais allé chez Hatha voir le lit qu'elle gardait pour sa sœur, entendre les paroles de M-Dog. L'espace médian s'ouvrait et se refermait aussitôt, le temps de cligner des yeux, on l'avait raté. Peut-être la fac de Camden en avait-elle jadis été un aussi, avant d'être empoisonnée par le fric. Elle en portait les traces. Dans le même esprit, en vertu des principes de Rachel, j'avais été le doigt aveugle tâtant un espace inexistant, petit blanc intégrant l'école publique au moment même où le système allait être abandonné, devenir une antichambre de la prison. Qu'elle était belle, l'erreur de Rachel, qu'elle était bête, qu'elle était américaine. Elle terrifiait mon petit esprit, depuis toujours. C'est Abraham qui avait eu la meilleure idée, essayer de tailler l'espace médian jour après jour, seul dans son atelier. S'il mourait avant que le triangle vert ait touché terre, laissant son film inachevé, alors, le triangle ne serait jamais tombé – n'était-ce pas la vérité ? Non ?

Brian Eno chantait *Comment le temps peut-il s'écouler si lentement ?* tandis que nous roulions dans la tempête. Abraham et moi dérivions le long du tunnel tourbillonnant, en perdition mais calmes pour l'instant, installés dans notre tâche, un père qui ramenait son fils à la maison, à Dean Street. Il n'y avait plus de Mingus Rude ou de Barrett Rude Junior avec nous là-bas, plus de cartes postales du Crabe en Fuite ou de lettre de la fac de Camden glissées sous la porte. Nous étions dans un espace médian, un cône de blancheur où nous nous déplacions, père et fils, à une certaine vitesse. Côte à côte, pas vraiment au repos mais en suspens, comme deux griffonnages entortillés, énigmatiques, deux rêves d'homme.

Remerciements

Just Walking in the Rain de Jay Warner, qui a échappé à l'attention de Dylan Ebdus, est une biographie circonstanciée des Prisonaires.

« It was the Drugs », paroles de Chrissie McClean.

Parmi celles et ceux, trop nombreux pour être tous mentionnés, que je tiens à remercier figurent Elizabeth Gaffney, Lynn Nottage, Sarah Crichton, David Gates (l'homme dans la maison abandonnée), Christopher Sorrentino, Lorin Stein, Julia Rosenberg, Walter Donohue, Zoë Rosenfeld, Bill Thomas, Richard Parks, et Yaddo.

Et sutout, Christina Palacio, Karl Rusnak, Dione Ruffin, et mon frère, Blake.

COMPOSITION : NORD COMPO MULTIMÉDIA
7 RUE DE FIVES - 59650 VILLENEUVE-D'ASCQ

Cet ouvrage a été imprimé en France par
CPI Bussière
à Saint-Amand-Montrond (Cher)
en décembre 2010.
N° d'édition : 104007. - N° d'impression : 101605.
Dépôt légal : janvier 2011.